Sígueme la corriente

Bestseller Internacional

Megan Maxwell
Sígueme la corriente

Esencia / Planeta

El papel utilizado para la impresión de este libro es cien por cien libre de cloro y está calificado como **papel ecológico**.

Ésta es una obra de ficción. Los nombres, personajes, lugares y sucesos que aparecen son producto de la imaginación de la autora o bien se usan en el marco de la ficción. Cualquier parecido con personas reales (vivas o muertas), empresas, acontecimientos o lugares es pura coincidencia.

El editor no tiene ningún control sobre los sitios web de la autora o de terceros ni de sus contenidos ni asume ninguna responsabilidad que se pueda derivar de ellos.

Avinguda Diagonal, 662, 6.ª planta. 08034 Barcelona (España)
www.esenciaeditorial.com
www.planetadelibros.com

Adaptación de la cubierta: Booket / Área Editorial Grupo Planeta
Fotografía de la cubierta: Shutterstock y © Joe Potato / Istockphotos / Getty Images
Primera edición en Colección Booket: abril de 2016

Depósito legal: B. 4.169-2016
ISBN: 978-84-08-15379-5
Impresión y encuadernación: Liberdúplex, S. L.
Printed in Spain - Impreso en España

Biografía

Megan Maxwell es una reconocida y prolífica escritora del género romántico. De madre española y padre americano, ha publicado novelas como *Te lo dije* (2009), *Deseo concedido* (2010), *Fue un beso tonto* (2010), *Te esperaré toda mi vida* (2011), *Niyomismalosé* (2011), *Las ranas también se enamoran* (2011), *¿Y a ti qué te importa?* (2012), *Olvidé olvidarte* (2012), *Las guerreras Maxwell. Desde donde se domine la llanura* (2012), *Los príncipes azules también destiñen* (2012), *Pídeme lo que quieras* (2012), *Casi una novela* (2013), *Llámame bombón* (2013), *Pídeme lo que quieras, ahora y siempre* (2013), *Pídeme lo que quieras o déjame* (2013), *¡Ni lo sueñes!* (2013), *Sorpréndeme* (2013), *Melocotón loco* (2014), *Adivina quién soy* (2014), *Un sueño real* (2014), *Adivina quién soy esta noche* (2014), *Las guerreras Maxwell. Siempre te encontraré* (2014), *Ella es tu destino* (2015), *Sígueme la corriente* (2015), *Hola, ¿te acuerdas de mí?* (2015), *Un café con sal* (2015), *Pídeme lo que quieras y yo te lo daré* (2015), *Cuéntame esta noche. Relatos seleccionados* (2016) y *Oye, morena, ¿tú qué miras?* (2016), además de cuentos y relatos en antologías colectivas. En 2010 fue ganadora del Premio Internacional Seseña de Novela Romántica, en 2010, 2011, 2012 y 2013 recibió el Premio Dama de Clubromantica.com, y en 2013 recibió también el AURA, galardón que otorga el Encuentro Yo Leo RA (Romántica Adulta). *Pídeme lo que quieras*, su debut en el género erótico, fue premiada con las Tres plumas a la mejor novela erótica que otorga el Premio Pasión por la novela romántica. Megan Maxwell vive en un precioso pueblecito de Madrid, en compañía de su marido, sus hijos, sus perros *Drako* y *Plufy* y sus gatas *Julieta* y *Peggy Su*.

Encontrarás más información sobre la autora y sobre su obra en: www.megan-maxwell.com

El verdadero amor es como una bonita canción. Si no es especial,
lo olvidas, pero si te enamora de verdad, te gustará el resto de tu vida,
porque se habrá instalado en tu corazón.
Con cariño.

MEGAN MAXWELL

1

Héroe

La gala musical en el espectacular auditorio de Los Ángeles era divertida y todos los asistentes lo pasaban muy bien.

Productores musicales, cantantes, actores, modelos y guionistas de cine bebían, bailaban y cantaban al sonido de la mejor música del momento.

Uno de los asistentes más solicitados era Anthony Ferrasa, Tony para los amigos.

Un compositor guapo, simpático, seductor y moreno de ojos verdes que las volvía locas a todas, y no sólo por su fascinante mirada. Tony era el mediano de los hermanos Ferrasa, hijo de la fallecida cantante Luisa Fernández, más conocida como La Leona, y cuñado de Yanira, la cantante que estaba pegando fuerte en las listas de ventas.

Tony era el soltero más cotizado de Los Ángeles y, vestido con aquel traje negro, la camisa blanca y la pajarita, era una delicia para la vista. Era un hombre que no se dejaba enamorar por nadie, pero que las enamoraba a todas con sus felinos ojos claros, su porte atlético y su sonrisa cautivadora.

Mientras sonaba de fondo *Treasure*,* de Bruno Mars, y la gente bailaba, él hablaba con una guapa modelo rusa, consciente por cómo ésta se tocaba el pelo, se mordía el labio inferior y sonreía, de que la noche prometía. Sin duda la joven había caído en sus redes sin él apenas proponérselo.

—Tony, ¿puedes venir un momento?

Al oír la voz de Yanira, le guiñó un ojo a la mujer que estaba con él y, tras pedirle un segundo, se acercó a su cuñada. Ésta, con una sonrisa, cuchicheó en su oído:

—Me acaban de proponer grabar una canción con Beyoncé y Jennifer Lopez. ¿Qué te parece la idea?

* *Treasure*, Primary Artist, interpretada por Bruno Mars. *(N. de la E.)*

—Wepaaaaaa —respondió él.

Juntar a aquellas tres diosas de la música, guapas, sexis y triunfadoras era como poco una gran idea y contestó encantado:

—Creo que será un exitazo. ¿Quién te lo ha propuesto?

Con disimulo, la joven se movió hacia la derecha y murmuró:

—El que está hablando con tu hermano Omar.

Tony miró con curiosidad y, al ver quién era, asintió.

—Alfred Delawey, vaya... vaya...

Ambos reían contentos cuando Dylan, otro de los hermanos de Tony, y marido de Yanira, se acercó a ellos y, tras darle a su mujer la bebida que llevaba en la mano y agarrarla por la cintura, preguntó:

—¿Qué tramáis?

—Le contaba a Tony la proposición de Delawey —contestó ella, apoyando mimosa la cabeza en su hombro.

—¿Qué te parece a ti, Dylan? —le preguntó Tony a su hermano.

El doctor Dylan Ferrasa, un hombre bastante celoso de su intimidad sonrió al entender por dónde iba la pregunta y, tras darle un beso en la frente a su mujer, respondió:

—Me parece bien.

Yanira y Tony se miraron extrañados.

—¿Ninguna objeción? —insistió éste.

Dylan soltó una carcajada. Si algo había aprendido en aquel tiempo era a confiar en su mujer y, sin soltarla, dijo:

—Alfred no es un tipo que me caiga especialmente bien, pero Yanira sabe lo que hace.

Ella levantó las cejas divertida y se puso de puntillas para darle a Dylan un beso en los labios.

—Si es que más guapo, precioso, buenorro y achuchable no puedes ser, cariño —exclamó.

Encantado, el doctor Ferrasa sonrió y se dejó besar. Adoraba a su esposa. Ella era única y, sin duda alguna, lo mejor que le había pasado en la vida.

Tony puso los ojos en blanco. El amor que se profesaban aquellos dos era apasionado e increíble y masculló:

—Ya estamos con el besuqueo.

Ellos lo miraron divertidos y Yanira preguntó:

—¿Envidia?

—Noooooo —se mofó Tony, mirando a la rusa—. No digas tonterías. Tengo lo que quiero.

Yanira miró en la misma dirección.

—Esa mujer es muy guapa, pero sólo con verla sé que no es para ti —comentó.

Dylan soltó una carcajada y Tony replicó divertido:

—Cuñada, mi vida es estupenda. Hago lo que quiero y estoy con quien quiero. ¿Qué más puedo pedir?

Ella lo miró. Tony tenía razón, pero aun así, dijo:

—Sé que tienes lo que quieres, pero todas esas mujeres son más falsas que un dólar con la cara del Pato Donald. La mayoría sólo quieren salir en la prensa contigo y promocionarse.

—Lo sé. Pero no olvides, rubita, que yo también quiero de ellas algo muy simple: sexo. Nada más.

—A este paso, como se dice en España, te quedarás para vestir santos —insistió la joven—. Joder, Tony, que ya cuentas con una edad como para tener una familia. Te recuerdo que eres dos años mayor que Dylan.

Divertido por su comentario, sonrió y, dándole un tirón de pelo, dijo:

—Ya os tengo a vosotros por familia y, por cierto, ¿me acabas de llamar viejo?

—Ya no eres un chavalito, colega —replicó ella, viendo que su marido se reía—. Eres un cuarentón y...

—Dylan, ¿por qué no le dices a la entrometida de tu mujer que cierre la boca?

—Si me hablas así, te voy a mandar a freír espárragos, Tony Ferrasa —masculló Yanira—. Me da igual lo que digas y lo que pienses. Creo que debes buscar a alguien especial y dejar de ir de flor en flor, o terminarás como tu hermanito Omar.

—Wepaaaaa, ¡qué golpe más bajo! —se mofó Dylan.

—¡Dios me libre! —se carcajeó Tony.

Los dos hermanos reían por lo que había dicho Yanira cuando llegó Omar, el primogénito. Se plantó ante ellos, cogió a Yanira del brazo, y dijo, tirando de ella:

—Ven; Delawey está como loco por hablar contigo, y además tienes que actuar con Luis Miguel.

—Estamos en una fiesta, Omar —protestó ella—, no en una reunión de trabajo.

Su cuñado, un obseso del trabajo y de las mujeres, la miró e insistió, suavizando la voz:

—Lo sé, preciosa. Pero no olvides que en estas fiestas se cierran buenos negocios.

Tras resoplar mirando a Tony, Yanira le guiñó un ojo a su marido, que sonrió, y se marchó con Omar.

—Yanira tiene razón —le dijo Dylan a Tony cuando se quedaron solos—. Deberías encontrar a alguien que...

—Ya la tengo —lo cortó él y, señalando con disimulo, añadió—: Irina Sharapova. Metro noventa, exquisita elegancia y boca juguetona y sensual. Sin duda, voy a pasar una noche increíble.

Dylan miró a la joven rusa. Era muy guapa, en efecto.

—No dudo que lo pases bien, pero...

—Dylan, por Dios, ¡no empieces tú también con eso! Bastante tengo con escuchar a papá y ahora a Yanira —contestó Tony.

Al ver que tenía razón, Dylan sonrió y, cambiando de tema, dijo:

—Omar sigue en su línea. No para ni un segundo.

—Ya lo conoces. Trabajo y mujeres son lo único que le interesa.

Ambos miraron a su hermano mayor, que, junto a Yanira, hablaba con Alfred Delawey.

—A mí me tiene preocupado —dijo Dylan.

—¿Por qué?

Le contestó mientras miraba cómo Yanira subía al escenario para cantar con Luis Miguel:

—Desde que se separó de Tifany va pasado de vueltas con todo. Trabajo, viajes, fiestas, mujeres. Hace dos semanas ingresaron en el hospital donde trabajo a Sean Shelton. Al parecer, se extralimitó con la cocaína durante una fiestecita, y ahí lo tienes de nuevo.

Tony miró a aquel amigo de correrías de su hermano, mientras los primeros acordes de la canción *Delirio** comenzaban a sonar y los asistentes aplaudían a Yanira y a Luis Miguel.

* *Delirio*, Warner Music Benelux BV. A Time Warner Company, interpretada por Luis Miguel. *(N. de la E.)*

Dylan, encantado de contemplar a su bonita mujer en el escenario, sonrió al ver que ella le guiñaba un ojo y comenzaba a cantar.

Tony sonrió al ver la cara de tonto que ponía su hermano al oír cantar a su mujer y cuando Luis Miguel se arrancó, murmuró:

—Siempre me ha gustado esta canción.

—Sí, realmente es preciosa —afirmó Dylan, hechizado por la magia de Yanira.

Durante un rato contemplaron la actuación. Sin duda se notaba que Luis Miguel y ella tenían buena conexión en el escenario y lo sabían transmitir a los asistentes. Al cabo de un rato, al ver a Omar riendo con Sean Shelton, Dylan retomó la conversación:

—Omar sale mucho con él de fiesta y eso me da que pensar.

Ambos miraron a los dos hombres con curiosidad.

—No creo, Dylan —contestó Tony—. Omar nunca ha tonteado con las drogas y...

No pudo decir más porque de pronto se oyó el ruido de unas copas al caer al suelo y, al volverse, vieron a una chica del catering con el pelo de colores, caída entre los cristales.

Rápidamente, Dylan se agachó para ayudarla.

—¿Estás bien? ¿Te has cortado? —le preguntó.

La joven negó con la cabeza y, levantándose, contestó:

—Estoy bien, gracias, señor. —Y al ver cómo la miraba, aclaró—: El suelo debía de estar mojado por alguna bebida, no lo he visto y... ¡Madre mía, pero si lo he empapado! —exclamó, al ver mover la pierna al hombre que estaba con el que se había agachado.

Tony, al entender que se refería a él, sonrió y dijo:

—Tranquila, señorita. No ha sido demasiado.

Pero la joven, angustiada, murmuró con apuro:

—De verdad, ha sido sin querer. Lo siento... lo siento...

Sorprendido por tanta preocupación, Tony la miró y vio que estiraba el cuello y echaba un vistazo a los lados, inquieta.

—Lo sé, mujer... tranquila.

De pronto, ella frunció el cejo al ver que otro camarero joven le hacía señas.

—¡Maldita sea! —masculló.

—¿Qué ocurre? —preguntó Tony.

Sin prestarle la atención que normalmente le mostraban las mujeres, la chica se retiró un mechón rosa de la cara y susurró:

—Ay, Dios, ¡ya viene!

Dylan y Tony se miraron sin entender nada.

—¿Quién viene? —le preguntó este último, acercándose a ella.

Avisada por David, Ruth había visto que su jefe, el señor Sebastián, al que entre ellos llamaban el Cangrejo, caminaba hacia ella, para su desgracia. Miró a los hombres que la observaban y al ver que no parecían tan estirados como otros que se hallaban en aquella fiesta, se acercó al que estaba hablando con ella y dijo:

—Tengo un jefe algo difícil de tratar y bastante pesadito para ciertas cosas. Y cuando vea lo que he hecho, estoy segura de que me caerá una buena.

—¿En serio? —preguntó Tony.

La joven del pelo de colores asintió con un gracioso gesto y, poniendo carita de perrillo abandonado, respondió:

—Totalmente en serio.

—Tranquila —dijo él divertido—. Le explicaremos que no ha sido culpa tuya.

—Gracias. Es usted muy amable.

Los tres sonrieron y ella, al ver cómo la miraba aquel bombón moreno, añadió:

—Si este trabajo no fuera tan importante para mí, le aseguro que lo mandaría a freír espárragos, pero...

—¿Española? —preguntó Dylan entonces.

La joven se encogió de hombros y respondió:

—Sí. ¿Por qué?

—Mi mujer también es española. De Tenerife —explicó Dylan—. Y cuando has dicho eso de mandar a freír espárragos...

Ella sonrió y, al ver acercarse a su jefe, le preguntó a Tony:

—¿Realmente me quiere ayudar? —Él asintió y ella, olvidándose de formalismos, añadió—: Entonces, ¡sígueme la corriente!

Dylan sonrió divertido cuando oyó que su hermano preguntaba:

—¿Que te siga qué?

—Chissss... ¡que se acerca!

Un segundo después, un hombre se plantó ante ellos y, mirando a la joven, le entregó un cepillo y un recogedor y preguntó:

—¿Qué ha ocurrido, Ruth?

La muchacha comenzó a recoger el estropicio y respondió:

—Un golpe me ha desequilibrado y...

—¿Un golpe? —gruñó su jefe, mirándola, pero antes de que pudiera decir nada más, Tony mintió:

—Ha sido culpa mía. Ella venía cargada con la bandeja llena de copas, no la he visto, le he dado un empujón y se ha caído al suelo. Por suerte no le ha ocurrido nada ni se ha cortado.

Tras escucharlo, el hombre miró a la muchacha, que se encogió de hombros con gracia.

—He intentado esquivarlo, señor Sebastián, pero me ha sido imposible.

—Ha sido un movimiento involuntario de mi hermano. Es un poco torpe —intervino Dylan, ganándose una mirada divertida de Tony, y a continuación se puso a aplaudir porque acababa de terminar la actuación de su mujer.

El jefe los observó a los tres y finalmente dijo:

—Aun así, siento el desagradable incidente, señores. —Y volviéndose hacia la joven, siseó con voz seca—: Debes tener más cuidado y estar pendiente de lo que haces, ¿acaso no os lo he advertido antes de empezar?

—Sí, señor. Nos lo ha advertido, pero...

—Le acabo de decir que ha sido culpa mía —insistió Tony molesto.

El hombre asintió y, tras sonreírle, volvió a mirar a la joven y concluyó:

—Sigue trabajando e intenta que no se repita lo ocurrido. Ya hablaremos cuando finalice el evento.

Y, sin más, ante la atenta mirada de los tres, se marchó. Ruth, convencida de la bronca que le iba a caer, terminó de recoger los cristales del suelo sin demora y cuando acabó, dijo con una sonrisa cansada, sin apenas prestarles atención:

—Muchas gracias por su ayuda.

Dylan y Tony asintieron y miraron cómo se alejaba. Al llegar a las cocinas, Ruth tiró los cristales en el cubo de la basura y al dejar el cepillo y el recogedor, vio que David entraba con una bandeja vacía y, acercándose a él, murmuró horrorizada:

—Creo haber visto en la fiesta a Julio César.

—¡No jorobes! —exclamó él, dejando la bandeja que llevaba en las manos.

Julio César era el ex de Ruth. Un hombre que la había hecho sufrir más de la cuenta y del que había escapado tiempo atrás. Nerviosa y alterada, se dio aire con las manos y gimió:

—No sé si es él o no. No lo sé. Me he puesto nerviosa y me he caído al suelo y...

—Tranquila, tranquila —la interrumpió David y, agarrándola de la mano con decisión, dijo—: Vamos, debemos saber si es él o no podrás seguir trabajando.

Salieron de la cocina con las bandejas vacías, sin que su jefe los viera. Con cuidado, recorrieron la sala en busca de aquel hombre y, al acabar, Ruth respiró aliviada al darse cuenta de que lo había confundido con otro. Una vez entraron de nuevo en la cocina, la joven sonrió y, bebiendo un trago de agua, murmuró:

—Menos mal... menos mal.

David sonrió a su vez y tras beber agua él también, preguntó:

—¿Quiénes eran esos con los que hablabas, cachorra?

Ella se encogió de hombros.

—Ni idea, David, pero me han ayudado con el Cangrejo.

—¿Te han salvado el culo?

Al oír esa expresión tan española, Ruth asintió y su amigo dijo:

—Pues sean quienes sean, la palabra «impresionante» se queda corta para describir a esos dos adonis de cuerpos esculturales y apolíneos. Por cierto, tendrías que haber visto a Rosalyn la pechugona con unos tíos de la fiesta. La muy descarada les servía mientras les enseñaba el canalillo.

Más tranquila, ella sonrió.

—Así me gusta —dijo David, cogiéndole la mano—. Sonriente estás mil veces más guapa. Por cierto, cada día me gusta más tu pelo, creo que me animaré a hacerme yo también unas mechas multicolores.

Ruth suspiró. Llevaba el pelo teñido de colores para ocultar su llamativa melena roja y para que Julio César no la pudiera reconocer.

—Pues te recuerdo que tenemos al mejor peluquero del mundo —contestó ella, mirando a su buen amigo.

—¡Mi Manuel es el dios del tinte!

Ruth sonrió. Manuel, el marido de David, era peluquero, y lo que aprendía en sus cursos de peluquería creativa lo experimentaba con ellos antes de llevarlos a la práctica en el salón que regentaba

Sin aquellos dos inmejorables amigos, su vida en Los Ángeles sería un caos; más contenta, añadió:

—De una cosa no me cabe la menor duda. ¡Es tendencia!

En ésas estaban cuando el señor Sebastián, alias el Cangrejo, se acercó a ellos. Como era de esperar, a Ruth le cayó una buena bronca por su supuesta torpeza. Al terminar, el hombre dijo:

—David, Ruth, haced el favor de sacar la basura y llevarla al contenedor ¡ya!

Sin rechistar, ambos asintieron y, cuando él se fue, David murmuró:

—El Cangrejo debe de llevar una vida sexual malísima. No es normal que esté siempre de tan mal humor, ¿no crees?

Ruth sonrió y cuchicheó:

—Anda, saquemos la maldita basura al contenedor.

Al hacerlo se cruzaron con Andrew, el jefe de seguridad de casi todas las fiestas en las que trabajaban, que al ver a Ruth dijo:

—Hola, cara bonita, ¿todo bien?

Ella sonrió y David marujeó al sentirse excluido del saludo:

—Hellooooooooooo, ¡yo también existo!

Andrew sonrió ante su salida y, guiñándoles un ojo, desapareció sin decir más.

—Qué buenorro está el jodío. Y cuando va en su moto, con esa chupa de cuero y su pinta de macarra, ¡está para comérselo enterito! Entre tú y yo, cachorra, todavía no entiendo cómo no te lo has zampado.

Ruth se encogió de hombros. Andrew era un buen amigo y, a pesar de sus continuas insinuaciones y la atención que le prestaba, no veía nada más en él.

Mientras, en la fiesta, los hermanos Ferrasa seguían hablando de sus cosas y, tras terminar su copa, Tony miró a la modelo rusa que los observaba no muy lejos y dijo:

—Te voy a dejar, hermano.

—¿Por qué? —Dylan sonrió al imaginarse la respuesta.

Tony, con su gran sex-appeal, miró con lujuria el cuerpo de la joven y respondió:

—Una guapa rusa requiere mi presencia y no me gusta hacerme de rogar.

Dylan, divertido, le dio un puñetazo en el hombro y vio cómo su querido hermano se alejaba. Instantes después, Tony se acercó a la rusa y, tras decirle algo al oído, ella sonrió y se marcharon juntos de la fiesta.

—¿Tony se va? —preguntó Yanira, que acababa de llegar junto a su marido.

Dylan asintió. Miró a su bonita y rubia mujer y, agarrándola por la cintura, acercó la boca a su oreja y murmuró:

—Has cantado maravillosamente bien, conejita. —Complacida, ella sonrió y él cuchicheó—: ¿Qué tal si me llevo a mi preciosa mujercita a otra parte?

—¿Adónde? —le preguntó Yanira sonriendo.

Dylan se sacó una tarjeta del bolsillo, se la enseñó y, una vez ella leyó California Suite, añadió:

—Fabián nos espera allí.

Ella asintió complacida. Si algo le gustaba en el mundo era disfrutar de una buena sesión de fantasía y sexo con su marido y, encantada, respondió:

—Entonces no lo hagamos esperar.

Tony salió del local riéndose con la rusa y, en cuanto el aparcacoches lo vio, le llevó rápidamente su impresionante Audi R8 Spyder gris oscuro. Al ver el coche, Irina sonrió. No esperaba menos de aquel famoso compositor. Tony, con galantería, le abrió la puerta para que entrara. Cuando la cerró, rodeó su coche con paso seguro mientras se desabrochaba la chaqueta del traje.

Desde el otro lado de la calle, junto al cubo de basura, David, que había presenciado la escena, miró a su amiga y preguntó:

—Cachorra, ¿no es ése uno de los adonis que te han salvado el culo en la fiesta ante el Cangrejo?

Sin prestarle excesiva atención, Ruth lo miró y dijo:

—Sí.

Sin quitarle ojo, David lo escaneó. Moreno, alto, con clase y, por lo que veía, con un increíble coche que llamaba toda su atención.

—Visto a la luz de los focos y aunque sea de noche, es un hombre impresionante. Qué piernas más largas. No quiero imaginarme cómo debe de tener el resto.

Ruth sonrió al oírlo y, mientras echaba la basura en el contenedor, contestó:

—Tampoco es para tanto, David.

—Sin duda, nena, a ti el radar se te estropeó hace tiempo —dijo él, negando con la cabeza y llevándose la mano al cuello—. ¡Ese tipo es una auténtica bomba sexual! ¿Cómo puedes decir que no es lo más de lo más?

Divertida, ella volvió a mirar al desconocido. No le cabía la menor duda de que aquel hombre podía ser una bomba, en España, en China, en Brasil y donde se lo propusiera. Todavía recordaba sus increíbles ojazos claros, pero respondió:

—Pues muy fácil, corazón, porque tengo otras cosas en la cabeza que son más importantes que un tipo rico, sexy y atractivo para el que no existo. —Y, suspirando, exclamó—: Eso sí, ¡el coche que lleva es una pasada!

—Pero ¿cómo te puedes fijar en el coche teniendo a semejante adonis delante? —Ruth levantó las cejas y David añadió—: Vale... vale... no he dicho naaaaaaaaaaaa.

Ambos rieron.

—Al pobre le he empapado el pantalón, pero aun así ha sido amable conmigo —comentó ella.

—Qué monooooooooooo.

Sin mirarlos ni reparar en ellos, un sonriente Tony pasó por su lado y, cuando se alejó, Ruth comentó:

—El día que me toque la lotería, prometo comprarte un coche igual.

—¿Con un hombre dentro como ése?

—No creo que a Manuel le guste la idea.

David sonrió y, retirándose el flequillo de la cara, respondió:

—A Manu le gustaría tanto como a mí. Pero vale, me has convencido. Cuando te toque la lotería, quiero un coche igual, pero amarillo pollo, para que todo el mundo me vea venir.

Ruth asintió divertida.

—Trato hecho. Será amarillo pollo.

2

Bailando

Dos noches después, Ruth estaba sirviendo copas en un bareto, junto a su amigo David.

El Mono Rojo era un local que sólo abría el segundo y el último viernes de cada mes. Allí se daban unas fiestas multitudinarias, en las que la gente bebía, se descocaba, bailaba y se divertía hasta bien entrada la mañana.

Aquella noche el local estaba abarrotado, como siempre, y todos bailaban como descosidos. David acababa de servirles unos cócteles a un grupo de chicos y al ver que uno de ellos lo miraba más de la cuenta, se volvió hacia su amiga y cuchicheó:

—¿Me sigue mirando el rubio de ojos grises y camiseta a rayas?

Ruth echó un vistazo y respondió:

—Te está desnudando con la mirada.

Con un dramatismo digno de la grandiosa Bette Davis, David se volvió para observarlo. El joven lo llamó y él se acercó. Segundos después, el cliente se marchó y David fue hacia su amiga enseñándole un papel que llevaba en la mano.

—Su teléfono. ¡Menudo descarado el tío! Eso sí, yo le he dicho lo que nuestra reina de las telenovelas suele decir cuando se enfada: «Para mí eres como el treinta de febrero. ¡No existes!».

Ambos rieron y David, rompiendo el papel del teléfono, añadió:

—¡Yo no engaño a mi marido por nadie del mundo!

—¿Ni por Hugh Jackman? —rio ella.

—Por ese adonis, tenemos permiso los dos.

Ruth soltó una carcajada y él, mirándola, dijo:

—Menudas piernas te hace esta falda.

Ella se las miró. Sabía que aquella falda le sentaba bien y contestó encantada:

—Cuando quieras la falda, ¡toda tuya!

—¡Perra!

Todavía sonriendo, Ruth se caló la gorra y se recogió el pelo. Se sentía cómoda sin su almibarado uniforme. Poder ir a trabajar vestida como quería era un lujazo que se daba cada vez que le tocaba ir a aquel local. Y esa noche había decidido lucir piernas. ¿Por qué no? Con su minifalda, su chaleco de cuero negro y sus botas, estaba sexy y divertida.

Mientras servían las copas, David y ella movían las caderas al son de la música que sonaba y de pronto, divertidos, se miraron y comenzaron a cantar *Yo te enseñé,** una canción de un grupo cubano llamado Gente de Zona.

Entre risas, bailaron un rato detrás de la barra. Lo bueno de aquel tipo de fiestas era que estaba permitido bailar, y ellos lo hicieron sin importarles quiénes los observaran.

—Ay, cachorra, esta canción me recuerda a mi cubano particular. ¡Cómo baila el jodío!

Entre risas, acabaron la canción y cuando otra comenzó, siguieron trabajando. La gente quería divertirse y ellos estaban allí para servir copas y facilitarles la vida a quienes se las pidieran.

—Camarera... —gritó un hombre.

Cuando Ruth lo miró, él le pidió cuatro Jack Daniel's.

Ella empezó a prepararlos y entonces oyó que añadía:

—Cincuenta dólares si te desabrochas un botón del chaleco.

Ruth miró al individuo pero, sin ganas de jaleo, sonrió con cara de «¡Eres idiota!» y no dijo nada. En ese momento, otras personas llegaron junto al tipo, que rápidamente la olvidó.

Una vez hubo terminado de preparar las bebidas, Ruth las llevó y continuó con otros clientes.

A las doce de la noche, las luces de local se apagaron totalmente, como siempre, y la gente gritó encantada. Cuando se encendieron las luces azules de las distintas barras del local, camareros y camareras estaban subidos en ellas y, al sonar la canción *Bailando,*** de Enrique Iglesias, Descemer Bueno y Gente de Zona, comenzaron a moverse con sensualidad.

Los asistentes se pusieron a aplaudir mientras ellos seguían bailando y,

* *Yo te enseñé*, Planet Records, interpretada por Gente de Zona. *(N. de la E.)*

** *Bailando*, Universal International Music BV, interpretada por Enrique Iglesias, Descemer Bueno y Gente de Zona. *(N. de la E.)*

desde lo alto de la barra, con unas botellas de tequila, servían chorritos en la boca de todo el que quisiera.

La gente coreaba la canción. Mientras Ruth servía divertida y contoneándose a todo el que se lo pedía, notó una mano en la pantorrilla. Al mirar, vio que era el pesadito de los Jack Daniel's.

Con habilidad, se movió por la barra y consiguió alejar aquella mano de su pierna. Después, con mala leche, se la pisó. Vio el gesto de dolor del hombre y sonrió mientras pensaba «Eso por listo». Cuando la canción se acabó, camareros y camareras se bajaron de las barras, las luces del local se volvieron a encender y el público aplaudió encantado. Aquel ritual que llevaban a cabo cada quince días gustaba mucho y todos esperaban que dieran las doce de la noche para tomar unos traguitos de tequila gratis.

Poco después, Andrew, el jefe de seguridad, entró en la barra y cogió una botellita de agua fresca. Luego se puso al lado de Ruth.

—¿Todo bien? —preguntó ella.

Andrew bebió un trago de agua y asintió divertido.

—Muy bueno el pisotón que le has dado al pesado de turno, cara bonita.

—Eso por ponerme la mano encima —contestó Ruth sonriendo.

Con una sonrisa espectacular, Andrew le rozó la mejilla y dijo:

—Si vuelve a pasarse contigo, sólo tienes que decírmelo, ¿vale?

Ella asintió y él, al ver que sonreía, la cogió en brazos y preguntó:

—¿Me dejarás invitarte a una copa esta noche?

Ruth se rió al oír la proposición y se le cayó la gorra.

—Sabes que no —respondió, aún riéndose— y ahora, suéltame, que tengo que trabajar.

Andrew la dejó en el suelo, le dio un beso rápido en la boca y murmuró:

—No voy a cejar en mi empeño hasta que lo consiga.

Ruth lo miró sonriente. Si había un hombre que la perseguía con galantería, ése era él.

—Paso, Andrew —dijo—. En especial porque tú nunca repites.

Él sonrió también. Eso era cierto, nunca repetía con la misma chica.

—Anda, vete a trabajar y déjame trabajar a mí —añadió Ruth, dándole un cariñoso empujón.

—De acuerdo, pero piensa en lo que te he dicho, cara bonita. Contigo quizá repita.

Cuando Andrew se alejó de la barra y fue a poner orden en un rincón del local, la voz del idiota que le había pedido que se desabrochara el chaleco y al que ella había pisado, dijo:

—Guapita del pelo de coloressssssssssssss.

Ruth se acercó y él, cogiéndola de la mano, preguntó:

—¿Qué tal si me das un besito, como a tu amigo?

Lo contempló molesta. Por suerte, en aquella fiesta no debían ser tan cautos ni tan correctos como en las otras en las que trabajaba, así que lo miró fijamente y siseó, deseosa de clavarle el tacón de la bota, esta vez en la entrepierna:

—¿Qué tal si me sueltas la mano, amigo?

Él no lo hizo y murmuró:

—Tú no sabes quién soy yo, ¿verdad?

Ella estaba a punto de contestarle que un borracho, pero entonces oyó una voz que decía:

—Rick, haz el favor de dejar de molestar a la señorita.

Ruth apartó la mano rápidamente al sentirse liberada y, mirando al hombre que había hablado, dijo con una sonrisa:

—Creo que tu amigo ha bebido de más.

—Sí. Yo también lo creo —respondió él.

—Pues contrólalo, o al final los de seguridad tendrán que echarlo de la fiesta.

—Lo haré —afirmó el otro sonriendo a su vez.

Y cuando ella se dio la vuelta y comenzó a servir a otros clientes, Tony se preguntó incrédulo «¿No me ha reconocido?».

Tony Ferrasa, uno de los hombres más deseados de Los Ángeles, que estaba allí con el idiota del divo del blues, Rick, y unas amigas, se había percatado de que aquella chica había pisado la mano de Rick durante su baile sobre la barra y eso lo había hecho reír. Se lo merecía.

Pero al encender las luces y ver aquel pelo de colores, rápidamente la reconoció. Era la camarera que noches antes le había mojado el pantalón.

¿También trabajaba allí?

Durante un buen rato la observó a la espera de que ella se percatara de quién era él y de que acabara recordando dónde lo había visto, pero la chica no lo hizo. Siguió a lo suyo y, en cierto modo, esa indiferencia a él le escoció.

No era muy alta ni despampanante, pero se movía con gracia y poseía una sonrisa preciosa que llamaba la atención. Durante más de veinte minutos, Tony estuvo junto a la barra, contemplándola como un tonto a la espera de que lo reconociera, pero cuando vio que se había olvidado completamente de él, la llamó.

—Señorita.

Ruth, que bailoteaba con David, dejó de hacerlo, se acercó al hombre que la había llamado y, mirándolo, preguntó:

—¿Qué quieres tomar?

Tony le sonrió, pensando que la chica no debía de haber olvidado ni su sonrisa ni sus ojos; sin embargo, al ver que ella seguía igual, preguntó:

—¿No te acuerdas de mí?

Ruth parpadeó. ¿Otro pesadito? Y, tras observarlo, respondió con mofa:

—Pues va a ser que no.

Sintiéndose ridículo, Tony se apoyó en la barra e insistió:

—Nos vimos hace unas noches y me dijiste algo así como «¡Sígueme la corriente!».

Ruth volvió a parpadear. Pero ¿de qué estaba hablando aquel tipo? Negó con la cabeza y respondió:

—Lo siento, pero no te recuerdo.

En ese instante, comenzó la canción de Michael Jackson y Justin Timberlake, *Love Never Felt So Good*,* y Ruth levantó los brazos, gritó y empezó a bailar, pasando de él.

Tony, a cada instante más incrédulo por la poca atención que le prestaba, aprovechó para explicarle en cuanto ella lo miró:

—Hace unas noches, en una gala musical en el auditorio, se te cayó la bandeja con las bebidas y me mojaste el pantalón...

Al recordarlo, Ruth, dejó de bailar.

* *Love Never Felt So Good*, MIJAC MUSIC, SMP USA ESPAÑOLA, PAULANNE MUSIC INC, CLIPPER S. S. L. EDICIONES MUSICALES, interpretada por Michael Jackson y Justin Timberlake. *(N. de la E.)*

—¿Eras tú? —preguntó.

Tony asintió. Por fin lo recordaba pero, para su desesperación, ella se puso a bailar de nuevo.

—Me alegra saberlo. —Y tras mirar a otros tipos que la llamaban, con una preciosa sonrisa les pidió que aguardaran un instante—. ¿Te pongo algo de beber o no? —le dijo a él.

—Un Jack Daniel's —respondió molesto.

Ruth se lo preparó rápidamente mientras recordaba quién era él. El tipo que le había salvado el culo ante su jefe y que tenía aquel coche precioso. Lo miró con disimulo y sonrió. ¿Cómo había podido olvidar unos ojazos tan bonitos? Pero no estaba dispuesta a dejarse impresionar por alguien que no le convenía, así que le puso delante la bebida y, antes de que sacara dinero de la cartera, dijo:

—Estás invitado por el detalle que tuviste esa noche conmigo. —Tony la miró y ella añadió con guasa—: Pero bebe rapidito, que a tu amiguito lo están sacando del local.

Tony dirigió la mirada hacia donde la chica señalaba con el dedo y maldijo al ver que echaban a Rick del bar. Cuando la volvió a mirar, Ruth le guiñó un ojo y, sin prestarle más atención, se dio la vuelta para atender a otros clientes.

Él se la quedó mirando sorprendido. Qué manera de pasar de él.

Dudó si quedarse para hablar más con ella o marcharse. Pero al pensar en Rick y en lo importante que era éste para la discográfica, dio un trago a su bebida y se encaminó hacia el exterior del local. ¡Maldito Rick!

3

Aquí estoy yo

Dos días después, Tony Ferrasa, sentado en una silla y rodeado de gente, observaba en silencio, bajo la visera de su gorra oscura, la grabación de una escena de una película.

Era el encargado de la banda sonora de ese film, que se estaba rodando con actores de primera categoría, y quería que su música estuviera a la altura de las circunstancias. Y, de momento, por lo que había entregado y podía ver, lo estaba consiguiendo.

Pero pensar en bandas sonoras como las de *West Side Story*,* *Piratas del Caribe*,** *El guardaespaldas*,*** *Nueve semanas y media***** o *Titanic****** lo inquietaba. Él quería crear algo que se recordara siempre, como había ocurrido con esas historias.

Durante los meses que llevaba trabajando, había entregado varias melodías que habían gustado. Todos estaban contentos, pero él aún no había dado con la tecla perfecta.

Componer algo de calidad, inquietante, a la vez que sensual y atractivo, le quitaba el sueño. Se trataba de un compendio de cosas que era difícil de conseguir, pero que cuando se conseguía duraba para siempre. Y aunque sus musas no lo abandonaban, todavía no había conocido a ninguna especial que le inspirara para escribir aquella importante melodía.

Contaba con su cuñada Yanira, que le había prometido cantar en su banda sonora, pero necesitaba algo impactante, diferente. Cuando el director dijo «¡Corten!», se acercó a Tony y, mirándolo, preguntó:

—¿Qué te ha parecido la escena?

* Banda sonora de *West Side Story,* Sony Music Cmg. *(N. de la E.)*

** Banda sonora de *Piratas del Caribe,* Silva Screen Records. *(N. de la E.)*

*** Banda sonora de *El guardaespaldas,* Countdown Media/Digital Natives. *(N. de la E.)*

**** Banda sonora de *Nueve semanas y media*, EMI. *(N. de la E.)*

***** Banda sonora de *Titanic*, Sony Music. *(N. de la E.)*

—Muy buena. Creo que has hecho un excelente casting.

Un par de horas después, en el momento en que Tony caminaba hacia su coche, una joven de escote generoso lo interceptó en su camino y, ofreciéndole un boli y un papel, preguntó con voz insinuante:

—¿Eres el compositor Tony Ferrasa?

Él asintió sonriente y ella, con una acalorada sonrisa, pidió:

—¿Me firmas un autógrafo?

Tony lo hizo y, tras la foto de rigor y darle la chica su teléfono, prosiguió su camino hasta el coche. Una vez dentro, dejó la tarjeta de la admiradora en la guantera. Le sonó el móvil.

—Hola, hijo, ¿dónde estás?

Era Anselmo Ferrasa, su padre.

—Salgo en este instante de los Estudios Universal —respondió Tony.

—¿Todo bien por ahí?

—Sí, papá, todo bien. ¿Dónde estás tú?

—Ahora mismo saliendo de casa de mi amigo Guso Peirarte, y como es casi la hora de la comida, he pensado si te apetecería que comiéramos juntos en ese sitio que tanto os gusta a Yanira y a ti.

Tony sonrió y preguntó divertido:

—Pero ¿no dices que no te gustan las hamburguesas?

—Las de ese sitio sí.

Tony arrancó el coche.

—Muy bien, papá. Te veo en el Hard Rock Café de la sesenta y ocho cero uno en unos cuarenta minutos, ¿de acuerdo?

—Allí te espero.

Cuando colgó, Tony sacó varios cedés de la guantera y, tras mirarlos, se decidió por el de su buen amigo R. Kelly. Lo puso y, en cuanto empezó a sonar *Share my Love*,* una canción que le gustaba mucho, apretó el acelerador y se dirigió hacia el restaurante, mientras canturreaba contento.

Al llegar, miró hasta que vio a su padre. Mientras se acercaba a él, se dio cuenta de que estaba comiendo unos aros de cebolla.

—Se lo diré a Yanira —dijo sonriente al llegar a su lado.

* *Share my Love*, R KELLY PUBLISHING INC, UNIVERSAL MUSIC Z SONGS, UNIVERSAL MUSIC PUBL INTERNATIONAL MGB LTD y UNIVERSAL MGB INTERNACIONAL, interpretada por R. Kelly. *(N. de la E.)*

—Hijo, tenía hambre, y la culpable de que me gusten es ella —rio el hombre.

Tony también rio. Aún recordaba el primer día que su cuñada Yanira se había empeñado en comer en aquel tipo de restaurante. Al principio su padre se enfadó, pero poco a poco su enfado desapareció y tuvo que reconocer que le gustaba esa clase de comida.

Tras leer la carta que un joven les había entregado, charlaban tranquilamente cuando una voz dijo:

—¿Saben ya lo que desean comer?

A Tony le sonó la voz y, al mirar a la joven que esperaba para tomar nota, sonrió al ver su pelo de colores.

—¿También trabajas aquí? —preguntó.

Al oír eso, Ruth lo miró, y al instante recordó aquellos increíbles ojazos. ¡El guaperas! Pero sin querer demostrar que lo había reconocido, evitando así que él se sintiera especial, preguntó:

—Perdón, ¿nos conocemos?

Tony, sorprendido de que de nuevo no lo recordara, observó a su padre, que sonreía al ver su desconcierto, se aclaró la garganta y explicó:

—Coincidimos hace unos días en un par de lugares. —Ella no respondió y él añadió—: Copas en el suelo, jefe gruñón, pantalón empapado y amigo borracho y pesado.

Al oír eso, Ruth asintió y, sonriendo, dijo en tono despreocupado:

—Oh, Dios, perdone, no lo recordaba. Al cabo del día veo a tanta gente que no suelo fijarme mucho. ¿Todo bien, señor?

Incrédulo por lo que oía, cuando por norma las mujeres no lo olvidaban y se morían por recordarle que ya se conocían, respondió molesto:

—Todo perfecto. —Y mirando a su padre, preguntó—: ¿Ya sabes lo que quieres, papá?

Anselmo, divertido por la situación, asintió y pidió. Después de que también lo hiciera Tony, la joven, al parecer más preocupada por su trabajo que por impresionarlo a él, se marchó.

Tony la siguió con la mirada.

—¿De qué conoces a la chica arco iris?

—¿Chica arco iris?

Anselmo puso los ojos en blanco y explicó:

—Lo digo por el pelo que lleva. —Y añadió risueño—: A tu madre le habría gustado. Ya sabes lo que le gustaba a ella teñirse el cabello de colores.

Divertido por ese recuerdo tan bonito de su madre, respondió, mirando cómo la chica proseguía con su trabajo y no se fijaba en él:

—Coincidimos en un par de fiestas. Sólo es eso.

Anselmo rio. Aquello era nuevo para él. En cuanto las mujeres veían a Tony, se ponían tontas, no, lo siguiente. Así que comentó con mofa:

—Pues no le debiste de causar muy buena impresión, ¡porque ni se acuerda de ti!

—Papá —protestó él, al tiempo que reía al ver la cara de diversión del hombre.

Minutos después, otro camarero se acercó a su mesa para llevarles el pedido. Con disimulo, Tony volvió a observar a la joven, que reía por lo que un compañero le decía, mientras caminaba hacia otros clientes para anotar lo que querían.

Durante el resto de la comida no se volvió a acercar a ellos y, por lo que Tony pudo observar, ni siquiera los miró.

Para Ruth, ellos eran sólo dos clientes más y, una vez finalizada su tarea de tomarles el pedido, se olvidó de ellos.

Al darse cuenta de cómo la miraba su hijo, Anselmo marujeó:

—Lo importante no es cómo empiezan las cosas, sino cómo acaban.

Y la risa que le dio su propio comentario hizo que la comida se le fuese por otro lado, con lo que se empezó a ahogar. Tony, asustado, se levantó para intentar ayudarlo.

El sonido de unas voces alarmadas llamó la atención de Ruth, que corrió para ver lo que sucedía. En la mesa diez, el hombre que acompañaba al guaperas se estaba ahogando. Sin tiempo que perder, llegó hasta ellos y, empujando al joven para quitarlo de en medio, cogió al anciano, lo levantó, se colocó tras él y, tras apretarle un par de veces la boca del estómago, hizo que expulsara lo que lo estaba asfixiando.

Una vez el peligro hubo pasado, lo ayudó a sentarse y, de rodillas delante de él, preguntó:

—¿Está mejor?

Anselmo, acalorado por lo ocurrido, murmuró:

—Madre mía, muchacha, creía que me iba al otro barrio.

Con una candorosa sonrisa, Ruth afirmó:

—En mi turno de trabajo, nunca lo habría permitido, caballero.

Eso hizo sonreír al viejo y, cuando éste posó la mano cariñosamente sobre el pelo multicolor de ella, Ruth dijo:

—Ahora tranquilo, ¿de acuerdo?

Anselmo asintió, mientras la gente se dispersaba y volvía a sus mesas. Tony, aún con el susto en el cuerpo, al ver que su padre recuperaba el color, preguntó:

—¿Te encuentras bien, papá?

Él asintió de nuevo y, agarrando la mano de la camarera para que lo mirara, dijo:

—Gracias, muchacha, gracias.

—Gracias a usted por haber echado el trozo de comida y permitirme ser la heroína del día en mi trabajo —respondió Ruth sonriendo.

—¿Cómo puedo agradecerte este gran favor? —preguntó Anselmo.

—Con que me sonría y me diga que está bien, me vale —dijo ella divertida.

—Mi hijo puede extenderle un cheque por...

—No, caballero, no. Hay cosas que no se pagan con dinero —lo cortó la joven con rotundidad—. Ya se lo he dicho, regáleme una sonrisita suya y con eso ya me sentiré feliz.

Sorprendido porque ella no aprovechara el momento, Anselmo sonrió y, disponiéndose a proseguir con su trabajo, la chica se despidió diciendo:

—Ahora disfrute de la comida, pero con cuidadito, ¿vale?

Cuando se alejó, Tony y su padre se miraron.

—¿Qué te ha pasado, papá?

—El puñetero aro de cebolla se me ha ido por otro lado. —Ambos rieron por la forma en que había dicho aquello, y Anselmo, mirando a la joven, añadió—: Chicas decentes como ésa, en Los Ángeles pocas habrá.

Tony la miró. Sin duda, que no hubiera aprovechado la ocasión para sacarle algo a su padre era como poco inaudito.

—Ahora come despacio, ¿vale? —dijo.

—No soy un niño, Tony. ¡Por el amor de Dios, no me hables así! —gruñó Anselmo.

—A ella se lo has permitido —rio su hijo, mirándolo.

—Tú no eres ella. Y además me gusta.

—Vaya, ¡qué novedad! —se mofó Tony. Su padre era muy crítico con las mujeres. Clavando los ojos en él, insistió con sorna—: ¿No crees que es algo joven para ti?

Anselmo asintió y dijo:

—Lo es. Sin duda lo es. Pero para ti no.

Tony lo miró sorprendido y, suspirando, zanjó el tema:

—Anda, come. Y, por favor, deja de decir tonterías.

Cuando terminaron de comer y Tony pidió la cuenta, esperó que la chica se acercara, pero no lo hizo. Al levantarse para irse, la miró con la intención de despedirse de ella, pero al verla desaparecer en el interior de las cocinas con premura, comentó mirando a su padre:

—Vamos, papá. Vayamos a casa.

En la cocina, Ruth estaba atendiendo una llamada mientras se quitaba el mandil negro que llevaba.

—De acuerdo, David. Voy para allá. Pero si en cinco o diez minutos no ves que se encuentra mejor, llama inmediatamente a una ambulancia y me avisas al móvil, ¿entendido?

Una vez cortó la llamada, miró su reloj. Le faltaba media hora para salir. Después se dirigió a Génesis, su compañera de trabajo, y dijo:

—He de marcharme. ¿Dónde está el jefe?

—Allí —señaló la chica, preocupada por ella.

Ruth tomó aire y se encaminó hacia el hombre.

—Jefe, tengo que marcharme. Me han llamado, mi hermana est...

—¿Otra vez? —protestó él.

Al ver la cara que ponía, Ruth insistió:

—Lo entiendo... lo entiendo y sé lo bueno y comprensivo que eres siempre conmigo. Me queda media hora, te prometo que la recuperaré el próximo día.

El hombre la miró con gesto serio. Conocía su problemática desde el primer día que llegó a Los Ángeles, y le había demostrado lo cumplidora y luchadora que era, así que finalmente dijo:

—Anda, vete antes de que cambie de opinión.

Sin tiempo que perder, Ruth dio media vuelta, fue a buscar su bolso y, sin cambiarse de ropa, salió a toda pastilla del local. Corriendo, llegó hasta su viejo Volkswagen Escarabajo rojo, se montó en él, arrancó y, sin mirar, salió del aparcamiento, haciendo que otro coche que iba a salir también tuviera que frenar en seco para no chocar con ella.

—¿Ésa no es la chica arco iris? —preguntó Anselmo.

Tony la siguió con la mirada y la vio sortear varios coches a toda velocidad. Pero ¿adónde iba aquella loca con aquella chatarra? Se volvió hacia su padre, que también la estaba mirando, y respondió:

—Sin duda era ella.

4

Inolvidable

Veinte minutos después, cuando Ruth llegó a su casa, acelerada, tiró el bolso a un lado, se arrodilló ante su pequeña y preguntó:

—¿Estás bien, cariño?

—Sí, mamita. Tranquila.

Al escuchar su voz, Ruth se tranquilizó. Jenny la llamaba de una forma u otra, dependiendo de cómo se encontrara. «Mami», si estaba muy asustada, «mamita» si estaba bien y «mamá» cuando estaba enfadada.

La joven miró a David agradecida y éste sonrió. Cada vez que Jenny decía que le dolía el pecho, se asustaban.

—Mi paciente preferida evoluciona favorablemente —dijo él, tocándole la cabeza con cariño.

Ruth se calmó un poco, momento en que su perro, *Luis Alfonso*, aprovechó para lamerle la mano. Agotada, se sentó en el suelo mientras cerraba los ojos y agradecía que aquello no hubiera ido a peor. Con Jenny nunca se sabía y un nuevo ingreso en el hospital sería terrible para todos.

Ruth era la segunda de tres hermanos y la que llevaba el peso de su particular familia.

En su infancia y juventud, vivía con su familia en España, concretamente en Valencia. Su padre, Ángel Souza, era un famoso piloto de rallies conocido a nivel internacional, que adoraba a su familia, especialmente a Ruth, a la que cariñosamente llamaba Pelirroja por su color de pelo. A ella lo que más le gustaba era acompañarlo en las carreras. El mundillo del automóvil le encantaba y pronto demostró que era su digna sucesora.

Cuando cumplió dieciocho años, su padre le regaló el tatuaje que llevaba en el hombro. El mismo que llevaba él: un infinito. Un ocho tumbado, hecho con la frase «Hasta el infinito y más allá».

Eso le provocó un disgusto a su madre, quien se enfadó aún más el día que se enteró de que Ruth había participado en una carrera. La discusión entre sus padres fue tremenda. Su madre no quería aquella vida de hombres para su hija. Sin embargo, Ruth, con la ayuda de su padre, empezó a competir en categorías inferiores, acabando victoriosa en muchas de ellas y convirtiéndose aún más en el orgullo de papá.

Pero, para su desgracia, su padre murió en un trágico accidente en un rally, y todo lo que hasta el momento había vivido con él, se desmoronó. Los patrocinadores no querían apostar por ella y poco a poco el mundillo del motor le fue dando la espalda.

Tras el trágico suceso, su madre cambió. Se volvió una mujer fría, distante. Conoció a un hombre y, sin que Ruth pudiera hacer nada, se los llevó a todos a México.

De esa unión nació Jenny. Sin embargo, un mes después, el padre de ésta los abandonó, llevándose todos los ahorros que tenían y dejándolos en la pobreza, tirados en aquel país. Ruth insistió en regresar a España, pero su madre se negó. No quería que su familia se enterara de las condiciones en las que estaban y su desesperación la llevó a sumergirse en el alcohol.

Su madre desaparecía cada vez más a menudo y, ante la ausencia de ésta durante días y luego meses, Ruth, con sólo veinte años, se vio a cargo de un bebé y de un hermano adolescente conflictivo.

En esa época, trabajó en lo que pudo para sacar adelante a sus hermanos. Limpiaba casas durante el día y por las noches servía copas en bares de dudosa reputación. No le quedaba otra. Tenía que dar de comer a Jenny y a Alfredo mientras su madre no estaba.

Una madrugada, cuando regresaba de trabajar, se encontró en su casa a la policía. Su hermano había organizado una timba de póquer y había muerto tras una pelea. Horrorizada, Ruth se desmoronó. ¿Qué más le podía pasar? En el instante en que una policía le puso a Jenny en los brazos, supo que debería seguir viviendo y luchando, o los servicios sociales le quitarían a lo único que tenía. A su pequeña.

El dinero escaseaba y, con tan sólo veintiún años, Ruth fue desahuciada de la casa en que vivía y se vio en la calle con una niña de apenas un año, que cada dos por tres estaba en el hospital por problemas cardiacos.

Durante un tiempo, gracias a la bondad de algunos vecinos mexicanos, sobrevivió en sus casas. Ellos cuidaban a Jenny mientras ella trabajaba incansablemente. Su pelo rojo atraía a los clientes del bar y, aunque ella se negaba a hacer otra cosa que no fuera servir copas, las ofertas sexuales le caían del cielo todos los días.

Una noche conoció a un joven español de su edad. La llamó «pelirroja», como había hecho su padre, y Ruth se enamoró de él. Se llamaba Julio César. Era un vividor guapo y peligroso de dudosa reputación y ella, deseosa de impresionarlo, olvidándose de la prudencia que siempre la había caracterizado, le hizo saber que sabía conducir coches de una manera excepcional.

Ruth necesitaba que alguien le diera algo de cariño y Julio César, a su manera, se lo dio y se la llevó a vivir con él. Al principio todo fue bien. Se divertían juntos y, cuando practicaban sexo, como a Julio César le gustaba hacerse fotos, ella lo consintió. Era divertido verlas luego juntos.

Con el tiempo, él decidió inscribirla en varias carreras ilegales y Ruth aceptó. Debía hacerlo. Cuando Jenny se ponía enferma, y era muy a menudo, era él quien pagaba las facturas del hospital, y debía agradecérselo.

Al ver en ella un filón para conseguir dinero fácil, Julio César pronto la hizo correr en las condiciones más extremas, sin pensar en su seguridad. En varias ocasiones, Ruth se negó, pero al final, mediante el chantaje de no pagar el hospital de su hermana, él conseguía que compitiera.

De pronto, se vio atrapada en una vida que nunca había deseado, con un hombre que vivía al margen de la ley y al que ya no amaba, y supo que tenía que alejarse de él o terminaría entre rejas y sin su pequeña. El problema era cómo hacerlo.

En aquella época, su madre apareció dos veces. La primera, Ruth le abrió las puertas de su casa, aunque a Julio César no le gustó. Pero era su madre y la quería a pesar de todo. Tres días después, tras organizar una terrible pelea estando borracha, la mujer se marchó.

Seis meses más tarde reapareció y Ruth le volvió a dar otra oportunidad, a pesar de la negativa de Julio César. En esta ocasión fue peor. Les robó y, para huir, se llevó el coche con el que Ruth competía. Se estrelló y murió en el acto.

El dolor por la muerte de su madre removió a Ruth por dentro. Su padre, su madre y su hermano, los que un día fueron su familia, la habían dejado. Se habían ido para siempre y la rabia le pudo. Durante varios meses participó como una descerebrada en diferentes carreras ilegales, donde a veces terminaba siendo perseguida por la policía, pero gracias a su loca conducción y a los trucos que en su día le había enseñado su padre, nunca la cogieron.

Dejó de importarle todo, excepto su hermana Jenny, hasta que una tarde, al abrir un cajón de ropa, encontró una pistola. Se asustó. Sabía que Julio César no era un buen chico, pero ver aquello la espantó.

Fue a buscarlo, dispuesta a pedirle explicaciones, y lo descubrió enseñándoles sus fotos más íntimas a unos amigos. Oyó sus comentarios soeces y las cosas relacionadas con ella que les prometía si seguían con él.

Eso definitivamente marcó un antes y un después en su vida y le abrió de nuevo los ojos.

Su familia había muerto, la habían dejado sola y ante eso nada podía hacer. Pero no iba a permitir que aquel hombre arruinase su vida y la de Jenny y, sobre todo, que le arrebatase la poca dignidad que le quedaba como mujer. De modo que, sin pensarlo dos veces, un par de días después, cuando él no estaba, cogió mil dólares del dinero que ella ganaba con las carreras y todas las fotos que encontró y, con una pequeña mochila y su hermana en brazos, se marchó.

Fue a la estación de autobuses de Chihuahua, que era donde vivía, y cogió un autobús hasta Nueva León. De allí, otro hacia Guanajuato. Asustada porque Julio César pudiera encontrarla, se escondió con la pequeña hasta la salida del siguiente autobús. Con toda seguridad, él le seguiría la pista, por lo que tenía que hacerle creer que iba a Guatemala. Una vez en Veracruz, pagó los billetes de un autobús con dirección a Chiapas, pero en vez de subir, salió a la carretera y echó a andar en dirección contraria.

Anduvo durante horas y, al caer la noche, agotada por llevar a la niña en brazos, se sentó en el lateral de una carretera y quemó las fotos. Las miró por última vez y lloró. No por lo que se veía en ellas, sino por cómo había perdido la cabeza por aquel mal hombre que la estaba convirtiendo en una desgraciada.

Se quedó dormida y se despertó sobresaltada cuando un coche paró cerca de ella.

Asustada, echó a correr pensando que había sido descubierta por el individuo al que odiaba, hasta que unos brazos la pararon y, al volverse, se encontró con la mirada preocupada de un hombre con gafas. Segundos después, se le unió una mujer y entre los dos la convencieron para que subiera a su coche.

Se presentaron como George y Linda y, cuando la oyeron hablar, en especial con su precario inglés, se dieron cuenta de que no era mexicana, ni siquiera sudamericana y, tras parar en un bar de carretera, Ruth les contó entre sollozos cómo había llegado hasta allí.

Conmovidos por su historia, la pareja, que regresaban de vacaciones, decidieron ayudarla y, después de que él hiciera unas llamadas para que la dejaran cruzar la frontera junto con su hermana, llegaron a Nevada.

Una vez allí, Ruth supo que George trabajaba en los juzgados como juez de inmigración. Eso la asustó, pues a pesar de haber cruzado la frontera, no tenía papeles para vivir en Estados Unidos. ¿Qué iba a hacer? ¿Qué iba a pasar con su hermana?

Pensó en escapar de nuevo, pero una noche encontró a Linda llorando y ésta le contó que George tenía cáncer. Al saberlo, fue incapaz de marcharse y simplemente se quedó a su lado, abrazándola y consolándola.

Pocos días después, Ruth descubrió que estaba embarazada y se quedó tan bloqueada por la noticia que no dijo nada. No quería pensar en ello.

George investigó su caso y vio que todo lo que contaba en referencia a su familia y a cómo había llegado a México era verdad, y una noche le entregó una tarjeta de residencia. Como juez de inmigración decidió que se podía quedar legalmente en Estados Unidos. Ruth lloró aliviada.

Una semana después, a pesar de que George y Linda les habían ofrecido asilo en su hogar, Ruth decidió que debía comenzar una nueva vida. Su hermana se la merecía. Y, tras despedirse de ellos y prometerles que los llamaría, cogió un autobús y se marchó a Los Ángeles. Siempre había querido vivir allí.

Cuando llegó, lo primero que hizo fue buscar un lugar donde residir y un trabajo. Pero su embarazo proseguía y cuando éste se comenzó a notar, tuvo que suplicar en el restaurante donde trabajaba que no la echaran y la dejaran permanecer en las cocinas, aunque fuera fregando platos. Por suerte, su jefe, un buen hombre, se apiadó de ella. Veía que era una buena chica y aun a riesgo de que todo saliera mal, le permitió continuar.

En ese restaurante conoció a David, un español, y a Manuel, un cubano de origen neoyorquino. Sus ángeles de la guarda y las personas, junto con George y Linda, a las que se lo debía todo. Absolutamente todo.

Manuel y David eran una pareja gay que, al comprobar su precaria situación, con una niña pequeña a su cargo y embarazada, le echaron una mano en todo lo que pudieron. Le buscaron una casa mejor al lado de la de ellos e incluso la ayudaban a pagar las cuentas del hospital siempre que Jenny lo necesitaba.

Cuando, tras una de las ecografías, el médico le dijo que venían dos bebés y no uno, Ruth se quiso morir.

¿Por qué la vida se lo ponía tan difícil?

¿Dos bebés?

¡¿Dos?!

Aquello era para volverse loca.

Pero de nuevo, sus ángeles de la guarda, David y Manuel, le hicieron ver que la vida era bonita a pesar de las trabas que a veces uno se encontraba. Y el día de Navidad, tras una cesárea de urgencia, llegaron al mundo Adán y Brian. Dos pequeños bebés que al nacer pesaron poco más de dos kilos cien, pero que estaban sanos.

George y Linda acudieron a verla. Le pidieron a Ruth que regresara a Nevada, donde ellos la podían ayudar y proteger, y allí tendría un mayor bienestar. Pero ella, tras pensarlo, se negó. No quería volver a depender de nadie como había hecho en el pasado con su familia y Julio César.

—Mamiiiiiiiiiiiiii.

Ese grito la hizo salir de su ensoñación. Manuel había llegado con sus pequeños Brian y Adán. Dos pelirrojos tan iguales que sólo se los diferenciaba porque Brian tenía un remolino en un lateral de la cabeza y Adán no.

Ruth los abrazó sonriente y los besó a los dos, mientras el perro, *Luis Alfonso*, también los saludaba.

—¿Os habéis portado bien en el parque y en casa de los tíos? —preguntó Ruth, quitándole a Brian su inseparable pelota roja de las manos. Al ver sus miradas cómplices, añadió—: Oh... oh... ¿qué ha ocurrido?

Manuel, divertido al ver las caras de los dos pequeños, se sentó frente a ella y dijo:

—Tranquila, mi amol. En el parque sólo se han pegado con media humanidad y en casa sólo tendremos que volver a pintar la pared del salón. El graffitero ha atacado de nuevo, dejándonos su bonita obra.

—¡No jorobes! —cuchicheó David.

Manuel asintió y Ruth, mirando a sus hijos, dijo:

—Brian, Adán, ¿cuántas veces os he dicho que no hay que pegarse con los otros niños? —Los críos no respondieron y ella, mirando a uno de sus pelirrojos, preguntó—: Adán, ¿has vuelto a pintarles la pared?

El pequeño se encogió de hombros sin contestar, mirando su cochecito.

—También he sacado un trozo de pan de la ranura del DVD del salón —añadió Manuel—, pero ¡que no cunda el pánico, porque funciona! Ah... y por último, ¡nos han traído la tele nueva!

—¡Qué bien! —aplaudió David encantado.

—Es gandeeeeeeeeeeee —explicó Adán con su media lengua.

Manuel y David habían ahorrado durante cerca de un año para comprarse aquel maravilloso televisor plano de cincuenta pulgadas. Eran unos locos de las películas y lo que más les gustaba era prepararse unas palomitas, coger unas cervecitas y tirarse en el salón a verlas los días que ambos no trabajaban. Los niños comentaban a su manera lo impresionados que estaban con el nuevo televisor, cuando Manuel, con gesto cómico, dijo:

—Por cierto, no encuentro las llaves de casa; ¿alguien las tiene?

—¡Brian! —exclamó Ruth, mirando a su pequeño, que rápidamente sonrió.

—Perooooooooooooooo —continuó Manuel, al ver el gesto de preocupación de ella—, cuando he visto que mi actriz preferida de telenovela está mejor, se me ha pasado el enfado del todo.

—Estoy bien, güey —contestó Jenny, mientras Ruth cogía las llaves que Brian se había sacado del interior de los calzoncillos.

Sus hijos eran encantadores, pero tremendos. Adán era ver una pared reluciente y dejarla hecha un cristo, mientras que si Brian tropezaba con algún aparato con ranuras, les metía dentro lo que fuera, además de guardarse todo lo que pillaba en los calzoncillos.

—Manu, mis hermanos son unos tontorrones —dijo Jenny—. Pero si nos pones el Disney Channel, te prometo que los tres seremos requetebuenos.

Los tres adultos sonrieron ante la picardía de la pequeña y, poco después, Jenny, Adán y Brian veían la tele embelesados.

Ruth se sentó junto a sus amigos en la cocina y dijo:

—Esta vez os pagaré la pintura. Ya es la séptima vez que Adán os destroza la pared.

—Ni hablar —contestó David y, haciendo reír a Manuel, añadió—: Y mirándolo por el lado positivo, eso nos hace cambiar de color cada poco tiempo. Tú tranquila.

—Pero...

—Mi marido te ha dicho que tranquila —insistió Manu—, así que tranquila. Eso sí, ¡al niño le tendríamos que haber puesto de nombre Miguel Ángel! Como siga así, cualquier día nos dibuja la Capilla Sixtina en un rincón y nos evitamos tener que ir a Italia a verla. Pero a Brian, o le quitamos esa manía de guardárselo todo en los calzoncillos o al final nos lo meterán en chirona.

Ruth suspiró, sonriendo, y luego preguntó:

—¿Ha llamado el Cangrejo?

David asintió y entregándole una nota, dijo:

—Sí. Esta noche no trabajas, yo sí. Pero mañana tienes catering de cinco a diez en una fiesta de niños en Bel Air en la que la clienta sólo quiere camareras. Ésta es la dirección.

—Vale —contestó ella, cogiendo el papel.

—Y luego, por la noche, de doce a tres de la madrugada, trabajamos los dos en otro evento en Sunset Boulevard.

Ruth asintió. Luego miró su móvil, al que había llegado un mensaje.

—Es Patricia —dijo.

La llamó por teléfono y habló con ella brevemente.

—Se le ha caído una chica y me necesita de siete y media a once y media en su negocio de citas exprés —explicó, ante la atenta mirada de sus amigos.

—Pero ¿no te tocaba la semana que viene?

—Sí. Pero tiene una urgencia y además así me gano un dinerillo extra.

Cada quince días acudía a ese tipo de eventos. Soportar a varios desconocidos seguidos en turnos de siete minutos a veces era un rollo, pero cuando el desánimo se apoderaba de ella, le daba la vuelta al asunto y lo convertía en algo divertido.

Por regla general, los hombres le sonreían cuando la veían. No era fea y sabía que, aunque no tenía un cuerpazo, era resultona. Pero en cuanto se sentaba con ellos y desplegaba sus artes dramáticas, contándoles que era una exconvicta, madre de tres hijos y exalcohólica, absolutamente todos decidían no repetir cita y ella sonreía al ver que había conseguido su objetivo.

—Vamos a ver, Ruth —dijo David—, ¿por qué no descansas hoy?

—Porque ese dinero me viene bien. Ya sabes que para mí, con tres niños a los que cuidar, alimentar, vestir y sacar adelante, todo lo que consiga siempre es poco.

Sin duda tenía razón y Manuel contestó:

—Vale, pero no te olvides de que el martes que viene celebramos nuestro aniversario. Astrid ya está avisada para que se quede con los niños.

—De acuerdo.

Manu y David se miraron y este último insistió:

—Mírame a los ojos y dime que vendrás, o juro por mi vida que me cortaré las venas y tú y sólo tú tendrás la culpa de que mi Manuel se quede solo en esta vida sin su amor.

Al ver que esperaba una respuesta, Ruth respondió:

—Que sí, pesadito. El martes iré a la fiesta de vuestro aniversario. Por cierto, ¿es en Flashback?

—Sí. El local más de moda de Los Ángeles. No hemos podido cerrar la sala sólo para nuestros invitados, como queríamos en un principio, porque costaba un ojo de la cara. Pero tenemos un reservado y allí os podré preparar ricos cócteles.

—¡Hum, qué buenos! —aplaudió Ruth.

David era un estupendo coctelero y, mirándolos a los dos, preguntó:

—¿Temática final de la celebración?

Los enamorados se miraron y David respondió:

—Aunque yo quería el Antiguo Egipto, con su Nefertiti y su Neferura, al final, como soy un blando, me he dejado convencer y la temática será ¡lentejuelas y purpurina!

Ruth suspiró. Otros años, la temática había sido la Prehistoria o el Renacimiento, pero por suerte este año estaban comedidos.

—¡Genial! Con ese tema me facilitáis la vida —comentó aliviada.

Todos rieron y luego Manu dijo:

—Tranquila, vete a currar. No hace falta que llames a Astrid, yo me quedo esta noche con los niños.

—Gracias... Gracias... Gracias... —lo achuchó ella y añadió—: Como muy tarde a las doce estoy aquí.

Dicho esto, volvió a mirar el reloj. Eran las cuatro y veinte y hasta las seis y media no se tenía que arreglar para marcharse. Así que, una vez sus amigos se fueron a su casa, se sentó junto a su hermana y, tras ponerse a sus pequeños en la falda, se relajó unas horas viendo la tele, primero a Violetta y luego los dibujos de Phineas y Ferb y Peppa Pig.

5

Paraíso

Cuando Tony llegó a las puertas de su impresionante y moderna casa, accionó un mando desde su increíble R8 y la cancela exterior se abrió. El jardín era precioso y muy cuidado y pronto *Melodía*, su perra gran danés de color chocolate, corrió a recibirlos a él y a su padre.

Una vez metió el coche en el garaje, Tony se bajó y *Melodía* rápidamente saltó a darle lametones. Divertido, la acarició y la mimó. Era un regalo que su cuñada Yanira y su hermano Dylan le habían hecho y cada día estaba más contento de tenerla. Le hacía mucha compañía y era la compañera perfecta. Nunca exigía nada, nunca se quejaba y nunca tocaba ni desordenaba sus cosas.

Al ver la alegría de la perra ante la llegada de su hijo, Anselmo salió del coche y, antes de que se abalanzara también encima de él para llenarlo de babas, dijo:

—Nunca he visto una cosa igual. ¿Cómo puede ser tan cariñosa esta perra?

Tony rio al ver cómo *Melodía* ahora se restregaba contra su padre y, al pensar en *Pulgas*, el perro de éste, respondió:

—Dicen que los perros son un fiel reflejo de los amos.

Anselmo soltó una carcajada por lo que su hijo había querido dar a entender.

—Sin duda, mi *Pulgas* es un ogro, como yo —sentenció.

Continuaron hablando divertidos y al entrar en el impoluto vestíbulo de la casa, Paola, la mujer que se encargaba de que todo funcionara a las mil maravillas, los saludó:

—Bienvenidos.

Anselmo la miró y sonrió, mientras que Tony decía:

—Hola, Paola, ¿todo bien por aquí?

Ella asintió y, acercándose a una mesita, cogió un par de cartas y se las entregó a Tony.

—Sí, todo bien. Esto es para ti.

Cuando Paola se fue, su padre y él entraron en el salón y Anselmo dijo:

—Tú dirás lo que quieras, pero esta decoración tan minimalista a mí no me gusta. Se ve todo tan frío e impersonal. Es un salón muerto, ¡sin vida!

Tony sonrió. Aquel lugar espacioso, decorado en diferentes tonos de blanco, le gustaba mucho.

—Sabes que soy un maniático del orden —respondió— y este tipo de decoración me va perfecta. Todo está en su sitio y nada fuera de lugar. Pocos muebles y mucho espacio. ¡Eso me encanta!

—Pues yo creo que te quedarían muy bien unos cuadros en las paredes y unas fotos familiares sobre la chimenea del salón —replicó su padre suspirando.

—No, papá —rio él—. ¡Ni hablar!

Comentaron un rato más lo que le gustaba a cada uno y después Anselmo dijo:

—Dentro de cuatro días he quedado con tu tío Tito para regresar juntos a Puerto Rico.

—¿Por qué te vas tan pronto? Sabes que conmigo puedes quedarte el tiempo que quieras.

—Lo sé, hijo, lo sé.

—¿Entonces?

Anselmo sonrió y, con gesto pícaro, murmuró:

—Hijo, no quiero molestar.

—No molestas, papá, ¡no digas tonterías!

—Anoche te oí con esa mujer que tenías en tu habitación —contestó el hombre, sonriendo y bajando la voz—, y por vuestras voces, gritos y jadeos, parece que lo debisteis de pasar bien. Y no es que te lo eche en cara, es sólo que me incomoda oír a mi hijo en semejante actitud.

—Papáaaa —rio Tony.

—Por cierto, esta mañana he coincidido con ella en la cocina y he podido ver sus encantos en vivo y en directo, antes de que se asustara ante mi gruñido oscuro y siniestro y saliera corriendo despavorida.

—Lo siento, papá —respondió él, sonriendo y poniendo los ojos en blanco al imaginar la escena.

Anselmo le dio un golpe en el hombro y replicó:

—No lo sientas, hombre, si la joven estaba muy bien ¡Vaya pechos más monos tenía! Aun así, ese tipo de mujer tan descarada a mí no me...

—No, papá. Cierra la boca —dijo Tony, tocando sin darse cuenta la llave que su madre le había entregado, junto a todos sus hermanos, y que llevaba colgada en el llavero del coche—. No empieces con eso.

Anselmo negó con la cabeza. La soltería la veía bien, pero quería que Tony fundara su propia familia, como había hecho Dylan, y añadió:

—Vamos a ver, hijo, tú eres una persona muy familiar, como Dylan, y deberías crear una familia. Ya vas teniendo una edad y, el día que seas padre, vas a parecer el abuelo del niño.

—Papáaaaa...

Encantado porque Tony nunca se enfadaba cuando sacaba ese tema, Anselmo insistió:

—Si fueras como el descerebrado de Omar, no te animaría a buscar a tu mujer ideal. Pero muchachote, tú no eres así. Yo sé que no eres así.

Dispuesto a eludir el tema, Tony dijo:

—Papá, no te enfades, pero tal como estoy vivo muy bien. Tengo lo...

—Lo sé. Sé que tienes lo que quieres, y mujeres dispuestas a acostarse contigo, todas las del mundo —lo cortó Anselmo—. Pero créeme, el tiempo pasará y un día te darás cuenta de que lo importante en la vida es el amor verdadero. El resto te aseguro que quedará en un segundo o quinto lugar, porque sentirse especial para alguien es lo mejor que hay en el mundo. Y yo sé que ahí fuera está esa mujer que puede hacerte perder la cabeza como a mí me la hizo perder tu madre, o a Dylan Yanira. Sólo tienes que mirar a tu alrededor y estoy seguro de que la encontrarás.

Tony suspiró. Su padre siempre había sido un romántico, como su madre, y él, en cierto modo, a través de la música que componía, sabía que también lo era. El problema era que con las chicas que conocía no le afloraba esa faceta. Se mostraba amable, encantador, cautivador con ellas, pero el romanticismo era algo que había utilizado pocas veces en su vida para seducirlas, especialmente porque con sólo mirarlas ya las conquistaba y, sonriendo, contestó:

—De acuerdo, papá, te haré caso y miraré a mi alrededor, pero ahora ven, quiero enseñarte una melodía que estoy componiendo.

Entraron en el estudio amplio e impoluto que Tony tenía en su casa y, tras darles a unos botones, una agradable música comenzó a sonar. Ambos la escucharon con detenimiento y, cuando acabó, Anselmo dijo:

—La melodía es bonita.

—¿Sólo bonita?

—Ponla otra vez.

De nuevo la escucharon y, cuando acabó, Tony preguntó:

—¿Qué le falta para tu gusto, papá?

—Le falta sentimiento y pasión. Como diría tu madre, le faltan esos toques que hacen que la piel se te erice y el estómago se te ponga del revés. ¿Entiendes lo que digo, hijo?

Tony asintió. Sin duda lo entendía y estaba de acuerdo. Le gustaba lo que había compuesto, pero echaba en falta justo eso. El último ingrediente que lo hiciera especial, diferente y único.

Pasó el resto de la tarde en compañía de su padre, hasta que recibió un mensaje y, tras ver que se trataba de una amiga muy sexy, se despidió de él y se marchó. Sin duda lo esperaba una noche gloriosa.

6

Sí tú supieras

Cuando Ruth entró en el local de su amiga Patricia, ésta sonrió al verla, se acercó a ella y, abrazándola, dijo nerviosa:

—Gracias por venir. ¡Menudo día llevo hoy, cielo, menudo día! Hace un mes que estoy organizando este evento y una de las chicas me llama hace unas horas para decirme que se ha roto una pierna.

Ruth sonrió y, mirando las pegatinas que Patricia sostenía en las manos, contestó:

—Vale, tranquilízate, loca, que ya estoy yo aquí.

—Bonita mía, siento añadirte embolados de éstos, que ya sé que no te gustan mucho. Pero también sé que el dinero te viene bien y tú me vienes bien a mí, ¡por lo tanto...!

—Blanco y en botella —finalizó Ruth.

Ambas sonrieron y Patricia la cogió del brazo y explicó:

—Sois dieciséis mujeres y dieciséis hombres.

—¿Dieciséis? —repitió Ruth alarmada.

Su amiga asintió y, bajando la voz, dijo:

—Lo superarás. He puesto tu ficha en la web, aunque, como bien sabes, tú no tienes que pagar nada. Pero ¡es nuestro secreto!

—Patricia, por Dios, ¡que no es la primera vez que lo hago!

Angustiada, la otra asintió y, entregándole una pegatina, dijo antes de marcharse:

—Póntela y ve a la barra. Andrew te servirá lo que quieras beber mientras esperamos a que comience el evento.

Ruth miró su pegatina. En ella ponía un nombre y un código. B15 Wendy. Sonrió divertida. Esa noche se volvía a llamar como la amiga de Peter Pan, el cuento que tanto les gustaba a sus hijos.

—Hola, cara bonita —la saludó Andrew, encantado de tenerla allí. Y, poniéndole delante una cerveza, añadió—: Me he alegrado cuando Patricia me ha dicho que venías.

—Sabes que el dinero siempre me viene bien —respondió ella sonriendo.

—Estaré pendiente de ti por si quieres que te quite a algún pesado de encima —cuchicheó Andrew.

Diez minutos más tarde, antes de comenzar el evento, Patricia recordaba las normas de aquellas citas exprés ante todos. Prohibido pasarse la dirección de mail y el número de teléfono. Siete minutos era la totalidad de la charla con cada uno. Las chicas se quedaban sentadas y los hombres rotaban de mesa en mesa.

Ruth recibió sonriente a su primera cita, Tom A1. Un ingeniero simpático, pero descuidado en su aspecto. Habló con él y, cuando vio que se interesaba por ella, rápidamente le soltó su retahíla de exconvicta etcétera, etcétera, etcétera. Tras el ingeniero, pasó un profesor, un pastelero, un abogado y Ruth los escuchaba con paciencia, mientras apuntaba en su tarjetita lo que pensaba de ellos para identificarlos.

Tom A1: Desesperado y poco aseado.

Fred A2: Aburrido. Habla sobre meteoritos.

Ricardo A3: Divertido. Le gusta bailar.

Stephen A4: Gilipollas, pero gilipollas profundo.

Tras los cuatro primeros, hubo un descanso de quince minutos en el que Ruth corrió al baño para llamar a Manuel. Todo estaba bien en casa.

Cuando regresó, comenzó la siguiente ronda, y después la siguiente y la siguiente. Economista, fontanero, encofrador, empleado de funeraria, piloto de aviones, parado, ejecutivo, electricista y un sinfín más de hombres de diferentes posiciones y trabajos se sentaron frente a ella y a todos los escuchó.

Una vez terminó la velada, Patricia invitó a unas copas con la finalidad de que todo el mundo aprovechara el evento y, cuando acabó, animó a todos a que al día siguiente votaran afinidades a través de la página web, cuya dirección se llevaban impresa en un papelito.

Después de la copa, Ruth deseaba marcharse, estaba harta de escuchar a un pesado que no quería darse por enterado de que no le interesaba. Andrew la ayudó a quitárselo de encima y Patricia le pagó con disimulo. Cuando salió al exterior del local, respiró con gusto.

—¿Te vas?

Al volverse, vio a Andrew salir tras ella. Ruth asintió.

—¿Por qué no te quedas y, cuando termine aquí, te invito a tomar algo? También necesitas divertirte, además de trabajar.

Ruth sonrió y, al ver que él la cogía por la cintura, se deshizo de su abrazo y dijo con paciencia:

—Andrew, te lo he dicho cien veces. Entre tú y yo no puede haber nada. Eres un buen amigo y eso es todo.

Sin darse por vencido, la arrinconó contra la pared.

—Cara bonita, soy un hombre persistente —contestó él, acercándose.

—No, Andrew, no insistas. Además, yo tampoco repito. —Sonrió y él también. Luego, mirándolo, añadió más seria—: Eres un buen amigo. No lo estropeemos con una relación que no irá a ningún sitio.

—¿Y cómo sabes que no irá a ningún sitio?

Ruth lo miró con cariño, le dio un beso en la mejilla y respondió:

—Porque yo no quiero tener una relación con nadie. No estoy preparada y creo que durante muchos años no lo voy a estar. Por eso lo sé.

Andrew le cogió la mano y, tras besarle los nudillos, susurró:

—Es una pena, cara bonita.

Después se dio la vuelta y entró de nuevo en el local. Debía continuar trabajando.

Una vez sola, se dirigió hacia su viejo escarabajo rojo, metió la mano en su bolso y sacó un cochecito de uno de sus hijos. Eso la hizo sonreír. Su bolso era en ocasiones como un supermercado lleno de chuches, coches y horquillas de colorines de Jenny. Cuando encontró las llaves de su desconchado coche, lo abrió y, tras sentarse, agotada tras el largo día, le dio al contacto, pero éste hizo un ruido raro. Ella masculló:

—No... no... no... ahora no, *Harry*.

Insistió de nuevo, pero el motor no arrancó. *Harry* tenía muchos años, demasiados. Pero Ruth adoraba ese coche, tan parecido al que tenía su padre cuando ella era niña, e intentaba cuidarlo al máximo. Con mimo, intentó que arrancara varias veces más, hasta que desistió. Cuando *Harry* decía que no arrancaba, significaba reparación en el taller.

Salió del coche y estuvo tentada a abrir el capó y mirar qué le ocurría, pero se resistió. Desde que había escapado del lado de Julio César, no había vuelto a mirar las tripas de un coche. Ni tampoco a conducir como una loca. No quería que nadie la relacionara con su antigua vida.

Resignada, cerró el coche y echó a andar hacia la parada del bus nocturno. Debía llegar a su casa cuanto antes.

Cuando cuarenta minutos más tarde entraba en su casa, era la una menos cuarto de la noche. Manuel estaba sentado en el sofá, junto a *Luis Alfonso*, y al verla sonrió.

—Me estaba empezando a preocupar por ti —dijo.

Ruth dejó el bolso sobre una mesita y contestó:

—*Harry* me ha dejado tirada.

Manu puso los ojos en blanco.

—Mi amol, debes mirar un auto nuevo —le dijo—. No es bueno que una mujer como tú vaya sola en el autobús a estas horas. No puedes seguir con esa chatarra que sólo te hace tirar el dinero. Hablaremos con mi amigo Sean y buscaremos un coche que puedas pagar.

Ella asintió. Manu tenía razón. El problema era que nunca conseguía ahorrar lo suficiente. Con Jenny siempre se presentaban gastos extra. Iba a decir algo cuando su amigo se le adelantó:

—A la película le queda más o menos media hora. Por cierto, mi amol, ya tú sabes que cada día me gusta más tu colección de películas, ¿verdad?

Ruth sonrió. A pesar de lo mal que la había tratado la vida, nada le agradaba más que ponerse una película romántica cuando los niños se acostaban. Encantada al ver la que estaba mirando Manu, se dejó caer a su lado y murmuró:

—*Kate y Leopold*, qué bonita.

Él asintió y, apoyando la cabeza en la de ella, afirmó:

—Sí, tesoro, es una película tan bonita, tan mágica, tan romántica que hasta *Luis Alfonso* está suspirando. —Ruth miró a su perro y sonrió—. Y Hugh Jackman está tannnnnn guapo, tannnnn bueno, tannnn impresionante, que no me canso de verla.

Sin duda, contemplar a un hombre como Hugh Jackman alegraba a cualquiera. La vieron juntos hasta el final y, una vez acabó, los dos se miraron emocionados y con los ojos llenos de lágrimas. Manuel cuchicheó, levantándose:

—Qué bonito... qué bonito... cuando la ve entrar en el salón de baile. Ay, mi amol... cómo la mira, cómo va hacia ella para bailar, ¡qué momentazo!

Ruth asintió divertida y, levantándose ella también, dijo, mientras caminaban hacia la puerta:

—Gracias por quedarte con los niños. Te debo tanto que...

Poniéndole un dedo en los labios, Manu la acalló.

—Vete a dormir. Estarás agotada.

Cuando él se fue, Ruth cerró la puerta, se apoyó en ella y miró a su alrededor. La casa estaba sumida en el caos habitual. Intentar tener una casa en orden con sus hijos era misión imposible.

Luis Alfonso, que seguía durmiendo en el sofá, levantó el cuello para mirarla. Ruth se le acercó con cariño y tras besuquearlo y decirle cosas bonitas, apagó las luces y se encaminó hacia su habitación. Antes pasó a ver a los gemelos, que estaban profundamente dormidos. Sonriendo, acarició su pelo rojo y los besó en la frente. Después fue a la habitación de Jenny y, al abrir la puerta, la niña se movió. Ruth se acercó a ella y, al ver que abría los ojos, preguntó:

—¿Te encuentras bien?

Jenny asintió, pero levantó los brazos hacia ella y pidió contacto directo. Ruth, abrazándola, se tumbó en la cama junto a su pequeña.

—Mamita, ¿has trabajado mucho? —preguntó.

Ella le besó la frente con cariño y respondió:

—Un poquito. Y ahora, duerme.

—Hoy Brian se ha enfadado mucho cuando han terminado los dibujos de Peppa Pig, y ha tirado el mando de la tele al suelo y después lo ha pisado.

—¿Y ha sobrevivido? —preguntó Ruth cansada.

—Sí. Por suerte no se ha estropeado.

Durante unos segundos, ambas se quedaron en silencio, hasta que la pequeña dijo:

—¿Por qué no tienes novio, como todas las chicas?

Esa pregunta, que tantas y tantas veces le formulaba Jenny, la hizo sonreír de nuevo. Ningún novio quería cargar con tres niños que no eran suyos y, suspirando, contestó:

—Porque no tengo tiempo. Además, ya sabes que yo busco un príncipe azul y...

—... que sea muy... muy guapo, ya lo sé.

—Sí mi niña, muyyyyyyyy guapo. ¡Ésa es una condición indispensable! —afirmó guasona.

—Y con una bonita sonrisa, ¿verdad?

—Oh, sí... La mejor. Tiene que ser una sonrisa espectacular.

—Y los ojos tan bonitos como los amaneceres en Acapulco.

Al oír eso, Ruth sonrió. Jenny tenía mitificados esos amaneceres por las telenovelas que veía.

—Sí, cariño... ojos como los amaneceres de Acapulco —afirmó.

—Y, por supuesto, que tenga un coche que no se rompa —finalizó la pequeña—. El pobre *Harry* está viejecito y necesitamos uno nuevo. ¡Y si tu novio lo tiene, mejor!

Ruth la miró divertida. Sin duda, Jenny había oído su conversación con Manu sobre el coche y, acomodándose junto a ella, murmuró:

—De momento, vamos a dormir. El novio de los ojos como los amaneceres de Acapulco y el coche ya los buscaremos.

7

No se me hace fácil

Cuando Tony salió de la ducha de su casa, se encontró con Roxy, una guapa mexicana, que estaba arreglándose frente al espejo. Se miraron a través del reflejo y Tony se acercó a ella y le besó el hombro. Mientras le quitaba de las manos la estatuilla de un premio para dejarla justo donde él quería, le preguntó:

—¿No has dicho que tenías sesión de fotos?

Roxy asintió y, echando el cuello hacia atrás para apoyarse en él, respondió volviendo a coger la estatuilla:

—Sí. A las once tengo que estar en Venice Beach.

Tony le dio otro beso en el hombro y se alejó de ella diciendo:

—Deja la estatuilla donde estaba. No la vuelvas a tocar.

No soportaba que le desordenaran las cosas.

—¿Me llevas en coche? —preguntó Roxy.

—Lo siento, pero a las once tengo que estar en otro sitio.

La mexicana hizo un mohín. Quería que todo el mundo la viera llegando con él y, como estaba dispuesta a conseguir su propósito, lo abrazó por la espalda y murmuró:

—¿Y si te lo pido de otra forma?

Tony sonrió. El sexo con ella era colosal, por lo que, volviéndose para mirarla, respondió:

—Convénceme.

Encantada, Roxy lo cogió de la mano y lo llevó hasta la cama. Lo hizo sentarse y luego lo empujó hacia atrás. Con mirada divertida, Tony la vio abrir el sobre de un preservativo, que luego le colocó con mimo con la boca y los dedos. Era fantástica.

Cuando acabó, se sentó sobre él, se introdujo la punta de su pene y murmuró al ver cómo se tensaba de deseo el cuerpo de Tony:

—Estoy segura de que esto te convencerá.

Él no dijo nada. Se dejó hacer. La sentía galopar sobre su cuerpo, haciéndole sentir un agradable hormigueo, no sólo físico. Encantado con su fogosidad le sujetó el trasero con fuerza y la empaló más aún en él. La joven jadeó. Tony lo hizo de nuevo y, de pronto, la puerta se abrió y apareció su padre.

—Hijo, me voy a...

Al ver aquello, el hombre cerró rápidamente.

Tony miró a la chica, que se había quedado paralizada, y dijo, sacándola de encima de él:

—Lo siento.

Tras quitarse el preservativo, cogió una sábana, se la enrolló a la cintura y fue en busca de su padre. Lo encontró en el salón, mirando por la ventana.

—¿Qué tal si llamas a la puerta antes de entrar? —le preguntó, acercándose a él.

Anselmo asintió con la cabeza.

—Lo siento, muchacho. Creía que estabas solo.

Ambos se miraron y finalmente prorrumpieron en una carcajada. Cuando se relajaron, el viejo dijo:

—Madre mía, ¡qué trasero tiene la morena!

—Papáaa...

Anselmo asintió y Tony preguntó divertido:

—¿Qué era eso tan importante que me querías decir?

—Que he quedado con Tifany y Preciosa para comer hoy, antes de la fiesta de cumpleaños de la niña. Sólo quería que lo supieras.

—Vale.

—Por cierto, si la rusa me pareció increíble, ésta es espectacular. Pero ¿de dónde las sacas?

Sin poder evitar sonreír, Tony miró a su padre, que se alejaba ya hacia la puerta.

—Me voy —dijo Anselmo—. Te veo esta tarde en casa de Tifany para la fiesta. Vendrás, ¿verdad?

—Por supuesto. No me la perderé por nada del mundo.

Su padre asintió y cuchicheó divertido:

—Y ahora, ve a terminar lo que has dejado a medias. ¡Eres un Ferrasa!

Tony se quedó riendo y poco después oyó la puerta de entrada al cerrarse. En ese instante, dejó caer la sábana que llevaba en la cintura y se encaminó hacia su habitación. Al entrar, vio que Roxy seguía desnuda tumbada en la cama. Ella le sonrió y Tony se acercó.

Sin perder tiempo, la joven abrió otro preservativo y, con la misma sensualidad de minutos antes, se lo volvió a poner. Cuando terminó, Tony la levantó de la cama y dijo:

—Ve hacia el sillón, date la vuelta y apóyate en el respaldo.

Ella lo hizo sin dudarlo y Tony finalizó con gusto lo que minutos antes había empezado.

8

Aunque no te pueda ver

Anselmo fue a una elegante y exclusiva tienda de Rodeo Drive llamada Pretty Crazy. La tienda de su exnuera Tifany. Al entrar, varias clientas de lo más chic lo miraron y él, tras sonreírles, caminó con decisión hacia la trastienda. Allí, nada más entrar, oyó:

—¡Abuelo!

Encantado de la vida, el hombre abrió los brazos y recibió en ellos a Preciosa, su nieta, que ese día cumplía siete años y que era la viva imagen de la felicidad. Anselmo aún no se había sacado la espinita que llevaba en el corazón por no haberla tratado como merecía desde el día en que nació. El tonto de su hijo Omar había omitido decirle quién era la niña, pero, gracias a Dios, todo se había solucionado para bien.

La besó y le entregó un paquete envuelto en papel rosa.

—¡Felicidades, mi niña! —dijo.

Preciosa cogió el regalo, excitada.

—¡Gracias, abuelo! —exclamó, abrazándolo.

Cuando se separó de él, abrió el paquete y al ver una pulserita de oro con perlitas engarzadas, murmuró:

—Qué bonitaaaaaaaaaaa...

Anselmo se arrodilló ante ella y se la puso.

—Espero que cuando la mires te acuerdes de mí —dijo él y, acercándose, cuchicheó—: Tengo más regalos para ti, pero te los daré esta tarde en la fiesta.

La niña aplaudió emocionada y luego se apartó y preguntó:

—¿A que es cuqui mi top rosa, abuelo?

Anselmo sonrió. Sin duda ese «cuqui» era muy de su madre, Tifany, y contestó:

—Es precioso y tú estás muy... muy cuqui con él.

La chiquilla sonrió encantada y en ese momento, Tifany apareció ante ellos, hablando por teléfono.

—Que sí, que sí, que el vestido ha quedado ideal y te superencantará. Te espero esta tarde en la fiesta de Preciosa. Sí... sí... tráete a tu sobrina Melisa. Lo pasará bien.

Cuando colgó, se acercó a Anselmo y, tras abrazarlo con cariño, dijo:

—Esta camisa que llevas te hace muy guapo y estiloso.

—Mamá, mira lo que me ha regalado el abuelo.

Tifany contempló la pulsera que la niña le enseñaba y exclamó:

—Me superencantaaaaaaaaa, cariño, tu abuelo tiene muy buen gusto.

Él sonrió divertido. Nunca habría imaginado que terminaría cogiéndole tanto cariño a aquella rubia de palabrería rara y pija, pero el caso era que Tifany había sabido ganarse su corazón. Y, dando una palmada, dijo:

—Vamos, ¡es hora de comer!

Tras despedirse de sus empleados, la mujer cogió su bolso, se puso las gafas de sol y, mientras salían de la tienda, propuso:

—Hay un restaurante francés de lo más chic a la vuelta de la esquina.

Anselmo, que había levantado la mano para parar un taxi, comentó, tras guiñarle un ojo a su nieta:

—Preciosa y yo ya hemos decidido dónde queremos comer.

Tifany encogió los hombros divertida y, cuando su suegro le abrió la puerta con galantería, entró en el coche y se dejó llevar.

—¿Vamos a comer aquí? —preguntó cuando llegaron y se bajaron del taxi.

Abuelo y nieta asintieron.

—De acuerdo —dijo, dándose por vencida—. Pero recuerda, cariño, que hay que controlar lo que comes.

—Vale, mami —afirmó la pequeña.

—Yo también controlaré lo que como —añadió Tifany divertida—. Aun así, mañana me machacaré con mi *personal trainer* para que me haga quemar las calorías que ahora voy a consumir.

—Eso, tú machácate mañana y disfruta hoy —rio Anselmo, entrando en el Hard Rock.

Preciosa estaba en la gloria. Le encantaban las hamburguesas y, al menos una vez al mes, su tía Yanira la llevaba allí para que disfrutara. Anselmo, que lo sabía, quiso darle ese capricho a su nieta antes de regresar a Puerto Rico.

Cuando se sentaron, el camarero que los había guiado hasta su mesa les entregó las cartas. Tifany disfrutó viendo la alegría de su niña ante los divertidos comentarios de su abuelo.

—¿Saben ya lo que van a comer?

Al levantar la mirada, Anselmo se encontró con la muchacha del pelo multicolor y la saludó:

—Hola, muchacha.

Ella lo miró y él, al ver cómo lo observaba, preguntó:

—¿No te acuerdas de mí?

Su voz. Aquel tono ronco fue lo que hizo que Ruth se acordara y, sonriendo, contestó:

—Hoy, caballero, prométame que va a comer más despacio.

Anselmo soltó una carcajada y, ante la cara de incredulidad de Tifany, dijo:

—Prometido. —Y al ver que su nieta y su nuera aún no tenían claro qué pedir, añadió—: ¿Vas a permitir que en tu turno de trabajo me muera de sed por no traerme una cerveza Sierra Nevada Porter?

Con una sonrisa encantadora, ella le guiñó un ojo y respondió:

—¡En mi turno de trabajo por supuesto que no! Ahora mismo se la traigo.

Sin perder la sonrisa, se encaminó hacia las cámaras y, tras coger la cerveza y un vaso, regresó a la mesa.

—Aquí tiene, caballero —dijo—. Una Porter bien fresquita.

A Anselmo le agradaba aquella muchacha con aquel pelo tan llamativo. Se la veía trabajadora y honrada y, tras llamarlo «caballero» se lo terminó de ganar. Sólo su fallecida mujer lo había llamado así y eso le gustó. Por ello, con una sonrisa deslumbrante que a Tifany la sorprendió, contestó:

—Gracias, dulzura.

En ese instante, uno de sus compañeros llamó a la joven y, tras disculparse, ella se marchó.

—¿Dulzura? —cuchicheó Tifany, divertida.

Anselmo dio un trago a su cerveza y luego sonrió.

—Parece buena chica, ¿no crees? —preguntó.

Su nuera la miró y murmuró:

—¿No crees que es demasiado joven para ti?

Anselmo soltó una carcajada y afirmó:

—Sin duda lo es.

A cada instante más sorprendida por lo que su exsuegro decía, Tifany insistió:

—¿No te parecen escandalosos esos colores que lleva en el pelo?

—No. Mi Luisa, que en paz descanse, se lo teñía también de mil colores. Tan pronto lo tenía rojo como azul.

Antes de que Tifany pudiera responder, la joven se acercó de nuevo a la mesa y, mirando a la pequeña de ojos negros, que sonreía con cara angelical, dijo:

—Tu carita me dice que tú ya sabes lo que quieres, ¿verdad?

Preciosa asintió.

—Quiero una hamburguesa mediana, sin queso, sin mayonesa ni ketchup y ensalada con aderezo bajo en grasas. Ah... y agua para beber, por favor.

Ruth, sorprendida de que hubiera dicho todo aquello de carrerilla, contestó:

—Vaya... me dejas sorprendida. ¿No quieres patatas ni Coca-Cola?

La niña negó con la cabeza.

—Soy diabética y tengo que cuidarme —explicó.

—Mi nieta es una niña muy responsable —intervino Anselmo al escucharla.

Ese comentario hizo sonreír a Ruth y, divertida, afirmó:

—Di que sí, tesoro, ¡hay que cuidarse! Y tú lo haces muy... muy bien. Por eso, yo misma me ocuparé de que preparen una hamburguesa muy especial para ti, ¿de acuerdo? —La pequeña sonrió y Ruth añadió—: Tenemos gaseosa dietética, si te gusta, o té sin azúcar. Te lo digo porque algunos diabéticos lo piden.

—Gracias, pero prefiero el agua.

Ruth apuntó con detalle todo lo que le había pedido.

—¿Sabes? ¡Hoy es mi cumple! —exclamó la niña.

Ruth dejó de apuntar y, sonriendo, la abrazó.

—Felicidadesssssssssssss, cariño. ¿Cuántos cumples?

—Siete.

Ruth gesticuló, haciendo sonreír a los acompañantes de la niña y dijo:

—Siete años es una edad muy importante; ¿lo celebrarás hoy?

La pequeña abrió los ojos y asintió encantada.

—Sí. Esta tarde en mi casa. Vendrán todos mis amigos y mi familia y tendremos una fiesta superchula. Mami lo ha organizado todo con castillos inflables y princesas Disney.

Al oír eso, Ruth recordó algo y, mirando a Tifany, preguntó:

—¿Viven ustedes en Bel Air? —Al ver que la mujer asentía, Ruth explicó—: Entonces, esta tarde me parece que nos volveremos a ver. Creo que otra de las empresas para las que trabajo es la que se encargará del catering de la fiesta de su hija.

—Contraté a la empresa de un amigo, la Harry Events —dijo Tifany.

—Confirmado. Así se llama la empresa. Pues allí estaré —sonrió Ruth, guiñándole un ojo a la pequeña.

—Interesante —murmuró Anselmo, y dio otro trago a su cerveza.

Estaba pensando en la cara de sorpresa de su hijo Tony cuando viera a la chica del pelo de colores de nuevo ante él.

—Oh, qué coincidencia —dijo Tifany, extrañada al ver a su suegro tan interesado.

Una vez Ruth tomó la comanda y se marchó, decidió llamar a George y a Linda en sus quince minutos libres para ver cómo estaban. Habló con Linda y ésta le contó que George seguía igual. Cuando se despidieron, salió de nuevo al restaurante y se acercó un par de veces a la mesa de la niña del cumpleaños. La primera para ver que todo estuviese bien y la segunda para regalarle un globo y una camiseta del local. Una vez acabaron la comida, la pequeña se acercó a Ruth antes de marcharse, y le tiró del pantalón.

—¿Ocurre algo, cariño? —preguntó ella.

La niña le hizo un gesto de que se agachara para estar a su altura y, dándole un beso en la mejilla, dijo:

—Gracias por la camiseta, el globo y la hamburguesa. Ha sido la hamburguesa más rica de tooooooda mi vida. Cuando vengas a mi fiesta, te daré un trozo de mi tarta, ¿vale?

Encantada, Ruth la abrazó. Con el trabajo que tendría en la fiesta, dudaba que pudiera tomarse un trozo de tarta, pero sonrió y contestó:

—De acuerdo.

La niña regresó junto a su madre y su abuelo. Ruth se despidió de ellos y, cuando desaparecieron, dándose la vuelta, se acercó a la mesa de otros clientes y, con amabilidad, preguntó:

—¿Saben ya lo que quieren comer?

9

Por fin

En el exclusivo barrio residencial de Bel Air, Tifany y Preciosa recibían a sus invitados en su bonita y lujosa casa. Al principio, aquélla había sido la residencia de Omar Ferrasa y Tifany, pero tras su divorcio, pasó a ser de la madre y la hija.

Aquella hermosa tarde, la casa estaba llena de luz, música y, sobre todo, de niños que corrían de un lado a otro, pasándolo bien.

Anselmo Ferrasa, el patriarca, estaba sentado a una de las mesas, con sus hijos Omar y Dylan. Hablaba con ellos sobre unas mejoras que quería hacer en su hogar de Puerto Rico, cuando vio pasar a la chica arco iris. En esa ocasión llevaba el pelo recogido en una coleta alta y eso lo hizo fijarse más en sus ojazos verdes. Eran preciosos.

Tony se retrasaba, era el único familiar directo que faltaba por llegar y Anselmo estaba impaciente por ver si su hijo recordaba a la joven.

Al pasar Ruth junto a una mesa, un hombre la llamó. Era Omar, el padre de la niña, para pedirle algo de beber. Y cuando los ojos de ella coincidieron con los del hombre más maduro, Ruth sonrió y preguntó:

—¿Una Sierra Nevada Porter bien fresquita?

—Exacto, muchacha, ¡eso es lo que quiero!

Omar y Dylan se miraron. ¿De qué conocía su padre a aquella chica?

Pero Dylan la reconoció enseguida, era la de la fiesta de unas noches antes. No todo el mundo llevaba aquel pelo de colores. Cuando ella se marchó, miró a su padre y preguntó sorprendido:

—¿Estás ligando con la camarera, papá?

—No, hijo —rio Anselmo.

Omar, al ver su sonrisa complacida, dijo:

—No veo que esa muchacha tenga nada especial.

—A veces lo especial no se ve, ¡se intuye! —replicó Anselmo.

Dylan soltó una carcajada y Omar insistió:

—Pero, papá, si es una chica normal y corriente.

El hombre se limitó a encogerse de hombros y a decir:

—Sin duda, mucho más bonita e interesante que los pencos con los que tú sales día sí y día también.

—Papá... —protestó Omar.

Anselmo, al ver reír a Dylan, insistió:

—Además, hijo, para gustos, ¡los colores! Y nunca mejor dicho.

Un par de mesas más allá, Tifany charlaba con su cuñada Yanira y sus amigas Valeria y Coral, mientras miraban cómo corrían los pequeños.

—¿Cómo que atrasas la boda? —protestó Yanira.

Coral suspiró y dijo:

—Es imposible que nos casemos en la fecha que queríamos. Joaquín está muy liado con el restaurante. Desde que empezó a trabajar ahí y se asoció con el dueño, no tiene tiempo para nada. Conclusión, ¡aplazamos la boda!

—Aisss, cuqui, con las ganas que tengo de verte vestida de novia —susurró Tifany.

—Y yo —se mofó Coral—. Pero está visto que unas se casan dos veces con el mismo hombre, como Yanira, y otras nunca llegamos a la primera boda.

—Pues no lo entiendo —intervino Valeria—. La boda es la culminación de una historia de amor. ¿Dónde os habéis dejado el romanticismo, aplazándola por el trabajo?

Al escuchar a su amiga, Coral suspiró. Tenía razón, pero cuando iba a responder, la voz de Preciosa llegó hasta ellas:

—Mami... mami... mira quién está aquí.

Las cuatro amigas vieron a una chica del catering, que, con cara de circunstancias, miró a Tifany y murmuró:

—Lo siento, señora. La niña me ha visto y...

—No pasa nada —contestó la madre de la pequeña, que, dirigiéndose a ella, añadió—: Anda, ve a jugar con tus amiguitos y deja trabajar a la señorita.

—Luego te tomarás la tarta, ¿verdad? —preguntó la niña con un gesto vivaracho, antes de irse corriendo en dirección a los castillos inflables.

—Por supuesto —afirmó Ruth con una sonrisa.

Cuando las mujeres se quedaron solas, Ruth las miró de nuevo y, al sentirse observada por ellas, insistió:

—Siento la intromisión, pero la niña me ha visto y... ¡Ay, Diosito! ¡¿Es usted Yanira?! ¿Yanira la cantante? —preguntó, fijándose en la rubia de ojos claros.

La mencionada sonrió y respondió:

—La misma. —Y mirando la chapa que la joven llevaba en el pecho, tan parecida a la que ella misma había llevado en otra época, cuando era camarera en un crucero, dijo—: Y, por lo que veo, tú eres Ruth, ¿verdad?

Asintiendo emocionada, se sacó una libretita del bolsillo del mandil negro que llevaba y dijo:

—A riesgo de que me despidan y de que usted piense que soy una pesada, ¿me firmaría un autógrafo para Jenny?

Yanira sonrió. Imaginó que Jenny sería una amiga y, mientras escribía en el papel, respondió:

—Sólo si no me vuelves a llamar de usted.

Ella sonrió y, cuando aquella diva de la música le devolvió la libretita y el bolígrafo, sintiéndose ridícula por la situación, dijo rápidamente:

—Gracias, Yanira. —Y mirándolas a todas, añadió—: Si me disculpan, tengo que trabajar.

Dicho esto, se marchó horrorizada por haberse dejado llevar por la euforia, pero feliz por haber conseguido aquel autógrafo para su hermana. Jenny y ella eran fans incondicionales de la cantante. Cuando la pequeña viera el autógrafo se pondría muy contenta.

Las mujeres la siguieron con la mirada mientras se marchaba y Tifany comentó:

—Hemos coincidido con ella en el Hard Rock durante la comida. Preciosa le ha contado lo del cumpleaños y, curiosamente, ella ha dicho que trabajaba en el catering y, por cierto, ¡Anselmo la ha llamado «Dulzura»! Creo que se la quiere ligar.

—Joder con el viejo... —se mofó Coral.

—Pero ¿qué me dices? ¿El ogro siendo amable con una mujer? —se sorprendió Yanira.

—Pero si tendrá cincuenta años más que ella —rio Valeria.

—Te digo yo que el viejo no aguanta un asalto. Va directito a la tumba —se mofó Coral y todas soltaron una carcajada.

—Coral —la regañó Yanira, riendo—. No digas eso.

Tifany, que observaba cómo su exsuegro charlaba con sus hijos, marujeó:

—Sí... sí... cuquis, como os lo cuento. Él le ha pedido una cerveza y cuando ella se la ha traído, sin quitarle ojo ¡la ha llamado dulzura! Y mirad ahora cómo la observa; ¿creéis que querrá algo con esa chica?

Yanira, divertida al ver a su suegro seguir a la muchacha con la vista, cuchicheó:

—¡Sea lo que sea, pronto lo sabremos!

En ese momento, vieron llegar a Tony. Como siempre, estaba guapísimo, se pusiera lo que se pusiese. En esa ocasión llevaba unos vaqueros oscuros y una camisa azulona que le quedaba de maravilla.

Tony era música, virilidad, movimiento, sexo, locura. Todas lo sabían y Valeria, tras suspirar, cuchicheó:

—A ése sí que le hacía yo un favor detrás de otro.

Todas rieron y Coral replicó:

—Pues a la cola, guapa, que yo lo vi primero. —Y bajando la voz, añadió—: Me lo comía con patatas, con arroz, con pescado, ¡con lo que fuera! Por el amor de Dios, ¡qué sexy es!

—Lo es —confirmó Yanira, sonriendo con orgullo, mientras miraba a su cuñado, que se acercaba a su padre y hermanos—. Estos Ferrasa es lo que tienen, que son todos muy atractivos.

Tifany miró en la misma dirección que las otras y comentó:

—¿No creéis que Omar está algo demacrado últimamente?

Todas miraron al guapo e interesante Omar y Coral dijo:

—Menuda bicha estás tú hecha. Tu exmarido sigue estando tan buenorro como el resto de los Ferrasa. Y aunque piense que es tonto del culo, tengo ojos en la cara, y los kilos que ha perdido lo hacen aún más interesante.

—¿Tú crees, cuqui? —preguntó Tifany, abanicándose con la mano y murmurando—: Uf... ¡qué calor!

Coral asintió y, ante el gesto de guasa de Yanira, añadió:

—Oh, sí, Tifany... lo creemos.

Mientras reían divertidas, vieron cómo Tony se acercaba a ellas.

—¿Qué os da tanta risa? —les preguntó.

Las mujeres se miraron y Tifany mintió:

—Todas pensamos que Omar está feo y viejo.

—Uisss, qué mentirosaaaaaaaaaa —cuchicheó Valeria.

—Tifany —protestó Yanira al escucharla.

—¡Será perraca la jodía! —se mofó Coral.

Tony soltó una carcajada y, sin decir nada más, las besó a las cuatro y luego se alejó para sentarse con su padre y hermanos.

—¿Por qué has dicho eso? —preguntó Yanira.

Tifany, mirándose las uñas, contestó con gesto desganado:

—Es lo que pienso y punto.

—Pues, aunque me odies, yo no pienso lo mismo —replicó Valeria.

—Ni yo. ¡Aunque ya sabes que no me acerco a él ni jarta vino! —sentenció Coral.

La exmujer de Omar, encendiéndose un cigarrillo, respondió:

—Por el amor de Dios, cuquitas, ¿queréis hacer el favor de dejar de llevarme la contraria? Pero ¿no veis que si yo lo veo como lo veis vosotras me deprimiré y me hincharé de carbohidratos hasta reventar?

—Tienes razón —afirmó Valeria—. Esos Ferrasa son feos de narices. ¡Asquito me dan!

—¡Qué asco más rico! —se mofó Coral, haciendo reír a Valeria.

Yanira sonrió y decidió cambiar de tema, así que preguntó:

—Por cierto, ¿tenemos pelujueves esta semana?

Desde hacía años, habían instituido quedar para cenar al menos dos jueves al mes. Era su momento de cotilleo total. Y cuando estaban hablando de ello, a Tifany le sonó el móvil. Miró el mensaje y, levantándose, dijo:

—Me apunto al pelujueves de esta semana, pero de momento, dejadme admirar con gusto y deleite al hombre increíble, sexy, morboso y supercuqui que va a entrar en este momento por la puerta.

Al darse la vuelta todas para mirar, vieron entrar a la última conquista de Tifany. Un tipo rubio, alto e increíblemente sexy. Valeria, al verlo, murmuró:

—Joderrrrrrrrrr...

—Madre mía... madre mía... ¡viva Rusia! —exclamó Yanira.

—La madre que parió al ruso, qué revolcón tiene —susurró Coral.

Hacia ellas caminaba Alexei Ivanov, un modelo ruso imagen de la campaña de Dolce y Gabanna, con el que Tifany llevaba saliendo unos meses. Preciosa corrió a sus brazos al verlo y lo besó, ante la atenta mirada de su padre, Omar. Alexei, a pesar de ser algo parco en demostraciones de afecto, siempre era encantador con la niña y eso Tifany lo valoraba una barbaridad.

Encantada por el efecto que causaba en las mujeres, Tifany se levantó y, tras darle ella un beso en los labios, mirando a las mujeres, Alexei dijo con una media sonrisa:

—Buenas tardes a todas.

Ellas también lo saludaron y, segundos después, Tifany les guiñó un ojo a sus amigas y se alejó cogida de la mano de él.

—¡Qué morbazo el ruso! —afirmó Valeria.

—Demasiado serio para mi gusto —cuchicheó Yanira—. Todavía no lo he visto soltar una carcajada.

—Qué grande es. ¡Como todo lo tenga igual, la cuqui es muy afortunada! —soltó Coral.

Yanira se rio y, mirando a su buena amiga, preguntó:

—¿Qué te pasa a ti últimamente? Estás de un lobacienta que me tienes asustada.

—La necesidad, hija... la necesidad de un buen revolcón.

Valeria miró a Coral.

—¿Necesidad? —repitió—. ¿Y Joaquín?

Coral sonrió. Su relación con Joaquín no pasaba por su mejor momento y, evitando contestar, preguntó a su vez a Valeria:

—¿Cuándo dijiste que viene tu francés?

Su amiga, encantada al pensar en él, suspiró y contestó:

—Dentro de quince días.

—¿Se le pasó el enfado de que no quisieras marcharte a Francia con él? —se interesó Yanira.

Valeria asintió.

—Estuvo dos semanas sin llamarme ni contactar conmigo por Facebook ni por mail. Pensaba que ya no volvería a saber de él, pero el otro día me llamó por teléfono y, tras dedicarme las más bonitas palabras de amor en francés que he escuchado en toda mi vida, dijo que venía a verme porque necesitaba besar mis labios de fresa.

—Hazte las ingles brasileñas, ¡ya sabes que le gustan! —afirmó Coral.

Todas rieron.

—¿Tienes algún plan para los días que esté aquí? —quiso saber Yanira.

Entusiasmada, Valeria comenzó a contarles sus planes, hasta que Omar, junto con Dylan, se acercó a ellas y preguntó con sorna:

—¿Tifany todavía sigue con ese modelito ruso?

—Sin duda, Alexei, el «modelito» ruso, sabe valorar a una mujer increíble como Tifany—respondió Yanira molesta. Y, señalándolo, añadió—: Por cierto, ¿no estás algo escuchimizado últimamente, cuñado?

Fastidiado por ese comentario, Omar se puso tieso y, ante la mirada divertida de su hermano, dijo, mientras se alejaba:

—Voy a ver a Preciosa.

Dylan se inclinó hacia su mujer, le mordió el lóbulo de la oreja y murmuró, antes de ir tras su hermano:

—Eres muy... muy malota, conejita.

Ella sonrió a su marido y le guiñó un ojo. Esa noche cuando llegaran a casa lo pasarían bien, sin duda.

Tony estaba sentado con su padre, charlando con él, cuando Anselmo le pidió:

—Anda, hijo, ve a esa carpa por unas cervezas, que me muero de sed.

Tony hizo lo que le pedía y, cuando llegó al mostrador, le dijo a alguien que estaba agachado:

—Dos Sierra Nevada Porter, por favor.

—Un segundito, señor.

Tony se apoyó en la improvisada barra y esperó, mientras miraba a los niños que jugaban. Vio a Preciosa haciéndoles monerías a los hijos de Dylan y Yanira y al bebé de Coral y sonrió. Los niños siempre le habían gustado, aunque lo agotaban.

—Aquí tiene, señor. Dos Sierra Nevada Porter bien frías.

Al volverse para coger las bebidas, sus ojos se encontraron con los de la joven que se las había servido y se sorprendió.

Anselmo, al percatarse de cómo la observaba, se levantó y fue hacia ellos sin quitarles ojo.

—Sin duda, eres la pluriempleada del año —le dijo Tony a la chica—. ¿También trabajas aquí?

Al oírlo, Ruth lo miró. ¿Otra vez el guaperas? Pero cuando fue a hablar, él añadió:

—Por cierto, conduces una chatarra de vehículo y como siempre lo hagas como lo hiciste el otro día, eres un auténtico peligro en la carretera.

Sin saber de qué hablaba, pero sabiendo quién era, Ruth preguntó:

—Disculpe, señor, ¿nos conocemos?

Tony se puso serio. Aquello era el colmo. Ya era la tercera vez que no lo recordaba.

¡Nunca le había ocurrido nada igual!

Anselmo, que llegaba en ese instante a su lado, dijo, agarrándolo para que no se fuera:

—Es mi hijo Tony. Os visteis en el restaurante hace unos días y, por lo que sé, también en otras fiestas.

Ruth, sonriendo por el recordatorio, miró a Tony, asintió con la cabeza y respondió:

—Soy terriblemente despistada, señor. Ahora ya sé quién es usted.

Dylan, que en ese momento llegaba hasta donde estaban sus mellizos Aaron y Olga, para sacarlos de la sillita y que corrieran un poco, se fijó en la barra del bar, donde estaban su padre y su hermano Tony. Y al percatarse de cómo agarraba su padre a Tony para que no se marchara, supo lo que estaba haciendo. Entonces sonrió. Menudo alcahuete estaba hecho su padre.

Éste, tras haber conseguido que Tony se quedara, y dispuesto a dejar a solas a aquellos dos, miró alrededor y, al ver que Dylan lo observaba, dijo:

—Me llama Dylan. Ahora vuelvo.

Cuando instantes después llegó junto a Dylan, éste le preguntó:

—¿Qué haces, papá?

Anselmo se agachó para alcanzarle un juguete a su pequeña nieta Olga y respondió:

—Enseñarle a tu hermano lo que es una buena chica.

Dylan lo miró sorprendido y su padre gruñó:

—Esa chica es decente. Se lo veo en la mirada y en sus actos. No como esas con las que anda cada noche, que sólo le sacan dinero y se promocionan haciéndose fotos con él.

Dylan soltó una carcajada y, mirándolo, exclamó:

—Papá, como diría Yanira, ¡eres la leche!

Una vez se quedaron solos Ruth y Tony, ella volvió a su tarea. No tenía nada que hablar con aquel tipo. Durante un rato, Tony se limitó a observar cómo trabajaba, mientras varios padres de la fiesta le pedían bebidas y la joven se afanaba en servirles.

Una actuación de hadas terminó y todos los niños fueron en tromba a la carpa para pedir un refresco. Colapsada, Ruth miró a su alrededor en busca de alguna compañera de apoyo, pero no la encontró. Entonces, de pronto, el guaperas se metió detrás de la barra y dijo:

—Tú ocúpate de la zona de la izquierda y yo de la derecha, ¿entendido?

Incrédula, negó con la cabeza y siseó:

—Haga el favor de salir de aquí ahora mismo o, como lo vea mi jefe, me va a caer una buena.

—Tranquila... yo hablaré con él.

—No. Ni hablar. Salga ahora mismo de aquí.

Sorprendido, Tony la volvió a mirar y, al ver la cantidad de niños y adultos que se arremolinaban ante ellos, acercó la nariz a la de ella y replicó:

—Quiero ayudarte. Es la fiesta de mi sobrina, hace calor y la gente se muere de sed. Así que si no quieres tener problemas conmigo, como tú me dijiste el otro día, ¡sígueme la corriente!

Sin darle tiempo a responder, él comenzó a servir bebidas a todos los que se acercaban a la barra, mientras bromeaba con ellos con buen humor. Ruth, incapaz de echarlo por la fuerza, decidió hacer lo mismo y, tras unos quince minutos de agobio, la carpa se volvió a vaciar y él dijo divertido:

—Trabajando en equipo hemos podido con todo.

Ella lo miró, terminó de servirle un último refresco a una niña y no contestó. Tony, al ver su cara de enfado y su gesto de incomodidad, salió de la barra y, con una sonrisa, le espetó al tiempo que se alejaba:

—De nada, simpática... de nada.

Ruth resopló molesta. Por suerte, el Cangrejo no estaba y no había visto lo ocurrido.

La fiesta continuó. Los niños lo pasaban bien y los padres que llegaban al caer la noche también. Preciosa tuvo cientos de regalos y cuando Ruth llevó la tarta de frutas a la mesa central, todos le cantaron el cumpleaños feliz y ella sopló las velas, emocionada, y se puso a llorar.

Ruth, que estaba detrás de la pequeña esperando a que terminaran para cortar la tarta, no pudo hacer otra cosa que abrazarla, al ver que se volvía hacia ella y le echaba los brazos, mientras todos la miraban.

¡Por Dios, qué vergüenza!

Yanira, que estaba a su lado, al ver su apuro dijo con una sonrisa:

—Ven con la tía, lloronceta mía.

La niña cambió de brazos y Ruth, comprobando que la artista que tanto les gustaba a ella y a su pequeña Jenny había ido a su rescate, se lo agradeció con la mirada. Yanira sonrió.

Tifany, emocionada al ver a su hija llorar, se acercó también a ellas y Preciosa volvió a cambiar de brazos, mientras ya comenzaba a sonreír. Omar le susurró cariñoso algo al oído. Su pequeña era una niña muy emotiva y momentos como ése siempre la hacían llorar.

Una vez Preciosa se repuso y todos aplaudieron, Ruth empezó a cortar la tarta y, poco a poco, la gente comenzó a marcharse de su lado.

Sobre las nueve y media, avisada por su jefe, Ruth, se quitó la chapita identificativa y empezó a recoger platos y vasos vacíos. Junto con otras compañeras, a continuación iría al siguiente evento. Estaba haciendo su trabajo, cuando Anselmo y Preciosa se le acercaron y la pequeña dijo:

—Tienes que comer un trozo de tarta.

Ruborizada, ella miró al anciano en busca de ayuda, pero éste explicó:

—Es su tarta y su cumpleaños y te quiere invitar.

Sin saber qué hacer, Ruth miró hacia los lados. Su jefe no estaba cerca, pero vio a sus compañeras, que seguían recogiendo. No podía pararse a comer y, sin querer llamar la atención, para evitarse problemas dijo, agachándose:

—Ahora no puedo comer, cielo. Pero te prometo que me cortaré un pedazo de tarta y me la llevaré, ¿te parece?

—No. Yo quiero ver cómo te la comes —insistió la niña.

Ruth suspiró, cogió un cuchillo, cortó un trozo pequeñito y, tras ponerlo en un plato, se lo empezó a comer. En realidad, más que comer engullía, para acabar cuanto antes y evitar que alguien descubriera lo que hacía.

Tony se dio cuenta de que su padre y su sobrina estaban con ella, entonces se acercó y, al verla comiendo, preguntó:

—¿Está rica?

Azorada por ser el centro de atención, asintió y, una vez se terminó lo que tenía en el plato, dijo mirando a la pequeña:

—Muchas gracias. Estaba exquisita.

La niña sonrió y Anselmo, al notar lo incómoda que estaba la chica, le dijo a su nieta:

—Vamos, enséñame tu montaña de regalos.

Se alejaron cogidos de la mano y Ruth siguió guardando platos sobrantes en unas cajas azules. De repente, sintió que alguien la cogía del brazo con delicadeza. Al volverse, se encontró con el hombre de los ojos felinos; preguntó:

—¿Qué? ¿Qué pasa ahora?

Sin decir nada, Tony levantó la mano y, pasándole lentamente un dedo por el labio superior, le quitó un pedazo de tarta minúsculo.

—Si no quieres que sepan que has comido tarta, es mejor que no vean esto —murmuró enseñándoselo.

Al verlo, Ruth asintió y, cuando lo miró a los ojos, algo en su interior se resquebrajó. Ante ella tenía al típico hombre peligroso y seriamente apetecible, por el que ella y miles de mujeres se volverían locas, y murmuró confusa mientras le limpiaba el dedo con una servilleta:

—Gracias.

Cuando tocó su mano, una extraña corriente los traspasó. Ambos se miraron a los ojos unos segundos y Tony, consciente de que se había quedado parado ante ella, interrumpió el momento separándose y diciendo:

—He oído que tus compañeras comentaban que ahora os vais a otro evento a Sunset Boulevard.

Ruth asintió y, cuando iba a responder, su jefe Sebastián se acercó hasta ella y preguntó:

—¿Todo bien por aquí?

La joven movió la cabeza afirmativamente y Tony, con una candorosa sonrisa, contestó mientras le tendía la mano:

—Me llamo Tony Ferrasa, soy el tío de la niña del cumpleaños. —El hombre le estrechó la mano y él añadió—: Quiero darle la enhorabuena en nombre de mi cuñada Tifany por la elección de su personal. Han sido todas muy profesionales, en especial esta señorita... —Y, dirigiéndose a ella, preguntó, al no ver su chapita—: ¿Cuál era su nombre?

Ella no abrió la boca. No quería decírselo, pero al ver que su jefe la miraba a la espera de que respondiera, murmuró:

—Ruth.

Tony sonrió y continuó:

—Ruth sin duda ha sido el mayor acierto.

Su jefe la miró, hinchado como un pavo.

—Tengo entendido que ahora se van a otro evento a Sunset Boulevard, ¿verdad? —dijo Tony.

El hombre asintió y él preguntó:

—¿Cuántas camareras dejará aquí?

—Cinco, señor Ferrasa —respondió aquél—. Aquí se quedarán cinco camareras.

—¿Ruth está entre ellas?

—No. Ella ha de ir a Sunset Boulevard.

—¿Por algo especial? —inquirió Tony interesado.

—No, la verdad es que no. Si usted quiere que se quede aquí, sólo es cuestión de decirlo.

Molesta y enfadada por la situación, ella lo miró con reproche. Y cuando alguien llamó al Cangrejo y éste se alejó, Ruth se acercó a Tony y, poniéndose de puntillas, cuchicheó:

—Maldita sea. Necesito el dinero y si me quedo aquí ganaré menos que si voy al otro evento.

Tras responder a las preguntas de otra de las camareras, el señor Sebastián volvió con ellos y dijo:

—¿Desea que Ruth continúe en este evento?

Tony la miró unos segundos que a ella se le hicieron eternos y finalmente negó con la cabeza y respondió con despreocupación:

—No, no hace falta. Con las camareras que usted ha escogido estoy seguro de que el servicio será igual de exquisito.

Una vez se alejó, Sebastián miró a Ruth y dijo, cambiando de cara:

—Vamos, termina de recoger que tengo que llevaros al otro evento.

Aliviada porque aquel hombre no hubiera insistido en que se quedara, prosiguió su trabajo y, cuando acabó, tras dejar la última caja azul en el camión, montó en el coche del Cangrejo, lista para marcharse. Aunque no pudo evitar admirar los cochazos que había allí aparcados. Conducir alguno de aquellos maquinotes debía de ser alucinante.

Cuando llegaron al local en Sunset Boulevard, Ruth fue en busca de David, quien al verla la abrazó y preguntó:

—¿Qué tal el cumpleaños?

Ella sonrió y, cambiándose el uniforme por otro de color rojo, contestó:

—Genial. Ha estado todo muy bien.

—¿Hablaste con George y Linda? —preguntó David.

Ruth asintió.

—George empeora día a día, a pesar de que le hace creer a Linda que está bien.

—Sabes que lo siento, ¿verdad? —le comentó su amigo, abrazándola.

Ruth resopló y se secó las lágrimas.

—Lo sé, David, lo sé. Venga, vamos a trabajar. Eso hará que me olvide del asunto.

Cuando dos horas después, tras pasear entre la gente ofreciendo canapés y bebidas, se paró ante una mesa para recoger copas vacías, comenzó a sonar una canción que le encantaba. *All of Me*,* de John Legend, y, cerrando los ojos, la tarareó.

—Tu canción, cachorra —dijo David, acercándose y dejando una bandeja llena de copas de champán.

Ella sonrió y, sin parar de trabajar, contestó:

—Me encanta. Es tan romántica. ¡Tan perfecta que hasta me pongo tonta!

David se marchó con la bandeja de copas vacías y la dejó tarareando la canción. De repente, Ruth oyó que alguien le decía:

—Nunca he conocido a nadie más trabajador que tú.

Se volvió rápidamente y, al ver a Tony Ferrasa, el guaperas de los ojazos impresionantes, preguntó:

—¿Pretendes seguirme a todos mis trabajos?

Él sonrió divertido.

—Wepaaaaa. Esta vez sí te acuerdas de mí. ¡Estoy a punto de dar un doble salto mortal de alegría! Y no, no es mi intención seguirte, pero esta fiesta la ha organizado la revista de la que es director mi amigo Leroy y estaba invitado. Por lo tanto, tranquila, guapa, que yo no sigo a nadie. —Y antes de alejarse, añadió—: En una cosa te doy la razón: esta canción es preciosa.

Ruth frunció el cejo y, al ver que una mujer se acercaba a él y lo agarraba por la cintura, les ofreció la bandeja. Después de que ambos cogieran una copa de champán, se alejó de allí sin volver a mirarlo.

Tony sonrió al ver ese gesto por parte de ella. Sin duda aquella mujer

* *All of Me*, G.O.O.D. Music/Columbia, interpretada por John Legend. *(N. de la E.)*

era un caso aparte. Y, centrando la atención en la preciosa Estefanía, chocó su copa de champán con la de ella y preguntó, tras besarla en el cuello:

—¿Te apetece bailar?

Durante el resto de la noche, Ruth no volvió a acercarse a aquel hombre, pero ahora era ella la que se daba cuenta de que lo buscaba con la mirada. Sin duda era muy atractivo y cuando lo vio en la pista, bailando con distintas mujeres, resopló. Menudo ligón.

Fueron tantas sus miradas hacia él, que David dijo al verla:

—Ay, nena... pero ¿ése no es el buenorro del coche de mis sueños amarillo pollo?

Ruth asintió. Y sin querer contarle que también era el tío de la niña del cumpleaños de aquella misma tarde, explicó:

—Se llama Tony Ferrasa.

—¿Y cómo sabes tú eso?

Al verse descubierta, dijo rápidamente:

—Se lo he oído decir a unos hombres.

David sacó su móvil a toda velocidad y, tras ver que estaba conectado a la wifi del lugar, tecleó el nombre.

—Bueno... bueno... buenooooo —exclamó al ver quién era—. Aquí pone que es hijo de La Leona, esa cantante que murió que era tan buena y cantaba salsa ¿sabes de quién hablo?

—¿Es hijo de La Leona? —repitió sorprendida.

—Sí, nena, sí... y guau, él es compositor. ¡Oh, qué chic! Y... y... ¡ostras! Es cuñado de Yanira, la cantante, y es quien le compone las canciones. Que sea compositor es muy romántico, ¿verdad?

—Romantiquísimo —se mofó ella.

—¿Qué te ocurre? —preguntó David, quitándole la bandeja de las manos.

—Nada.

—A mí no me engañas.

—No me pasa nada. Es sólo que estoy cansada.

Él asintió. Había sido un día muy largo para ella y cuchicheó:

—Vamos... sólo queda media hora de servicio y después nos vamos derechitos a dormir.

Ruth asintió, miró por última vez al hombre que, divertido, tonteaba con una morena, y decidió acabar el día con la mejor de sus sonrisas.

10

A prueba de ti

Los días fueron pasando y Ruth y Tony no se volvieron a encontrar. Anselmo se marchó a Puerto Rico y, sin su padre en casa, la vida del joven compositor volvió a la rutina. Le encantaba seguir con su existencia serena y sosegada, que le permitía escribir sus canciones con total tranquilidad.

El martes, cuando Ruth salió de trabajar tras su turno de mañana en el restaurante, mientras esperaba el autobús se fijó en una mujer que iba con una niña y un niño. Parecían felices y eso la hizo sonreír. Cuando tenía la edad de aquellos niños, ella también era feliz con su madre y recordarla de pronto la entristeció.

Los niños estaban en el colegio y en casa sólo estaba *Luis Alfonso*. Ruth buscó un cedé antiguo que era de su madre y se lo puso. Sonó la voz de Barbra Streisand cantando *The Way We Were*,* de la banda sonora de una preciosa película llamada *Tal como éramos*. Una película con la que acababa llorando cada vez que la veía.

Cogió al pequeño perro entre sus brazos y lo besó, mientras escuchaba aquella canción que hablaba de recuerdos que iluminaban los rincones de la mente y de imágenes dispersas y sonrisas que habían quedado en el olvido.

Escucharla era evocar a su madre, a su padre y a su hermano. Llevar los fantasmas de su pasado a su presente y convivir con ellos unos minutos. Sólo mientras duraba la canción. Algo que se permitía de vez en cuando, en soledad, para no olvidar y rememorar otro tiempo de su vida, cuando había sido una niña feliz.

También pensó en Julio César, el padre de sus maravillosos gemelos. Su recuerdo le atenazó la garganta. Si había algo que temía era volver a encontrarse con él. Hasta el momento no había ocurrido y esperaba que

* *The Way We Were*, Sony Music, interpretada por Barbra Streisand. *(N. de la E.)*

nunca ocurriera, ni que supiera de la existencia de los niños. Sólo imaginar que se los pudiera arrebatar hacía que se volviera loca.

Cuando la canción acabó, dejó a *Luis Alfonso* en el suelo y el perro se marchó a su cesto. Sacó el cedé y lo guardó. Por el momento, se había acabado el recordar.

Dispuesta a no amargarse el día, decidió darse un baño de espuma para estar perfecta esa noche, que era la fiesta de aniversario de David y Manu. Lo necesitaba.

Mientras se llenaba la bañera, se encendió un par de velas aromáticas y, tras mirar de nuevo varios cedés de música, se decidió por uno relajante. Luis Miguel y sus boleros siempre la calmaban y cuando comenzó a sonar *Sin ti*,* suspiró.

Cantándola, llegó hasta el cuarto de baño, donde se desnudó, cogió una caja metálica y la dejó en un lateral de la bañera. Sin perder el compás, a pesar de que su voz no era lo más prodigioso del mundo, se miró al espejo y se tocó la fea cicatriz del vientre. Los niños habían nacido con una cesárea de urgencia y los médicos no se habían andado con remilgos, por lo que la cicatriz era grande y fea. Algo de lo que siempre se avergonzaba cuando se acostaba con un hombre, y que prefería ocultar con la luz apagada. Tras suspirar y resignarse a llevar aquella marca toda su vida, se metió en la bañera mientras cantaba.

Cuando la canción acabó, comenzó *Delirio*,** de nuevo con la preciosa voz de Luis Miguel y, cerrando los ojos, se relajó, mientras la música sonaba en toda la casa. Durante un rato disfrutó de aquella paz y luego abrió la caja metálica y sonrió al ver su pato masturbador.

Fue un regalo de su amiga Patricia un día que salieron juntas de compras. Entraron en un sex shop y después de que Patricia se comprase lo que había ido a buscar, a ella le regaló aquel pato vestido de diablo, resistente al agua y al que si se le tocaba la espalda vibraba.

Sin dudarlo, lo cogió, abrió las piernas, se lo puso sobre el clítoris y le apretó la espalda.

La música, el romanticismo de las letras del cantante mexicano, las velas, la soledad y el pato diablillo la hicieron jadear instantes después. El

* *Sin ti*, WM Mexico, interpretada por Luis Miguel. *(N. de la E.)*

** Véase nota de la p. 10. *(N. de la E.)*

placer que sentía mientras acariciaba su botón del disfrute era inigualable y, de pronto, los ojos de Tony, aquel morenazo, aparecieron en su mente, y entonces recordó haber escuchado aquella canción la primera noche que lo vio.

Imaginar a aquel pibón, con más morbo que la propia palabra, era de las cosas más locas que se había permitido y decidió dar rienda suelta a su fantasía e imaginación.

Durante varios minutos, se entregó al placer que estaba sintiendo y cuando el orgasmo le hizo cerrar las piernas y gritar aliviada, abrió los ojos y supo que la fantasía se había acabado. Estaba sola en la bañera, escuchando a Luis Miguel, y aquel hombre que le producía morbo no estaba allí.

Dispuesta a disfrutar un ratito más del baño, soltó el pato, que se quedó flotando en la bañera, cerró los ojos de nuevo y, sin darse cuenta, se durmió.

No sabía cuánto tiempo había pasado cuando oyó la voz de su amigo David.

—Cachorrita mía, ¡despierta!

Abrió los ojos sobresaltada y vio que su amigo tenía el pato diablillo en la mano.

—Vaya... vaya... música del Luismi, bañito y patito diablillo —dijo él divertido—, eso me hace intuir que hoy has sido una chica malota, ¿verdad?

Ruht no supo qué contestar. Entonces, con una sonrisa, David añadió, enseñándole el pato:

—Que sepas que se lo acabo de quitar a tu hijo Adán de las manos. Estaba jugando con él en el salón.

—¡Oh, Dios!

—Eso mismo digo yo, ¡oh, Dios! Mira, nena... necesitas desahogarte. ¿Cuándo fue la última vez que tuviste salseo con un hombre? Ah, sí... hace dos meses, con el tipo aquel que...

—¿Qué hora es? —preguntó ella cortándolo. Y al ver que eran las cinco y media, se quejó—: me he quedado mucho rato dormida.

—Ya lo creo. Es más, si te miras los dedos de las manos, parecen garbanzos de lo arrugados que los tienes. ¿Cuánto tiempo llevas ahí?

Al pensarlo, Ruth blasfemó. Se levantó de la bañera sin ningún pudor y, al ver dónde miraba David, dijo:

—¿Quieres dejar de mirarme la puñetera cicatriz?

—Nena... eso lo tenemos que solucionar.

Ruth asintió. El problema era el dinero, como siempre.

—Dame el albornoz —dijo.

Una vez se lo hubo anudado, le quitó el patito diablillo de las manos a David y, tras lavarlo, lo metió en la caja. Al mirar a su amigo y ver su sonrisa guasona, amenazó:

—Como se te ocurra decir algo más en referencia a esto, te las cargas.

De buen humor, él sonrió y explicó:

—Han llamado del taller. El arreglo de *Harry* no es muy caro, pero Manu y yo creemos que...

—Que lo arreglen. No tengo dinero para otro coche y no se hable más.

Dándose por vencido, David cambió de tema.

—Astrid llegará a las siete y media para quedarse con las fieras. Ponte irresistiblemente guapa, porque a las ocho te recogeremos Manu y yo, ¿entendido?

—Entendido.

David se dio la vuelta para irse, pero antes de cerrar la puerta añadió:

—Escuchar al guaperas del Luismi es un buen condimento para disfrutar en cualquier parte.

Divertida, cogió una zapatilla y la tiró contra la puerta, mientras se reía de las ocurrencias de aquel loco.

Poco después recibió una llamada de Linda. Habló un rato con ella, que sonaba decaída. Intentó animarla y, una hora después, cuando colgaron, ya se la oía diferente. Eso alegró a Ruth.

Tras pasar unas horas con los niños, llegó el momento de vestirse para salir. Los pequeños se quedaron en el salón con Astrid, mientras Jenny se sentaba sobre la cama, con *Luis Alfonso* en brazos, y opinaba sobre su ropa. Cuando Ruth terminó de maquillarse y alisarse su melena multicolor con la plancha, dijo:

—La verdad es que no me apetece salir.

Jenny le entregó un top blanco y contestó:

—Mamita, tienes que salir y pasarlo bien. Además, ¡quizá hoy encuentres novio!

—Cariño —respondió ella divertida—, me lo paso mejor con vosotros en casa.

—Que no, mamita, que no —insistió la pequeña—. Tienes que salir. Te pasas todo el día trabajando y mereces divertirte.

La madurez de Jenny para tantas cosas la hacía sonreír; se sentó junto a ella, la abrazó y murmuró:

—¿Cuándo has crecido tanto y yo no me he dado cuenta?

Su hermana sonrió y, cambiando su tono de voz, soltó:

—Esta noche estarás relinda, chamaquita hermosa.

Ruth soltó una carcajada y dijo:

—Les he dicho a Astrid y a Manuel que no me gusta que veas tantas telenovelas mexicanas.

—Pero, mamita linda, yo quiero ser actriz de culebrones que suceden en Acapulco. ¿Por qué no te gusta que las vea?

Sentándose a su lado, Ruth imitó el acento de la niña y contestó:

—Porque eres muy bebé, mi reina, para ver esas telenovelas de mayores.

La cría sonrió y respondió con picardía:

—Juro por mi vida que conseguiré mi propósito y cuando sea una bella y lozana joven de ojos rasgados y cabellos dorados como los rayos del sol, ¡me convertiré en una gran actriz de telenovela!

Ruth sonrió al escucharla y Jenny añadió:

—Mamita... ¿sabes lo que le dijo el otro día uno de los personajes a la pobre Dulce Anaís Pérez Menéndez? —Ella negó con la cabeza y la niña soltó de carrerilla—: «Maldita perra piruja desgraciada, eres una cualquiera, puerca infeliz. Tú te le resbalaste, lo sedujiste, te le ofreciste, ¡zorra!».

—¡Jenny! —exclamó Ruth—. Pero ¿qué manera de hablar es ésa?

Su hermana la miró sonriendo y Ruth, intentando no reírse, murmuró para sí:

—Creo que tendré que hablar muy seriamente con Manuel y Astrid.

Dos segundos después, la niña cogió un pantalón y, mientras se lo tendía, dijo:

—Ponte este pantalón blanco de purpurina con el top y la camisa blanca abierta, estarás muy guapa con este conjunto.

Ruth miró lo que la pequeña le daba y murmuró, señalándose la cicatriz de la barriga:

—De lo que se trata es de no enseñarla, ya lo sabes.

Jenny asintió, se levantó, fue hasta el armario con *Luis Alfonso* en brazos y sacó una camiseta de lentejuelas plateadas.

—Entonces no te pongas el top ni la camisa blanca, pero sí esta camiseta plateada que te regaló David para tu cumple. Te quedará fantástica con el pantalón y los zapatos purpurina de tacón.

—¿Tú crees? —Su hermana asintió y ella dijo—: De acuerdo, me la pondré.

»¿Qué tal? —preguntó, cuando se hubo vestido.

—Mamita, *Luis Alfonso* y yo creemos que estás relinda —contestó la niña.

Ella sonrió, encantada con la respuesta, y cuando salieron al salón, sus pequeños aplaudieron al verla y corrieron a abrazarla. Astrid, la niñera, una chica a la que conocía desde que los gemelos nacieron y a la que llamaba siempre que lo necesitaba, la miró también y Ruth le preguntó:

—¿Qué te parece?

La joven, que siempre era parca en palabras, se encogió de hombros y respondió:

—Bien.

Su poca efusividad hizo que Ruth y Jenny se miraran y sonrieran, justo en el momento en que llamaron a la puerta. Eran Manu y David, que al verla dieron un silbido de satisfacción.

Cinco minutos después, tras recordarle a Astrid que los podía llamar a cualquier hora, los tres amigos se marcharon, dispuestos a pasarlo bien.

11

*Love Never Felt So Good**

La cena era en el restaurante chino El rollito feliz, donde los homenajeados reunieron a veinte amigos y, entre risas y buen humor, cenaron y se divirtieron. Pero a Ruth se le amargó un poco la velada cuando recibió un mensaje de su jefe del Hard Rock diciendo que le había cambiado el turno de tarde que tenía al día siguiente por el de mañana, por lo que tendría que madrugar. Aun así, decidió seguir de fiesta.

Sobre las once, se dirigieron hacia el Flashback, un local muy de moda. Allí trabajaba un amigo de Manu y los recibieron con champán para brindar por su aniversario. Después los pasaron a una zona reservada, donde se divirtieron de lo lindo. Bailaron, rieron y bebieron tantos cócteles como se les antojó. Sobre la una de la madrugada, todos excepto Ruth estaban algo perjudicados y ella, al ver a sus amigos besándose en los sofás, salió del reservado y fue hasta la pista general para bailar.

Durante un buen rato bailó como una descosida, a pesar de lo mucho que le dolían los pies. Estar sin pareja tenía dos vertientes. La buena era que era libre de ir a donde quisiera y cuando quisiera sin dar explicaciones, y la mala que cuando todos los emparejados se besaban, ella sujetaba la vela, como era el caso.

Cuando le venció la sed, fue a la barra general y pidió una cerveza.

En el momento en que el camarero se la sirvió, ella, sedienta, la cogió, pensó en George y Linda y, levantando el vaso, dijo:

—Ésta va por vosotros. —Y, de un trago, se la bebió—. Ponme otra, por favor.

El camarero hizo lo que le pedía, pero cuando Ruth fue a coger la cerveza, una mano la sujetó y alguien dijo:

—¿No crees que deberías beber más lentamente?

* Véase nota de la p. 22. *(N. de la E.)*

Al volverse, no dio crédito a lo que veía. Ante ella estaba el guaperas morenazo de los ojos bonitos al que se encontraba en todos lados.

—¡Otra vez! —murmuró—. Pero ¿es que llevo un GPS para que siempre me encuentres? —Al ver que sonreía, Ruth añadió—: El mundo está lleno de casualidades, pero joder, tú...

—De bonitas casualidades —la cortó él, matizando.

Ella suspiró, cambió el peso de pie y dijo mientras lo señalaba:

—Tony, ¿verdad?

Sorprendido de que esa vez recordara su nombre, se mofó:

—Sin duda el alcohol te hace recordar.

Esa apreciación la hizo reír con amargura y, mirándolo de frente, replicó:

—Ahora no estoy trabajando, por lo que no te debo ningún respeto. Así que, ¡vete a la mierda, listillo!

Esa salida de tono por parte de ella le chocó, y murmuró con sorna:

—Wepaaaa... ¿Por qué te pones así?

—Porque me da la gana, ¿entendido?

Levantando las manos, Tony dijo:

—Disculpa si has creído que...

—Si algo odio en esta vida es a los listillos graciosetes como tú —siseó molesta—. Te crees guapo, triunfador y piensas que todas las que miremos tus hermosos ojitos claros caeremos rendidas a tus pies babeando, ¿verdad? Pues mira, no. Los guaperas como tú a mí no me impresionan. ¡Hace años me puse la vacuna antiguaperas!

E hizo ademán de marcharse, pero él la detuvo y le dijo:

—Oye... oye...

—Quita las zarpas de mi brazo, listillo —lo cortó ella—. Y no lo volveré a repetir, porque yo no amenazo, yo actúo.

Tony retiró la mano del brazo de aquella fiera; sin embargo, cuando la joven se dispuso a marcharse, se interpuso en su camino y preguntó, levantando una ceja:

—¿Qué te ocurre? —Ella no contestó y él insistió—: Me has mandado a la mierda, me has llamado graciosete, guaperas y listillo; explícame qué he dicho o hecho para que estés tan enfadada conmigo.

Al mirarlo a los ojos y ver su desconcierto, Ruth replicó:

—Me enfado así contigo porque estoy cansada de ver tu carita de ricachón allá adonde voy. Y ahora, si a su majestad no le importa, me gustaría volver con mi grupo de amigos.

Sin moverse de su sitio, Tony señaló hacia el reservado, donde se veían unas parejitas bailando acarameladas y dijo:

—Que yo sepa, eres la única en tu grupo que no tiene pareja.

Nada más decirlo, Tony se arrepintió. Eso era dar a entender que había estado mirándola. Algo que era cierto. Cuando había entrado con su amigo Jake al local y había visto aquel pelo de colores, supo que era ella y no había podido quitarle los ojos de encima.

—Ohhhh, ¡qué observadorrrrrrrr!

—Lo soy.

A cada instante más molesta por su tranquilidad, dio un paso atrás y siseó:

—¿Y tú? ¿Con quién estás tú?

Tony no se movió, paseó su mirada felina por el cuerpo de ella y respondió sin parpadear:

—Contigo, si tú quieres.

Al oírlo, Ruth abrió los ojos asombrada. No entender lo que se proponía con lo que había dicho y con su mirada era de tonta de remate y ella no lo era. Esa proposición tan suculenta había que pensarla, porque aquel adonis de cuerpo apolíneo, como decía David, representaba un sueño para cualquiera.

Inconscientemente sonrió. ¿Debería darse el gusto o, por el contrario, debería huir de él?

Sus ojos recorrieron su cuerpo duro y fibroso, mientras sus fosas nasales se inundaban del olor de su colonia. Sin lugar a dudas se machacaba en el gimnasio, o tenía la suerte atroz de poseer aquella increíble percha. Suspiró con deleite y, sin madurar más la idea para no recapacitar, se acercó a él, se puso de puntillas, le dio un rápido beso en los labios y mintió con chulería:

—Tíos como tú me sobran.

Boquiabierto por su respuesta, Tony fue a decir algo cuando sonaron los primeros acordes de una canción y ella, pasando de él, comenzó a mover los hombros guasona y se puso a cantar.

Al ver que él la miraba desconcertado, sonrió. Estaba segura de que pocas mujeres le habían dado calabazas a un tipo como ése.

—Lo tuyo, desde luego, no es cantar —lo oyó que decía.

—Y lo tuyo no es ligar —se mofó ella, marchándose hacia la pista, divertida.

Incrédulo ante su desfachatez, la siguió con la mirada y la observó bailar la canción de los increíbles Jackson y Timberlake. Cantar no sabía, pero bailar, desde luego se le daba muy bien.

Alterada por cómo aquel tipo tan impresionante la miraba, Ruth cerró los ojos y se dejó llevar por la música.

Aquella canción hablaba del amor, algo en lo que Ruth había dejado de pensar desde hacía tiempo. A través de las pestañas, miró con disimulo al hombre que la observaba y que en ese instante hablaba con alguien que debía de ser un amigo. Sin duda, aquel tipo podía ser tan irresistible y adictivo como la canción que estaba bailando. Era tentador, seductor, apetecible y también excitante. Sintió cómo su cuerpo se encendía como una estufa al imaginar lo que podía ocurrir si se encontraba con él a solas y en la intimidad.

Tras hablar con Jake, Tony seguía mirándola, desconcertado. Estaba claro que ella disfrutaba con aquella canción. Sólo había que ver cómo la bailaba. Le encantó cómo arrugaba los morritos al hacerlo, y sus movimientos sensuales lo estaban poniendo cardiaco.

De pronto, aquella chica de pelo multicolor lo atraía más que cualquier otra que hubiera en el local y, dispuesto a hacer que cambiara de idea sobre él, esperó a que terminara la canción y cuando la vio salir de la pista de baile, se le acercó y dijo, interponiéndose en su camino:

—Me gustaría invit...

—Mira, guapo —lo cortó ella—, te estás equivocando conmigo y quiero que sepas que los tíos con las tres «N» no contáis para mí.

Incapaz de no sonreír a pesar de las calabazas, Tony preguntó:

—¿Y cuáles son esas tres «N»?

Divertida al ver su sonrisa de guasa, Ruth se acercó para que la oyera bien y le dijo:

—No eres Chris Hemsworth, no me vuelves loca y no quiero nada serio contigo.

Tony asintió pero, sin darse por vencido, replicó:

—Soy alto como Chris, aunque él es rubio y yo soy moreno.

—Cierto —se mofó ella—. Eso no te lo voy a negar.

A cada instante más intrigado por su desparpajo, sin dejar que se moviera un milímetro, insistió:

—Vale, comprendo esas tres «N», pero déjame matizar una cosa. Tú tampoco eres Angelina Jolie, no me vuelves loco y tampoco quiero nada serio contigo.

—¿Te gusta Angelina? —Tony asintió y ella dijo—: No me extraña, es un bombón de tía. Ya me gustaría a mí parecerme a ella.

Ambos rieron y él añadió:

—Escucha, sólo he pensado que, como personas adultas que somos, podíamos pasar un rato divertido. Nada más.

Ruth sonrió y, acercándose a él, se burló:

—¡No sabes tú *ná*!

Dicho esto, lo rodeó y se alejó de él sin dejar de sonreír. Nunca se había imaginado que un tipo como ése se pudiera fijar en ella.

Una vez llegó al reservado, semiescondida, lo observó a través de una cortina y vio que se iba a la barra y pedía algo de beber. Con la respiración entrecortada, recordó que había pensado en ese tipo mientras estaba en la bañera con el patito y suspiró. ¡Si él supiera lo que había imaginado! Estuvo varios minutos pensando sobre cómo proceder, hasta que decidió no pensar más. El deseo le pudo y, saliendo del reservado, fue derecha hasta él y dijo:

—Ni tu casa ni la mía, vamos a un hotel.

Fascinado, incrédulo y sorprendido por una proposición tan directa, Tony no lo dudó y asintió sin decir nada. Ruth sonrió y, arrugando la nariz con un gesto que a él le resultó irresistible, pidió:

—Espérame aquí. Voy a avisar a mis amigos para que no se preocupen por mí.

Mientras se alejaba, Ruth notó que la cara le ardía. Por suerte el local estaba oscuro y Tony no podía ver el apuro que estaba pasando.

¿Se había vuelto loca?

Al entrar de nuevo en el reservado, se dirigió hacia David y Manuel, que hablaban sentados en un sofá.

—¡Ay, Diosito! Acabo de cometer la locura del siglo con un tío que tiene los ojos como los amaneceres de Acapulco. —Sus amigos la miraron sin entender y ella añadió, cogiendo su bolso—: Me voy.

—¿Te vas? ¿Locura? ¿Acapulco? ¿Qué ocurre?

Sin ganas de andarse con rodeos o mentiras, respondió:

—He ligado con un tipo que está increíblemente bueno. Decidme algún hotel cercano, limpio y barato.

Manu y David se miraron patidifusos y, levantándose, David intentó hacerla razonar:

—Vamos a ver, cachorra, está claro que necesitas sexo, pero eso no quiere decir que tengas que abalanzarte sobre el primer tipo que veas.

—No es la primera vez que lo veo —replicó Ruth.

—¿Ah, no?

—No.

—¡No me digas que por fin te vas a acostar con Andrew! ¿Dónde está ese guaperas?

—Noooooooooo. Andrew no es.

Asombrado, David preguntó:

—¿Y quién es, si se puede saber?

—Si sales del reservado, lo verás. Moreno. Ojazos. Alto. Cañón por los cuatro costados. Camisa blanca y pantalón vaquero.

—Uisss, qué salseo, cachorra —se mofó Manuel, mirándola.

David salió a verlo y al volver gritó:

—¡Ay, Diosito!

—Eso también lo he dicho yo.

—¿Es él? —insistió David.

—Sí.

—¿Tony Ferrasa?

Ruth asintió con cara de circunstancias y su amigo murmuró incrédulo:

—Estarás de coña, ¿verdad? —Ella negó con la cabeza y David volvió a ir a mirar, ante la cara de alucine de su marido—. Por el amor de Dios, de la virgen, de las estrellas y de todos los santos mundiales —exclamó al regresar—. ¡Es cierto! ¡Es él!

—Te lo he dicho —contestó Ruth acalorada—. No tengo por qué mentirte. Pero ¿en qué lío me he metido?

—¿Lío? —rio David—. Ah, no... lío ninguno. Te lo vas a pasar fenomenal y te va a quitar las telarañas del potorro en un pispás. Por cierto, a la vuelta de la esquina, donde hemos aparcado el coche, está el hotel... el hotel... —Y mirando a Manuel, preguntó—: ¿Cómo se llama el hotelito de Scott y Jandro?

—Paradise. Hotel Paradise.

—¡Exacto! ¡Paradise! Está muy bien, es limpio y no es caro. Pregunta por Scott o Jandro y diles que vas de nuestra parte. Manu, llámalos y diles que Ruth va para allá y que le hagan buen precio.

—David, por Diosssssssssss, ¡eso es un picadero! —protestó Ruth.

—Es justo lo que necesitas, cachorra. ¡Hazme caso y ve!

Manu, asombrado por todo aquello, mientras ellos dos hablaban fue a mirar al ligue de Ruth y cuando regresó, preguntó nervioso:

—Ese tal Tony del que habláis, ¿es el pibonazo alto, moreno, de ojos claros, con más clase y elegancia que... que...? Estarás depilada, ¿verdad, mi amol?

Ruth asintió y, al hacerlo, se tapó la cara y murmuró:

—¿Qué estoy haciendo? ¿Me he vuelto loca?

Mientras Manu llamaba por teléfono, David, sonriendo, respondió:

—No, nena. Loca estarías si lo rechazaras. Anda, ¡ve y disfruta de tu noche!

En ese instante, Ruth recordó la llamada de su jefe y gruñó:

—Serán sólo unas horas. Entro a trabajar a las siete.

—Pues disfruta las horas y mañana, cuando termines de trabajar, te vas a dormir directamente. En cuanto salgamos de aquí, nosotros iremos a tu casa para que Astrid se pueda ir.

—Os voy a jorobar vuestra noche de aniversario —replicó ella.

David y Manu se miraron y este último contestó:

—Eso no importa siempre y cuando tú le saques provecho; ¿lo harás?

Sin poder evitarlo, Ruth sonrió y asintió con la cabeza.

—Prometo sacarle provecho a la noche.

Encantados, los dos la acompañaron hasta la salida del reservado. Tras despedirse de ellos, Ruth se acercó a Tony y, cogiéndolo de la mano con decisión, dijo:

—Vamos.

Él se dejó guiar mientras veía sonreír a los amigos de la chica y decirle adiós con la mano. Una vez fuera del local, Tony fue a sacar las llaves de su coche, pero Ruth dijo:

—Guárdate las llaves, el hotel está a la vuelta de la esquina.

Divertido, se las guardó y, sin decir nada, caminó a su lado. Por lo que veía, tenía prisa.

Al doblar la esquina, Ruth vio el hotel Paradise y señaló:

—Es ahí.

Tony lo miró. No estaba mal, era un tres estrellas, pero no tenía nada que ver con los hotelazos a los que iba él. Se paró y propuso:

—Si me lo permites, puedo llevarte a un sitio mejor.

Soltándose de su mano, Ruth lo miró y dijo:

—No quiero ir a un sitio mejor. ¡Quiero ir a ése!

Tras contemplarla unos instantes, la acercó a él de un tirón y, posando los labios sobre los de ella, respondió:

—De acuerdo, mandona. ¡Iremos a ese hotel!

Y entonces hizo lo que llevaba un buen rato deseando hacer, la besó. Introdujo la lengua en su boca y la tomó con gusto y deleite, mientras Ruth lo besaba a él encantada. Cuando se separaron, sin soltarle la mano, Tony tiró de ella. Ahora el que tenía prisa era él.

Al entrar en el hotel, un chico los miró y preguntó:

—¿Eres Ruth? —Ella asintió y, entregándole una tarjeta, el joven dijo—: Habitación tres dos seis. Tercera planta. Serán ciento diez dólares, ¡precio especial! Y lo podéis pagar cuando os vayáis por la mañana.

Tony no salía de su asombro. ¿Ya sabían que iban a ir? ¿Y sólo ciento diez dólares?

Pero sin decir nada, cogió la tarjeta turquesa que el chico les entregaba y se dirigió hacia donde estaba el ascensor. Cuando se cerró la puerta, Ruth se lanzó a sus brazos. Lo deseaba y, tras besarlo con auténtica pasión, murmuró:

—Divirtámonos sin pensar en nada más, ¿de acuerdo?

Al abrirse las puertas del ascensor de nuevo, y sin parar de besarse, Tony encontró la habitación. Entraron y él dijo, sin moverse de la entrada:

—Muy bien, chica de las tres «N», ¡pasémoslo bien!

Sus manos se dirigieron a los pechos de ella, que tocó por encima de la camiseta plateada y, cuando ya no resistió más, se la sacó por la cabeza. Luego le quitó el sujetador y le acarició los senos con tranquilidad, hasta que no pudo más y se introdujo un pezón en la boca.

Ruth, arrinconada contra la pared y cautivada por lo que le hacía, bajó la mano hacia la entrepierna de él. Al tocar su dureza, jadeó, pero sin detenerse le desabrochó el botón, le bajó la cremallera y le metió la mano en el interior del calzoncillo.

«Oh, Dios, está mejor provisto de lo que había imaginado», pensó, al tenerlo en las manos.

El placer que ambos se daban era perfecto, real y delirante y en ese instante Ruth apagó la luz. Tony sonrió y tomó su boca, y le mordisqueó los labios con suavidad. Finalmente, sus lenguas se entrelazaron hasta ser sólo una.

Cogiéndola en brazos, la llevó hasta la cama. La luz de la mesilla estaba encendida y ella pidió:

—Apágala.

—¿Por qué?

Sin querer reconocer que no se sentía orgullosa de su cuerpo, insistió:

—Apaga la luz.

Sin preguntar más, Tony lo hizo. Sólo la del cuarto de baño iluminaba tenuemente la estancia. Mirándola a los ojos, se quitó la camisa, que dejó caer al suelo, y después el pantalón.

Ruth jadeó al ver el tatuaje que tenía en el hombro y que le bajaba por el brazo, y volvió a jadear cuando él se quitó el calzoncillo. Aquello era impresionante.

Sin hablar, Tony acercó las manos al botón del pantalón de ella y se lo desabrochó. Sin apartar la mirada de sus ojos, se lo quitó y, tras él, las bragas.

Estaban totalmente desnudos, y Ruth se puso una mano en el vientre para tapar la cicatriz de su cesárea y preguntó:

—Tienes preservativos, ¿verdad?

Tony asintió. Cogió su pantalón, sacó la cartera y, tras dejar tres preservativos sobre la cama, murmuró:

—¿Me lo pones tú o me lo pongo yo?

Atacada de los nervios por la marejada de sensaciones que él le hacía sentir con su sola presencia, respondió:

—Póntelo tú.

Sin perder un segundo, Tony rasgó el envoltorio de uno y, tras colocárselo, Ruth, tremendamente excitada, sonrió y se abrió de piernas, invitándolo a poseerla. Le hizo una seña con el dedo para que se acercara a su boca y, cuando la obedeció, murmuró:

—En este instante te quiero todo para mí. Absolutamente todo.

—Mmmmm, me gusta saberlo —respondió él sonriente.

De un tirón, la levantó de la cama y la puso frente a él. Sin tacones le llegaba a la barbilla y, mirándola a los ojos, le dio un azotito en el trasero.

—Esto por no reconocerme la primera vez que nos reencontramos.

Ruth sonrió.

—No eres tan especial, morenito.

Tony le dio otro azote, molesto.

¿Cómo era tan descarada?

En otra circunstancia y con otro hombre, Ruth lo habría mandado a hacer puñetas, pero su gesto serio y el observar cómo la miraba le gustó. La excitó. Una desconocida y desbordante locura se apoderó de su cuerpo y susurró:

—Si me vuelves a dar otro azote, lo vas a lamentar.

A Tony le gustó esa provocación y, posándole las manos en el trasero, se lo apretó y murmuró, mirándola a los ojos:

—No me tientes o tendré que ponerte el trasero rojo. Muy rojo.

Dominada por la lujuria que sentía en ese momento, se puso de puntillas y, agarrándole la cabeza, lo besó. Deseaba hacerlo. Saborear su boca, sus labios, su saliva. Lo deseaba entero y no se percató de cómo se le erizaba a él el vello del cuerpo en respuesta a su gesto.

Incrédulo, Tony se dejó besar. Sentir la pasión de ella y su dulce boca profundizando en la de él le encantaba. Adoró su respiración, cómo se apretaba contra su cuerpo, sus leves gemidos de placer y, cuando aquel fogoso beso acabó, murmuró:

—Besas muy bien, chica arco iris.

Ruth sonrió, arrugando la nariz, un gesto que a Tony se le antojaba precioso.

—Ahora enséñame qué sabes hacer tú, además de ponerme el culo rojo —ordenó ella.

Sonrió encantado.

Él sabía hacer muchas muchas cosas. La tumbó sobre la cama y comenzó a besarle con mimo cada rincón del cuerpo, con una pasión indescifrable que a Ruth le hizo perder totalmente la cordura.

—Eres pelirroja —lo oyó decir.

Al abrir los ojos, lo vio entre sus piernas; sin dejar de mirarla, sacó la lengua y le rozó el clítoris con ella, y Ruth jadeó mientras se arqueaba.

Lo que le hacía con la lengua la enloqueció. Tenía la piel suave y la manera como se restregaba contra ella era abrumadora. Pura locura. Sus gemidos resonaban en la habitación y entonces Tony le abrió con maestría los labios de la vagina utilizando los dedos al tiempo que su lengua húmeda y caliente la chupaba una y otra vez y sus grandes manos le sujetaban los muslos para que no cerrara las piernas.

Estar en esa postura, como diría David, era de facilonas, de descaradas, pero le gustaba lo que le hacía y se entregó a ello. Se arqueó de placer para hacerle saber cuánto le gustaba, y cuando él se dispuso a retirarla, lo obligó a continuar.

Tony sonrió y, mordiéndole el clítoris con cuidado, estiró de él.

Durante varios minutos, Ruth dejó que tomara la iniciativa en todo y se dedicó simplemente a disfrutar, mientras él se ocupaba de proporcionarle aquel deleite.

Tras varios gritos de placer, a cuál más descriptivo, Tony volvió a reptar por su cuerpo. Sus ojos se encontraron y, sin decir nada, la besó, le penetró la boca con la lengua y ella sin dudarlo la aceptó. Sintió el sabor de su propio sexo y, cuando interrumpieron el beso, él murmuró:

—¿Estás preparada para mí?

—¿Y tú para mí? —respondió, mirándolo con descaro.

Sin apartar los ojos de ella, guio su duro pene con la mano, hundiéndose en ella totalmente y, al ver cómo se arqueaba de placer, susurró:

—Eres ardiente, retadora y cálida, muy cálida.

Ruth no pudo responder. Le faltaba el aire y Tony, con una morbosa sonrisa, siguió hundiendo su gran erección dentro de ella, mientras decía:

—Eso es, chica arco iris... Sí... sí... déjame llegar hasta el fondo de ti.

Ruth jadeó gustosa por lo que él le decía y hacía.

—¿Te gusta lo que sientes?

Como pudo, ella asintió con la cabeza. Aquello era colosal.

—¿Quieres más?

—No lo dudes —respondió delirante de placer.

Con una maestría que la dejó patidifusa, Tony se levantó de la cama sin salirse de ella, la llevó hasta una mesa que había en la habitación y, tras tumbarla encima, le tocó el hinchado clítoris y murmuró:

—Eso es... así... entrégate a mí.

Extasiada y totalmente absorbida por aquel hombre, Ruth se arqueó sobre la mesa y gritó maravillada. Sin preguntar, Tony le subió las piernas a sus hombros y, con decisión, comenzó a penetrarla una y otra y otra vez a un ritmo infernal, mientras ella gritaba y se retorcía de placer.

—Eso es... vuélveme loco con tus gemidos.

Su voz, su mirada y sus penetraciones le estaban haciendo perder la razón, mientras, desinhibida, disfrutaba de aquel sexo espectacular, del sexo genuino. De repente, un orgasmo increíble se apoderó de todo su cuerpo, haciéndola temblar sobre la mesa y gritar extasiada.

Tony sonrió satisfecho. Ahora le tocaba a él. Le bajó las piernas, se las colocó alrededor de la cintura y, agarrándola de las caderas, comenzó a hundirse en ella sin descanso una y otra vez, en busca de su propio placer. Sus ojos se encontraron y Ruth no dejó de mirarlo ni un segundo mientras él la seguía embistiendo a un ritmo enloquecedor. Ella se tocó los pechos, se los pellizcó y, pocos segundos después, un gruñido varonil salió de su boca y, tras un último empellón que hizo gritar a Ruth, él también llegó al deseado clímax.

Al terminar, Tony la cogió en brazos y se desplazó con ella hasta la cama. Una vez allí, se sentó con Ruth encima y encendió la luz para ver su rostro sudoroso. Durante varios minutos se miraron sin hablar, mientras sus respiraciones se calmaban, hasta que Tony descubrió el tatuaje que ella llevaba en el hombro.

—«Hasta el infinito y más allá», bonita frase. ¿Qué significa?

—Es un lema familiar —contestó Ruth, mirándose el hombro.

—Pues me gusta.

Ella sonrió.

—Mi padre se lo tatuó por la gente que quería y yo lo hice también. Él decía que...

—¿Decía?

—Murió —respondió Ruth asintiendo.

—Lo siento... siento haberte preguntado por ello. No sabía que...

—No pasa nada —sonrió ella apenada, sin entrar en más detalles.

Al ver su tristeza, con la intención de cambiar de tema, le dio un suave azotito en el trasero que la hizo reír y preguntó en un susurro:

—¿Qué tal?

—Bien —contestó Ruth.

Pero Tony, deseoso de oír algo mejor, le retiró un mechón rosa de la frente y preguntó:

—Pero ¿bien de normal, bien de increíble o bien porque soy todo un animal?

—Mira el Rey León —se mofó ella.

Él soltó una carcajada y Ruth le espetó divertida:

—¿Qué pretendes que te diga, fanfarrón?

Él soltó una carcajada, encantado de estar allí con ella.

—Chica arco iris, me gusta cómo besas y te lo he dicho. ¿No crees que yo merezco que me digas si te ha gustado hacer el amor conmigo?

Ruth acercó la boca a la de él y murmuró:

—Por supuesto que te lo diré, pero ¡cuando lo hagas!

A partir de ese instante, repitieron varias veces, siempre con luz tenue y, aunque eso le llamó la atención, Tony no preguntó. Se limitó a disfrutar del momento hasta que cayeron rendidos en la cama y, tras un cómodo silencio, se durmieron.

Un sonido apenas audible despertó a Ruth. Era el despertador de su móvil, con la voz de sus hijos diciéndole «Mami, despierta».

Las voces iban subiendo de volumen poco a poco, y ella cogió el móvil y lo apagó rápidamente. Con él en la mano, se estiró, y al hacerlo sus brazos dieron contra algo. Al mirar vio a Tony y lo recordó todo.

Durante unos instantes contempló al hombre que dormía a su lado. Era increíblemente atractivo y sexy. Su rostro rozaba la perfección y su cuerpo... ¡guau!, su cuerpo era pura fibra y acero. Recordar la intimidad que habían compartido la hizo ruborizarse y sonrió, consciente de que lo que había hecho con él superaba mil veces lo imaginado con el patito diablillo.

Al cabo de unos segundos en los que tomó el control de sus reacciones y en especial de sus pensamientos más locos, se levantó con cuidado. No quería despertarlo.

Silenciosa, fue al cuarto de baño, cerró la puerta, se miró al espejo y, sonriendo, murmuró:

—No lo niegues, descarada, ¡lo has pasado muy bien!

Tras una ducha rápida, recogió su ropa esparcida por la habitación y se vistió sin quitarle ojo al hombre que dormía plácidamente a pierna suelta; cuando acabó, buscó el bolso. Lo encontró tirado en un lado del cuarto, sacó su cartera y contó cincuenta y cinco dólares. La mitad de lo que costaba la habitación. Miró el dinero y suspiró. Aquello era un gasto imprevisto, pero había merecido la pena.

Tras encontrar papel, sobre y bolígrafo, divertida, escribió algo con rapidez. Metió el dinero y la nota en el sobre, escribió el nombre de él y lo dejó sobre la almohada. Luego volvió a mirar a Tony, que seguía durmiendo, y murmuró:

—Ha sido un placer, Tony Ferrasa.

Abrió con cuidado la puerta de la habitación y, sin despertarlo, se fue a trabajar.

12

Llegaste tú

Cuando Tony se despertó debido a la luz que entraba por la ventana, se estiró en la cama.

No era una king size a las que él estaba acostumbrado y eso le extrañó, aunque al abrir los ojos y ver la habitación, recordó con quién había ido allí.

Durante unos segundos, escuchó con atención para ver si ella estaba en el baño, pero al ver que nadie se movía en la habitación, se incorporó y vio un sobre encima de la otra almohada, con su nombre escrito en él.

—No me lo puedo creer.

Pero más asombrado se quedó aún cuando al abrirlo se encontró cincuenta y cinco dólares y una nota que decía:

Aquí está la parte que me corresponde por la habitación. 55 dólares.
Me voy a trabajar.
Chica arco iris

PD: E_ _ _ U_ B_ _ _ A_ _ _ _ _, P_ _ _ E_ _ _ _ S_ _ _ _ _ D_ Q_ _ T_ P_ _ _ _ _ S_ _ _ _ _ _, ¡F_ _ _ _ _ _ _ _ _! A_ _ _ _ H_ _ _ _ _ M_ _ _ _ _.

Maldijo sin entender qué quería decir aquella posdata y con los cincuenta y cinco dólares en la mano.

Molesto, tiró el sobre y la nota sobre la cama y se metió en el baño. Una ducha lo despejaría.

Cuando salió, su aspecto había mejorado, pero su humor no.

¿Cómo se atrevía a tratarlo así?

Se vistió y decidió ir a buscarla al restaurante donde la había visto trabajando aquel día que él fue con su padre. Cuando estuvo listo, bajó a recepción, pagó y salió del hotel a toda prisa.

Al llegar, aparcó frente a la puerta y, con la nota y el dinero aún en la mano, entró en el restaurante y miró a su alrededor. Allí no estaba. Maldijo, pero sin darse por vencido se acercó a una de las camareras y dijo:

—Disculpe, señorita, estoy buscando a mi amiga Ruth.

La muchacha, encantada al ver a aquel tiarrón tan impresionante y con tan buena pinta, respondió:

—Está en el patio de atrás. Es su rato de descanso.

Satisfecho de haberla encontrado, con la mejor de sus sonrisas, le preguntó a la chica:

—¿Me indicas cómo ir hasta allí?

Ella, atontada por aquella sonrisa maravillosa y perfecta, asintió y, señalándole una puerta azulona, dijo:

—Cruza esa puerta y la verás.

Tony le dio las gracias guiñándole un ojo. Pero al darse la vuelta, el gesto le cambió. Ninguna mujer lo había hecho sentir tan mal. Ninguna se había marchado de la habitación antes que él y, sobre todo, ninguna le había dejado dinero sobre la cama.

Al abrir la puerta, la vio. Estaba sentada en una esquina del pequeño patio, al sol, con los ojos cerrados y los cascos puestos, mientras cantaba.

Cantando era un desastre. No entonaba bien ni seguía la melodía, pero aun así, reconoció la canción por la letra. Era *Tú y yo,** de su amigo Ricky Martin.

Cuando vio que ella no abría los ojos, se acercó y, quitándole uno de los auriculares, murmuró:

—Hola, pelirroja.

Ruth se asustó al oír eso, pero se tranquilizó al ver quién era.

—Oírte cantar es penoso —dijo él.

—¿Qué haces aquí? —gruñó ella levantándose.

Sin responder a la pregunta, Tony sacó el sobre con el dinero del bolsillo y, moviéndolo, preguntó:

—¿Me puedes decir qué es esto?

Sin inmutarse, Ruth cogió el dinero y, tras contarlo, se lo devolvió.

—Sin duda alguna, cincuenta y cinco dólares.

* *Tú y yo*, Sony Music Latin, interpretada por Ricky Martin. *(N. de la E.)*

Boquiabierto por su desfachatez, iba a replicar algo cuando ella añadió:

—¿No pretenderás que pague yo toda la habitación? —Tony no tuvo tiempo de responder antes de que ella continuara—: Por el amor de Dios, ¿tan tacaño eres?

A cada instante más descolocado, dio un paso atrás y gruñó:

—Pero ¿qué estás diciendo?

Moviendo un dedo a modo de advertencia, Ruth dijo:

—Te recuerdo que ambos disfrutamos de la habitación y, aunque yo fui la que sugirió ir a ese hotel, no pienso cargar con el gasto total de la noche.

Intentando procesar lo que aquella loca decía, Tony negó con la cabeza y le espetó:

—Pero ¿tú de qué planeta has salido?

Ofendida por su actitud y su pregunta, Ruth frunció el cejo y respondió, apretando los puños:

—Del planeta De Tonta No Tengo Ni Un Pelo. ¿Y tú?

Su gesto... su boca... su mirada... todo eso hizo que finalmente Tony soltara una carcajada y, ante la cara de desconcierto de la muchacha, añadió sin poder parar de reír:

—Eres... eres increíble. Nunca había conocido a nadie como tú.

Verlo reír sin saber por qué a Ruth la hizo bajar la guardia y, sonriendo, respondió:

—Normal... moviéndote en esos mundos de silicona en que te mueves.

Sin poder parar de reír, Tony se acercó a ella, le metió los cincuenta y cinco dólares en el bolsillo del mandil negro que llevaba y dijo:

—No quiero que pagues tú el hotel. Precisamente venía a devolverte el dinero. Pero ¿qué clase de hombre crees que soy?

Sin embargo, Ruth se sacó el dinero del bolsillo y, tendiéndoselo, contestó:

—Ah, no... ¡eso sí que no! El hotel lo pagamos los dos. Como te he dicho, ambos le dimos uso.

—Ni hablar.

—Coge el maldito dinero.

—No.

Enfadada, siseó:

—He dicho que cojas los jodidos dólares.

—Debes de estar agotada, ¿verdad? Apenas has descansado.

Sin duda lo estaba. Deseaba terminar su turno en el restaurante para regresar a su casa y dormir, pero respondió:

—Soy Superwoman. Anda, coge el maldito dinero y vete, por favor.

Dando un paso hacia atrás, Tony negó con la cabeza.

—Soy un caballero, mi padre me educó para serlo y nunca cogeré tu dinero. Y menos tras haber pasado una noche tan bonita juntos. —Y antes de que ella pudiera decir algo más, sacó su móvil y pidió—: Dame tu teléfono.

—¡Ni hablar!

Incrédulo, Tony la miró. Todas deseaban darle su teléfono y, divertido, preguntó, enseñándole la posdata de la nota:

—¿Qué se supone que es esto?

—¿Nunca has jugado a adivina qué quiere decir lo que he puesto? —preguntó ella sorprendida. Tony negó con la cabeza y Ruth, bajando de nuevo la guardia, respondió, dándose por vencida—: Es un juego de niños. Yo escribo las primeras letras de las palabras de una frase y si tú quieres saber lo que dice, las tienes que completar. —Y quitándole el papel de las manos, se sacó un bolígrafo del bolsillo y dijo—: Te daré una pista. Dime una vocal.

—¿Cómo?

—Vocal... una vocal. ¿Sabes qué son las vocales?

Tony la miró ofendido, pero finalmente dijo, siguiéndole la corriente:

—La «A».

—Otra.

—La «E».

—Y ahora una consonante.

—La «S», de ¡Superwoman!

Ruth sonrió y Tony vio cómo escribía en el papel. Después se lo entregó y dijo:

—Ahora, ¡a pensar!

Sorprendido, miró lo que le había dado y vio que ponía:

E_ ES U_ B_ E _ A_ A _ _ E, PE_ _ ES _ _ _ SE _ _ _A DE Q_ E TE P_ E _ E S S_ _ E _ A _, ¡FA _ _ A _ _ _ _! A_ _ _ S Y HA _ _ _A MA _ A _A.

Al mirar de nuevo a la joven, ésta sonrió y se burló:

—Es facilito. Cualquier niño lo acertaría. ¿Tan corto eres? —Tony fue a protestar cuando ella añadió—: Y ahora, si no te importa, adiós. He de volver al trabajo. Mis quince minutos de descanso ya se han acabado.

Regresó con ella al interior del local y, sin ganas de marcharse de allí, se sentó a la barra, mientras la observaba atender las mesas. La vio sonreír y bromear con sus compañeros y eso le gustó. Cuando por fin se acercó a él, preguntó:

—¿Qué haces aquí todavía?

—¿Tú eres siempre así de simpática?

Con chulería, Ruth se apoyó en la barra y murmuró:

—Puedo serlo aún más, no me provoques.

Tony soltó una carcajada y ella lo miró divertida.

—¿Te apetece tomar algo? —le preguntó.

—Un café con leche estaría bien.

Ruth asintió y, metiéndose detrás de la barra, se lo preparó, se lo puso delante junto con una tostada y dijo:

—Cómetela. Debes de estar hambriento.

Sin duda tenía hambre y, sin decir nada más, se la comió mientras ella sonreía y continuaba con su trabajo. Cuando acabó, volvió a mirar la frase de la nota. ¿Qué querría decir aquello?

Empezó a juntar algunas letras.

«ERES UN...»

Le sonó el teléfono. Dejó el papel y atendió la llamada. Era del estudio de grabación, donde unos músicos requerían su presencia. Miró su reloj y dijo que en media hora estaría allí.

Se guardó el papel en el bolsillo del pantalón y cuando Ruth se acercó de nuevo, le pidió:

—Dime cuánto te debo. He de marcharme.

—Estás invitado.

—¿Seguro?

—Segurísimo.

Tony se lo agradeció sonriente y antes de que ella se diera la vuelta para marcharse, dijo:

—Si adivino lo que has puesto en el papel, ¿mi premio será tu teléfono?

—No.

Él se rio divertido y Ruth, segura de que no lo adivinaría, añadió:

—Pero si lo adivinas, te daré un premio. Y ahora, adiós. Tengo que trabajar.

Contento, la miró alejarse. Después se encaminó hacia la puerta y, tras guiñarle un ojo a la joven que lo había atendido al entrar, caminó hacia su coche.

13

La chica de ayer

Al llegar al estudio de grabación, se dirigió a la cabina donde lo esperaban los músicos y durante un par de horas estuvo solucionando varios problemas. Al acabar y salir de allí, se encontró con su cuñada Yanira.

—No te esperaba hoy por aquí, ¿ocurre algo? —dijo ella, sonriendo y cogiéndolo del brazo.

Encantado de verla, Tony la besó en la cabeza. Sin duda, Yanira era de las mejores cosas que le habían pasado a su familia en los últimos años y contestó, mientras veía pasar a su hermano Omar acompañado de Rick, el divo del blues, y a Sean.

—Me ha llamado Stevenson. Unos músicos tenían problemas con lo que debían grabar, pero ya está solucionado. ¿Y tú qué haces aquí a la hora de la comida?

Yanira respondió:

—Había quedado para comer con Coral, pero me ha llamado para anularlo. Al parecer, ella y su churri tenían ganas de verse y ha pasado de mí. ¿Vas hacia tu despacho? —añadió. Al decirle Tony que sí, ella dijo—: Pues te acompaño. Tengo libre hasta después de comer. Luego proseguiré con la grabación.

Cuando entraron, Tony se encaminó hacia un pequeño armario, del que sacó una camisa limpia. Bajo la atenta mirada de su cuñada, se quitó la que llevaba y Yanira comentó:

—No me lo digas: ¡noche loca!

—Digamos que divertida —respondió él.

Yanira sonrió. Su cuñado era uno de los solteros más apetecibles de Los Ángeles. Era guapo, famoso, adinerado y eso atraía a todo tipo de mujeres.

—¿Quién es ella? —preguntó.

Al pensar en Ruth, Tony se encogió de hombros.

—No la conoces.

—¡¿Seguro?!

—Segurísimo. ¿Comemos juntos?

Yanira asintió y se fueron a un restaurante chino que les gustaba a los dos.

Durante la comida, rieron y comentaron mil cosas. Siempre que estaban juntos, el tiempo se les pasaba volando.

Cuando les llevaron la cuenta y Tony fue a pagar, se le cayó un papel del bolsillo del pantalón. Yanira lo recogió.

—Toma. Esto es tuyo —dijo, entregándoselo.

Él lo cogió y se lo guardó.

—¿Has jugado alguna vez al juego de adivinar? —le preguntó a Yanira.

Ella parpadeó sorprendida. Con su marido jugaban a ¡Adivina quién soy esta noche!, un pasatiempo cargado de morbo y sensualidad, en el que podían ser miles de personajes, representados en sus momentos íntimos, por lo que respondió con guasa:

—Yo conozco un juego de adivinar, pero no sé si será al que tú te refieres.

Sin percatarse del gesto burlón de su cuñada, Tony explicó:

—Es un juego de palabras incompletas. Tienes que rellenarlas para saber qué dice. —Y, sin más, sacó la nota de Ruth para que Yanira la viera, y añadió—: Tengo que saber qué pone aquí. ¿Me ayudas?

Aquí está la parte que me corresponde por la habitación. 55 dólares.
Me voy a trabajar.
Chica arco iris

E_ ES U_ B_ E _ A_ A _ _ E, PE_ _ ES _ _ _ SE _ _ _ A DE Q_ E TE P_ E _ E S S_ _ E _ A _ ¡FA _ _ A _ _ _! A_ _ _ S Y HA _ _ _ A MA _ A _ A.

Yanira miró el papel. Aquello estaba chupado, pero al leer el principio de la nota exclamó:

—¡Anda, mi madre! No me digas que dejaste que la chica pagara el hotel.

—Noooooooo... por supuesto que no.

—¿Cincuenta y cinco dólares? ¿Sólo te costó eso el...?

—Yanira, por favor —la cortó él—, no preguntes.

—¡¿Chica arco iris?!

Molesto porque siguiera insistiendo, fue a protestar cuando ella rectificó y dijo:

—Vale... vale... no preguntaré más. —Y mirando los espacios en blanco, añadió—: A esto jugaba yo con mis hermanos hace años. Lo llamábamos el mensaje secreto. Era nuestra manera de comunicarnos sin que mis padres se enteraran. ¿Con quién juegas a esto, bribón?

Al ver en ella una aliada, Tony le dio un boli y repitió:

—No preguntes.

—Ah, no... —respondió Yanira sonriendo—. Si quieres que te ayude, primero me tienes que contar quién es la chica y...

—Yanira, no seas cotilla y ayúdame.

A cada instante más divertida, se acercó a él e insistió:

—Anda, venga... Dime quién es esa chica arco iris.

—¿Me vas a ayudar o no? —preguntó Tony molesto.

Al ver su gesto, ella intentó no reírse y, tras meditarlo, dijo:

—Plan A, no te ayudo... Plan B, te ayudo pero sólo si me dices su nombre.

Él maldijo en voz baja. Su cuñada era una auténtica bruja cotilla y siseó:

—Ruth.

—¡¿Ruth?! No conozco a ninguna Ruth. ¿Dónde y cuándo la conociste?

—Yaniraaaaa, me estás enfadando —resopló él.

Encantada, soltó una carcajada y, mirando de nuevo el papel, contestó:

—Muy bien, muy bien. Quita esa cara de Ferrasa cabreado. Veamos, para saber qué pone aquí, me tienes que contar qué ocurrió anoche, porque sin duda estará relacionado con alguna cosa que quisiste saber ayer. ¿Algo que destacar?

Tony la miró boquiabierto. Pero ¿cómo le iba a contar lo ocurrido?

Al ver su gesto, Yanira entendió y, tras soltar una carcajada, le explicó:

—No te pido que me des los detalles más escabrosos de vuestro encuentro sexual. Dios sabe que no quiero conocerlos. Pero sí necesito saber de qué hablasteis, para descifrar qué te ha querido poner aquí.

Con cierto pudor, Tony le comentó un poco sus breves conversaciones, sin decirle realmente quién era la chica. Cuando acabó, Yanira parpadeó:

—No sé si lo que me has contado vale para algo, pero intentaré entender el mensaje secreto, ¿vale?

Tony puso los ojos en blanco. ¿Qué hacía enseñándole aquello a Yanira? Y, sobre todo, ¿qué hacía prestándole atención a aquella tontería que había escrito Ruth?

Durante un buen rato, Yanira miró las letras concentrada y, con el bolígrafo, comenzó a escribir en una libreta que había sacado de su bolso.

—Ella firma como chica arco iris. ¿Te puso a ti algún mote, o te llamó de alguna manera especial?

—No.

—¿Seguro? Es que aquí hay una «F» que no consigo descifrar y Ferrasa no es, porque son siete letras y éstas son nueve.

Tony negó con la cabeza, pero de pronto sonrió al recordar algo.

—¡Me llamó fanfarrón!

—Uissss, ¡esa chica es lista! —se mofó ella y, tras apuntarlo en su libreta, lo miró con guasa y cuchicheó—: Wepaaaa.

—¿Qué ocurre? —preguntó él.

Yanira miró a su cuñado divertida por lo que leía, y dijo:

—¿Le preguntaste si eras buen amante?

—No —mintió.

—¡Serás fanfarrón! —se mofó ella.

Tony cogió el papel, lo arrugó y dijo:

—Se acabó. No pienso seguir con este juego tonto. Joder, que ya he cumplido los cuarenta para andar con estupideces de críos.

Yanira se contempló las uñas y murmuró:

—Vale. Pues entonces no te diré lo que pone.

Tony la miró. Ella sonrió traviesa y le guiñó un ojo.

Durante unos segundos, ambos se sostuvieron la mirada en silencio, hasta que Yanira soltó una carcajada.

—Por el amor de Dios, Tony, aunque tengas cuarenta años ¿no quieres saber lo que pone en el mensaje?

Lo estaba deseando, nada le apetecía más, pero negando con la cabeza, respondió:

—No. Ya no me interesa.

Yanira apuntó algo en la hoja de su cuaderno, después la arrancó y, haciendo una pelota, la dejó despreocupadamente sobre la mesa mientras decía:

—Iré al baño un momento.

Tony miró con curiosidad el papel arrugado y durante varios minutos se resistió a cogerlo y a mirarlo. Él nunca había sido un cotilla. Pero el puñetero papelito parecía llamarlo y, cuando no lo resistió más, lo hizo.

Gruñó al leer:

Ah, no... Ferrasa... no. Si quieres saberlo, ¡me lo preguntas!

Irritado por la trampa que le había tendido su cuñada, volvió a arrugar el papel y, tras dejarlo sobre la mesa, maldijo en voz baja. Instantes después, Yanira regresó, miró el papel y vio que no estaba como ella lo había dejado. Eso la hizo sonreír, pero no hizo ningún comentario.

Salieron del restaurante sin decir nada. Al llegar al coche, Tony miró a Yanira un par de veces con intención de preguntarle, pero algo lo frenaba. Joder, era un hombre maduro, ¿qué hacía atrapado por aquella tontería?

Sin embargo, al subir al coche, Yanira, que lo conocía muy bien, soltó, mirándolo:

—El orgullo os va a comer vivos algún día a los malditos Ferrasa. Tienes dos opciones: plan A, te tragas tu orgullo y me lo preguntas, o plan B, te envenenas con tu orgullo y te quedas sin saber lo que dice Ruth en su nota. No hay más alternativas.

Tony resopló. Y, mirando a su sonriente cuñada, masculló:

—De acuerdo, tú ganas. Plan A. ¿Qué pone?

Yanira sacó de nuevo su cuaderno y, tras abrirlo, declaró:

—Que conste que lo dice ella, no yo, ¿vale?

—Que sí, pesadita... que sí.

Divertida, comenzó a leer:

—«ERES UN BUEN AMANTE, PERO ESTOY SEGURA DE QUE TE PUEDES SUPERAR, ¡FANFARRÓN! ADIÓS Y HAKUNA MATATA».

Tony se quedó boquiabierto al escuchar aquello y más al ver la cara de guasa de su cuñada.

¿Que se podía superar?

¿Qué era aquella tontería?

Sin saber qué contestar, se tocó la frente y Yanira dijo:

—Uy... uy... creo que alguien no se quedó absolutamente satisfecha de un Ferrasa, ¡qué escándalo!

Él apretó la mandíbula, a cada instante más molesto por su gesto guasón y sus comentarios. La notita no decía nada de lo que quería saber. Durante unos segundos, procesó la información, hasta que al oír la risa de Yanira, se sintió ridículo y dos segundos después, reían los dos a carcajadas.

—Me encanta... Lo siento, Tony, pero me encanta. Ese «¡Fanfarrón!» y el «Hakuna Matata» me hacen ver que no tiene nada que ver con las chicas con las que sueles ir. ¿Quién es? ¿Dónde la has conocido? Me la tienes que presentar, por favor te lo pido, Tony.

Tras asentir, él arrancó el coche y, con una sonrisa en los labios, murmuró:

—Antes me voy a cobrar un premio.

14

Nunca te haré llorar

Al día siguiente, Tony regresó al restaurante, donde le dijeron que aquella mañana Ruth libraba. Pidió su dirección o su teléfono, pero nadie se lo quiso dar. Se negaron en redondo argumentando que era política de la empresa.

Dispuesto a encontrarla, llamó a Tifany. Ella tendría el número de la empresa de catering que había contratado para la fiesta de cumpleaños de Preciosa y, encantado, la oyó decir que Harry, el dueño, era amigo suyo.

Tras colgar, llamó a Paola, la mujer que se encargaba de su casa y le pidió que llamara a aquel número.

Tenía planes.

Ruth dedicó aquel día libre a su hogar. Durante la mañana, mientras los niños estaban en el colegio, salió de compras. Y al regresar, mientras preparaba varias comidas para congelarlas y tenerlas para distintos días de la semana, ordenó y limpió.

Por la tarde, cuando los niños regresaron del colegio, los abrazó encantada. Siempre aprovechaba su día libre al máximo con ellos y, por norma, iban a la playa de Long Beach, la más cercana a su residencia. Un sitio donde los críos se desfogaban y donde ella podía vigilarlos con tranquilidad mientras tomaba el sol.

—Mamita, queremos un helado —pidió Jenny, cuando llevaban un rato.

Ruth se levantó y, tras coger de la mano a Adán y a Brian, los cuatro se encaminaron hacia el puesto de helados. Les compró uno a cada uno.

Cuando se lo terminaron, Brian vio a un niño con una bolsa de patatas y pidió:

—Mami, quiero patatas.

—Quiedo patatas —lo secundó Adán, con su media lengua.

Pero antes de que Ruth pudiera contestar, Jenny intervino y, cambiando el tono de voz, dijo:

—Güey, cerrad la bocaza. Mamita nos ha comprado helados de chocolate para todos y no puede pagar nada más. No seáis chingones.

Ruth se quedó sorprendida y, regañándola, siseó:

—Por el amor de Dios, Jenny, ¿quieres dejar de hablar así?

La niña sonrió y, sin decir nada más, se fue corriendo con Brian. Adán, que estaba a su lado, miró a su madre y preguntó:

—Mami, ¿qué es chidones?

Ruth lo besó y dijo:

—Anda, ve a jugar con ellos.

Segundos después, Ruth cogió el teléfono y llamó a Linda y a George. Sabía que ese día les daban el resultado de unas pruebas. Tras hablar con George un buen rato y reír por el buen humor que él siempre tenía, le pasó el teléfono a Linda y Ruth, cambiando tono, preguntó:

—¿Qué me puedes contar?

—Poco, Ruth —contestó la mujer.

Hablaron un rato. Ambas sabían que el fin estaba cerca y que no había curación. El cáncer de George era muy agresivo y ni el dinero ni los mejores médicos del mundo lo podían frenar.

Tras colgar, Ruth guardó el teléfono en su bolso con ganas de llorar. Qué injusta era la vida.

—Mami... mami... —la llamó Brian.

Al mirarlo, él le hizo una monería. Era un payasete y eso la hizo sonreír.

Más tranquila, sacó un libro del bolso y se puso a leer, pero instantes después le sonó el teléfono. Al ver que llamaban de Harry Events, la empresa para la que trabajaba por las noches, contestó rápidamente.

—Hola, Diamantina —saludó a la secretaria.

—Hola, Ruth, ¿cómo va eso?

—Bien, en la playa, disfrutando de mi día libre.

—Oh, qué suerte —contestó la secretaria—. Oye, te llamaba porque esta noche nos ha salido un evento extra. Necesitan una camarera-cocinera y al ver que tenías el día libre he pensado en ti —mintió, mirando a su jefe, que la observaba—. Si tú no quieres o no te va bien, llamaré a Goodar para que asigne otra chica. Pero antes te lo quería preguntar a ti, como me pediste.

Ruth lo pensó. Era su día libre y, por norma, intentaba respetarlo, pero al pensar en su coche y en que debía ahorrar para comprar otro, preguntó:

—¿Qué hay que cocinar, dónde es y cuántas horas?

—Es en Bel Air. El servicio sería de ocho a doce más o menos y en cuanto al tema de la cocina, según dice en la ficha será una cena informal y que al llegar preguntes por Paola Suárez.

—¿En Bel Air y sólo piden una persona?

Diamantina, que no sabía quién había contratado realmente aquel servicio, respondió:

—Al parecer es una cena privada, por lo tanto no tendrás mucho trabajo.

Ruth miró a sus hijos y al ver que Brian volvía a fijarse en el niño de la bolsa de patatas, dijo, sacando la libreta que siempre llevaba en el bolso:

—De acuerdo. Dame la dirección.

Después de colgar, se levantó y, yendo hacia donde estaban sus tres ángeles, preguntó:

—¿Quién se quiere bañar con mami?

Jenny, Brian y Adán se levantaron rápidamente y, felices, los cuatro se metieron en el agua entre risas y mil muestras de cariño.

Cuando regresaron a su apartamento, tras una estupenda tarde de playa, Ruth llamó a la puerta de sus amigos. Instantes después Manuel le abría y ella, al ver su cara, preguntó alarmada:

—¿Qué ocurre?

Entró con los niños, que rápidamente se sentaron ante el televisor a ver dibujos, y Manuel murmuró:

—Creo que la he liado, mi amol.

—¿Qué has hecho?

—¡Ay, Diosito!

—Manu, no digas «¡Ay, Diosito!». Sólo lo dices cuando algo te preocupa mucho. ¿Qué ocurre?

Él la cogió de la mano y la llevó hasta el cuarto de baño. Y al abrir la puerta y ver a David, Ruth susurró:

—¡Ay, Diosito!

—Verde... ¡Me ha puesto el pelo verde guisante! —exclamó David horrorizado.

—Te he dicho ya mil veces que es verde París —contestó Manu y, al ver cómo lo miraba el otro, añadió—: Cariño, me he emocionado poniéndote el tinte, pero estás guapo, muy... muy guapo.

Ella no sabía qué decir cuando de pronto, el pequeño Adán apareció y, señalando a David, dijo riendo:

—Es Feb.

Se refería a los dibujos de Phineas y Ferb, y cuando lo oyó ya no pudo más y soltó una carcajada. Sin embargo, al ver que David no se reía, se reprimió y dijo lo más seria que pudo:

—Adán, ve con Brian y Jenny, por favor.

—Pedo, mami, David es Feb —insistió él.

Aguantándose la risa, Ruth lo sacó del baño, lo dejó ante el televisor y, al regresar, oyó que Manu insistía:

—Cariño, en serio, te queda muy bien.

—Manuel, mi amor, esta noche trabajo. ¿Cómo me voy a presentar con el pelo verde?

—Muy fácil —rio Ruth—, con la misma naturalidad con que me presenté yo con el pelo multicolor. ¡Es tendencia!

—Claro que es tendencia, y muchas artistas como Lady Gaga, Nicki Minaj, Katy Perry o Rihanna lo llevan —afirmó Manu.

A través del espejo, David los miró a los dos y, riendo, dijo:

—Desde luego, somos dignos de ver. Tú con el pelo multicolor, Manu con el pelo naranja persa y yo verde guisante.

—París, mi amol, es verde París.

Al final los tres se echaron a reír y cuando Jenny apareció, dijo:

—Virgencita de Guadalupe, madrecita de Dios, ¿qué te ha ocurrido en tu bonito cabello, David Miguel Alfonso de Todos los Santos?

Todos la miraron atónitos y Ruth le dijo a Manuel:

—Lo digo en serio, no quiero que Jenny vea más telenovelas mexicanas ni colombianas ni canadienses.

Él soltó una risotada y David, divertido, entró en el juego.

—Júrame, Manuel Alfredo Heredia Vázquez, que nunca dejarás de amarme. Y que nunca permitirás que la patrona Jennifer Tomasa Magdalena nos robe nuestro amor.

—¡David! —lo regañó Ruth. Menuda manera de ayudarla.

—David Miguel Alfonso de Todos los Santos, ¡pagarás por tu tremenda osadía! —contestó Jenny divertida.

—Ahorita mismo sacas tus porquerías de mi linda casa, güey, y te largas, ¡arrimada! —se mofó Manuel.

De pronto, Adán entró en el cuarto de baño y un extraño olor los invadió. Jenny salió a toda prisa tapándose la nariz.

—Adán, ¡eres una mofeta viviente!

Todos se echaron a reír. Cuando se relajaron, como siempre, Ruth le pidió a Manuel que se quedara con los niños.

—Pero ¿no era tu noche libre?

—Sí, pero Diamantina me ha llamado. Al parecer ha salido un servicio y le he dicho que sí. Sólo serán unas horillas. Hasta las doce más o menos.

Poco después, tras bañar a los niños, Ruth les explicó que se tenía que marchar a trabajar. Al principio protestaron, pero en cuanto vieron a Manuel entrar con un gran bol de palomitas, se olvidaron de ella.

—Ruth de Todos los Santos —dijo él, guiñándole un ojo y cambiando el tono de voz—, ve a coger la guagua, mientras yo cuido a mis niñitos como una leona a sus cachorros.

Con una gran sonrisa, ella salió del apartamento y corrió al ver que llegaba el autobús. Tras coger un autobús más, llegó ante la bonita y minimalista edificación en la que se daba la fiesta.

Con su uniforme en la mochila, Ruth llamó al timbre que había junto a la cancela y, después de oír la voz de una mujer, la puerta se abrió y entró.

Mientras caminaba hacia la casa, cruzando el elegante jardín, se paró al ver una increíble piscina en forma de judía, con cascadas laterales y un jacuzzi, al fondo del cual había dibujada una nota musical. Junto a la piscina vio una caseta con impolutas copas blancas de diseño y pajitas de colores y junto a la misma unas hamacas y una especie de cama con tejadillo, también blanco, para tomar el sol.

—Qué pasada de sitio —exclamó en voz baja.

Todo estaba impecable, como recién salido de una revista de decoración, y Ruth sonrió al imaginarse allí a sus niños. Sin duda, ellos le darían el toque de desorden y vida que allí faltaba. De pronto, oyó acercarse algo con rapidez y al volverse vio que un enorme perro iba hacia ella. Quiso correr, pero las piernas se le paralizaron y cuando el animal le puso las patas en los hombros, murmuró alarmada:

—¡Ay, Diosito, que este bicharraco me come viva!

La tensión la hizo caer de culo y, asustada, se tapó la cara, pero de pronto sintió que el perro le lamía con verdadero deleite las manos y el cuello. Con cuidado, y perdiendo el miedo, se destapó la cara y dijo sonriendo, mientras torcía el cuello para que no le lamiera los labios:

—Vale... vale... ya he visto que todo lo que tienes de grande lo tienes de besucón.

De pronto, una mujer de mediana edad, de pelo claro recogido en un moño, se acercó corriendo a ella y gritó:

—¡Por el amor de Dios, *Melodía*, suelta ahora mismo a la señorita! —Y al ver que la joven la miraba, añadió—: No la morderá, se lo prometo. *Melodía* —insistió—, ¡basta ya!

Finalmente la perra se echó a un lado, pero su felicidad era patente. Estaba contenta. Ruth, levantándose del suelo, se sacudió la hierba de los vaqueros y dijo sonriendo:

—No me da miedo, tranquila. Yo también tengo perro, aunque comparado con ésta, el mío es mini.

Ambas rieron y la mujer añadió:

—Lo de esta perra es vergonzoso. Con todo lo grande que es, estoy segura de que si nos entraran a robar habría que defenderla a ella, en vez de que nos defendiera a nosotros. A todo el mundo lo recibe como acaba de ver.

Divertida, Ruth tocó el enorme cabezón de la gran danés y con voz cariñosa, murmuró:

—Eres una perra muy bonita y muy simpática, ¡guapa!

Tras oírse un silbido, *Melodía* salió corriendo, momento en que la desconocida se presentó:

—Soy Paola Suárez, la asistenta de la casa. Oh, por Dios, se ha hecho daño en la mano. Venga, le pondré desinfectante.

Al ver que aquélla era la persona por quien tenía que preguntar, Ruth respondió, mirándose el rasguño de la mano:

—Tranquila, Paola, es un simple rasguño. Por cierto, yo soy Ruth.

Algo azorada, la mujer insistió y dijo:

—Por favor, disculpe este recibimiento. Debí haber atado a la perra y se me pasó.

—No se preocupe, mujer, que no ha ocurrido nada y por favor, tutéame. Me hace sentir incómoda que me estés llamando de usted.

Al verla sonreír, Paola murmuró:

—Muy bien, sígueme.

Ruth cogió del suelo su mochila con el uniforme y cuando entraron por la puerta principal, la mujer se volvió para mirarla y dijo:

—El señor ha dicho que lo esperaras en el salón. Es la puerta de ahí enfrente.

—¿No crees que debería cambiarme antes de ropa?

Paola la miró. Sin lugar a dudas, aquella joven no tenía nada que ver con las mujeres que su señor llevaba a casa y, sin querer pensar en nada más, contestó:

—Él no me ha dicho nada de eso. Sólo que esperaras en el salón.

Ruth asintió y se encaminó a donde ella le había indicado. La vivienda era una maravilla. El recibidor ovalado, las puertas lacadas en blanco. Todo lleno de luz y armonía. Le encantó. ¡Menuda casa!

Cuando entró en el salón, Ruth silbó mientras dejaba la bolsa en el suelo.

Se oía de fondo una preciosa canción y, como si estuviera en un sueño, miró a su alrededor mientras la música la envolvía y la hacía moverse levemente al compás. Lo que la rodeaba era lo que a toda persona le gustaría tener. Lujo, modernidad, espacio y confort.

Era la casa más perfecta, limpia y ordenada que había visto en toda su vida. Todo allí era de ensueño: los sillones blancos, la chimenea de acero y piedra y el diván que había bajo la cristalera. Pero lo que más le llamó la atención fue un piano transparente que vio al fondo del enorme salón. Encantada, se acercó a él y, justo cuando iba a acariciarlo, oyó decir detrás de ella:

—El piano Schimmel es simplemente perfecto. Que sea transparente deja el instrumento al desnudo y nos muestra su gran belleza, ¿no crees?

Ruth se volvió de golpe sin dar crédito. Ante ella estaba Tony, el hombre con el que había estado en el hotel Paradise, vestido con unos vaqueros de cintura baja y una camiseta gris, observándola. Sin poder evitarlo, le recorrió el cuerpo con la vista y la boca se le resecó al recordar los momentos vividos con él en aquella habitación de hotel.

«Oh, Diosito... oh, Diosito», pensó.

Durante lo que pareció una eternidad, ninguno habló, mientras la música seguía sonando. A Ruth se le erizó el vello del cuerpo al verlo apoyarse en la puerta por la que había entrado. Tony era tentador, sexy y realmente estaba muy... muy bueno.

Finalmente, él echó a andar hacia ella y cuando se encontraba a un metro escaso, se paró y dijo:

—Es un placer volver a verte, Ruth.

Ella asintió, mientras intentaba disimular su total desconcierto. No debía olvidar que había ido allí a trabajar, así que se tragó el nudo de emociones que se le había hecho en la garganta y contestó:

—Lo mismo digo, señor Ferrasa.

—Me alegra saber que vuelves a acordarte de mí. Por cierto, llámame Tony. Hay confianza, ¿no? —bromeó él, recordándole su encuentro en el hotel.

Azorada al pensar a lo que se refería, negó con la cabeza y respondió:

—Lo siento, señor, pero no puedo. Estoy trabajando.

Tony sonrió mientras ella lo miraba. Sin duda estaba disfrutando de su confusión e, intentando reaccionar, preguntó:

—Dígame, señor, ¿dónde puedo cambiarme de ropa?

Encantado de verla y en especial de su turbación, y tras pasear la mirada por los vaqueros y el chaleco negro que llevaba, Tony dijo:

—No hace falta que te cambies de ropa. Así estás muy bien.

Ruth se separó del piano, y al mismo tiempo de él, y preguntó:

—¿Quiere que cocine y les sirva la cena así vestida?

Él se encogió de hombros, se dio la vuelta y, abriendo un minibar, sacó dos vasos.

—¿Qué te apetece beber?

—Nada, señor.

—¿Seguro?

—Sí.

Tony se echó dos cubitos de hielo en un vaso, después destapó una botella de cristal tallado y, tras verter un dedo de whisky, se lo bebió, clavando sus impresionantes ojos claros en ella. A Ruth se le aceleró el pulso. Pero ¿qué le ocurría? ¿Por qué temblaba así ante aquel hombre?

—Acompáñame a la cocina.

Rápidamente, cogió su mochila y lo siguió. Mientras salían de aquella lujosa estancia, se fijó en el trasero de él. Lo recordaba duro y terso y eso la hizo sofocarse. Regañándose por su pensamiento calenturiento, sonrió.

—¿Qué te hace sonreír? —oyó de pronto.

Salió de su burbuja y lo miró y, al ver que la estaba observando, respondió, mientras se recomponía:

—Nada, señor. Cosas mías.

Tony sonrió y, acercándose a ella, murmuró:

—Espero que algún día me lo digas. Ésta es la cocina —añadió, abriendo una puerta y haciéndola pasar.

Esa vez Ruth tuvo que reprimir el silbido de admiración que estuvo a punto de escapársele. Aquella cocina era increíble, toda en gris y acero. Parpadeó para asimilar que ese tipo de cocina existía. De pronto oyó la voz de Paola, la mujer que la había recibido.

—Tony, me marcho ya.

—Muy bien, Paola, ¡hasta mañana!

Ella, tras mirar a su jefe y a la joven que estaba con él, sonrió y dijo:

—Que lo paséis bien.

Luego se marchó e, instantes después, se oyó la puerta de la entrada al cerrarse.

Sin entender nada, Ruth lo miró a la espera de una explicación. Al ver su mirada, Tony le dio a un botón que había en un lateral y de pronto sonó la voz de Bruno Mars, cantando una de sus bonitas canciones.

—Te gusta Bruno Mars, ¿verdad? —preguntó.

—¿Y a ti qué te importa? —replicó ella.

Esa respuesta y su gesto lo hicieron sonreír.

—Wepaaaa... Ya no me llamas «señor».

Ruth cerró los ojos. Se le había escapado. Contó hasta diez, abrió los ojos, dejó la bolsa en el suelo y, cruzando los brazos sobre el pecho, preguntó:

—¿Qué hago yo aquí?

Tony se sentó en uno de los taburetes altos que había junto a la barra y respondió:

—Te he contratado para que prepares la cena.

—¡¿Cómo?!

—Necesitaba una cocinera para esta noche y tu empresa me ha enviado una. ¿Qué problema hay?

—¿Y tenía que ser yo? ¿O quizá por obra del destino y de la conjunción de los planetas nos hemos vuelto a encontrar?

Él ladeó la cabeza divertido y, sacando la nota del bolsillo del pantalón, la dejó sobre la mesa y dijo con una sonrisa:

—Hakuna Matata.

Desconcertada porque hubiera sido capaz de descifrarla, cogió su bolsa.

—Me voy. Esto es ridículo.

Y se encaminó con brío hacia la puerta, pero antes de que llegara a ella, Tony dijo:

—Quiero cenar. He contratado a una cocinera y espero obtener ese servicio o si no tendré que quejarme a la empresa.

Ruth se paró. Si aquel imbécil les decía que lo había dejado plantado, ya no contarían con ella para más trabajos. Pensó qué hacer y, finalmente, suspirando, soltó de nuevo la bolsa y se dio la vuelta. Se acercó a la nevera, la abrió y preguntó con voz servicial:

—¿Qué le apetece cenar al señor?

Más tranquilo al ver que había conseguido que no se marchara, Tony respondió:

—Así me gusta, preciosa, y ahora, como una vez me dijiste tú, sígueme la corriente.

Lo miró con ganas de meterle los dedos en un enchufe y, tras transmitirle todo lo que pensaba de él con la mirada, estudió la nevera. Allí había de todo y, dispuesta a prepararle una cena que no olvidaría, preguntó:

—¿Qué prefiere, huevos, carne o pescado?

Tony sonrió. Le encantaba que estuviera allí, aunque le molestaba haber tenido que amenazarla para que se quedara. Se levantó de la silla, se le acercó y dijo:

—Un filete con ensalada estará bien. ¿Me acompañarás?

—No.

—Venga, mujer... cena conmigo.

—No. Estoy trabajando y mi jefe se enfadaría si se enterara.

—¿Y quién se lo va a decir?

Ruth lo miró y, con gesto hosco, murmuró:

—Algún chivato, ¡seguro!

Tony maldijo en silencio. Él nunca haría nada que la perjudicara. Entonces ella dijo para quitárselo de encima:

—Señor, le agradecería que me dejara espacio para poder cocinar y servirle en condiciones.

Él asintió, regresó al taburete y se limitó a observarla. No quería agobiarla.

Pero noches atrás había conocido a una Ruth dicharachera, sensual, cariñosa y con una preciosa sonrisa, y se moría de ganas de volver a recuperarla. Por ello, intentando ser amable, preguntó, mientras la veía cortar la lechuga:

—¿Qué tal tu día?

—Bien.

—¿Has trabajado esta mañana?

Aderezando la lechuga con mucho vinagre, azúcar y pimienta, respondió:

—No.

Así estuvieron un buen rato. Él preguntando y ella respondiendo sólo con monosílabos mientras preparaba la cena.

—¿Por qué te empeñas en no hablarme? —dijo él finalmente, cansado.

Ruth echó el filete en la sartén y, espolvoreándole azúcar y guindilla roja a propósito, contestó:

—Simplemente le sigo la corriente como usted me ha pedido, señor.

Tony puso los ojos en blanco. Era dura de pelar. No como todas esas mujeres que le hacían la pelota.

Agobiado por la situación, se levantó del taburete, cogió una cerveza de la nevera y, tras abrirla, se apoyó en el cristal de la ventana. Desde allí tenía unas vistas preciosas de su jardín y sonrió al ver a su perra *Melodía* corriendo como una loca de un lado a otro detrás de una mosca.

Sin mirar a la joven, la oyó trastear por la cocina, mientras distraídamente tarareaba la canción que estaba sonando. Eran las Destiny's Child cantando *Emotion*.* Ruth aguzó el oído y se sorprendió al escucharlo. Cantaba muy bien.

* *Emotion*, UNIVERSAL MGB INTERNACIONAL, interpretada por Destiny's Child. *(N. de la E.)*

Durante un rato, cada uno estuvo a lo suyo, hasta que finalmente ella dijo:

—Señor, su cena ya está lista.

Tony la miró. Quería que ella sonriera, pero estaba claro que no había sido buena idea llevarla a su casa. Se sentó a una mesita que había en la cocina y, rápidamente, Ruth le colocó delante una ensalada y un filete.

—Qué buena pinta tiene todo.

—Y sabrá mucho... mucho mejor —se mofó ella, consciente de lo que le había preparado.

Tony la miró sonriendo y ella dijo:

—Señor, la cena ya está preparada, ¿puedo marcharme?

—No.

Desesperada, se echó hacia atrás, dispuesta a esperar hasta que él quisiera dejarla ir. Miró el reloj. Eran casi las diez. El servicio era hasta las doce. Tenía dos largas y tortuosas horas por delante y más cuando Tony probara la comida.

—Lamento mucho que no quieras cenar conmigo.

—No se preocupe, señor. No tengo ni pizca de hambre. Usted cene y que le aproveche.

Él tampoco tenía hambre, pero sabía que si no se comía lo que le había preparado, le haría un feo.

—Vale, lo siento —dijo—. No he jugado limpio. No debí haberte traído a mi casa, pero...

—Por supuesto que no deberías haber hecho algo así —lo cortó ella, dejándose de miramientos—. Hoy era mi día libre y yo he dejado a... a... Pero ¿en qué cabeza cabe hacer algo así?

Tony asintió.

—Tienes razón. Márchate y no te preocupes por nada. Todo está bien.

Encantada por haber conseguido su propósito, Ruth cogió su mochila y, cuando caminaba hacia la puerta, a través de un espejo vio que Tony, sombrío, partía un trozo del filete. Eso la hizo pararse y, dándose la vuelta, gritó antes de que se metiera el trozo en la boca:

—¡Para!

Él se quedó mirándola y ella se acercó a toda prisa y le quitó el tenedor de las manos y dijo:

—Yo tampoco he jugado limpio. No comas nada de este plato, porque te aseguro que estará todo asqueroso.

Ambos se miraron durante una fracción de segundo y, finalmente, Ruth sonrió y, arrugando la nariz, añadió:

—No te hubieras muerto, pero habrías tenido revuelto el estómago un ratito.

—¿Un ratito? —repitió él.

Ella asintió y finalmente ambos soltaron una carcajada y se echaron a reír. De pronto, toda la tensión acumulada desde que había llegado se desvaneció en un segundo y, quitándole el plato de delante, Ruth dijo:

—Creo que es mejor que destruya las pruebas de mi maldad.

—¡Oh, sí... malvada, es lo mejor que puedes hacer!

Ella lo tiró todo a la basura y luego metió el plato en el lavavajillas. Miró a Tony y, cansada de estar de uñas con él, dijo, mientras cogía un imán de la nevera:

—Si prometes no volver a jugar sucio conmigo, te invito a una pizza por haberte estropeado la cena.

—Sólo si la comes conmigo y me dejas pagarla.

—He dicho que invitaba yo.

Encantado con el giro que había dado todo en un segundo, respondió:

—Estamos en mi casa y es mi manera de pedirte disculpas por haberte traído aquí engañada.

Ruth sonrió y dijo:

—De acuerdo. Pero no te acostumbres.

Tony agarró el imán que ella tenía en las manos, llamó por teléfono y, tras pedir un par de pizzas de queso y beicon, colgó y preguntó:

—Ahora que volvemos a ser tú y yo, ¿qué quieres beber?

Sin contestar, Ruth abrió la nevera que tenía al lado y, sacó dos cervezas. Las abrió, le entregó una a él y ella dio un trago a la otra.

—He visto que mi perra *Melodía* te ha dado un buen recibimiento. —Ruth sonrió y Tony añadió—: Lo siento, ¿te ha hecho daño?

Ruth se encogió de hombros despreocupada y respondió:

—No, tranquilo. Me encantan los animales y tienes una perra muy bonita y cariñosa.

Él se apoyó en la mesa y la miró. Se moría de ganas de besarla, pero se contuvo. Si lo hacía, con toda seguridad ella se marcharía y quería que se quedara.

—Qué buena música escuchas. Bruno Mars, Destiny's Child y ¿ahora quién es?

—Keyshia Cole cantando *I Remember*;* ¿no la conoces? —Ruth negó con la cabeza y él añadió—: Es una cantautora de rythm and blues y hip hop estadounidense muy buena. —Le tendió la mano para que se la cogiera—. Ven, acompáñame.

Sin dudarlo, Ruth le cogió la mano y se dejó guiar por Tony a través de la impoluta y ordenada casa, hasta llegar ante una puerta.

—Ésta es mi guarida —dijo él—. Mi estudio. Soy compositor y este sitio es muy especial para mí y, aunque no lo creas, eres la primera mujer que va a entrar en él, exceptuando a Paola y a Yanira.

—¡Qué honor, y yo con estos pelos! —se mofó Ruth. Pero cuando abrió la puerta y vio aquel increíble lugar lleno de tecnología y teclados, exclamó—: ¡Madre míaaaaaaaaaaaaaaaaaaaaaa!

Tony sonrió. Su estudio de grabación de casa era un lugar donde pocos eran admitidos y donde, además de su propia música, tenía la música que le gustaba. Al entrar, Ruth se fijó en los miles de vinilos que llenaban una pared. Había también distintos premios musicales y carteles con el nombre de Tony Ferrasa. Guiada por él, se sentó ante una mesita llena de botones. Tony apretó algunos de ellos y la música dejó de sonar. Tras abrirse una bandeja, introdujo un cedé de música e instantes después comenzaron a sonar los primeros acordes de una canción.

—Es Keyshia Cole de nuevo —dijo.

Durante unos segundos, Ruth la escuchó y al sentir su mirada preguntó:

—¿Cómo se llama esta canción?

—*Love.***

Su tono bajo de voz... su mirada hechizante... la romántica canción de Keyshia Cole... todo ello, unido al hombre tan tentador que tenía delante, hizo que Ruth dejara la cerveza sobre una mesa y, acercándose a él lentamente, preguntara:

* *I Remember*, UNIVERSAL MUSIC-MGB SONGS, interpretada por Keyshia Cole. (*N. de la E.*)

** *Love*, UNIVERSAL MUSIC-MGB SONGS, interpretada por Keyshia Cole. (*N. de la E.*)

—¿Bailamos?

Sin dudarlo, Tony aceptó. Dejó también la cerveza, le pasó un brazo por la cintura y, pegándola a él, comenzaron a moverse al compás de aquella canción romántica y pegadiza. Bailaron, se miraron, se olieron, se tentaron y, cuando la canción acabó, Ruth estaba excitada por el sinfín de cosas que aquel hombre le hacía sentir.

—¿Te gusta la canción?

—Sí —respondió extasiada. Y, acto seguido, sin dejar de mirarlo a los ojos, murmuró—: Llegados a este punto, tienes tres opciones: me besas, te beso o nos besamos.

Tony sonrió y, con una sonrisa sensual, le deshizo la coleta alta que llevaba y cuando su pelo multicolor cayó sobre sus hombros, acercó su ávida boca a la de ella y la besó. Ruth abrió los labios, dispuesta a recibirlo, a degustarlo, a disfrutarlo, cuando la bonita canción comenzó de nuevo. Ella lo miró y él dijo:

—Quiero hacerte el amor mil veces con esta canción.

El latigazo de deseo que ambos sintieron al unir sus bocas de nuevo los hizo jadear. Tony la cogió en brazos y la llevó hasta un sofá de color gris en el que infinidad de veces se quedaba dormido tras un duro día de trabajo y la tumbó encima. Después se quitó la camiseta y Ruth murmuró:

—Me gusta tu tatuaje.

—Y a mí me gustas tú —contestó él, sonriendo. Y, sin dejar de mirarla, se desabrochó el vaquero.

—Apaga la luz —pidió ella con un hilo de voz.

Sin rechistar, Tony tocó unos mandos que había junto al sofá y la luz bajó de intensidad.

—¿Te gusta así?

—Perfecto —susurró Ruth.

Extasiado por aquellos ojos verdes, vio cómo se desabrochaba el chaleco y se lo quitaba con sensualidad. Eso lo volvió loco y, agachándose, le agarró los pechos por encima del sujetador y se los mordió con cuidado. Ruth jadeó y él metió las manos por debajo y le desabrochó el sujetador en décimas de segundo. Cuando sus pechos quedaron al descubierto, se acercó de nuevo a ella para acariciarla con lentitud, mientras le daba dulces y tiernos besos en la cara, el cuello y los pechos.

Ruth no era una mujer delgada, pero sus curvas le encantaban. No tenía nada que ver con las mujeres con las que él solía salir y de pronto se le antojó deliciosa y atrayente.

Cuando ambos estuvieron desnudos, sin mediar palabra, Tony, tras ponerse un preservativo, la penetró suave y acompasadamente. Ruth lo disfrutó mientras sentía cómo él se movía al ritmo lento y delirante de la canción, que había vuelto a comenzar.

Tony la alzó en vilo del sofá y, tras apoyarla contra la pared, la hizo levantar los brazos por encima de la cabeza para que se sujetara en una barra. Entonces él también se sujetó y, totalmente pegado a su cuerpo, comenzó a penetrarla con movimientos rápidos y profundos.

Ambos jadearon... ambos se dejaron llevar por la pasión del momento... ambos llegaron a un orgasmo maravilloso y brutal que los hizo gritar de placer...

Agotados, se quedaron apoyados contra la pared. Tony, al que le temblaban las piernas, hundió el rostro en el cuello de ella y, besándola, murmuró:

—Espero haberme superado.

Eso la hizo sonreír.

—Fanfarrón.

Después de esa primera vez, hubo una segunda, ésta contra el respaldo del sofá, donde Tony le azotó el trasero con suavidad, al recordar que le había gustado el primer día en el hotel y, cuando acabaron, la soltó y, cogiendo un mando a distancia, bajó la música, que continuaba sonando.

De la mano, se dirigieron juntos a un cuarto de baño para lavarse, aunque, antes, para ocultar su vientre, Ruth cogió la camiseta de él y se la puso. Cuando acabaron, ella se fue a poner los vaqueros, pero él no la dejó. La abrazó y, entre risas, dijo:

—Aún no he acabado contigo. —Y, agarrándola por la camiseta, fue a besarla de nuevo cuando sonó el timbre—. Debe de ser la pizza —comentó él, apartándose—. De momento te has salvado.

Ruth lo miró divertida y preguntó:

—¿Salvado de qué?

Con una mirada que habría derretido el mismísimo Polo Norte, aquel morenazo tan sexy se acercó a ella, paseó los labios sobre los suyos y murmuró:

—De hacerte mía mil veces más.

Asintió extasiada y cuando él se marchó dejándola sola en aquel precioso cuarto de baño, Ruth se miró al espejo. Tenía el pelo revuelto y el indisimulable aspecto de acabar de hacer el amor locamente.

Miró el reloj. Las once menos cuarto. Sin hacer ruido, corrió a buscar su mochila y regresó al cuarto de baño. Una vez allí, sacó su móvil y tecleó rápidamente:

Llegaré más tarde de lo que te he dicho, ¿algún problema?

Esperó la contestación con impaciencia y de repente el teléfono pitó.

Ninguno, Ruth Gregoria de Todos los Santos. ¡No trabajes mucho!

Divertida por el mensaje y más tranquila tras haber avisado a Manuel, sonrió. Después abrió un cajón, donde por suerte había un cepillo, y se peinó. Quería estar algo más presentable y no parecer la bruja Avería.

Al oír ruido, supuso que él regresaba y rápidamente guardó el cepillo donde lo había encontrado. Al darse la vuelta, un guapo Tony, vestido sólo con los vaqueros de cintura baja, le tendió la mano diciendo:

—Vamos, la pizza nos espera.

Encantada al verlo tan cariñoso, se cogieron de la mano de nuevo y fueron a la cocina, donde comieron la pizza con gusto, mientras reían, comentando cosas diversas.

—Todavía no me puedo creer que seas cuñado de Yanira. ¿Sabes que me encanta cómo canta?

—Es buenísima —contestó Tony—. Y si la conocieras te caería bien.

—Estuve en uno de sus conciertos con Jenny.

—¿Jenny es una amiga tuya? —preguntó él de pronto.

Al darse cuenta de que había mencionado el nombre de su hermana, cogió rápidamente otro trozo de pizza y respondió:

—Sí. Es mi mejor amiga. —Rio para sí al pensar en su reina de la telenovela y arrugó la nariz sin darse cuenta. Tony, al verla, dijo:

—Repítelo. —Ruth lo miró sin saber a qué se refería.

—Repite esa sonrisa —explicó Tony—. La que acabas de hacer arrugando la nariz.

Divertida, ella se rio y, sin proponérselo, hizo lo que le pedía. Era su manera de reír, no tenía otra.

—Tienes la sonrisa más bonita que he visto en toda mi vida —dijo Tony, alargando la mano y acariciándole la barbilla.

Ruth le besó la mano y preguntó escéptica:

—¿Eso se lo dices a todas? —Turbado por la pregunta, negó con la cabeza y ella suspiró—. Venga ya, Tony, que somos adultos. —Y acercándose a él, añadió—: No creas que eres el único que sabe ser adulador. Ah, y por cierto, te debo un premio por haber descifrado el mensaje que te dejé la otra noche, considérate premiado con lo ocurrido.

Él no sabía si enfadarse o reír. Su franqueza a la hora de hablar le encantaba y al mismo tiempo le molestaba. Aquella muchacha no le bailaba el agua, como la gran mayoría de las mujeres, y eso se le antojó encantador, pero al recordarle ella lo de la nota, se metió la mano en el bolsillo del pantalón y, sacando el papel, lo puso junto a la pizza y dijo:

—Hablando del tema, ¿me quieres explicar qué es eso de que me puedo superar como amante? ¿Acaso te quedaste insatisfecha la otra noche?

—No me digas que herí tu ego de machito.

De nuevo sorprendido por su descaro, la miró y, contento de poder ser sincero, respondió:

—Sí, me heriste.

—¡Ay, Diosito! —se mofó ella.

Sin entender esa expresión, él repitió:

—¿Ay, Diosito?

Divertida, Ruth dejó el trozo de pizza, se levantó, se sentó sobre las piernas y, rodeándole el cuello con los brazos, explicó:

—Es una expresión que utilizamos cuando algo nos impresiona.

—¿Utilizamos?

Al darse cuenta de lo que había dicho, para cambiar de tema, susurró:

—Eres buen amante, Tony Ferrasa. —Él sonrió y Ruth añadió—: Pero...

—¡¿Pero?! Pero ¿qué?

Encantada ante su reacción, se levantó de su regazo, se acercó a la encimera de acero y se sentó encima, quitándose los zapatos.

—Ven aquí, fanfarrón —dijo, mirándolo.

Tony no se lo hizo repetir. Fue hacia ella, que, desabrochándole la bragueta del pantalón, murmuró, mientras paseaba la boca por el moreno cuello de él y acariciaba su miembro:

—Eres increíble y lo sabes. ¿Por qué te sientes herido por lo que digo?

Con mimo y sonriendo, Tony la besó en el cuello, mientras le subía la camiseta. Agachándose para estar a su altura, le mordisqueó los pezones y cuando no pudo aguantar más su deseo, su impaciencia y su calentura, retiró la mano de ella de su pene, con un dedo le apartó la braguita y, de una certera y apasionada estocada, la penetró.

Ruth se abrió para él y, al ver que dirigía la vista hacia abajo, le levantó la barbilla con un dedo y, con los ojos fijos en los de él, susurró:

—Así, cielo... mírame, me gusta más así.

—¿Te gusta que te mire?

Ella asintió y, disfrutando del momento, se perdió en aquellos ojazos claros.

Enloquecido por la pasión que veía en su mirada, en sus palabras, en cómo arqueaba el cuerpo para recibirlo, la agarró con fuerza y la hizo suya sin descanso una y otra y otra vez, hasta que juntos llegaron a un orgasmo intenso e increíble que los dejó sin aliento.

Tras aquel loco momento, Tony la miró a los ojos y ella dijo:

—Te estás superando, Tony Ferrasa.

Ambos rieron y se besaron. Cuando Ruth se bajó descalza de la encimera para ir al baño, Tony la cogió del brazo y, al ver que le llegaba a la barbilla, dijo:

—Sin tacones eres un taponcete.

—¿Me estás llamando bajita?

—No, preciosa. ¡Te estoy llamando taponcete!

Muerta de risa, corrió al cuarto de baño, seguida por él.

Cuando regresaron a la cocina, Ruth le preguntó:

—¿Cómo se sube el volumen de la música?

Tony le señaló unos botones que había en un lateral y Ruth se acercó a ellos para poner la música a todo trapo. Luego, sin ningún tipo de vergüenza, comenzó a bailar y gritó:

—¡Me encanta esta canción!

Él lo sabía. Se lo había dicho la noche que se encontraron en la discoteca. Contento por la felicidad que irradiaba, la miró bailar *Love Never Felt*

*So Good,** de Justin Timberlake y Michael Jackson en medio de la cocina, vestida sólo con la camiseta y las bragas.

Encantada, ella se le acercó y también lo animó a bailar. Tony en un principio se resistió, pero finalmente claudicó, aunque lo suyo era más bien la salsa. Bailaron entre risas y cantaron aquella canción pegadiza. Cuando terminó, la cogió del brazo y, arrimándola a él, murmuró:

—Sigo pensando que cantas terriblemente mal, perooooooooooo —dijo, echándosela al hombro— te quiero en mi cama ahora mismo.

Hicieron el amor durante horas, sin reservas, sin recato y con una gran dosis de pasión y locura. Ninguno se cansaba de aquella increíble experiencia y cuando por fin las fuerzas les flaquearon, Ruth se miró el reloj y dijo:

—Son las dos de la madrugada. Debería irme.

Tony la sujetó. No le apetecía que se fuera, pero ella insistió, nerviosa por sus niños y por Manuel.

—¡He de marcharme ya!

Se soltó de un tirón y él, encendiendo la luz, la miró y preguntó:

—¿Te espera alguien en casa?

Dándole la espalda para que no viera su fea cicatriz, Ruth mintió:

—No. Pero he de marcharme ya. Mañana trabajo y tengo que descansar.

Su tono de voz le hizo entender que el momento tan especial que habían vivido se había acabado y, levantándose, se puso los bóxers y se sentó en la cama a mirar cómo se vestía.

—¿Quieres que te lleve? —preguntó—. Es tarde y...

—No, no hace falta.

Molesto por todo, se levantó, se acercó a ella y, dándole la vuelta para que lo mirara, insistió:

—¿Qué pasa? ¿A qué se deben estas prisas?

Fastidiada por tener que poner fin a aquella noche perfecta, sonrió y murmuró:

—Ya te lo he dicho. Es tarde y mañana trabajo.

Tony la miró. Algo en su expresión y en cómo lo miraba le decía que estaba mintiendo; cogió sus pantalones, se los puso y dijo:

—Te llevaré a casa.

* Véase nota de la p. 22. *(N. de la E.)*

—No.

—Soy un caballero y...

—Déjate de tontadas y de galanterías. Soy una mujer independiente y no necesito que nadie me lleve a mi casa, ¿entendido?

—Pero ¡mira que eres cabezota! —gruñó Tony, y al ver que ella sonreía, añadió—: No sé si has venido en tu chatarra, pero lo que está claro es que no vas a regresar en ella. Si no quieres que yo te acompañe, llamaré un taxi.

Ruth sonrió. Ojalá su chatarra funcionara, pero como no le iba a contar que tenía el coche roto, y no le apetecía andar esperando el bus nocturno, dijo, mientras se encaminaba hacia el baño:

—Eso me parece una buena idea. Pídeme un taxi.

Cuando ella desapareció, Tony, ofuscado, se quedó mirando por dónde se había ido. ¿Por qué se tenía que marchar en mitad de la noche? Al final, sin querer darle más vueltas al asunto, cogió el móvil y pidió un taxi.

En el cuarto de baño, Ruth sacó su libreta y, tras escribir rápidamente algo, maldijo. ¿Qué hacía dejándole una notita? Ni hablar. No debía hacerlo. Enfadada consigo misma, guardó la libreta en el bolso y salió.

Al verla aparecer, Tony le tendió la mano. Bajaron juntos la escalera de aquella fabulosa casa y una vez llegaron al recibidor, Ruth lo besó.

—Ha sido una noche muy divertida. ¡Gracias!

—¿A pesar del inicio? —preguntó burlón.

Ella asintió.

—A pesar de todo, ha valido la pena. Y recuerda, no más juego sucio.

Deseoso de su boca, Tony la besó una vez más y cuando se apartaron, preguntó:

—¿Me das tu teléfono?

Ruth lo pensó. Le encantaría dárselo, pero finalmente dijo que no.

—¿Y por qué? —preguntó, sorprendido por esa negativa.

—Porque no —respondió ella obstinada.

Tony no lo entendía, pero no insistió.

—¿Qué te parece si mañana nos vemos?

—No puedo. Trabajo.

—¿Y pasado mañana?

—Trabajo.

—¿Y el fin de semana?

—Trabajo.

—¿Y cuándo no trabajas? —quiso saber.

Ruth sonrió y, al ver su expresión, dijo:

—Los mortales que no hemos nacido en una estupenda casa como ésta, trabajamos para vivir. ¿Eso lo sabes o te lo tengo que explicar?

Tony estaba tan acostumbrado a que las mujeres que lo rondaban estuvieran siempre listas para él, que había olvidado que ella no era de ésas.

En ese instante sonó el timbre de la cancela y vieron por la cámara que se trataba del taxi. Tony abrió la verja y, sin soltarla a ella de la mano, salió de la casa. Rápidamente, *Melodía* los saludó con un cariñoso lametazo. Ambos rieron y Ruth le dio la mochila a Tony y abrazó a la perra. Una vez llegó el taxi ante la puerta, y para cortar cuanto antes la despedida, ella dijo, cogiendo su mochila:

—Lo hemos pasado bien, ¿verdad?

—Sí.

Sus ojos, aquellos ojos que a veces veía azules y otras verdes, la miraban con intensidad y Ruth comentó nerviosa:

—Odio las despedidas, por lo tanto, adiós y...

—Hakuna Matata —finalizó él con voz ronca.

Eso la hizo sonreír de aquella manera que a él tanto le gustaba, y a Tony se le encogió el corazón.

Dos segundos después, tras un último y rápido beso, Ruth montó en el coche y se marchó.

Cuando el taxi salió de la parcela, Tony entró en la casa y cerró la verja. Después fue a su habitación y, al entrar en ella, un extraño sentimiento de soledad se apoderó de él al ver la cama deshecha. Sin ganas de dormir, decidió darse una ducha y, cuando acabó, ataviado con un cómodo pantalón de seda negro, bajó a su estudio de grabación, donde la música seguía sonando. Miró el sofá donde le había hecho el amor a Ruth y al acercarse vio su goma del pelo.

La cogió con una sonrisa y se sentó en el sofá. Subió la música con el mando a distancia y la voz de Keyshia Cole cantando *Love** lenta y pausadamente inundó la estancia.

De pronto, esa melodía le puso el vello de punta como llevaba tiempo

* Véase nota de la p. 117. *(N. de la E.)*

sin que lo hiciera una canción. Era una pieza romántica y descarnada que hablaba de un amor algo complicado. Un amor que aparecía cada vez que los amantes se besaban. Un amor difícil de olvidar.

¿Qué le ocurría? ¿Por qué no podía parar de pensar en Ruth, en su boca, en sus besos, en su sonrisa?

Cuando la canción acabó, comenzó a sonar de nuevo, tal como él lo había programado antes, para hacerle el amor. A la cuarta vez, se levantó del sofá y, sentándose ante su mesa de trabajo, comenzó a escribir en un papel.

15

Love

Al día siguiente, Ruth trabajó como en una nube.

Apenas podía creer lo que había pasado la noche anterior. Había estado con Tony Ferrasa. Un hombre atento y cariñoso. Algo que nunca imaginó. En su rato de descanso, buscó en Google cosas sobre él y silbó impresionada por las fotos suyas que vio al lado de cantantes, modelos y actores. ¡Madre mía, nadie la creería si lo contaba!

Cada vez que se abría la puerta del restaurante, esperaba verlo entrar. No había podido quitárselo de la cabeza desde que lo dejó la noche anterior ante la puerta de su hogar. Y cuando vio entrar a un mensajero con un precioso ramo de rosas rojas, el corazón le aleteó. Al ver que el ramo era para ella, se tuvo que contener para no gritar de felicidad.

—Un ramo precioso, Ruth —le dijo su jefe.

Ella sonrió encantada. Era la primera vez en su vida que recibía algo tan bonito.

—Espero respuesta —dijo el mensajero—. Por favor, lea la nota que llevan las rosas.

Azorada por cómo la miraban sus compañeros y los clientes del restaurante, asintió y, entrando en las cocinas con el impresionante ramo, sacó la notita del sobre y leyó.

Fue una de las mejores cenas de mi vida. Me encantaría verte esta noche de nuevo.

Si es sí, dale una rosa al mensajero y te iré a buscar al evento donde trabajas. Si es no, no recibiré esa rosa.

Un beso y D___ Q__ S_ A T_ F________.

Ver que había utilizado el juego de letras la hizo sonreír. Y cuando leyó sin mucho esfuerzo «DILE QUE SÍ A TU FANFANRRÓN», incapaz de decir lo contrario, cogió una rosa y, sin pensarlo dos veces, salió de nuevo al restaurante y se la entregó al mensajero.

Cuando éste se marchó, volvió a entrar en las cocinas, donde, tras buscar un jarrón, puso las rosas en agua y siguió trabajando. Eso sí, con una gran sonrisa en los labios.

Aquella noche, en el evento en el que trabajaba junto con David, éste, emocionado por lo que le había contado, cuchicheó mientras llenaba su bandeja de canapés de salmón:

—Ay, nena, ¡qué salseo! ¡No me lo puedo creer!

—Ni yo. Pero, sólo he pensado en mí y he aceptado sin dudarlo.

—Mira, cachorra, si a un tío así le dices que no, te juro que soy capaz de buscar una catana como la que lleva Michonne de la serie *The Walking Dead* para cortarte la cabeza.

Ambos rieron. Les encantaba ver juntos aquella serie de zombies y justo cuando Ruth fue a contestar, el Cangrejo se acercó a ellos y dijo:

—Hagan el favor de espabilar. Los invitados están esperando.

—Sí, señor Sebastián —respondieron los dos al unísono.

Siguieron trabajando durante horas y en un momento en que Ruth estaba recogiendo unas bandejas vacías de una mesa, oyó decir a su lado:

—Señorita, por favor, ¿sería tan amable de decirme dónde puedo pedir una cerveza?

Ruth sonrió. Era él. Y, volviéndose, fue a responderle cuando el hombre que estaba junto a Tony dijo:

—Que te la traiga ella, que para eso le pagan, ¿verdad, guapa?

Sin perder la sonrisa, Ruth asintió y, mirando a Tony, preguntó:

—¿Qué clase de cerveza quiere, señor?

—¿Puede ser Sierra Nevada Porter?

Antes de que pudiera responder, el hombre que estaba con Tony dijo:

—Que sean dos, colorines, y date prisa, que estamos sedientos.

En ese momento, Ruth se percató de que era el pelmazo al que los de seguridad habían tenido que echar aquella noche en el bar, y sin decir nada, se encaminó hacia donde estaban las cervezas. Odiaba cuando algún imbécil como aquél le hablaba así. Por desgracia, había gente que por tener dinero se creía superior, pero ya había aprendido a manejarse con ellos. Abrió las cervezas, las sirvió y regresó a donde estaban los dos hombres para entregárselas.

—Gracias —dijo Tony con una sonrisa, aún molesto por cómo el idiota de Rick se había dirigido a ella.

Sin duda, hablaría con Omar. No pensaba volver a salir con Rick, por mucho que su hermano se empeñara y la discográfica también.

En ese momento se acercó más de la cuenta a Ruth y dijo, creyéndose el rey del mambo:

—¿Qué tal si me das tu teléfono y te llamo un día de éstos?

—Rick, no molestes a la señorita —murmuró Tony, interponiéndose en su camino para que no la tocara.

—¿Señorita? —se mofó el otro—. Seguro que ésta hace más servicios de los que te puedas imaginar.

Ruth miró a Tony con el rabillo del ojo y vio que daba un paso adelante y tensaba la mandíbula. Pero ella no necesitaba su ayuda así que miró a aquel desagradable individuo y respondió:

—Haga los servicios que haga, sin duda usted nunca estará entre ellos.

Y dicho esto, se dio la vuelta y se marchó, ante la sonrisa complacida de Tony.

Durante el resto de la velada, Ruth se encontraba cada dos por tres con los ojos de él. Mirara donde mirase allí estaba él, y siempre le sonreía. Y cuando no lo hacía era porque le estaba sonriendo a otra mujer.

—Cachorra... cachorra..., pero ¿ése no es...?

—Sí —afirmó ella, dirigiendo la vista a su amigo.

Ruth siguió a lo suyo, tan diligente como siempre, cuando el pesado que iba con Tony la cogió del brazo y dijo:

—Las mujeres como tú hacen muchas cosas por cien dólares.

Ella se soltó de un tirón y respondió alejándose:

—Disculpe, señor, estoy trabajando.

Andrew, el jefe de seguridad, que en ese momento pasaba por allí, se acercó a ellos.

—¿Ocurre algo? —preguntó.

Ruth le indicó con la mirada que la estaba molestando y Andrew le dijo al hombre:

—Por favor, caballero, si es tan amable, deje trabajar a la camarera.

Rick se alejó con gesto contrariado y Andrew, preguntó, mirándola:

—¿Estás bien?

—Sí, gracias, Andrew —sonrió Ruth—. Es sólo un pesado más.

Andrew le retiró un mechón de la cara con excesiva confianza y dijo antes de alejarse:

—Si vuelve a molestarte, avísame y yo me encargo de él.

Ruth le guiñó un ojo con complicidad y se alejó para seguir trabajando.

—¿Quién es ese tipo con el que hablabas?

Al reconocer la voz de Tony, se volvió y, ofreciéndole un canapé de la bandeja, respondió:

—Un amigo.

A él no le gustó esa contestación tan escueta, pero como ella se marchó, no pudo seguir preguntando. Cinco minutos después, Rick, dispuesto a salirse con la suya, se acercó de nuevo a ella, se interpuso en su camino e insistió:

—Ciento cincuenta dólares y es mi última oferta, colorines.

Con ganas de patearle el trasero, Ruth siseó:

—Señor, tengo que trabajar. ¿Sería tan amable de dejarme pasar?

Cuando fue a cogerla de la cintura, un empujón lo alejó de ella y Ruth vio que se trataba de Tony, que, con gesto ceñudo, masculló:

—¿Qué narices haces?

Rick fue a protestar, pero entonces llegó Andrew.

—Señor, lo invito a salir del local —dijo—. Si no lo hace, tendré que echarlo yo mismo.

Ruth miró al pelmazo. No quería que aquello acabara así, pero él se lo había buscado. Tony lo contemplaba con gesto hosco y, cogiéndolo del brazo, dijo:

—Vamos, Rick. Llamaré un taxi para que te lleve a casa.

Cuando se alejaban, Tony volvió la cabeza y le guiñó un ojo, consciente de que el de seguridad se percataría.

—¿Qué tienes tú con ése, cara bonita? —preguntó Andrew.

—Nada.

—¿Y por qué te ha guiñado el ojo? —insistió.

Sin ganas de dar explicaciones, Ruth contestó:

—No lo sé, Andrew. Pregúntaselo a él.

Y, sin más, prosiguió con lo suyo.

Tras meter a Rick en un taxi, Tony regresó a la fiesta, pero a partir de ese momento no volvió a acercarse a ella. No quería meterla en líos. Sin embargo, veía cómo el de seguridad lo observaba y la observaba a ella y eso lo incomodó.

¿Qué tenía Ruth con ese hombre?

Por su parte, ella intentaba disimular su impaciencia porque el evento terminara para irse con Tony. Pero la guapa mujer que lo acompañaba y le sonreía, y que cada vez que podía se restregaba contra él, la sacaba de sus casillas. Andrew, consciente de sus miradas, se acercó y le dijo:

—Aléjate de ese hombre. No es para ti.

Ruth no respondió, pero su humor se volvió sombrío en un instante. ¿Tanto se notaba lo que sentía por Tony Ferrasa?

Cuando el evento terminó, tras quitarse el horroroso uniforme negro y ponerse su ropa, salió del local y le dijo a David:

—¡Vámonos!

Él, al verla en ese estado, la paró.

—Como diría mi cubano, ¿qué te ocurre que tienes el moño virao?

—Que soy tonta, eso es lo que me ocurre. ¡Vámonos!

Pero cuando echó a andar, David la volvió a sujetar y preguntó:

—Vamos a ver, cachorra, ¿tú no habías quedado con el buenorro?

Ella asintió cerrando los ojos.

—He cambiado de opinión. ¡Vámonos!

Al verla tan enfadada, David la cogió del brazo y, mientras caminaban hacia el coche de él, le dijo:

—Respira, cachorra, y cuéntame qué ha ocurrido.

En ese momento, se oyó el motor de un vehículo de gran cilindrada acercarse a ellos y, al mirar, Ruth vio que era Tony con su impresionante coche.

—¿Te marchabas sin mí? —preguntó él.

Sorprendida de que él la hubiera ido a buscar, fue a decir algo cuando Tony paró el coche, se bajó y, acercándose a ellos, le tendió la mano a David:

—Hola, soy Tony.

—Yo David.

Estrechándole la mano, Tony dijo divertido:

—Veo que además de compañeros de trabajo lo sois de peluquero.

David sonrió y, tocándose el flequillo verde, contestó:

—Según mi marido, ¡somos tendencia!

Los dos hombres rieron y, empujando a Ruth, David añadió:

—Anda, ve y pásalo bien. Por lo demás no te preocupes.

—¿Necesitas que te acerque a alguna parte? —preguntó Tony.

Encantado con su amabilidad, David negó con la cabeza y respondió:

—Gracias, Tony. Pero tengo el coche aparcado justo ahí.

Tras un nuevo apretón de manos de los dos, Ruth miró a su amigo y dijo:

—Procuraré no llegar muy tarde.

Dicho esto, se metió en el coche por la puerta que Tony le sujetaba, subió él también y, tras decirle a David adiós con la mano, arrancaron y se marcharon, sin percatarse de que Andrew los había visto desde el callejón.

Una vez solos en el interior del coche, Tony le tocó la rodilla y preguntó:

—¿Cansada? —Ruth asintió y él dijo—: Le habría partido la cara a Rick allí mismo por cómo te ha tratado. Es un divo del blues, un gilipollas que...

—Tranquilo —lo cortó ella, posando la mano sobre la de él—. Por mi trabajo estoy acostumbrada a tratar con tipos como ése.

Ese comentario molestó a Tony. ¿Por qué una chica como Ruth tenía que aguantar a babosos y a impertinentes como Rick? Y entonces preguntó:

—¿Qué tienes con el de seguridad?

Sorprendida de que le preguntase lo mismo que Andrew en referencia a él, dijo:

—¿Y tú con la mujer que se restregaba contra ti en la fiesta?

—Yo he preguntado primero —replicó Tony molesto.

Ruth lo miró y, sin ganas de hablar más del tema, respondió:

—Andrew es un buen amigo.

Tony asintió y, mirando al frente, dijo:

—Cloe es una buena amiga.

Ambos permanecieron en silencio varios minutos. Estaba claro que no iban a ser sinceros al responder esas preguntas. Pero Tony no valía para estar enfadado y, mirándola, le retiró un mechón de la cara y preguntó:

—¿Tienes hambre?

Cuando ella dijo que sí, propuso animado:

—Te llevaré a un sitio que conozco.

Sin decir nada más, Ruth se acomodó en el increíble y ergonómico asiento de aquel cochazo, mientras de fondo sonaba la voz de Barry White cantando *Just The Way You Are.**

Al verla tan callada Tony le volvió a poner la mano en la rodilla y preguntó:

—¿Te gusta la música de Barry White?

—Sí —contestó Ruth—. Tiene música muy buena.

Tony comenzó a tararear la canción con su bonita voz y la hizo reír cuando la miró en el momento en que la canción decía «No cambies el color de tu cabello».

Cuando ésa acabó y empezó otra, él la miró y dijo:

—Nunca dejes de sonreír, Ruth.

Al llegar a un restaurante italiano, el Only You, el cartel estaba apagado, pero Tony aparcó el coche y fue a abrirle la puerta. Cuando ella sonrió por su gesto, él susurró, besándole la mano:

—Soy un caballero. Nunca lo olvides.

El humor de Ruth mejoraba por instantes. Estar con él hacía que la vida pareciese fácil y, cogiendo la mano que le tendía, se encaminaron hacia un callejón. Al llegar ante una puerta de acero, Tony llamó e inmediatamente abrieron. Ambos entraron y ella se quedó sin habla cuando vio una pequeña mesa redonda preparada para dos.

El hombre que les había abierto, tras saludarlos con afabilidad, le entregó a Tony unas llaves y dijo:

—Cuando termines, cierras, ¿de acuerdo?

—De acuerdo, Rico.

Una vez éste se marchó, Ruth miró a Tony con guasa mientras caminaba por aquella solitaria cocina y soltó:

—No me lo digas. No es la primera vez que haces esto.

El morenazo sonrió, puso en marcha un aparato de música y, cuando comenzó a sonar por los altavoces *Only You*,** de The Platters, ella insistió:

—¿Verdad?

* *Just The Way You Are*, IMPULSIVE MUSIC y UNIVERSAL RONDOR ESPAÑOLA, interpretada por Barry White. *(N. de la E.)*

** *Only You*, WILLWOOD-MUSIC, MELLIN-ROBERT INC, UNIVERSAL MUSIC PUBLISHING y WARNER ROBERT MELLIN, interpretada por The Platters. *(N. de la E.)*

Sin querer mentirle, respondió al tiempo que se acercaba:

—Verdad.

Ruth negó con la cabeza y, sin parar de recorrer la cocina, seguida por él, dijo:

—No sé si sentirme herida o halagada.

—¿Por qué dices eso?

Ruth interpuso un mostrador entre ellos y contestó, clavando sus ojos verdes en él:

—Porque me da rabia que hagas conmigo lo mismo que haces con otras mujeres.

Tony sonrió.

—Y encima te ríes —siseó ella molesta.

Convencido de que tenía que pararla antes de que siguiera con aquello, se movió rápidamente para acercarse y, cogiéndola entre sus brazos, susurró:

—Baila conmigo.

Sin querer mirarlo, bailó pegada a él aquella increíble y romántica canción, y entonces Tony dijo:

—Nunca... nunca... nunca, he estado en este local de madrugada con nadie, excepto con Yanira, Dylan, mi padre, Tifany y Omar. Este restaurante es de Rico, un buen amigo de mi padre, y venimos aquí a veces, cuando salimos de algún evento. Por lo tanto, taponcete, relájate y disfrutemos juntos de la velada.

A Ruth se le quitó un gran peso de encima y cuando fue a decir algo, Tony la miró con sus ojos felinos y, acercando la boca a la de ella, murmuró:

—Llevo toda la noche queriendo hacer esto.

Y sin más, la besó. Le metió la lengua en la boca, dispuesto a hacerle ver cuánto la deseaba y luego, ladeando la cabeza, la besó con ternura y pasión, mientras comenzaba a sonar la voz de Frank Sinatra cantando *Strangers in the Night.**

—La música es tremendamente actual —dijo Ruth sonriendo.

—Rico es un apasionado de la música de los cincuenta y los sesenta, y yo también —contestó divertido.

* *Strangers in the Night*, Miss, interpretada por Frank Sinatra. *(N. de la E.)*

Y de nuevo la besó. Un beso intenso, salvaje y apasionado, que provocó en ella un gran terremoto de increíbles sensaciones, en especial cuando Tony murmuró:

—De hoy no pasa que me des tu teléfono.

Embobada, hechizada y enloquecida por él, Ruth le acarició el cuello y se olvidó del resto del universo.

En ese instante, allí sólo estaban ellos dos, y cuando fue consciente de que el mundo existía, se encontró sobre una encimera de piedra blanca. Tony la besaba con fervor, mientras le desabrochaba la camisa.

Sin querer perder un segundo, ella se desabrochó los pantalones, al tiempo que él se desabrochaba los suyos. Cuando ambos estuvieron desnudos, y él se hubo puesto un preservativo, Ruth se dio la vuelta para ocultar su cicatriz y se inclinó sobre la encimera. Tony le tocó el trasero y, tras darle un azotito que a ambos los hizo sonreír, metió la mano entre sus piernas y, abriéndole con celeridad el húmedo sexo, la penetró de una estocada. Ambos se arquearon de placer.

La agarró de las caderas y la hizo suya sin descanso, mientras en la cocina, además de la voz de Frank Sinatra y los violines, se oían los jadeos de ellos.

—¿Te gusta así?

Ruth asintió y, como pudo, respondió con un hilo de voz:

—Sí... no lo dudes.

Enloquecido por lo que ella le decía sin ningún remilgo, le dio lo que quería. Fue tal su ímpetu, su fuerza, que la levantaba del suelo a cada acometida y, en una de las penetraciones, a Ruth se le salieron los zapatos y quedó suspendida sobre la encimera.

Las embestidas de Tony eran delirantes, certeras y placenteras y Ruth disfrutaba como nunca en su vida. Ambos se acoplaron sin descanso al cuerpo del otro en busca de la máxima recompensa, en busca de un orgasmo colosal. Y cuando el clímax le llegó a Ruth, ésta se tensó y Tony, enloquecido, clavó los dedos en sus caderas, ahora en busca de su propio placer, hasta que fue su cuerpo el que tembló y un maravilloso orgasmo lo hizo gritar de satisfacción.

Se quedaron allí unos instantes, agotados y sin resuello, hasta que Tony salió de ella, le dio la vuelta y, abrazándola, murmuró con guasa:

—Taponcete.

Ambos rieron y, tras varios besos húmedos y cargados de erotismo, buscaron papel para limpiarse.

—Madre mía, *Moon River** —se mofó Ruth, al escuchar la canción que comenzaba.

Tony se subió la cremallera del pantalón y dijo sonriente:

—Como decía mi madre, Sinatra la canta como nadie la ha vuelto a cantar.

Una vez se hubieron vestido y Ruth se puso los zapatos, se encaminaron hacia la mesita que tenían preparada. Tony le retiró la silla con galantería y ella se sentó encantada. Después se sentó él, la miró y dijo, tocando la rosa que había sobre el jarrón de la mesa:

—Gracias por devolverle la rosa al mensajero.

Ruth se alegró al ver que se trataba de esa rosa y, sin entender aún qué hacía con aquel hombre tan impresionante en aquel sitio a esas horas escuchando a Sinatra, sonrió como a él le gustaba y murmuró:

—Ha sido un placer, Tony Ferrasa.

* *Moon River*, Universal Music Spain S.L., interpretada por Frank Sinatra. *(N. de la E.)*

16

Eres mía

A partir de ese día, Tony y Ruth se veían siempre que podían.

Cuando coincidían en eventos, Tony pasaba por su lado y le rozaba la mano con disimulo. Eso les encantaba. Y cuando comenzaban con el juego de las miradas, se calentaba sólo con eso y ansiaban que llegara el momento de que aquello finalizara para encontrarse y hacerse mutuamente el amor.

Andrew los observaba en silencio. Aquel ricachón le había ganado la partida y, a pesar de la rabia que sentía por no ser él quien estuviera disfrutando de Ruth, decidió tragarse la rabia y esperar. Aquello no terminaría bien y entonces él no desaprovecharía su oportunidad.

Los viernes que ella trabajaba en El Mono Rojo, bailando sobre la barra, a Tony le sudaban las manos y se descomponía. Ver que los hombres se le acercaban mientras bailaba y ella les echaba tequila en la boca, lo encelaba, pero no decía nada. No debía. No era su novia y tenía que aceptar que trabajara allí.

A Ruth las horas de sueño se le redujeron un montón y ni ella misma sabía cómo podía seguir en pie. Durante el día estaba en el restaurante, por la tarde cuidaba a sus hijos y por las noches, tras trabajar en algún evento, se veía con Tony en su casa.

Un día, recibió una llamada de Linda. George quería verlos a ella y a los niños para despedirse de ellos. Dos días después, recibió unos pasajes de avión que él había pagado y, tras pedir permiso en sus trabajos, se fueron a Nevada. Al verlos aparecer, George sonrió contento. Durante todo el día bromeó y jugó con los pequeños, que lo llamaban yayo. Los quería, los adoraba. Por la noche, mientras Linda acostaba a los niños, George cogió a Ruth de la mano y, sentándose con ella en el salón, dijo:

—Aún recuerdo lo mal que hablabas inglés la primera vez que te vi y me encanta ver lo bien que lo hablas ahora.

—En mi trabajo tengo una buena academia —contestó ella, sonriendo—. Aprender inglés me ha salido gratis.

Ambos rieron por el comentario y George dijo:

—Estás muy guapa con esos colores en el cabello, pero ¿cuándo vas a recuperar tu precioso pelo rojo?

Ella lo miró divertida y exclamó, haciéndolo reír:

—Pero ¡si es tendencia!

—Olvídate de ese hombre —insistió George—, como seguramente él ya se ha olvidado de ti. Recupera tu color de pelo y haz el favor de dejar de vivir con miedo.

Ruth suspiró. Lo que le pedía no era fácil y, conociendo a Julio César, sabía que nunca se olvidaría de lo que le hizo, pero respondió:

—Vaaaaaale... lo haréeeeeeeeeeee.

George soltó una carcajada, luego le acarició la cara con cariño y dijo, entregándole una cajita:

—Esto es para ti.

Ruth sonrió y la abrió y, al ver lo que contenía, se le llenaron los ojos de lágrimas.

—Deseo que tengas esta cadena de oro blanco que me regaló mi padre el día que me marché a hacer el servicio militar —dijo George—. Era su manera de decirme que no lo olvidara y ahora es mi manera de decirte yo a ti que no me olvides.

—George... —gimió.

Cogiendo la cadena, él abrió el cierre y murmuró:

—Déjame que te la ponga.

Con las lágrimas corriéndole por las mejillas, Ruth se levantó el pelo y, cuando George se la hubo puesto, él la miró sonriendo y dijo:

—Como suponía. Estás preciosa.

Ella se le echó al cuello y, durante varios minutos, ambos se abrazaron sin decir nada. No hacía falta, las palabras sobraban. Luego George se separó de ella y le pidió, secándole las lágrimas:

—Quiero que cuando yo no esté, sigas en contacto con Linda, ¿de acuerdo?

Ruth asintió y, con un hilo de voz, murmuró:

—Por supuesto. Eso no lo dudes. Vosotros sois mi familia.

Ambos se miraron y George continuó:

—Sé que no te va a gustar lo que te voy a decir, pero no quiero que vengas a verme cuando empeore y...

—Pero ¿qué estás diciendo?

Cogiéndole las manos, él la miró a los ojos e insistió:

—Prométeme que no vendrás, Ruth. Para mí es importante que los niños y tú me recordéis como estoy ahora y no como voy a estar. También me gustaría ahorrarle a Linda el sufrimiento que le voy a ocasionar, pero ella vive conmigo y no puedo echarla de mi lado. Sin embargo, tú debes prometérmelo.

—No puedes pedirme eso... no...

—Escucha, cariño...

—No, George —lo cortó angustiada—. No quiero prometértelo. No puedo.

—Debes hacerlo, Ruth. Necesito que lo hagas, tesoro.

Emocionada por lo que le pedía y por lo que iba a suponer no estar a su lado y al de Linda en aquellos tristes momentos, finalmente asintió.

—De acuerdo. Te lo prometo.

George la abrazó y dijo:

—Sabes que tengo hijos de mi anterior matrimonio a los que quiero con toda mi alma, pero deseo que sepas que tú y los niños sois tan importantes para mí como ellos.

—Lo sé... lo sé...

Después de un silencio muy significativo, George la soltó y, con una bonita sonrisa, emocionada, insistió:

—Y hazme caso, recupera tu pelo rojo. Estos colores serán tendencia, pero tu cabello y esos ojazos verdes que tienes son espectaculares.

Ruth lo miró y él, al ver su triste sonrisa, preguntó:

—¿Sales con alguien?

—No, aunque últimamente he estado viendo a un hombre.

—¿Te trata bien? —quiso saber él.

—Sí, George —respondió ella con una candorosa sonrisa—. Me trata muy bien, pero ya sabes que yo no quiero nada serio con nadie. Tengo tres niños y soy consciente de que quien me quiera a mí, primero ha de quererlos a ellos y eso es difícil. Muy difícil.

—No es difícil, tesoro. Quien te conozca a ti y a los niños se enamorará perdidamente de vosotros.

—Eso era antes, George. Ahora ya no hay caballeros como tú por el mundo.

—Los hay, cariño —afirmó él divertido—. Claro que los hay y encontrarás a uno que os querrá con toda su alma. —Ruth se encogió de hombros y él prosiguió—: Cuando ese hombre aparezca, debes permitir que entre en tu corazón y confiar en él. Lo que te hizo ese indeseable en el pasado no tiene por qué volver a ocurrir. Debes confiar en alguien para ser feliz, cariño; si no lo haces, llegará el día de mañana, los niños crecerán y tú te verás sola.

—Queda mucho para eso —replicó al pensar en sus pequeños.

—Ruth, mírame. —Cuando lo hizo, George dijo—: No sé si será el hombre con el que estás ahora u otro, pero sé que el día que conozcas a la persona ideal para ti, él no te dejará escapar, porque tú, cariño mío, eres una chica muy especial. Y como el día va de promesas, quiero que ahora me prometas que cuando ese hombre llegue, le vas a permitir entrar en tu corazón, te vas a enamorar de él y vas a ser feliz.

Incapaz de negarle aquello, Ruth suspiró y, conteniendo las ganas de llorar que le estaban entrando de nuevo, dijo, al tiempo que se tocaba la cadena de oro blanco que le había regalado:

—Como el día va de promesas, te lo prometo.

George sonrió, la abrazó de nuevo y murmuró:

—No lo olvides, Ruth. Me lo has prometido.

Durante varios días, disfrutó de la compañía del hombre y la mujer que la habían sacado de su calvario, para atesorar en su corazón todo lo que pudiera de George. Y por las noches, cuando se metía en la cama, pensaba en Tony. ¿Se acordaría de ella aquel morenazo?

Después de cuatro días en Nevada, con todo el dolor de su corazón, Ruth se tuvo que marchar. El momento de la despedida no fue agradable para ninguno. Los niños no intuían nada, pero ellos tres sabían que nunca más se volverían a ver.

George la abrazó e, intentando sonreír, le hizo saber cuánto la quería y cuánto esperaba de ella. Ruth se pegó a él, no quería apartarse, hasta que George le susurró algo al oído, le dio un beso en la frente y, tras guiñarle un ojo, entró en la casa, donde lloró en soledad.

Rota de dolor, pero disimulando para no alterar y alarmar a los niños, fue al aeropuerto, acompañada por una demacrada Linda. Allí le hizo prometer a ésta que la llamaría todos los días, le dijo que para ella estaba disponible las veinticuatro horas del día y cuando la mujer le hizo entender con todo su amor que todo estaba bien y que debía regresar a Los Ángeles, Ruth cogió un avión junto a los críos llena de pena y regresó a su hogar. La vida, como le había dicho George al oído, tenía que continuar.

La primera noche que trabajó en un evento, Tony apareció y, al verla, sin importarle que estuviera trabajando, preguntó molesto:

—¿Dónde te habías metido?

Ella respondió con disimulo, comprobando que nadie los mirase:

—Espérame a la salida. Nos tomamos una copa y te lo cuento.

Y así fue. Él la esperó y ella, con toda la pena del mundo, le contó que había ido a ver a unos familiares en Nevada y la triste situación de George. Tony la consoló.

Con el paso de los días, él comenzó a interesarse más por su vida, pero Ruth hacía lo que podía para evitar contarle ciertas cosas. No le había dicho nada de los niños y, aunque sabía que le gustaban, por cómo hablaba de sus sobrinos, explicarle de sopetón que ella tenía tres era un poco complicado.

En más de una ocasión, tras unas horas de sexo sin límites con él, con sumo gusto se habría quedado a pasar la noche, pero sabía que no debía. Sus pequeños demandaban su presencia y, le gustara o no, ellos eran lo primero en su vida y debía regresar a casa y ser una buena madre.

Una mañana, recibió una llamada en el restaurante. Era Patricia, para darle el nuevo teléfono y dirección del local de las citas exprés. El negocio le iba bien y había cambiado de sitio. Mientras hablaba con ella, sentada a la barra, cogió una servilleta de papel y lo apuntó todo. Durante el resto de la mañana trabajó sin descanso y, cuando fue a cambiarse al finalizar su jornada, metió el papel con los datos del nuevo local en el libro que llevaba para leer en el autobús siempre que el coche le fallaba.

Al salir a la calle, se encontró con que Tony estaba esperándola. Sorprendida, se acercó a él, que la besó encantado. Feliz por aquel maravilloso encuentro, Ruth le preguntó:

—¿Qué haces aquí?

Él le quitó el libro y el bolso de las manos, los echó en su descapotable y, mirándola a los ojos, preguntó:

—¿Qué te parecería venir esta noche conmigo a una gala de música?

Ella lo miró incrédula y Tony insistió:

—Venga, dime que sí. Ponte un vestido bonito y acompáñame.

Le habría encantado decirle que sí, pero respondió:

—No puedo. Hoy trabajo.

Tony la miró y, frunciendo el cejo, replicó:

—No, hoy no trabajas. No tienes ningún evento, y lo sé porque me lo dijiste hace dos noches.

Tenía razón. Esa noche no trabajaba sirviendo, pero sí tenía que ir al local de citas exprés de su amiga Patricia. Lo hacía cada quince días y esa noche le tocaba. Por eso, inventándose una mentira, contestó:

—Tienes razón. Pero ha salido un servicio y lo he aceptado.

—Vamos a ver, cariño, ¿por qué trabajas tanto? —preguntó él—. No entiendo que tengas que ir todas las mañanas al restaurante y todas las noches con el catering. ¿Cuándo vas a disfrutar un poco de la vida?

Ruth lo besó y respondió:

—Cielo, yo no tengo tanto dinero como tú. Y ya te dije que los mortales trabajamos para vivir.

—Yo soy un mortal y trabajo para vivir —replicó él—. Pero a diferencia de ti, intento gozar del fruto de mi trabajo dejándome tiempo libre.

Acorralada por sus palabras, finalmente sólo vio una salida: enfadarse con él. Por ello, cogiendo su bolso del coche, contestó:

—Mira, guapo, lo que yo haga o no con mi vida, mi tiempo libre o mi trabajo es cosa mía. ¿Acaso te digo yo algo de tu trabajo? No, ¿verdad? Pues haz el favor de respetar tú el mío. Y si te digo que trabajo esta noche, es que trabajo esta noche y no se hable más.

Dicho esto, se dio la vuelta y se marchó caminando, ante la atónita mirada de Tony, que en esta ocasión no fue tras ella. Pero ¿qué le había dicho para que se enfadara tanto?

Ofuscado, se metió en su coche y maldijo. Sólo quería estar con ella un poco más. Pensó en arrancar el vehículo e ir a buscarla, pero al bajar la vista vio que se había dejado el libro. Lo cogió y, cuando lo abrió por la primera página, vio una servilleta con la fecha del día, una dirección, un teléfono y un «¡A las nueve!».

¿A las nueve?

Sin dudarlo, cogió su móvil y llamó. Rápidamente supo que era un local de citas exprés y que aquella noche había un evento. Tras apuntarse al mismo con un nombre falso y aceptar rellenar una ficha con sus datos por internet, al colgar, maldijo al saber dónde estaría Ruth aquella noche.

¿Qué hacía ella teniendo citas exprés?

Tras estar unas horas con los niños, Ruth se puso una blusa y una minifalda negra y se encaminó hacia el bar de su amiga Patricia. Pensó en Tony, y en lo mal que le había hablado, cuando lo único que quería era que lo acompañara a una gala musical. Al salir del evento le enviaría un mensaje e intentaría hablar con él. A diferencia de ella, él sí le había dado el número.

Una vez llegó al local, se puso su pegatina sobre la camisa y, tras saludar a Andrew, Patricia dio las instrucciones y comenzó la velada.

Como siempre, Ruth soportó uno tras otro a los tíos que intentaban ligar con ella durante siete minutos y, tras el primer descanso, al sentarse para la segunda ronda, se quedó sin palabras al ver a Tony ante ella.

—¿¡Wendy!? —preguntó enfadado.

—Chissssss...

—¿Esto es un trabajo? —insistió ofuscado, mirando su pegatina.

Sin ganas de montar un revuelo, ella susurró:

—Pero ¿qué haces aquí?

Irritado por su salida, siseó:

—La pregunta correcta sería, ¿qué haces tú aquí? Además de trabajar en el puñetero Mono Rojo, un lugar al que odio que vayas, ¿también lo haces aquí?

—¡Esto no es El Mono Rojo!

—No sé qué es peor —gruñó Tony enfadado.

Al ver que Andrew se acercaba a ellos, Ruth volvió a chistarle, pidiéndole que bajara la voz.

Andrew, que había reconocido a Tony nada más entrar éste por la puerta, se acercó a ellos y preguntó:

—¿Hay algún problema?

Tony se desesperó al verlo. ¿Él también estaba allí? Y, sosteniéndole la mirada, replicó:

—Ninguno. ¿Y tú tienes alguno?

Ruth le pidió a Andrew que se marchara y, cuando lo hizo, gruñó enfadada.

—No vuelvas a hablarle así a Andrew, ¿entendido?

Tony la miró sin responder. Estaba furioso por todo, cuando ella dijo:

—Escucha, la dueña es mi amiga y me paga para...

—¿Para ser señuelo de hombres? ¿Para eso te paga? —la cortó malhumorado.

—Dicho en esos términos suena fatal.

Cada instante más molesto por lo que ella respondía, siseó, celoso perdido:

—¿Dónde te has dejado los pantalones vaqueros?

—Aquí no suelo traerlos —contestó Ruth—. Como tú dices, soy un señuelo para los hombres.

Boquiabierto por su poca vergüenza, fue a responder cuando ella preguntó:

—¿Se puede saber cómo te has enterado de que estaría aquí?

Tony dejó el libro sobre la mesa y, abriendo la primera página, dijo:

—Fecha, dirección, hora y teléfono. Sólo he tenido que llamar y rellenar una estúpida ficha por internet para apuntarme. Por el amor de Dios, Ruth, ¿me puedes decir qué narices haces aquí?

Ella lo miró, sin duda estaba muy enfadado.

—Ya te he dicho que mi amiga es...

—Quiero saber por qué lo haces. ¿Tanto necesitas el dinero?

Intentando salir del paso, Ruth asintió y dijo:

—Tengo una deuda con el banco y he de pagarla. Por eso trabajo tanto.

Al oír eso, Tony suavizó la voz.

—Cariño, ¿y por qué no me lo has dicho? Yo podría ayudarte a pagar lo que sea.

—No.

—¿Por qué?

—Porque no.

Tony se agarró a la mesa, ofuscado.

—¡Serás cabezota!

Al ver su expresión desesperada, le sonrió y, arrugando la nariz como a él le gustaba, murmuró:

—Pero te gusta que lo sea, ¿a que sí?

Tony la miró e intentó seguir enfadado, pero al ver su sonrisa, preguntó:

—¿A qué hora termina esto?

—Quedan dos rondas más y después nos podremos ir.

Finalmente Tony sonrió. Aquello era de locos. Y, divertido, musitó:

—A quien le diga que he dejado de ir a una gala importante por venir a este lugar, ¡no se lo creerá!

Mirando a su alrededor, Ruth vio que todas las mujeres lo observaban, incluso alguna parecía haberlo reconocido, y, con cierto escozor de celos, murmuró:

—¿Y lo que estás ligando, qué?

Él la miró fijamente y afirmó:

—A mí no me interesa nadie, excepto una loca con el pelo de colores que tengo delante y a la que cuando pille a solas le voy a dar su merecido.

—Hummm... quién fuera esa loca —se mofó divertida.

En ese instante sonó la campanilla del cambio de pareja y Tony dijo:

—Controla a los tíos. Al de gafas de antes casi le parto la cara cuando ha intentado cogerte de la mano.

—Hasta luego, número cinco —contestó Ruth, despidiéndolo con la mano—. Espero que sigas pasándolo bien.

Pero a partir de ese instante, la que no lo pasó bien fue ella. Desde que había descubierto que Tony estaba en el bar, ya no podía dejar de mirarlo, igual que el resto de las mujeres. Todas se morían porque llegaran sus siete minutos y Ruth no dudó de que sería el hombre más votado aquella noche en la web.

Cuando por fin terminaron las cuatro rondas de citas, Andrew se acercó a ella y, con disimulo, mientras le daba una cerveza, preguntó:

—¿También te lo traes aquí?

—Andrew, ¡calla!

Él, celoso y sin ganas de bromear, la cogió del brazo para que el otro hombre lo viera y dijo, acercándose a ella:

—Ese hombre sólo te dará problemas. ¿No ves que es un ricachón que busca lo que busca?

Molesta, ella respondió:

—Basta, Andrew. No digas eso.

Él la soltó y, suavizando su tono de voz, murmuró:

—Cara bonita, yo sólo quiero que seas feliz.

Ruth sonrió con complicidad y respondió, sin percatarse de que Tony los observaba:

—Y yo quiero que tú seas feliz.

Después de charlar un rato y relajarse, Ruth se encaminó hacia la barra, donde Tony estaba con una rubia muy guapa. Al ver que sonreían, preguntó:

—¿Lo pasáis bien?

La rubia, sacudiendo el pelo con coquetería, sonrió sin decir nada, mientras Tony respondía divertido:

—Increíblemente bien. ¿Cómo te llamabas?

—Wendy —dijo Ruth, con ganas de machacarlo.

—¿Como la de Peter Pan? —se mofó él. Y volviéndose hacia su acompañante, añadió, con una encantadora sonrisa—: Wendy, te presento a mi amiga Agatha. Es una preciosa a la par que interesante profesora de instituto.

La mujer, encantada por aquella deferencia, se sintió importante y susurró:

—Tony, qué adulador eres, por favor.

Poniendo los ojos en blanco, Ruth bebió un sorbo de su cerveza y, con disimulo, cuchicheó:

—Creo que voy a vomitar.

Divertido al escucharla, Tony pensó en hacerla rabiar por haberlo hecho ir allí y por su conversación con Andrew.

—¿Qué queréis tomar? —preguntó.

—Un gin tonic —dijo la profesora—. Pero no muy cargado, que luego digo tonterías.

«¡Será simple, la tía!», pensó Ruth y, mirando a Tony, contestó:

—Yo nada, tengo mi cerveza y, además, ya me voy.

—¿Te vas? Oh, qué pena —se burló él y, tras pedir el gin tonic de la profesora, añadió—: Con lo interesante que se presenta la noche en este bonito lugar.

Sin creerse que realmente quisiera tomar algo con aquella mujer, lo miró y, dejando la cerveza en la barra, dijo:

—Os dejaré solos. Adiós, que lo paséis bien.

—Hakuna Matata, Wendy —respondió Tony.

Al oírlo decir eso, se paró, lo miró y sintió unos deseos irrefrenables de contestar. Sin duda se estaba riendo de ella. Tras hablar con Patricia y pagarle ésta con disimulo, salió a la calle sin mirar atrás.

Mientras caminaba hacia la parada del bus por la solitaria calle, no se podía creer que Tony hubiera ido allí. Pero menos se podía creer aún que ese idiota se hubiera quedado ligando con la profesora del gin tonic.

De pronto, el sonido de un coche acercándose lentamente la hizo mirar. Era él. Paró un poco más adelante, se bajó y se apoyó en el capó. Ruth se aproximó y lo miró furiosa mientras decía:

—¿Sabes?, si por mí hubiera sido, te habrías metido el Hakuna Matata por...

No pudo decir más, porque él la agarró, la acercó y la besó con auténtica pasión. Aquellos besos llenos de locura y desenfreno era lo que más les gustaba a ambos y, una vez se separó de ella, la cogió de la mano y dijo:

—Si vuelves a venir a este sitio a dejar que otros hombres liguen contigo, tú y yo vamos a tener un grandísimo problema. Mañana mismo me dirás qué le debes al banco para que esto se acabe, ¿entendido?

Ruth no respondió, pero sonrió, y Tony, abriéndole la puerta del coche esperó a que entrara. Una vez él lo hizo por la otra puerta, fue a arrancar y Ruth se fijó en el llavero.

—¿Qué es? —preguntó.

Tony cogió el llavero y se lo enseñó.

—Una llave.

Ruth tocó aquella pequeña llave y leyó:

—«Para siempre». ¿Qué significado tiene esta llave para ti?

Tony sonrió y pensaba explicarle que era cosa de su madre, pero ella se la quitó de las manos y dijo:

—Si la quieres recuperar, ¡bésame!

Tony aprovechó la invitación rápidamente y, tras besarse con auténtica pasión, Ruth se sentó sobre él, echó el asiento hacia atrás, y mientras le desabrochaba el pantalón susurró:

—Te deseo.

Tony, tan caliente como ella, le chupaba la oreja mientras murmuraba:

—Estamos en medio de la calle. Alguien nos puede ver, por no decir que si la prensa me pilla, se puede liar gorda.

Sin embargo, sin cejar en su ataque y dispuesta a conseguir su propósito, Ruth respondió, mientras se retiraba la braguita para introducirse el duro pene de él:

—Con un poco de suerte, espero que pase esa profesora con cara de seta y nos vea. Quiero que sepa que soy yo quien disfruta de ti y no ella.

Tony soltó una carcajada y, mirándola de frente, preguntó, mientras notaba cómo su pene se empapaba de sus fluidos.

—¿Celosa?

Al darse cuenta de lo que había dado a entender con sus palabras, Ruth fue a quitarse de encima de él, pero Tony no la dejó, sino que la agarró de los brazos e insistió:

—¿Estás celosa?

Estuvo tentada de mentir, pero finalmente respondió, hundiéndose en él:

—Cuando he visto cómo te comía con los ojos, ella y el resto de las mujeres, sí.

Tony tomó su boca y, tras un beso abrasador, la agarró de las caderas y dijo entre dientes, mientras la penetraba una y otra vez:

—Pues imagina cómo me he sentido yo al ver que esos hombres, uno tras otro, se sentaban contigo, te miraban y tú les sonreías. Y cuando también he visto a ese tal Andrew en el local... ¿Acaso crees que yo no me pongo celoso?

Ruth cerró los ojos. Aquella posesión era increíble.

—Abre los ojos y mírame —pidió él—. A mí también me gusta que me mires.

Su voz... su orden... el momento... todo ello hizo que lo mirara y, con un hilo de voz, Tony susurró, parando sus acometidas:

—Sabes que me gustas, ¿verdad? —Ruth asintió con miedo y él añadió—: Pues quiero que sepas que soy un hombre al que no le gusta que nadie toque lo que es suyo, y, no sé por qué, pero ya te considero algo mío.

Hechizada por lo que oía, Ruth acercó la boca a la de él y susurró:

—Recuerda que sigues teniendo las tres «N».

Extasiado, Tony movió las caderas con rotundidad para penetrarla de nuevo, lo que a ambos los hizo jadear. Y entonces, ella murmuró:

—Aunque reconozco que ahora tienes también la gran «M». —Él la miró y Ruth, enloquecida, susurró de nuevo—: ¡De mío!

—Me gusta tener esa gran «M» —respondió él, buscando su boca.

Aquella posesión la estaba volviendo loca y, dispuesta a disfrutarla al máximo, movió las caderas adelante y atrás con auténtico frenesí, mientras se miraban a los ojos, confirmando lo que ambos acababan de afirmar.

Sentirse el uno dentro del cuerpo del otro era maravilloso, y notar cómo sus manos se agarraban para que no escapara ni una pizca de placer, los estaba trastornando.

Sin descanso, continuaron con su juego peligroso y cuando llegaron al clímax, Tony la besó y murmuró contra su boca:

—¿Qué estamos haciendo en medio de la calle?

Con una sonrisa llena de sensualidad, Ruth echó la cabeza hacia atrás y respondió:

—Una locura.

—Llevaba sin hacer esto desde que tenía diecisiete años —soltó Tony con una sonrisa.

Ruth no respondió. Cuando ella había tenido alguna cita rápida con un hombre, en ocasiones habían terminado en el asiento de atrás de cualquier coche. La economía no daba para más. Instantes después, Tony abrió la guantera y ella se pasó al asiento del copiloto. Se limpiaron en silencio y cuando acabaron, él preguntó:

—¿De verdad sigo teniendo para ti esas tres «N»?

Divertida al ver su entrecejo fruncido, Ruth lo besó y exclamó:

—¡Mira que eres tonto! —Y, mirándolo a los ojos, añadió—: Pues claro que no, cariño, pero siento decirte que yo sigo sin ser Angelina Jolie.

—Me gustas más tú. Y ahora que ambos tenemos claro lo que sentimos el uno por el otro, ¿me darás tu móvil y tu dirección?

Ruth dejó de sonreír y, tras pensarlo, dijo:

—No.

Sin entender esa absurda negativa, Tony insistió desesperado:

—Estoy jugando limpio contigo. Sabes que, si quisiera, sólo tendría que levantar un teléfono y...

—Si lo haces, no volveré a quedar contigo.

Arrancó el coche, desconcertado.

—¿Adónde vamos? —preguntó Ruth.

—A un apartamento que tengo en Melrose Hill —contestó sin mirarla.

Sin decir nada más, llegaron a aquella elegante parte de la ciudad. Una vez dejaron el coche en el garaje de la casa, a Ruth se le cayó el bolso al suelo al salir del vehículo. Rápidamente, Tony la ayudó a recogerlo todo y al ver un cochecito rojo, se lo mostró y preguntó con guasa:

—¿Para jugar en tus ratos libres?

Al ver el juguete en sus manos se quiso morir, pero se lo quitó con rapidez, lo guardó de nuevo y respondió con la mayor naturalidad posible:

—Es del hijo de mi amigo David. Lo olvidó en casa y lo llevo en el bolso para devolvérselo.

Tony sonrió y, sin darle más importancia, tendió la mano y ella se la cogió. Esa actitud protectora suya le gustaba y no iba a desaprovecharla.

Tras abrir él la puerta del impresionante apartamento, Ruth silbó. Era precioso y minimalista y, con los celos llamando a la puerta de su corazón, preguntó:

—¿También lo utilizas como picadero?

A Tony no le hizo gracia la pregunta y replicó:

—¿Me puedes explicar por qué narices no confías en mí?

Al ver cómo la miraba, Ruth se retorció las manos y empezó a decir:

—Mira, Tony, hay cosas que tú no sabes y...

—Pues ¡cuéntamelas!

Ella lo miró. El momento había llegado y, cerrando los ojos, dijo:

—Mi vida no ha sido fácil. Antes que tú hubo alguien que me rompió el corazón y cuando yo...

El timbre del móvil de él la interrumpió. Al ver de quién se trataba, Tony se disculpó:

—Es mi padre. He de contestar.

Ruth asintió y mientras él hablaba por teléfono, se quiso morir. Había estado a punto de decirle lo de los niños, pero esa llamada la había interrumpido y ahora no sabía si sería capaz de seguir donde lo había dejado.

Tony habló un par de minutos más sin quitarle ojo y cuando colgó, dejó el móvil sobre la mesa y preguntó:

—¿Por culpa de ese hombre que te rompió el corazón es por lo que trabajas tanto? La deuda del banco viene de él, ¿verdad?

Comparar a sus gemelos y a su hermana con una deuda del banco era un poco fuerte, pero consciente de que trabajaba por y para ellos, asintió y Tony dijo:

—No puedes juzgar a todas las personas por lo que otros hicieran. No sé quién era ese idiota, ni lo que te hizo, pero yo no soy así. Quiero estar contigo. Quiero poder ir a buscarte a tu casa, ayudarte a pagar esa deuda, ir al cine o a cenar solos y poder disfrutar de fines de semanas juntos sin que tengas que trabajar tanto como lo haces. ¿Acaso no te has dado cuenta todavía de eso?

Ruth no contestó. Lo de «solos» nunca podría ser, porque ella no estaba sola. Pero que él le estuviera diciendo aquello era como poco lo más halagador que había escuchado nunca. Durante unos segundos, Tony la miró a la espera de que añadiera algo más y, al ver que no lo hacía, le enseñó la llave que colgaba del llavero del coche y dijo:

—Antes me has preguntado qué significa, ¿verdad? —Ruth asintió y él prosiguió—: Mi madre nos regaló una llave igual a cada uno de sus hijos. Según ella, ésta es la llave de nuestro corazón y se la debíamos entregar a la chica que entre en él.

—Oh, Dios, ¡qué detalle más bonito! —murmuró Ruth emocionada.

—Hace unos años —siguió contando Tony—, yo se la entregué a una mujer. Era preciosa, lista y lo pasábamos muy bien juntos. Me enamoré como un tonto y, además de la llave, le entregué mi vida. Cuando la llevé a Puerto Rico para que conociera a mi padre, él me advirtió de que ella no era como yo la veía. No le hice caso hasta que un día mi padre le ofreció una cantidad de dinero por dejarme y ella aceptó.

—¿En serio? —susurró Ruth.

—En serio —ratificó Tony—. Sólo buscaba la fama que mi apellido le podía aportar.

—Joder... —murmuró incrédula.

—Cuando todo eso ocurrió, me enfadé mucho con mi padre. Bueno, la verdad es que estuve un tiempo sin hablarle. Pero en cuanto lo pensé con detenimiento, me di cuenta de que el amor me había nublado la razón y en ella sólo veía lo que yo quería ver y no lo que veían mi padre y todos los demás.

»Pasado un tiempo, esa mujer dejó de importarme y los regalos que le hice me daban igual. Sólo quería la llave de mi madre y, cuando la recuperé, nunca se la he vuelto a dar a nadie. Es más —añadió, clavando sus inquietantes ojos en ella—, nunca hablo de este tema y ahora lo estoy haciendo contigo porque creo que tú eres diferente. ¡Especial! Y me gustaría hacer tantas cosas contigo que no veo el momento de poder llevarlas a cabo. Por suerte, los dos estamos solteros y sin hijos. No nos ata nada y podemos disfrutar de la vida. Pero hasta que tú no te quites ese lastre o esa deuda que llevas a tus espaldas, no vamos a poder hacerlo. Y si ese lastre es ese imbécil, olvídate de él, porque aquí estoy yo para cuidarte y protegerte como te mereces.

—Ay, Diosito.

Tony sonrió al oírla y preguntó:

—¿Impresionada por saber que me muero por ti?

Ruth asintió y él la besó y murmuró:

—Pues créetelo, preciosa. Estoy loco por ti y nada de lo que me digas me podrá impresionar.

Al pensar en sus hijos y en su pasado supo que eso sí lo impresionaría. Y sin saber por qué no aprovechaba aquel momento para sincerarse, Ruth, abrazándolo, murmuró:

—Dame tiempo, Tony, por favor. Sólo te pido eso.

Él asintió sin dudarlo. Y, deseoso de que volviera a sonreír, dijo mientras se sentaba en el cómodo sofá y le entregaba un sobre que se sacó de la chaqueta:

—Ábrelo. Me dijiste hace unas noches que te gustaba Bruno Mars, ¿verdad?

Ella se sentó encima de él, asintiendo. En el sobre había dos entradas Vip para un concierto y sonrió al verlas, pero al mirar la fecha, dijo:

—No puedo ir. Ese viernes trabajo en El Mono Rojo.

Al oír el nombre del local, a él le cambió la cara.

—Odio que trabajes en ese local. No me gusta cómo te miran los hombres, ni lo provocativa que tienes que ir vestida. Además, eso de que a las doce de la noche te tengas que subir a la barra a repartir tequila no me hace ninguna gracia. —Y al ver el gesto divertido de ella, preguntó—. ¿Te gustaría verme a mí en esa tesitura?

Ruth lo pensó. Si Tony hacía eso, estaba claro que todas las mujeres del mundo intentarían meterle mano y respondió:

—Creo que no. Soy celosa.

—Pues yo también soy celoso. Y quiero que dejes ese trabajo. Estoy dispuesto a pagarte lo...

—¿Que me vas a pagar? —lo interrumpió ofendida.

—Sí.

—¡No digas tonterías!

—Ruth, no estoy diciendo ninguna tontería. Piénsalo, por favor.

Vio su gesto serio y supo que para él era importante que no fuera a aquel local. Así que, sabiendo que en Harry Events podría trabajar esos viernes, dijo:

—Vale. Te prometo que no trabajaré más allí.

—Gracias —contestó él, y la besó. Y, señalando las entradas que tenía en las manos, añadió—: En cuanto al concierto de Bruno, irás aunque sea lo último que yo haga en este mundo.

17

Beautiful Girls

Los días seguían pasando y con ellos seguían también sus locos encuentros.

Pero por increíble que pareciera, la prensa hablaba de Tony, relacionándolo cada semana con una actriz o una cantante distinta.

Eso a Ruth le molestaba, pero él ni se inmutaba. Ya estaba acostumbrado.

Una madrugada, tras una noche loca de sexo, Ruth, agotada, se quedó dormida en la cama de Tony y éste no la despertó. De pronto, abrió los ojos sobresaltada y, al mirar su reloj y ver que eran las seis y veinte, se quiso morir.

Los niños entraban en el colegio a las ocho. Debía irse de allí cuanto antes.

Al levantarse de la cama con premura, se le enganchó un pie en la sábana y cayó de bruces contra el suelo. Eso hizo que Tony se despertara y, soñoliento, al verla de esa guisa, preguntó:

—Cariño, ¿qué haces en el suelo?

Se puso de pie deprisa y dijo, mientras se vestía dándole la espalda:

—Es tardísimo. Me tengo que ir.

Tony miró el reloj digital que tenía en la mesilla. Eran sólo las seis y veinte de la mañana y habían estado haciendo el amor hasta las cuatro. Se levantó y, sujetándola, la besó y dijo:

—Quédate. Yo lo solucionaré y...

—No —lo interrumpió ella, deshaciéndose de su abrazo—. No puedo.

Tony la miró. ¿Por qué tenía tanta prisa? Y antes de que dijera nada más, Ruth preguntó:

—¿Me prestas tu coche? Te juro que te lo devolveré sano y salvo.

—¿Por qué tienes tanta prisa?

Sin ganas de contestarle, endureció la voz e insistió:

—¿Me lo prestas o no?

Desconcertado ante su reacción, levantó las manos y murmuró:

—De acuerdo. Está en el garaje.

Ruth sonrió y, acercándose a él, lo besó en los labios y dijo:

—Ve a buscarlo luego al restaurante, ¿vale?

Tony asintió y ella se marchó a toda prisa.

Se asomó al ventanal de su habitación, desde donde la vio salir fuera de la casa, saludar con rapidez a *Melodía* y entrar en el garaje. Instantes después, la vio conduciendo el R8. Cuando desapareció de su vista, derrapando, Tony se dejó caer en la cama de nuevo y se durmió. Estaba agotado.

Ruth disfrutó de la conducción de aquel coche. ¡Era impresionante! Le recordaba su pasado y, aunque eso la hizo sonreír, no le gustó.

Al llegar a su casa, Manu estaba dormido en el sofá. Entró con cuidado para no despertarlo y cuando casi había abierto la puerta de su habitación, lo oyó decir:

—Caerás enferma si no descansas, mi amol.

Se volvió para mirarlo y contestó:

—Lo siento. Siento haber llegado a estas horas, pero me he quedado dormida y...

—Normal, cariño... normal. —Y levantándose para regresar a su casa, añadió—: Por la hora que llegas no te preocupes. Preocúpate por ti, porque a este ritmo ya te digo que vas a caer enferma. Además, tienes ojeras. ¿No te miras al espejo?

Y, tras guiñarle un ojo, se marchó.

Ruth se desnudó y se metió bajo la ducha. Aquello la espabilaría.

Después de vestirse, despertó a los niños, les dio de desayunar y los llevó al colegio. Luego regresó a casa y desayunó ella, mientras observaba la llave de «Para siempre». Finalmente, cogió el impresionante coche de Tony y se marchó al trabajo.

Sobre las nueve y media de la mañana apareció él por el restaurante y ella sonrió al verlo. Siempre que lo veía sonreía. No hacerlo era de tontas.

Tony se sentó en un taburete de la barra y, sin decir nada, Ruth le puso delante un café y un bollito de azúcar.

—Buenos días, señor Ferrasa —saludó encantada y, entregándole las llaves con disimulo, añadió—: Mil gracias por el coche. Por cierto, ¡menudo maquinote!

Él la miró, cogió las llaves y preguntó:

—¿Adónde ibas con tanta prisa esta mañana?

Como ya había pensado una mentira, soltó con una candorosa sonrisa:

—Había quedado con unos proveedores antes de abrir el restaurante. Oh, Dios, casi me da un infarto al ver que no llegaba. Aunque gracias a ti y a tu impresionante bólido me he presentado aquí a tiempo. Por lo tanto, gracias... gracias... gracias.

Tony la miró atontado por aquella bonita sonrisa y mientras se levantaba señaló:

—Me tengo que ir.

—Vaya, ¿tú trabajas? —se mofó ella.

Divertido, Tony se acercó a la barra y murmuró:

—Más de lo que crees. —Y aguantándose las ganas que tenía de besarla, dijo—: Hoy tengo un duro día de trabajo con Jessica Montgomery.

Ruth, que sabía quién era, suspiró. Jessica era una increíble a la par de guapa cantante canadiense, con la que lo habían fotografiado en la prensa, pero se calló lo que pensaba y preguntó:

—¿Nos vemos esta noche cuando termine mi turno?

Tony la miró y entonces, encogiéndose de hombros, respondió con indiferencia:

—No lo sé.

A Ruth no le gustó ese «no lo sé» y más siendo un viernes y sabiendo con quién iba a estar durante el día. Por ello, saliendo de la barra, se le acercó y cuchicheó furiosa:

—Pásalo bien con ella.

Durante unos segundos se miraron a los ojos con descaro y, finalmente, Tony se dio la vuelta sonriendo y se marchó.

«Será idiota», pensó Ruth al ver cómo se iba.

Con las pulsaciones a dos mil, comenzó a trabajar, pero media hora más tarde, su rostro y su humor indicaban lo cansada que estaba y su jefe, al intuir que habría tenido problemas con la niña, se acercó y le preguntó:

—¿Habéis pasado una mala noche?

En un principio Ruth pensó sacarlo de su error, pero estaba tan cansada, tan agotada, que asintió.

El hombre dijo compasivo:

—Nunca me pides un día libre ni coges vacaciones. Tómate hasta el lunes. Ya hablaremos de cuándo lo recuperarás.

Agradecida, Ruth quiso abrazarlo, pero se contuvo y sonrió. Y tras quitarse el mandil, se fue directamente a casa sin dudarlo ni un segundo. Necesitaba dormir.

Cuando se despertó eran casi las cinco. ¡Los niños! Saltó corriendo de la cama, pero al ver en la mesilla una nota de David que ponía «Yo voy a por ellos», se relajó y suspiró.

Se levantó más tranquila, se dio una ducha y, cuando los niños llegaron a casa, los recibió con una estupenda sonrisa.

—Mamita —dijo Jenny, tendiéndole un papel—, ¿puedo ir a dormir a casa de mi amiga Ivanna? Esta noche habrá una fiesta de chicas y mañana es su cumpleaños. El domingo su madre ha prometido traerme después de comer. ¿Puedo ir?

Ruth miró a sus amigos, que la contemplaban con gesto divertido, y preguntó:

—¿Quieres pasar dos noches fuera de casa?

—Sí.

—Pero si eres muy pequeña todavía para eso —insistió Ruth.

—Jo... ya tengo diez años y prometo tomarme las medicinas.

—¿Habrá chicos? —La niña negó con la cabeza y Ruth, cogiendo el papel que le entregaba, dijo—: De acuerdo. Pero quiero que me mandes mensajes al móvil para contarme cómo estás y, sobre todo, pórtate bien, ¿vale?

—Eres relinda, mamita —la abrazó Jenny, haciéndola sonreír.

Cuando la pequeña se fue con sus hermanos, Manuel se acercó a Ruth y, con lágrimas en los ojos, murmuró:

—Aún recuerdo cuando le enseñé a pelar una manzana y ahora... mírala... ¡es tan mayor! Cualquier día me pide una depilación brasileña.

Los tres soltaron una carcajada, pero después miraron a Jenny con cariño. Sin duda, haberla criado entre todos los había marcado de por vida.

—Por cierto —dijo David entonces—, me ha llamado el Cangrejo ¡y tengo un notición!

—¿Qué ocurre? —preguntó Ruth.

David se acercó a ella y murmuró:

—¿A que no sabes dónde vamos a trabajar esta noche? —Ruth negó con la cabeza y él, encantado, dijo—: Estaremos sirviendo copichuelas en la zona Vip de los ricachones que van al concierto de Bruno Mars.

—¡¿Cómo?!

—Que sepáis que la envidia me corroe —afirmó Manuel.

—¿Vamos al concierto de Bruno Mars? —preguntó incrédula.

David asintió y, explicó rápidamente:

—Al parecer, en la zona Vip, junto al escenario, necesitan tres camareros. Y seremos Glenda, tú y yo. ¿Qué te parece?

Sin poder evitarlo, Ruth sonrió. Sin duda, allí había intervenido la mano de Tony Ferrasa y recordó aquel «¡Irás aunque sea lo último que yo haga en este mundo!».

—Me parece que lo vamos a disfrutar —dijo encantada.

Aquella tarde, tras dejar a Jenny en casa de su amiga Ivanna y a Manu con los gemelos, David y Ruth se dirigieron hacia el Teatro Nokia de Los Ángeles, donde Bruno Mars ofrecería el concierto.

A las siete, el teatro comenzó a llenarse. Ruth y David estaban en un lateral del escenario, en primera fila, bailando con la música de los teloneros cuando nadie les pedía copas y mirando felices a otros cantantes que habían ido a disfrutar el espectáculo. Entre ellos estaba Yanira, la cuñada de Tony, y varias amigas suyas a las que había visto en el cumpleaños de Preciosa.

Seguramente ninguna se acordaba de ella, sólo era la camarera. Pero ella sí las recordaba.

Con curiosidad, observó a Yanira. Vestida con unos simples vaqueros y una camiseta del tour de Bruno, era una chica más. Le encantó servirle una bebida y más aún le gustó ver cómo se hacían carantoñas continuamente con su guapo marido. Eran una pareja ideal.

El concierto de Bruno comenzó a las ocho y aquello se convirtió en una locura. Cantaba bien, bailaba bien y su música era lo mejor de lo mejor.

Durante un buen rato, Ruth buscó a Tony con la mirada, pero no lo vio. ¿Estaría con la Montgomery? Rápidamente se quitó esa idea de la cabeza. Había conseguido llevarla al concierto de Bruno Mars y sabía que no tardaría en aparecer.

De pronto lo vio llegar. Estaba guapísimo, como siempre, con vaqueros, camisa negra y americana. Se acercó al grupo donde se hallaba su cuñada Yanira y los saludó. Desprendía sensualidad por los cuatro costados.

Sus miradas se encontraron y ambos sonrieron. Tony se acercó y, apoyándose en la barra, pidió una cerveza.

Cuando Ruth se la sirvió, él susurró, mirándola a los ojos:

—Te dije que vendrías, aunque fuera lo último que hiciera, y aquí estás.

—Recuérdame que te coma a besos.

—Puedes empezar ahora mismo —cuchicheó sonriendo.

—Estoy trabajando, señor Ferrasa —rio ella.

Tony contestó con disimulo:

—Si por mí fuera, te sacaría de detrás de esa barra y te besaría delante de todos, para que supieran que eres muy muy especial para mí...

—¡Ni se te ocurra! —exclamó ella.

Y soltó una carcajada, pero la risa se le volatilizó cuando el hermano mayor de Tony, Omar, se acercó hasta ellos y dijo:

—¿Has visto a tu excuñadita con el ruso?

Ruth se alejó y Tony, mirando hacia donde su hermano señalaba, contestó:

—Omar, ¿quieres hacer el favor de dejar en paz a Tifany?

El otro resopló.

—Yo mismo le envié una entrada para el concierto. Sé que le gusta Bruno y pretendía pasar un rato agradable con ella.

Tony sonrió y bebió un trago de su cerveza.

—Pues Tifany me llamó para pedirme otra entrada y yo se la mandé.

—¡¿Tú?!

Cansado del acoso al que Omar sometía a la pobre Tifany, Tony lo miró seriamente y dijo:

—Mentalízate, hermano, lo que no se cuida, se pierde, y tú la perdiste. ¿Qué narices quieres ahora? —Omar no dijo nada y Tony añadió—: Tifany te dio más de una oportunidad y tú las desaprovechaste. Para ti era más divertido saltar de cama en cama y olvidarte de que esa bonita mujer te esperaba en casa.

—Joder, Tony...

—No, Omar, no. Te lo dijimos todos, Dylan, papá, Yanira..., pero tú seguiste con tu sucio juego de perseguir faldas, hasta que Tifany tomó su decisión. ¿Acaso ella no se merece ser feliz? Joder, ¡basta ya! Asume que está mejor sin ti. Es una buena chica que...

—¿Buena chica? —se mofó Omar—. Las buenas chicas no salen con modeluchos como ése. Las buenas chicas son de otra manera.

Sorprendido por lo que su hermano había dicho y cansado de tener aquella conversación con él, Tony siseó, alejándose:

—Haz el favor de dejar de hacer el tonto de una santa vez y permite que Tifany sea feliz.

Al quedarse solo en la barra, Omar pidió una cerveza, que Ruth le sirvió. Con curiosidad, miró al hermano mayor de Tony. Tenía la misma altura que él y en cierto modo se parecían. Aunque en realidad los tres hermanos Ferrasa se parecían. Eran altos, morenos y desprendían un sex appeal increíble.

De pronto, Omar levantó la mirada. No muy lejos de él, al otro lado de la barra, vio que Tifany pedía algo de beber y, cogiendo su cerveza, se acercó a ella.

—Hola, Tifany —la saludó.

Al oír su voz, ella se volvió y, con una cariñosa sonrisa, respondió:

—Hola, Omar.

Se miraron durante unos segundos y Tifany pronto se dio cuenta de que aquello no iba a acabar bien. Conocía muy bien a su exmarido y, acercándose a él, dijo:

—Omar, no la líes. Tengamos la fiesta en paz.

—Te mandé la invitación porque sé que Bruno te gusta y esperaba pasar una velada agradable contigo.

Al oír eso, ella preguntó:

—¿Y no crees que deberías haberme preguntado a mí si yo la quería pasar contigo?

—Tifany... —murmuró, acercándose.

Molesta, la glamurosa mujer se retiró el flequillo de la cara y cuchicheó, mirándolo directamente a los ojos:

—¿Qué te ocurre?

Omar, sin entenderla, o sin querer entenderla, desvió la vista y respondió:

—Nada.

Tifany lo observó detenidamente y, al verle las pupilas excesivamente dilatadas, exclamó en un susurro:

—Omar Ferrasa, ¿no estarás tomando drogas?

—No digas tonterías —gruñó él.

Por un momento, se desafiaron con la mirada, y cuando él torció la sonrisa Tifany dijo:

—Ah, no... ¡ni loca! No se te ocurra sonreírme así, ¡porque no! —Y al ver que él iba a decir algo, añadió—: Tú y yo sólo somos los padres de una niña maravillosa, ¡nada más! ¿Cuándo te vas a convencer de ello?

Deseoso de estar con ella, Omar se acercó un poco más y, poniéndole una mano en la cintura, murmuró:

—Amor, lo pasábamos bien en la cama, ¿no lo recuerdas?

A Tifany se le aceleró el corazón al oír ese apelativo cariñoso con que la llamaba al principio de su relación, pero convenciéndose de que debía alejarse de él, le espetó:

—Haz el favor de quitarme los deditos de encima. Y en cuanto a lo que dices, sí, no te lo voy a negar. Lo pasábamos superbién en la cama. Pero ¡aún recuerdo lo bien que lo pasabas con todas en la cama!

—Amor... —insistió él, acercándose a su boca.

De un empujón, Tifany lo alejó y dijo enfadada:

—Ah, no. Ya no soy tu amor. ¡Te prohíbo que me llames así! —Se acaloró, consciente de lo que le provocaba ese apelativo—. Por suerte para mí, ahora soy el amor de otro que me respeta y besa por donde piso.

Al ver aquello, Alexei se acercó a ellos, pero antes de que pudiera abrir la boca, Omar le soltó un derechazo. El ruso lo esquivó y lanzó otro, que esta vez sí impactó directamente en el pómulo de Omar, y éste cayó sentado en el suelo.

Tony, al verlos, miró a su hermano Dylan y murmuró:

—Joder.

Alexei, un bicho rubio de casi dos metros y con cara de mala leche, miró a Omar y siseó:

—No vuelvas a ponerle las manos encima.

—¡Es mi mujer! —insistió él.

Ruth y David se miraron sin saber qué hacer, mientras la gente se arremolinaba a su alrededor.

—¡Era tu mujer! —le aclaró el ruso furioso.

Tifany, horrorizada al ver aquello, detuvo a Alexei, que iba a repetir la acción, mientras Tony y Dylan llegaban presurosos para ocuparse de su hermano. Durante unos segundos, los tres Ferrasa discutieron por lo ocurrido, hasta que Dylan se llevó a Omar de allí de malos modos. Instantes después, Tony se acercó a una nerviosa Tifany y dijo:

—Lo siento, preciosa. Intentaremos que no vuelva a suceder.

Ella asintió y, aproximándose a su excuñado, murmuró confusa:

—Yo también lo siento, Tony, pero...

Él le puso un dedo contra los labios para que no continuara.

—Es mi hermano y lo quiero, pero no te merece y eso lo sabemos todos, aunque nos duela. Por lo tanto, no te tienes que disculpar por nada, ¿de acuerdo?

Ella asintió, se acercó un poco más a él y cuchicheó:

—Creo que Omar está tomando algún tipo de droga. Vigiladlo. Esos amigotes con los que va te aseguro que consumen de todo y en grandes cantidades, y sus ojillos me han mosqueado.

Tony asintió y, tras darle un beso y abrazarlo con cariño, Tifany agarró al ruso de la mano y se marchó hacia donde estaban Yanira y sus amigas. La vida continuaba y a ella ni Omar ni nadie la iban a parar.

Ruth miró a Tony, sorprendida por aquel jaleo, y él, tras guiñarle un ojo, se alejó en busca de sus hermanos.

—Uiss, cachorra, ¡qué salseo! —exclamó David, acercándose.

—Ya te digo —dijo Ruth.

—Vaya... vaya... hasta los ricachones son camorristas.

Ambos rieron y siguieron trabajando.

Un buen rato más tarde, Ruth observó cómo dos mujeres, a cuál más guapa, se acercaban a Tony y comenzaban a hablar con él. Parecían estar manteniendo una amena conversación e instantes después se dirigieron los tres a la barra donde estaba ella, para pedir algo de beber. Ruth les sirvió y Tony, haciendo grandes esfuerzos, intentaba no mirarla, aunque le era imposible. Sin embargo, no quería causarle problemas.

A pesar de que Ruth lo entendía, su actitud no le hizo gracia. Y menos al ver que él sonreía y parecía pasarlo bien con aquellas dos tontas.

David, que se había percatado de ello, murmuró mientras se aproximaba a su amiga:

—Como diría mi abuela Carmela, ¡menudas descaradas!

Yanira, que bailaba junto a sus amigas, al mirar hacia la barra, vio a su cuñado con dos modelos. Sonrió. ¡Era un ligón! Y al ver a la chica del pelo multicolor, se preguntó dónde la había visto antes.

Estaba sumida en sus pensamientos cuando se percató de que Tony se volvía para buscar con la mirada a la joven del pelo de colores. Eso le llamó la atención y más aún que le guiñara un ojo. ¿Estaba ligando con tres mujeres a la vez? Menudo machote.

La idea la hizo soltar una carcajada, hasta que vio a la joven del pelo multicolor hacerle una peineta a Tony con toda la mala leche del mundo. Eso la dejó estupefacta y más aún cuando vio a su cuñado sonreír al verla. Pero ¿qué ocurría allí?

El humor de Ruth se volvía más sombrío a cada instante. Verlo ligotear con aquéllas en sus narices le estaba jorobando la noche y el concierto. David, que la conocía muy bien y lo estaba viendo todo, se acercó a ella y susurró:

—Suelta ahora mismo el cuchillo de cortar el limón, que me estás dando miedo.

Ruth lo hizo rápidamente y, mirándolo, dijo:

—Voy por más hielo a la cámara de atrás. Te quedas unos minutos solo con Glenda.

Y sin mirar a Tony, salió de la barra y caminó a toda prisa hacia el pequeño almacén.

Necesitaba perderlos de vista y relajarse o haría una tontería. Con brío, llegó hasta la cámara y, abriéndola, se agachó para sacar tres paquetes de hielo. Cuando cerró la cámara y se dio la vuelta, Tony estaba allí.

—Vete a la mi-er-da —siseó enfadada.

Él sonrió y, quitándole el hielo de las manos, la besó. Le metió la lengua en la boca y le hizo saber cuánto la deseaba y cuánto anhelaba estar con ella.

—Sólo te deseo a ti —murmuró tras el fogoso beso.

Confusa, Ruth lo miró y dijo:

—¿Y si... y si lo nuestro sólo es una casualidad tonta de la vida y...?

—Eres la casualidad más bonita, preciosa e inquietante que me ha ocurrido nunca —la cortó, sin dejar de mirarla con aquellos ojazos que cortaban el aliento.

Extasiada por lo bien que elegía siempre sus respuestas, asintió, pero no pudo evitar añadir:

—¿Y por eso tonteas con ésas?

—No estoy tonteando, cielo. Son dos amigas y estoy hablando con ellas.

—¿A eso lo llamas hablar?

—Cariño, debes aprender a diferenciar lo que ellas desean y lo que deseo yo. Como te habría dicho mi madre, ésa es la regla número uno de una pareja —insistió Tony—. Que ellas me deseen no te ha de preocupar, porque creo que te dejo siempre... siempre bien claro que yo sólo te deseo a ti. Esas mujeres no me importan ni quiero nada con ellas.

Ruth suspiró. Tenía razón, pero que ellas lo mirasen con deseo la molestaba. Al ver su gesto contrariado, Tony se acercó de nuevo a ella y aclaró:

—Si no te beso delante de todo el mundo, como me gustaría, no es por mí, es por ti. Tú eres la que no quieres desvelar nuestra relación ante todos, ¿verdad?

Asintió como una autómata y él, soltándola tras darle un beso rápido, dijo:

—Anda, vete de aquí antes de que no pueda contener más mi deseo y te haga el amor sobre la cámara de hielo, sin importarme que nos vean o no. Y oye, haz el favor de no volverme a mandar más a la mi-er-da y confiar en mí.

Con una gran sonrisa, Ruth salió de allí corriendo, y él también sonrió. Instantes después, Tony la siguió y, tras mirarla y sonreírle, se acercó a donde estaban sus amigos.

Yanira, que había visto todo el movimiento de los dos, al recordar que aquella chica había estado en el cumpleaños de Preciosa, se dirigió a la barra y, con una sonrisa, le pidió algo de beber. Se quedó de piedra cuando leyó su nombre en el cartelito. ¡¿Ruth?!

¿Aquélla era Ruth? ¿La Ruth del mensaje secreto?

La contempló encantada. Ahora le cuadraba todo y, mientras se ponía junto a su cuñado con su bebida en la mano, preguntó:

—¿Ha venido esa tal Ruth al concierto?

Tony la miró extrañado. Pero ella sonrió, parpadeó con comicidad y murmuró para que nadie la oyera:

—Me la tienes que presentar. Me gusta mucho su pelo de colores. Y que te haya hecho una peineta me ha encantado. ¡Sin duda es de las mías!

—Es española.

—¡Toma ya! —aplaudió Yanira, más que contenta—. Preséntamela ahora mismo.

Su cuñado sonrió y, tras guiñarle un ojo, cuchicheó:

—Todo a su tiempo, rubita.

Después todos siguieron disfrutando del concierto durante un buen rato, hasta que de pronto el cantante B.o.B subió al escenario y, tras chocar la mano con Bruno, éste dijo por el micrófono:

—Esta canción va dedicada a todas las chicas bonitas que hay hoy aquí. —Un grito general de satisfacción se elevó en el auditorio y Bruno continuó—: Pero muy especialmente a Ruth, de parte de mi buen amigo Tony.

—¡Ay, Diosito! —murmuró ella.

—Ay, cachorraaaaaaaaaaaaaaaaaaaa —murmuró David, emocionado—. ¡Qué románticooooooooooooooooooooo!

Y, sin más, comenzó a cantar la preciosa canción *Nothing On You.**

Atónita, Ruth miró a Tony, que estaba frente a ella, y sonrió al ver el gesto divertido de él. Aquella canción hablaba de un hombre que podía estar persiguiendo a todas las mujeres del mundo, pero su tiempo sólo lo quería para la chica que le interesaba y lo tenía enamorado. Sólo para ella. No existía ninguna más.

Emocionados, hechizados, atontados y hablándose con la mirada, ambos disfrutaron la canción, sin percatarse de que Yanira los observa divertida. ¡Allí había tomate! No le cabía la menor duda de que su cuñado se había fijado en aquella joven y, conociendo a Tony, ella debía de ser muy especial.

Y «especial» era la palabra. Así se sentía Ruth ante lo que Tony acababa de hacer. Sin poder parar de sonreír, canturreó la canción y movió los hombros al compás de la música y la voz de Bruno, mientras su morenazo sonreía, volviéndola loca.

Ese detalle tras los tontos celos de ella le decía mucho. Nunca había conocido a un hombre tan detallista y protector como Tony. No había nada en él que no le gustara. Lo que había comenzado de una manera imprevista,

* *Nothing On You,* MUSIC FAMAMANEM LP, CANCIONES WARNER BROS, ROC NATION MUSIC, MARS FORCE MUSIC, BMG FIREFLY, BMG RIGHTS ADMINISTRATION SPAIN S L U, W B MUSIC CORP, NORTHSIDE INDEPENDENT MUSIC PUBLISHING LLC, SONGS OF UNIVERSAL INC, UNIVERSAL MCA MUSIC ESPAÑOLA, HAM SQUAD MUSIC, ART FOR ART'S SAKE MUSIC y EDITOR DESCONOCIDO intrerpretada por B.o.B. y Bruno Mars. *(N. de la E.)*

se había convertido en algo muy especial y, encantada, se dejó observar por su Ferrasa particular, mientras Bruno seguía con la canción y cientos de personas la bailaban y la coreaban a su alrededor.

Cuando acabó, la gente aplaudió enloquecida. Tony se acercó a la barra y, tras pedir una cerveza, dijo sin acercarse a ella, para no meterla en líos.

—¿Te ha quedado claro de una vez que sólo me importas tú?

Ella asintió como una tonta y, con una encantadora sonrisa, Tony añadió:

—Estaré esperándote en la puerta C cuando acabes tras el concierto.

Sin poder apartar la vista de él, volvió a asentir, mientras él se marchaba y se acercaba a sus hermanos.

David, aún emocionado, dijo:

—Ay, Dios mío de mi alma, de mi vida y de mi existir. ¡Esto ha sido lo más!

—Ya te digo... —contestó Ruth, aún temblando.

¿Sería Tony ese caballero especial al que se refería George?

Cuando terminó de atender a dos clientes que le habían pedido un par de bebidas, David se acercó a ella y dijo:

—Ahora mismo vas a llamar al Cangrejo y vas a decirle que este fin de semana no cuente contigo porque estás enferma, y como ni mañana ni el domingo tienes que ir a trabajar por la mañana al restaurante y Jenny estará de cumpleaños con su amiga, ¡disfruta de un fin de semanita entero de locura y desenfreno con ese pedazo de moreno!

—Pero...

—No hay peros que valgan, cachorra. Tú te vas con ese pedazo de tío que corta el tráfico, como yo me llamo David Jiménez y soy de Badajoz. Vas a pasar el fin de semana que te mereces y le vas a contar lo de los niños de una santa vez. Ah... y no quiero verte por casa hasta el domingo o juro que te echo a palazos. Manu y yo nos quedamos con los gemelos y con Jenny cuando regrese del cumpleaños de su amiga. Y tranquila, no serás una mala madre por haber pensado en ti una sola vez en diez años.

—Pero...

—¡Que te calles y me escuches! Que aunque Adán nos pinte la Capilla Sixtina en el salón o nos mate con sus pedos y Brian nos bloquee todos los aparatos electrónicos de la casa, ¡no te preocupes! Ese hombre y tú merecéis pasar más de tres horas juntos y un fin de semana os vendrá a las mil maravillas.

Tras pensarlo con frialdad, Ruth asintió.

Era la primera vez que se iba a alejar tanto tiempo de los niños y, como decía David, ¡se lo merecía!

18

No existen límites

Después de una noche en la que hicieron el amor todas las veces que les apeteció, de madrugada Tony aplaudió feliz al saber que ella pasaría la noche con él.

No se aventuró a decirle que lo haría todo el fin de semana, no fuera a ponerse malo uno de los niños y tuviera que salir corriendo.

Dormir abrazada a él, sin prisa, era de las mejores cosas que había experimentado en su vida y cuando se despertó y lo vio sentado mirándola, le preguntó divertida, mientras se retiraba el alborotado pelo de la cara:

—¿Qué ocurre?

Tony mirándola desde el sillón en el que estaba sentado dijo:

—¡Es cierto! ¡Eres de verdad! No eres un holograma.

Se levantó sonriente y, cogiendo una camiseta, se la puso y fue hacia él. Cuando llegó a su altura, se sentó a horcajadas sobre sus piernas y preguntó:

—¿Un holograma te besaría así?

Tony se derritió con su beso y, cuando acabó, loco por tenerla, preguntó, aunque ya sabía la respuesta:

—¿Por qué siempre te tapas cuando te levantas de la cama?

—No me gusta mi cuerpo —respondió.

Tony sonrió porque ya había visto la cicatriz que tenía en el vientre, pero eso no le importaba. Y, sin decir nada, la agarró posesivo para besarla, mientras murmuraba:

—Te quiero.

Ella lo miró boquiabierta y él añadió:

—Eres preciosa y perfecta, ¡no lo olvides!

Con el corazón a mil por lo que le había dicho, fue a contestar algo cuando Tony murmuró:

—Aún no me puedo creer que sea la una de la tarde y te tenga aquí conmigo.

Ella sonrió y, azorada por aquel «Te quiero», dijo:

—Estoy famélica, ¿no tienes hambre?

Tony la cogió en brazos y, entre risas, bajaron a la cocina. Allí él le enseñó lo buen cocinero que era y al acabar de desayunar, le preguntó:

—¿Qué te parece si me acompañas a Santa Mónica? Tengo una cita con mi tatuador. —Y señalándose el tatuaje del brazo, dijo—: Quería terminarlo hoy.

Ella le pasó la mano por el hombro y el brazo, tocando aquel diseño tribal de varias puntas tan bonito y murmuró:

—Me parecería genial, pero hay un problema.

—¿Cuál?

—Mis jefes creen que estoy enferma y si alguno me ve, pues...

—Llamaré a Bobby ahora mismo e iré otro día —contestó él, tumbándola sobre la encimera—. Tenerte todo el fin de semana para mí en casa es lo único que me apetece.

Divertida, sonrió ante aquello y dijo:

—Hagamos la cama, luego déjame una gorra para ocultarme el pelo y unas gafas de sol y vayamos a Santa Mónica. Terminas tu tatuaje, compramos prensa, algo de comida y luego regresamos y pasamos desnudos el resto del fin de semana. ¿Qué te parece la proposición?

—¿Que hagamos la cama? —rio él.

—Por supuesto que sí. Uno debe hacer la cama antes de salir de casa —dijo ella.

Enloquecido por lo que le hacía sentir, asintió y la besó, y luego la persiguió hasta la habitación.

Ruth le pidió si la dejaba conducir el precioso cochazo y él, encantado, le dio las llaves. Se sorprendió al ver su destreza al volante. No era una mujer insegura por llevar un coche potente, todo lo contrario, y su determinación le hizo intuir que ya había manejado vehículos de gran cilindrada con anterioridad. Pero no preguntó, prefirió esperar y que ella le contara.

Poder disfrutar de Ruth a aquellas horas de la mañana era un lujo que no quería desperdiciar y más haciendo aquel espléndido día. Entre risas, llegaron a la tienda de tatuajes de Bobby y durante un rato ella observó cómo trabajaba éste, mientras Tony le sonreía y le cogía la mano.

Al cabo de un rato, aburrida del sonido de la aguja, preguntó:

—¿Hay alguna farmacia y algún quiosco de prensa por aquí?

Bobby, el tatutador, asintió.

—Cruzando la calle, junto a un Starbucks, hay una farmacia y una librería muy grande. Allí también tienen prensa.

Tras besar a Tony, salió de la tienda y se encaminó hacia donde él le había dicho. Al llegar a la farmacia se compró un par de bragas desechables. No eran muy sexis, pero al menos podía cambiarse. Cuando salió de la farmacia, decidió echarle una ojeada a la librería. Al entrar, silbó. Era inmensa y sin lugar a dudas su perdición. Los libros y la música eran dos de las cosas que más le gustaban y la entretenían.

Se quitó la gorra y las gafas y estuvo mirando libros hasta que finalmente se decidió por tres. Para ella era imposible entrar en una librería y no salir con alguno bajo el brazo. Cuando se puso en la cola para pagar, oyó de repente:

—Mami... mami...

Al reconocer las voces de sus gemelos, miró hacia atrás y, sonriendo, abrió los brazos para recibirlos. Cuánto quería a sus niños. Les besó con cariño la cabeza pelirroja y oyó a David preguntar:

—Pero ¿qué haces aquí cuando deberías estar con uno que yo me sé en otro lado?

—Eso —lo secundó Manuel.

Ruth sonrió. Miró hacia la tienda de tatuajes y sus amigos la entendieron y asintieron, aunque David preguntó:

—No me digas que tiene un tatoo.

—Un precioso dibujo tribal que le ocupa todo el hombro derecho y parte del brazo. ¡Sexy!

David puso los ojos en blanco. Le encantaban los hombres tatuados y Manuel, que lo sabía, comentó divertido:

—Lo siento, cielo. Ya tú sabes que yo veo una aguja y me mareo.

—Mami, ¿me compas un cuento de Peppa Pig?

Manu cogió a Adán de la mano y dijo:

—Te lo compro yo. Para eso hemos venido hasta aquí, ¡trasto! Por cierto, Jenny está fenomenal y pasándolo de muerte con sus amigas. La llamé anoche, como te aseguró mi amol que haríamos.

Durante un rato rieron y charlaron, hasta que David informó:

—Buenorro recién tatuado y con más morbo que nuestro adorado Hugh Jackman a las tres en punto.

Ruth vio a Tony entrar en la librería y, al darse cuenta de que la había visto y de que caminaba hacia ella, murmuró angustiada:

—¡Ay, Diosito!

David la oyó y preguntó:

—Pero ¿«¡Ay, Diosito! de «Qué buenorro está mi morenazo», o «¡Ay, Diosito!» de «Soy lo peor y aún no le he dicho nada de los niños»?

Ruth, semiescondida tras una estantería, miró a su amigo y pidió asustada:

—Saca de aquí a los niños rápidamente.

Manuel, al ver su agobio, agarró rápidamente a cada niño de un brazo y corrió hacia el otro lado de la librería.

—¡Mami... mami...! —gritaban los pequeños.

Desencajada, vio cómo Manuel rodeaba la estantería y, a toda velocidad, salía de la tienda ante la atenta mirada de todos lo que se cruzaban con él. Ver a sus niños llamándola, le partió el corazón, pero cuando iba a ir tras ellos, David la paró diciendo:

—La madre que te trajo, cachorra. ¿Cuándo se lo vas a decir a Tony?

—¿Cuándo me va a decir qué? —preguntó él de pronto, apareciendo a su lado.

Los dos se lo quedaron mirando y David, al ver que ella estaba paralizada, dijo, mientras chocaba la mano con Tony:

—Le decía a Ruth que si te había comentado lo mucho que le gusta leer.

Tony la miró y, al ver los libros que llevaba en la mano, contestó:

—A mí también me encanta leer.

—¡Qué bien! —aplaudió David y, con sorna, añadió—: Estoy seguro de que os gustarán cientos de cosas. La música, el cine, los niños, la pizza.

—Todo eso que has dicho me gusta —rio Tony y matizó—: Pero los niños, sólo mis sobrinos y me alegro cuando se marchan con sus padres. Me pone nervioso que me desordenen la casa. ¡Odio el desorden!

Ruth sonrió y puso los ojos en blanco, mientras veía a Manuel fuera de la librería batallando para sujetar a los pequeños, que querían volver a entrar. David, que también lo vio, tras guiñarles un ojo, dijo:

—Os dejo. Mi marido me necesita.

Tony, al seguir la dirección de su mirada, vio a Manu y a los pequeños y, divertido, preguntó:

—Sin duda el del pelo naranja chillón es tu marido, ¿verdad? —David asintió y Tony, viendo la lucha que se traía, preguntó—: ¿Son vuestros esos dos pelirrojos?

Ruth y David se miraron y respondieron al unísono:

—Sí.

Tony contempló a David sonriendo y, tras volver a chocar la mano con él, dijo:

—Anda, ve, antes de que esas dos fieras se carguen a tu marido.

David salió afuera y, ante la mirada de Tony y de Ruth, cogió a uno de los niños y rápidamente los cuatro desaparecieron.

—Dylan y Yanira tienen mellizos —comentó Tony, divertido— y aunque todavía son pequeños, son dos terremotos. Y ya conoces a Preciosa, la hija de Omar y Tifany. Es adorable pero uff... a veces puede con mi paciencia. Cuando vienen a casa, lo tocan y lo mueven todo. Los adoro, pero cuando se marchan y la paz regresa a mi hogar, te aseguro que respiro aliviado.

—¿No te gustan los niños? —preguntó Ruth con un hilo de voz.

Tony respondió con una encantadora sonrisa:

—Claro que me gustan. ¡Los niños son pura vida! Pero ¡sólo un ratito!

Ruth asintió. Sin duda, decirle que aquéllos eran sus hijos y que aún faltaba una tercera iba a ser como poco complicado. Él, sin percatarse de que se había quedado pensativa, dijo, cogiendo los libros:

—¿Me dejas que te los regale?

Aún sin reaccionar por lo ocurrido, Ruth asintió y cuando Tony los pagó y la dependienta los metió en una bolsa, él preguntó extrañado:

—¿Qué te ocurre?

Intentando reponerse, ella sonrió y, poniéndose la gorra y las gafas, lo besó y dijo:

—Nada. Volvamos a tu casa. Creo que será lo mejor.

Al salir de la librería, Tony vio una floristería, y entonces tiró de ella, entró y le compró un precioso ramo de rosas rojas. Sabía que le encantaban y quería hacerla feliz.

Salieron de la floristería besándose, cuando un coche que pasaba por su lado en ese momento frenó. Rick, el divo del blues, miró hacia atrás y, al reconocer a Tony y a la del pelo de colorines, sonrió y murmuró:

—Vaya... vaya... Tony Ferrasa, conque ésas tenemos.

Cuando regresaron a la casa, Ruth intentó olvidar lo que había pasado. Si quería disfrutar de aquel fin de semana con Tony no debía pensar más en ello. Él la ayudó en su empeño, porque nada más entrar, la besó y en el mismo recibidor murmuró:

—¡Quiero desnudarte ya!

Sin tiempo que perder, ambos se quitaron la ropa, Tony sacó un preservativo de su cartera, se lo puso y, con un ímpetu que la volvió loca, la cogió en brazos y la tumbó sobre el suelo, abriéndole el sexo con los dedos.

—Si llegamos a tardar un poco más, te habría hecho el amor en el jardín —murmuró.

Agarrada a su cuello, Ruth se dejó manejar. Abrió las piernas todo lo que pudo, aceptándolo en su interior, mientras él la empalaba una y otra vez.

Sus bocas se encontraron y en el silencio de la entrada se hicieron el amor como salvajes, mientras sólo se oían sus jadeos y gemidos.

Al llegar al éxtasis, se quedaron quietos unos instantes, hasta que se levantaron y se encaminaron juntos a la habitación. Mientras ella ponía las rosas en un jarrón con agua, Tony dijo:

—Necesitamos una ducha. ¿Qué te parece, cachorra?

—Me parece genial —contestó, riendo divertida al ver que había escuchado cómo la llamaba David—. Pero tú no puedes ducharte tras hacerte el tatuaje.

—Me lo taparé para que no se moje. No te preocupes, mamá —dijo él.

Al oír esa palabra, se le puso la carne de gallina y preguntó:

—¿Por qué me llamas «mamá»?

—Porque a veces lo pareces —respondió sonriente—. Te preocupas por cosas como que no se me moje el tatuaje o que hagamos la cama antes de salir de casa y eso me recuerda a mi madre. Ella me habría dicho lo mismo. Ve entrando en la ducha que yo ahora voy.

Cuando se quedó sola en el cuarto de baño, se miró al espejo. ¿Se comportaba como una madre con él?

Justo cuando acababa de meterse en la ducha, Tony entró con una pequeña caja en las manos y se la dio con una sonrisa divertida.

—Ábrela.

Con curiosidad, Ruth lo hizo y, al ver un minúsculo vibrador rosa y blanco, lo sacó y, mirándolo, preguntó:

—¿Esto qué es? —Pero al ver la guasa en su cara, rectificó—: Sé lo que es, ¡claro que lo sé! Pero ¿por qué este regalo?

—Es para pasarlo bien. —Y acercándose a ella, murmuró—: ¿Te apetece estrenarlo?

Ruth sonrió, lo besó con mimo y confesó:

—Yo tengo un patito diablillo que me regalaron.

Tony soltó una carcajada. Le gustaba saber que era juguetona, pero al caer en las últimas palabras, preguntó molesto:

—¿Quién te regaló ese patito diablillo?

No dispuesta a contarle que se lo había regalado una amiga, miró el vibrador que tenía en las manos y preguntó a su vez:

—¿Tú regalas muchos de éstos a tus conquistas?

Tony no respondió y Ruth, dándole con él en la cabeza, dijo:

—Vamos a ver, guaperas, tú y yo somos adultos. Tú has tenido tus experiencias y yo las mías. Ninguno de los dos somos dos vírgenes y...

Pero no pudo continuar, porque Tony la besó y, cuando el beso acabó, murmuró:

—No quiero saber nada de tus anteriores experiencias. Si lo pienso, mi parte de hombre posesivo se pone muy... muy celoso.

—¿Y cómo crees que se pone mi parte celosa de mujer al saber que has regalado más vibradores como éste y que seguramente los has utilizado para darles placer?

—Te gusta regodearte en ello, ¿eh? —preguntó él.

Sin poder evitarlo, sonrió y, dispuesta a provocarlo, afirmó:

—No, cielo, no. Sólo quiero que te quede claro que yo también me he divertido, tanto o más que tú, y aunque no he regalado vibradores a mis conquistas, sí los he disfrutado.

—¿Quieres decir algo más? —preguntó Tony, apretando la mandíbula.

Encantada con su reacción, ella sonrió, arrugó la nariz como a él le gustaba y respondió:

—No, cielo. Ya está todo dicho.

Rabioso al pensar en lo que ella había hecho, le quitó el vibrador de las manos, lo tiró al suelo de la ducha y abrió el agua. Su buen humor había desaparecido y Ruth, consciente de ello, le dio un azote en su duro trasero y preguntó:

—¿Qué ocurre?

—Nada.

—¿No quieres estrenar el regalito? —se mofó.

—No. Ahora no.

Tras un par de segundos en silencio, ella iba a salir de la ducha, pero él se lo impidió. La miró a los ojos y, cogiéndola entre sus brazos, la empotró contra la pared y susurró:

—Los celos me corroen por dentro.

Y, sin decir más, la besó con furia y, abriéndole las piernas, la penetró.

Aquella fuerte embestida la hizo gritar de placer. Era la primera vez que lo hacían sin preservativo y el roce de sus pieles fue colosal. Increíble. Tony, sintiendo lo mismo que ella y consciente de lo que pensaba, murmuró:

—Necesito sentir tu piel contra la mía y sé que tomas la píldora. No me lo has dicho, pero las he visto.

Ella asintió y él la miró mientras se hundía con fuerza nuevamente en su interior y dijo:

—Sólo yo quiero ser el dueño de tu cuerpo y que tú lo seas del mío. Sólo yo quiero poseerte y quiero que sólo tú me poseas. —Ruth jadeó ante otro nuevo empellón, mientras él proseguía—: Quiero que seamos los únicos que nos toquemos, nos chupemos, nos hagamos el amor y juguemos con aparatitos. Sólo tú y yo. —Tembló dejando escapar un gemido y añadió—: Si pienso en otro tocándote me muero de celos.

—Tony...

Sin dejarla hablar, de nuevo la volvió a penetrar, y mientras ella jadeaba de puro deleite él murmuró:

—Sólo te quiero y te deseo a ti y anhelo que tú sólo me quieras y me desees a mí.

Mirándolo totalmente hechizada, Ruth lo besó. Devoró sus labios, su lengua, su boca y cuando se separó de él, tras jadear otra vez por una nueva y exigente penetración, dijo con un hilo de voz:

—Sólo te deseo a ti, cariño y ahora sigue... sigue demostrándome cuánto me deseas tú.

Durante varios minutos Tony continuó sus poderosas arremetidas. Hablar de aquello, imaginar que otro la tocara, la besara, lo había vuelto loco de celos y le hizo el amor con rudeza.

Una vez ambos alcanzaron el clímax, Tony la dejó de pie en el suelo y ella, mirándolo, murmuró:

—Sólo te necesito a ti. A nadie más.

Tony finalmente sonrió y comenzó a enjabonarla.

—¿De qué es esta cicatriz? —preguntó.

Bloqueada, Ruth no se movió. Se había fijado en su cesárea mal hecha y, rápidamente, dijo mientras se ponía la mano delante para taparla:

—Apendicitis.

—¿Apendicitis?

Ella asintió y, rápidamente, explicó:

—Se complicó con peritonitis y tuvieron que abrirme de urgencia. De ahí esta fea cicatriz.

Tony se arrodilló ante ella. No entendía de medicina, pero si ella se lo decía, ¿por qué desconfiar?

Le cogió la mano con delicadeza y se la retiró. Aquella cicatriz en medio del vientre no era muy bonita, entendía que ella procurase taparla siempre, pero sin dudarlo, la besó. Plantó los labios sobre ella y Ruth jadeó.

Suspiró con los ojos cerrados. Había tenido la oportunidad de decirle lo de los niños y de nuevo la había desaprovechado. ¿Por qué estaba haciéndolo tan mal?

Con mimo, Tony bajó la boca hasta su monte de Venus, y se lo besó también. Se lo mordisqueó y, mirándola, murmuró:

—Nunca me canso de ti.

Ella sonrió y él, levantándose, la miró a los ojos y, tras pasarle un dedo por las cejas, preguntó:

—¿Cuándo te vas a volver a dejar tu color de pelo? Con esos ojos verdes y pelirroja tiene que ser algo increíble.

Ruth no dijo nada y él, divertido, insistió:

—Debes de estar preciosa.

Ruth lo miró temerosa. Si relacionaba el color de su cabello con el de los dos niños que David y Manuel llevaban, podía darse cuenta. Pero sin pensar en nada más, excepto en besar su boca, Tony susurró:

—Pelirroja...

—No me llames así —gruñó ella de pronto con aspereza.

Al oír ese tono de voz y ver cómo se había tensado, la miró y preguntó:

—¿Qué ocurre, cielo?

Ruth suspiró. No quería volver a ser la pelirroja de nadie, pero al ver cómo la miraba preocupado, se puso de puntillas para llegar a su boca y murmuró:

—Te quiero.

Enloquecido por lo que le acababa de decir, Tony sonrió y, cogiéndola en brazos, rio.

—No sabes cuánto he deseado oír esas palabras de tu boca, cariño.

La sacó de la ducha para llevársela directamente a la cama y se mofó:

—Creo que va a ser un buen fin de semana, taponcete.

Esa noche, tras una tarde de sexo bestial, bajaron a la cocina y, mientras ambos cocinaban, a Ruth le sonó el móvil. Rápidamente fue a mirarlo y sonrió al ver un mensaje de Jenny.

Todo genial, mamita.

Acabada la cena, se sentaron ante el televisor y Tony preguntó:

—¿Qué te apetece que veamos?

—Da igual. Lo que quieras.

—Entonces, si es lo que yo quiera, sólo quiero verte a ti.

Ella sonrió y, poniéndose bizca, le hizo soltar una carcajada.

A Tony se le antojaron maravillosas aquellas tonterías. Ninguno de sus ligues había hecho nunca algo así. Al revés, siempre procuraban estar perfectas y nunca le dejaban ver cómo eran en la intimidad. Pero Ruth no era como las demás. Se comportaba con normalidad y le encantaba ver que con ella no había dobleces ni malos entendidos.

—Ven —dijo, cogiéndola de la mano.

Ruth lo siguió. Medio desnudos, entraron en el salón y, al sentarse en la banqueta del piano transparente, ella lo miró y se burló:

—Aún recuerdo el primer día que vine a tu casa y dijiste algo así como: «El piano Schimmel es perfecto. Que sea transparente nos muestra que es de una gran belleza».

Tony soltó una carcajada y, besándola, murmuró:

—Quería impresionarte, taponcete.

Ambos rieron de nuevo y Tony, levantando la tapa del piano, comenzó a tocarlo con habilidad.

—¿Qué tipo de música te gusta? —preguntó.

—De todo un poco. Bruno Mars. —Él sonrió—. Nicki Minaj, Katy Perry, pero también me gusta mucho la música latina de Yanira, Marc Anthony, Luis Miguel, Ricky Martin, Alejandro Sanz. No sé... me gustan muchos cantantes.

—¿Sabes?, todos ellos son amigos míos y de mi familia.

—¿En serio? —preguntó boquiabierta.

Tony asintió.

—Venga —insistió—. Dime una canción que te guste.

—¿No te da vergüenza cantar delante de mí?

Con una gran sonrisa, él negó con la cabeza y dijo:

—Cariño, soy compositor. Y, por suerte, tengo una voz por la que matarían muchos cantantes actuales. ¿Por qué me iba a avergonzar?

Ruth iba a decir algo para burlarse cuando él comenzó a tocar una melodía al piano y cantó, sorprendiéndola.

Emocionada, Ruth escuchó cómo él cantaba mientras tocaba el piano y, mirándola a los ojos, le dedicaba aquella romántica canción y le ponía el vello de punta. En la vida le había ocurrido nada igual y, encantada, ni siquiera se movió. Cuando acabó, al ver su cara Tony sonrió y dijo:

—¿Sabes qué canción es?

Todavía atontada, respondió:

—*No existen límites,** de Luis Miguel. Es una canción preciosa.

—Nada es más precioso que tú —murmuró él.

Extasiada por aquel romántico momento, Ruth preguntó:

—¿Podrías cantar *All of Me,*** de John Legend? Me encanta esa canción. ¿Te la sabes?

Sin contestar, Tony comenzó a tocar los primeros acordes. Luego la miró a los ojos, y comenzó a cantarle la canción. Ella lo escuchó extasiada, mientras él le hacía sentir cada nota, cada letra, cada mirada y cada pausa con su increíble voz.

Ruth lo escuchó casi sin respirar.

Sentir la pasión que ponía la emocionó y sonreía cuando, en algún momento, él acercaba su boca a la de ella reclamando un beso. Con delica-

* *No existen límites,* MANZAMUSIC y WARNER CHAPPELLMUSIC SPAIN S. A., intrerpretada por Luis Miguel. *(N. de la E.)*

** Véase nota de la p. 70. *(N. de la E.)*

deza y habilidad, Tony bajó la intensidad de la canción y, tras tocar la última nota de la melodía, la miró con sus ojos felinos y susurró:

—No podrías haber elegido mejor canción, cariño. Como dice la letra, tú eres mi perdición, mi distracción y mi musa. Adoro tus curvas, tus imperfecciones y sólo espero que me des todo de ti, como yo estoy dispuesto a darte todo de mí.

Ruth se sentía como en una burbuja de purpurina cristalina y, encantada, dijo en voz baja:

—Eres increíble, Tony Ferrasa.

Cuando él estaba acercándose para besarla de nuevo, le sonó el móvil.

—¿Lo cojo? —musitó mimoso, rozando con los labios los de ella.

Ruth asintió.

—Cógelo. Puede ser importante.

Con una cautivadora sonrisa, Tony se levantó, y, al ver en la pantalla del móvil que se trataba de su hermano, contestó:

—Dime, Omar.

—Hola, hermano, ¿qué tal?

Tony sonrió y, mirando a Ruth, respondió:

—Bien. Muy bien. ¿Qué quieres?

—Necesito que mires tu correo. Esta mañana te he enviado un archivo con la voz de una chica a la que ayer contratamos en la discográfica y quiero que la oigas cantar y que pruebe con alguna canción nueva.

—¿Es buena? —preguntó Tony.

Omar, que estaba en un hotel con una morena, tras tragarse una pastilla azul, bebió un poco de agua y, al ver que la chica salía del cuarto de baño totalmente desnuda, farfulló:

—Muy buena.

Tony asintió. Omar podía ser muchas cosas, pero si algo tenía era ojo para descubrir nuevas cantantes y preguntó:

—¿Estás bien tras tu golpe de anoche?

Al pensar en el ruso, Omar se revolvió y, tocándose el pómulo, dijo:

—Estoy perfecto. Tan perfecto como que estoy con una guapa morena y pienso pasar una noche de lujuria increíble.

Tony suspiró. Su hermano nunca cambiaría.

—¿Para cuándo quieres esas canciones? —preguntó.

—Para el lunes.

—Imposible, hermano —rio él—. Estamos a sábado y tengo planes.

—No me jodas, Tony —gruñó Omar—. Necesito esas canciones para el...

—No me jodas tú a mí. —Levantó la voz—. Yo también tengo planes. Lo único que puedo hacer el lunes es llevar alguna de las que ya tengo escritas y probar con ellas. No me pidas más, porque no lo voy a hacer, ¿entendido?

Omar se tocó la sien. Había más compositores a los que pedirles aquel favor, pero para él Tony era el mejor. Y no sólo porque fuera su hermano, sino porque sabía darle a cada cantante el tipo de música que convenía a su voz. Finalmente, convencido de que no conseguiría más, dijo:

—Vale. El lunes a las nueve te quiero en el estudio con algo del material que tengas. Pero ahora escúchala para que veas el tipo de voz que tiene.

—De acuerdo —asintió Tony mirando a Ruth y, al recordar algo, añadió—: Oye, Omar, lo que te dijo Dylan anoche en referencia a la cocaína, tómatelo en serio.

—Venga ya, Tony. Que yo no tomo esa mierda.

—Vale, te creo —contestó él—. Pero Rick, Sean y muchos con los que sales sí toman y me preocupa que tú también lo hagas.

Omar soltó una risotada y, sin responder a eso, preguntó:

—¿Has hablado hoy con Tifany?

Tony suspiró y miró a Ruth, que comprobaba lo que tenía en el móvil. Su hermano era un pesado con su exmujer y respondió:

—No. Pero déjala en paz.

—Pero ¿qué pasa contigo, eres mi hermano o el de ella?

—Mira, Omar, no voy a responder a esa absurda preguntita, pero ten cuidado con el tema, porque sin duda en esta ocasión tú tienes todas las de perder.

Sin importarle lo que le decía, insistió:

—No sé por qué se empeña en seguir viéndose con ese muñequito rubio. Seguro que el ruso se hace la manicura más veces que ella a la semana.

—Maldita sea, Omar, ¿cuándo te vas a dar cuenta de que Tifany ya no tiene nada que ver contigo? ¿Acaso no te quedó claro anoche, idiota?

Omar suspiró. Por extraño que le pareciese a todo el mundo, él seguía sintiendo a Tifany como su mujer y, como no quería hablar de lo ocurrido con el ruso, concluyó:

—Mírate el archivo que te he mandado y el lunes te espero a las nueve en el estudio.

Después de dejar el móvil sobre una mesa, Tony se acercó a Ruth, que lo miraba sentada aún en la banqueta, y dijo:

—Era mi hermano Omar.

—¿El que montó el follón anoche en el concierto?

Tony asintió y, al ver cómo lo miraba, explicó:

—Estuvo casado con Tifany varios años y le fue infiel con toda mujer que se cruzaba en su camino. Todos se lo advertimos: «¡Omar, no lo hagas!». Incluso Tifany le dio varias oportunidades, pero no sirvió de nada. Al final ella se cansó, se separaron hace tiempo y ahora el idiota no soporta verla salir con otros tíos. Y de lo que no se da cuenta es de que Tifany ya no quiere nada con él, porque ahora ella manda en su vida y pone sus normas. Y si es feliz con ese modelo ruso, mi hermano se tiene que callar, meterse la lengua en el culo y joderse por haber sido tan imbécil como para perderla.

Ruth asintió y al recordar al ruso, contestó:

—No es por desmerecer a tu hermano, pero ese modelo es impresionante.

—Mientras no me compares a mí con el modelo, ¡vamos bien!

Ruth soltó una carcajada y él le tendió la mano y dijo:

—Acompáñame, tengo que ver un email.

Fueron al estudio de grabación, donde Tony encendió su portátil y abrió el correo. Al mirar, Ruth vio infinidad de nombres de mujeres en la bandeja de entrada. Karen, Teresa, Priscilla, Helga. Nombres que le removieron las entrañas, pero no dijo nada. No debía.

Cuando encontró el email que buscaba, lo abrió y conectó los altavoces.

—Debo escuchar cómo canta una chica. Es el nuevo fichaje de la discográfica.

Le pidió silencio con el dedo y, de pronto, comenzaron a sonar unas notas musicales. Al escucharlas, Tony sonrió y dijo:

—Bonita canción ha elegido para presentarse. —Y al ver que Ruth lo miraba, añadió—: *My All,** de la estupenda Mariah Carey, ¿la conoces?

Durante unos momentos, ambos escucharon la preciosa voz que cantaba, hasta que Tony continuó:

—Cuando yo escucho a un cantante, me gusta diferenciar varios matices en su voz, como color, vibrato, potencia, timbre y registro. Y dependiendo del registro, la sitúo en una tesitura u otra. Por ejemplo, mi cuñada Yanira que tanto te gusta, además de su arrolladora personalidad, tiene como particularidad la potencia y su fuerte vibrato. También tiene un buen control del diafragma y la respiración y eso hace mucho a la hora de cantar. En el caso de esta chica, por lo que veo, tiene una voz muy versátil y una gran capacidad melismática.

—¿Melisqué? —preguntó Ruth.

Divertido al ver su gesto de sorpresa, explicó:

—Se dice que un cantante tiene esa característica cuando es capaz de incorporar más de una nota a una misma sílaba musical.

A Ruth todo aquello le sonaba a chino y él, al intuirlo, añadió:

—Te pongo dos ejemplos muy claros de cantantes que utilizan melismas. Una es Beyoncé y otra Mariah Carey.

—Sí tú lo dices, que eres el profesional en esto, lo creeré —dijo ella, encogiéndose de hombros.

Divertido, Tony le revolvió el pelo y sonrió.

Durante un rato, mientras él tomaba apuntes de lo que escuchaba en el ordenador, Ruth miró a su alrededor. Se acercó a los vinilos y, al encontrar varios de Etta James, sonrió. Era la cantante preferida de George.

Cuando Tony acabó, la cogió de la mano y juntos salieron a la piscina, donde se divirtieron de lo lindo jugando un rato, hasta que finalmente hicieron el amor en el agua.

De madrugada, cuando estaban sobre la enorme cama comiendo helado, Tony cogió algo de la mesilla y, guardándolo en el puño, dijo:

—Quisiera hacerte un regalo muy especial.

Cuando abrió la palma de la mano y Ruth vio en ella la llave que ponía «Para siempre», se quiso morir.

* *My All*, WALLY WORLD MUSIC, SMP USA ESPAÑOLA, SONY-ATV TUNES LLC, UNIVERSAL TUNES, UNIVERSAL MCA MUSIC ESPAÑOLA y BEYONDIDOLIZATION, interpretada por Mariah Carey. *(N. de la E.)*

Aquello era muy... muy serio.

Tony le estaba entregando el regalo de su madre, la llave de su corazón y, sin cogerla, murmuró:

—¿Qué estás haciendo?

—Ya lo sabes, cariño —contestó él, sonriendo.

Asustada, dejó la tarrina de helado sobre la cama y, al tiempo que se levantaba, dijo:

—No puedo aceptarla.

—¿Por qué? —preguntó sorprendido.

Estaba claro que se querían, que se gustaban, que se sentían bien juntos. ¿Dónde estaba el problema? Durante varios minutos permanecieron en silencio, hasta que Ruth dijo:

—Mira, Tony, creo que vas muy deprisa y...

—Escúchame —la cortó él—. Eres especial. Lo supe casi desde el primer instante en que me encontré contigo. Vamos, acéptalo, soy la mejor decisión que aún no te atreves a tomar.

Tapándose la cara con las manos, Ruth susurró:

—No, Tony... no me digas esas cosas.

Pero él, deseoso de demostrarle lo que sentía, se levantó también para acercarse a ella y dijo:

—Eres la casualidad más bonita que ha llegado a mi vida y estoy loco por ti, ¿acaso no lo ves?

Las cosas que le decía, cómo la miraba, cómo la besaba o la amaba le hacían saber que decía la verdad.

—No quiero que te equivoques conmigo como te ocurrió en el pasado con esa otra chica —declaró.

—No me equivoco —afirmó él convencido—. Tú no eres ella, cariño. Tú eres tú. La mujer que me hace sonreír con sólo pensar en ella.

Al escucharlo, Ruth se acordó de George. Le había prometido que dejaría entrar en su corazón al hombre que la enamorara y la quisiera de verdad y, cerrándole la mano para ocultar la llave, contestó:

—Yo también estoy loca por ti, Tony.

—Entonces ¿dónde está el problema?

El problema era que ella no había sido sincera con él y, deseosa de no perderlo, buscó una solución rápida.

—Hagamos una cosa —dijo, sin soltarle la mano—. Si dentro de dos meses continuamos juntos, me vuelves a ofrecer la llave, ¿de acuerdo, cariño?

Tony la miró, y clavando sus impresionantes ojos en ella respondió:

—El corazón es importante para vivir, pero ¿sabes, taponcete? Cada día te necesito más a ti para que lo hagas latir.

Ella lo miró boquiabierta.

—Tony Ferrasa, me desarmas con las cosas tan increíbles que me dices siempre.

—Entonces, si te desarmo, explícame por qué tengo que esperar dos meses.

Incapaz de contarle en ese momento todo lo que él no sabía, suplicó:

—¡Dame dos meses más, por favor!

Tony no quería agobiarla y abriendo de nuevo el cajón, dejó allí la llave.

—Dos meses —contestó sonriendo—. Ni un día más.

Pero al cabo de un rato, cuando ella se relajó, él volvió al ataque.

—Si te dijera que tengo que ir a México dentro de unos días para una gala musical y unas reuniones y te invitara a venirte conmigo, ¿qué me contestarías?

Ruth lo miró bloqueada y, lentamente, murmuró:

—Que no puedo.

Tony asintió. Esperaba aquella respuesta.

—Ni siquiera te he dicho qué días son. Piénsalo. Tú y yo solos. México. Una bonita habitación de hotel. Varias noches por delante. Vamos, dime que sí.

Ella suspiró. Imaginó lo maravilloso que sería eso, pero respondió:

—No puedo. Sabes que trabajo y...

—Dime cuánto debes al banco. Yo pagaré tu deuda.

Ella no debía nada al banco, se lo había inventado como excusa para hacerle entender por qué no podía dejar de trabajar.

—No, Tony. No puedes...

—Lo que no puedo es permitir que la mujer de la que estoy locamente enamorado siga trabajando como una mula por culpa de un idiota que la metió en un problema con el banco. Eso, taponcete —sonrió—, no lo puedo consentir.

—Ay, Tony... no me digas eso.

—Vamos a ver, cariño. Me gustas, te gusto, ¡nos gustamos! Sólo intento que entre tú y yo exista algo bonito y que podamos pasar más tiempo juntos; ¿acaso no lo quieres tú también?

Ruth lo miró y contestó con desesperación:

—Claro que lo quiero. Es lo que más deseo.

—¿Entonces? —preguntó Tony, con una media sonrisa. Y añadió—: Sabes dónde vivo, quién soy. Tienes mi teléfono. Soy un libro abierto para ti. ¿Me darás por fin tu teléfono y dirección?

Ella no respondió. Si se lo daba, Tony rápidamente descubriría todo el pastelito con guinda que le estaba ocultando. Al ver que no contestaba, siseó irritado:

—Sabes que si juego sucio, en un abrir y cerrar de ojos puedo tener toda la información que quiera de ti. Sólo tengo que levantar el teléfono y...

—Te dije una vez que si lo haces —lo cortó, señalándolo con el dedo— no volverás a saber de mí.

—¿Tú juegas sucio conmigo? —le preguntó de pronto. Ruth no se movió y él insistió—: Ocultas algo, ¿verdad?

—Tony...

Haciendo que lo mirara a los ojos, dijo:

—¿Estás casada?

—Noooooooooooooo.

—¿Divorciada?

—Noooooooo.

—¿Eres exconvicta?

—Noooooooooo.

Desesperado, Tony se pasó la mano por el pelo.

—Vamos a ver, Ruth, sea lo que sea lo podemos solucionar juntos. —Ella se quedó callada y él añadió—: Si quiero pagar la deuda que tienes con el banco es para liberarte de esa carga y que trabajes menos. A mi lado no te hará falta.

Al oír eso, Ruth gruñó y, cogiendo el sujetador, se lo puso y le espetó:

—No quiero que me mantengas. Pero ¿tú de qué vas?

Sorprendido por su reacción, Tony iba a hablar cuando ella dijo:

—Tú eres tú y yo soy yo. Ambos tenemos nuestros trabajos y...

—Pero nuestros trabajos son incompatibles si tú sigues trabajando al ritmo que lo haces. Trabajas por la mañana, por la tarde y por la noche. ¿Cuándo vas a tener tiempo para mí, para nosotros? —Ruth no respondió y, levantándose, Tony se acercó a ella y murmuró mientras la abrazaba—: No pretendo que lo dejes todo por mí, pero sí quisiera pasar más tiempo contigo. Me encantaría que me acompañaras al viaje de México. Será una semana y...

—He dicho que no puedo. ¿Qué parte de ese «no puedo» no entiendes?

Tony la soltó molesto y gritó fuera de sí:

—¡¿Me puedes decir por qué eres tan cabezota?! ¿Tanto daño te hizo ese tío que ahora eres incapaz de fiarte de mí? Joder, Ruth, yo sólo quiero estar contigo y poder cuidarte.

A ella se le llenaron los ojos de lágrimas. Comparar a Tony con el padre de los gemelos era imposible. No tenían nada que ver. Le tembló la barbilla y él, al verlo, se arrepintió de haberle gritado.

—Lo siento... cariño... lo siento —dijo, abrazándola de nuevo—. Perdóname, no pretendía gritarte. Lo siento.

Ruth asintió y, secándose las lágrimas que se habían empeñado en correr por sus mejillas, murmuró:

—No pasa nada, Tony, te lo prometo. Pero no me pidas que vaya contigo de viaje porque no puedo. No puedo.

Él asintió. No entendía por qué, pero estaba dispuesto a saberlo. Estaba claro que le ocultaba algo.

—No vuelvas a llorar —le pidió—. No puedo soportar pensar que yo te he hecho llorar con mis palabras.

Ella tampoco quería llorar; acercó la boca a la de él y le hizo saber lo que necesitaba en aquel instante. Con mimo, Tony se lo dio. La besó, la acarició, y cuando el deseo de poseerla fue irresistible, dijo mirándola:

—Quítate el sujetador. —Ruth lo hizo y en cuanto sus pechos desnudos quedaron ante él, con los pezones ya erizados, susurró—: Tócatelos para mí.

Algo avergonzada por lo que le pedía, sonrió cohibida, pero él insistió:

—Pellízcate los pezones para mí. Vamos, cariño, hazlo. Y dámelos luego. Estoy ansioso por chuparlos.

Excitada por la forma en que la miraba y por su tono bajo de voz, finalmente, Ruth hizo lo que le pedía. Cuando se le endurecieron los pezones, se sentó a horcajadas sobre él y, agarrándole la nuca, lo acercó a su cuerpo hasta que sus pechos quedaron al alcance de su húmeda, tentadora y caliente boca.

Tony le rodeó rápidamente la cintura para que no se echara hacia atrás, y empezó a acariciarle los pezones con la lengua, chupándoselos con suavidad.

Aquello era delicioso, sensual, excitante. Nada que ver con otros hombres con los que Ruth había estado, que, en cuanto le veían los pechos, trataban de exprimírselos como limones y se los amasaban como si fueran a hacer pan.

Tony era diferente. Se los lamió, chupó y mordisqueó de tal manera que, jadeando enloquecida, se entregó a él una y mil veces más. Cuando él le sujetó el pezón derecho con los dedos a modo de tijera y le dio suaves toquecitos con la lengua, Ruth tembló. Aquello era fantástico y sin duda Tony era un amante colosal.

—Quiero poseerte y que me poseas —susurró sin aliento—. No preguntes, sólo hazme el amor y disfrutemos del momento.

Y así lo hicieron durante toda una noche de sexo sin límites, hasta que, al alba, cayeron derrotados el uno en brazos de la otra.

A la mañana siguiente, cuando Tony se despertó, vio que se hallaba solo en la cama. ¿Dónde estaba Ruth?

Se levantó de un salto y al ver su ropa sobre la silla, se tranquilizó. Desnuda no se habría ido.

Tras ponerse unos bóxers negros, salió descalzo de la habitación, bajó la escalera y, al llegar abajo, oyó música en la cocina.

Con sigilo, se acercó hasta allí y sonrió al ver a Ruth bailando en medio de la cocina. Sonaba *It Ain't Over Till It's Over*,* de su amigo Lenny Kravitz.

Durante varios minutos, la observó sin que lo viera. Estaba relajada, bailando con los ojos cerrados y una taza de café en la mano. Ver cómo movía los hombros y aquel pelo multicolor al son tranquilo de la música, le encantó. Ruth era increíble, fascinante y su personalidad arrolladora le encantaba. Sonrió al oírla cantar. Aquello, desde luego, no era lo suyo.

Pensó qué sería lo que le ocultaba y estuvo tentado de llamar a Jake,

* *It Ain't Over Till It's Over*, MISS BESSIE MUSIC, BMG VM MUSIC LIMITED y BMG VM MUSIC SPAIN, interpretada por Lenny Kravitz. *(N. de la E.)*

que trabajaba en la policía, pero se resistió. Quería confiar en ella. Sólo esperaba que, fuera lo que fuese, no se trataba de algo excesivamente escandaloso, porque si se enteraba la prensa, se cebarían con ella.

Finalmente, ansioso por besarla, entró en la cocina. Ruth abrió los ojos y, al verlo, caminó bailando hacia él.

—Buenos días —lo saludó—. ¿Quieres café?

Tony cogió la taza que ella llevaba en la mano y, tras beber un sorbo, murmuró, mientras le pasaba un brazo por la cintura para acercarla a él y bailar juntos:

—Y ahora quiero mi beso de buenos días.

Ella se lo dio sonriendo y, abrazados, siguieron bailando, en aquella amplia y moderna cocina, la sensual canción.

Pasaron un día maravilloso, pero a medida que transcurrían las horas, Tony se empezó a agobiar. Cada vez que la veía mirar el reloj, algo en él se rebelaba. Ambos estaban solteros y sin compromiso, ¿por qué se tenía que ir?

Finalmente, a las siete de la tarde, Ruth consiguió convencerlo para que la dejara marcharse. A Tony le costó, pero al final claudicó. No le quedaba otra.

Cuando ella se fue con su ramo de rosas, durante un rato él caminó por su bonita y ordenada casa, recordando el fin de semana de ensueño que habían pasado juntos y, cuando fue a darse una ducha, sonrió al ver escrito en el espejo con pintalabios.

M_ V_ _ _ _ _ _ L_ _ _. T_ Q_ _ _ _ _, T_ _ _ F_ _ _ _ _ _.

Divertido, cogió el pintalabios que ella había dejado sobre el mármol y, sabiendo lo que ponía, rellenó los huecos de las letras que faltaban. Cuando acabó, sonrió y leyó en voz alta:

—Me vuelves loca. Te quiero, Tony Ferrasa.

19

Tanto

Los días pasaron y, tras verse un par de noches más y disfrutar de su mutua compañía y su sensualidad, Tony se marchó solo a México.

Ruth llamaba cada día a Nevada. La salud de George empeoraba, pero Linda le pidió que respetara lo que le había prometido a su marido y no fuera a verlos. Para ella fue duro, pero cumplió su palabra.

La pena la consumía y eso la hacía necesitar aún más oír la voz de Tony. Al final, un día, tras hablar con Linda desde el restaurante, lo llamó a su móvil.

Al ver que era el teléfono del restaurante donde Ruth trabajaba, interrumpió un rato la reunión en la que se encontraba. La llamada lo hizo muy feliz y le puso una sonrisa en la boca que ya no lo abandonó en todo el día.

En cambio, a Ruth se le congeló la sonrisa cuando por la noche vio en la televisión unas imágenes de él bailando en una gala con una guapa mujer.

La noche siguiente, mientras trabajaba en un evento, Andrew se le acercó y preguntó:

—¿Todo bien, cara bonita? —Ruth asintió sonriendo y él añadió—: ¿Has roto con el ricachón?

—¿Por qué preguntas eso? —replicó sorprendida.

Andrew, que sufría en silencio la indiferencia de ella, se acercó un poco más de la cuenta, y respondió:

—Porque llevo noches observando que no te viene a buscar y he visto cierta información que ha salido en la prensa, que estoy seguro de que no te ha gustado nada.

Molesta con ese comentario, Ruth dio un paso atrás y dijo:

—Mira, Andrew, te quiero un montón y no tengo ganas de discutir contigo, por lo tanto, desaparece de mi vista antes de que la mala leche se apodere de mí y te diga lo que no quieres oír.

Él sonrió, a pesar de las pocas ganas que tenía de hacerlo y, sin más, se marchó.

Ruth maldijo. Al llegar al trabajo esa noche, había visto una revista con la información a la que Andrew se refería. ¿Por qué tenía que ser todo tan difícil?

David, que llegó en ese momento, se le acercó y, al ver el brío con que colocaba las cosas, preguntó:

—¿Tienes el moño virao, cachorra?

—Eso. Tú cabréame más —siseó ella, con cara de pocos amigos.

David suspiró. Sabía que Ruth no lo estaba pasando bien últimamente y, al ver sus ojeras, dijo:

—El Cangrejo me acaba de pedir que te diga que el evento que había tras éste se ha anulado.

Ella asintió y murmuró aliviada:

—Menos mal.

Durante los días que Tony llevaba fuera, había intentado hacer horas extra para luego disponer de alguna noche libre con él. Todo lo que hiciera por estar juntos le parecía poco.

—¿También pretendías dormir hoy menos de tres horas? —preguntó David.

—¿Por qué me preguntas eso? —gruñó Ruth, mirándolo.

—Porque las ojeras te van a llegar a las rodillas, nena —respondió él, mientras recogía copas de cava vacías.

Ruth era consciente de ello. Le bastaba con mirarse al espejo para verlo, pero aun así, replicó:

—David, no empecemos otra vez con eso.

Sin ganas de discutir, su amigo asintió, pero no pudo evitar preguntar curioso:

—¿Él sabe lo que estás haciendo? ¿Sabe que te estás matando a trabajar para poder tener tiempo libre para estar juntos?

—No. —Y al pensar en la imagen que había visto de refilón de Tony tomándose algo con una morena en Cancún en un programa del corazón, añadió—: Y a este paso dudo que lo vaya a saber.

Dándose la vuelta, se alejó para continuar con su tarea, pero David la siguió.

—¿Qué clase de trabajo iba a hacer en México? —quiso saber.

—¡Ay, David no se lo pregunté! —respondió molesta.

Su amigo la miró con paciencia y dijo:

—No saques conclusiones sin haber hablado antes con él. Ya sabes que a veces la prensa es muy sensacionalista. —Y al ver que ella no decía nada, insistió—: Ese Tony Ferrasa es una monada de tiarrón y no es de extrañar que intenten emparejarlo con toda bicha viviente. Y, además, si está en una gala de música, lo normal es que salga bailando con una mujer, lo raro sería que saliera bailando agarradito con un hombre, ¿no crees?

Ruth suspiró. Desde luego, quería pensar que era así y, animándose, murmuró en plan loba:

—Tony es muy macho para bailar agarradito con un hombre.

—Uisss, qué zorrasca eres, ¡so perra! —Ambos rieron y David insistió ya en serio—: ¿Has hablado hoy con él?

—No.

—Por el amor de Dios, nena, ¿por qué no lo has llamado esta mañana desde el restaurante y le has contado lo que viste?

—Sabes muy bien por qué —replicó.

Sí, sin duda lo sabía perfectamente y, cansado de aquello, la apretó:

—¿Cuándo le vas a decir lo de los niños?

—Nunca —contestó Ruth—. Creo que nunca y, antes de que me sigas haciendo preguntas tontas, elaboradas por tu bonita cabeza llena de pajaritos, déjame decirte que cada día estoy más convencida de que lo que hay entre nosotros es lo que es y no hay más.

—Pero ¡si me contaste que te dijo que te quería! —Ruth maldijo en voz baja y David preguntó—: ¿Se lo dijiste tú también a él?

Ella no respondió. Desde el día que les había contado a Manuel y a David su maravilloso fin de semana, y había incluido ese tonto detalle, no había contestado a su pregunta. Ahora, David le quitó la bandeja de las manos y dijo, mirándola:

—Se lo dijiste, ¿verdad?

—No.

—No mientas, cachorra, que te conozco. —Y antes de que ella dijera nada más, él añadió—: En los años que hace que nos conocemos, nunca te he visto sonreír como lo haces ahora y esforzarte hasta el agotamiento para poder quedar con alguien. Por tanto, no me niegues que le has dicho que lo quieres y no me digas que lo vuestro sólo es lo que es, porque no te creo, ¿entendido?

—Vale, tienes razón. Se lo dije. Incluso se lo escribí y ahora estoy muy... muy enfadada por haberlo hecho. Yo aquí, sufriendo, y él... él en Cancún, divirtiéndose con mujeres guapas. ¿Contento?

—Contento estaría si tú estuvieras en Cancún con él, como te pidió —respondio él.

Tras un tenso silencio Ruth, consciente de que la situación se le había escapado de las manos, se sentó en una silla y dijo:

—David, la vida de ese hombre y la mía siguen caminos distintos y yo lo único que he hecho ha sido disfrutar de un momento dulce. Lo he pasado bien, él lo ha pasado bien. Eso es todo.

—Pero...

—Escúchame —dijo ella, cortándolo—. Si algo he aprendido de todo lo que me ha pasado es que hay que vivir al día y no pensar en lo que podría ser. Yo procuro estar en el presente, el futuro ya vendrá. Si me permito pensar, si me permito soñar en una bonita historia de amor, te aseguro que la primera que se va a llevar un chasco voy a ser yo. Por lo tanto, vivo el día a día y nada más. Y ahora, si cierras esa bocaza llena de dientes que tienes y terminas de recoger, nos podremos ir a casa.

Y, sin más, se levantó y prosiguió con su trabajo, convencida de lo que había dicho. Mientras, su amigo le hizo caso: cerró la boca y recogió con brío las copas vacías que quedaban.

Esa noche, cuando Ruth llegó a casa, tras hacer su ronda y ver que los tres niños dormían plácidamente, se duchó, se puso un pijama fino y se acostó. Dos segundos después, notó que alguien se subía a su cama. Era Brian.

—¿Qué ocurre, cariño?

—Mami, un bicho me picaba el pie —dijo el niño, acercándose a ella.

Rápidamente, Ruth le miró el pie y, al no ver nada, supuso que había sido una pesadilla. Lo besó en la frente y lo acurrucó contra ella. Pero al hacerlo, algo se movió dentro del calzoncillo del niño. Ruth suspiró, buscó bajo la prenda y sacó una pulsera verde de Jenny.

—Duerme —murmuró sonriendo—. Mami está contigo y el bicho no te picará.

20

Se me sigue olvidando

A la mañana siguiente, cuando sonó la alarma de su móvil, Ruth se desperezó y chocó con varios cuerpos. Allí, en su cama, estaban sus tres joyas y al mirar hacia la puerta, vio a *Luis Alfonso* tumbado. Eso la hizo sonreír. Aquélla era su realidad. ¿Por qué engañarse con románticas historias de amor que a ella nunca se le harían realidad?

A los niños les encantaba despertarse en mitad de la noche e ir a su cama. La primera que lo hacía desde pequeña era Jenny y con el tiempo Brian y Adán la habían imitado. Los miró con cariño. Ellos eran su vida, ¡sus grandes amores!

Después de pasar un rato contemplándolos y acariciándoles el pelo, los despertó con gran pesar. Debía llevarlos al colegio antes de irse ella a trabajar.

Ese día no habló con Tony. Se negó a llamarlo y al día siguiente tampoco lo hizo. Pero sí habló con Linda y cuando colgó lloró. El desenlace estaba cada vez más cerca.

Al ver que ella no llamaba, Tony telefoneó al restaurante. Cuando la avisaron de que tenía una llamada, asustada al pensar que podía ser Linda, Ruth dejó lo que estaba haciendo y contestó:

—Dígame.

—Quiero que sepas que estoy muy enfadado. Encima de que no me das tu teléfono, ¿tampoco me llamas?

Feliz al oír su voz, respondió:

—Tengo mucho trabajo, Tony.

—¿Qué te ocurre? —preguntó él.

—Nada.

—Mientes. No te veo la cara, pero conozco tu tono de voz y sé que mientes.

Eso la hizo sonreír y, antes de que pudiera responder, Tony preguntó con ansia:

—¿Me echas de menos, cielo?

Ruth quiso decirle que sí, esos días sin él estaban siendo los peores de su vida, pero no pudo aguantar más y soltó:

—¿Te lo pasaste bien bailando con esa morena en Cancún?

—¡¿Cómo?!

Y entonces explotó e, intentando no gritar, siseó enfadada:

—Las imágenes salieron en prensa y televisión. Se os veía muy felices bailando en la gala y luego tomando algo al borde de la piscina. ¿Lo pasaste bien? Y, conociendo al ligón de Tony Ferrasa, luego ¿fuiste tú a su habitación o ella a la tuya?

Al oírla soltar esa parrafada, Tony sonrió. Aquella morena era Glenda, la mujer de su amigo Nick, y respondió:

—Escucha, cariño. Ella es...

—No, escúchame tú a mí —lo cortó furiosa—. Ya me han tomado el pelo una vez y sufrí más de lo que tú nunca llegarás a sufrir en toda tu vida. Y, ¿sabes?, no estoy dispuesta a volver a pasar por eso, ni por ti ni por nadie, y menos sabiendo que juego con la gran desventaja de que no soy rica, ni famosa. —Y, sin dejarlo intervenir, añadió—: He aprendido a disfrutar del presente y, sin duda, lo tuyo y lo mío ya es pasado. Por lo tanto, adiós, señor Ferrasa, no vuelva a llamar a este teléfono. Es el de mi trabajo, y si lo vuelve a hacer, seguramente me despedirán.

—Ruth, no se te ocurra colgar...

Y ella, sin más, colgó el teléfono sin escucharlo, mientras sentía unas inmensas ganas de llorar.

Tony, con el teléfono aún en la mano, maldijo irritado. Pero ¿qué mosca le había picado?

Enfadado, se encaminó hacia una reunión. Quería acabar cuanto antes para regresar a Los Ángeles y hablar con ella. Sin embargo, la reunión se torció y Tony se desesperó al ver que no iba a poder volver hasta dos días más tarde.

Esa madrugada, Ruth llegó de trabajar junto con David y, al entrar en su casa, Manuel, que estaba cuidando de los niños, les enseñó unos papeles y dijo, mirando a su marido:

—Ya tengo la reserva para nuestro viaje a Italia.

—¡Ay, Diosito! —gritó David, corriendo hacia él—. Te quiero... te quiero... te quiero... te quiero.

—Por fin vais a hacer el viaje de vuestros sueños —dijo Ruth—. Roma, Venecia, Florencia. ¡Qué pasada!

David miraba los papeles emocionado cuando Manuel, poniéndose serio, le enseñó a Ruth una revista.

—Mi amol, creo que aquí hay algo que deberías ver.

Al imaginar de qué iba el tema, ella suspiró y, yendo hacia la cocina, contestó:

—No me interesa. Por tanto, cierra la revista.

Manuel miró a David, quien le hizo un gesto con la cabeza indicándole que debían marcharse. Manuel se levantó y dejó la revista sobre el sofá.

—Hasta mañana, cachorra —se despidió David.

—Hasta mañana —contestó ella, mientras le hacía carantoñas a *Luis Alfonso*.

Cuando oyó que se cerraba la puerta, Ruth salió al comedor y renegó al descubrir la revista sobre el sofá. ¡Maldito Manuel! Pero dispuesta a no mirarla, fue a ver a sus niños. Los tres dormían como lirones. Entonces pensó en Tony, en lo que le había dicho aquella misma mañana, y se desesperó. ¿Definitivamente consideraba lo suyo como pasado?

Se sentó en el suelo del pasillo y dio rienda suelta a su pena. Cerró los ojos y recordó el momento en que él le había cantado al piano aquella romántica canción de Luis Miguel, *No existen límites*.*

¿De verdad lo suyo no se volvería a repetir?

Era pensar en él y desesperarse. Era pensar en su voz y derretirse.

Cuando logró tranquilizarse, se dirigió a su habitación, donde se desnudó, y se fue directamente a la ducha. Al salir se puso un albornoz y volvió al salón. Miró la revista desde lejos y murmuró:

—No. He dicho que no.

Ofuscada, regresó a su habitación. ¿Por qué cuando alguien te tocaba el corazón todo se volvía tan intenso?

Se puso un pijama y se acostó. Durante un buen rato, dio vueltas en la cama sin dejar de pensar en Tony, en sus ojos, en su sonrisa, en cómo estaría tras lo que ella le había dicho. Dio mil vueltas más. Necesitaba dormir, quería dormir, pero era incapaz de hacerlo. No podía relajar la mente

* Véase nota de la p. 178. *(N. de la E.)*

ni parar el corazón, ni dejar de pensar en la maldita revista que había sobre el sofá del comedor. Al final se levantó.

Fue descalza al comedor y, al llegar, encendió la lamparita, cogió la revista y se sentó en el sofá.

—De acuerdo, soy una cotilla empedernida y hasta que no vea lo que no debo mirar, porque me voy a machacar aún más, no voy a ser capaz de dormir.

Comenzó a pasar las hojas con brío. Famosos, cotilleos, embarazos, casas de lujo, pero de repente se paralizó. Había dos fotos de Tony, tan guapo como siempre. En una se lo veía sentado en una cena de gala, con esmoquin, hablando con varias personas, y en otra estaba en bañador, en un barco, junto a una rubia impresionante.

—Vaya... ahora toca rubia —se mofó con amargura.

El corazón se le aceleró, y más al leer:

«El compositor Tony Ferrasa se divierte en México con la preciosa actriz Etta Vazquez».

Leyó el artículo rápidamente. En él hablaban del movido pasado sentimental de Tony y se mencionaban varios de sus anteriores romances. Sobrecogida, leyó la interminable lista de mujeres que habían pasado por su vida y, cuando acabó, murmuró:

—Sin duda, perdió la razón cuando se fijó en mí.

Al cabo de un buen rato, en el que no paró de mirar sus fotos y maldecir por lo que su corazón sentía al verlas, cerró la revista y volvió a la cama. Esa noche le fue imposible dormir.

21

No sé olvidar

Pasaron dos días y por fin tuvo fiesta. Ruth fingió ante todos que estaba estupenda, aunque por dentro se estaba desangrando lentamente. David y Manuel intentaron hablar con ella, pero se negó a escucharlos. No había nada de qué hablar.

Aquella mañana, tras telefonear a Linda, como siempre, hizo la compra, cocinó para la semana, lo congeló y limpió. Estaba pasando el aspirador cuando le sonó el móvil y, al ver de quién se trataba, la saludó:

—Hola, Diamantina.

—Hola, guapísima, ¿qué tal?

Ruth, tras mirar la leonera que era su casa, respondió:

—Limpiando, no te digo más.

Diamantina soltó una carcajada.

—Te llamo porque hemos recibido un encargo y te quieren a ti para el servicio.

—¿A mí?

—Sí. Es la misma dirección de hace unas semanas. Al parecer, debiste de cocinar de maravilla, porque nos han llamado y han pedido específicamente que fueras tú.

Al oír eso, a Ruth se le disparó el corazón. Tony había vuelto y quería verla. Por un instante, sintió la necesidad de dejarlo todo e ir. Se moría por verlo. Pero no, no lo haría. No iba a ir corriendo tras él en cuanto se lo pidiera. Sus niños eran lo primero y pasaría su día libre con ellos, por lo que respondió:

—No puedo ir, Diamantina. Esta vez me es imposible.

—Vaya, cuánto lo siento. —Y sin cambiar su jovial tono de voz, añadió—: Hablaré con la clienta e intentaré convencerla de que tenemos otras cocineras tan buenas como tú.

—Seguro que lo consigues —murmuró ella, intentando que no se le notara la decepción.

Tras despedirse de la secretaria, colgó y se sentó en el sofá con el aspirador en la mano. Aquellas fotos en la revista le habían hecho pupa. Por lo tanto, tema zanjado.

El teléfono volvió a sonar y, sorprendida, Ruth vio que era Diamantina de nuevo.

—¿Qué ocurre?

—Ruth, cielo, disculpa que sea tan pesadita, pero he hablado con la clienta y me dice que triplica la cantidad a pagar. En vez de ciento cincuenta dólares, si vas tú pagarían cuatrocientos cincuenta. Pero ¿qué les hiciste para cenar el otro día?

Ruth se quedó boquiabierta. Tony no se lo iba a poner fácil. Aquello era mucho dinero para ella, pero cerrando los ojos, respondió:

—Diamantina, lo siento, pero de verdad que no puedo.

Colgó con un suspiro. Tony se podía permitir aquello y muchísimo más, por lo que desconectó el teléfono móvil. No estaba dispuesta a escuchar ninguna oferta más.

Encendió el aspirador y siguió limpiando. Si ponía en la balanza a Tony y a sus hijos y su hermana, sin duda se quedaba con éstos. Si lo perdonaba, con toda seguridad él la haría sufrir y la decepcionaría, igual que le había pasado a su excuñada Tifany con su hermano. No. Ni loca caería de nuevo en sus redes.

Además, el martes era el único día que podía salir con los niños, llevarlos a la playa, a comer una hamburguesa, un helado, al cine y esta vez no pensaba decepcionarlos, ni por Tony ni por nadie.

Por la tarde, cuando ellos salieron del colegio y regresaron a casa con Manuel, los abrazó y les puso los bañadores y crema solar. Después cogió el cesto con las toallas, agua, patatas y todo lo que pensó que se les podría antojar y se marcharon a la playa a disfrutar del precioso día.

Una vez llegaron allí, todos se metieron rápidamente en el agua. Se divirtieron de lo lindo hasta que los niños vieron a unos amiguitos, con los que se pusieron a jugar. Encantada al ver a Jenny riendo con unas niñas y a los gemelos jugando con sus cubos y otros pequeños de su edad, caminó hacia su toalla, sacó un libro y se sentó a leer mientras los vigilaba.

Así estuvo un buen rato, hasta que vio a Tony sentarse a su lado.

—No sé si matarte o besarte —dijo él—. Y sí, he jugado sucio para encontrarte. No me has dejado otra opción.

Ruth se quedó patidifusa al verlo allí. Durante varios segundos se miraron sin decir nada, hasta que él la besó en la boca y susurró:

—Hola, cielo, y no, no voy a permitir que te alejes de mí. ¿Sabes por qué? —Ella negó atontada con la cabeza—. Porque el amor es como la guerra, fácil de empezar, pero difícil de terminar.

—¡Ay, Diosito! —murmuró.

Sin moverse, miró a sus tres niños con disimulo. Por suerte, Jenny seguía con sus amiguitas y Adán y Brian jugaban en la orilla con los otros críos.

Como no decía nada, Tony le quitó las gafas de sol para mirar aquellos ojazos verdes y dijo:

—Regla número uno: nunca hagas caso de lo que dice la prensa del corazón. Regla número dos: no vuelvas a colgarme el teléfono. Y regla número tres: no vuelvas a desconfiar de mí, ¿entendido?

De pronto, Ruth reaccionó y preguntó:

—Pero ¿qué haces aquí? ¿Quién te ha dicho dónde estaba?

Él sonrió y, besándole un hombro, respondió:

—He ido a tu casa y...

—¿A mi casa?

Tony asintió.

—Te acabo de decir que no me has dejado otra opción que jugar sucio. Cuando Paola no ha conseguido que esta noche vinieras a mi casa, me he encabronado más de lo que ya lo estaba y he llamado a mi cuñada Tifany. Ella ha telefoneado a su amigo Harry, el dueño de la empresa para la que trabajas, y así he conseguido tu dirección y tu teléfono. —Al ver su gesto desconcertado, añadió—: Te dije que podía conseguirlo cuando quisiera, cariño.

—Pero tú...

Le tapó la boca con la mano y prosiguió:

—Te he llamado al móvil, pero lo tienes desconectado, así que no me ha quedado más remedio que ir a tu casa. Allí me he encontrado a David, el del pelo verde, al que, por cierto, casi le da un infarto al verme, y tras someterlo a un tercer grado, me ha acabado diciendo que estabas aquí, en esta playa, y que solías sentarte cerca de la tienda de helados de toldos de color naranja.

«Lo mataré —pensó ella—. Mataré a David en cuanto lo vea.»

—¿Y qué se supone que quieres?

—Te quiero a ti —contestó él, contento de volver a estar con ella—. Y solucionar ese tonto malentendido de la prensa. Te he echado de menos, taponcete —añadió bajando la voz.

—Mira, Tony —replicó ella—, lo nuestro es lo que es y nada más. Y no voy a calentarme la cabeza pensando en algo que nunca será. Tú eres quien eres y yo soy quien soy y...

—Pero ¿qué estás diciendo? —preguntó molesto.

Durante los días que había pasado en México no había parado de pensar en ella y oír aquello le estaba doliendo en el alma.

—La verdad —respondió Ruth—. Y creo que lo mejor es que regreses a tu mundo de lujo y guapas mujeres y me dejes vivir en paz. Soy consciente de que yo sólo soy una camarera de Los Ángeles, no una actriz glamurosa como Etta Vazquez o una modelazo de esas con las que te sueles divertir. —Pero al ver cómo la miraba, añadió molesta—: Lo siento, no pretendía echarte nada en cara, pero vi las puñeteras fotos de la revista y yo... yo... pensé que...

—¿Qué pensaste? —preguntó interesado.

—¡Eres un idiota!

—Wepaaaa, veo que pensaste mal —soltó él con una media sonrisa.

Desconcertada por su tranquilidad y su sonrisa, insistió:

—Tú tienes una vida que no tiene nada que ver con la mía. Ha sido precioso estar contigo. Nos hemos divertido mucho. Me ha encantado que me cantaras al piano y... y... ¡joder! Yo soy una chica normal que está muy lejos de tu mundo y... y... me confundes. ¡No quiero problemas...!

—¿Problemas? ¿Qué problemas?

Convencida de que a cada instante metía más la pata, fue a contestar, pero el pequeño Brian llegó corriendo, se sentó en su regazo y dijo:

—Mami, quiero un helado.

Tony miró al pequeño pelirrojo. Después miró a Ruth y, con gesto demudado, repitió:

—¡¿Mami?!

No le dio tiempo a decir nada, porque Adán también llegó.

—Mami, quiedo un helado de cocholate.

Tony parpadeó. ¿Eran sus hijos? ¿No eran hijos de la pareja gay?

Atónito, vio que aquellos gemelos tenían los mismos ojos verdes que Ruth y que eran pelirrojos, como ella. Ella asintió con cara de circunstancias y entonces se oyó:

—Mamita, dame dinero, que voy a comprar los helados.

Boquiabierto, Tony volvió la cabeza y se encontró con una niña rubita. ¿Le estaban tomando el pelo? ¿Aquello era una cámara oculta? Y, con una sonrisa forzada, miró a Ruth y preguntó:

—Esto es una broma, ¿verdad?

Ella negó con la cabeza con cara de póquer, intentando que los pequeños no se percataran del mal rollo que allí se estaba generando por segundos, y sacando rápidamente su monedero del cesto, dijo:

—Toma, Jenny, llévate a Brian y a Adán y compraos el helado que queráis.

Sin quitarle ojo a Tony, que ahora miraba la arena, la niña preguntó:

—¿Te gusta mi biquini verde?

Aún confuso por lo ocurrido, él la observó y, como un autómata, dijo sonriendo:

—Sí. Es muy bonito.

Jenny, encantada, se acercó a él y, mirando el llavero de coche que tenía en las manos, preguntó:

—¿Eres el novio de mamita?

—¡Jenny! —la regañó Ruth.

—Mamita, ¡es guapísimo!

—¡Jenny, cállate! —insistió Ruth.

—Pero, mamita, tiene los ojos bonitos como los amaneceres de Acapulco.

—¡Zu novio! —aplaudió Adán, echándose sobre los hombros de él como un bruto.

Ruth, al ver que Tony se vencía hacia delante por el peso del niño, le ordenó bajar rápidamente, mientras Jenny insistía:

—Mamita linda, piénsalo. Es guapo, tiene coche y una sonrisa perfecta. ¡Es lo que queremos!

Ruth cerró los ojos. Aquello no podía estar pasando. Y, sin mirar a Tony, que seguía a su lado con una expresión indescifrable, se dirigió a su hermana y le dijo:

—Por favor, Jenny, ve a comprar los helados.

La niña se dio la vuelta, pero volviéndose de nuevo, preguntó, mirando a Tony:

—¿Quieres un helado?

Él, incapaz de hablar, negó con la cabeza y la pequeña, tras coger a los gemelos de la mano, se alejó hacia el puesto de helados.

—¿Tres? —susurró Tony descolocado—. Dios santo, ¿tienes tres hijos?

—Sí —afirmó con rotundidad.

Durante varios segundos, se miraron sin decir nada. Ambos se levantaron de la arena y Ruth murmuró:

—Te lo iba a decir, pero... pero no encontraba el momento y...

—¿Y qué?

Consciente de que lo había hecho muy mal y de que la manera en que él se había enterado no era la mejor, dijo:

—Lo he hecho mal, lo sé. Pero nunca pensé que tú y yo...

—Pero ¿cómo me has podido ocultar algo así? —preguntó él, echando a andar furioso hacia el parking de la playa—. ¿Acaso me crees un ser tan insensible?

—No, Tony —contestó Ruth, siguiéndolo—. Pero no es fácil contar mi vida.

Enfadado, siseó:

—Te he preguntado por tu vida cientos de veces. ¡Cientos! Pero tú, inexplicablemente, decidiste omitir algo tan importante como la existencia de tus hijos. Ése era tu juego, ¿no?

—No debo nada al banco —aclaró ella rápidamente—. Si trabajo tanto es para poder mantenerlos y...

—No me interesa —le espetó Tony—. Nada de lo que me cuentes ahora me interesa. Creía que entre tú y yo había algo más que un simple rollo. Pero por lo que veo, me equivoqué.

Ruth se sentía fatal y le dio la razón.

—Lo he hecho mal, lo acepto. Pero...

—Mira, Ruth, en este instante estoy terriblemente decepcionado.

—Te quiero...

Al oír eso, Tony la miró irritado y contestó:

—Ahora no, Ruth. Ahora no me digas eso porque no quiero escucharlo.

—Tony, por favor, déjame explicarte. Acabas de decirme que el amor es como la guerra, que...

—Me has estado engañando como a un idiota —la cortó descompuesto—. Te he preguntado mil veces por tu vida y tú siempre... siempre... ¡Joder, que tienes tres hijos!

—Mami... mami... —oyó de pronto tras ella.

Ruth, consciente de que uno de los niños estaba demasiado cerca y podía oírlos discutir, dijo mirando a Tony:

—Sí, tengo tres hijos y quien me quiera a mí, primero tiene que quererlos a ellos. Por ellos me mato a trabajar cada día y por estar contigo me he privado de horas de sueño. Mi vida no es fácil y antes de que me juzgues, me gustaría poder explicarte ciertas cosas. Pero por favor, ahora, delante de ellos, sonríe y sígueme la corriente. —Y volviéndose hacia su hijo con una encantadora sonrisa, preguntó—: ¿Qué ocurre, cariño?

—Mami, ¿adónde vas? —quiso saber Adán, cogiéndose a su pierna.

—Me estaba despidiendo de mi amigo, que se marcha —le explicó ella.

El niño asintió y, mirando a Tony, preguntó:

—¿Cómo te llamaz?

Él lo miró. Aquel pequeño hombrecito que lo contemplaba con ojos angelicales no se merecía pagar su enfado; sonrió y dijo, agachándose:

—Tony. ¿Y tú?

Dando un paso adelante para estar más cerca de él, Adán contestó:

—Adán. ¿Y po qué te vas?

Al ver que él seguía bloqueado por el descubrimiento, Ruth se agachó junto a ellos y dijo:

—Tony se tiene que ir a trabajar, cielo.

—Jo... ¡qué dollo! —respondió Adán con gracia y, acercándose a él, le dio un beso en la mejilla—: Adiós, Tony. No tabajez mucho.

Incapaz de no hacerlo, Tony sonrió y, tras darle también un beso al pequeño en la mejilla, se levantó, miró a Ruth y añadió secamente:

—Adiós.

—Adiós —respondió ella con un hilo de voz.

Cuando él dio media vuelta y se encaminó hacia el parking de la playa, Ruth sintió que varias manitas se enredaban en sus piernas y su cintura. Sus niños estaban allí con ella y Jenny, al ver el coche de Tony, murmuró:

—¡Ay, Diosito! Qué cochazo tiene. Mamita, queremos que ése sea tu novio.

Ruth sonrió con tristeza al escucharla y, dándose la vuelta, echó a andar con ellos hacia las toallas.

Desde el coche, Tony observaba a la joven del pelo multicolor que, rodeada de niños, se alejaba de él. En la vida habría imaginado que tuviera hijos. ¡Y menos tres!

Los observó unos instantes y, a pesar de su enfado inicial, pensó que ahora le cuadraban muchas cosas. Que trabajara tanto, que nunca se quedara a pasar la noche con él y que tuviera siempre ese aire de agotamiento. La sorpresa lo había dejado literalmente sin palabras y, todavía desconcertado, arrancó su coche y se marchó. Era lo mejor.

Esa noche, Ruth lo llamó por teléfono. Necesitaba hablar con él y darle las explicaciones que quisiera pedirle, pero al ver que era ella, Tony no lo cogió. Ruth lo intentó algunas veces más esa misma noche e incluso le mandó varios mensajes. Pero ya de madrugada, al ver que no le devolvía las llamadas ni respondía sus mensajes, desistió.

Por mucho que le doliera, sin duda Tony Ferrasa, ahora sí, era pasado.

22

No me conoces

Pasaron dos semanas.

Dos semanas en las que Ruth trabajó como siempre, sin descanso, y en las que coincidió con Tony más de una noche en alguna de las fiestas donde servía. Él ni la miraba y eso le dolió muchísimo.

De madrugada, llegaba a su casa, besaba a sus hijos dormidos y se metía en la cama pensando en él. Recordar cómo la besaba, cómo la miraba o cómo había cantado para ella le destrozaba el corazón.

Una mañana, cuando estaba trabajando en el restaurante, recibió una llamada de Nevada. George había muerto.

Pidió un par de días libres en el restaurante y en Harry Events. Manuel y David se quedaron con los niños y ella cogió un avión a Nevada.

Al verla aparecer, Linda se levantó y la abrazó.

—Lo siento mucho... mucho... mucho... —sollozó Ruth.

La mujer lloró con ella sin soltarla y, cuando ambas se tranquilizaron, entraron en el velatorio. Quería estar con George hasta que se lo llevaran definitivamente.

Linda le presentó a la exmujer de George y a sus hijos, que las miraron con gesto incómodo y, cuando se alejaron, Linda murmuró:

—Me odian, pero al mismo tiempo están felices, porque una vez enterremos a George se quedarán con todo.

Ruth la miró horrorizada y Linda, sentándose en un banco, explicó:

—Estaba con George por amor, no por dinero como muchos pensaron. Él ha sido y será el hombre de mi vida, aunque no estuviéramos casados. Su recuerdo y nuestras vivencias son lo que me llevaré cuando regrese a mi tierra.

—¿Cómo?

—Sus hijos me han dado un mes para recoger mis cosas de la casa y marcharme. Era de su padre y ahora es de ellos. Yo regreso a Minnesota con mis hermanas. Aquí en Nevada estoy sola y creo que lo mejor es que ahora que George se ha ido, vuelva a mis orígenes. Se lo prometí a George y eso voy a hacer.

Durante dos días, Ruth no dejó a Linda sola ni un segundo. Le ofreció todo su apoyo y su cariño y ella se lo agradeció de todo corazón.

Al tercer día, debía regresar a Los Ángeles y Linda la acompañó al aeropuerto.

—Llámame en cuanto llegues a tu casa, ¿vale? —le pidió.

—Lo haré, no te preocupes —contestó sonriendo.

—Antes de regresar a Minnesota iré a visitarte, ¿de acuerdo? —prometió la mujer al tiempo que la abrazaba.

—Te estaremos esperando —respondió Ruth emocionada.

La llamada por los altavoces le indicó que debía despedirse de Linda. Le dio un gran abrazo y, tras un beso, dijo mientras le guiñaba un ojo:

—Te quiero, Linda. —La abrazó de nuevo.

—Yo también te quiero, tesoro.

Esa noche, cuando llegó a Los Ángeles, lo primero que hizo fue llamar a Linda. Luego, como pudo, les explicó a los niños que el abuelo había emprendido un viaje que lo había llevado al cielo. Los pequeños no entendieron el significado de aquello, pero Jenny sí, y después de cenar se fue a la cama sin decir nada.

Cuando todos se durmieron, Ruth se acostó, puso en su iPad música de Etta James, la cantante que tanto le gustaba a George, y lloró. Se sentía sola, muy sola y que le faltara el calorcito de Tony no la ayudaba. Pensar en las personas que la habían dejado en aquellos años le atenazó el corazón y, de pronto, oyó:

—Mami...

Jenny estaba en la puerta de su habitación, con los ojos anegados en lágrimas. Ruth se secó las suyas rápidamente, se quitó los auriculares, se levantó y la abrazó. La niña lloraba por George, su yayo, como ella lo llamaba.

La llevó con ella a la cama y, cuando a la niña se le pasó el llanto, Ruth murmuró, tragándose las lágrimas:

—Al yayo no le gustaría verte llorar.

—¿Por qué se ha tenido que ir al cielo? —preguntó Jenny entre gemidos.

Explicarle aquello a una niña de diez años no era fácil, aunque, como pudo, lo intentó.

—Estaba enfermito y, aunque los médicos y Linda lo cuidaron todo lo que pudieron, no consiguieron hacer nada por él.

—Pero ¿y las medicinas? —insistió la pequeña.

—A veces las medicinas no curan, Jenny. Hay ocasiones en que una persona está tan enferma que ni los medicamentos ni los mejores hospitales sirven de nada.

—¿Y por qué le ha tenido que pasar a él?

Ruth suspiró apenada.

—No lo sé, cariño. Eso no lo sé.

Jenny se echó a llorar de nuevo y, cuando se tranquilizó, miró a Ruth:

—¿Yo también me voy a morir? —preguntó.

Ruth casi se ahoga al oírla y respondió rápidamente:

—No, cariño, ¿por qué preguntas eso?

La niña parpadeó y, tras retirarse un mechón de la cara, contestó:

—Porque muchas veces estoy malita y las medicinas no me curan. ¿Me voy a morir como el yayo?

Con el corazón en un puño por esa terrible pregunta, Ruth la miró y afirmó con decisión:

—Tú no te vas a morir porque mamá se va a encargar de que las medicinas te curen.

—¿Y Linda no se encargó de que las medicinas curaran al yayo?

Jenny era dura de pelar con sus preguntas y, finalmente, Ruth dijo:

—Tu enfermedad y la suya no tienen nada que ver, cariño. Claro que Linda intentó que se pusiera bien, pero su enfermedad era muy fuerte. Ahora duerme, mi vida, y no te preocupes por nada. Mamá está contigo.

Cuando la niña concilió el sueño por fin, Ruth se levantó de la cama con cuidado y corrió al baño. Tras cerrar la puerta, se sentó en el suelo junto a la bañera y lloró desconsolada. Pensar que le pudiera suceder algo a Jenny le rompía el corazón en mil pedazos.

Pasaron los días y, aunque el recuerdo de George la hacía llorar más de lo que habría imaginado, el tiempo lo fue suavizando. Continuó trabajando como siempre. Incluso volvió a El Mono Rojo, aquel lugar que Tony tanto odiaba, porque se tenía que subir a la barra y dar de beber tequila a los asistentes. Pero ese dinero extra siempre le iba bien.

Se moría de pena cada vez que se lo encontraba en alguno de los eventos en los que trabajaba, siempre acompañado de bellas mujeres.

—No lo mires, cachorra.

—Se me van los ojos —contestó ella, desesperada—. Intento no hacerlo, pero...

—¿Cómo está mi cara bonita? —preguntó Andrew, acercándose a ellos.

David y Ruth dejaron de hablar y ella respondió:

—Cansada y deseando terminar el servicio.

Andrew, que se había percatado de la presencia de Tony acompañado de una guapa rubia, dijo:

—Esa mujer no es ni la mitad de bonita que tú.

Eso la hizo sonreír con amargura y él continuó:

—Tengo unas invitaciones para tomar unas copas; ¿te apetece venir?

—Sabes que tengo que trabajar, Andrew —contestó sonriendo.

Él asintió. No había manera de poder quedar a solas con ella.

—Sonríe. Ésa es tu mejor baza. Nadie tiene tu bonita sonrisa —dijo mientras se despedía para seguir con sus tareas como jefe de seguridad.

Cuando se marchó, David cuchicheó divertido:

—Como diría mi Manuel: ¡Ya tú sabes, mi amol, que lo tienes abobado!

Ruth sonrió. Sabía perfectamente cómo la miraba Andrew, pero también sabía que en el momento en que hubiera algo entre ellos, su amistad dejaría de ser la que era y respondió:

—Valoro su amistad por encima de todas las cosas. Nunca habrá nada entre nosotros.

David asintió y, tras guiñarle un ojo, ambos cogieron sus bandejas de canapés y se repartieron por la sala. La gente quería comer.

Ruth se fijó en Tony. Como siempre, estaba impresionante, incluso con la barbita que se había dejado se lo veía sexy a más no poder. Continuó trabajando, hasta que vio que él la miraba e, inmediatamente, pasaba un brazo por la cintura de la rubia que lo acompañaba. Ruth lo miró a su vez y se le secó la boca al ver que la mujer sonreía ante el contacto y que Tony la acercaba a él y la besaba en los labios.

Se quedó de pie en medio de la sala, con la bandeja en la mano, incapaz de reaccionar, hasta que oyó que Andrew le decía:

—¿Qué te ocurre, cara bonita?

Ella, enfadada por lo que le había visto hacer a Tony, y sin pensarlo dos veces, se acercó a su amigo más de la cuenta y preguntó:

—¿Para dónde son esas invitaciones?

Andrew la miró sorprendido, sonrió y, acercándose todavía más a ella, murmuró, mientras le retiraba un mechón de la mejilla:

—Para el Breaking Rock.

Ella rio. Andrew era un loco del rock.

Tony, que observaba la situación, sin darse cuenta clavó los dedos en la cintura de la mujer que estaba a su lado; ésta se quejó. Él la soltó rápidamente y, bebiendo un trago de su copa, murmuró:

—Lo siento, Enith.

Andrew, que no se había movido del lado de Ruth, sin desaprovechar la ocasión, preguntó:

—¿Qué te parece si cuando salgas esta noche vamos a tomar algo?

De pronto, Ruth salió de su burbuja de mala leche. Pero ¿qué estaba haciendo? Aquél era Andrew, su amigo. Sin embargo, al ver con el rabillo del ojo que Tony la miraba, dijo con una cándida sonrisa:

—Ven, sígueme.

Él la siguió como un corderito, y también Tony. Cuando llegaron a la entrada de la cocina, Ruth miró a su amigo dispuesta a sacarlo de su error, pero en ese momento vio cómo Tony se asomaba por el pasillo. ¿Qué hacía allí?

Dispuesta a hacerle ver que ella también estaba rehaciendo su vida, se puso de puntillas y le dio a Andrew un beso más que apasionado. Cuando se separó de él, dijo:

—Espérame a la salida, ¿vale?

Como en una nube, Andrew asintió y, tras guiñarle un ojo, se dio la vuelta y se marchó, lo mismo que Tony. David, que lo había visto todo cuando salía de la cocina, se acercó a ella y marujeó:

—¡Qué salseo! Menos mal que no querías nada con él.

Ruth, desesperada al darse cuenta de que había metido la pata, se apoyó en la pared y murmuró:

—¡Ay, Diosito, ¿qué he hecho?!

—Sin lugar a dudas, meterle la lengua hasta la campanilla al buenorro de Andrew —contestó David—. Pero ¿en qué estás pensando, cachorra?

Ruth negó con la cabeza. Aquello había sido un gran error y, convencida de que sólo empeoraría las cosas, susurró, entrando en la cocina:

—Soy idiota... pero idiota profunda.

David regresó a su trabajo mientras cuchicheaba:

—¡Mujeres! ¡Y luego dirán que los gays somos complicados!

El resto de la noche fue terrible. Tony ya no sólo agarraba a la rubia de la cintura delante de todos; ahora, cada vez que Ruth lo miraba, la estaba besando en los labios.

Su enfado creció y los celos le nublaron la razón. Cuando acabó la noche y vio que Tony se iba en su bonito coche con aquella mujer, le dijo a su amigo, tras terminar de recoger:

—Vete tú. Andrew me llevará a mí a casa.

—Cachorra... te estás equivocando.

Lo sabía. Lo sabía perfectamente y, lo peor de todo era que estaba utilizando a Andrew. Pero no le importaba nada; se montó en la moto de éste y se dejó llevar, sin percatarse de que Tony los observaba a distancia.

Al verlos, éste pensó ir tras ellos, pero finalmente desistió. No debía comportarse como un ser irracional. Así que arrancó su coche, puso la canción *Love*,* de Keyshia Cole, y, desesperado, regresó a su hogar.

Andrew llevó a Ruth al Breaking Rock y durante un buen rato se divirtieron con aquella loca música en directo. Cuando el grupo que tocaba cantó una balada, él la sacó a bailar y la fricción de sus cuerpos hizo que Ruth continuara con lo que había comenzado. Lo besó de nuevo, lo acarició y, en el momento en que Andrew le propuso ir a otra parte, ella accedió.

Fueron en su moto hasta un motel, el Sunset Beach. Allí cogieron una habitación y, cuando entraron, Ruth, con la razón nublada, se desabrochó la camisa y con una sonrisa lo invitó a disfrutar de ella.

Andrew no se paró a pensarlo y en cuanto le quitó el sujetador y los pantalones, sintió que iba a explotar.

—Apaga la luz —pidió ella.

En esta ocasión no lo hacía por vergüenza de que le viera la cicatriz, lo hizo para poder imaginar que era otra persona y no él quien la abrazaba.

* Véase nota de la p. 117. *(N. de la E.)*

Una vez desnudos, Ruth lo empujó para que se sentara en la cama, se puso a horcajadas sobre él y, agarrándole el pelo con fiereza para que la mirara, murmuró:

—Vamos a pasarlo bien.

—Tan bien como tú quieras, cara bonita —respondió él, chupándole un pezón.

Excitada por la calidez de su boca, Ruth echó la cabeza hacia atrás y dijo con un hilo de voz:

—Sigue. Oh, sí... Sigue.

Andrew le chupó con mimo un pezón y después otro y ella, izándose sobre él, se ensartó en su pene y gritó. ¡Oh, sí! Eso era lo que necesitaba. ¡Sexo!

Extasiado por su fogosidad, Andrew tembló. Aquello superaba las expectativas que siempre había tenido respecto a ella y cuando Ruth le mordió el labio inferior y comenzó a mover las caderas de adelante hacia atrás, jadeó, dispuesto a proporcionarle el máximo placer. La cogió de las caderas y, cuando la apretaba contra él, oyó que decía:

—Eso es, Tony... no pares, cariño.

Andrew paró en seco.

—¿Tony?

Al darse cuenta de lo que había dicho, Ruth lo miró, y salió de la burbuja en la que se había metido para disfrutar del momento.

—¿En serio piensas en él mientras estás conmigo? —insistió Andrew ofuscado.

Ruth no respondió. Lo que estaba haciendo era una terrible maldad y, sintiéndose fatal, acabó diciendo:

—Lo siento... lo siento...

Al darse cuenta de todo, Andrew la apartó, se levantó, cogió los calzoncillos y le espetó:

—¿Qué haces aquí conmigo si estás pensando en ese ricachón?

—Lo siento... lo siento... —repitió ella, sin saber qué otra cosa decirle.

Furioso y con gesto confuso, Andrew acabó de vestirse y luego soltó:

—Vístete.

Ruth lo hizo y, cuando terminó, se acercó a él.

—Andrew, yo...

Sin dejarla hablar, él la cogió de las muñecas y siseó:

—No me gusta que me engañen, ¿entendido? —Ruth asintió y, soltándola, Andrew añadió—: Tú y yo siempre hemos sido claros en todo. Vamos, te llevaré a casa.

Salieron de la habitación en silencio y cuando llegaron ante la casa de Ruth, ella se bajó de la moto y, tras quitarse el casco, dijo, mirándolo:

—Perdóname, Andrew. Hoy no me he comportado como...

—Escucha, Ruth, esa clase de hombres sólo buscan en las chicas diversión. Él puede tener todo lo que quiera, a la mujer que quiera, y no creo que precisamente sea una camarera a quien desee tener a su lado.

—Te equivocas, Tony no es así.

—¿Me equivoco? —se mofó él—. Ah, por eso esta noche en la fiesta estaba con una guapa modelo y no contigo, ¿no? —Y, tras darse cuenta, añadió—: Ahora lo entiendo, me has utilizado para darle celos. Has visto que él estaba con ella y la rabia te ha llevado a jugar conmigo. Es cierto, ¿verdad?

Horrorizada, Ruth miró al suelo. Lo que había hecho estaba muy mal. Andrew era una persona estupenda y no se merecía aquello. Y tras un incómodo silencio, lo oyó decir:

—Te aprecio mucho, cara bonita, pero esto marcará un antes y un después en nuestra relación. Que no te quepa ninguna duda.

Ruth lo abrazó.

—Perdóname. He sido una tonta.

Andrew sonrió. La apreciaba demasiado como para seguir enfadado con ella y susurró:

—Una tonta muy guapa. Anda, ve a dormir. Es tarde y mañana trabajas.

Tras darle un casto beso en la mejilla, arrancó su moto y, tras ponerse el casco y guiñarle un ojo, se marchó dando por zanjada la posible relación con ella. Ruth, abatida, entró en el portal de su casa.

Cuando llegó al piso, después de despedirse de Manuel fue a ver a los niños; todos dormían. Una vez comprobó que todo estaba en orden y saludó a *Luis Alfonso*, entró en su habitación, donde se desnudó y se metió en la cama.

Después de un rato dando vueltas en la cama, se levantó, cogió su iPad, buscó la canción que quería escuchar, *No existen límites*,* de Luis Miguel y se puso los auriculares.

* Véase nota de la p. 178. *(N. de la E.)*

Escuchó la canción con lágrimas en los ojos y tras ésa, *All of Me,** de John Legend. No podía olvidar el instante en que Tony se las había cantado en el salón de su casa, mientras tocaba el piano. Fue un momento mágico y especial. Un momento irrepetible.

Cuando la angustia le pudo, se quitó los auriculares con lágrimas en los ojos, paró el iPad y murmuró:

—Como me dijiste, Tony Ferrasa, el amor es como la guerra, fácil de comenzar, pero difícil de terminar.

* Véase nota de la p. 70. *(N. de la E.)*

23

Corazón partido

Tony estaba trabajando en el despacho de la discográfica, cuando la puerta se abrió y apareció su cuñada Yanira. Al verla sonrió y ella le devolvió la sonrisa y dijo:

—¿Qué te parece si nos vamos a comer juntos al chino que tanto nos gusta?

Él la miró con el cejo fruncido y contestó:

—No.

—Anda, venga... Sabes que esa comida te gusta tanto como a mí.

—Tengo que terminar esto. No puedo.

Sin hacerle caso, Yanira se sentó en la mesa y le cerró el portátil.

—Llevo viéndote con cara de amargado varios días —dijo—. ¿Qué ocurre? Y como me vuelvas a decir que nada, igual que ayer, anteayer y hace una semana, te juro, Tony Ferrasa, que lo vas a lamentar. Y cuando te digo que lo vas a lamentar es que lo vas a lamentar.

—Yanira, no estoy de humor.

Sin amilanarse, ella lo miró y soltó:

—Plan A, te vienes conmigo a comer y hablamos de lo que te pasa. Plan B, pedimos comida y hablamos de lo que te pasa, o Plan C, te doy el santo coñazo hasta que me digas lo que te pasa y me odies a más no poder. Tú decides.

Tony se echó hacia atrás en la silla y contestó:

—Menuda cruz tiene mi hermano contigo.

Ella sonrió y, dándole un toque en la frente con el dedo, afirmó:

—Dylan es el hombre más feliz sobre la faz de la Tierra, ¡no digas tonterías!

Ambos rieron y, aprovechando el momento, Yanira preguntó:

—Se trata de Ruth, ¿verdad?

Tony asintió. Negarle la verdad a su cuñada era imposible.

—Sí. Hemos roto y, aunque me joda reconocerlo, la echo de menos.

Yanira suspiró. El mal de amores era terrible y sugirió:

—Llámala y díselo. Estoy segura de que ella también te echa de menos a ti.

—Lo dudo —contestó Tony, sonriendo con amargura.

Ella lo miró sorprendida e insistió:

—Pues no lo dudes, morenito. Y aunque es un error que te diga esto, porque estoy segura de que me lo vas a repetir de aquí en adelante, los Ferrasa tenéis algo que hace que sea difícil olvidaros.

—¿También Omar? —preguntó él con una media sonrisa.

—Ése es un caso aparte —respondió ella.

—Tiene tres hijos —soltó él de golpe, sincerándose—. Tres hijos que me ha ocultado todo este tiempo y...

—¿Esa chica tiene tres hijos? —preguntó Yanira sorprendida.

—Sí, tres. Dos gemelos un poco mayores que tus niños y una niña como Preciosa.

—Pero si es muy jovencita.

—Treinta años.

Tras un momento de silencio, Yanira lo miró y dijo:

—¿Es por los niños por lo que habéis cortado?

Pasándose la mano por el pelo, Tony se encogió de hombros.

—Estuve de viaje en México, en una gala y con reuniones, y Ruth leyó en la prensa lo...

—¿En la prensa? —lo cortó Yanira con amargura—. ¡La madre que parió a la prensa! Tendré que hablar con Ruth seriamente sobre ese tema. Joder, pero ¿por qué serán tan cotillas y mentirosos? —Y, mirándolo, añadió—: ¿Con quién te han liado esta vez, machote?

—Con Etta Vazquez y con la mujer de un amigo —respondió sombrío.

Yanira suspiró. También ella había tenido problemas con la prensa en sus comienzos con Dylan y de su carrera musical. Pero cuando fue a hablar, Tony continuó:

—Pero no sólo ha sido eso. También está lo de los niños y...

—No me jorobes y me digas que por los críos no estás con ella. —Y al ver cómo la miraba, Yanira prosiguió—: No quiero tener que recordarte que cuando tu madre se casó con tu padre, éste ya os tenía a ti y a Omar.

—No... claro que no es por eso —respondió él—. La prensa y los niños han formado un cúmulo de cosas y... y... ¡Joder, que tengo cuarenta años y parezco un crío de diecisiete suspirando por las esquinas!

—¿Quieres que hable yo con ella?

—Ni se te ocurra. —Y al ver que sonreía, insistió con seriedad—: Yanira, te lo digo muy en serio, no te metas en esto y déjame resolverlo a mí como yo mejor crea.

—Vale.

—Yanira, te lo estoy diciendo muy en serio.

Al ver la expresión de su cara, ella asintió. Si en algo no se metía era en asuntos amorosos y menos si se lo pedían de aquella manera.

—Por lo que tú más quieras te prometo que me voy a mantener al margen y ni a Dylan se lo voy a comentar. Pero si vuelves con ella, te aseguro que voy a ser la primera en enseñarle a Ruth a tratar a la prensa, ¿entendido?

Finalmente, Tony sonrió. Se levantó y, cogiendo su chaqueta y a su cuñada del brazo, dijo:

—Anda, vamos a comer antes de que me sometas a otro tercer grado.

24

Encadenados

Dos noches más tarde, Ruth fue a trabajar a El Mono Rojo.

Allí, como siempre, desconectó de su día a día ante la locura de los asistentes. Poder bailar mientras trabajaba la sacaba un poco de la rutina y, a las doce de la noche, cuando todos los camareros se subieron a la barra y comenzaron a repartir tequila, le pareció ver a Tony entre los presentes. Aunque, en cuanto volvió a mirar, con aquella luz tan tenue no fue capaz de encontrarlo.

«Estoy alucinando», pensó, mientras seguía bailando y repartiendo licor.

Desde el otro lado de la sala, Tony la observaba con gesto ceñudo. Odiaba que hubiera vuelto a trabajar en aquel local y más ver al jefe de seguridad, el tal Andrew, siempre tan cerca de ella. Todavía se ponía enfermo al recordar el beso que se dieron. Los celos le podían.

Sin duda, Ruth era una buena chica, pero la gente que estaba allí no se paraba a pensarlo y ella sonreía a todos los imbéciles que se acercaban a la barra a beber.

Verla reír y bailar con sus compañeros le rompía el corazón y le hacía pensar que debía olvidarla como ella lo había olvidado a él. Pero algo en su interior no lo dejaba y, cuando vio que un tipo la agarraba por la cintura y la bajaba de la barra contra su voluntad, salió como un cohete y, dando codazos, se acercó para quitárselo de encima.

Andrew también acudió y entre los dos consiguieron apartar al borracho de Ruth. Los compañeros de seguridad lo sacaron rápidamente del local y Andrew, al ver a Tony parado detrás de ella, se dio la vuelta y se marchó. Allí sobraba.

Ruth, que aún no se había percatado de la presencia de Tony, tras maldecir por lo que había pasado, se dio la vuelta para subirse de nuevo a la barra y se quedó sin palabras al verlo tan cerca de ella. Podía oler su colonia y, a pesar de la oscuridad del local en ese momento, le veía perfectamente la cara, con su incipiente barba y sus ojazos.

Durante unos segundos no se movieron. Sólo se miraron a menos de un palmo, mientras la gente a su alrededor continuaba bailando, bebiendo y divirtiéndose.

Incapaz de alejarse de ella, Tony dio un paso adelante y, tras pasarle un brazo por la cintura, la atrajo hacia él y la besó. Llevaba semanas anhelando aquella boca, aquellos labios, aquel sabor, y ahora que la tenía delante, no se pudo resistir.

Ruth, tan necesitada como él, al sentir sus suaves labios sobre los de ella, cerró los ojos y lo aceptó. Devoró su boca y, cuando la ansiedad la estaba volviendo loca, hizo algo que había visto muchas veces, pero que ella nunca había llevado a cabo. Cogió a Tony de la mano, entregó la botella de tequila a otra chica y se lo llevó al aseo de mujeres.

Tony no opuso resistencia y en el momento en que entraron y Ruth cerró la puerta de uno de los excusados, la cogió en volandas y la apoyó con cuidado contra la pared, mientras el olor de su piel le inundaba las fosas nasales, haciéndole perder la poca cordura que le quedaba.

Instantes después, le subió la falda con impaciencia y le arrancó las bragas de un tirón.

Su respiración se aceleró mientras la canción de Enrique Iglesias *Bailando** continuaba sonando. Ninguno de los dos iba a oponer la más mínima resistencia a lo que estaba a punto de ocurrir allí.

Excitada por la situación, a Ruth le importaron tres pepinos las bragas, que alguien pudiera oírlos o que su jefe la pudiera despedir. Necesitaba disfrutar de él y lo haría. Sin ningún tipo de vacilación, le desabrochó el botón del vaquero y le bajó la cremallera.

Tony fue a decir algo, pero ella murmuró contra su boca:

—No lo pienses, ¡hazlo!

Dispuesto a seguir su consejo, sacó su duro pene del calzoncillo y, llevándolo hasta su húmeda vagina, con una rápida y certera estocada, la penetró. El chispazo que ambos sintieron los hizo gritar.

Ruth le rodeó el cuello con los brazos y se arqueó pegada a él, dispuesta a permitir que su miembro pudiera entrar totalmente en su cuerpo.

—Odio que trabajes en este local. No soporto que te miren los hom-

* Véase nota de la p. 19. *(N. de la E.)*

bres. Me pone enfermo que bailes para ellos —siseó Tony, de pronto furioso—. ¿Qué haces aquí?

Jadeante, Ruth lo miró y respondió con rotundidad:

—Trabajar. Eso es lo que hago.

Loco de deseo, quiso recordarle que le había prometido que no volvería allí, pero en vez de eso, respondió con amargura:

—Tienes razón. Lo nuestro acabó y puedes hacer lo que quieras.

Como respuesta, ella lo besó. Enloquecidos y fuera de sí, jadearon sin aliento. Tony le sujetó la mandíbula con una mano y la volvió a besar. Introdujo la lengua en su boca y se la asoló una y mil veces, al tiempo que la penetraba con fuerza, certero y contundente.

Extasiada y tan anhelante como él, Ruth apoyó los pies en la pared de enfrente mientras Tony le agarraba las manos, se las sujetaba por encima de la cabeza y sin descanso la hacía suya.

Sus gemidos y penetraciones al rozar piel contra piel resonaban en el baño con descaro. Pero a ninguno de los dos pareció importarle. Cuando Tony le soltó las manos, ella las bajó hasta el trasero de él y lo azotó para que no parara.

Esos ligeros azotitos endurecieron todavía más a Tony y, con rudeza, siguió penetrándola una y otra y otra vez, mientras disfrutaba de la sensación de locura que le provocaba encontrarse en aquellas circunstancias.

Por su posición social y por su edad, nunca había hecho nada igual. Ruth lo estaba volviendo loco. Tan loco como para estar haciendo el amor en el aseo de mujeres de una discoteca. Si los periodistas se enteraban, sería un escándalo, pero en ese instante eso tampoco le importó. Sólo le importaba ella y el goce que ambos estaban sintiendo.

Tony aceleró sus acometidas en busca del éxtasis y cuando llegaron al clímax, tras un ronco gruñido varonil, apoyó la frente contra la de ella hasta que recuperó el control.

Una vez su corazón bajó de ritmo y la respiración de Ruth dejó de ser un fuelle, salió de ella, la dejó en el suelo y, mientras se limpiaba con papel, murmuró:

—Joder... joder... qué he hecho.

—¡Qué hemos hecho! —matizó Ruth, tocándose la barbilla, dolorida por el roce de la dura barba de él.

Tony no contestó. Se limitó a acabar de limpiarse y a subirse los pantalones furioso. Instantes después, la miró y siseó:

—Esto no puede volver a ocurrir.

—Tony...

—Ha sido un error y asumo mi parte de culpa —insistió él.

Se volvieron a mirar. Ruth quería decirle infinidad de cosas, pero entonces se oyeron unas risitas. Y no dispuesta a que él la viera hundida y derrotada, sonrió y dijo con frialdad, recogiendo algo del suelo:

—Tienes razón, ha sido un error. Pero quédate con la parte buena. Has echado un buen polvo con la camarera en los aseos de El Mono Rojo.

Tony la miró. ¿Cómo podía responder con esa frialdad?

Ofuscado, turbado y confuso, abrió la puerta y, ante la mirada extrañada de las mujeres presentes, se marchó.

Ruth salió tras él aún con la respiración acelerada. Las mujeres la miraron también. Sin duda, lo que acababa de hacer era una locura y un descaro, pero ya estaba hecho. De modo que, fingiendo seguridad en sí misma, les guiñó un ojo y, antes de marcharse, dijo alto y claro:

—¡Os lo recomiendo, chicas!

Ellas se echaron a reír y cuando Ruth llegó a la sala, vio que Tony salía a toda prisa por la puerta principal.

En ese instante, alguien la cogió del brazo y, al ver que se trataba de Andrew, fue a decir algo, pero éste se le adelantó:

—No me puedo creer lo que acabas de hacer.

Ruth suspiró y, mirándolo con la misma frialdad con que había mirado a Tony, replicó:

—No soy la dulce mujer que tú piensas, Andrew. Convéncete de una santa vez.

Y, soltándose, caminó hacia la barra, donde abrió una cerveza y le dio un trago. Estaba sedienta y, después de lo ocurrido, le parecía que el corazón se le iba a salir del pecho.

Se dio aire en la cara con la mano. Lo necesitaba para reponerse del huracán de sentimientos y sensaciones que estaba experimentando.

Minutos después, tras servir un par de copas que unos clientes le pidieron, se acercó a David, que estaba preparando unos cócteles y, abriendo la mano, dijo, mientras le enseñaba unos trozos de tela:

—Mis bragas.

—Pero ¿qué les ha ocurrido a tus bragas?

—Tony Ferrasa acaba de estar aquí.

David abrió mucho la boca.

—Noooooooooo.

—Sí —afirmó ella.

—¿En serio, cachorra?

—¡Te lo juro!

—Uisss, ¡qué descarada!

Ruth sonrió. Sin duda, se había comportado como una auténtica descarada, pero tratándose de Tony, lo volvería a repetir cien mil veces más. Se tocó la barbilla, que seguía teniendo dolorida, pero no le importó. Su olor, el olor de él, ahora estaba en su piel, y lo compensaba todo.

Minutos después, tiró las bragas rotas al cubo de la basura y, consciente de lo ocurrido y de que ya no había marcha atrás, siguió trabajando. Eso sí, sin bragas.

25

Con sólo una mirada

Dos noches más tarde, Ruth trabajaba en un cóctel que daban en una conocida discoteca de Los Ángeles y se quiso morir cuando vio aparecer de nuevo a Tony, con un traje oscuro y su barba de varios días, del brazo de la rubia de otras fiestas con un increíble vestido rojo que le quedaba de infarto.

¿Por qué tenía que asistir a todos los eventos en los que ella trabajaba?

Ruth se miró en un espejo. Aquella mujer tan guapa y ella con su feo uniforme de faldita negra y camisa blanca. Maldijo su mala suerte y David, acercándose a ella, cuchicheó:

—Cachorra... cuidadito con las bragas.

No pudo evitar sonreír y siguió trabajando.

Se movió con habilidad entre los invitados, llevando la bandeja de copas en la mano, sin acercarse a él, hasta que de repente, oyó:

—Hombre, si está aquí mi amiga la colorines.

Al volverse, se encontró de frente con el pelmazo del rey del blues y, haciendo un requiebro, se lo quitó de encima en un pispás.

Sin poder evitarlo, observó a Tony desde lejos con el corazón encogido. Aquella barba lo hacía aún más sexy.

—Yo que tú me lo volvía a llevar al baño y le arrancaba los calzoncillos.

—¡David! —protestó ella.

—O mejor, ¡arráncale a esa buscona las extensiones! —añadió su amigo, al ver cómo la rubia se restregaba contra Tony.

—¡David! —rio Ruth en esta ocasión.

Siguió con su trabajo, lo más alejada de ellos que pudo. Parecía que Tony no se había percatado de su presencia y quería que continuara así.

Pero él ya la había localizado y la controlaba con disimulo. Si iba a aquellas fiestas era sólo por verla. Era el único momento del día en que encontraba paz. Aunque no pudiera acercarse a ella, al menos sabía que estaba bien. Con eso le bastaba, de momento.

Veinte minutos más tarde, el cantamañanas amigo de Tony se acercó de nuevo a Ruth y le dio un azotito en el trasero.

Con ganas de darle una patada en la entrepierna, ella lo miró y dijo:

—Señor, se ha extralimitado.

Aquel idiota sonrió y, cogiéndola del codo, cuchicheó:

—La última vez te ofrecí ciento cincuenta dólares por pasar un ratito contigo tras la fiesta, pero hoy estoy generoso y lo subo a doscientos. ¿Qué te parece?

—Señor, suélteme.

—Vamos, guapita, seguro que lo pasamos bien.

Se lo quitó de encima de un empujón y se alejó de él, pero al meterse en el pasillo que llevaba a las cocinas para ir por más copas, el hombre apareció de nuevo y, empujándola contra la pared, acercó la boca a la de ella y siseó:

—¿Sigues rechazándome?

—¡Suélteme! —masculló furiosa.

Pensó en estamparle la bandeja vacía en la cabeza, pero cuando ya lo iba a hacer, una mano la paró. Al volverse, se encontró con los intimidadores ojos de Tony. No se dijeron nada, sólo se miraron, y él la arrancó de los brazos del otro y murmuró:

—Rick, si te vuelves a acercar a ella o...

—Pero ¿tú no has venido con Enith? —preguntó el otro, molesto, justo en el momento en el que la mencionada aparecía.

Al ver la extraña situación, la joven se acercó y le preguntó a Tony:

—¿Qué ocurre, cariño?

Ruth la miró.

¿Ya lo llamaba «cariño»?

Él, con cara de pocos amigos, clavó una peligrosa mirada en el imbécil de Rick e insistió, sin percatarse de que Andrew los observaba de cerca:

—Si vuelves a propasarte con ella, te juro, Rick, que lo vas a lamentar.

—Pero Tony, ¿qué estás diciendo? —se quejó el otro hombre y, malévolo, añadió—: Si tú saliste con ella, ¿por qué no puedo hacerlo yo?

Al oír eso, Ruth miró a Tony incrédula. ¿Se lo había contado?

Enith, que se había quedado descolocada ante las palabras de Rick, la miró con una expresión que a Ruth no le gustó y preguntó:

—Tony, ¿es cierto que has estado saliendo con esta camarerucha?

—Eh... un respeto —saltó ella.

Tony, molesto al ver la mirada acusadora de Ruth, le preguntó al cantante sin responder a Enith:

—¿Y tú cómo sabes que yo he estado con ella?

—Os vi juntos por la calle —contestó Rick y, sonriendo, añadió—: ¿Cuánto le pagas?

—Vete la mierda —explotó Ruth, al mismo tiempo que Tony le daba un puñetazo que lo doblaba en dos.

—Oh, Dios mío, esto es humillante —se quejó Enith, alejándose.

Tony acercó la boca al oído del gimoteante Rick y dijo:

—Estoy hasta las narices de aguantarte y me importa una mierda si no vuelves a contratar ninguna de mis canciones en toda tu vida. Yo trato a las mujeres con delicadeza. No soy un cerdo como tú, que les paga para que estén contigo. Y en cuanto a esta mujer en concreto, estemos o no juntos, te quiero bien lejos de ella, ¿entendido? Porque si vuelvo a verte cerca, o presiento que la tocas o le dices algo fuera de lugar, te aseguro que lo que te vas a llevar esa vez no va a ser un simple puñetazo.

Rick no contestó. Apenas podía respirar por el golpe, pero Tony, queriendo escuchar una respuesta, insistió, mientras veía que Andrew se acercaba:

—¿Entendido?

Finalmente, Rick asintió. En ese momento, Andrew lo agarró del brazo y dijo:

—Acompáñeme, señor.

Sin mirar a Ruth, Andrew se alejó con él, dejándola a solas con Tony.

Ninguno de los dos dijo nada, se limitaron a mirarse, hasta que Tony, con un gesto todavía demudado por la rabia, se dio la vuelta y regresó a la fiesta.

Ruth, aún con la respiración acelerada, intentó tranquilizarse y, cuando lo hizo, fue a la cocina, buscó a su jefe y, con un hilo de voz, dijo:

—Señor Sebastián, no me encuentro bien. ¿Podría quedarme en la cocina para ir rellenando las bandejas de canapés?

El hombre asintió. Aquella joven nunca se quejaba del trabajo y, mirando a otra muchacha, ordenó:

—Samantha, ve tú a servir fuera. Ruth se quedará en tu lugar.

Ella le sonrió agradecida y comenzó a dedicarse a su tarea.

Al entrar y verla allí, David se le acercó rápidamente y preguntó:

—¿Qué haces aquí?

Tras contarle lo ocurrido, él resopló; encontrarse con algún pelmazo era normal.

—Cachorra, si te ha defendido es porque aún siente algo por ti —opinó.

Durante horas, Ruth llenó bandejas de canapés, copas de cava y preparó todo lo que le pedían. Y cuando la velada terminó y recogieron, salió junto a David y vio el coche de Tony aparcado en la puerta de atrás. El corazón se le aceleró. Él estaba allí, esperándola. Pero instantes después, arrancó y se fue.

Al ver cómo se alejaba el coche, David fue a decir algo, pero ella suplicó:

—No, por favor. No digas nada.

Cuando llegó a su casa, fue a ver a los pequeños, se duchó y se metió en la cama con el iPad. Escuchar la canción *Love** le hacía revivir los maravillosos momentos que había pasado con él. Habían sido los mejores días de su vida. Aquel hombre, con su caballerosidad, su sonrisa y su cariño, le había llegado al corazón de una manera bestial y ahora tenía que aprender a olvidarse de él.

* Véase nota de la p. 117. *(N. de la E.)*

26

Mil calles llevan hacia ti

Pasaron diez días y Linda fue a Los Ángeles para despedirse de ellos antes de trasladarse a Minnesota.

Mientras estaba con Ruth, viendo a los niños jugar en la playa, dijo:

—Os voy a echar mucho de menos cuando esté en Minnesota.

Ella sonrió y, cogiéndole las manos, contestó:

—Y nosotros a ti, pero allí estarás acompañada por tu familia y no te sentirás tan sola como en Nevada. Y no te preocupes, que haré todo lo posible por ir a verte con los niños.

Linda asintió y, al ver la cadena de oro blanco que Ruth llevaba al cuello, susurró:

—George te quería como a una hija, y yo también; lo sabes, ¿verdad?

Ruth contestó emocionada:

—Vosotros sois mi familia y la de mis niños.

La mujer sonrió y, tras un cómodo silencio, preguntó:

—Estás muy delgada, Ruth, ¿te ocurre algo? —Ella negó con la cabeza y Linda añadió—: No me digas que es mal de amores. George me comentó que estabas saliendo con un hombre; ¿es por él?

—Se puede decir que sí —respondió Ruth—. Se llama Tony, es el ser más maravilloso del mundo, pero todo es tan complicado entre él y yo que no creo que podamos estar juntos.

Linda le acarició el pelo con delicadeza y susurró:

—Si ese amor es especial, no se acabará. Es lo que te diría George.

Ruth sonrió y Linda le entregó un sobre y dijo:

—Esto es para ti y los niños. No es mucho, pero creo que te ayudará.

—No... no... no —lo rechazó ella—. No puedo aceptarlo.

—Cógelo, Ruth —insistió la mujer—. El dinero nunca está de más.

Con la gratitud pintada en el rostro, ella la abrazó. Tras la muerte de George, sabía que Linda se había quedado sin nada, así que le metió el sobre en el bolso y contestó:

—Ya me habéis dado mucho y lo último que quiero es dinero. Tu cariño y saber que siempre te tengo a mi lado es más que suficiente.

—Pero Ruth...

—Linda —insistió la joven—. Quiero tu cariño, no tu dinero. Por favor, entiéndelo y guárdatelo, que ahora tú lo vas a necesitar tanto como yo.

Finalmente, Linda desistió y, abrazándola, susurró:

—Te quiero, cabezota.

—Y yo a ti.

Al cabo de unos días, Linda se marchó. Su partida fue triste, pero ambas sabían que su conexión y el amor que se tenían duraría eternamente. Tres días después, la llamó desde Minnesota para decirle que ya estaba con sus hermanas.

Llegaron las vacaciones. Ahora que no había clases, los niños estaban en casa y Astrid, la niñera, comenzó a ir todas las mañanas cuando Ruth se marchaba. David dormía, después de trabajar por la noche, y Manuel tenía que ir a la peluquería.

Un domingo, cuando Ruth salió de trabajar del restaurante, se dirigió al taller de coches. *Harry* se había vuelto a estropear y la habían llamado para decirle que ya estaba reparado. Después de recogerlo, regresó a su casa, dispuesta a llevarse a los niños a la playa hasta que tuviera que marcharse a trabajar otra vez por la tarde.

Pero al llegar vio una ambulancia parada en la puerta de su casa. ¡Jenny! Sin importarle la multa, dejó el coche mal aparcado y cruzó la calle corriendo como una loca. Al entrar en el edificio, el ascensor estaba ocupado y subió los escalones de dos en dos. El corazón se le paró en el pecho al ver que sacaban a su pequeña Jenny en una camilla, con una mascarilla de oxígeno y los labios terriblemente amoratados.

—Tranquila, Ruth —dijo David al verla.

Pero ella no lo escuchaba. Se acercó a su niña, que respiraba con dificultad, y, besándola en la cabeza, dijo mientras le cogía la mano:

—Tranquila, mi vida, mami ya esta aquí y no te dejará ni un segundo.

Una vez en el hospital, la atendieron rápidamente, y cuando la doctora salió preguntando por los familiares de Jennifer Souza, David y Ruth se levantaron con el susto pintado en el rostro.

Cogidos de la mano, escucharon cómo la doctora les explicaba que la niña estaba estable, pero que su problema cardiaco se había agravado.

Después de que la mujer se hubo marchado, Ruth se vino abajo. La tensión acumulada la hizo romperse en mil pedazos y David murmuró, abrazándola:

—Tranquila, preciosa, tranquila. Todo se va a solucionar.

Ella asintió. Sin duda se iba a solucionar. Porque iba a hacer lo que fuera para que Jenny se recuperara.

La estancia en el hospital se alargó. Jenny estaba delicada y le estaban haciendo varias pruebas. Durante varios días, Ruth no acudió al trabajo. No quería dejar a su hermana sola ni con otras personas.

Una madrugada, Jenny se despertó y, soñolienta, le preguntó si se iba a ir al cielo con el yayo. Ruth, tragándose las lágrimas, le prometió y le aseguró mil veces que no. Ella no lo permitiría.

Dos días después, el equipo pediátrico se reunió con Ruth, que fue acompañada por David y Manuel. Les explicaron que, tras las pruebas realizadas, el estado de la niña recomendaba operarla. Podía continuar con los medicamentos que tomaba, pero tarde o temprano tendría que pasar por el quirófano.

Al final de la reunión, le entregaron unos papeles. En ellos se detallaba el coste de la operación, los medicamentos y la estancia en el hospital. Al ver la cantidad, Ruth se mareó.

¿De dónde iba a sacar ese dinero?

Pidió hablar con el jefe de pediatría, al que le expuso su problema y, aunque el hombre la entendió, no le dio ninguna solución. Si quería que operasen a la niña, había que pagar por adelantado al menos la mitad de la intervención.

Agobiada, se marchó sin decir nada. De momento, lo importante era que su pequeña estuviera atendida y mejorara. Después ya vería cómo lo pagaba todo.

A la mañana siguiente, Jenny estaba mejor, y cuando Andrew, acompañado de Patricia, llegó al hospital, Manuel y David aprovecharon para llevarse a Ruth a comer algo. Se estaba quedando en los huesos.

—¿Qué pasa por tu cabecita, cachorra? —preguntó David, al verla tan callada.

—Lo de siempre, el maldito dinero —se sinceró con ellos—. Hablé con el jefe de pediatría y le conté mi situación. Él me dijo que, sintiéndolo mucho, sólo podían operar a Jenny si de entrada pagaba la mitad de la operación. Si no, la incluirán en una lista de espera y puede que la operen dentro de dos años, de tres o de seis.

—¡¿Cómo?! —exclamó Manuel—. Pero mi amol, ¡la niña necesita la operación ya! No dentro de tres o de seis años, ¿eso no lo sabe el doctor?

Ruth asintió y respondió abatida:

—Lo sabe, Manuel, claro que lo sabe. Pero Jenny no es la única niña con ese problema, ni yo la única madre que no dispone de efectivo para una operación así. Por eso hay esas listas de espera interminables. La sanidad es así, o tienes dinero y pagas para intentar solucionar cuanto antes el problema o apechugas con lo que venga.

—Encontraremos una solución —murmuró David—. Por cierto, ¿has llamado a Linda?

Ruth negó con tristeza.

—No, no la he llamado. No quiero preocuparla y antes quiero solucionar lo del pago. —Y, hundida, susurró—: Si ya no sé cómo voy a pagar la estancia y las medicinas que le van a recetar, imaginaos la operación.

—¿Y si llamas a Tony Fe...? —empezó David.

Sin dejarlo acabar, ella lo miró y siseó:

—No.

—Pero, cachorra, él...

—No lo voy a llamar. Jenny es mi problema, no el suyo.

—Pero él podría ayudarte. Tiene los medios que necesitas —intervino Manuel.

Con los ojos anegados en lágrimas Ruth insistió:

—No, no puedo llamarlo.

Sus amigos la abrazaron. No habían conocido a nadie en toda su vida tan luchador como Ruth.

—He estado haciendo cálculos —dijo ella, tragándose las lágrimas— y conseguir el dinero de la estancia de Jenny y las medicinas me costará unos ocho meses echando horas extra en más eventos. —Y, desesperada, murmuró—: ¿Por qué todo me tiene que pasar a mí? ¿Acaso me voy a tener que prostituir para poder sacar a los niños adelante?

Horrorizado por su amargura y por lo terrible de la situación, Manuel respondió:

—Ni se te ocurra hacer eso, mi amol, o te juro que...

—Cachorra, ¡ni hablar!

—Era una broma —se mofó con amargura—. Aunque a veces parece la única solución.

—Dios aprieta, pero no ahoga —susurró Manuel.

Ruth sonrió al escucharlo. Manuel era muy creyente, algo que ella perdió tras tanta desgracia en su vida. Si Dios existía, ¿por qué Jenny y otros niños sufrían y enfermaban?

David la animó a comer, pero ella se negó, no tenía hambre.

—¿Cuándo hay que pagar la estancia? —le preguntó él entonces.

Encogiéndose de hombros, respondió:

—Supongo que en cuanto le den el alta. Les pediré fraccionarlo y así me será más fácil pagarlo. Luego llamaré al Cangrejo y le diré que cuente conmigo para más eventos. Tengo que sacar ese dinero de donde sea.

—Cielo, no puedes trabajar más —se quejó Manuel—. O ya tú sabes que caerás enferma por no descansar.

—¿Y qué quieres que haga? —suspiró—. Debo cuidar a los gemelos y a Jenny y, aunque lo hago, se ha puesto enferma y... y... yo...

El llanto le impidió seguir hablando. Desde que la niña había ingresado en el hospital, no hacía más que llorar de desesperación.

—Tranquila —dijo David, abrazándola—. Manuel y yo te ayudaremos a pagarlo con el dinero de lo de Italia y pediremos un crédito al banco. Ya lo hemos hablado y...

—No. No lo voy a permitir.

—Lo haremos —afirmó Manuel—. Vosotros cuatro sois nuestra familia y sin vosotros no somos nadie.

—Ya has oído a mi marido, cachorra, ¡somos una familia! —sonrió David.

Emocionada, Ruth volvió a llorar. Como siempre, David y Manuel estaban a su lado para lo bueno y para lo malo.

—No voy a permitirlo —sollozó—. No podéis pedir un préstamo para mí. Además, lleváis toda la vida ahorrando para ese viaje a Italia y... y...

—Chissss —dijo David, con cariño—. Lo primero es lo primero y los niños y tú sois mil veces más importantes que un viaje a Italia o tener que pedir un préstamo. Como te hemos dicho, los seis somos una familia y de este problema vamos a salir juntos.

Manuel, para hacerla reír, añadió:

—Además, ya tenemos la Capilla Sixtina pintada en el salón, ¿para qué ir a Italia?

—Oh, chicos, ¿qué sería de mí sin vosotros? —dijo, sonriendo entre lágrimas.

Aquel cariño, aquel amor incondicional que los dos les habían demostrado a ella y a sus hijos desde el primer segundo en que la conocieron, no se podía pagar con nada. Aunque ganara todo el dinero del mundo, le sería imposible devolverles tanto como ellos les habían dado sin esperar nada a cambio. Durante un buen rato lloró, descargando todo su pesar.

Cuando volvieron a la habitación, Andrew se le acercó y dijo:

—Sabes que no soy rico, pero cuenta conmigo para lo que necesites.

—Gracias, Andrew —respondió ella, sonriendo.

Él le cogió la mano con cariño y, haciendo que lo mirase, añadió:

—Dejando aparte el tema de Jenny, creo que deberías hablar con ese tal Tony. El otro día, cuando dio la cara por ti ante su amigo, me hizo entender que no es como yo creía. Sin duda, se ha dado cuenta de lo que vales. Porque tú vales mucho, cara bonita.

Emocionada, Ruth le apretó la mano e, intentando no llorar, murmuró:

—Y tú vales más, Andrew. Mucho... mucho más.

Aquella noche, cuando sus amigos se fueron para cuidar de los gemelos y ella se quedó de nuevo a dormir en el hospital junto a Jenny, la máquina a la que ésta estaba conectada comenzó a pitar. Varias enfermeras entraron enseguida y, tras estabilizar a la pequeña inyectando algo en el suero, el silencio reinó de nuevo. Desesperada, Ruth lloró.

¿Qué iba a hacer?

Su hermana necesitaba con urgencia aquella operación.

Maldijo una y otra vez a la vida por tratar a su niña con tanta dureza y, cuando se relajó, se dispuso a dormir en la dura e incómoda silla que había junto a la cama.

Al no conseguirlo, sacó su iPad y se puso los auriculares.

Durante un rato, estuvo escuchando música con tranquilidad, hasta que al llegar a la canción *More Than Words*,* cantada por Extreme, su co-

* *More Than Words*, COLOR ME BLIND MUSIC y UNIVERSAL RONDOR ESPAÑOLA, interpretada por Extreme. *(N. de la E.)*

razón se alteró. Aquella canción siempre la emocionaba. El recuerdo de Tony apareció sin proponérselo, cuando la canción decía «ahora que he tratado de hablarte y hacerte entender...».

Cerró los ojos e imaginó poder acariciar sus manos y decirle cuánto lo necesitaba y lo echaba de menos. Pero ya era tarde. Demasiado tarde.

Sonrió al recordar lo bien que lo habían pasado juntos. Nunca ningún hombre la había tratado con aquella delicadeza, naturalidad y, sobre todo, cuidado. Él la había protegido de todo lo que había podido, haciéndole ver la vida, al menos los ratos que estaba con él, de un color rosa que nunca antes había conocido.

También pensó en su acomodada vida. Como Manuel había dicho, él podía permitirse todos los caprichos que quisiera y, al pensar en la salud de Jenny, un conflicto asomó en su interior. ¿Debería pedirle ayuda?

Parte de ella se negaba. No podía hacerlo, no debía. Pero otra parte le gritaba que el dinero de Tony era la única solución para lograr el bienestar de Jenny.

Con la cabeza como un bombo sin saber qué decisión tomar, se levantó de la silla y miró el reloj. Eran las once de la noche. Con toda seguridad, él estaría en alguna fiesta o evento con alguno de sus ligues. Pensar eso le dolió.

Poco después, salió de la habitación con cuidado de no hacer ruido y, mirando el teléfono, leyó varias veces su nombre.

Tony... Tony... Tony...

¿Debía llamarlo?

Llamarlo y pedirle ayuda la convertiría a sus ojos en una más de las que buscaban su dinero, pero tras valorarlo, decidió que eso era lo que menos importaba. Sólo importaba que Jenny mejorase, lo que pensara de ella le daba igual.

Con el dedo sobre el botón verde de llamar, dudó. ¿Debía hacerlo? ¿Debía llamarlo? Y, sin darse un segundo más, lo hizo.

Después de dos timbrazos, oyó:

—¿Sí?

Tras un corto, pero tenso silencio, ella dijo:

—Hola, Tony, soy Ruth.

Tony estaba trabajando en el estudio de su casa y, sorprendido por aquella llamada, contestó con voz neutra:

—Sé quién eres.

Ruth suspiró. Su voz no era la más conciliadora ni la que deseaba escuchar, pero no estaba dispuesta a andarse con rodeos, así que continuó:

—Te llamo porque necesito un favor y...

—¿Ahora que necesitas un favor me llamas? —gruñó molesto.

—Sí, pero es un favor muy... muy importante.

—Oh... qué contento estoy —la cortó herido.

—Por favor... por favor —rogó ella—, escúchame.

—¿Y si no quiero hacerlo?

Aquello no iba bien. Al contrario, iba de mal en peor. No debería haberlo llamado. Ruth cerró los ojos y, tragándose su orgullo, respondió:

—Si no quieres escucharme, entenderé que cuelgues el teléfono, pero yo no lo voy a hacer, porque necesito tu ayuda con desesperación. Sé que suena fatal, sé que suena a que soy una aprovechada sin escrúpulos, pero no sé a quién acudir y, para esto, sólo... sólo me puedes ayudar tú.

Tony, al oír la angustia en su voz, se conmovió. Por supuesto que no le iba a colgar. Llevaba días deseando recibir esa llamada y al fin había llegado. Sin embargo, sin cambiar su tono duro dijo, mientras se sentaba erguido en su sillón de trabajo:

—Tú dirás.

Ruth asintió y, apoyándose en la pared blanca del pasillo del hospital, explicó con los ojos cerrados:

—Jenny está en el hospital. Tiene un problema cardiaco de nacimiento y... y... tienen que operarla o su estado empeorará y yo... yo le he prometido que se va a poner buena y no se va a ir al cielo con su yayo George y...

—¿George ha muerto? —la interrumpió Tony al oír eso.

—Sí —respondió ella con un hilo de voz.

Tony sabía lo mucho que quería a aquel hombre de Nevada y murmuró:

—Lo siento, Ruth. Lo siento mucho.

Ella tragó el nudo de emociones que sentía y prosiguió:

—Escucha, Tony, no tengo dinero para hacer frente a la operación y dentro de unos días le darán el alta y tampoco tengo dinero que pagar los elevados gastos del hospital. Y aunque sé que no merezco que me ayudes y me muero de vergüenza por pedírtelo, no tengo otra opción. —Dejándose resbalar por la pared, se tapó los ojos y murmuró, en el momento en que su trasero tocó el suelo—: Sé que no tengo derecho a llamarte y con toda la razón del mundo pensarás que soy como las demás, una aprovechada que sólo quiere tu dinero, pero estoy desesperada. He de pagar los gastos y las medicinas y no soy capaz de reunir el dinero que necesito y... y... aunque David y Manuel han dicho que me ayudarán, no puedo permitirlo. Ellos llevan años echándome una mano sin pedir nada a cambio y... —Con un sollozo que a él le partió el alma, concluyó—: Tony, necesito un préstamo. Prometo devolverte hasta el último dólar que me dejes. Pero, por favor, ayúdame a que Jenny se recupere. Si algo le pasara yo... yo... me moriría de pena por no haber sido capaz de sacarla adelante y cumplir mi promesa. Le he dicho que ella no se morirá, como el yayo George, y no... no... no no puedo fallarle. Jenny tiene que vivir. Por favor... por favor... ayúdame.

Con el alma encogida por lo que ella le acababa de contar, Tony se levantó rápidamente y preguntó:

—¿En qué hospital estás?

Una vez ella se lo dijo, Tony Ferrasa caminó hacia el garaje y sin perder un segundo dijo:

—Estaré allí en media hora.

Ruth colgó y se quedó mirando el teléfono. Luego apoyó la cabeza en las rodillas y, hecha un ovillo, lloró. Le había pedido ayuda a la última persona que habría imaginado.

27

Sin ti

Veinte minutos después, seguía sentada en el suelo cuando oyó unos pasos rápidos que se acercaban. Al levantar la cabeza, vio que se trataba de Tony y, olvidándose de todo lo ocurrido, se levantó y se echó en sus brazos. Así estuvieron unos segundos, hasta que la separó y al ver sus ojeras preguntó:

—¿Por qué no me has llamado antes?

El llanto se volvió a apoderar de ella y Tony la acarició y la abrazó, mientras le daba consuelo. Cuando consiguió tranquilizarla, la sentó en una silla y Ruth le contó entre hipidos lo que ocurría.

Tony se levantó y dijo:

—Voy a llamar a mi hermano Dylan. Es médico en el Ronald Reagan y sabrá mejor que yo lo que hay que hacer.

Ruth asintió. Mientras hablaba con su hermano, Tony la miraba, sentada en aquella silla, esperando. En los días que llevaba sin verla había adelgazado varios kilos y sus ojeras y su rostro demacrado revelaban lo agotada que estaba.

Cuando colgó, se acercó a ella y dijo:

—Vamos a llevarnos a Jenny al Ronald Reagan. Dylan ya ha mandado una ambulancia para recogerla. Sobre la cuenta de aquí, les daré mis datos para que me pasen la factura.

A Ruth se le llenaron los ojos de lágrimas y murmuró:

—Gracias... gracias...

Desconcertado al ver a aquella muchacha con tanta vida tan desesperada, la asió de los hombros y, cuando consiguió que lo mirara, dijo:

—A partir de ahora olvídate del dinero, ¿entendido? Tú me has pedido ayuda y yo te la voy a dar.

Una hora después, Jenny era trasladada al otro hospital.

Al llegar allí, Dylan salió a recibirlos y, cuando vio a la joven del pelo de colores, le pareció que la conocía de algo, pero no preguntó. Lo primero era la niña.

—Hola, soy Dylan, el hermano de Tony —se presentó, tendiéndole la mano, una vez que hubieron bajado a la pequeña de la ambulancia.

Ruth lo miró y, abrazándolo, murmuró:

—Gracias... gracias por todo. —Y al apartarse de él, añadió con una triste sonrisa—: Yo soy Ruth Souza.

Instantes después, se les acercó otro médico y, tendiéndole la mano a Ruth, dijo:

—Soy el doctor Gallardo, jefe de cardiología pediátrica. —Miró los papeles que Dylan le tendía y preguntó—. ¿Éstos son los informes de la paciente?

—Sí —respondió ella.

Mientras se dirigían al interior del hospital, el doctor Gallardo le dijo a una enfermera:

—Pídeme análisis de sangre completos, radiografía de tórax, ecocardiografía y electrocardiografía. Seguramente necesitaremos un cateterismo, pero eso se lo haremos mañana. Cuando tenga las primeras pruebas, podré valorar el tema de la operación.

Ruth miró a Tony asustada. No entendía nada de lo que el doctor Gallardo decía. La jerga médica no era lo suyo.

—Tranquila —dijo él, sonriéndole—. Saben lo que hacen.

—¿Cómo te llamas? —le preguntó el doctor Gallardo a la niña.

—Jenny —respondió ella, mirando a su alrededor.

Al ver sus labios azulados y lo asustada que parecía estar, el médico se inclinó sobre ella y dijo:

—Tienes un nombre precioso Yo soy el doctor Gallardo y te voy a curar. Te aseguro que cuando salgas del hospital, podrás correr en bicicleta todo el tiempo que quieras.

—No tengo bici. Es muy cara y mami no puede comprarla —contestó la pequeña.

Ruth suspiró al escucharla y Tony dijo:

—Yo te regalaré la que tú quieras, ¿vale?

Jenny asintió y, con voz cansada, preguntó:

—¿Puede ser de color verde?

—Podrá ser del color que tú quieras —intervino Dylan y añadió—: Ahora, despídete de mamá. Vamos a hacerte unas pruebas y ella no puede venir.

La niña miró a Ruth con gesto asustado y preguntó con un hilo de voz:

—Mami, no te irás, ¿verdad?

Ella la besó emocionada al verla por fin en buenas manos, y afirmó:

—De aquí no me muevo hasta que te tenga de nuevo conmigo.

Una vez se la llevaron en la camilla, a Ruth se le llenaron los ojos de lágrimas.

—Ruth, no te preocupes por nada —dijo Dylan—. Jenny está en las mejores manos. —Y, mirando a su hermano, añadió—: Id a tomar algo a la cafetería. En cuanto acabemos con las pruebas te llamaré al móvil.

Cuando Dylan se fue también y la puerta se cerró, Tony miró a la ojerosa Ruth y, tendiéndole la mano, dijo:

—Vamos. Creo que necesitas comer algo.

—Prefiero esperar aquí.

Sin darse por vencido, él le cogió la mano e insistió:

—Ya has oído a Dylan.

Consciente de que era lo mejor, Ruth se dejó llevar y, por primera vez desde que lo habían dejado, se sintió protegida y segura. Tony la hacía sentir todo eso y no sólo porque ahora la estuviera ayudando con su problema.

—No sé cómo agradecerte lo que estás haciendo por mí —dijo, mientras iban hacia la cafetería.

Tony sonrió y, tirando de ella, cuchicheó:

—De momento, comiendo algo.

La cafetería estaba casi vacía. Era la una de la madrugada y a esas horas pocos eran los que la utilizaban. Se sentaron a una mesa y Tony fue a pedir. Minutos después, regresó con una bandeja repleta de comida.

Cuando Ruth la vio, sonrió con tristeza.

—No tengo hambre, Tony.

Pero él negó con la cabeza y afirmó:

—Te vas a tomar un caldo y al menos un sándwich ¡y lo vas a hacer ya!

Ella quiso protestar, pero no tenía fuerzas, y al final se comió lo que él le decía. Luego, sintiéndose mejor, sonrió y murmuró:

—Gracias.

Tony la miraba desde el otro lado de la mesa, deseoso de abrazarla, de besarla, de hablar con ella e intentar resolver lo que había ocurrido entre los dos. Sin proponérselo, Ruth se había convertido en el centro de su vida y las semanas que había estado sin ella habían sido un desastre en lo personal, aunque no en lo profesional.

Como decía su madre, el desamor era una musa estupenda para los compositores y, por primera vez en su vida, Tony lo comprobó. Su corazón roto y la ausencia de Ruth le habían bastado para comenzar a componer algo muy interesante.

Ella, que se había percatado de cómo la miraba, pensó nerviosa que tenía que explicarle muchas cosas. Así que, tras aclararse la garganta, le contó la verdad de su vida.

Le habló de su padre, de su madre y de su hermano, y de cómo habían llegado a México. También le habló del nacimiento de Jenny, a la que trataba como a una hija, y de los bares de dudosa reputación en los que había tenido que trabajar como camarera para sacarla adelante. Le relató su faceta como piloto de carreras ilegales en México, del padre de los gemelos y le explicó cómo había huido de él, escondiéndose para que no la encontrara. También le dijo lo importantes que eran para ella y los niños Linda, George, Manuel y David. Cuánto cariño les habían dado y cómo, en cierto modo, les salvaron la vida.

Tony la escuchó sin parpadear. Nada de lo que le contaba podía haberlo imaginado. Su vida no había sido nada fácil y, a través de sus palabras y del descarnado relato, entendió su cabezonería, su desconfianza y un sinfín de cosas más.

Ruth, consciente de lo que le había contado, se recostó en la silla y murmuró:

—Huyo de mi pasado, de Julio César. Tengo miedo de que me encuentre y... —Tony le cogió la mano para darle valor y ella, recuperándose, dijo—: En estos años no he confiado en nadie más que en George, en Linda, en Manuel y en David, que siempre han estado a mi lado y nunca, a pesar de todo lo que me ha pasado desde que me conocen, me han abandonado. Me han ayudado a sacar adelante a los niños, a pagar las medicinas de Jenny, en ocasiones la guardería de los gemelos y, como dicen ellos, y yo corroboro, son mi única familia.

—Sin duda son tu familia —afirmó Tony.

—Si no fuera por su cariño y por todo lo que han hecho por mis pequeños y por mí, hoy no estaríamos aquí. —Y clavando los ojos en él, añadió—: Estoy avergonzada de ciertas cosas que hice en mi pasado y aún más por habértelas ocultado, pero... —y, emocionada, finalizó— gracias por ayudarme con lo de Jenny. Te prometo que cueste lo que cueste te devolveré hasta el último céntimo y...

—Ruth, basta, olvídate del dinero —susurró conmovido.

Durante varios segundos se miraron a los ojos y, finalmente, Tony dijo:

—Si tú no me hubieras llamado hoy, dudo que hubiera pasado un día más sin hacerlo yo. —Eso la sorprendió y él prosiguió—: He estado mil veces con el teléfono en la mano, pero mi orgullo herido me lo ha impedido. Te echo de menos. Me estaba volviendo loco por no hablar contigo, y asistía a los eventos porque era la única manera de estar cerca de ti. —Y al ver que ella parpadeaba, añadió—: Lo que hicimos en los aseos de El Mono Rojo fue una locura, pero por ti lo repetiría una y mil veces. Porque a la que te veo quiero besarte, tenerte y poseerte. Y en cuanto a Enith, la mujer con la que me has estado viendo, es sólo una amiga. No ha ocurrido nada entre nosotros, créeme. La he llevado con la esperanza de darte celos y lo que he hecho ha sido jorobarme más a mí mismo.

—¿Tú querías darme celos?

Tony asintió.

—Veo cómo les sonríes a los hombres cuando trabajas y quería que sintieras lo que siento yo cuando te veo hacerlo. Pero repito, no ha ocurrido nada entre Enith y yo. Después siempre la he llevado a su casa y...

—¿Ella no lo ha intentado?

Tony sonrió y respondió con mofa:

—Por supuesto. Ya sabes que soy irresistible.

—Fanfarrón. —Ruth sonrió al escucharlo.

Tras unos segundos en silencio, él comentó:

—Te vi con Andrew. Vi cómo lo besabas y luego os marchabais en su moto. ¿Hay algo entre vosotros?

—No, no hay nada —susurró—. Pero esa noche estaba dolida por haberte visto besar a esa tal Enith y él y yo fuimos a un motel.

Tony cerró los ojos, dio un golpe en la mesa con la mano y se levantó sin querer escuchar más. Ruth lo vio alejarse hacia el fondo de la cafetería, mientras se pasaba la mano por el pelo, nervioso. Se apoyó en la pared y, tras mirarla unos instantes, regresó a su lado y, agachándose para estar a su altura, le sujetó la cara con las manos.

—No sabes cuánto me jode saber que has estado con él —dijo—, pero yo me lo busqué al iniciar ese juego tan peligroso con Enith para darte celos.

—Tony...

—¿Qué? —preguntó él en voz baja.

—Esa noche estuve con Andrew, pero él paró cuando susurré tu nombre.

Tony acercó los labios a los de ella y, tras besarla con delicadeza, murmuró:

—Me gusta oír eso, pero no quiero saber más.

Ruth asintió. Tony, se sentó de nuevo frente a ella en la silla y dijo:

—En cuanto a los niños, no te mentiré, me da vértigo, pero sé que forman parte de ti y los quiero también en mi vida. Os quiero a todos en mi vida —añadió—. Y en referencia a ese tal Julio César, no te has de preocupar por nada. Ahora me tienes a mí y yo haré todo lo posible porque ese sinvergüenza no os moleste ni a ti ni a los pequeños.

—Tony, no puedo... —murmuró emocionada.

—Escúchame, por favor. A mi lado podéis estar tranquilos. Me encantan los niños y...

—Te gustan un ratito, ¡lo dijiste!

Él asintió al recordar aquella conversación y, clavando sus impresionantes ojos en ella, replicó:

—Lo dije antes de saber que la mujer a la que quiero con toda mi alma tiene tres. Y si tenerte a ti, quererte a ti, significa tener y querer a tres hijos, lo haré encantado. —Y sin parpadear, añadió—: Mi madre biológica murió al nacer yo y cuando mi padre se casó con mi madre, ésta nos aceptó a Omar y a mí. Luego nació Dylan. Y si ella me quiso y me hizo sentir su hijo al cien por cien, ¿por qué no voy a querer yo a los tuyos y hacerles sentir que son míos?

—¡Ay, Diosito! —murmuró Ruth emocionada.

—Y en referencia a Jenny, no te preocupes por nada, por favor. Yo me ocuparé de todo y...

No pudo decir más. Ruth se levantó y lo besó. Al principio con delicadeza, pero al cogerla él entre sus brazos y sentarla en su regazo, el beso se intensificó, convirtiéndose en un arrebato de pasión.

Se habían echado mucho de menos, se habían añorado mutuamente y eso sólo podía significar una cosa: se querían y ante algo así no podían hacer nada.

Cuando sus bocas se separaron, Ruth, todavía en una nube, murmuró:

—No puedo creer que mi niña esté con tu hermano haciéndose pruebas y que yo esté aquí besándote y deseando quitarte la ropa.

Tony respondió sonriendo:

—Cuando todo esto pase, te quiero sólo para mí al menos un par de días. Así podré cuidarte, mimarte y hacerte entender de una vez por todas lo importante que eres para mí.

—¿En serio me has echado de menos? —preguntó ella, todavía sorprendida.

—Cada microsegundo del día.

Sin poder creer que algo tan bonito le estuviera pasando a ella, sonrió y él, encantado, cuchicheó:

—Esa sonrisa tuya me vuelve loco y ya soy incapaz de no tenerla solo para mí.

En ese momento, a Tony le llegó un mensaje al móvil.

—Es Dylan. Dice que subamos a la planta de pediatría.

Sin tiempo que perder, cogidos de la mano, salieron de la cafetería. En el ascensor, al ver su gesto preocupado, Tony murmuró, agarrándola por la cintura:

—Tranquila, cielo, tranquila.

Al abrirse las puertas, encontraron a Dylan esperándolos, apoyado en el mostrador de las enfermeras. Los miró y sonrió al verlos cogidos de la mano, algo que también a él le encantaba hacer con Yanira. Y por ese gesto supo que su hermanito había caído en las redes del amor.

—Acompañadme —dijo.

Se dirigieron a una sala en la que estaba el doctor Gallardo, que sonrió al verlos. Una vez todos se sentaron, les explicó que ya habían realizado todas las pruebas excepto el cateterismo, que harían por la mañana.

—Creo que lo mejor sería que ahora os fuerais a descansar —añadió Dylan.

—No, yo no me puedo ir de aquí —saltó Ruth.

—Cariño, tienes que dormir —intentó hacerla razonar Tony—. Jenny estará bien cuidada.

—Le prometí que no me iría sin ella y no me voy a ir —insistió ella.

Los tres hombres se miraron y, finalmente, el pediatra explicó:

—El cateterismo será a las diez de la mañana y la necesito al cien por cien para que luego esté con ella.

—Mañana me tendrá al mil por mil —afirmó Ruth—, se lo aseguro, pero no me voy a mover de su lado.

Dylan miró a su hermano, que, tras encogerse de hombros, dijo:

—Nos quedaremos con Jenny en la habitación y prometo ocuparme de que Ruth duerma y descanse.

—Entonces no se hable más —contestó el pediatra y, levantándose, le dijo a Ruth—: Venga conmigo, la llevaré a la habitación de Jenny.

Una vez en el cuarto, Ruth llamó a Linda para contarle lo que había pasado y decirle que Jenny estaba en el hospital. Dylan, al quedarse a solas con su hermano, preguntó con mofa:

—¿De la manita? —Tony sonrió—. ¿Ésa no es la chica que...?

—Sí, es ella. La camarera que me echó encima la bebida y que posteriormente estuvo en la fiesta de cumpleaños de Preciosa.

—A papá le gusta.

—Lo sé. Me lo hizo saber —respondió Tony divertido.

—¿Ella era el motivo de tu mal humor de los últimos tiempos?

—Sí, pero todo se ha solucionado. Y estoy loco por ella, hermano.

—Wepaaaaa —exclamó Dylan.

Le creía. Sólo había que ver cómo la miraba para darse cuenta de que allí había algo más que una simple atracción sexual.

—Es española, ¿verdad?

—Sí.

—Verás cuando se entere Yanira.

—Ya lo sabe y está como loca porque se la presente.

Al oír eso, Dylan lo miró y dijo:

—¿Cómo es posible que yo no supiera nada?

—Porque tu mujercita me ha guardado el secreto, y muy bien, por lo que veo.

Dylan asintió. Yanira era increíble guardando secretos y comentó divertido:

—Dos españolas en la familia. Eso a papá le encantará.

En ese instante, a Dylan le sonó el busca avisándolo de una urgencia. Tony lo abrazó y le agradeció que lo hubiera ayudado con aquel tema. Una vez salieron de la salita y su hermano se marchó, se encaminó hacia la habitación que éste le había indicado.

Durante unos segundos se paró ante la puerta y después, tras llamar con delicadeza, entró.

La estancia estaba en penumbra y vio a Ruth inclinada sobre la cama. Se acercó a ellas y sonrió al ver a la pequeña con los ojos abiertos.

—Mamita, ¿es el chico guapo del cochazo y de los ojos como los amaneceres de Acapulco?

—Sí —contestó Ruth.

—Y tú eres la chica guapa del biquini verde, ¿verdad? —preguntó él. Encantada de que se acordara del color de su biquini, Jenny asintió y Tony, sorprendiéndolas a las dos, dijo—: Chica del biquini verde, ¿me ayudarías en una cosa?

—Si es fácil, claro que sí.

—¿Le podrías preguntar a tu mamita si quiere ser mi novia?

Al oír eso, Ruth se quedó sin aliento. Nunca se había imaginado vivir un momento así.

—¡Ay, Diosito! —exclamó Jenny.

Divertido por esa expresión tan de ellas, Tony soltó una carcajada y supo que su vida ya nunca volvería a ser la que era.

28

Yo nací para quererte

A la mañana siguiente, tras ser avisados del cambio de hospital por Ruth, Manuel, David y Andrew aparecieron en el Ronald Reagan y poco después llegó también Linda, recién aterrizada desde Minnesota.

Al verla, Ruth sonrió y la abrazó y a continuación le presentó a Tony. Linda y él se miraron a los ojos y la mujer, emocionada por lo que Ruth le había contado, murmuró:

—Gracias por quererla y por tu ayuda.

Tony sonrió y luego intercambió una mirada con Andrew, que no lo saludó.

Luego todos entraron en la habitación de la niña, que sonrió contenta al verlos y, emocionados, ellos la saludaron y besuquearon. Algo más tarde, los médicos acudieron a buscarla para hacerle el cateterismo y todos la acompañaron hasta el quirófano. Ruth cogió la mano de Jenny y no la soltó hasta llegar a las puertas del mismo, donde la enfermera les dijo que ya no podían continuar. Ruth se inclinó, besó la frente de su niña y dijo:

—Mami te espera aquí, ¿vale?

Jenny asintió y, mirando a Tony, preguntó:

—¿Te quitarás la barba?

—En cuanto salga del hospital y vaya a mi casa, ¡te lo prometo!

Jenny, con gesto asustado, asió la mano de Tony, la puso sobre la de Ruth y dijo:

—Cuida de mi mami mientras yo no estoy, ¿vale?

Tony asintió. Y, tras darle un beso en la mejilla, añadió:

—Aquí te esperamos todos.

El doctor Gallardo, que se había unido a ellos, comentó:

—Tranquila; como ya sabe, le pondremos anestesia general y no sentirá nada.

Con una sonrisa en los labios, Jenny les dijo adiós con la manita y cuando las puertas se cerraron, Ruth se abrazó a Tony, que dijo:

—Ya has oído al médico, todo va a salir bien.

Ruth asintió y se sentó en una de las sillas, rodeada por las personas que la querían. Cuarenta minutos más tarde, las puertas se abrieron y sacaron la camilla con Jenny dormida. Ruth se levantó rápidamente y el doctor Gallardo dijo:

—Todo ha ido bien.

Aliviada, siguió la camilla en silencio, acompañada de los otros y, una vez las enfermeras acomodaron a la niña en la habitación, se marcharon y los dejaron solos.

Ruth acarició el rostro de Jenny con cariño. Era tan bonita y tan poquita cosa... De pronto, a Tony le sonó el móvil, así que se disculpó y salió de la habitación para atender la llamada.

Al verlo desaparecer, Manuel le dio un azote a Ruth para que lo mirara.

—¿Ves como Dios aprieta pero no ahoga? —preguntó.

Ruth sonrió. Ella no era creyente, pero en aquel instante Manuel tenía razón.

—Lo veo... lo veo...

David, que todavía no entendía cómo se había producido aquel milagro, marujeó:

—Cuéntame ahora mismo qué te hizo cambiar de opinión y por qué lo llamaste.

Ruth les contó rápidamente lo ocurrido y David cuchicheó, en el momento en que Andrew salía de la habitación:

—Eres una chica con suerte; lo sabes, ¿verdad?

Ella asintió. Sin lugar a dudas, tenerlos a todos a su lado era una gran suerte y, sonriéndoles, murmuró:

—La suerte es teneros a todos conmigo.

Al salir al pasillo, Andrew vio a Tony hablando por teléfono. Esperó con paciencia a que colgara y, cuando lo hizo, se acercó a él y dijo:

—Si le haces daño a Ruth o a los niños, te juro que te las vas a ver conmigo.

Tony lo miró con el cejo fruncido y replicó:

—El que se las va a ver conmigo vas a ser tú si vuelves a acercarte a mi mujer con intenciones que no me gustan, ¿entendido?

Ambos se miraron unos segundos y, finalmente, Andrew le tendió la mano y dijo:

—Andrew.

La expresión de Tony se suavizó, le estrechó la mano y contestó:

—Tony.

Ambos sonrieron y, soltándole la mano, Andrew añadió:

—Gracias por lo que has hecho por Jenny y por cuidar de Ruth y hacerle la vida más fácil. Es una buena chica y se merece todo lo bueno que le pase.

Tony miró a aquel hombre que en otro tiempo había competido con él por el amor de Ruth y murmuró:

—Gracias a ti por cuidarla hasta que yo llegué.

Esas simples palabras entre los dos hombres dejaron muy clara la situación.

Dos días después, Jenny era intervenida quirúrgicamente.

Ruth estaba asustada, muy asustada. Saber que a su pequeña la estaban operando del corazón la tenía atenazada, pero gracias al apoyo de Tony y al cariño de Linda, Manuel, David y Andrew consiguió no desmoronarse.

Todo salió bien. Los médicos estaban encantados de cómo había ido la intervención y cuando Ruth pudo entrar en la UCI para darle un beso, lloró de felicidad.

Jenny estuvo cuatro días en cuidados intensivos. Cuatro interminables días en los que poco a poco fue mejorando. Cuando salió de esa unidad y la llevaron a la habitación, la niña sonrió al ver que la estaban esperando su madre, sus hermanos, Linda, Manuel, David, Tony y Andrew.

Al cabo de tres días más, los médicos le dijeron a Ruth que si todo seguía igual, pronto le darían el alta. Aquello sólo podía significar que Jenny se recuperaba a pasos de gigante.

Una tarde, mientras Linda se quedaba con la pequeña en el hospital, Tony y Ruth fueron a casa de ella para pasar un rato con los gemelos. Cuando los niños se durmieron, Ruth se sentó en el sofá donde él jugaba con el perro y preguntó:

—¿Confraternizando con *Luis Alfonso*?

Tony rio. Nunca había conocido a un perro con un nombre como ése y preguntó:

—¿Por qué le pusisteis ese nombre?

Con cariño, Ruth tocó la cabeza de peludo animal blanco y negro y explicó divertida:

—Se lo puso Jenny. Es la reina de las telenovelas y cuando decidimos adoptar un animalito y fuimos a buscarlo, nada más verlo, dijo mirándome: «Mamita, me quiero llevar a *Luis Alfonso* a casa». De ahí su nombre.

Ambos se rieron y, acariciando al animal, Tony se mofó:

—Lo siento, colega, pero ella lo eligió.

Durante un rato, estuvieron jugando con él y luego Tony preguntó:

—¿Jenny sabe que no eres su madre biológica?

—Sí. Ella sabe que ambas teníamos una madre que se llamaba Eva, incluso tiene una foto suya en su habitación. Pero desde pequeña me llama mamita y con mamita me he quedado. A mí no me importa que lo haga. Es mi niña. La he criado yo y no creo que la quisiera más si fuera mi hija.

Tony asintió y pensó que no tenía que haber sido fácil sacar adelante sola a esa pequeña.

—Estoy agotada —murmuró ella, apoyando la cabeza en el respaldo del sofá.

—No me extraña, cariño —dijo abrazándola—. No paras y no dejas que te ayudemos.

—Eso es mentira —protestó ella—. Todos me ayudáis. Ahora mismo, Linda está en el hospital para que yo pueda estar aquí y...

—Y en vez de quedarte a dormir y descansar, ya le has dicho a Linda que en cuanto Manuel llegue al hospital, ella se venga aquí con los niños y tú regresarás con Jenny. ¿Cuánto tiempo crees que podrás continuar así?

Ruth suspiró. Sabía que tenía razón, pero pasar una noche alejada de ella le resultaba insoportable.

—Ya descansaré cuando Jenny salga del hospital —respondió—. Te lo prometo.

—Hablando de eso —dijo Tony—. He pensado que durante la recuperación de Jenny podríais trasladaros a mi casa. Allí hay más sitio, más espacio para todos y...

—No.

—Cariño, piénsalo. En mi casa tengo unas comodidades que aquí no tienes y...

—No.

—¿Quieres dejar de ser tan cabezota y pensar?

Ruth lo miró y dijo:

—Mira, Tony, llevo casi dos semanas sin trabajar y, aunque mis jefes entienden lo que ha pasado con la niña, en cuanto Jenny vuelva a casa he de reincorporarme.

—No lo voy a consentir.

—¡¿Cómo?!

Clavando la mirada en ella, Tony declaró:

—No vas a volver a trabajar y menos en El Mono Rojo. Ahora yo me ocupo de ti y...

—Pero ¿qué estás diciendo? ¿Ahora vas de superhéroe?

Molesta, Ruth intentó levantarse; sin embargo, Tony no permitió que lo hiciera.

—No voy de superhéroe y entiendo que quieras trabajar —se quejó enfadado—. Pero no voy a permitir que mi novia tenga que seguir sirviendo copas y canapés por las noches.

—Es mi trabajo, Tony, convéncete de...

—No. Convéncete tú de una santa vez de que eres mi novia e intenta entender lo que te digo. Ahora sé por qué trabajabas tanto y déjame decirte que, estando a mi lado, tus necesidades y las de los niños están cubiertas y...

—¡No quiero que nos mantengas!

—Ruth, escúchame —pidió, cogiéndole las manos.

—¡Suéltame, Tony! —Él no lo hizo y ella siseó—: No voy a consentir que nadie nos mantenga. Ya lo permití una vez y no salió bien. Me ha costado mucho conseguir estos trabajos y no voy a tirarlos por la borda porque a ti te dé la gana.

—Ruth...

—He dicho que me sueltes —masculló enfadada.

Cuando Tony hizo lo que le pedía, Ruth se levantó furiosa.

—¿Acaso mi trabajo no es bueno para ser la novia de Tony Ferrasa? —le espetó.

Él intentó explicarse mejor y dijo:

—Tu trabajo no tiene nada de malo, pero ¿qué crees que pensarán de mí cuando sepan que permito que mi novia se mate a trabajar? ¿Acaso no has pensado que en el momento en que lo nuestro trascienda a la prensa nos van a mirar con lupa?

—No quiero salir en la prensa.

—Ruth, soy un personaje público y en cuanto sepan que eres mi novia, saldrás.

—Joder...

—Y, créeme, te importará lo que digan. Y me importará a mí. Yo quiero cuidaros a ti y a los niños. Tengo medios para hacerlo, pero tú, por tu maldito orgullo, no me lo permites. ¿Acaso crees que te voy a dejar tirada en la cuneta? ¿Es que todavía dudas de lo que siento por ti?

Ruth no respondió. Tony se levantó furioso y, señalándola con el dedo, añadió:

—Muy bien. Haz lo que te apetezca. Continúa siendo una mujer independiente, como quieres demostrarme que eres. ¡Adelante! Sigue trabajando como una mula, pero luego no te quejes si no nos vemos, o si la prensa dice auténticas burradas de ti o de mí.

Y dicho esto, se encaminó hacia la puerta y se marchó.

Ella se quedó sin habla. Era la primera vez que discutían así y de pronto Ruth se sintió fatal. Tony tenía razón. Debía confiar en él. Debía darle una oportunidad a lo suyo y, corriendo, abrió la puerta. Desesperada, vio que ya no estaba en el descansillo, pero el ascensor aún no había llegado a la planta baja.

Como una loca, bajó los escalones saltando varios cada vez. Necesitaba detenerlo, necesitaba encontrarlo antes de que se marchara y, justo cuando las puertas del ascensor se abrían, ella llegó abajo.

—No te vayas... —suplicó, mirándolo sin aliento—. Por favor, no te vayas.

Tony abrió los brazos y Ruth, acalorada por la carrera que se acababa de dar, se lanzó a ellos. Lo necesitaba. Necesitaba y quería a Tony Ferrasa con toda su alma y él, tras besarle la cabeza, murmuró:

—No me iba. Ya le había dado al botón de subida antes de bajar.

Al ver el botón de su planta encendido, Ruth sonrió y Tony la miró y preguntó:

—¿Me permitirás cuidaros, cabezota?

Ella asintió. Era lo que más deseaba en el mundo.

29

Desde cuándo

Linda regresó a Minnesota, pero llamaba dos veces al día. Quería saber si todo iba bien.

Jenny mejoraba y Ruth había hablado con la empresa Harry Events para darse de baja momentáneamente. Sólo trabajaría por las mañanas en el restaurante. Era un buen trato.

Esa mañana, mientras hablaba con Jenny y David en la habitación del hospital, la puerta se abrió y apareció Yanira, acompañada por Tony y Dylan, con globos y varios peluches.

Al verla, David, Jenny y Ruth exclamaron al unísono:

—¡Ay, Diosito!

Los recién llegados se rieron y Tony dijo, acercándose a la pequeña:

—Jenny, a mi hermano Dylan ya lo conoces, ¿verdad? —La niña asintió y él continuó—: Pues ella es su mujer Yanira; ¿sabes quién es?

—Es Yanira, la cantante —dijo mirándola sin parpadear—. Mamita y yo fuimos a un concierto tuyo.

—¿En serio? —preguntó ella, acercándose—. ¿A cuál?

Nerviosa, Jenny contestó:

—El del último disco. ¡Fue genial!

—¿Y tienes esta camiseta? —preguntó Yanira, sacando una de su bolso.

La pequeña abrió desmesuradamente los ojos al verla y, mirando a su madre, dijo:

—Mamita, ¡es la camiseta que no pudimos comprar! ¡La que yo quería!

Ruth asintió. Aún recordaba la pena que sintió al no poderle comprar aquella prenda tan cara y miró a Tony, agradecida por el detallazo que había tenido al recordarlo.

—Sí, cariño. La que tú querías.

Yanira, contenta al ver la felicidad de la pequeña, le guiñó un ojo a Ruth, y, sentándose en la cama, dijo:

—Pues a partir de ahora tendrás todas las camisetas, gorras y pósters que tú quieras y vendrás a todos los conciertos con tu madre, con un pase especial. —Y abriendo los brazos, añadió—: Dale un beso a tu tía Yanira.

Al oírla decir eso, Ruth se emocionó y David, tan conmovido como ella, dijo:

—Cachorra, pásame un kleenex.

Tony sonrió. Sabía que aquella visita le iba a encantar a la niña.

Una hora después, cuando Yanira y Dylan se marchaban, David animó a Ruth a irse a comer mientras él se quedaba con Jenny.

Ella salió de la habitación con Dylan, Tony y Yanira y le dijo a ésta:

—Muchísimas gracias por el detalle. Te aseguro que Jenny nunca lo olvidará.

La joven sonrió y, tras mirar a su cuñado, que las contemplaba encantado, preguntó:

—¿Qué te parece si me llevo a Ruth a comer algo?

—¿Yo no puedo ir?

—No —rio Yanira—. Es una comida de chicas.

Al verse excluido, Tony miró a Dylan y preguntó sonriente:

—¿Me invitas a un sándwich?

—¡Hecho, hermano! —rio Dylan.

—Vamos —dijo entonces Yanira, tomando a Ruth del brazo—. Te llevaré al restaurante de un amigo y así podremos charlar.

—Portaos bien y tened cuidado —les recomendó Tony.

Yanira sonrió y, tras guiñarle un ojo a su marido, replicó:

—Tranquilo, intuyo que ambas sabemos defendernos.

Cuando entraron en el ascensor, Yanira sacó unas gafas de sol y una peluca oscura de su bolso y, tras ponérselas, dijo:

—Es la única manera de poder salir a la calle sin que nadie me reconozca.

En cuanto llegaron al parking y Ruth vio el coche de Yanira, un impresionante Ford Mustang blanco, exclamó:

—¡Qué cochazo!

Al ver cómo lo miraba, Yanira le tiró las llaves y dijo:

—Es un regalo de Dylan. ¡Toma, llévalo tú! Yo te indico adónde ir.

Ruth cogió las llaves, encantada, y se sintió increíblemente bien conduciendo aquella máquina. Siguió las instrucciones de Yanira y, cuando llegaron ante el restaurante italiano Only You sonrió y aparcó.

Bajaron del coche y, al entrar en el restaurante, Rico, el hombre que aquella noche les había preparado una mesa en la cocina a Tony y a ella, salió a recibirlas y las llevó a un reservado. Una vez allí, Yanira se quitó la peluca y las gafas de sol y, besando al hombre, dijo:

—Gracias, Rico, eres un amor.

Pidieron un par de pizzas y, cuando se quedaron a solas, Ruth, todavía incrédula por estar comiendo con ella, le reiteró las gracias por el detalle que había tenido con Jenny.

—Ha sido un placer. Y lo de la camiseta me lo comentó Tony, por eso la he traído. Ahora sólo hay que esperar a que la pequeña se recupere y podáis olvidar el susto que habéis vivido.

Ruth asintió. Durante un rato, hablaron de la enfermedad de Jenny y, después de que les sirvieran una ensalada y las pizzas, miró a la joven y murmuró:

—Te aseguro que todavía no me lo creo. ¡Eres Yanira!

La cantante sonrió.

—La que todavía no se cree lo atontado que está Tony contigo soy yo. Te aseguro que eres muy muy especial para él. Sólo hay que ver cómo te protege y se preocupa por ti para saber que está coladito hasta la médula. Y oye, ¡ya le tocaba! Porque el tío es duro de pelar.

Durante la comida, charlaron con familiaridad. Yanira le habló de su familia en Tenerife y de sus comienzos con Dylan. Sin poder creerse la confianza que le demostraba, Ruth la escuchó y, cuando le tocó contar su parte, lo hizo. Yanira no salía de su asombro y una vez terminó, preguntó:

—¿Tony sabe lo que me has contado?

—Absolutamente todo —afirmó ella.

Yanira suspiró.

—Mira, Ruth, debo prevenirte. En cuanto la prensa conozca vuestra relación, toda esa vida que me has contado y que con toda seguridad quieres olvidar saldrá a la luz.

—¡No jorobes! No quiero que nadie me vea. Julio César me puede reconocer y... y...

Intentando calmarla, Yanira le tocó una mano.

—Tranquila, Tony cuidará de ti. No es tonto y sabe cómo funcionan estas cosas. Pero yo te aviso de que la popularidad a veces no es tan fácil como la gente cree.

El rostro de Ruth reflejaba a las claras su turbación y Yanira, dispuesta a hacerla sonreír, añadió:

—Ya habrás visto que a Tony se lo ha relacionado con cientos de mujeres. Los Ferrasa son así, chica. Unos ligones y unos pichabravas, como diría mi abuela Nira. —Ambas rieron—. Leerás cientos de noticias sobre ellos, pero no debes creer todo lo que la prensa diga. Si algo he aprendido en los años que llevo con Dylan es que, en ocasiones, para buscar la noticia se inventan muchas cosas. Perooooo la comunicación entre Tony y tú nunca debe faltar. Él, por ser un personaje público, es un hombre muy requerido por las mujeres...

—Lo sé. Lo he visto.

Yanira soltó una carcajada y, tras darle un mordisco a su pizza, confesó:

—Al principio yo no soportaba que las mujeres miraran a Dylan con deseo, pero hoy en día, cuando lo hacen, les digo con la mirada: «Nena, es mío... muérete de envidia». —Ambas se carcajearon—. En un principio me pasó lo mismo que te va a pasar a ti. Yo no era nadie en este mundillo. Era la nueva y se inventaron cientos de cosas sobre mí. Pero igual que tú vas a hacer, aprendí a superar los cotilleos y todo lo que sale en la prensa. Tony y tú os queréis como nos queremos Dylan y yo, y juntos formaréis un equipo indestructible.

Ruth le dio las gracias por esas palabras y Yanira dijo, mientras le entregaba una tarjeta:

—Aquí tienes mi teléfono.

Ella la cogió y, sacando un bolígrafo de su bolso, escribió su número en un trozo de servilleta.

—Yo no tengo tarjeta, pero aquí tienes mi móvil.

—Cualquier cosa que necesites a cualquier hora del día, me llamas, ¿vale? —se ofreció Yanira. Y luego preguntó—: ¿Vendrás al cumpleaños del jefe de los Ferrasa en Miami?

Ruth no supo qué contestar. Tony no le había dicho nada y Yanira, convencida de que irían, cuchicheó:

—Ya verás qué bien lo pasamos.

Poco después, tras pagar la cuenta del restaurante, la joven se puso de nuevo la peluca y las gafas y regresaron al hospital.

Al entrar en la habitación, Jenny estaba dormida y David se acercó a Yanira y dijo:

—Sé que vas a pensar que soy un frikie y un petardo, pero ¿podrías hacerte un selfie conmigo?

Yanira asintió divertida y, tras varios selfies más, los besó y se marchó. Tenía que regresar al estudio de grabación.

Cuando David y Ruth se quedaron a solas con Jenny, él exclamó:

—Ay, cachorra, ¡dime que es verdad lo que ha pasado!

Ruth asintió muerta de risa y en ese momento se abrió la puerta de la habitación. Era Tony, que, tras besarla, preguntó:

—¿Todo bien con Yanira?

—Mejor imposible —contestó Ruth.

Esa tarde, Jenny salió por fin del hospital.

30

Tu piel

La llegada de los niños a casa de Tony estuvo acompañada de una gran algarabía, sobre todo cuando vieron tres relucientes bicicletas esperándolos, una verde y dos rojas. Los gemelos se lanzaron a montar en ellas, mientras Jenny sonreía y le guiñaba un ojo a Tony, un gesto que a éste le llenó el corazón.

Ella debía esperar a estar recuperada del todo antes de hacer ejercicio, pero sabía que la utilizaría.

Aquel sitio era impresionantemente grande y tener dos piscinas, una interior y otra exterior, a los niños los revolucionó. Y aunque al principio los gemelos se sintieron acobardados, pasados los primeros días ya se movían por allí como en su salsa y hasta Jenny se animó a inspeccionar la vivienda.

La niña se recuperaba a pasos agigantados y verla tan animada emocionaba a Ruth.

Varias noches después, cuando acostaron a los niños, Tony y Ruth entraron en su habitación y, mientras se besaban con pasión, sin que hubieran llegado a la cama, oyeron preguntar:

—Mamita, ¿duermes con Tony?

Se separaron rápidamente y vieron que Jenny estaba en la puerta.

Ruth decidió ser sincera y contestó:

—Sí, cariño. Tony y yo nos queremos y dormimos juntos.

—Qué pecadoraaaaaaaaaaaaaaaa.

Él soltó una carcajada. Sin duda la niña era muy graciosa en sus comentarios. Pero Ruth lo miró con reproche, lo hizo callar y dijo:

—No, cielo, no soy una pecadora. Él y yo nos queremos y...

—Pero, mamita, los novios sólo se besan y se meten mano, pero no duermen juntos.

—Wepaaaa —se mofó Tony. La pequeña Jenny era tremenda.

Ruth iba a responder cuando él, acercándose a la niña, dijo:

—Jenny, los novios de hoy en día a veces duermen juntos y ésta es una de esas veces. ¿Te molesta que lo hagamos?

Ella los miró y, tras ladear la cabeza, respondió:

—No, si luego te casas con ella. No quiero que sea una pendeja.

—¡Jenny! —la regañó Ruth.

—Pensaremos eso de la boda —contestó Tony divertido— y ahora, ¡a tu cama, señorita!

—¿Os vais a casar?

—¡Jenny, basta ya! —intervino Ruth.

—Pero si lo ha dicho Tony. ¡Os vais a casar!

Él se puso a su altura para que lo mirara y repitió:

—Ve ahora mismo a la cama, ¿entendido?

Jenny, encantada con la noticia, sonrió, se dio la vuelta y se marchó.

—Recuérdame que mañana ponga un cerrojo aquí —comentó Tony.

—Oye, respecto a lo de la boda yo... —empezó Ruth avergonzada.

Pero Tony no la dejó acabar. La metió en el cuarto de baño, cerró la puerta y, apoyándola en ella, murmuró:

—Me vuelves loco, ¡pendeja!

Ruth soltó una carcajada y, deseosa de él, se olvidó de todo y lo besó.

Al día siguiente, Tony, mandó poner un cerrojo en su habitación.

Los días pasaron y *Luis Alfonso* también llegó a la casa. Cuando *Melodía*, la perra, lo vio, se tiró literalmente sobre él y éste, encantado, sucumbió a sus grandes encantos.

Pero los niños eran unos trastos y no paraban.

Una tarde, Ruth encontró a los dos pequeños metidos en el jacuzzi de Tony, con el agua saliendo por el borde de la bañera, y se quiso morir al ver lo que habían hecho.

Angustiada, no podía quitarles la vista de encima. Aquella casa era un continuo peligro, no para ellos, sino para la propia casa.

Al final, tras varios días evitando el desastre, Brian, que jugaba con una pelota, le dio una patada y la estrelló directamente contra una lámpara de cristal, la cual cayó al suelo y se hizo añicos.

—Brian —lo regañó Jenny, que estaba sentada en el salón, pintando—. Ya la has liado.

Al oír el ruido de cristales, Ruth, que estaba con Tony preparando la cena, pues era la noche libre de Paola, corrió hacia el salón. Al entrar vio a los pequeños ante la lámpara rota, los apartó y dijo:

—Os he dicho mil veces que en el salón no se juega a pelota.

—Ha sido Bian —señaló Adán con su media lengua.

—No, tonto, has sido tú —mintió Brian con su lengua entera.

Adán, enfadado, lo empujó y Jenny, que lo había visto todo y sabía la verdad, gruñó molesta, sin levantarse del sillón:

—Mamá, ha sido Brian, ¡será mentiroso el cagarruta del niño!

—¿Qué es cagaduta? —preguntó Adán.

Tony los contempló sin abrir la boca y Ruth, enfadada, fue a buscar el recogedor, diciéndole a él al pasar:

—Siento mucho lo de la lámpara.

Él la miró sonriendo, sacó al jardín a *Melodía* y a *Luis Alfonso*, y respondió:

—Tranquila, no pasa nada, cielo, se compra otra y solucionado. Y, por cierto, creo que necesitamos ayuda.

—¿Ayuda? ¿Qué clase de ayuda? —preguntó ella y añadió—: ¡Brian, devuélvele el cochecito a Adán!

—Necesitamos que alguien cuide de los niños mientras nosotros estamos preparando la cena, como en este momento. Ya no tienes a David y a Manuel en la casa de al lado y... ¡ahhhh! —Un golpe en la entrepierna lo hizo doblarse en dos.

—Mamacita, ¡en todo el huevamen! —soltó Jenny.

Brian había lanzado el cochecito de Adán, que había impactado donde Jenny indicaba. Asustada, Ruth soltó la escoba y corrió a auxiliarlo.

—¿Estás bien?

Tony asintió y, con un hilo de voz, susurró dolorido:

—Dame un segundo.

Horrorizada, miró a sus hijos, que en ese momento se estaban peleando, y ordenó:

—Chicos, parad. Parad.

Pero ellos no hicieron caso y continuaron con su batalla particular, tirándose por el suelo. Ruth los separó enseguida. Con apenas cuatro años, Adán y Brian eran muy brutos cuando se pegaban y Tony se sentó junto a Jenny, que los observaba en silencio, y preguntó:

—¿Entiendes por qué digo que necesitamos ayuda?

Ruth, más tranquila al ver que se había recuperado del golpe, miró de nuevo a sus hijos y dijo:

—A la pared de pensar, ¡ya!

—¿Tenemos pared de pensar? —preguntó Tony.

—Es un método que usan en colegio para que se tranquilicen tras haberse portado mal —respondió ella—. ¡Adán! —le advirtió, al ver que le tiraba del pelo a su hermano y que el otro chillaba.

Los separó rápidamente y, poniéndolos a ambos de cara a la pared, exclamó:

—¡A pensar en lo que habéis hecho mal! Y que ninguno se mueva de ahí hasta que yo lo diga.

Los críos comenzaron a darse patadas de nuevo y ella los volvió a separar.

Tony recordó lo que él había vivido con sus hermanos y sabía que o Ruth se ponía seria o no pararían.

—¿Estos dos siempre son así? —preguntó. Ella asintió y él, intentando sonreír, dijo, mientras cogía el cochecito que estaba en el suelo—: ¡Qué divertido!

Ruth maldijo para sus adentros y supo que no era sincero. Sólo había que ver su cejo fruncido para entender que aquello le molestaba.

Minutos después, una vez restablecida la calma, propuso a los niños ir a bañarse. Eso los relajaría.

Pero el baño fue otra guerra difícil de ganar y Tony decidió quitarse de en medio. Si se quedaba, los regañaría y ése no sería un buen comienzo con ellos. Agotada, Ruth les dio de cenar tras el baño y cuando subió a abrir las camas, se quedó alucinada al ver el pasillo pintarrajeado. Enfadada, se dio la vuelta y gritó desde la escalera:

—¡Adán, sube aquí ahora mismo!

Era increíble. ¿Cuándo había podido hacer aquello?

El pequeño, acompañado por Brian y Tony, comenzó a subir la escalera y al ver la cara de su madre, se paró y dijo:

—Mami, yo no he ponido los dibujos de la paded.

Ruth reprimió una sonrisa. Debía mostrarse seria, a pesar de la gracia que le había hecho lo que Adán había dicho.

—¿Ha pintado la pared? —preguntó Tony.

Ruth asintió y Adán, mirándolo, parpadeó y dijo:

—Yo no quedía, fue la pintuda.

Jenny, que también subió, miró al pequeño y exclamó:

—Híjoleee. Maldito niño chingón. Tan bello como perverso.

—Wepaaaaa, habló la reina del culebrón —rio Tony, divertido al escucharla.

—¡Jenny! Cuántas veces te tengo que decir que no se habla así, y menos a tus hermanos —la regañó Ruth.

Pero Tony soltó una carcajada y, cogiendo a Brian y a Adán, uno bajo cada brazo, ordenó tras mirar a Jenny:

—¡Todos a la cama!

Cuando consiguieron que los tres niños se durmieran, Ruth cerró la puerta y dijo:

—Lo siento. Siento lo de la lámpara, tu golpe, la pared y la forma de hablar de Jenny.

Él la miró divertido y preguntó:

—¿No crees que eres demasiado blanda con ellos?

—Tienes razón. Pero es tan poco el tiempo que paso con ellos, que cuando estoy no quiero ser una mamá gruñona.

—Mis dos hermanos y yo éramos mil veces peores que Brian y Adán. Y mi madre, cuando no estaba de gira, que eran pocas veces, se pasaba el día regañándonos y te aseguro que nunca nos lo tomamos a mal. Aunque éramos niños, sabíamos lo que estaba bien y lo que no, porque ella nos lo hacía saber. Creo que tú deberías hacérselo saber también a ellos.

Ruth lo pensó, pero cuando fue a responder, Tony sonrió y, cogiéndola en brazos, cuchicheó:

—Vamos a la cama, ¡pendeja! Pagarás por todo lo que esos demonios hicieron.

Al entrar en la habitación, la soltó entre risas y, tras echar el pestillo de la puerta murmuró con voz ronca:

—Voy a desnudarte y a hacerte el amor.

Ruth sonrió. Nada le apetecía más. Pero mirando el pestillo, dijo:

—Aunque cuando acabemos, abriremos la puerta, ¿vale?

Tony asintió y, sin alejarse de ella ni un milímetro, la fue acariciando despacio, muy despacio, mientras iba depositando tiernos besos en su cuello. Ruth jadeó.

Sin decir nada, Tony la desnudó y, con una urgencia que la volvió loca, se desnudó él. Luego, cogiéndola de la mano, la llevó hasta la cama, se sentó, la hizo sentar a su lado y, tocándole un pecho, preguntó:

—¿Te atreves a jugar conmigo?

Ella soltó una carcajada y respondió:

—¿A qué quieres jugar?

Divertido por la guasa que veía en su rostro, Tony se levantó, fue hasta su armario, cogió una corbata y, volviendo a su lado, dijo, mientras la acariciaba con ella:

—A muchas cosas, entre otras, a atarte y a poseerte.

Oír eso la calentó aún más y, mirándolo, contestó:

—Juguemos.

Tony dejó la corbata sobre la cama y se sentó de nuevo junto a ella. Sin tocarla, le recorrió el cuerpo con la vista y murmuró:

—Estoy hambriento.

—Acércate, yo saciaré tu hambre —susurró Ruth.

Loco de excitación, Tony chupó y succionó sus pezones, hasta que la sintió temblar.

—Sigo hambriento de ti —confesó.

Extasiada y anhelante, ella se tumbó en la cama y, mirándolo, mientras se abría de piernas con morbo para él, respondió:

—Entonces, puedes continuar con tu festín.

Tony sonrió. Le encantaba ver cómo se le ofrecía, pero cuando fue a moverse, Ruth lo paró.

—Yo también tengo hambre de ti —dijo.

Con una sonrisa traviesa, Tony se subió a la cama y, tras ponerse sobre Ruth en sentido inverso, acercó la boca a su sexo y, al sentir la calidez de sus labios sobre su pene, susurró:

—Oh, sí...

Ruth comenzó a lamer el duro pene, terso y suave. Le encantaba sentir cómo Tony se estremecía cada vez que ella pasaba la lengua por el prepucio. Y él, presa del deseo, le introducía la lengua en la vagina una y otra vez.

Durante varios minutos se dedicaron a saborear aquellas partes del cuerpo del otro que tanto les gustaban, hasta que Tony sacó su pene de la boca de ella y, dándose la vuelta, cogió la corbata y dijo:

—Me muero por poseerte.

Mirándola a los ojos, le rodeó las muñecas con la tela y la ató al cabecero de la cama. Ruth se excitó aún más y Tony, en silencio, le abrió las piernas. Sin apartar la vista ni un segundo, introdujo el pene lentamente hasta que, con un movimiento seco, ella lo hizo entrar por completo en su interior.

Al principio él se movió despacio, pero luego, poco a poco, sus arremetidas se aceleraron, se volvieron más rápidas y profundas.

Ruth se mordió los labios para no gritar. Nunca había hecho el amor con las manos atadas, y no poder tocarlo y sentir que estaba dominada por él la volvió loca.

Tony la empaló una y otra vez, mientras el vello del cuerpo se le erizaba al verla tan entregada.

—¿Te gusta?

Ruth asintió, no podía hablar, y Tony le cogió las piernas y se las puso sobre los hombros y la hizo suya una y otra y otra vez, hasta que la sintió temblar bajo su cuerpo. De un tirón, le desató las manos y ella, enloquecida, le rodeó el cuello con los brazos, pegándose a él. Después, bajó las manos por su espalda hasta llegar a los glúteos, que apretó, animándolo a profundizar más, hasta que sus movimientos se volvieron tan secos y contundentes que ambos gritaron de placer y alcanzaron juntos un increíble orgasmo que los dejó exhaustos, felices y dispuestos a más.

Tras una noche de amor y de pasión en la que dieron rienda suelta a su fantasía y sus deseos, Tony se despertó por la mañana y se encontró a Brian dormido en la cabecera de la cama y a Adán acostado entre los dos.

Se levantó sonriendo y se metió en la ducha. Ruth, que se había hecho la dormida, se levantó también de la cama y uno a uno llevó a los pequeños a sus habitaciones.

Cuando Tony salió de la ducha, preguntó sorprendido:

—¿Dónde están los okupas?

—En sus camas.

Acercándose a ella, la besó en los labios y dijo:

—Habrá que quitarles esa manía. Demasiada gente en nuestra cama y yo aquí sólo te quiero para mí.

Ruth sonrió y no dijo nada. Aquello iba a ser complicado.

—Hoy vais a comer con David y Manuel, ¿verdad?

—Sí. Primero tengo que ir al hospital con Jenny para una revisión y he quedado allí con ellos. Luego iremos a comernos una hamburguesa a Sunset Boulevard.

—Llévate uno de los coches que hay en el garaje.

—No. No... gracias.

—¿Por qué no? —preguntó él extrañado.

—Porque adoro a *Harry*, mi Volkswagen rojo, y además no quiero llamar la atención.

—Cariño, estás conmigo y nadie te va a hacer daño.

—Lo sé. Es sólo que no quiero que nadie me vea en un buen coche.

Tony resopló. El miedo que tenía a ser reconocida por su ex no tenía fundamento e insistió:

—Cógelo, Ruth. No va a pasar nada. Por favor, confía en mí.

Finalmente, y sin oponer demasiada resistencia, claudicó y él explicó encantado:

—Por cierto, compré tres sillas de seguridad por internet y llegaron ayer. Una para cada niño. Y antes de que digas nada, las tuyas estaban muy usadas y necesitábamos unas nuevas. Y, por cierto, Jenny también tiene que usar una. No mide lo necesario para ir sin ella.

—¿En serio has hecho eso? —preguntó Ruth mirándolo emocionada.

—Sí. Lo busqué en Google. Y ve olvidándote de utilizar tu chatarra teniendo mis coches.

—Eh... ¡cuidadito con lo que dices de *Harry*!

Tony la miró divertido. Su vida con ella era mil veces mejor de lo que nunca había imaginado, a pesar del agobio que en ocasiones representaban los niños. Por ello, sin dudarlo, se acercó hasta una de las mesillas y, tras coger algo, dijo:

—Ven aquí, cielo. Tú y yo estamos bien, ¿verdad?

—Sí —contestó gustosa.

—¿Eres feliz conmigo?

—Sí. Ya lo sabes.

Y, abriendo la mano, preguntó, enseñándole lo que guardaba en ella.

—¿Aceptarás ahora la llave de mi corazón?

—¿En serio? —contestó ella, mirándolo sonriente.

—Totalmente en serio.

—¿Me entregas la llave de tu corazón?

Tony la besó enamorado y murmuró:

—Te entrego mi vida, preciosa. Toda mi vida.

Emocionada por lo romántico que era siempre con ella, lo besó con pasión. Tony era un ser excepcional y cuando sus labios se separaron, sin dejar de mirarlo a los ojos, se quitó la cadena de oro blanco que George le había regalado y, tras colgar la llave, se la dio a Tony y dijo:

—¿Me la pones?

Contento por lo fácil que estaba siendo todo esa vez, él le colocó la cadena rápidamente alrededor del cuello, aseguró el cierre y, cuando Ruth se dio la vuelta, murmuró:

—Te quiero como nunca pensé que podría querer a un hombre.

—Y yo estoy feliz de que me quieras tanto como yo a ti.

De nuevo sus bocas se buscaron y disfrutaron sin límites de aquella cercanía, hasta que se separaron y Tony dijo:

—Hoy no vendré al mediodía, cielo. Tengo una comida de trabajo y un día muy liado. Pero cuando vuelva, tú y yo celebraremos que...

—¡Celebraremos el «Para siempre»! —rio ella.

Mientras la besaba de nuevo, murmuró mimoso:

—Para siempre.

Se besaron con pasión y al separarse Ruth cuchicheó excitada:

—Esperaré ansiosa tu regreso.

—Taponcete —susurró—. No me beses así o a final me quitaré la corbata, te amarraré las manos y de nuevo te haré mía sin piedad.

—Quítate la corbata ahora mismo —se mofó Ruth tras escucharlo.

Entre risas, besos y achuchones bajaron a la cocina. La casa aún estaba en silencio, los niños dormían, y, después de desayunar juntos, Tony fue a echar mano de las llaves de su coche al mueblecito de la entrada, pero no las encontró.

—Cariño, ¿has cogido tú las llaves de mi coche?

Ruth negó con la cabeza y los dos las buscaron durante un rato, hasta que ella se paró y, llevándose las manos a la cabeza, murmuró:

—¡Ay, Diosito!

—¿Qué ocurre? —preguntó Tony al ver su gesto.

Sin responder, subió los escalones como una bala. Si las llaves estaban donde se imaginaba, Brian podía habérselas clavado durante la noche.

Tony entró con ella en la habitación de los niños y cuando vio que iba hacia Brian y le comenzaba a hurgar en el calzoncillo, susurró extrañado:

—¿Se puede saber qué haces?

Ruth encontró las llaves y sonrió aliviada al ver que no se las había clavado; las sacó de los calzoncillos del niño y murmuró:

—Aquí las tienes. Por cierto, aromatizadas.

Horrorizado, Tony las miró ¿Qué hacían sus llaves en los calzoncillos de Brian?

Dando un paso atrás, se negó a cogerlas y Ruth corrió a limpiarlas con la camiseta. Una vez salieron de la habitación, explicó:

—A la reina de la telenovela que dice que tienes los ojos como los amaneceres de Acapulco ya la conoces y al grafitero y pedorro de Adán también. Pero has de saber que Brian, además de obstruir cualquier ranura que vea en cualquier aparato electrónico, se mete todo lo que encuentra en los calzoncillos.

Tony la miró incrédulo y murmuró:

—Hoy mismo buscaré una interna. Necesitamos ayuda.

Y luego no pudo evitar soltar una carcajada. Sin duda, con ella la vida tenía otro color.

Una vez se despertaron los niños, Ruth regañó a Brian. Le hizo entender que se podía haber lastimado con las llaves, pero cuando a éste se le llenaron los ojos de lágrimas, suavizó la voz y le preguntó:

—¿Lo volverás a hacer?

Entonces el crío dijo que no con la cabeza y Ruth lo abrazó y finalmente ambos sonrieron. No podía enfadarse con ellos. Era una blanda.

Después de desayunar se encaminaron hacia el garaje. Cuando abrió la puerta y vieron todos los coches y motos que Tony tenía allí aparcados, Jenny soltó un silbido y murmuró:

—Sin duda, mamita, Tony es el novio que siempre hemos querido.

Divertida por el comentario de la pequeña, Ruth vio un Toyota 4 Runner y dijo mirando las cajas de las nuevas sillas:

—Échales un ojo a tus hermanos mientras coloco las sillas.

Los niños comenzaron a correr por el jardín con los perros. Cuando Ruth acabó, los montó en el coche, les ajustó los cinturones de las sillas y se marchó hacia el hospital, consciente de que había iniciado una nueva vida.

31

Puedes contar conmigo

Una semana después, Ruth comenzó a trabajar en el restaurante por las mañanas.

La prensa del corazón aún no había reparado en ella como novia de Tony y eso le gustó. Nunca esperarían que una simple camarera fuera con aquel adinerado compositor.

Días después, Rosa llegó a sus vidas. Una mujer de mediana edad que rápidamente se hizo con los niños y que se ocupaba de ellos con gran eficacia.

Ruth dejó de trabajar por las noches, como le había prometido a Tony. Y era feliz pudiéndose ocupar de todo con una tranquilidad que antes no tenía.

Cuando Jenny estuvo casi recuperada, Ruth quiso regresar a su casa, pero Tony no se lo permitió y se compinchó con los niños para que lo impidieran. Ella, divertida, aceptó por fin. Sin duda, estar con Tony y en aquella casa era mil veces mejor que estar sola en su apartamento de cincuenta metros cuadrados.

Dos días después, él contrató un camión de mudanzas para que Ruth pudiera llevar allí las pocas cosas que tenía.

Todo iba bien, aunque una tarde, cuando Tony llegó de trabajar y miró la preciosa chimenea de diseño, plagada de marcos con fotos, algo en su interior se revolvió.

El jaleo que ocasionaban los pequeños y el caos que los acompañaba no era algo que Tony llevara bien y, aunque Ruth intentaba mantenerlo controlado, resultaba prácticamente imposible.

Un día, Tony volvió de trabajar y, cuando *Melodía* salió a su encuentro, se quedó de piedra al ver a la perra con las uñas de las patas pintadas de verde chillón.

—Ella me lo pidió —le explicó Jenny, que era la responsable del asunto—. Quiere estar guapa para *Luis Alfonso.*

—Lo siento —dijo Ruth—, no me había dado cuenta.

Tony suspiró y, mirando a la perra y sus uñas chillonas, contestó:

—Como diría uno que yo me sé, ¡es tendencia!

En esos días, Yanira y Dylan organizaron una barbacoa. Cuando llegaron a su casa, Ruth se sintió intimidada al ver a tanta gente que no conocía, pero Tony la agarró de la cintura y le susurró:

—Cariño, disfruta del día. Son todos de la familia.

Ella asintió y, mirando a sus niños, dijo:

—Chicos, ¡portaos bien!

En ese momento llegaron dos chicas de servicio acompañadas por una mujer algo mayor y Tony, encantado, abriendo los brazos, soltó a Ruth y murmuró:

—Tata, cuánto me gusta verte.

Ella lo abrazó y, tras besuquearlo con cariño, miró a la joven que los observaba y dijo:

—Y tú debes de ser Ruth, ¿verdad?

Ella asintió y la mujer también la abrazó.

—Bienvenida a la familia. Yo soy la Tata y no sabes las ganas que tenía de conocerte. —Luego, mirando a los pequeños, añadió—: Y a vosotros también. Pero ¡qué niños más guapos!

—Gracias. —Ruth sonrió a la mujer que había criado a los tres hermanos Ferrasa con tanto amor en Puerto Rico.

Una de las jóvenes que la acompañaban le dijo a Ruth:

—Señora, si me da los bañadores de los niños, los cambiaremos y nos ocuparemos de ellos. La señora Yanira ha preparado una habitación para que descanse la señorita Jenny.

—Oh, no hace falta —sonrió Ruth, cohibida porque la llamaran «señora»—. Yo los cambiaré y...

Pero Tony, quitándole la bolsa que llevaba en las manos, se la dio a la chica y le dijo:

—Los bañadores están aquí. Vigilen a los niños mientras se bañan en la piscina y díganle a Jenny dónde puede descansar cuando lo necesite.

Ruth lo miró. ¿Por qué no podía ocuparse ella de sus niños? Sin embargo, al ver que todos la miraban a la espera de su respuesta, sonrió y, dirigiéndose a los pequeños, les dijo:

—Id con ellas, portaos bien y recordad: sin manguitos no hay piscina.

Los críos asintieron y Jenny, encantada con todo lo que la rodeaba, exclamó antes de marcharse:

—Mamacita, ¡qué bello es todo!

—Jenny —susurró Ruth—, compórtate y no empieces a hablar como no debes.

La Tata soltó una carcajada y, cogiendo a la niña de la mano, dijo:

—Vamos, cariño, yo te llevaré a un sitio donde, si quieres, estarás tranquilita hasta la hora de la comida.

Cuando todos se alejaron, Ruth le preguntó a Tony:

—¿Por qué no has dejado que yo me ocupe de los niños?

Cogiéndola por la cintura y mirándola amoroso, él respondió:

—Porque quiero disfrutar de ti un rato sin ellos. Pero tranquila, Ámbar y María son muy responsables. Las conozco desde hace tiempo y te aseguro que cuidarán a los niños maravillosamente bien.

En ese instante, Yanira, que salía de la casa en biquini, corrió a saludarlos. Y, tras charlar con ellos unos minutos, dijo:

—La Tata se muere de risa con Jenny. Por cierto, qué bien la he visto.

—Sí, está muy bien —asintió Ruth, imaginando lo que debía de estar haciendo su pequeña—. Incluso ha engordado dos kilos, algo que no sucedía desde hacía al menos año y medio.

—Es una chica fuerte —afirmó Tony encantado.

—Ahora está en el salón, con la Tata —explicó Yanira—. Allí no pasará calor y se entretendrá con la televisión o mi portátil, como ella quiera.

—Gracias —dijo Ruth sonriendo.

Tifany estaba junto a Coral y Valeria en la piscina, tomando el sol, cuando Omar, que había ido a la barbacoa con su nueva acompañante, la vio. Había leído en la prensa que la relación entre ella y el top model ruso no pasaba por un buen momento y quiso regodearse. Así que se acercó a ella y preguntó:

—¿No has traído a tu muñequito contigo?

Tifany, que lo conocía muy bien, sonrió y, tras mirar a la joven que lo acompañaba, respondió con sorna:

—Ya has traído tú a tu muñequita hinchable, ¿para qué más? Por cierto, mi muñequito está trabajando en este mismo instante; ¿la tuya también?

Su ironía lo sorprendió. Antes ella no era así.

En ese momento, Coral abrió una revista y exclamó:

—¡Anda, mira! Alexei en la pasarela de Milán. Uissss... aquí pone que a sus treinta y dos años ha sido nombrado el hombre más sexy del planeta. Menudo portento tienes en la cama, ¿no?

Tifany sonrió encantada y, poniéndose las gafas de sol, murmuró:

—Ni te lo imaginas, cuqui... Soy la envidia de media humanidad.

Al escuchar hablar así a su ex, Omar se desencajó. ¿El ruso tenía quince años menos que él?

En su época de casados, ella solía decirle que era la envidia de media humanidad. Ese comentario le correspondía a él, sólo a él. ¿Por qué lo tenía que utilizar con otro?

Molesto, se volvió para mirar hacia otro lado, cuando vio a la chica que estaba besándose con su hermano Tony, y mirando a Dylan, que se acercaba a ellos, preguntó:

—¿Ésa no es la camarera del pelo de colores del cumpleaños de Preciosa?

—*Ésa* se llama Ruth —respondió Dylan— y es la mujer de la que Tony se ha enamorado. Por lo tanto, ten cuidadito con lo que dices.

En ese instante, dos niños pelirrojos corrieron hacia el agua y se tiraron, empapando a todo el mundo.

—Y esos niños y una rubita que está en el salón, son sus hijos —añadió Dylan.

—¡No jodas! —exclamó Omar.

Ruth, Tony y Yanira también se acercaron a ellos y, encantado, Tony presentó a Ruth a todos. Por la cara que pusieron los cuatro, supo que la habían reconocido como la camarera.

Tifany se levantó y la besó y también lo hicieron Coral y Valeria.

—¿Dónde está Preciosa? —preguntó entonces Tony.

—Con su abuelo. Han ido a montar a caballo y no creo que tarden.

Después Ruth conoció a los mellizos de Yanira y Dylan. Eran guapísimos. La niña era morena con los ojos azules y el niño rubio con los ojos negros.

Sin apartar la vista de sus propios gemelos, que chapoteaban en el agua incansablemente, fue con Yanira hasta una caseta para servirse algo de beber.

—¿Qué te ocurre? ¿Por qué estás tan seria? —le preguntó la joven.

—Estoy nerviosa. Es la primera vez que acudo a un acto familiar y la manera en que me mira Omar me intimida.

—Uy, cariño —dijo Valeria, acercándose—. Ni caso. Perro ladrador, poco mordedor.

Ruth sonrió y vio que también iban hacia ellas Tifany y Coral, ésta con su pequeña en brazos y hablando por teléfono.

—Joaquín no viene —dijo, colgando el móvil.

—¿Por qué? —preguntaron las demás.

Haciéndole una carantoña a su bebé, Coral respondió:

—Esta noche hay un evento en el restaurante y lo necesitan. Y como ya sabéis que es muy responsable, pues ¡allí está!

—Es un bendito —afirmó Valeria.

—Entre otras cosas —cuchicheó Coral y luego preguntó—: ¿A quién despellejabais?

Todas miraron a Omar y Coral añadió:

—Como ya dije una vez, Tifany, se cree un bombón y no llega siquiera a lacasito.

—No te pases, Coral —protestó Yanira, cogiendo una cerveza—. Omar puede ser todo lo que quieras, pero es un cañón de tío.

—Chissss... cuqui, que no te oiga o se lo creerá —dijo Tifany y, chocando la mano con Coral, añadió—: Muy bueno lo de decir la edad de Alexei. Eso al Ferrasa lo ha hundido.

—¡Qué perras sois! —exclamó Valeria, haciéndolas reír a todas.

Luego, Coral se puso seria y, mirando a sus amigas, declaró:

—Que nunca se os olvide que si vosotras saltáis, yo salto. Si vosotras reís, yo río, pero si vosotras lloráis, yo le parto la cara a quien haga falta. ¿Entendido?

Todas soltaron una carcajada por sus ocurrencias y Tifany, mirando a Ruth divertida, cambió de tema y dijo:

—Y yo que creí que era Anselmo quien quería ligar contigo el día que te conocí en el restaurante. Por cierto, ¿qué le hiciste? Eres la única mujer que le ha entrado a la primera. A mí nunca me tragó hasta que me separé de su hijo y a Yanira al principio no se lo puso fácil.

—¿En serio? —preguntó Ruth.

Ambas asintieron y Yanira explicó:

—Me hizo la vida imposible hasta que se dio cuenta de que yo no estaba con su hijo por su dinero. Eso sí, después de eso, me mima todos y cada uno de los días.

Eso angustió a Ruth. Ella tampoco estaba con Tony por su dinero, pero sí había necesitado su ayuda económica para la operación de Jenny. ¿Qué pensaría ahora ese hombre de ella?

No muy lejos de las chicas, los tres hermanos Ferrasa tomaban juntos unas cervezas que habían sacado de una nevera, cuando Omar preguntó:

—¿Qué os parece el pibón que me acompaña?

Dylan y Tony miraron a la morena de cuerpo escultural que había llegado con su hermano y Dylan respondió:

—Si a ti te gusta, a mí me parece bien.

Omar, sorprendido por su tibia respuesta, insistió:

—Pero ¿habéis visto qué pechos tiene?

Sus dos hermanos se miraron. Como para no vérselos. Y Tony dijo:

—Sinceramente, hermano, prefiero la calidad a la cantidad.

Dylan soltó una carcajada y Omar, molesto por esa observación, soltó:

—Por cierto, Tony, te creía más listo.

—¿Por qué?

—¿Una camarera y con tres niños?

Al oír eso, Dylan se tensó, pero se tranquilizó cuando Tony replicó:

—¿Debo pensar que mamá fue tonta por querernos como nos quiso, aunque no fuéramos hijos suyos? —Omar se movió incómodo—. Ten cuidado con lo que hablas, hermano, o tendré que decirte cuatro cosas que estoy seguro de que no te van a gustar.

Y dicho esto, se alejó en busca de su acompañante. Dylan chocó la botella de cerveza con Tony.

—*Touché!*

Ambos se rieron y luego Dylan preguntó:

—¿Cómo va todo por tu casa?

Tras darle un trago a su cerveza, Tony explicó:

—Los niños absorben todo el tiempo de Ruth, la casa está llena de juguetes y de caos, sin mencionar los grafitis de las paredes y que ahora hay una pared llamada ¡la pared de pensar! Me sé al dedillo las canciones de una cerda rosa llamada Peppa Pig, de unos dibujos llamado Phineas y Ferb y mi perra tiene las uñas verdes chillón. Pero por lo demás, ¡todo genial!

Dylan soltó una carcajada y, dándole una palmada en la espalda, exclamó:

—¡Bienvenido al club, hermano!

—¡Ya estamos aquí! —dijo su padre en ese momento, llegando con Preciosa de la mano.

La niña se soltó y corrió a besar a sus tíos, que la recibieron encantados. Luego fue a toda velocidad hacia Omar, que la cogió en brazos. Su expresión se dulcificó y besó a su pequeña con cariño. La adoraba.

Las chicas, al oír la voz de Anselmo, se volvieron hacia él y Yanira comentó:

—Ha llegado el ogro.

Ruth se atragantó con su cerveza y Yanira, al verlo, dijo divertida:

—Tranquila, mujer, que no se come a nadie.

Anselmo abrazó a Tony. En esta ocasión, dado que en casa de éste había *overbooking*, se alojaba en la de Dylan y Yanira.

—¿Todo bien, hijo?

—¡Genial, papá! —contestó él, sonriendo.

El viejo asintió y fue saludando a los presentes, hasta llegar a donde estaban sus nueras y sus amigas y, mirando a Ruth fijamente, dijo con tono cariñoso:

—Hola, chica arco iris.

Al ver su cara y la gentileza de su mirada, Ruth se tranquilizó y le sonrió. Yanira bromeó entre risas:

—Jolinesssssssssssss, ¡qué fácil se lo has puesto, Anselmo!

—No me seas pelusona, rubita —contestó él y, mirando la piscina, donde en ese momento Omar entraba con Preciosa y los gemelos jugaban, preguntó—: ¿Esos pelirrojos que están vaciando la piscina son tus hijos?

—Sí —afirmó Ruth, observando cómo los pequeños se acercaban a Omar y éste los lanzaba por el aire, como a su hija.

—Y la niña ¿dónde está? —se interesó Anselmo.

—Con la Tata, en el comedor. Está muy contenta, repanchingada en el sofá, viendo la televisión —contestó Yanira—. Dylan ha dicho que hace demasiado calor para que esté aquí fuera.

Su suegro aprobó el comentario y le preguntó a Ruth:

—¿Ya está bien de la operación? —Y, tras el asentimiento de ella, continuó—: Cuando me enteré, todo había pasado ya, pero quiero que sepas que me alegra saber que acudiste a nosotros para pedir ayuda.

Ruth sonrió y Tifany le cuchicheó a Yanira:

—Cuqui... la envidia me corroe.

Anselmo soltó una carcajada y, cogiéndola del brazo, dijo con cariño:

—Anda, dale a tu querido ogro una supermegacervecita de esas que me gustan. —Y mirando a Ruth, añadió—: Por cierto, dentro de diez días te espero en Miami. Este año celebraré allí mi cumpleaños.

32

No podrás escapar de mí

Un día antes del viaje a Miami para celebrar el cumpleaños de Anselmo, Tony llegó a casa y, al pulsar el mando del garaje, la puerta no se abrió. Resopló con paciencia. ¿Lo habían roto los niños?

Finalmente, se bajó del coche y lo dejó fuera.

Entró en la casa, y enseguida oyó el bullicio y sonrió. Se estaba acostumbrando a aquello y empezaba a gustarle, a pesar de que el desorden seguía desquiciándolo. Instantes después, Adán fue corriendo hacia él para darle un beso y luego se marchó, corriendo de nuevo.

—¡No, no te lo doy! —oyó gritar a Jenny—. El mando de la tele es mío.

—¡Tontaaaaaaaa, dámelooooooo! —lloraba Brian, mientras Rosa intentaba consolarlo.

—Brrrrrrr —hacía Adán con la boca, corriendo con un coche en las manos.

—Mocoso perverso y llorón —dijo Jenny—. Para mí eres como el 30 de febrero. ¡No existes!

—Señorita Jenny, ¡no sea cruel con su hermano! Y póngale los dibujos. Ahora le toca a él —intervino Rosa.

—Ahorita mismo, chamaquita, mis lindos oídos dejaron de escucharte.

—¡Señorita Jenny! —la regañó la mujer.

Tony, tras dejar el portátil sobre la mesa, miró a la niña con seriedad y dijo:

—Tú, reina de las telenovelas, que sea la última vez que le hablas así a Rosa. Ella es mayor que tú y le debes un respeto, ¿entendido?

La niña torció el morrillo y, antes de que pudiera decir nada, el balón voló hasta su cabeza.

—¡Tonto... eres un tonto! —gritó.

El niño soltó una risotada y Tony, mirando al pequeño pelirrojo del remolino en el lateral de la cabeza, supo que era Brian y gruñó enfadado:

—Brian, a la pared de pensar.

Él lo desafió con la mirada, pero cuando vio que no sonreía fue a la pared y le dio la espalda.

Tony fue a ver si Jenny estaba bien del pelotazo y, tras comprobar que así era, preguntó:

—Vamos a ver, ¿qué ocurre?

—¡Quiero ver a Peppa Pig! —gritó Brian.

—Brrrrrrr pi... pi... —jugaba Adán, mientras pasaba por su lado corriendo.

Jenny puso los ojos en blanco y siseó:

—¡Odio a esa asquerosa cerda rosa con todo mi ser!

—¡Jenny! —la regañó Ruth, apareciendo en escena—. Es la hora de Peppa Pig. Pon ahora mismo los dibujos.

—Eso mismo le estoy diciendo yo, señora —intervino Rosa.

—Pero, mamá —se quejó la niña, enfadada—, son los mismos capítulos repetidos de todos los días.

—Lo sé, cariño, pero ahora le toca a Brian la televisión y lo sabes —insistió Ruth y al ver a Brian de cara a la pared, miró a Tony molesta.

—Sí, he sido yo —dijo él y al notar su gesto, añadió—. Vale, levántale el puñetero y sangriento castigo.

Adán corría por el salón con su coche en la mano, Brian lloraba mirando a la pared y Jenny gritaba, mientras Rosa intentaba poner orden.

Tony no sabía a quién tranquilizar cuando Ruth, con el tono calmado de siempre, llamó a Brian y lo sentó ante el televisor, luego cogió a Adán, le quitó el coche y lo acomodó junto a su hermano y a Jenny le dejó su portátil. En menos de un minuto, todo el caos se había acabado. Miró a Tony, se acercó a él, lo besó y preguntó:

—¿Tú también odias a Peppa Pig?

Sorprendido por lo rápido que había resuelto el problema, le devolvió el beso y respondió:

—No, cariño. Pero te quiero a ti.

Al ver que Rosa los miraba y se sonrojaba, Ruth sonrió y, cogiéndolo de la mano, lo llevó a la cocina. Una vez allí, le señaló el fregadero atascado y, con gesto compungido, dijo:

—Hoy he pillado a Brian metiendo a saber qué ahí dentro y lo ha atascado. He intentado arreglarlo, pero es imposible. He llamado al fontanero.

Tony suspiró y le dio un beso en la punta de la nariz.

—Peor habría sido que hubiera quemado la casa. Por cierto, el mando del garaje no me ha funcionado, ¿sabes algo al respecto?

—Mejor no preguntes.

Al día siguiente, tras dejar a los niños con David y Manuel, se marcharon felices a Miami.

Llegaron al hotel Acqualina Resort & Spa on the Beach, donde iban a alojarse, y Ruth sonrió contenta como una niña. Aquello era impresionante.

Cuando pararon el coche en la puerta, dos hombres vestidos con chaqueta blanca y pantalón negro les dieron la bienvenida y, luego, de la mano de Tony, Ruth entró en el impresionante hall, donde una hermosa señorita los atendió. Después, un botones los acompañó hasta la planta treinta y ocho, y tras abrir las puertas de una impresionante suite, les dejó las maletas y se fue.

Ruth se sentía cohibida, rodeada de tanto lujo, y Tony la abrazó y le preguntó:

—¿Qué te parece?

—Increíble —contestó alucinada.

Salieron a una terraza que daba al mar y se apoyaron en la barandilla para admirar aquella playa de aguas celestes, en la que estaban dispuestas las hamacas y sombrillas rojas del hotel. Todo era precioso.

Llamaron a la puerta y Tony fue a abrir. Eran Yanira, Dylan y Tifany. Tras saludarse, los cinco tomaron algo en la habitación y cuando los chicos salieron a la terraza para hablar, Tifany, retirándose el pelo con gesto exagerado, preguntó:

—¿Os gusta mi nuevo tono de pelo?

Ellas dos la miraron y, sorprendida, Yanira preguntó:

—¿Y ese pedrusco?

Conseguido su propósito, Tifany soltó una carcajada y su excuñada, que la conocía muy bien, dijo:

—No me lo digas.

Ruth las miró. ¿De qué hablaban?

—¡Síiiiiiii! —gritó Tifany—. Alexei me ha pedido que me case con él. ¿A que es ideal?

—¡Toma ya! —rio Yanira, abrazándola.

Tifany, feliz, se dejó abrazar por las dos y luego dijo emocionada:

—Volvió de Milán y... y... me lo pidió.

—¿Y tú qué le dijiste? —preguntó Ruth.

Mirando su bonito anillo, Tifany bajó la voz y dijo:

—¿Qué le iba a decir? ¡Que sí! Hemos decidido casarnos en enero.

Las tres aplaudieron encantadas. ¡Boda a la vista! Tony y Dylan entraron al oírlas, y cuando se enteraron de la buena noticia también la abrazaron y se alegraron por ella. Tifany merecía ser feliz.

Esa noche cuando bajaron a cenar, Yanira le preguntó a Ruth:

—¿Tienes vestido para mañana?

Ella asintió no muy convencida.

—Por tener, tengo, pero no sé si va a estar a la altura de lo que será la fiesta.

Tras intercambiar una más que significativa mirada con Tifany, Yanira dijo sonriendo:

—¿Y si mañana, antes de ir a la peluquería, vamos de compras?

—¡Sí! —palmoteó Tifany.

—Sería genial —contestó Ruth divertida.

A la mañana siguiente, las tres salieron juntas. Si alguien sabía dónde comprar un bonito vestido de noche, ésa era Tifany.

Al entrar en varias tiendas, Ruth se quedó sin respiración por el precio de las cosas. Ella no se podía comprar nada de lo que allí se vendía. Yanira sonrió. Era la misma reacción que ella había tenido al principio de su convivencia con Dylan, y en la tercera tienda, cuando Tifany estaba saludando a una amiga, la hizo sentar en un sillón rojo de diseño y dijo:

—Lo sé, Ruth. Sé lo que piensas respecto a los precios. Te aseguro que yo la primera vez que salí de compras con Tifany y sus amigas, creí que me daba algo. Pero debes pensar que ahora compartes tu vida con un hombre que tiene dinero para pagar esto y más. Y, antes de que me digas nada, sé que tú eres una chica humilde, como lo era yo antes de ser Yanira, la cantante, y entiendo todo lo que piensas. Sin embargo —añadió, sacando una tarjeta del bolso—, Tony me ha dado esto para ti. Sabía que si te la daba a ti, no la aceptarías y...

—Y no la voy a aceptar —gruñó Ruth.

Yanira sonrió y dijo:

—Hoy será tu presentación oficial en sociedad como la novia de Tony Ferrasa. El soltero más codiciado por cientos o miles de mujeres; ¿acaso no quieres estar impresionantemente guapa?

Ruth suspiró y Yanira insistió:

—Tony te quiere tal como eres, eso ya lo sabes, pero por favor, dale el gusto y sorpréndelo hasta que la boca le llegue a los pies. No hay nada que le guste más a un hombre que el ver que otros admiran y desean a la mujer que lleva al lado. Y lo sé de buena tinta, porque Dylan me lo confesó hace tiempo.

Ambas sonrieron por ese comentario y, finalmente, cogiendo la tarjeta, Ruth dijo:

—Muy bien. Prometo dejar a Tony Ferrasa boquiabierto.

Durante horas, visitaron distintas tiendas incansablemente, hasta que Ruth vio un vestido azulón que la enamoró. Era largo, de gasa, con tirantes y escote en uve. En los laterales, a la altura de la cintura, estaba abierto y ribeteado con cristalitos de strass.

El teléfono le sonó. Era un mensaje de Tony.

¿Lo estás pasando bien?

Ella le respondió divertida:

Prepárate. Voy a fundir tu Visa.

Al leerlo, Tony soltó una carcajada que llamó la atención de su padre y sus hermanos, los cuales estaban jugando al golf, y respondió:

Hazlo y me harás feliz.

Ruth pasó al probador. La dependienta le llevó un pequeño bolso y unos zapatos de tacón altísimo que iban genial con el vestido y cuando se lo puso y se miró al espejo, se sintió otra mujer. Encantada, salió del probador y Tifany y Yanira aplaudieron al ver lo bonito que era el vestido y lo bien que le quedaba.

Sin querer mirar el precio de todo aquello, le entregó a Yanira la tarjeta y dejó que lo pagara ella. Cuando salieron de la tienda eran las dos de la tarde y las tres, satisfechas y contentas con todas las compras que habían hecho, se dirigieron a comer a un bonito restaurante que había frente a la playa.

—¿Vas a cantar en la fiesta de Anselmo? —preguntó Tifany.

—Sí. Subiré al escenario, le haré soplar la tarta y luego, antes de la gran fiesta de la salsa, le regalaré una canción que él, como buen puertorro, adora particularmente.

—¡Qué genial! —exclamó Ruth emocionada.

—¡Qué fastidio, yo canto fatal! —se lamentó Tifany.

Ruth sonrió y dijo:

—Seguro que no tanto como yo, o si no, pregúntaselo a Tony.

Todas rieron divertidas.

—Esta noche a mí me tocará sujetar la vela —comentó Tifany.

—¿Por qué? —preguntó Ruth.

—Las dos estáis emparejadas y yo no.

Yanira miró a aquella loca a la que quería tanto y replicó:

—Tranquila, Tifany, te aseguro que acompañantes no te faltarán, y menos con el vestido que te has comprado.

La guapa rubia de pelo rizado respondió con una sonrisa picarona:

—Lo sé, cuqui, pero me gusta que me lo recuerdes.

Durante un rato estuvieron charlando y riendo mientras comían y Ruth se sintió una más entre ellas. No hubo una mala palabra ni una mala cara, todo fue diversión, y cuando los paparazzi localizaron a Yanira y comenzaron a hacer fotos, decidieron marcharse a la peluquería. Al llegar allí, Ruth llamó a Manuel y, tras consultarle algo, colgó el teléfono y le dijo a la peluquera lo que quería que le hiciera.

Cuando acabaron, horas después, Tifany exclamó al verla:

—Por el amor de Dios, Ruth, ¡estás ideal!

Yanira, que aún no se creía lo que veía, murmuró con una gran sonrisa:

—Wepaaaa, no me quiero perder la cara de Tony cuando te vea.

Cuando llegó a la habitación, Ruth sonrió al ver una nota que él le había dejado.

Hola, cariño.
Espero que hayas pasado un buen día con Yanira y Tifany.
Te espero a las ocho en el hall del hotel para ir a la fiesta.
Te quiero
Tony

PS: H_ _ _ _ E_ I_ _ _ _ _ _ _ Y M_ _ A_ _ _.

Divertida al ver aquello, Ruth sonrió y, cogiendo el bolígrafo que había al lado, rellenó:

HASTA EL INFINITO Y MÁS ALLÁ.

33

Da la vuelta y vete ya

Ataviada con el impresionante vestido, Ruth se miraba en el espejo sin creer aún que aquélla fuera ella. En ese momento llamaron a la puerta. Eran Yanira y Tifany, que al verla se quedaron sin palabras.

—Cuqui, estás hipermegaideal.

—Me superencantaaaaaaaaaaaaa —afirmó Yanira y, al ver el colgante de la llave que llevaba al cuello, añadió, tocando el suyo—: Yo también la tengo.

—Yo nunca la tuve. Omar no se preocupó de reclamársela a su primera mujer para dármela a mí. Él es así de imbécil.

Por suerte, Tifany había superado todo lo ocurrido con Omar, pero Ruth, que lo desconocía, preguntó:

—¿Tan malo fue?

La joven resopló y dijo:

—¿Tú sabes lo que es pillar a tu marido, a ese hombre que adoras, que quieres, que amas locamente, sobre la mesa de su despacho follándose como un mandril a su secretaria? —Ruth abrió los ojos mientras Yanira asentía—. Yo tenía más cornamenta que el padre de Bambi, que en paz descanse.

Ruth y Yanira terminaron riendo, y Tifany, con cierto resquemor al recordar, y se colocó el escote del vestido y concluyó:

—Yo no necesito silicona para conseguir mis propósitos. Y además he aprendido a manejarme sola, sin necesidad de que un Ferrasa, por muy guapo que sea, me solucione la vida.

—Ésta es mi chica —exclamó Yanira, dándole un beso.

—Ah... y que sepáis que me ha llamado Orlando Bloom. Estará en la cena y he quedado con él. Por lo tanto, ¡no me hincharé a carbohidratos!

—¿Orlando Bloom? ¿El actor de *Piratas del Caribe*? —preguntó Ruth sorprendida.

—Síiiii —aplaudió Tifany—. ¿A que es mono?

Ruth asintió. ¿Orlando Bloom iba a estar en la cena de Anselmo?

Yanira la miró divertida y dijo:

—No te imaginas cuánto me recuerdas a mí cuando entré en esta familia. La primera vez que vi a varios famosos y cantantes que yo adoraba, apenas pude comer. Pero tranquila, te acostumbrarás y, con el tiempo, muchos de esos a los que admiras se convertirán en tus amigos, como por ejemplo lo soy yo de Alejandro Sanz.

Ruth la miró boquiabierta y ella le guiñó un ojo y concluyó:

—Recuerda, Ruth, aunque suene mal, mi consejo es: ¡relájate y disfruta!

Tras un rato más de charla, llegó la hora de bajar al vestíbulo, donde los Ferrasa las esperaban.

Nerviosa, Ruth cogió el bolso que hacía conjunto con el vestido y se puso los zapatos. Y, dispuesta a deslumbrar al hombre que amaba, recorrió con sus dos amigas el pasillo del hotel. Cuando entraron en el ascensor, Yanira sacó su móvil y dijo:

—Vamos a hacernos un selfie. Luego lo colgaré.

Entre risas, las tres se fotografiaron en distintas posturas cómicas, pero cuando el ascensor se paró en la planta baja, volvieron a ser las tres mujeres sofisticadas que eran y salieron al hall.

Ruth vio a Tony antes que él a ella. Hablaba con su padre y sus hermanos y estaba guapísimo, con un traje oscuro y camisa blanca. Se le acercó con decisión y cuando él, avisado por su hermano Dylan, miró en su dirección, Ruth no pudo evitar sonreír al leer en sus labios «Ay, Diosito».

Incrédulo, Tony sonrió sin poder apartar la mirada de ella. Estaba preciosa, fascinante, increíble. Era la primera vez que la veía con un vestido de noche y estaba maravillosa. No obstante, lo que realmente le llamó la atención fue ver que tenía el pelo de un solo color: ¡rojo!

Ruth llevaba la melena suelta y, al andar, se le balanceaba un poco, por lo que por unos instantes se sintió como una modelo caminando por la pasarela. Todo el mundo las miraba a las tres. Todo el mundo sonreía. Pero Ruth sólo quería hechizar al moreno de los ojos claros que la observaba boquiabierto.

—Lo hemos conseguido —susurró Yanira, al ver el gesto de sus cuñados y su marido.

—Babea, mandril... y mira lo que te has perdido —masculló Tifany, al ver el gesto extasiado de Omar al contemplarla.

Cuando las tres chicas llegaron al lado de los Ferrasa, Anselmo, que las había admirado tanto como sus hijos, dijo:

—Sois tres reinas. A cuál más bella. Dos rubitas y una pelirroja, ¡qué peligro de mujeres!—Y, sonriéndole a Ruth, añadió—: Estás preciosa con tu color de pelo, chica arco iris.

—Gracias —contestó ella, sonriéndole también.

Y al ver la expresión de Tony, le preguntó coqueta:

—¿Estoy a la altura de una fiesta de los Ferrasa?

Loco de amor por ella, y sin importarle que su padre los mirara, él la asió por la cintura, la besó en los labios y murmuró:

—Estás muy por encima de una fiesta de los Ferrasa.

Encantada con su respuesta, se sintió segura de sí misma y, cuando salieron del hotel en dirección a la fiesta, supo que lo pasaría bien.

Nada más llegar la limusina a la puerta del local donde se celebraría el evento, cientos de fotógrafos los esperaban. Y mientras los demás iban saliendo del coche y sonreían, Ruth cogió a Tony de la mano y dijo:

—No puedo salir.

—¿Por qué?

—Porque no quiero que me fotografíen —respondió nerviosa.

—Pero ¿por qué, cariño, si estás preciosa?

—Tengo miedo. Alguien me puede reconocer y...

Tony, al entender de lo que hablaba, la cortó con un beso y, cuando se separó de ella, sentenció:

—Nadie, absolutamente nadie, os hará daño ni a ti ni a los niños.

—Tony...

Dylan, al ver que no salían, se acercó de nuevo a la limusina y preguntó:

—¿Qué ocurre?

Tony no respondió y su hermano, que conocía el pasado de Ruth, la miró y dijo:

—Nosotros te protegeremos. Sal del coche, Ruth, porque no va a pasar nada.

Ella suspiró y cerró los ojos. Finalmente, al ver lo ridículo de la situación, se decidió a salir. Si era la novia de Tony Ferrasa, tarde o temprano la iban a fotografiar.

Una vez dentro del local, posaron en el photocall. Primero en grupo y luego por parejas. Tifany lo hizo encantada con Anselmo, para rabia de Omar, mientras que Orlando la esperaba en la fiesta.

Cientos de flashes descargaban ante ellos y Tony, sin soltar a Ruth de la mano ni un instante, respondía a las preguntas que los periodistas le hacían, aunque la más repetida era quién era la joven pelirroja que lo acompañaba, a lo que él contestaba una y otra vez que su novia. Su prometida.

Después entraron en la fiesta y Ruth se tranquilizó un poco. Aunque alucinó cuando vio a la gente que la rodeaba. Cientos de músicos, actores, presentadores y cantantes los saludaban y ella no podía creer lo que veían sus ojos. Extasiada, saludó a Alejandro Sanz, a Beyoncé, a Marc Anthony, a Cristina Aguilera, a Luis Miguel y a infinidad de personalidades más. Y cuando Tifany llegó del brazo de Orlando Bloom, el actor le pareció todavía más guapo en persona que en el cine.

Una vez se sentaron a cenar, a Ruth ya se le había pasado el susto. El ambiente era relajado y agradable y no se sintió fuera de lugar. Todo estaba saliendo la mar de bien.

Durante la cena, los tíos de Tony, que estaban sentados a otra mesa, se acercaron a saludar, y en especial a conocer a Ruth. Maravillados, ensalzaron sus ojos verdes y su cabello rojo y ella rio a carcajadas cuando uno de ellos comenzó a cantarle una canción que hablaba de una pelirroja. Antes de acabar la cena, Yanira, que no había parado de prodigarse muestras de cariño con su marido Dylan, se levantó y se marchó. Ruth sabía adónde iba y, emocionada, esperó oírla cantar en el escenario.

Omar, que se había mantenido bastante callado durante la cena, dijo ahora, mirando a Tifany:

—Estás muy bonita esta noche.

Su voz, su cercanía y su mirada la acaloraron y, dándose aire con la mano, respondió:

—Gracias. Tú tampoco estás mal. —Y luego, miró de nuevo a Orlando y siguió hablando con él.

Omar observó al actor y se calló. Sin duda, pensaba que intentar competir con él era imposible y suspiró. Pero al ver la mano de Tifany, algo le llamó la atención y preguntó:

—¿Ese anillo de zafiros es nuevo?

Ella se miró la mano, encantada, y, moviéndola ante él, dijo:

—Es mi anillo de compromiso.

—¡¿Qué?!

Satisfecha por su gesto y su cara de desconcierto, Tifany aclaró:

—Alexei me ha pedido que me case con él, ¿te lo puedes creer?

A Omar se le demudó el semblante e, intentando disimular el malestar que sentía, preguntó:

—¿Y qué le has respondido?

Clavando sus claros ojos en él, Tifany contestó:

—Por supuesto, le he dicho que sí. Sería tonta si no me quisiera casar con el hombre más sexy del planeta.

Omar asintió sin decir nada, cogió su copa de vino y bebió.

Instantes después, Yanira apareció en el escenario y, tras decir unas palabras, animó a todo el mundo a cantarle el «Cumpleaños feliz» a Anselmo, mientras él también subía al escenario para soplar las velas de una enorme tarta.

Todos los asistentes aplaudieron y él, emocionado, cogió el micrófono y dijo unas palabras. Yanira, al ver que se le llenaban los ojos de lágrimas en el momento en que mencionó a sus hijos y a su difunta mujer, le apretó la mano para darle fuerza y valor.

Cuando terminó de hablar, Anselmo le cedió de nuevo el micrófono a ella, que dijo ante todos:

—Querido suegro, esta canción que sé que te gusta y que sientes como muy especial, te la dedico sólo... sólo... ¡a ti!

Cuando los músicos comenzaron a tocar los primeros acordes de *Lamento borincano*,* Yanira miró a Anselmo y, sin que nadie la oyera, murmuró:

—Ya sabes, luego bailas conmigo para que todos vean lo estupendo que estás y el ritmazo que tienes.

Y se arrancó a cantar aquella bonita canción, mientras su marido la observaba sentado a la mesa con el resto de su familia.

Estaba orgulloso de ella. A pesar de los grandes tropiezos que ambas partes habían sufrido al principio, su relación era maravillosa, ¡perfecta! Adoraba a su mujer por encima de todas las cosas y no había un solo día que no se lo recordara. Sin ella, ya nada sería igual.

Yanira, desde el escenario, tras guiñarle un ojo a su guapo marido al

* *Lamento borincano*, Arhoolie (Fenn Music), interpretada por Lamento Borincano. (*N. de la E.*)

ver cómo la miraba, sonrió, y en varias ocasiones se acercó a Anselmo y lo animó a cantar con ella. Él rio e hizo que todos rieran también mientras Yanira entonaba la canción.

La gente coreaba la canción. Era muy popular en Puerto Rico, casi un himno. Y los nacidos allí como Anselmo o sus hijos la sentían hasta en lo más profundo de su ser. De pronto, Yanira soltó el micrófono, se acercó a su suegro moviendo las caderas y dijo:

—Vamos, Ferrasa. demostrémosles a todos lo bien que bailas salsa.

Él aceptó su reto, divertido. La cogió de la mano y comenzó a bailar con ella. Todo el mundo prorrumpió en aplausos, mientras Anselmo, un puertorro de pura cepa, disfrutaba con su nuera y la canción.

—Qué buena es Yanira cantando. Y tu padre baila fenomenal —dijo Ruth maravillada.

Tony sonrió y contestó divertido:

—Prepárate, cariño, porque esta noche vas a bailar más salsa que en toda tu vida.

Cuando la actuación de Yanira acabó, todos volvieron a aplaudir y Anselmo, sonriente, tras abrazarla y darle dos besos, bajó del escenario acompañado de su rubita preferida.

Una vez terminaron el postre, todos los comensales pasaron a otro comedor al aire libre, decorado con antorchas, donde, nada más entrar, el sonido de la salsa ya hizo que tuvieran ganas de moverse.

Los tíos de los Ferrasa, los antiguos músicos de su madre, estaban tocando en el escenario, dispuestos a que todo el mundo bailara hasta caer rendido.

Ruth, sin creer todavía que se hallara en medio de todo aquello, con artistas y actores de primera clase, rio encantada. No muy lejos de ella, Tony observaba cómo varios hombres se le acercaban seductores y tenía intención de dejar muy claro que era su novia. Su prometida.

Dylan, que se había percatado de la situación, se acercó a él y, tras darle una cerveza bien fría, fue a decir algo, pero Omar se lo impidió, murmurando molesto:

—¡Se casa! Tifany se casa con el muñequito ruso.

Ellos dos lo miraron y Dylan, dando un trago a su cerveza, dijo:

—Ya lo sabemos.

—¿Lo sabéis? —preguntó Omar, alzando la voz.

—Baja la voz y no la líes —susurró Tony—. Es el cumpleaños de papá.

Su hermano maldijo.

—Le ha regalado un zafiro. ¡Ése no sabe lo que le gusta tanto como yo!

La noticia le había caído como un jarro de agua y Dylan, dispuesto a jorobarlo aún más por haber sido tan tonto, replicó:

—Estoy convencido de que *ése* la hará muy feliz.

Omar sonrió molesto y contestó:

—Venga, Dylan, ¡no me jodas! Ese muñequito no puede hacerla feliz.

—¿Por qué? —preguntó Tony interesado—. ¿Por qué crees eso?

Molesto por cómo lo miraban los dos, él dijo:

—Porque lo sé y punto. A Tifany siempre le ha gustado otro tipo de hombre y...

—Sí, claro —lo interrumpió Tony—, le gustabas tú. Un hombre fiel, amable, cariñoso con ella y terriblemente atento a sus necesidades, ¿verdad?

Omar no contestó y Tony añadió:

—Asúmelo, hermano. Te has buscado lo que tienes y has perdido la batalla.

—Yo más bien diría que has perdido la guerra —apostilló Dylan.

—Disfrutáis con ello —se quejo él al escucharlos.

Dylan sonrió y, poniéndole una mano en el hombro, dijo:

—Disfrutaría más si hicieras algo positivo por y para ti.

Omar no respondió. Con gesto ceñudo, se dio la vuelta y se marchó. No quería escucharlos.

Cuando se alejó, Tony y Dylan se miraron, y este último comentó:

—Lo está pasando fatal con lo de Tifany. Nunca imaginé que se quedaría tan desconcertado. Me preocupa de verdad, Tony.

Éste asintió y, mirando a Ruth, que bailaba con un amigo de su padre, dijo:

—Él se lo ha buscado. Quien no cuida lo que tiene, luego no tiene derecho a quejarse por haberlo perdido. Y, por cierto, ¿no crees que el amigo de papá se está arrimando demasiado a Ruth?

Dylan se rio y bromeó divertido:

—Como diría Yanira, tranquilo, Ferrasa. Todos saben que ha venido contigo.

Tony dio un trago a su cerveza.

—Eso espero. No quiero líos, ni aquí ni fuera de aquí.

Estaba claro que los Ferrasa no se andaban con tonterías en lo que se refería a sus mujeres.

En otro lado de la fiesta, Tifany se divertía bailando con Anselmo. Ella había aprendido a bailar salsa porque Omar, en sus dulces comienzos, la enseñó. Su suegro y ella siguieron hasta que la pieza acabó y luego, entre risas, fueron a una de las barras cercanas para pedir algo de beber.

—¿Bailas conmigo? —le preguntó entonces Omar, apareciendo a su lado y tendiéndole la mano.

Sorprendida, Tifany parpadeó. Omar llevaba años sin bailar con ella, ni salsa ni nada, y se sorprendió más cuando él dijo, sonriendo al oír los acordes de una canción:

—Si mal no recuerdo, esta pieza siempre te ha gustado.

A ella se le puso la carne de gallina cuando reconoció *Da la vuelta*,* una bonita canción que había bailado con él en otro tiempo feliz. Mientras Marc Anthony comenzaba a cantar.

Ella miró a Omar y éste, sonriendo, la llevó con suavidad hacia la pista.

—¿Recuerdas cuántas veces bailamos esta canción? —Ella no respondió y él murmuró, agarrándola por la cintura—: Vamos, amor. Baila conmigo otra vez.

Sintiéndose como en una nube de algodón rosa chicle, Tifany comenzó a moverse al compás de la música, mientras la mirada de Omar se clavaba en ella. Aquella canción que un día los enamoró estaba contando su dura separación.

—Nadie posee la suavidad de tu piel —susurró él, mientras la tenía abrazada.

La música comenzó a coger ritmo y Omar, separándola de su cuerpo, le dio espacio para que pudiera moverse.

—Sigues bailando muy bien, preciosa —dijo sonriendo.

—Hay cosas que no se olvidan —respondió ella, sonriendo también. Y luego, recuperándose de su cercanía y sus palabras, levantó el mentón y, moviendo los hombros, añadió, mientras se dejaba llevar por la música—: Tú tampoco lo haces mal.

Y sin pensar en nada más y olvidándose por unos instantes de todo lo

* *Da la vuelta,* Columbia, interpretada por Marc Anthony. *(N. de la E.)*

ocurrido entre ellos, Tifany bailó con él, sonrió y disfrutó aquella canción como en los viejos tiempos, mientras Marc Anthony seguía cantando a ritmo de salsa.

Yanira, que estaba hablando con Ruth, se sorprendió al verlos y dijo, señalándolos:

—¡No me lo puedo creer!

—Qué bien bailan —comentó Ruth.

Yanira sonrió. Nunca los había visto bailar juntos. Omar, en las fiestas, siempre estaba hablando de negocios, pero sorprendentemente, aquel día no lo estaba haciendo. Y en ese momento vio lo buen bailarín que era, como el resto de los Ferrasa, y lo bien que Tifany sabía seguirlo.

—Uisss... ¡veo salseo en la cara de Tifany! —cuchicheó Ruth.

Yanira los miró y respondió divertida:

—Te equivocas, cielo. Por suerte, Tifany se desenganchó de él, aunque le tiene un gran cariño. Ella es un alma cándida, pero está loquita por su ruso.

Ajenos a lo que la gente comentaba, Omar y Tifany se movían por la pista con soltura y se entendían a la perfección. Sabían cuándo hacer cambio de pasos, de dirección o de movimientos con una fluidez que hizo que todos los observaran admirados. Incluso Anselmo lo hizo. Satisfecho, se acercó a Dylan y a Tony y cuchicheó, haciéndolos reír:

—La está conquistando como un Ferrasa.

Lo que su padre quería decir era que, delante de todos, Omar estaba siendo delicado, afectuoso y atento con su exmujer, sin importarle lo que pensaran de ellos. Sin duda, su actitud los estaba sorprendiendo a todos y cuando vieron cómo Omar sonreía feliz mientras hacía dar vueltas a Tifany, pasándola por debajo de sus brazos, Tony murmuró con cariño:

—Qué cabronazo es.

—Siempre ha sido el mejor —comentó Dylan apenado—, pero el muy idiota parece haberlo olvidado.

—Saber rectificar y asumir errores, aunque sea tarde, es de sabios —contestó Anselmo—. Y en este mismo instante, vuestro hermano lo está siendo.

Tifany bailaba como sabía que a Omar le gustaba. Cantaba al tiempo que daba vueltas, se dejaba coger por su exmarido y movía las caderas al compás de él. Sin duda ella quería disfrutar tanto aquel momento como él.

Cuando aquella mágica canción acabó, Omar la miró. Deseaba decirle mil cosas, disculparse por otras dos mil, pero al ver aquellos ojos claros que un día lo miraron con amor, ahora vivarachos y sonrientes en vez de tristes, como en su última época, la acercó a él, la besó en los labios con rapidez y dijo, antes de dejarla:

—Enhorabuena por tu próximo enlace. Sé feliz, amor. Te lo mereces.

Cuando él se alejó, Tifany, con la respiración agitada por el baile, se lo quedó mirando pensativa. Por unos minutos habían vuelto a ser los mismos de años atrás y el corazón le aleteó en el pecho.

¿Qué había ocurrido allí?

Pero instantes después, al ver que Omar comenzaba a hablar con unos hombres sin mirarla, supo que la magia del momento había acabado. Así que se dio la vuelta, buscó a Orlando y siguió divirtiéndose sin sospechar que su exmarido sufría como nunca en su vida, y que se mantenía alejado porque se había dado cuenta de que no era bueno para ella.

Al verlos, Yanira y Ruth se miraron y ésta insistió:

—Te digo yo que aquí hay salseo.

Yanira contestó divertida:

—Que no, mujer. Si alguien no tiene nada de romántico en esta familia es Omar. Por cierto, ¿sabías que Anselmo se casó tres veces con Luisa y que yo ya llevo dos bodas con Dylan?

—¿Me estás diciendo que quien conoce a un Ferrasa, no lo puede olvidar? —preguntó Ruth divertida.

—Exceptuando a Omar, sí —rio Yanira. Soltando una carcajada, Ruth bromeó mientras decía:

—Lo llamaré ¡La maldición de los Ferrasa!

Entre risas, y al ver que Tifany sonreía con Orlando tras lo ocurrido, fueron a una barra para pedir algo de beber. Allí, Yanira señaló unos vasitos y le preguntó:

—¿Conoces los chichaítos?

Ruth dijo que no. A pesar de ser camarera, nunca los había preparado y Yanira pidió dos.

Tras beber un trago y murmurar ambas aquello de «¡Wepaaaaaaa!», Yanira le advirtió:

—Debes tener cuidado con ellos. Entran muy bien, pero te coges una cogorza del quince. Te lo digo por experiencia, o si no, pregúntale a Tony la que nos pillamos él y yo en Puerto Rico una noche.

El mencionado, que llegaba en ese instante con su hermano Dylan, al oír aquello se mofó:

—¿Quieres emborrachar a mi novia?

Yanira soltó una carcajada y Dylan, quitándole el vaso de chichaíto, dijo:

—Vamos, caprichosa... baila conmigo.

Comenzó a sonar la canción *Aguanile** y Tony, animado, tiró también de Ruth. ¡Todos a bailar!

Yanira se quitó rápidamente los zapatos y empezó a mover las caderas al compás que su marido le marcaba, mientras éste la miraba encantado, disfrutando de ese baile con ella.

Ruth llegó con Tony a la pista y se quedó boquiabierta cuando él comenzó a moverse. Durante varios minutos lo siguió como pudo, hasta que decidió quitarse también los zapatos, como su cuñada, y entonces pudo bailar más a sus anchas. Tony y ella se sincronizaron enseguida y bailaron salsa como unos descosidos, mientras reían contentos de lo bien que lo estaban pasando.

Cuando la canción acabó, Ruth se tiró a los brazos de su amor y, besándolo, exclamó:

—Dios mío, pero ¡qué bien bailas!

—Soy un Ferrasa, ¿qué esperabas, taponcete? —Y la besó encantado.

Fue una noche muy bonita para todos, especialmente para Anselmo, que, orgulloso, se divertía y veía a sus tres hijos disfrutar.

* *Aguanile*, Sony Music Latin, interpretada por Marc Anthony. *(N. de la E.)*

34

Hasta ayer

Después de tres días de ensueño en Miami, en los que Ruth disfrutó de Tony y de toda su familia, regresaron de nuevo a Los Ángeles para continuar con sus vidas.

Una vez allí, con tristeza, se vieron obligados a despedirse de Rosa, la mujer que cuidaba de los niños. Su madre había sufrido un accidente y debía ir a cuidarla, por lo que tuvieron que buscar una sustituta. La propia Rosa les recomendó una amiga llamada Lola. Cuando Ruth vio cómo era, la contrataron sin dudarlo.

Lola era un encanto de chica, conocía todos los dibujos que los niños veían y los gemelos rápidamente le cogieron cariño, aunque Jenny protestó, porque no le gustaba.

Tenían todo el verano por delante y Ruth, tras pedir vacaciones por primera vez desde que empezó a trabajar en el restaurante, viajó con Tony y los niños a Puerto Rico, a casa de sus padres.

Por su parte, David y Manuel se fueron a hacer su viaje de ensueño a Italia. Un viaje que disfrutaron como siempre lo habían imaginado.

En Puerto Rico se encontraron con Yanira y Dylan y sus pequeños y con Omar y su niña. Anselmo, encantado de tener la casa llena de gente, y en especial de niños, disfrutó enormemente junto a Yanira y Ruth. Las llamaba las españolas.

Tifany, a diferencia de otros años, no fue a Puerto Rico. Cuando Omar fue a buscar a Preciosa para llevársela a casa de su padre, el ruso y ella cogieron un avión y volaron a San Petersburgo. Alexei quería enseñarle su tierra y presentarle a su familia. Un lugar precioso, increíble, maravilloso, pero que hizo que el corazón de Tifany echara de menos el calorcito de Puerto Rico.

Durante los días que estuvieron en la isla, hicieron turismo todos juntos. Visitaban lugares de ensueño y por las noches, cuando los niños dormían y se quedaban con la Tata y Anselmo, Omar, Tony, Ruth, Yanira y

Dylan se iban a bailar salsa y a beber chichaítos, con moderación, hasta el amanecer.

Ruth vivía en una nube. Nunca había sido más feliz que en esos días, aunque ver cómo los periodistas los fotografiaban la seguía intimidando.

Allí estuvieron casi un mes. Un mes plagado de diversión, de alegría y de felicidad, durante el cual Jenny se lo pasó genial y los gemelos disfrutaron de lo lindo.

Lo único malo de todo aquello para Ruth era que ahora su cara salía en la portada de las revistas, que hablaban de su vida y de quién era.

¿Qué interés podía tener ella para la gente?

En septiembre comenzaron los colegios y Ruth volvió a trabajar. Los periodistas la esperaban todos los días a la entrada y la salida del restaurante, sólo para fotografiarla e intentar que respondiera a preguntas absurdas sobre sus futuros planes de boda.

Una mañana, al poco de abrir, Ruth estaba preparando unos cafés para unos clientes cuando oyó detrás de ella:

—Hola, pelirroja.

La taza se le escurrió de las manos.

Aquella voz. Sabía de quién era aquella maldita voz. Julio César la había encontrado.

Separados sólo por la barra del bar, Ruth se echó hacia atrás y lo miró. Apenas había cambiado. Los mismos ojos negros, el pelo oscuro y la descarada y fría sonrisa. Era un ser despreciable y un vividor.

Paseó su indecente mirada por ella y susurró:

—Vaya... vaya... los años te han tratado bien, pelirroja.

Ruth sintió que se quedaba sin aire en los pulmones. Preguntarle cómo la había encontrado era ridículo. Ya lo sabía. Lo miró nerviosa. Sabía que su presencia le iba a ocasionar problemas, pero no dispuesta a dejarle ver el miedo que le tenía preguntó:

—¿Qué haces aquí?

Julio César sonrió y, apoyándose en la barra, para acercarse a ella, contestó:

—Te veo en prensa y televisión muy bien acompañada. Y quizá la pregunta correcta es ¿qué haces trabajando de simple camarera? —Ella no respondió y él continuó—: Vaya... vaya... mi pelirroja es la novia de un ricachón.

Ruth cerró los ojos.

—No soy tu pelirroja.

—Lo eres hasta que yo decida que dejes de serlo.

Aquel tono autoritario le recordó tiempos pasados y cuando fue a contestar, él preguntó:

—¿Acaso has olvidado lo bien que lo pasamos?

Ruth no respondió. Se negaba a hacerlo.

—Te encantaba cómo te poseía, cómo te besaba, ¿no te acuerdas?

—Eso pertenece al pasado —dijo ella—. Y, la verdad, no me gusta recordarlo.

Julio César sonrió y preguntó con malicia:

—¿Cómo está mi pequeña Jenny? ¿Se acuerda de mí?

A Ruth se le revolvió el estómago y siseó señalándolo:

—Ni la menciones. Para ella no existes. Por suerte, nunca ha vuelto a nombrarte y quiero que siga siendo así.

—Qué injusta eres, pelirroja. Yo me ocupé de sus gastos de hospital mientras estuviste conmigo, ¿acaso lo has olvidado? —Y cambiando el gesto, resopló—: Me robaste, me dejaste, me humillaste delante de mis amigos, ¿eso también lo has olvidado?

Incómoda, miró hacia sus compañeros. Todos estaban trabajando y, deseosa de que se fuera de allí, respondió:

—No te robé. Era mi dinero y sólo cogí mil dólares para poder largarme de tu lado. Ese dinero lo ganaba yo corriendo aquellas malditas carreras para ti, ¿te has olvidado tú de eso?

Julio César sonrió.

—Vamos, pelirroja, ese dinero era mío y lo sabes, cariño.

—No me llames cariño. ¡No soy tu cariño! Y no, no era dinero tuyo.

Agarrándola de la mano para retenerla, se acercó todo lo que pudo y añadió en voz baja:

—Tu novio es rico, muy rico, y tú estás muy... muy rica. Creo que me voy a dar un festín contigo por los viejos tiempos —concluyó con lascivia.

—¡Suéltame!

Se deshizo de su mano de un tirón y él, sin apartar los ojos de ella, dijo mientras se estiraba:

—Tú me robaste mil dólares y me los vas a devolver.

—¡¿Qué?!

—Me los vas a devolver con intereses. Quiero seis mil dólares o la prensa verá unas fotos muy bonitas que tengo tuyas y mías en actitud más que fogosa. Y, sinceramente, creo que tú tienes más que perder que yo.

Al oír eso, Ruth maldijo en silencio. Creía haberse llevado todas aquellas fotos, pero por lo que le acababa de decir no había sido así.

—Eres un cerdo —masculló.

—Lo sé —rio él—. Un cerdo que espera una recompensa.

—Me das asco.

El hombre soltó una carcajada.

—Las fotos que tengo no dan a entender eso.

—¡Fuera de aquí! ¡Márchate! —le dijo furiosa.

—Seis mil dólares, pelirroja. Eso es lo que quiero por las fotos. O te aseguro que tu novio será el hazmerreír de todos.

Ruth se quería morir. No podía hacerle eso a Tony y contestó:

—Pero yo no tengo ese dinero, ¿de dónde quieres que lo saque?

—Tony Ferrasa sí lo tiene. Quítaselo a él como me lo quitaste a mí.

Horrorizada, Ruth iba a protestar cuando Julio César dijo:

—Tienes tres días. Si regreso y no lo tienes —sonrió—, atente a las consecuencias, pelirroja.

Y dicho esto se marchó, dejando a Ruth temblorosa y totalmente alterada.

Durante el resto de la mañana no dio pie con bola. Estaba tan nerviosa que era incapaz de concentrarse. Cuando salió del trabajó llamó a David. Necesitaba hablar urgentemente con él.

—Cachorra, no me asustes, ¿qué ha pasado? —preguntó su amigo cuando Ruth llegó a su casa.

—Me ha encontrado. Julio César me ha encontrado.

—¡Ay, Diosito! —exclamó David.

Desesperada, añadió:

—Dice que quiere seis mil dólares o si no enviará a la prensa unas fotos de nosotros dos juntos en la cama.

David la miró angustiado. ¿De dónde iban a sacar ese dineral?

Ruth se echó a llorar. Aquello acabaría de nuevo con su vida.

35

Cuéntame al oído

Esa tarde, cuando llegó a casa, por suerte Tony no estaba demasiado comunicativo. Se había encerrado en su despacho, trabajando en la banda sonora de la película que le habían encargado y, tras saludarlo, Ruth se encaminó al salón, donde Lola estaba con los niños.

Jenny, al verla entrar, se sentó a su lado en el sofá y cuchicheó:

—Lola es una descarada y una cochina.

—¿De qué hablas, Jenny?

La niña se acercó más a ella y murmuró:

—Esa bruja del demonio hablaba con alguien por teléfono y decía cosas muy guarras.

Ruth la miró boquiabierta y no queriendo hacerle caso, susurró:

—Castigada a tu habitación y haz el favor de controlar tu vocabulario.

—Pero...

—¡Castigada! —insistió malhumorada.

Jenny se levantó molesta y se marchó.

Ruth se arrepintió enseguida de haberle hablado así a su pequeña. Jenny no tenía la culpa de su enfado y antes siquiera de que hubiera llegado a la puerta, corrió hacia ella y, abrazándola, dijo:

—Cariño, perdóname por haberte hablado así. —La niña no dijo nada y Ruth, mirándola, explicó—: Hoy mami está nerviosa por cosas del trabajo, pero prométeme que no volverás a decir algo así de Lola. Es una buena chica que se desvive por atenderos cuando yo no estoy.

Jenny la miró. Pocas veces la había visto tan alterada, y susurró:

—Vale, mamita.

Instantes después, se dirigió hacia donde estaban los niños y comenzó a jugar con ellos. Mientras los veía jugar y reír, Ruth pensó en lo ocurrido. Julio César los había encontrado. Por suerte, no sabía nada de los gemelos. Temía que se enterase de que eran sus hijos y, nerviosa, pensó en cómo conseguir los seis mil dólares para que se fuera.

Tras acostar a los pequeños y ver que Tony no salía de su despacho, fue a su encuentro. Él, cuando la vio entrar, preguntó:

—¿Y los niños?

—Ya están en la cama.

Tony sonrió y, al notar que estaba tan seria, dijo:

—¿Qué te pasa?

Angustiada por lo que le ocurría, quiso contárselo, pero en vez de ello sonrió y respondió:

—Me duele la cabeza. Creo que me voy a ir a la cama.

Preocupado, Tony le tocó la frente. No parecía tener fiebre.

—Si te encuentras mal, lo mejor es que vayas a descansar.

Ella, deseosa de quitarse de en medio, lo besó y se marchó.

Una vez en la cama, dio infinidad de vueltas, no podía dejar de pensar en lo sucedido aquel día. Tony entró en la habitación se quitó la ropa, con cuidado, quedándose sólo con los calzoncillos, y se metió en la cama. Después se acercó a ella y, al ver que estaba despierta, la besó en la frente, la abrazó y murmuró:

—Duerme, cariño. Mañana te encontrarás mejor.

A la mañana siguiente, cuando sonó el despertador, Ruth apenas había descansado. Salió de la cama con cuidado para no despertar a Tony, se dio una ducha rápida y, cuando bajó a la cocina, se encontró con Paola, que ya había llegado. Al verla la saludó, pero al notar su mala cara, preguntó:

—¿Te ocurre algo?

Encogiéndose de hombros, mientras se preparaba un café, respondió:

—Una mala noche.

Paola asintió, y en ese momento se abrió la puerta y apareció Lola.

—Hoy Jenny tiene que llevar un trabajo de ciencias al colegio —le dijo Ruth tras saludarla—, que no se le olvide.

La chica asintió y Ruth salió de la casa para irse a trabajar. Pero aquella mañana todo se le hizo cuesta arriba. No podía parar de pensar en cómo pagar lo que aquel delincuente le pedía, hasta que de repente se iluminó.

Sacó el móvil del bolsillo del mandil y, yendo hacia la trastienda del restaurante, llamó a Yanira y quedó con ella a la salida del trabajo.

Se encontraron en una lujosa y exclusiva cafetería de Beverly Hills y, tras darse un beso y pedirle un café a la camarera, Ruth le soltó de golpe:

—¿Me podrías prestar seis mil dólares?

—Por supuesto —contestó Yanira, y luego añadió con una sonrisa—: ¿Quieres hacerle un buen regalo a Tony?

Ruth negó con tristeza e, incapaz de mentirle, explicó:

—Tras salir en todas las revistas y en los programas del corazón, Julio César me ha localizado y...

—Por el amor de Dios, ¿te ha hecho algo?

—No... no... pero...

—¡¿Pero?!

—Tiene unas fotos mías de cuando estaba con él, en una actitud no muy decente y...

—¿Te chantajea?

—Sí.

—Debemos llamar a la policía, Ruth. Ellos sabrán cómo proceder.

Ella la miró angustiada.

—No podemos hacerlo o esas fotos llegarán a la prensa.

Yanira bebió un sorbo de su café. Aquel asunto no pintaba bien y, tras dejar la taza en el plato, dijo:

—Intuyo que no le has contado nada a Tony, ¿verdad?

—Intuyes bien.

—¿Por qué?

Ruth la miró desesperada y, retirándose un mechón rojo de los ojos, contestó:

—Me avergüenza que vea esas fotos y... y... no sé cómo se lo va a tomar.

Yanira, al verla tan preocupada, le cogió la mano.

—Mañana mismo tendrás los seis mil dólares.

—Gracias... gracias...

—¿Estás segura de que no te va a volver a chantajear?

Ruth suspiró y, encogiéndose de hombros, negó con la cabeza.

—No lo sé. Pero de momento, creo que lo mejor será que le pague ese dinero.

—Sigo pensando que deberías contárselo a Tony.

—Lo sé, sé que debería hacerlo, pero algo me dice que intente solucionar yo sola este problema sin meterlo a él por medio. Además, está muy ocupado. Tiene que terminar la banda sonora de la película y últimamente va muy estresado. No quiero darle más quebraderos de cabeza.

Yanira lo entendió e, intentando sonreír, afirmó:

—Tranquila, esto quedará entre tú y yo y recemos porque el asunto se pare aquí.

Dos días después, Julio César acudió de nuevo al restaurante y, cuando Ruth lo vio, se acercó a la barra, donde él se había sentado, y, entregándole la carta del restaurante, dijo:

—Dentro hay un sobre. Quédatelo y desaparece de mi vista.

Con disimulo, él cogió la carta y abrió un poco el sobre, y al ver aquel fajo de billetes, lo cerró y dijo:

—Muy bien, pelirroja. Qué rápida has sido. No esperaba menos de ti.

—Ahora, dame las malditas fotos y vete de una vez.

Divertido, él le guiñó un ojo y Ruth supo que había jugado con ella. Con una sonrisa de lo más desagradable, salió del restaurante sin entregarle nada.

Ruth se agachó detrás de la barra y se echó a llorar. Acababa de hacer una idiotez. Julio César no pararía de chantajearla hasta destrozarle la vida.

36

Amor

Pasó una semana en la que Ruth apenas dormía ni descansaba. Se mostraba obsesiva con los niños, con los perros, con Tony. Tenía unas profundas ojeras y él, al percatarse, le preguntó qué le pasaba, pero Ruth contestó que le había venido la regla.

David y Manuel, preocupados, fueron a verla al restaurante. Ella les mintió diciendo que el tema estaba solucionado, pero sabía que Julio César regresaría. Lo conocía muy bien.

Una madrugada, sonó el teléfono de Tony y, tras contestar, se levantó rápidamente de la cama y se empezó a vestir.

—¿Qué ocurre? —preguntó Ruth asustada.

—Era Dylan —respondió nervioso—. Omar está en el hospital.

Ella también se vistió apresurada y, tras avisar a Lola de que se marchaban, se fueron juntos al hospital.

Al llegar, se encontraron allí a Yanira y a Dylan.

—Ha sido un amago de infarto —dijo éste—, pero está bien.

—¿Has avisado a papá? —preguntó Tony, pasándose la mano por el pelo.

Su hermano negó con la cabeza.

—Omar no quiere que le digamos nada.

—¿Qué ha pasado? —quiso saber Tony, ya más tranquilo.

Yanira y Dylan se miraron y ella dijo, poniendo los ojos en blanco:

—Al parecer, tu hermano ha querido quedar como un supermacho con unas mujeres y se ha tomado una pastillita azul además de...

—¿Ha tomado Viagra?

Dylan asintió y explicó, bajando la voz:

—Lo ha mezclado con cocaína y alcohol y eso le ha causado el amago de infarto. Por suerte, al empezar a encontrarse mal, me ha llamado por teléfono y lo he podido traer aquí para controlarlo, antes de que el asunto fuese más grave. Ha mezclado el alcohol, que es un depresor, con la cocaína, que estimula el sistema nervioso, y el Viagra, que es un vasodilatador. Ese gilipollas podría haber muerto de un paro cardiaco, ¡joder!

—Cuando lo vea, lo mato —siseó Tony.

Ruth le cogió la mano y se la apretó, intentando tranquilizarlo.

—¿Puedo verlo? —preguntó luego.

Su hermano asintió y él, tras darle un beso a Ruth, le pidió que lo esperara con Yanira. Ambas se fueron al despacho de Dylan mientras ellos dos se dirigían a la habitación de Omar.

Éste, al verlos entrar, dijo con gesto cansado:

—Vale... vale... no me miréis así. Sé que lo he hecho mal.

—Mal no, muy mal. Pero ¿tú eres gilipollas? —siseó Tony.

—¿Cuándo narices vas a dejar de hacer tonterías y te vas a cuidar? —añadió Dylan, negando con la cabeza.

—No exageres —contestó Omar.

—¡¿Casi la palmas y dices que no exageremos?! —le espetó Tony.

Dylan, al ver que elevaba el tono de voz, le pidió tranquilidad con la mirada, pero Tony no le hizo caso.

—No exagero, Omar. Hoy has estado en la cuerda floja. Mezclar lo que has mezclado podría haberte producido un paro cardiaco y...

—Pero no ha ocurrido, ¿verdad? —lo cortó su hermano mayor, asustado y consciente de lo que le decía.

Tony y Dylan se miraron y este último dijo:

—Mira, Omar, voy a ser sincero contigo. Ya no eres un crío de veinte años para hacer las cosas que haces. ¿Cuándo te vas a dar cuenta de que en esta vida no todo es trabajar y follar con toda la que se cruza en tu camino?

Él no respondió. Sabía que tenían razón y, cerrando los ojos, contestó:

—Estoy agotado. Dejadme descansar.

Tras resoplar, Dylan cogió a Tony del brazo y ambos salieron de la habitación. Omar quería estar solo y era mejor que no se alterara.

Al día siguiente, Anselmo y la Tata llegaron de Puerto Rico. Yanira, sin hacer caso de lo que Omar quería, los llamó.

Cuando su padre entró en la habitación y lo miró con gesto de reproche, Omar resopló.

El viejo no dijo nada, sólo se limitó a escuchar las palabras tranquilizadoras de Dylan, mientras Tony permanecía callado a su lado y la Tata se desvivía por cuidar a Omar.

Durante horas, éste aguantó la incómoda situación de tener a su padre allí sin dirigirle la palabra, hasta que la puerta de la habitación se volvió a abrir y apareció Tifany.

—¡Joder! —murmuró Omar al verla.

La Tata la abrazó rápidamente y Anselmo, mirando a su hijo, la abrazó también y por fin dijo:

—Ella, junto con Preciosa, eran lo único bueno que tenías y las perdiste. Ahora sigue viviendo la vida loca, bebiendo y consumiendo pastillitas azules para satisfacer a esas mujeres y dentro de nada todos te perderemos a ti.

Y dicho esto, salió de la habitación con la Tata detrás.

Al encontrarse a solas con el que había sido su marido, Tifany se acercó a él y, con cariño, preguntó:

—¿Cómo estás?

Omar la miró. Sin duda su padre tenía razón y respondió:

—Jodido pero bien.

Tifany sonrió. Ante ella tenía al Omar duro e indestructible y, durante unos minutos, ambos permanecieron en silencio. A veces el silencio dice más que las palabras y, finalmente, Omar, suavizando el semblante, dijo:

—Lo siento, Tifany. Siento tanto todo lo ocurrido que no sé ni qué decirte para disculparme contigo por haberme comportado como un auténtico desgraciado.

—Tranquilo, Omar... tranquilo.

—Estoy tranquilo, créeme.

Tifany asintió y le cogió la mano.

—Soy consciente de que no merezco que estés aquí conmigo —murmuró—. Ni siquiera merezco que me mires a la cara.

—No te voy a quitar la razón —afirmó ella.

Sin soltarle la mano, él se la besó y dijo:

—Pero en cambio estás aquí. Siempre que te he necesitado has estado a mi lado o al lado de mi familia.

—Soy así de tontorrona, ya lo sabes.

Omar sonrió. Aquella sonrisa sincera la hizo sonreír también a ella y él añadió:

—He sido un necio, amor. Un imbécil, un mal marido, por no decir más cosas.

—Puedo decirlas yo si quieres. Tengo un gran repertorio dedicado única y exclusivamente a ti.

—Eres la única mujer que realmente me ha querido y que ha visto en mí algo más que un egocéntrico productor discográfico y su dinero, y al final me has tenido que dejar por idiota. Y...

—No le des más vueltas —lo cortó Tifany—. Yo perdí mi tiempo y tú a alguien que te quería de verdad. No hay más. Déjalo, Omar.

Lo que ella acababa de decir era una verdad como un templo.

—No puedo dejarlo —insistió él—. Nunca te he valorado como mereces. Nunca he pensado en ti como debía hacerlo. Nunca te antepuse a todo lo demás, como veo que hace Dylan con Yanira o Tony con su novia, y me da rabia darme cuenta ahora de todo lo que he hecho mal contigo. Por suerte, Preciosa tiene la mejor madre del mundo. En eso me gusta saber que no me he equivocado.

Tifany sonrió emocionada y dijo:

—Gracias, Omar. Necesitaba oírte decir eso. Y sí, Preciosa es lo más bonito que hay entre nosotros para el resto de nuestras vidas. Y precisamente por ella, por lo que te quiere, debes cuidarte. Estoy segura de que querrá que su padre esté con ella el día de su boda, o el día que tenga su primer hijo, y si no te cuidas, difícilmente será así.

Omar asintió. Como siempre, ella tenía razón y, tras suspirar, preguntó:

—¿Sigues adelante con tus planes de boda?

—Sí.

—¿Te cuida?

—Sí.

—¿Te respeta y te mima?

—Sí, todos los días, y no sólo quiere casarse, también está dispuesto a tener hijos conmigo y a formar una familia, algo que tú nunca quisiste hacer.

Omar asintió. Nadie se arrepentía más que él de eso y, al cabo de unos segundos, dijo:

—Me alegra saberlo, cielo. Necesito saber que te quiere, te respeta y te hace feliz.

Encantada por esa comprensión que no esperaba, Tifany le dio un beso en la frente.

—Tú también puedes ser feliz, hombre de hielo. Estoy segura de que si te relajas en lo concerniente al trabajo y miras a tu alrededor, puedes encontrar una buena chica que te quiera. Eres un hombre muy atractivo, y lo sabes, y también sabes que puedes tener a la mujer que desees.

—No, no puedo, amor —susurró mirándola—. En eso te equivocas.

—Omar —respondió cansada—, tú lo propiciaste y ahora no puedes quejarte.

—Lo sé. Lo sé. —E, intentando no agobiarla, añadió—: Haces bien casándote con ese ruso. Te prometo que a partir de ahora me comportaré como un hombre y no como un gilipollas. Te lo prometo, Tifany.

—Me encantará verlo y te aseguro que a Preciosa le gustará todavía más que a mí —contestó, sonriendo encantada.

De nuevo se hizo el slencio, Omar lo miró a los ojos y dijo:

—Me gustó bailar contigo en la fiesta de mi padre. Llevaba mucho tiempo sin hacerlo.

Tifany asintió.

—Cerca de tres años. Dejó de gustarte hacer cosas conmigo, entre ellas bailar y pasarlo bien.

Consciente de que poco podía decir al respecto, le dolía en el alma, pero dispuesto a escuchar algo que llevaba siglos sin oír, preguntó:

—¿Puedo pedirte una cosa?

—Claro.

Omar sonrió y, mirándola con dulzura, susurró:

—Dime eso que tanto me gustaba, aunque sea la última vez.

Tifany sonrió también y, retirándole el pelo de la frente, cuchicheó:

—Eres mi bichito y soy la envidia de media humanidad.

Llevándose la mano de ella a la boca, se la besó y dijo:

—Eres impresionante, Tifany, y nunca me perdonaré haberte perdido.

En ese instante, se abrió la puerta de la habitación y Dylan entró acompañado de su padre y de Tony. Tifany sonrió al verlos y después miró a Omar.

—Anda, dame un abrazo, Ferrasa. Un abrazo no resolverá nada entre nosotros, pero en ocasiones como ésta es necesario.

Sin dudarlo, Omar hizo lo que le pedía. Aquella chica, aquella mujer, su exmujer, cada día lo sorprendía más. Cuando ella se soltó de sus brazos, lo miró, le sonrió y, tras darle un rápido beso en los labios que a él le supo a gloria, murmuró con cariño:

—Adiós, Omar. Cuídate.

Y dicho esto, se dio la vuelta, sonrió a los otros tres Ferrasa que la observaban y se marchó antes de echarse a llorar como una magdalena.

Los cuatro hombres se miraron entre sí confusos y conmovidos y Omar dijo finalmente:

—Vale, podéis empezar a insultarme. Me lo merezco.

Dos días después le dieron el alta y, tras lo ocurrido y el susto que él solo se había dado, Omar decidió finalmente hacer algo por él y por su vida. Debía reinventarse para seguir viviendo.

De entrada, se fue unos días con su padre y la Tata a Puerto Rico, donde podría estar alejado de todo y pensar con claridad.

37

Un charquito de estrellas

La relación de Ruth, Yanira y sus locas amigas se hizo más estrecha.

A veces salía con ellas a comer o a cenar y siempre se divertía de lo lindo. Incluso David y Manuel se apuntaron alguna que otra vez. Por su pasado, Ruth nunca había tenido un grupo de amigas, de chicas, con las que divertirse, y ahora disfrutaba con ellas todo lo que podía y más, mientras Tony la observaba contento de ello.

Una mañana, Tifany las llamó a todas y las convocó en un restaurante para comer. Cuando Ruth salió de trabajar, tras avisar a Lola de que regresaría más tarde, se dirigió hacia allá.

Dio un par de vueltas a la manzana y, al no encontrar aparcamiento para *Harry*, decidió meterlo en un parking público. Lo dejó en la planta menos tres y luego se encaminó hacia el ascensor con rapidez. Nunca le había gustado ese tipo de sitios. Le hacía recordar las pelis que había visto, en las que la protagonista huía despavorida por alguno de ellos, seguida por un loco psicópata cuchillo en mano.

Mientras esperaba el ascensor, oyó unos pasos. Miró hacia atrás, pero no vio a nadie. Eso la inquietó. Volvió a pulsar el botón del ascensor, esta vez con más ahínco. Miró el panel y vio que estaba parado en el piso menos uno.

Esperó unos segundos, pero la impaciencia por salir de allí le pudo y se dirigió hacia la escalera. Antes de llegar a ella, oyó a alguien silbar. Era una canción que ella había escuchado en el pasado y se le aceleró el corazón.

Tenía miedo. Si era Julio César y la pillaba a solas en aquel sitio, la cosa no iba a terminar bien. Acelerando el paso, llegó a la escalera y comenzó a subirla de dos en dos, mientras oía cómo los silbidos se acercaban.

En su prisa, se le enganchó el asa del bolso en la barandilla y tuvo que retroceder. El que silbaba se acercaba cada vez más. Cuando soltó el asa, subió corriendo al piso menos dos y oyó que alguien subía tras ella con su misma prisa. Horrorizada y tremendamente asustada, aceleró todo lo que pudo, hasta que, al llegar al piso menos uno, chocó con alguien.

—Pero, cuqui, ¿qué te pasa?

Era Tifany y, agarrándole la mano, Ruth murmuró:

—Corre, salgamos de aquí.

Tifany no entendió lo que ocurría, pero subió con ella a toda mecha y, una vez salieron a la calle y estuvieron rodeadas de gente, preguntó con la respiración agitada:

—¿Por qué hemos corrido así?

Sin apenas aliento, Ruth iba a hablar cuando del parking salió un hombre con las manos en los bolsillos, silbando. Sin mirarlas, prosiguió su camino y Tifany susurró:

—¿Te ha ocurrido algo con ese hombre?

Ella negó con la cabeza. Se estaba volviendo una paranoica por culpa de Julio César y al ver que todo había sido una falsa alarma, sonrió y dijo:

—Me dan claustrofobia los parkings.

—¡Ay, pobre!

Más tranquila, Ruth miró a su rubia amiga, que la observaba preocupada, y suspiró.

—Venga, vamos al restaurante. Seguro que las otras ya están allí.

Y así era. Cuando llegaron al reservado que Tifany había pedido, allí estaban Yanira, Valeria y Coral. Tras saludarse entre ellas, Coral miró a Ruth y dijo:

—Oye... tú estás mas delgada, ¿verdad?

Ella asintió. Los nervios se la estaban comiendo por dentro, pero respondió:

—Estoy a régimen, ¿se nota?

Todas asintieron y, durante un buen rato, hablaron de regímenes, carbohidratos y todo lo prohibido, y cuando el camarero acudió a tomarles nota y todas pidieron lo prohibido, Coral preguntó:

—Pero ¿tú no estabas a régimen?

—Sí —respondió Ruth, sonriendo—, pero hoy me lo salto. ¡Hoy es fiesta!

Cuando acabaron de comer, se encaminaron hacia la glamurosa tienda de novias de una amiga de Tifany, que estaba cerca del restaurante.

Al entrar, las cinco empezaron a mirar vestidos de novia y, cogiendo uno, Valeria dijo:

—Mataría por casarme con un vestido así.

—Pues lo podrías haber hecho —replicó Tifany—. Sólo tenías que marcharte con Alan a Francia. Él te lo pidió.

Valeria asintió, pero ella no quería regresar a Europa a no ser que fuera de vacaciones.

—Por amor he hecho muchas tonterías —respondió—. Ahora, si alguien quiere estar conmigo, espero que haga esas tonterías por mí.

—Di que sí, Valeria, ¡con dos cojoncios! —afirmó Coral, mirándola.

—Ay, Cuqui, ¡no seas malhablada! —protestó Tifany.

Todas rieron al escucharla y la que más Coral, que, tras aquello, soltó una buena ristra de palabras malsonantes y al final Tifany, horrorizada, se tuvo que reír.

Durante un par de horas, ésta se probó varios de aquellos modelos exclusivos, pero a todos les encontraba un pero. Unos la hacían gorda, otros baja, otros ancha o estrecha, ninguno le acababa de gustar, hasta que salió del probador con uno y, mirando a sus amigas, dijo:

—Lo he encontrado.

Sin duda, aquel vestido de la colección Zuhair Murad, con falda vaporosa de tul y cuerpo semitransparente era una auténtica preciosidad. Tifany estaba increíble con él y, cuando se recogió el pelo y se colocó el velo, Coral exclamó:

—Joder, cuqui, ¡estás para comerte!

Encantada, ella se miró al espejo. Aquel vestido le entusiasmaba, la hacía sentir segura, guapa, estilosa y poderosa.

—¿Tú crees que el cura te va a querer casar con esas transparencias? —preguntó Valeria.

—Pero ¡si es ideallllllllllllllll y tiene un estilazo bárbaro! —dijo Tifany y, mirándolas, añadió—: En mi boda con Omar tuve que ponerme lo que eligió mi madre. Ella quería estar más guapa que yo en mi boda y lo consiguió. Pero en esta ocasión quiero un vestido sexy y acorde a cómo me siento.

—Di que sí, estás fantástica —afirmó Ruth.

Coral, que siempre había pensado que Tifany tenía un estilazo increíble, afirmó:

—Estás de quitar el hipo. Pero tú, aunque te pongas un pimiento chuchurrío en la cabeza, lo lucirías como la mejor joya del mundo.

Tifany, encantada de oír eso, la abrazó agradecida y murmuró:

—Cómo no te voy a querer, aunque digas palabrotas.

Yanira, emocionada al ver cuánto se querían sus amigas a pesar de lo diferentes que eran todas entre sí, miró a su excuñada y dijo:

—Sin duda alguna, éste es tu vestido, Tifany. Estás muy guapa con él.

La futura novia se miró en el espejo y, sumergida en su burbuja, murmuró soñadora:

—Ya estoy deseando que me vea Omar.

—¿Omar? —repitió Valeria.

—¿El mandril? —preguntó Coral—. No me jodas, Tifany.

Conmocionada por lo que decían, ella las miró y susurró:

—¿He dicho Omar?

—Sí, cielo, lo has dicho —contestó Yanira.

—Mira, Tifany —intervino Coral—, como lo vuelvas a nombrar te voy a lavar la boca con jabón. El nombre de Omar no existe en tu vocabulario, ¿entendido?

—Que no, ladies... que yo no he dicho Omar —insistió ella.

—Lo has dicho te pongas como te pongas —zanjó Valeria.

—¡Imposible! ¿Cómo voy a nombrar a ese... ese mandril, teniendo el pedazo de novio que tengo?

Ante el silencio de las otras, ella las miró desconcertada. ¿Por qué había nombrado a Omar? Y, bajando el tono de voz, dijo:

—Ay, qué tontita estoy, ¡querría decir Alexei y me he equivocado! En qué estaría yo pensando.

Mientras Coral y Valeria se burlaban de ella por su error, haciéndola rabiar, Ruth se acercó a Yanira y cuchicheó:

—La maldición de los Ferrasa. ¡Aquí hay salseo, te lo digo yo!

Yanira soltó una carcajada y Tifany declaró enfadada:

—Vamos a ver, cuquis. Si algo tengo claro en mi vida son tres cosas. La primera es que soy rubia natural. La segunda, que mi bolso de cabecera es el Madison de Gucci y la tercera que nunca... nunca... pero nunca de los nunca jamases, volveré con ese Ferrasa. Antes me cristalizo las venas. ¿Me habéis entendido?

—¡Qué dramatismo por favor! —se mofó Coral.

De pronto, la amiga de Tifany, ajena a lo ocurrido, se acercó a ellas y, abriendo una caja, dijo:

—Y estos preciosos Manolo's te quedarán estupendos con el vestido. ¡Pruébatelos!

Tifany, al ver aquellos zapatos, se los puso rápidamente y, levantándose el vestido para mirárselos, exclamó:

—¡Son idealessssssssssssssss!

Todas sonrieron y Yanira, para relajar la tensión, se acercó a su excuñada y dijo:

—Sin duda alguna, Alexei va a tener a la novia más guapa del mundo.

Con una cándida sonrisa, Tifany asintió, se miró al espejo y afirmó convencida:

—Eso quiero, que Alexei se sienta orgulloso de mí.

38

La de la mala suerte

Pasaron cuatro semanas y Omar regresó de Puerto Rico y volvió al trabajo con la misma pasión de siempre, pero teniendo algo muy claro: su vida personal y ciertos hábitos debían cambiar.

Esa mañana, Tony estaba en su despacho de la discográfica cuando Omar llamó a la puerta y, al verlo, se levantó para abrazarlo. Tenía un aspecto estupendo.

—¿Ahora vas de hippie? —preguntó, señalándole el pelo.

Omar soltó una carcajada y contestó, mientras se desabrochaba la chaqueta para sentarse:

—No, simplemente me ha crecido y tengo que ir al peluquero.

Tony sonrió y, tras interesarse por él, por su padre y por la Tata, su hermano dijo:

—Acabo de hablar con Rick.

Al oír ese nombre y recordar las veces que había importunado a Ruth, Tony siseó:

—¿Ese cerdo?

Omar, que conocía a Rick y también a su hermano, preguntó:

—¿Qué ha ocurrido? ¿Qué ha pasado para que Rick no quiera trabajar contigo?

—Se propasó en varias ocasiones con Ruth y tuve que darle su merecido —respondió él.

Omar asintió. De Rick no le extrañaba nada y, tras pensarlo un momento, dijo:

—Mira, Tony, entiendo lo que dices, pero sabes que Rick es una leyenda del blues y muchos cantantes se mueren por grabar con él. Mueve cientos de millones en la industria discográfica y...

—Me importa una mierda lo que mueva. Nosotros también movemos cientos de millones con otros artistas. No sólo lo tenemos a él.

El tono de Tony le hizo saber que no iba a conseguir nada con él, pero intentando pensar también en sus socios, que lo presionaban, insistió:

—Rick es uno de los valores de la discográfica. Piénsalo.

—¿Adónde quieres llegar con esto? —preguntó molesto su hermano.

Omar lo miró y, tras suspirar con una calma que a Tony lo sorprendió, dijo:

—Simplemente quería saber qué ocurrió entre vosotros antes de ir a la reunión. No te voy a negar que he venido a tu despacho dispuesto a convencerte de que suavices tu trato con él para que mis socios no me mareen más. Pero visto lo visto, creo que la conversación ha terminado.

—Te acompañaré a la reunión —dijo él, levantándose.

—No, Tony. Déjame a mí.

Molesto por lo que Rick pudiera haber contado, Tony insistió.

—Iré. Y como a ese gilipollas se le ocurra decir una palabra de mi mujer, te juro que lo va a pagar.

Su hermano asintió y, tras tranquilizarlo, dijo:

—Sabes que el hecho de que vengas no nos va a beneficiar ni a ti ni a mí, porque si yo veo que Rick se pasa, el primero que lo va a frenar voy a ser yo. —Y al cabo de un momento, añadió, mofándose de sí mismo—: Bonito día para volver al trabajo, ¿no crees?

—Así es la vida, hermano, y siento ser yo quien te ocasione el primer problema.

—Como tú dices, ¡así es la vida!

Tony sonrió. Había regresado el Omar que siempre había admirado y eso lo ponía contento. Segundos después, ambos salían por la puerta directos a aquella maldita reunión.

Antes de entrar, Omar miró a su hermano y dijo:

—Quiero que sepas que tienes todo mi apoyo. Y si el gilipollas de Rick se propasó con alguien de mi familia, se va a enterar de quiénes somos los Ferrasa.

—Gracias, Omar.

Entraron en el despacho y la reunión comenzó. Los Ferrasa unidos no se dejarían amilanar por nadie, aunque fuera un divo del blues.

Aquel mediodía, en cuanto Ruth salió de trabajar, cogió su coche y condujo hasta un centro comercial. Tenía que comprar varias cosas y le daba tiempo a hacerlo antes de ir a buscar a los niños al colegio. Lola ese día libraba.

Una vez compró lo que necesitaba, lo llevó todo al coche, se metió en él y cerró la puerta. Cuando se estaba poniendo el cinturón, sonaron unos golpecitos en el cristal de la ventanilla. Al mirar, la sangre se le heló en las venas, era Julio César.

—Pelirroja, baja la ventanilla.

Tras mirarlo unos segundos, se terminó de poner el cinturón, arrancó el coche y, al acelerar, notó el puñetazo que él le daba al vehículo. Asustada, salió a la carretera y sorteó varios coches, pero *Harry* no tenía potencia y segundos después vio a Julio César conduciendo detrás de ella.

Durante un buen rato, circuló por la ciudad esperando perderlo de vista o que desistiera de seguirla, pero al ver que el tiempo se le echaba encima, llamó al colegio y pidió que los niños no salieran al patio a esperarla. Que lo hicieran en clase, en cualquier actividad extraescolar.

Ruth tenía las pulsaciones a mil. Pero siguió conduciendo sin descanso, sin saber qué hacer o adónde ir.

Julio César, cansado de ello, al llegar a un semáforo en vez de frenar aceleró y Ruth, cuando vio por el espejo retrovisor que se lanzaba contra ella, también aceleró, girando el volante hacia la derecha, con tan mala suerte que se dio de frente contra un semáforo. Había caído en su juego.

El golpe no fue muy fuerte, pero sí lo suficiente como para que *Harry* no pudiera moverse y ella se golpeara la frente contra el volante.

Al verla, varios coches pitaron y algunos de los conductores salieron para ayudarla. Nadie excepto ella había visto la sucia jugada de Julio César. Salió del coche con los nervios a flor de piel y, segundos después, el semáforo se puso verde.

Julio César, que la observaba desde su vehículo, le lanzó un beso con maldad, sonrió, aceleró y se alejó.

La policía llegó enseguida. Ruth les dijo que se había golpeado ella sola para no tener que hablarles del maleante de su ex. Les enseñó los papeles del coche y llamaron a la grúa. Miró a *Harry* con tristeza, su precioso Volkswagen rojo destrozado, y sintió ganas de llorar. ¿Por qué Julio César siempre tenía que destruirlo todo?

Cuando se tranquilizó, decidió llamar a Tony. Lo hizo en varias ocasiones, pero él no se lo cogió y finalmente desistió. Estaría ocupado.

Después de la difícil reunión, de la que Omar y él salieron victoriosos, Tony caminaba hacia su despacho y al mirar su teléfono, vio que tenía cuatro llamadas perdidas de Ruth. La llamó rápidamente.

—Hola, taponcete.

Ella, algo más tranquila al escuchar ese saludo tan íntimo, preguntó, mientras veía a David bajarse de un taxi con gesto preocupado:

—No habrá alguien delante oyendo cómo me llamas, ¿verdad?

Divertido, Tony sonrió, se sentó en la silla de su despacho y respondió:

—No, cielo. No hay nadie. —Y al oír ruido de fondo, preguntó—: ¿Dónde estás? ¿Qué ocurre?

—No te asustes —dijo ella e, intentando quitarle importancia, explicó—: He tenido un pequeño golpe con *Harry* y...

—Por el amor de Dios, ¿qué te ha pasado? —casi gritó nervioso.

—Cariño, tranquilo. Estoy hablando contigo.

—Pero ¿cómo voy a estar tranquilo? Me acabas de decir que te has dado un golpe con el coche.

—Estoy bien —insistió—. Es sólo que he calculado mal al girar y he chocado contra un semáforo.

—¡¿Contra un semáforo?! —Volvió a subir la voz.

Nerviosa, e intentando tranquilizar también a David, que gesticulaba delante de ella, Ruth dijo:

—Tony, si vuelves a gritar, te juro por mis hijos que te cuelgo.

Sabiendo cómo se las gastaba, Tony suspiró e intentó calmarse.

—¿Estás bien, cariño?

Ruth suspiró. Odiaba mentirle y, tocándose el chichón de la frente, contestó:

—Sí, cielo, estoy bien, pero *Harry*...

—*¿Harry?* Me importa una mierda *Harry*. ¿Cuántas veces te he dicho que no cojas ese maldito coche?

—Eh... que *Harry* no se ha dado solo contra la farola, ¡que he sido yo!

Inquieto, empezó a caminar por el despacho.

—Ruth, tu seguridad es primordial para mí y *Harry*, sea o no culpable del golpe, no te la ofrece y...

—Escucha, Tony —lo cortó ella—, estoy esperando a la grúa, pero no ha llegado todavía y no me puedo marchar. La policía no quiere que me vaya hasta que el coche esté retirado.

—¡Joder! ¡Pásame con ellos! —pidió furioso.

—Ni hablar.

—Pásame con los policías —repitió—, o mejor llamaré a mi amigo Jake.

Molesta por el control que quería tener sobre todo, Ruth murmuró:

—Tony, he dicho que no.

—Pero ¿por qué no?

—Porque la que ha tenido el golpe he sido yo y la que está aquí con ellos soy yo. Y, te guste o no, tengo treinta años y sé manejar yo solita mis asuntos, ¿entendido, Tony Ferrasa?

Él maldijo. Odiaba no poder solucionar aquel percance y finalmente preguntó:

—¿Dónde estás?

Ruth miró a su alrededor y, cogiendo la mano de David, contestó:

—Estoy cerca de Sunset Boulevard.

—Voy ahora mismo a buscarte —dijo Tony, cogiendo la chaqueta.

—¡No! —gritó Ruth—. Ve a por los niños al colegio, que yo no llego a recogerlos. He llamado a Lola para que vaya ella, pero tenía el día libre y no puede arreglarlo. Manuel está en la peluquería y David —mintió, mirándolo— durmiendo, porque trabajó anoche. ¿Irás a buscarlos tú? Dime que irás.

Al notarla más nerviosa de lo normal, Tony intentó tranquilizarse y respondió:

—Claro que sí, cariño, iré. Pero necesito verte, necesito saber que estás bien.

—Te lo prometo, créeme. Estoy bien.

Tony suspiró y dijo:

—Cuando llegues a casa, tú y yo vamos a tener una conversación muy seria sobre *Harry*, ¿entendido?

Ruth puso los ojos en blanco y, mirando al pobre coche, respondió:

—De acuerdo. Ahora llamaré al colegio para decir que vas tú. Y oye, Tony.

—¿Qué? —dijo él, mirándose el reloj.

—Te quiero.

Cuando colgaron, Tony avisó a su secretaria de que si había cualquier cosa lo llamaran al móvil y salió hacia su coche para dirigirse al colegio de los niños. Por suerte, ese día se había llevado el Toyota 4 Runner y no el biplaza.

En cuanto Ruth se guardó el teléfono en el bolsillo del vaquero, David, abrazándola, exclamó:

—Ay, cachorra, ¡qué susto me has dado!

En voz baja para que los policías no la oyeran, ella cuchicheó:

—Ha sido Julio César.

—¡La madre que parió a ese malnacido! ¿Se lo has dicho a la policía?

—No.

David negó con la cabeza y la abrazó.

Al llegar al colegio, Tony se dirigió a secretaría. Tan pronto comprobaron que aquél era el hombre que Ruth había indicado, llevaron a Jenny y después a los pequeños. Al verlo, todos acudieron a abrazarlo y a besarlo. Estaba claro que Tony había calado en sus corazones y ellos en el de él.

Un par de horas más tarde, cuando Ruth llegó a casa, Tony la esperaba inquieto. Desde que había recibido su llamada estaba preocupado y, a pesar de que había intentado mostrarse tranquilo y sonreír, para que los niños no se dieran cuenta de que pasaba algo, no se calmó de verdad hasta que la vio llegar.

—Cariño, menudo golpe tienes en la frente —dijo, después de abrazarla.

Ella se lo tocó y sonrió y, quitándole importancia, respondió:

—Nada grave. ¿Y los niños?

—Están viendo la televisión y Jenny haciendo deberes.

Aquella normalidad la reconfortó y, al ver que él iba a volver a hablar de su chichón, susurró mientras sonreía:

—Estoy bien, te lo aseguro.

—Me quedaría más tranquilo si fuéramos al hospital y...

—¡No digas tonterías! Que sólo ha sido un simple golpe.

Tony la miró y ella, al ver su cejo fruncido, dijo besándolo:

—En cuanto los niños se duerman, necesito darme un baño contigo.

Encantado con esa proposición, Tony la cogió en brazos y, entre risas y besos, entraron en el salón.

Esa noche, cuando los pequeños se durmieron y Ruth entró en la habitación, Tony la esperaba en albornoz y, cogiéndola de la mano, le dijo en tono cariñoso:

—Como me dijiste el primer día que te vi... sígueme la corriente.

Ella sonrió, entró con él en el cuarto de baño y, al oír la voz de Keyshia Cole cantando *Love*,* suspiró. Luego se percató de la espuma del jacuzzi, de las velas, la botella de vino y las dos copas. ¡Tony era simplemente perfecto!

Dejándose abrazar por él, comenzaron a bailar aquella dulce y romántica canción y, cuando ésa acabó y comenzó otra, Tony, sin decir nada, la desnudó, se quitó el albornoz y, cogiéndola en brazos, le susurró al oído:

—Vamos, taponcete, tu baño te espera.

Entró con ella en el enorme jacuzzi, y mientras la besaba, preguntó:

—¿Está bien el agua?

—¡Perfecta!

Ambos rieron; Tony se sentó en el jacuzzi y la sentó a ella a horcajadas sobre él, llenó las dos copas de vino, le dio una y, mirándola a los ojos, murmuró:

—Por la mujer más bonita, fascinante y cabezota que he tenido el placer de conocer. Por ti, cariño.

Divertida, brindó con él y bebió un sorbo de vino. Luego llevó la copa hasta el hombro tatuado de él y, echándole un poco encima, acercó la boca y lo lamió con gusto.

—Siempre he fantaseado con hacer esto —susurró.

Él soltó una carcajada y, con una cara que la hizo sonreír, contestó:

—No me des ideas, que yo también fantaseo. —Luego Tony le miró la frente y murmuró—: Cada vez que pienso que te podría haber pasado algo más que este simple chichón, me pongo enfermo.

—No ha sido nada, cielo. La peor parte se la ha llevado *Harry*.

* Véase nota de la p. 117. *(N. de la E.)*

—Hay algo que no entiendo —comentó él entonces.

—¿El qué? —preguntó Ruth, poniéndose en alerta.

Tony dejó su copa en el borde la bañera y, pasándole las manos húmedas por la espalda, dijo:

—Cómo una conductora hábil como tú puede cometer el fallo de no calcular al torcer y darse contra un semáforo.

Ruth asintió. De tonto no tenía un pelo e, intentando distraerlo de la única manera que sabía y podía en aquel momento, dejó su copa junto a la de él, lo besó para acallarlo, se izó, cogió su duro pene y, llevándolo hasta la entrada de su vagina, se dejó deslizar sobre él.

Tony tembló al sentirla, cerró los ojos y echó el cuello hacia atrás. Ruth le besó en la garganta, después en la barbilla, y cuando él abrió la boca reclamándola, no se hizo de rogar y lo besó.

Tony la acarició con delicadeza y ternura, mientras un beso largo y fogoso les robaba el aliento y, acompasados, se daban placer uno a la otra.

Ambos movían las caderas a un ritmo endiablado, mientras sus gemidos resonaban en el baño, sólo silenciados por sus apasionados besos.

Sus cuerpos se movían, chocaban, se buscaban, con un sonido húmedo que los incitaba a no parar, hasta que un orgasmo devastador los sacudió de la cabeza a los pies.

Tras unos minutos en los que a ambos les faltó el resuello, permanecieron abrazados en el jacuzzi y cuando sus respiraciones se normalizaron, Ruth alargó la mano y cogió su copa de vino. Se la ofreció a Tony, que bebió y ella también lo hizo.

Luego, con una candorosa sonrisa, murmuró:

—Me encanta seguirte la corriente.

39

Happy

Julio César volvió a desaparecer.

Harry, tras el último incidente, pasó a mejor vida. Tony se negó a que lo arreglara y, con todo el dolor de su corazón, Ruth supo que debía dejarlo marchar. Algo que todos aplaudieron, incluidos David y Manuel.

Una tarde, Tony encontró la casa vacía cuando llegó. Ruth, Lola y los niños se habían ido y, angustiado, llamó a Ruth. Se tranquilizó al saber que estaban en la tienda de Tifany, probándoles a los pequeños los vestidos para la boda de aquélla.

Cuando colgó se sentó en el sofá, que ya no era blanco, y miró a su alrededor. Su casa minimalista ya no tenía nada que ver con la que era ahora. Había juguetes en los rincones, cochecitos encima de las mesitas blancas y fotos y dibujos de los niños sobre su chimenea de diseño. Eso lo hizo sonreír. A su padre le encantaría.

Se levantó para mirar las fotos y le gustó ver que Ruth había reemplazado algunas que tenía en los viejos marcos, por fotos actuales en las que salía él con los niños. Recordó el día que fueron al cine con ellos y se tuvieron que ir porque a Brian le daba miedo, o el día que tuvieron que ir a urgencias porque Adán se había metido una judía en la nariz.

Sin duda, Ruth y esos pequeños habían finiquitado su anterior vida, plagada de fiestas, mujeres y orden, para empezar una nueva que a veces lo desesperaba por la falta de tiempo y el caos que comportaba.

Mientras miraba una foto de Ruth riendo al borde de la piscina, se le ocurrió algo y, tras coger la chaqueta y las llaves de su coche, se marchó. Había decidido sorprenderla.

Una hora y media más tarde, cuando salió de la tienda de tatuajes de su amigo Bobby, se dirigió a una joyería en la que los Ferrasa eran muy bien recibidos. Y mientras estaba sentado hablando con la guapa dependienta, que le ponía ojitos, oyó decir a su espalda:

—Qué pasa, hermano.

Se levantó y, encantado, abrazó a su hermano Omar. Instantes después, éste se fijó en lo que Tony estaba mirando y, como buen puertorro, murmuró divertido:

—Wepaaaa...

Tony sonrió y, señalando los anillos que tenía delante, preguntó:

—¿Cuál crees que le puede gustar a Ruth?

—Hermano, te aseguro que le va a gustar cualquiera —respondió Omar, tocándole el hombro con cariño.

—Lo sé —sonrió Tony—, pero es para un momento especial y...

—¿Lo vas a hacer? —preguntó Omar.

—Sí —afirmó su hermano convencido.

—¿Estás seguro de que es la mujer de tu vida?

Tony asintió. Imaginarse su vida sin Ruth, los niños y toda aquella locura era prácticamente imposible.

—Tan seguro como que me llamo Tony Ferrasa y tú y Dylan sois mis hermanos.

Ambos rieron. Omar, contento por él, volvió a mirar los anillos y murmuró:

—Si Tifany estuviera aquí, te diría que escogieras un rubí.

—¿Por qué?

Con una sonrisa soñadora, Omar cogió un anillo con una piedra roja y, entregándoselo, dijo:

—Porque es intenso y brillante como el color rojo del pelo de Ruth, y vuestra, seguro, más que ardiente relación.

—Buena apreciación —asintió Tony.

—Cuando se extrae un rubí de la naturaleza, tiene un aspecto tosco, pero una vez tallado, su tono radiante y exclusivo lo hace majestuoso e inigualable.

—¿Y cómo sabes tú eso?

—Tifany me lo contó —contestó su hermano, suspirando—. Siempre le han gustado mucho las joyas.

Tras hablar con la dependienta y encargarle la medida de Ruth y pedir que grabaran unas letras en su interior, Tony pagó el anillo y quedó en pasar a recogerlo en cuanto lo avisaran. Cuando hubo acabado, vio que Omar hablaba con uno de los joyeros y, acercándose, dijo:

—Oye, Omar, estaba tan centrado en el anillo de Ruth que no te he preguntado qué haces tú aquí.

Su hermano sonrió y, enseñándole una bonita pulsera, dijo:

—Zafiro azul, la piedra preferida de Tifany. —Sin entender nada, Tony miró aquella pulsera y Omar añadió—: Es el regalo de Preciosa y mío para Tifany por su boda. Estoy seguro de que le gustará.

Tony fue a decir algo, pero Omar, entregándole la pulsera a la dependienta para que la envolviera, añadió:

—Preciosa me dijo que quería hacerle a su mamá un regalo especial por su boda y vinimos a elegirlo juntos. La niña está contenta. Al parecer, Alexei las cuida muy bien a las dos.

—Omar...

—Estoy bien, Tony. —Y, mirándolo, afirmó—: Si Tifany y Preciosa son felices, yo también lo soy. Ellas son lo único que actualmente importa. No voy a volver a interferir en sus vidas.

Tras un silencio en el que Tony pudo ver su sufrimiento, preguntó:

—No aparecerás en la boda para montar un numerito, ¿verdad?

Omar negó con la cabeza.

—No, tranquilo. Ese día me iré de viaje. Eso me ayudará a no pensar.

Tony asintió. No quería hurgar más en la herida. Cuando el joyero le entregó a Omar su paquetito envuelto, preguntó:

—¿Te apetece venir a casa a cenar?

Él respondió bromista:

—Ah, pero ¿todavía cabe alguien más allí?

—Para la familia siempre hay sitio.

Cuando llegaron a casa, Ruth ya estaba allí con los niños y Omar se sorprendió al ver que también estaba Preciosa. Encantado, abrazó a su hija y ésta le contó que habían estado en la tienda de mamá probándose los vestidos para la boda y que luego se había ido con la tía Ruth y los primos.

Tony le dio un beso a su sobrina y los pequeños, sin ningún tipo de vergüenza, abrazaron a Omar con entusiasmo. Ese recibimiento lleno de locura y risas le gustó.

Jenny, que no le quitaba los ojos de encima a Lola, no se sorprendió al ver cómo ésta le sonreía a Omar. Era una fresca. Pero no dijo nada.

Ruth bajaba en ese momento de la habitación tras cambiarse de ropa, y al ver a Omar allí, exclamó encantada:

—¡Qué sorpresa!

Con una amplia sonrisa, él la besó en la mejilla y dijo:

—Siento decirte que viene uno más a cenar.

Ella besó a Tony en los labios y luego le dijo a Lola:

—Por favor, Lola, dile a Paola que hay uno más a cenar. —La chica salió rauda del salón y, con una encantadora sonrisa, Ruth afirmó—: Donde cenan seis, cenan siete.

Tony entró en el salón con Omar y éste, al verlo, dio un silbido de asombro.

—Pero ¿qué ha pasado aquí? —preguntó.

Tony miró a su alrededor y, tras resoplar, sonrió y dijo, recordando un comentario que le había hecho su padre:

—Simplemente, ¡que hay vida!

Nada más decir eso, Brian corrió hacia él y le preguntó si le dejaba tocar el piano. Tony se echó el crío al hombro, y éste soltó una carcajada, y se encaminó hacia el precioso instrumento que él adoraba. Una vez allí, abrió la tapa, Brian puso los dedos en las teclas que Tony le había enseñado y juntos empezaron a cantar la canción del globo de Peppa Pig.

Mientras, Adán escalaba por la banqueta del piano para sentarse al otro lado de Tony y tocar también una tecla y Lola se les unió para cantar. Las dos niñas, en cambio, se acercaron a Omar y Jenny cuchicheó:

—Odio a Peppa Pig.

—¿Quién es ésa? —preguntó él al escucharla.

Poniendo los ojos en blanco, ella contestó:

—Una cerda de color rosa.

—¿Una cerda rosa? —rio Omar extrañado.

Preciosa, sintiéndose mayor, explicó:

—Un rollo de dibujos para niños pequeños, papi.

Al ver el gesto de las niñas, Tony intuyó de lo que hablaban y cambió la melodía para llamar su atención. Sabía cuánto les gustaba a todos la canción *Happy*,* de Pharrell Williams, y comenzó a cantarla. Al oírlo, corrieron hacia él cantando.

* *Happy,* UNIVERSAL PICTURES MUSIC, UNIVERSAL MCA MUSIC ESPAÑOLA, MORE WATER FROM NAZARETH PUBLISHING INC, EMI MUSIC PUBLISHING SPAIN S A y EMI APRIL MUSIC INC, interpretada por Pharrell Williams. *(N. de la E.)*

Si algo les gustaba a los niños, era que Tony se sentara al piano para cantar con ellos. Omar los observaba alucinado, hasta que oyó a Ruth decir:

—No sé quién es más niño, si Tony o ellos.

—Sin duda, Tony. Sólo tienes que ver cómo disfruta cantando con los críos alrededor.

Ruth sonrió, enamorada hasta las trancas.

Durante la cena, los gemelos, tuvieron que hacer alguna de las suyas, como siempre, y tiraron las copas de vino, que Lola recogió rápidamente. Cuando terminaron de cenar, todos pasaron al salón, donde, mientras Preciosa y Jenny jugaban con el ordenador portátil de Ruth, los pequeños se revolcaban por el suelo jugando a pelearse. Omar los miró divertido.

—¿Recuerdas cuánto se enfadaba mamá cuando nos peleábamos los tres? —le preguntó a su hermano.

—Lo recuerdo y sé que cuando estas dos fieras crezcan, serán peores que nosotros.

Ambos rieron.

Un rato después, tras una seña de Tony, Lola se llevó a los niños a la cama. Era hora de dormir y dejar descansar a los mayores.

Después de despedirse de los pequeños, Ruth, Omar y Tony pasaron al estudio de grabación de éste, donde escucharon sus nuevos trabajos y disfrutaron hablando sobre infinidad de cosas.

En aquel ratito, Ruth se fijó en que Omar no hacía más que mirar una foto que había en el estudio de Tifany, Preciosa y Tony junto a Mickey Mouse en Dysneyland, y la apenó ver la tristeza que se reflejaba en sus ojos. Sin duda, la vida y la realidad de todo lo que había dejado de hacer le estaban pasando factura.

Omar disfrutó mucho de la velada y de la compañía de Ruth, y entendió por qué su hermano estaba tan enamorado de ella. Era encantadora, ingeniosa, divertida, cariñosa y en cierto modo le recordó a Tifany.

Mientras los veía reír por algo que les contaba, se acordó de cómo Tifany también se reía de sus bromas y cómo siempre buscaba momentos para estar con él. Qué necio había sido y qué ciego había estado.

Tifany quería una vida como la que su hermano y Ruth tenían, con niños que se pelearan y los besaran, pero él, como buen egoísta, se lo había negado.

Sobre las once y media, se despidió de ellos. Tony le preguntó si asistiría a alguna fiesta aquella noche y él le respondió que no. Prefería volver a casa.

Tras cerrar la puerta, Ruth le dijo a Tony:

—¿Qué piensas, cielo?

—Lo creas o no, siento pena por Omar —respondió él, abrazándola—. Mi madre siempre decía que el arrepentimiento era el peor castigo para el ser humano y eso es lo que le está pasando a mi hermano.

Ruth asintió. Lo entendía perfectamente. Pero Tony no quería seguir hablando de eso y, mirando aquellos ojazos verdes que tanto adoraba, la encerró entre sus brazos y dijo:

—Tengo algo para ti.

—¿Para mí?

—Sí, pero para dártelo tenemos que ir a la habitación y echar el cerrojo.

—Uuuuuu —se mofó Ruth divertida y salió corriendo escaleras arriba.

A mitad de la escalera, Tony la cogió en brazos y no la soltó hasta llegar al cuarto. Al verlo sin resuello, Ruth le advirtió:

—Como se te ocurra decir algo de mi peso, ¡te enteras!

Él soltó una carcajada. Echó el cerrojo y, sentándose en la cama, dijo:

—Para encontrarlo me tienes que desnudar.

—Hum, esto se pone interesante —murmuró ella.

Y, con mimo, empezó a abrirle la camisa, dándole un beso por cada botón que le desabrochaba. Cuando se la quitó del todo, vio que Tony tenía un plástico sobre el hombro derecho.

—Es para ti, cariño —susurró él.

Sorprendida, vio que se había tatuado un signo de infinito formado con la frase «Hasta el infinito y más allá» igual que el que ella llevaba y el que en el pasado había llevado su padre.

—Estás loco —murmuró emocionada.

—Por ti, sin duda, taponcete. ¿Te gusta?

—Cómo no me va a gustar.

Esa noche hicieron el amor con locura, pasión, mientras Omar llegaba a su casa y cerraba la puerta, sintiéndose solo. Terriblemente solo.

40

Fascinación

Un viernes que los niños no tenían colegio, Tony no fue a trabajar. Al despertarse y ver que todos los pequeños estaban en la cama con ellos, sonrió divertido.

Sin duda, nunca había esperado tener tan poca intimidad con su pareja, pero era consciente de que, estando con Ruth, nada sería como lo había imaginado.

De pronto, unas manitas le cogieron la cabeza y se encontró con la carita de Adán delante de la suya. El pequeño le dio un beso y, abrazándolo, murmuró:

—Buenos días.

—Buenos días, campeón.

El crío esbozó la misma sonrisa encantadora de su madre y después, lo miró fijamente y cuchicheó:

—Tengo hambe.

—¿Tienes hambre?

Él asintió y, procurando no despertar a Jenny, a Brian y a Ruth, que dormían, Tony se levantó de la cama con el pequeño en brazos y bajó a la cocina.

Horas más tarde, cuando todos se despertaron, Tony propuso salir a comer fuera de casa y los niños aplaudieron entusiasmados.

Poco después, en el coche, mientras Jenny cantaba una canción de Violetta que Ruth había puesto, Tony dijo:

—Os voy a llevar a un sitio donde se come genial.

—¿Qué sitio? —preguntó Brian.

Tony lo miró por el espejo retrovisor y al ver que toqueteaba el arnés de su silla, le advirtió:

—Brian, no te sueltes o me enfadaré.

Veinte minutos más tarde, tras aparcar el coche, entraron en un exclusivo restaurante. El maître, que conocía a Tony, lo saludó amablemente, un poco sorprendido por la compañía tan diferente con la que iba esta vez, y los acomodó en una mesa junto a la cristalera.

Instantes después, Adán se levantó de la silla y Tony dijo con seriedad:

—Adán, siéntate.

Los niños se miraron entre sí. Aquel sitio era aburrido. No se podían levantar, no podían jugar, y Tony, al ver sus caras serias, preguntó:

—¿Qué ocurre?

—Su concepto de salir a comer fuera no es éste —comentó Ruth, sonriendo.

—Os prometo, chicos, que aquí se come fenomenal —insistió él—. Ya veréis cómo os gusta todo.

—¡Jo, que dollo! —protestó Adán, moviendo la cabeza.

De pronto, una voz de mujer detrás de ellos exclamó:

—¡Tony Ferrasa! El guapo entre los guapos. ¡Cuánto tiempo sin verte!

Al volverse, Tony se encontró con Anaís Montenegro, una explosiva cantante mexicana con la que había colaborado infinidad de veces. Él se levantó galante y la besó en la mejilla. Pero ella, mirándolo a los ojos, posó un dedo índice en el primer botón de la camisa de él y, bajándolo lentamente hasta donde comenzaba el pantalón, ronroneó:

—¿Por qué ya no me llamas, mi amor?

Ruth, al verla, parpadeó cuando oyó a Jenny musitar:

—¡Menuda descarada!

Ruth la miró con reproche para indicarle que cerrara la boquita y entonces Tony dijo:

—Anaís, te presento a mi novia Ruth y a sus hijos Jenny, Adán y Brian.

Ruth se levantó y la saludó con una sonrisa, mientras la mujer decía:

—Disculpa mi falta de tacto, Ruth. No sabía que eras su novia.

Ella se encogió de hombros quitándole importancia, pero minutos después, cuando aquella morenaza se fue, Jenny, que no tenía pelos en la lengua, siseó:

—Menuda pendeja sucia. Si no hubiéramos estado nosotros, te habría arrancado la ropa.

Ruth iba a regañarla, pero Tony se le adelantó y dijo muy serio:

—Escucha, señorita, Anaís es una buena amiga y no me parece bien lo que estás diciendo...

—No me gusta esa mujer. No me gusta cómo ha mirado a mamá. Se cree que tiene más apellido, más clase y dinero que ella. ¡Es una marrana asquerosa!

—¡Jenny! —exclamó Ruth.

—¡Asquedosa! —afirmó Adán, haciendo que Brian también lo repitiera.

—¡Niños! —cuchicheó Ruth.

Tony, molesto, clavó la mirada en la pequeña rubia y dijo:

—No debes hablar así de las personas que no conoces, Jenny. Es muy feo lo que has dicho de Anaís y me desagrada mucho cuando hablas de esta manera. Haz el favor de comportarte como una niña de tu edad y deja las telenovelas para cuando crezcas.

Ruth miró a Tony sorprendida, mientras que Jenny respondió:

—Más feo es cómo te ha mirado estando mami delante. Soy una chica —afirmó, dejándolo boquiabierto— y sé diferenciar muy bien las miraditas de ese tipo de lagartas.

Él iba a decir algo más, pero Ruth se le adelantó:

—¡Se acabó, Jenny! Tú y yo vamos a tener una conversación muy seria en cuanto lleguemos a casa, ¿entendido?

—Pero, mamá, esa mujer...

—No, Jenny —la cortó ella—. Es mejor que no digas nada más. Ahora mira la carta y elige lo que quieres comer.

Con gesto de enfado, la niña frunció el cejo, se calló y miró la carta. Ruth le sonrió a Tony a modo de disculpa y él le guiñó un ojo.

En ese momento, Brian cruzó las manos ante su cuerpecito y declaró:

—Yo no quiero comer aquí.

—¿Y dónde se supone que quieres comer? —le preguntó Tony, sonriendo.

Los dos gemelos señalaron un McDonald's que había al otro lado de la calle, con zona de juegos, y Ruth, riéndose, dijo:

—Eso es para ellos salir a comer fuera.

Comprendiendo la incomodidad de los niños al estar en aquel restaurante tan exclusivo, Tony se levantó y, tras hablar con el maître, se acercó a ellos y preguntó:

—¿Quién quiere una hamburguesa del McDonald's?

Adán y Brian se levantaron rápidamente de la silla y empezaron a saltar de alegría. Jenny, más seria tras la reprimenda que se había llevado, murmuró:

—Tengo que ir al baño.

Ruth, consciente del malestar de la niña, la acompañó. Una vez en los aseos, entraron juntas en uno de los excusados y Ruth dijo:

—Jenny, por favor, deja de llamar «pendejas» a todas las mujeres que se acercan a Tony.

La niña no contestó. Seguía enfadada y Ruth insistió:

—Vamos, Jenny, ¿qué te ocurre?

Con los ojos llenos de lágrimas, la pequeña murmuró:

—Mamá, yo quiero a Tony y no me gustaría que nadie nos lo quitara. Y esa mujer nos lo quiere quitar.

—Escucha, Jenny, nadie nos va a quitar a Tony —dijo Ruth conmovida—. Empezando porque él no es nuestro. Los dos tenemos una bonita relación y nos queremos mucho y él os quiere a vosotros. Pero no nos pertenece, como nosotros no somos propiedad suya.

Cuando la niña fue a decir algo, oyeron que se abría la puerta de los servicios y segundos después, la inconfundible voz de Anaís decía:

—Sí... sí... Como te lo cuento. Me acabo de encontrar con Tony Ferrasa y esa novia suya. Una pelirroja algo sosa llena de hijos, ¡qué horror!

Ruth y Jenny se miraron y aquélla le pidió silencio. Con curiosidad, abrió un poco la puerta del excusado para ver con quién hablaba y vio que estaba hablando por teléfono.

—Tranquila —rio la mexicana, retocándose el pelo ante el espejo—. Ya sabes que a nuestro moreno no le duran mucho las novias. Lo llamaré esta noche y mañana por la noche otra vez y así hasta que quede conmigo. Ese hombre me gusta y ninguna pelirroja sosa y con cara de boba se interpondrá entre nosotros o...

Ruth le tapo los oídos a Jenny ante la vulgaridad que la mujer había dicho y la niña protestó:

—¡Jo, mamá!

Poniéndose un dedo en los labios la mandó callar y cuando Anaís se marchó, ambas también salieron del excusado.

—¿Lo ves, mamita, como es una pendeja? —dijo Jenny, con gesto más relajado.

Ruth asintió y añadió:

—Y una lagarta. Tienes toda la razón.

Salieron de los aseos y se encaminaron hacia la puerta, Tony las esperaba con los niños. Ruth buscó a Anaís con la mirada y, al verla en una mesa del fondo, con un hombre, dijo:

—Jenny, ve con Tony.

—Mamá, quiero ir contigo.

—No, Jenny, he dicho que vayas con Tony.

—Jo, mamá...

Pero la dura mirada de Ruth hizo que hiciera lo que le decía.

Ruth se dirigió entonces hacia Anaís y, posando las palmas sobre la mesa con un golpe seco, dijo sin cortarse:

—Si me entero de que llamas a Tony, aunque sea una sola vez, te aseguro que dejaré de ser una pelirroja sosa y con cara de boba para convertirme en una pelirroja peligrosa y una auténtica loba, ¿entendido?

Y, sin más se dio la vuelta, justo en el momento en que Tony, advertido por Jenny, se acercaba a ella.

—¿Qué ocurre, cielo? —preguntó, al ver la cara de sorpresa de Anaís y su acompañante.

Ruth sonrió y, tras darle un beso en los labios, dijo:

—Nada. Simplemente que le he tenido que dejar bien clarito quién soy yo a esa pendeja descarada.

Media hora después, en el McDonald's, Tony se partía de risa al oír lo que Ruth le contaba de Anaís, mientras los niños disfrutaban en la zona de juegos y Jenny era feliz viendo reír a su moreno de los ojos como los amaneceres de Acapulco.

Esa tarde, cuando llegaron a casa tras comer y dar un largo paseo, mientras Ruth les ponía los bañadores a Brian y a Adán, Jenny se sentó en las piernas de Tony y dijo:

—¿Puedo preguntarte una cosa?

—Claro, cielo. Puedes preguntarme lo que quieras.

La niña lo miró un momento y finalmente dijo:

—¿Quieres mucho a mamita?

—Muchísimo —afirmó Tony.

—¿Y a Brian, a Adán y a mí también nos quieres?

—Muchísimo —repitió él.

Feliz por sus respuestas, la niña lo abrazó y cuchicheó:

—¿Te gustaría ser nuestro papito?

—¡Ay, Diosito! —murmuró Tony alucinado.

Y sin darle opción a decir nada más, Jenny añadió:

—Yo nunca he tenido un papito como mis amigas del cole y si tú nos quieres y nosotros te queremos a ti, ¿por qué no puedes serlo?

Tony sonrió. En el mundo de los niños todo parecía fácil y, besando a la pequeña en la cabeza, preguntó, mientras miraba cómo Ruth y Lola batallaban con los gemelos:

—¿Tú quieres que yo sea tu papito? —Jenny asintió encantada y él, sonriendo, añadió—: ¿Sabes? Nada me gustaría más en este mundo.

La pequeña abrió desmesuradamente los ojos.

—¿De verdad? —Tony asintió emocionado y Jenny dijo—: Pues ahora sólo falta que mamita quiera y te cases con ella en una linda boda.

Tony soltó una carcajada y, revolviendo el pelo de aquella pequeña tan necesitada de amor, murmuró:

—Hagamos una cosa. No le digas nada a mamá de esta conversación y en un futuro veremos qué se puede hacer, ¿vale?

Contenta de haber conseguido su propósito, Jenny le guiñó un ojo, justo en el momento en que Brian llegaba corriendo a la piscina y se tiraba sin manguitos.

Ruth, asustada, dio un grito y Tony se quitó rápidamente a la niña de las piernas y se tiró a la piscina a por él. Una vez lo sujetó y ambos sacaron la cabeza del agua, Tony lo miró y preguntó:

—¿Adónde ibas tú sin manguitos, campeón?

El crío soltó una carcajada y Tony tuvo que sonreír. Un par de horas después, tras disfrutar de varias ahogadillas y juegos en la piscina sonó el teléfono. Lola se lo pasó a Tony. Era Yanira. Después de hablar con ella durante unos minutos sobre un tema musical que estaban preparando, le dijo a Ruth:

—Cariño, Yanira quiere hablar contigo.

Ruth cogió el teléfono y oyó:

—Holaaaaaaaaaa, ¿todo bien por ahí?

—Sí, todo perfecto —respondió ella, sonriendo.

Yanira al oír que estaba contenta dijo:

—Oye, esta noche salgo con las chicas, ¿te apuntas?

Ruth miró a Tony y murmuró:

—No sé.

—Venga, anímate. Pasaré a recogerte. Mi abuela Ankie ha venido de España y esta noche cantará con su noviete Ambrosius en el Cool and Hot.

Al pensar en ese local de música country, adonde ya había ido con las chicas alguna vez, murmuró:

—Dios... ¡me muero por tomarme un destornillador!

Yanira soltó una carcajada y dijo:

—Venga. Será una noche de chicas, ¡vente!

—Cariño, ¿te importa si esta noche salgo con Yanira y sus amigas? —le preguntó a Tony.

—¿Con esas depravadas? ¡Ni hablar! —gritó él.

Yanira, al oírlo, dijo:

—Dile al capullo de mi cuñado que cuando lo vea se va a enterar.

Ambas rieron y Ruth, al ver que Tony sonreía, dijo:

—Vale, me has convencido. ¿A qué hora pasas a recogerme?

Tras colgar, Ruth dejó el teléfono de Tony sobre una mesita y se lanzó en bomba a la piscina. El resto de la tarde estuvo plagada de risas, besos y ahogadillas.

Sobre las ocho, mientras Lola daba de cenar a los niños, Ruth se arreglaba en la habitación. Ataviada con una minifalda vaquera, una camisa blanca y unas botas de cowboy, se vio perfecta para ir al local.

La puerta se abrió y apareció Tony, que la miró con lujuria y, cerrando la puerta, preguntó:

—¿Por qué te pones tan guapa para salir sin mí?

Ruth soltó una carcajada y, poniéndose un sombrero de vaquero, preguntó a su vez:

—¿Crees que algún hombre me sacará a bailar como Anaís Montenegro te sacaría a ti?

Tony frunció el cejo, corrió el pestillo y siseó:

—¡Se acabó, no sales! Te quedas aquí conmigo.

Entre risas, se echó a sus brazos y dijo:

—Pero si sabes que sólo tú tienes las tres «T» —Al oír eso, Tony la miró extrañado, y ella dijo—. Tú me gustas, tú me enamoras y sólo tú me haces tuya.

—Más te vale, vaquera —rio él, quitándole el sombrero—. Porque si me entero de que no eres buena, te aseguro que seré muy... muy malo contigo. Y olvídate de Anaís, ¿de acuerdo?

Encantada, acercó la boca a la suya y lo besó. Degustó con placer aquella lengua que entraba en ella y, cuando él la llevó a una butaca y la apoyó contra el respaldo, sonrió al oírle decir, mientras le quitaba las bragas con urgencia:

—Abre las piernas. Quiero asegurarme de que te vas bien servida.

Tony la agarró por las caderas para tenerla totalmente controlada y, cuando la penetró, susurró en su oído:

—Recuerda que sólo yo tengo las tres «Y» griega. Yo te follo, yo te disfruto y yo te hago mía, ¿entendido?

Ruth se contrajo de placer y él, dándole un azote en el trasero, comenzó a acelerar sus arremetidas, mientras ella mordía el respaldo de la butaca para no gritar y que no pudieran oírla los niños. Tony le soltó la cintura y le estrujó el trasero sin piedad. Clavándole los dedos, tiraba de ella para moverla a su antojo, mientras Ruth disfrutaba con aquella penetración fuerte y apasionada.

Así estuvieron varios minutos, hasta que no pudieron más y el clímax llegó para ambos, haciendo que sus cuerpos se estremecieran.

Cuando sus respiraciones se normalizaron, Tony salió de ella y dijo:

—No veo el momento de que regreses para repetirlo más lentamente.

Ruth soltó una carcajada y cuando fue a coger las bragas, que estaban en el suelo, él se anticipó y dijo:

—Éstas me las quedo yo.

Ella lo miró divertida y preguntó:

—¿Quieres que salga sin bragas?

La cara de él al escucharla fue todo un poema. Tony Ferrasa era terriblemente posesivo y Ruth, soltando una carcajada, fue hasta la cómoda, sacó unas bragas limpias y, entrando en el baño para lavarse, dijo:

—Que conste que me pongo otras.

Tony sonrió. Aquella mujer lo volvía loco a unos niveles que nunca había imaginado.

41

Delirio

Como siempre, estar con las chicas era superdivertido y Ruth rio al ver a Yanira con su peluca oscura, para que nadie la reconociera.

Tras la cena, las cinco mujeres se dirigieron al Cool and Hot.

Al llegar allí, Yanira le presentó a Ruth a su abuela Ankie y la mujer la abrazó encantada, como si la conociera de toda la vida. Y cuando más tarde Ankie y Ambrosius salieron al escenario a cantar una canción, Ruth se quedó con la boca abierta.

¡Cantaban estupendamente!

Después de tomarse varios destornilladores, empezaron a bailar aquellos ritmos country y Yanira se sorprendió al ver que Ruth se sabía todos los pasos. Ella le explicó que había trabajado varios años en distintos bares de country y quedó en ir algún día con ellas al local donde a las doce de la noche se regalaba tequila. Todas asintieron entusiasmadas.

Hacia las dos de la madrugada, todos estaban riendo por lo que contaba Coral cuando ésta recibió una llamada. Tras atenderla, regresó a la mesa.

—Era Sharay —dijo—, la chica que cuida de la niña, para decirme que la pequeña se acaba de dormir.

—Pues sí que es noctámbula —se extrañó Ruth.

—Dímelo a mí —respondió Coral resignada—. Apenas duermo por culpa de esa delincuente de chupete y pañal.

—¿Y Joaquín no te ayuda? Que yo sepa, se desvive por ti y por la niña —comentó Yanira.

Coral asintió y dijo sonriendo:

—Por supuesto que me ayuda, pero aun así, ya sabéis cómo somos las madres.

Durante un rato todas excepto Valeria hablaron de niños, hasta que Tifany dijo:

—Tengo algo que contaros. —La miraron expectantes y dijo—: Alexei quiere que vayamos a Rusia de viaje de novios. ¿Qué os parece?

—Wepaaaa —exclamó Yanira.

—Rusia, ¡qué fríoooooooooo! —se estremeció Coral.

—Dice que ya que nos casamos aquí con mi familia, el viaje de novios lo hagamos allí con la suya. Pero no sé, yo no estoy muy convencida. A mí me apetecería más playa, mojitos, salsa, calor.

—Pues ¡en Rusia lo llevas claro! —se mofó Ruth al escucharla.

—¿Y tú qué le has dicho? —preguntó Valeria.

Nerviosa, Tifany las miró y dijo:

—No le he contestado todavía. Me lo comentó hace tres días, cuando regresó de su viaje a Tokio y yo... yo no supe qué decir. Me pilló de sorpresa. Nunca había imaginado mi megaviaje de novios a Rusia y menos con su familia.

—Mujer, sé positiva —apuntó Ruth—, con tanto frío no saldréis de la habitación.

Todas rieron por esa observación y Tifany cuchicheó:

—Anoche me hizo mirar por internet lo que quiere enseñarme en Moscú. Y oye, aunque todo es divino, me parece tan serio y aburrido...

—Rusia es preciosa —indicó Yanira—. Yo he estado y te aseguro que es una maravilla y los rusos son serios pero muy agradables.

—Ya lo sé, cuqui, ¡recuerda que una vez fuimos juntas! —Yanira asintió y Tifany añadió—: ¿Te acuerdas de lo bien que lo pasamos en los clubs de moda? Pues Alexei no quiere ni oír hablar. Lo aburren los clubs de moda, dice que por su trabajo está harto de eso y que prefiere que visitemos el Kremlin, que paseemos por la plaza Roja, veamos la catedral de San Basilio y...

—Por el amor de Dios, ¡se me acaba de caer un mito! —voceó Coral—. ¿Me estás diciendo que el ruso, ese tío que tiene el cuerpo más perfecto que yo he visto en toda mi vida, prefiere visitar una catedral con su familia a estar en la cama contigo?

Tifany torció el gestó y contestó:

—En su defensa tengo que decir que cuando estamos en la cama es sensacional. Aunque en algunos momentos es algo frío. —Y, bajando la voz, cuchicheó—: A mí me gustan los hombres que dicen cosas cariñosas mientras hacen el amor, pero él no consigo que me las diga ¡ni en ruso!

—¡Qué me dices! —exclamó Coral. Todas rieron y, mirando a sus amigas, explicó—: A mí siempre me ha puesto que me digan cosas guarronas. En plan «¿Te gusta cómo te la meto?». Así yo puedo decir con la respiración agitada... «Sí... sí... pero métemela más».

—La madre que la parió —rio Valeria al escucharla.

—¿Joaquín te dice cosas? —preguntó Yanira, muerta de risa.

—¿Y quién habla de Joaquín? —replicó Coral.

Todas rieron aún más y Valeria añadió:

—Pues mi francés sí me habla cuando estamos al tema. Dice cosas tan afrancesadas que me corro sólo con escucharlo. ¡Qué morbo tiene!

De nuevo estallaron en risas y luego, Coral, mirando a Yanira y a Ruth, preguntó:

—¿Y los Ferrasa cómo son?

Yanira pensó en el hombre que la volvía loca con su sensualidad y contestó en voz baja:

—Dylan es caliente, morboso, generoso, enérgico y cuando se muerde el labio inferior mientras me aprieta contra su cuerpo, ¡oh, Dios mío!

—¿Y Tony? —preguntó Valeria.

Ruth suspiró y, con una expresión más que elocuente, susurró:

—Posesivo, ardiente, apasionado, voraz, abrasador, tremendamente sensual y cuando me habla y me da una palmadita en el trasero con gesto posesivo, ¡oh, Diositooooooooooooo!

De repente, Tifany cuchicheó:

—A mí, Omar me decía cosas increíblemente románticas y me hacía volar cuand... —De pronto se dio cuenta de cómo la miraban todas y de a quién había nombrado y añadió—: Pero mi ruso es indescriptible... ¡mucho mejor!

Yanira sonrió y, para que se le quitara aquella cara de circunstancias, dijo:

—Lo pasarás bien en Rusia, ¡ya lo verás!

Tifany suspiró, se pimpló su destornillador de un tirón y cuando dejó la copa vacía sobre la mesa, preguntó:

—¿Y si sale mal? ¿Y si no nos divertimos en Rusia?

—Te divertirás, ¡ya verás como sí! —afirmó Ruth.

—¿Y si todo se joroba cuando me case con él?

—Buenoooooooooooo... —resopló Coral.

Valeria puso los ojos en blanco y dijo:

—Pues si todo sale mal, con separarte, ¡asunto concluido! No eres novata en esas cosas, mujer. Que el mundo no se acaba por un divorcio.

Tifany asintió. Valeria tenía razón. Y, tras pedir otra ronda de destornilladores, levantó su vaso y exclamó:

—¡Por mi boda con el ruso más sexy del planeta!

Todas levantaron sus vasos, brindaron y bebieron y cuando, entre risas, los dejaron en la mesa, Tifany insistió:

—¿Y si estoy cometiendo una locura?

—Ay, Diosito —murmuró Ruth.

—Joderrrrrrrrrrrrr —rio Coral y mirando a la camarera, pidió—: Cinco destornilladores más.

Tifany, movió las manos ante ella y murmuró:

—Lo he dicho... he dicho lo que pienso. ¡Ay, madre!

—Sí, lo has dicho —afirmó Valeria.

—¿Por qué crees que vas a cometer una locura? —le preguntó Yanira, cogiéndole una mano.

Y al ver cómo su excuñada esquivaba su mirada, le levantó la barbilla y, tras mirarla unos segundos a los ojos, musitó incrédula:

—La madre que te parió, Tifany.

Valeria y Coral se miraron y esta última gritó:

—Camarera, ¡que sean diez destornilladores!

—¿Qué pasa? —preguntó Ruth.

—Que ha caído el gordo —se mofó Valeria.

—No me digas que es cierto lo que me estoy imaginando —insistió Yanira.

La camarera llegó con los cinco primeros destornilladores y, tras dejarlos sobre la mesa, Tifany cogió el suyo, se lo bebió de nuevo de un tirón y luego dijo entre gemidos:

—Lo he pensado mucho, me he imaginado con él. Alexei es el sueño de cualquier mujer, pero estoy confusa.

—¡Es pa matarla! —exclamó Coral—. La tía tiene en su cama al hombre más sexy del planeta ¿y está confusa?

—Joder, ¿por qué ese Alexei, ese pedazo de ruso no se fijó en mí? —se quejó Valeria.

Yanira le dio un manotazo en el brazo y dijo:

—Te recuerdo que tú tienes un rollo más que aceptable con un francés guapo y encantador llamado Alain Bourgeois, con el que te has negado a irte a vivir hace poco.

—¡Quería que me fuera a Francia!

—Normal, Valeria —respondió Yanira—. Su trabajo está allí.

—Y el mío está aquí —se defendió ella—. Y ya he dicho que quien me quiera tendrá que hacer una locura por amor y punto pelota.

Entonces comenzó un debate entre todas sobre el amor, las locuras y los reproches, hasta que Valeria dijo:

—Vamos a ver. No estamos hablando de mí, estamos hablando de la cuqui.

Al oírla, Tifany soltó un gemidito y sollozó:

—Odio a Omar, pero tiene esos ojazos tan zalameros y ese tonito de piel tan lindo...

—No me jodas —siseó Coral y, mirando a la futura novia, le soltó—: Mira, Tifany, te voy a dar tal torta que nos vamos a morir las dos. Tú de la torta y yo de la onda expansiva. Pero ¿qué coño estás diciendo?

Valeria soltó una carcajada. Coral era tremenda. Ruth y Yanira se miraron y esta última le dijo:

—Al final vas a tener razón con eso de La maldición de los Ferrasa.

—Te lo dije —sonrió Ruth.

De pronto, sonó una canción y Tifany salió a bailar como una loca, con Coral detrás. Valeria también se levantó.

—Iré con ellas —dijo—. No me fío de la onda expansiva de Coral.

Mientras ellas bailaban, Ruth se acercó a Yanira y cuchicheó:

—¿Ves como hay salseo?

Todavía incrédula por lo que había descubierto, la otra la miró y dijo:

—¿Cómo has podido calarla tú antes que yo? Se supone que yo la conozco más.

Ruth sonrió y, cuando iba a responder, Tifany se acercó a la mesa, se sentó y dijo:

—Y luego está ese bailecito que nos marcamos en el cumpleaños de su padre, donde me miró y me hizo volar... y... y... ahora está tan guapo y estiloso con su melenita que... que...

Coral, que en ese momento se estaba sentando al lado de ella, gruñó:

—Virgen del dobladillo descosido, ¡le doy... le doy... juro que le doy!

—Coral... —la reconvino Yanira.

—Joder, Yanira —protestó su amiga—. Que esto ya lo hemos vivido y el mandril siguió follando como un mono con toda la que se encontraba.

—Puede haber cambiado —dijo Ruth, dándole un voto de confianza a Omar.

Valeria, que volvía entonces a la mesa, sentenció al oírla:

—Los folladores natos no cambian, ¡te lo digo yo!

Mientras se bebía su otro destornillador, Tifany murmuró:

—Omar es un idiota, un estúpido y un egocéntrico y no voy a permitir que arruine mi bonita boda con Alexei.

—Ésa es la actitud —la aplaudió Coral.

Pero un nuevo gemido salió de la garganta de la rubia, que dijo:

—Aunque el otro día vino a casa para dejar a Preciosa, tras pasar el día con ella, y estaba Alexei. Fue amable con él, incluso le pidió perdón por el mal que nos había hecho y yo... yo... sentí que lo quería y...

—Ésa no es la actitud —suspiró Coral.

—¿Hizo eso? —preguntó Yanira incrédula.

—Te lo juro por Louis Vuitton. Lo hizo. Hasta Alexei se extrañó.

—Si la cuqui lo jura por Louis Vuitton, la creo —suspiró Coral—. Pero ese Ferrasa quiere algo. Te lo digo yo.

—Lo que quiere, sin lugar a dudas, es su perdón, porque sigue sintiendo algo por ella —afirmó Ruth.

Era la que menos lo conocía y quizá por ello era capaz de creer en el arrepentimiento que veía en sus ojos.

Tifany, al darse cuenta de lo que estaban hablando, gritó de pronto:

—¡Odio a Omar... lo odiooooo!

—Pero ¿no acabas de decir que lo quieres? —preguntó Ruth desconcertada.

—Lo quiero... claro que lo quiero. Pero lo odio... lo superodio y lo requeteodio.

Todas sus amigas la miraron y Coral, levantándola, dijo:

—Vamos al servicio, ¡supercuqui! Necesitas echarte agua en la cara para dejar de soltar tanta gilipollez.

Ruth, al ver que las dos se alejaban junto con Valeria, miró a Yanira y, contagiada del lenguaje, declaró:

—Te digo yo que está hipermegaenamorada de Omar.

Yanira suspiró y, mirando a la camarera, pidió:

—Por favor, cinco destornilladores más, ¡y cargaditos!

Instantes después, las tres que se habían ido regresaron y Tifany dijo:

—No lo quiero. No quiero a Omar.

—Claro que no, cielo —afirmó Valeria.

—Yo quiero a Alexei. Adoro a mi ruso y voy a ser muy feliz con él.

La carcajada fue general y Ruth, consciente del cacao que Tifany tenía en la cabeza, y de que ella era la que estaba menos bebida de las cinco, dijo mirándolas:

—Creo que lo más sensato es que pienses lo que quieres y, una vez lo tengas claro, actúes como el corazón te indique.

—Apoyo la moción —dijo Yanira, alzando su copa.

Tras levantar todas sus destornilladores, Coral, que había sido la última en hacerlo, soltó, haciéndolas reír a todas:

—Yo también la apoyo, pero si dejas al ruso, pásame su teléfono, que para un apretón me vendrá de lujo.

—Pero si tú tienes a Joaquín —se quejó Valeria.

—Déjate de tonterías —respondió Coral—. ¡El ruso es el ruso!

Aquella noche eran las cinco de la madrugada cuando Ruth regresó a casa. *Melodía* y *Luis Alfonso* corrieron enseguida a recibirla.

Tras entrar por la puerta principal, con las manos en los bolsillos de su minifalda vaquera, se encaminó hacia la cocina para beber agua, pero cuando abrió la nevera, un ruido le llamó la atención y al volverse vio entrar a Tony.

Como siempre, estaba guapísimo y, mientras se acercaba a ella, Ruth se sintió como en un videoclip. Morenazo impresionantemente guapo, con un liviano pantalón negro de estar por casa, caminando descalzo hacia ella con la camisa negra abierta, los abdominales perfectos al aire y unos auriculares puestos.

¡Perdición total!

Ambos sonrieron al mirarse y, cuando él llegó a su altura, dijo, quitándose un auricular de la oreja:

—Hola, vaquera, ¿lo has pasado bien?

Ruth asintió.

—Lo he pasado genial. ¿Y tú qué haces despierto a estas horas?

—Te esperaba —dijo él, cogiéndola de la cintura—. No podía dormir sin ti.

Ruth lo besó enamorada y, señalando el auricular que se había quitado, preguntó:

—¿Qué escuchas?

Él cogió el auricular, se lo puso a ella y murmuró:

—Pensaba en ti.

De pronto, la preciosa voz de Luis Miguel cantando *Delirio** inundó su cabeza y Ruth sonrió mientras decía:

—¿Sabes que esta canción sonaba la primera vez que nos vimos?

Tony asintió complacido y preguntó:

—¿Bailamos?

Abrazada a él, se dejó llevar. Definitivamente, estar a su lado era como vivir un romántico videoclip musical que no acababa nunca. Bailar juntos en la oscuridad de la cocina era maravilloso, increíble, terriblemente sensual, y cuando sintió su boca en la oreja, chupándole el lóbulo, jadeó y, deseosa de continuar con aquello, propuso:

—¿Qué te parece si vamos a la habitación y echamos el pestillo?

Tony asintió y, sin dudarlo un segundo, la cogió en brazos y dijo con una sonrisa encantadora:

—Taponcete, has dicho justo lo que quería escuchar.

Al llegar al cuarto, Ruth echó el cerrojo y continuaron bailando acaramelados hasta que, con mimo, dulzura, pasión y deleite, se hicieron el amor el uno a la otra.

A la mañana siguiente, Valeria, Coral, Yanira y Ruth recibieron un mensaje de Tifany que decía:

Alexei es el hombre de mi vida. Todo fue culpa de los destornilladores. Os superquiero.

* Véase nota de la p. 10. *(N. de la E.)*

42

Otra como tú

A principios de diciembre, los Ferrasa recibieron una invitación para asistir a una gala benéfica. Como siempre que acudía a ese tipo de actos, Ruth se quedaba sin palabras. Ante ella tenía a las mayores estrellas del mundo, personas a las que admiraba por su música o sus películas y de primera mano podía comprobar que todos ellos eran personas tan normales como ella.

—Cariño —dijo Tony—, mira, quiero presentarte a un amigo.

Ruth, que estaba hablando con Yanira, se quedó sin palabras al encontrarse de frente con el rubiazo, guapo e increíble Thor, o, mejor dicho, Chris Hemsworth.

—Chris, te presento a mi futura esposa. Por cierto, gran admiradora tuya.

El actor, que iba acompañado por su guapa mujer, Elsa Pataky, española como Ruth, sonrió y enseguida los cuatro entablaron conversación. Hablaron de infinidad de cosas, incluidos los niños. Las dos parejas tenían y rieron al contar sus ocurrencias.

Cuando minutos después otras personas se unieron a la charla, Ruth, todavía incrédula, miró a Tony y cuchicheó:

—Por el amor de Dios, ¡es todavía más guapo en vivo y en directo!

—¿He de ponerme celoso? —preguntó él, sonriendo.

—¡Celosísimo! —respondió Ruth.

La miró encantado y, cuando la iba a besar, se les acercaron unos compañeros de la discográfica y no pudo hacerlo. Al ver que se ponían a hablar de trabajo, Ruth cogió una copa de champán a la camarera que pasaba con una bandeja y se acercó a Yanira. Le estaba comentando que había conocido a Chris, cuando vieron entrar a Tifany del brazo del ruso. Ella sonrió al verlas y se acercó con Alexei.

Minutos después, se les unió Dylan y, al cabo de un rato, también lo hizo Tony. Las tres parejas se sentaron juntas a charlar, mientras diferentes actuaciones pasaban por el escenario, hasta que de pronto vieron llegar solo a Omar.

Eso sorprendió a todos. ¿Omar solo?

Tras hablar con varias personas que se encontró a su paso, éste, hecho un pincel, se acercó a ellos y, sin perder su sonrisa ni un solo instante, los saludó a todos, incluido Alexei.

Después de darle dos besos en las mejillas e inundársele las fosas nasales de su colonia, Tifany se movió nerviosa en la silla y Yanira, mirándola, susurró:

—¿Ocurre algo?

—Ha cambiado de colonia —respondió ella molesta.

—¿Qué? —preguntó Ruth, divertida.

Yanira y ella se miraron y Tifany cuchicheó:

—Omar utilizaba Fahrenheit de Dior y ahora huele a The One Men, de Dolce & Gabanna.

—¿Y cuál es el problema? —preguntó Yanira.

Bebiendo de su copa, Tifany se acercó a ellas y susurró:

—Durante los años que estuvimos casados, le compré cientos de colonias a la espera de que cambiara alguna vez y siempre se negó. ¿Por qué tiene que hacerlo ahora?

Yanira la miró boquiabierta y, negando con la cabeza, respondió:

—Muy fácil, cielo, ¡porque le ha dado la gana!

Tifany cabeceó y al ver a Alexei hablar y reír con los tres hermanos Ferrasa, dijo con una sonrisa espectacular:

—Me encanta que mi futuro marido se lleve bien con ellos.

Acto seguido, Anselmo también se acercó a las chicas.

—Aquí están mis dos rubias y mi pelirroja preferida; ¿cómo lo pasáis?

—Ahora que el hombre más estiloso de la fiesta está con nosotras, mejor —respondió Tifany.

Anselmo soltó una carcajada y, mirando a sus hijos y al ruso, que se encontraba con ellos, dijo:

—Aunque tu futuro marido no sea un Ferrasa, espero que seas muy feliz, Tifany.

—Gracias —sonrió ella emocionada.

Tras guiñarles un ojo a las tres, Anselmo se acercó a los cuatro hombres y se unió a su conversación.

Yanira y Ruth iban a decir algo cuando Tifany se levantó para ir a saludar a unas personas.

—Te digo yo que La maldición de los Ferrasa ataca de nuevo —se mofó Ruth.

—¡Te juro que yo la mato si no se aclara! —contestó Yanira.

Esa noche, cuando Ruth estaba retocándose el maquillaje, una mujer guapa se le acercó y preguntó:

—Eres la novia de Tony Ferrasa, ¿verdad?

Ruth la miró. Era la rubia Enith, la bonita joven con la que Tony intentó darle celos mientras estuvieron separados, y al ver que ella no la había reconocido, respondió:

—Sí, ¿por qué?

La otra la miró y dijo:

—Quería prevenirte.

—¿Prevenirme de qué?

En ese instante Yanira también entró en el tocador y, acercándose a ellas, saludó:

—Hola, Enith.

Al verla, la rubia sonrió y explicó:

—Le estaba diciendo a la novia de Tony que tenga cuidado con él.

Ruth y Yanira se miraron y Enith prosiguió, bajando la voz:

—Cuando estaba con él, el muy malote me la pegó con una camarera. ¿Os lo podéis creer? Una con el pelo de colorines, que Dios sabrá de dónde venía. —Y poniendo morritos, añadió—: Vigílalo de cerca, mona. Es un Ferrasa. ¡Qué más puedo decir!

Yanira miró a Ruth, que, divertida, contestó:

—Gracias por la advertencia. Lo tendré en cuenta y lo vigilaré.

Enith sonrió tras haber hecho su buena acción del día y, sin decir nada más, se marchó.

Ruth miró a Yanira y dijo:

—¿Te puedo hacer una pregunta?

—Por supuesto, ¡dime!

—¿Tony ha estado con todas esas modelos, actrices y pibones que dice la prensa?

La otra lo pensó y, mirándola, respondió:

—Me encantaría decirte que no, pero yo conozco a muchas con las que sí ha estado. Aunque bueno, ya sabes, la prensa exagera mucho las cosas. Sin embargo, en su defensa he de decir que estaba soltero y sin compromiso, no como ahora que te tiene a ti.

Ruth asintió e insistió:

—¿Conoces a Anaís Montenegro?

—Sí —contestó Yanira y, riendo, añadió—: Y déjame decirte que se le hace el culo Pepsi Cola en cuanto ve a Tony, a Dylan o a Omar. Pero tranquila, nunca ha sido del gusto de ninguno de ellos, por muy guapa y explosiva que sea. —Y a continuación dijo divertida—: Anda, vayamos a vigilar a esos Ferrasa.

Entre risas, ambas salieron del tocador y se dirigieron hacia la barra. Al poco se les acercó Tifany, que cuchicheó:

—Lo de los Ferrasa es alucinante. ¿Os habéis fijado en cómo los rodean las mujeres?

Yanira y Ruth, que hasta el momento habían estado a lo suyo, al mirar hacia donde ellos se encontraban, vieron a Omar, a Dylan y a Tony rodeados de mujeres a cuál más bella. Estaba claro que aquellos puertorros, altos y morenazos, eran un imán para las féminas.

De pronto, Ruth vio a Enith entre ellas, muy cerquita de Tony.

—Si lo toca, juro que la que da el guantazo con onda expansiva soy yo.

—Tranquila, cuqui —murmuró Tifany—. Tony es un hombre que sabe manejarlas y no lo permitirá.

Yanira, más acostumbrada que Ruth a aquel comportamiento femenino, sonrió y dijo con tranquilidad:

—Recuerda, Ruth, ellas lo desean, pero él te desea a ti. —Y mirando a Dylan, añadió—: Nunca lo olvides o tu vida será un infierno.

—Más que un infierno —murmuró Tifany, observando a Omar.

Ruth asintió. Ya había oído aquello alguna vez y, con gesto tenso, dijo:

—Tendré que recordarlo. Pero odio que lo deseen.

—Y yo —afirmó Yanira—. Aunque ¡es lo que hay!

Cuando Tifany se volvió para saludar a unos conocidos, Ruth preguntó:

—¿No desconfías nunca de Dylan?

Yanira, dando un trago a su bebida, pensó en su particular vida sexual con él y dijo:

—Hasta el momento no y sé que él tampoco desconfía de mí, porque entre nosotros no hay secretos y todo lo que deseamos hacer lo hacemos juntos. —Sonrió al recordar ciertas cosas—. Una vez nos dejamos llevar por esas desconfianzas y nuestro matrimonio se rompió, pero por suerte, mi increíble Ferrasa me siguió y me persiguió sacando toda su artillería romántica, hasta que me hizo ver que estábamos hechos el uno para el otro y nos volvimos a casar.

—¡Qué romántico! —murmuró Ruth.

Yanira asintió y, mirando a su marido, confirmó:

—Sí, Dylan es terriblemente romántico, y eso me encanta. Anselmo y su madre fueron unos grandes maestros e imagino que Tony también lo es, ¿o me equivoco?

Ruth lo miró con una sonrisa. En ese instante él también la miraba.

—No te equivocas. Tony es muy romántico y me dice cosas tan bonitas que a veces me olvido de mi propia voluntad. Sabe cómo conseguir de mí lo que quiere con sus palabras, sus miradas e incluso con la música. Pone una canción, me hace bailar con él y, ¡uf!, es como si viviera en un videoclip de esos que hacéis vosotros. Todo es tan perfecto que a veces me asusta.

Yanira pensó que sabía muy bien de qué hablaba, cuando de pronto vio a Anaís Montenegro acercarse al grupo de los hombres para saludarlos.

—Anda, mira, ¡tu amiga! —dijo.

Ruth, al ver a aquella seductora mujer cerca de Tony, se tensó.

Sabía que tenía que confiar en él, pero aunque intentaba que los celos no fueran a más, éstos llamaban a su puerta con cada sonrisa de la mexicana.

De pronto, Anaís, se volvió hacia Omar y, tras decirle algo, éste asintió y ella, cogiéndolo de la mano, lo sacó a la pista a bailar.

—La Montenegro no tiene un pelo de tonta —se mofó Yanira—. Ha ido a por el Ferrasa libre.

Tifany, que se había unido a ellas, no dijo nada al ver aquello, pero cuando segundos después aquella hermosa mujer de largas piernas y rostro perfecto colocó una mano en el trasero de Omar y vio cómo lo apretaba contra ella, la futura señora Ivanov siseó:

—¡Es una gran lagarta!

—Y una gran descarada —añadió Ruth, viendo la jugada de aquélla.

Ruth les explicó lo que había ocurrido días antes en el restaurante y

Yanira y ella rieron. Pero Tifany, al ver que Omar disfrutaba con el contacto, comenzó a gruñir. Yanira le preguntó:

—¿Se puede saber qué te pasa? —Y al ver que no respondía, insistió—: Te recuerdo que él esta libre, soltero y sin compromiso. Ya no es tu marido y tú te vas a casar con Alexei.

—Cuqui, ya lo sé... —dijo ella, mirando al ruso, que hablaba al fondo de la sala.

—¿Entonces? —insistió Yanira.

Tifany tomó un trago de su bebida y, dejando la copa sobre la barra, respondió convencida:

—Tienes razón. Es para matarme.

Instantes después, unos productores conocidos de Yanira, Sean, James y Drew, se acercaron a ellas y comenzaron a hablar. Las invitaron a bailar; Ruth, que vio con el rabillo del ojo que Tony seguía hablando con su hermano, aceptó y salió a la pista con Drew. Tenía ganas de divertirse, así que intentó olvidarse de sus tontos celos y rio y disfrutó del baile, pero cuando la canción acabó, oyó decir detrás de ella:

—¿Me devuelves a mi mujer?

Drew le guiñó un ojo a Ruth y soltó:

—Cualquiera le dice que no a Tony Ferrasa.

Éste sonrió. Drew era también un buen amigo suyo y, en cuanto se marchó, Tony y Ruth se pusieron a bailar.

—¿Ya te has cansado de estar rodeado de bellezas como tu amiga Anaís? —preguntó ella.

Divertido, la miró y respondió:

—Sí. Por eso ahora estoy aquí, con la mujer más bonita del planeta.

Ante aquello, Ruth no sabía si reír o enfadarse y al final, riendo, cuchicheó:

—Sé que ellas te desean a ti y que tú me deseas a mí, pero...

—No sólo te deseo, mi vida, sino que te quiero, te adoro y eres la única que me interesa sobre la faz de la Tierra. Debes confiar en mí.

Extasiada por las cosas tan románticas que le decía, lo miró y preguntó traviesa:

—¿Tú no confías en mí, y por eso has corrido a apartarme de los brazos de Drew?

—Confío plenamente en ti, taponcete —respondió él.

—¿Entonces?

Tony sonrió de aquella manera que la volvía loca y, mirando cómo su hermano Dylan bailaba con Yanira, susurró:

—Soy un Ferrasa. Y ver a mi mujer en brazos de otro me pone celoso.

Ella soltó una carcajada y, abrazándolo, dijo:

—Es para matarte, cariño, pero recuerda que no has de preocuparte. Aunque ellos me deseen, yo sólo te deseo a ti.

Tony rio por su respuesta. Ruth era maravillosa.

43

Te amaré siempre

Llegó el mes de diciembre y con ello el cumpleaños de Ruth, el 23, y el de los gemelos, el 25, día de Navidad.

El 26 Tony organizó un supercumpleaños para los tres en la casa, al que acudieron todos los amigos de ella, incluida Linda, que viajó desde Minnesota, y Anselmo y la Tata, que estaban en Los Ángeles tras haber celebrado la Nochebuena.

Ruth disfrutó del cariño de todos y, emocionada, recibió cientos de regalos, junto a los niños. Cuando le llegó el turno a Tony, éste la llevó fuera de la casa y la dejó sin habla al mostrarle un precioso Volkswagen rojo idéntico a *Harry*, con un gran lazo amarillo rodeándolo.

—Espero que te guste tu nuevo coche, cariño.

Ruth soltó un chillido de alegría, mientras aplaudía feliz. Adoraba ese coche y, al mirarlo, afirmó:

—Es como *Harry*.

—Sí, cielo. La carrocería es igualita a la de tu amado *Harry*, pero tiene un motor más actual y potente.

Sin poder creer que aquel coche precioso, nuevo y reluciente fuera para ella, lo tocó, lo acarició y, mirando a Tony, susurró:

—Cariño, es demasiado.

—Nada es demasiado para ti —susurró él agarrándola de la cintura.

Un «¡Ohhhhhh!» colectivo salió de la boca de todos y, enamorada, Ruth lo besó mientras los invitados aplaudían.

—Eres increíble, Tony. Nada me podía sorprender y gustar más que este regalo.

—Oh, sí, cielo —sonrió él mirando a Omar—. Creo que aún te puedo sorprender más.

Eso hizo reír a Ruth, pero se puso seria de golpe cuando de pronto Tony se arrodilló ante ella y abrió una cajita que se había sacado del bolsillo.

—Cariño, ¿quieres casarte conmigo?

—¡Ay, Diosito! —exclamó, tapándose la boca con las manos.

—Te he dicho que te podía sorprender aún más —dijo él, guiñándole un ojo.

Conmovida por esa increíble demostración de amor delante de todos, Ruth quiso hablar, pero sabía que si lo hacía iba a echarse a llorar. Y entonces oyó a su pequeña Jenny gritar, cogida de la mano de un emocionado Manuel.

—¡Mamita, di que sí. Tony es el novio que todos queríamos y, además, ningún otro tiene esos ojos como los amaneceres de Acapulco!

La carcajada fue general y él, tras guiñarle un ojo a la niña, miró a la desconcertada Ruth y dijo:

—Lo de los ojos como esos amaneceres es importante, no lo olvides.

Ruth rio ante su ocurrencia y, tragándose el nudo de emociones que se le había formado en la garganta, asintió y respondió conmovida:

—Sí. Sí quiero casarme contigo.

Todos aplaudieron. Tony se levantó del suelo y se abrazaron, mientras Jenny saltaba de alegría y Anselmo reía complacido, diciendo, al tiempo que Tony le ponía el rubí a Ruth en el dedo.

—¡Ése es mi hijo! Un Ferrasa.

Yanira rio emocionada y abrazada a Dylan, recordaba cuando él le había pedido que se casaran. Sin duda aquellos Ferrasa eran la mar de románticos.

Tifany sonreía cogida de la mano del ruso, mientras con disimulo observaba a Omar hablar encantado con la pequeña Preciosa. Él también había sido un hombre muy romántico con ella hasta que se olvidó de serlo para volverse frío y distante. Mirando a Alexei, dijo:

—Cariño, Rusia es un sitio maravilloso para pasar nuestra luna de miel.

Él la besó feliz y Tifany lo disfrutó, y en ese momento Omar, aunque no miraba por el gesto de Preciosa intuyó lo que estaban haciendo.

—¡Cachorra... cachorraaaaaaaaaaaaaaaa! —gritó David, abrazándola.

—Ay, nena... ¡qué momentazo! —aplaudió Manuel.

—Os quiero... os quiero... os quiero... —susurró ella, abrazándolos.

Emocionado por todo lo que habían pasado juntos hasta llegar a ese momento, David se secó las lágrimas y dijo:

—Hoy no meo de todo lo que he llorado.

—Tú siempre has sido muy meón, cariño —afirmó Manuel.

Los tres rieron y David cuchicheó:

—Tony nos ha invitado a ir el domingo con vosotros a Puerto Rico, a casa de su padre, para celebrar allí la Nochevieja, pero le hemos dicho que no.

—¿Por qué? —protestó Ruth.

Manuel y David se miraron y éste, divertido, explicó:

—Porque este año, al intuir que nuestra cachorra preferida estaría acompañada por ese morenazo tan impresionante, nosotros hemos planeado pasarlo en Nueva York.

—Ya tú sabes mi amol que mis orígenes, además de cubanos son neoyorquinos y quiero enseñarle a mi marido cómo se vive allí esa fiesta.

—Veré cómo baja la bola en Times Square —aplaudió David.

Ruth asintió y sonrió. Sería raro pasar unas Navidades sin ellos dos a su lado, pero dijo:

—Quiero fotos, llamadas, mensajes, selfies, ¡quiero saber que lo pasáis bien allí!

—¡Prometido! —afirmaron al unísono.

Luego, los tres se dieron un abrazo emotivo y Tony, que los observaba no muy lejos, sonrió.

Cuando vio que se separaban, se acercó a ella y, agarrándola del brazo, le limpió las lágrimas mientras murmuraba:

—No quiero verte llorar, taponcete.

—Es de felicidad.

—Lo sé, pero aun así, no llores, ¿de acuerdo? —Ella asintió y él preguntó en voz baja—: ¿Eres feliz?

—Como nunca en mi vida.

—¿Qué te parece si nos casamos el catorce de febrero? —murmuró él, besándola.

Ruth lo miró y exclamó guasona:

—¡Ni loca!

—¿Por qué? —rio Tony.

—¡Casarse el Día de los Enamorados! Por el amor de Dios, cariño, ¡es una moñada!

Sin cambiar el gesto, él explicó:

—Para los Ferrasa es una fecha muy... muy especial. Mis padres se casaron ese día y Yanira y Dylan también.

—No te lo tomes a mal —contestó ella, sin bajarse del burro—, pero yo no me quiero casar ese día.

Al verla fruncir el cejo, Tony sonrió y, para hacerla cambiar de cara, preguntó:

—¿Has leído lo que hice grabar en el interior del anillo?

Ruth, sorprendida, se quitó el anillo rápidamente y rio emocionada al leer.

HEIYMA

Un anagrama de «Hasta el infinito y más allá».

—Eres el amor de mi vida, Tony Ferrasa, aunque no nos casemos el catorce de febrero.

Él acercó la boca al oído de Ruth para que nadie pudiera oírlo y murmuró:

—Eso quiero que me lo demuestres esta noche en nuestra cama, sólo con el rubí y la llave de «Para siempre» puestos.

—Tus deseos son órdenes para mí.

Todos querían felicitar a los novios y, mientras las amigas de Ruth la rodeaban y ella les enseñaba el anillo emocionada, los hombres se acercaban a Tony para darle la enhorabuena.

Al cabo de un rato, cuando todos se tranquilizaron un poco, Jenny se aproximó hasta donde estaba su mami en busca de mimos y Ruth la cogió en brazos. Durante un rato, la niña menudita se recostó en su hombro y finalmente susurró:

—No quiero que Lola nos cuide más.

—¿Por qué?

La cría, mirando hacia donde estaba la joven, cerca de los gemelos, dijo:

—Esta mañana hablaba muy sucio por teléfono.

—¡¿Cómo?!

—Sí, mamita ya te lo dije. Dice cosas muy feas, pero luego se hace la mosquita muerta delante de todos.

Ruth la miró. Era cierto que se lo había comentado otra vez, pero no sabía si decía la verdad o no, y murmuró:

—Mañana hablaré con ella, ¿vale, cariño? —Jenny asintió y ella le preguntó—: ¿Te alegra mi boda con Tony, cariño?

La pequeña se animó y, con una bonita sonrisa, afirmó entusiasmada:

—Estoy muy contenta, ¡mucho! Así ya nos podemos quedar a vivir aquí para siempre. Además, quiero mucho a Tony, aunque a veces se enfade conmigo porque lo llamo «chamaquito» o porque se lo tocamos y desordenamos todo.

Ruth rio al oírla.

—Cariño, tienes que pensar que él vivía solo y no estaba acostumbrado a que nadie revolviera sus cosas.

—¿Te cuento un secreto? —preguntó Jenny entonces.

—Claro, cielo. Cuéntamelo.

Asegurándose de que nadie estuviera cerca, la niña murmuró:

—Adán, el mofeta, ha pintado con mi rotulador verde algo que cuando Tony lo vea se va a enfadar mucho... mucho... mucho.

A Ruth se le puso la carne de gallina.

—¿Qué ha pintado?

Jenny se lo contó entre susurros y Ruth, horrorizada, exclamó:

—¡Ay, Diosito!

—Ay, Diosito ¿qué? —preguntó Tony, acercándose.

Las dos se lo quedaron mirando y, rápidamente, Jenny, señalando el nuevo coche, dijo:

—Le he puesto de nombre *Charly*; ¿te gusta?

—¿*Charly*? —repitió Tony.

Jenny asintió y, poniéndola en los brazos de él, Ruth, consciente del disgusto que se llevaría Tony cuando se enterase de lo que había hecho Adán, afirmó:

—*Charly* es un nombre precioso. ¡Me encanta, cariño!

La niña, feliz por todo lo que estaba ocurriendo, miró a Tony y dijo:

—¿Vais a tener bebés?

—No —respondió Ruth.

Mientras Tony decía:

—Sí.

Sorprendida por esa respuesta, Ruth lo miró y preguntó:

—¿No crees que ya somos bastantes?

Pero la cría, mirándolo a él, le guiñó un ojo con complicidad y dijo:

—Yo quiero otra chica. Adán y Brian son chicos.

—Todo a su tiempo, señorita, ¿de acuerdo? —dijo él.

Una hora más tarde, mientras David y Manuel repartían tarta a todos los que querían, Tony se acercó a Ruth, que miraba por la ventana su nuevo coche, y le preguntó al tiempo que la abrazaba:

—¿Por qué no quieres tener hijos conmigo?

Ella suspiró.

—Tony, creo que otro niño...

—Escucha —la interrumpió él, al ver su apuro—, tenemos tres preciosos hijos, pero me encantaría tener alguno más contigo, y te aseguro que no voy a desistir en mi empeño.

—Antes tendrás que convencerme y soy dura de pelar.

—Lo intentaré, soy muy persuasivo —susurró sonriendo. Poco después, al ver que ella volvía a mirar por la ventana, comentó—: Recuerdo que me contaste que te compraste a *Harry* porque cuando eras pequeña, tu padre tenía un coche así, ¿verdad?

—Sí, un precioso Volkswagen rojo como *Harry* y *Charly* —contestó Ruth, suspirando con añoranza.

Al ver la tristeza en sus ojos, Tony preguntó:

—¿Conoces a Warren Frozen? Un antiguo corredor de rallies que...

—¿Frozen el corredor? —lo interrumpió ella sorprendida. No lo conocía, pero sí recordaba haber oído a su padre hablar de él.

—Warren es amigo de mi padre y hace años se compró unas tierras cerca de Santa Clarita, donde se hizo una casa enorme y un circuito para dar clases a futuros corredores. Y justamente esta mañana he hablado con él y me ha dicho que estará encantado de que mañana vayas a su circuito y pruebes el coche. ¿Qué te parece?

—¿Quieres verme correr en un circuito? —preguntó ella asombrada.

—Me encantaría ver si eres tan buena como he leído en algún artículo de esos que ha sacado la prensa —contestó.

—Quizá te sorprenda —dijo Ruth.

—Lo dudo —se mofó Tony.

Emocionada por toda la felicidad que le proporcionaba, declaró:

—De acuerdo. Mañana iremos a probar a *Charly* y, prepárate, porque te voy a asustar.

Ambos sonrieron y, tras besarse, Tony preguntó:

—Por cierto, ¿a qué se debía ese «¡Ay, Diosito!» con la reina de la telenovela de hace unos minutos?

—A nada —respondió ella enseguida.

Tony la miró levantando las cejas e insistió:

—Ruth, aunque no sé qué es, sé que ha pasado algo.

Ella disimuló, mientras miraba cómo la gente sonreía y lo pasaba bien, pero finalmente, tras resoplar, replicó:

—Vale, te lo diré. Pero ahora no.

—¿Lo ves? Ya os conozco y ese «¡Ay, Diosito!» sólo lo decís cuando algo os impresiona realmente. ¿Qué ha ocurrido?

—Ahora no —insistió Ruth.

—¿Cuándo? —preguntó el.

—Cuando se vayan todos.

—¿Tan malo es? Joder, taponcete, me estás asustando.

Ruth lo miró, luego miró el reluciente piano y después miró a Adán, que, sentado en las piernas de Anselmo, hablaba con Omar.

Tony, al ver la dirección de su mirada, frunció el cejo y preguntó:

—¿Qué ha hecho Adán? —Y como ella no contestaba, insistió—: Nena, sabes que odio que tengamos secretos.

Ruth, intentando desviar el tema, lo besó y, mientras se alejaba a toda prisa, repitió:

—He dicho que luego te lo diré. Ahora disfrutemos de la fiesta. Y, oye, replantéate eso de tener más niños.

Tony suspiró. Estaba seguro de que Adán había vuelto a hacer alguna de las suyas. El caso era qué.

Aquella noche, cuando todos se marcharon a sus casas y ellos acostaron a los niños, Tony la miró a la espera de lo que le tenía que contar y Ruth, cogiéndolo del brazo, lo llevó al salón. Allí lo hizo tumbarse en el suelo, debajo del increíble y carísimo piano. Y cuando Tony vio el grafiti verde del niño bajo aquella posesión tan preciada para él, murmuró:

—¡Ay, Diosito!

Sin duda, lo había impresionado.

44

Muy dentro de mí

Al día siguiente, tras dejar a los niños a cargo de Anselmo y la Tata, Ruth y Tony se dirigieron los dos solos a Santa Clarita. Una vez llegaron a casa de Warren y tomaron algo con él, el hombre los acompañó hasta el circuito. Al llegar allí, les enseñó las instalaciones y a Ruth le vinieron de golpe mil recuerdos de su padre.

El olor a goma quemada, el asfalto caliente, las piezas de coches colocadas pulcramente en los boxes, los coloridos carteles de las ciudades. Todo, absolutamente todo lo que la rodeaba era justo lo que había vivido en su infancia con su padre.

Emocionada, miraba el circuito junto a Tony, cuando Warren se acercó y le dijo:

—En cuanto me has dicho el nombre de tu padre me ha sonado. Y buscando entre mis recuerdos, he encontrado esta foto. Es él, ¿verdad?

Alucinada, Ruth miró el retrato que le enseñaba. En él se veía a su padre y a Warren años atrás, riendo sobre un pódium, y a ella en un lateral, con apenas ocho años y dos coletas. Al ver su cara, el hombre dijo:

—Tu padre era un gran piloto.

—Y una gran persona también —murmuró Ruth emocionada.

Tony la abrazó y Warren, para animarla, señalándole uno de los coches que tenía allí para las clases, preguntó:

—¿Quieres probarlo?

—Había pensado que probara su coche nuevo —dijo Tony.

Warren sonrió y, tras intercambiar una mirada con Ruth, que ésta entendió, respondió:

—Es mejor usar un coche preparado para ello. El que le has comprado es una maravilla, pero no tiene las barras ni las cosas necesarias para que os protejan en caso de accidente. —Y señalando un impresionante Porsche GT3 azulón dijo—: Éste está preparado para correr y os dará la seguridad que necesitáis en la pista.

—¡Qué pasada! —exclamó Ruth, mirándolo.

Warren fue hasta un armario, sacó un par de monos ignífugos y unos cascos y dijo:

—Vamos, salid a pista.

Sin tiempo que perder, Ruth se puso el equipo y, cuando se cerró la cremallera, sonreía como llevaba tiempo sin hacer. Después se metió en el coche junto a Tony y, mirándolo, preguntó:

—¿Estás seguro de que me quieres acompañar?

Él se puso el casco y afirmó:

—No me lo perdería por nada del mundo, taponcete.

—Te marearás.

—¿Me tomas por un niño? —replicó él burlón.

Ruth soltó una carcajada y susurró:

—Cinco pavos a que te mareas.

—Acepto la apuesta y la subo a diez —contestó Tony divertido.

Ruth también se puso el casco y, tras darle a un botón de éste y tocar el botón del de Tony, preguntó:

—¿Me oyes?

—¡Qué pasada! —rio él, mientras se ajustaba el arnés del asiento.

Ruth arrancó el coche. El sonido bronco del motor era colosal. Después se puso los guantes, se los ajustó y, tras guiñarle un ojo a Warren, salió a pista.

Con cuidado al principio, dio un par de vueltas de reconocimiento, debía memorizar el trazado. Pero le resultó fácil, no era un circuito complicado.

—¿Todo bien, cariño? —preguntó Tony a su lado.

—Sí.

—¿Me vas a asustar? —dijo con sorna.

Ruth, al oír su tono, sonrió y soltó:

—Prepárate, listillo.

Al pasar por tercera vez por el box, apretó el acelerador y Tony, riendo, gritó:

—Wepaaaaaaaaaaaa.

Esta vez, Ruth ya se preparaba para las curvas antes de que llegaran y comenzó a disfrutar de la conducción. Sin dudarlo, hizo todo lo que su padre le había enseñado años atrás.

La cuarta vez que pasaron por el box, Tony se agarró al asiento y murmuró:

—Cielo... ten cuidado.

—¿Te estás mareando? —preguntó ella, riéndose.

—No. Pero ten cuidado.

Ruth aceleró con maestría, aceleró y aceleró para luego frenar, reducir marchas y coger una curva a la derecha y otra a la izquierda. Encantada por la sensación de velocidad, volvió a acelerar y, al coger la siguiente curva, el coche derrapó y se ladeó un poco.

—¡Cuidado! —chilló Tony.

Entusiasmada, Ruth volvió a acelerar y las ruedas chirriaron. En su quinto paso por delante del box, Tony ya no dijo nada. Se fijó en que clavaba los dedos en el cuero del sillón y, divertida, preguntó:

—¿Te estoy asustando, listillo?

Él no contestó y aguantó como un campeón siete vueltas más, a cuál más rápida, más loca y delirante. Pero cuando ella, en plena recta, frenó de golpe y comenzó a hacer trompos con el coche, ya no pudo más.

—¡Ruth! —gritó.

Ella no lo oyó o no quiso oírlo. El coche daba vueltas y vueltas sin parar, mientras las ruedas chirriaban. Se olía a quemado y el humo los rodeaba, hasta que soltó el freno del coche, lo hizo derrapar y, acelerando, lo lanzó de nuevo a la pista.

A Tony le parecía que ya no tenía cuerpo y, como pudo, voceó:

—¡Ruth, para!

Ella lo miró y, al ver su gesto serio, supo lo que le ocurría y, sin dudarlo, redujo las marchas y se metió en el box. Nada más parar, Tony salió como pudo del vehículo a toda mecha, mientras ella lo hacía por el otro lado. Él se quitó el casco, la miró furioso y dijo:

—¿Estás loca?

—¿Te he asustado? —preguntó Ruth, burlona.

—¡Podríamos habernos matado! —gritó Tony con gesto descompuesto—. Pero... pero ¿cómo se te ocurre conducir así?

—Pues muy fácil, cielo: tenía el coche, la pista para correr a mis anchas y la experiencia. ¡Qué quieres que te diga!

Warren, que los había estado observando, se acercó a ellos aplaudiendo y dijo:

—Ruth, me gusta tu conducción. —Y observando a Tony, que se alejaba, preguntó—: ¿Qué le ocurre?

Ella miró a Warren y cuchicheó:

—Que lo he asustado. Eso le ocurre.

El hombre soltó una carcajada y, contempló a la pelirroja que tenía delante y ofreció:

—¿Te gustaría probar otro coche?

Entusiasmada y deseosa de hacerlo, asintió.

Cinco minutos después, daba vueltas al circuito en un increíble BMW, mientras Tony maldecía por haberla llevado allí.

Después de probar un par de coches más, al bajar de uno de ellos, Ruth miró a su alrededor en busca de Tony. Warren le dijo:

—Lo he enviado por unos cafés a mi despacho para que se relajara.

Ella sonrió. Tony debía de estar atacado.

—¿Sabes? —dijo Warren, mirándola—. Tu padre fue un buen maestro. Eres intuitiva y rápida de movimientos. Me gusta tu pilotaje.

—Gracias —respondió, sonriendo encantada.

Mientras Tony regresaba, charlaron largo y tendido sobre coches y conducción. Warren pudo ver cómo se iluminaba el semblante de la joven al hablar de ello y, curioso, le hizo mil preguntas.

—Es una pena que no continuaras en esto —comentó él—. Me gusta tu estilo y te digo que cuando quieras un trabajo de instructora, aquí lo tienes. Llámame —añadió, entregándole una tarjeta—. Si alguien como tú aparece de pronto, ¡no lo dudo! —Y dándole también la foto de su padre, dijo—: Toma. Estoy convencido de que te gustará tener esto.

Ruth lo miró emocionada y le dio las gracias mientras se guardaba su tarjeta en el bolsillo del pantalón.

Esa tarde, cuando regresaban a casa, Ruth, que conducía su coche, posó la mano en la pierna de Tony y murmuró:

—Confiésalo. ¡Te he asustado y te has mareado!

Él, que todavía se sentía el corazón a dos mil por hora por la adrenalina, la miró y, sonriendo, contestó:

—Lo confieso. Pero no quiero volver a verte conducir así en la vida.

—Pues Warren me ha ofrecido trabajo —replicó ella.

—¡¿Qué?!

—Lo que oyes. Si quiero, me da trabajo como instructora. Dice que soy buena e intuitiva con el coche.

—¿Cuándo te ha dicho eso? —preguntó boquiabierto.

Ruth soltó una carcajada.

—Cuando has ido a su despacho por café.

Tony la miró muy serio y dijo:

—Olvídalo. No trabajarás jugándote la vida.

—Tengo su tarjeta —canturreó.

—He dicho que no. Ni loco te dejaría trabajar allí. Hablaré con Warren y...

—Eh... eh... eh... para el carro, Tony Ferrasa —lo cortó ella, frunciendo el cejo—. Tú no me tienes que dejar hacer nada ni hablar con nadie. Y permíteme recordarte que yo soy lo bastante adulta como para decidir qué hacer o no, ¿entendido?

—Me da igual lo que digas, no lo voy a consentir.

—Vuelve a decir eso y en cuanto pare el coche, llamo a Warren y acepto ese trabajo.

Él la miró boquiabierto y atónito, y Ruth, sin ganas de seguir discutiendo, le guiñó un ojo y dijo:

—De momento, ¡me debes diez pavos!

Finalmente, Tony sonrió divertido y le revolvió el pelo.

45

Estar contigo

La noticia del próximo enlace del compositor Tony Ferrasa con la camarera fue un bombazo.

Corrió como un reguero de pólvora y todas las revistas hablaban de ello y sacaban cientos de reportajes de los dos. Había fotos de ellos en el parque con los niños, de Ruth en su trabajo, de eventos a los que asistían juntos por las noches. E incluso fotos y noticias de cuando ella trabajaba de camarera o noticias más antiguas, de cuando ganó su primera carrera.

Sin proponérselo, se convirtieron en una gran fuente de alimentación para espacios del corazón, en los que se hablaba del pasado de Ruth y se ensalzaba a Tony Ferrasa por haberse enamorado de una simple camarera.

Horrorizada, Ruth veía cómo aquella vida que había querido olvidar de pronto era conocida por todos. Y mientras estaba en Puerto Rico con Yanira, tomando el sol en la terraza, cerró una revista y siseó:

—¡Ni que tuviera que sentirme mal por ser una simple camarera! Mejor ser eso que una asesina en serie, digo yo.

Yanira soltó una carcajada.

—La prensa es así. Ni caso. Yo también era una simple camarera de barco al principio y luego, cuando mi faceta de cantante comenzó su apogeo, explicaban que era la mujer más promiscua del universo. Pero si por liarme, me han liado hasta con Tony.

—¡No me digas!

—Te lo digo... te lo digo. —Y riendo de nuevo, exclamó—: ¡Anda, mira qué pone aquí! Que Tifany y Alexei se han casado en secreto.

Ambas miraron la revista y Yanira cuchicheó con seguridad:

—Tifany no haría eso ni loca —dijo Yanira.

Entre risas, estuvieron charlando de esto y lo otro y, al ver llegar a los Ferrasa, Yanira cerró la revista y la dejó sobre una silla. Abrió los brazos y mirando a su marido, soltó:

—Corre... corre... ¡dame un besazo!

Encantado, Dylan hizo lo que ella pedía, mientras Tony se acercaba a Ruth y también la besaba.

—¿Todo bien, cariño?

Ella sonrió y, señalando a los niños, que junto con la Tata, Lola y unas cuidadoras jugaban a la pelota al fondo del jardín, respondió:

—Esto es vida, tesoro.

—Chicas ¡os vais a quemar! —dijo Anselmo, que llegaba en ese momento con Omar.

—Tranquilo, llevo protección cuatrocientos, y los niños también.

Los Ferrasa sonrieron. Todos ellos eran puertorros de piel morena y curtida y justamente sus mujeres eran todo lo contrario. Tony le besó el hombro a Ruth y le dijo:

—Aun así debes tener cuidado con el sol.

—¿Esto es cierto? —preguntó de pronto Omar, enseñándoles la revista.

Todos miraron la noticia de que Tifany se había casado en secreto y Yanira, negando con la cabeza, dijo:

—Qué va. Una mentira más de la prensa.

—Maldita prensa —masculló Omar, y dejó la revista.

En ese momento, Preciosa y Jenny llegaron corriendo y ambas se sentaron en las piernas de Omar.

—Tío Omar, ¿estás enfogonao? —preguntó Jenny, mirándolo.

Todos se rieron y Anselmo, al oír esa palabra, exclamó:

—Qué jodía, la rubita.

—No, cielo, no estoy enfadado —contestó Omar.

—Mamita, la mofeta de Adán se ha tirado tal pedo que la Tata casi se marea —se chivó Jenny delante de todos.

Ruth, azorada, no sabía dónde meterse, mientras los demás se reían.

—Papi —dijo Preciosa—, ¿vamos a ir esta tarde a bailar salsa al bar de Fito? ¿Y a cantar la canción *Represento** contigo, el abuelo y los tíos?

Omar la miró divertido. Durante las vacaciones habían ido varias veces por la tarde a un bar de la playa donde tocaban salsa en directo, y encantado de ver a su niña tan feliz, preguntó:

—¿Vosotras queréis bailar salsa y cantar?

—¡Sí! —gritaron las dos niñas al unísono.

* *Represento*, Sony Music Latin, interpretada por Gilberto Santa Rosa. *(N. de la E.)*

—Entonces, si mis chicas quieren, ¡iremos! —respondió él.

Contentas al saber que esa tarde se iban a ir de nuevo por ahí con los mayores, Jenny y Preciosa saltaron encantadas y riendo pero, de repente, mirando a Tony, Jenny se paró y dijo:

—Y si está la cochina y mamabicho de ayer que te miraba demasiado lindo, le arrancaré los ojos. Porque tú eres el novio de mi mami y no de ella.

—¡Jenny! —la regañó Ruth, ante las risas de todos.

—Claro que soy el novio de tu mami y nada has de temer. Pero ahora, señorita, controla tu vocabulario o me tendré que enfadar.

—¡Yo también me apunto a lo de bailar salsa! —dijo Ruth.

—Y yo —asintió Yanira.

Y, finalmente, Anselmo asintió y dijo:

—Iremos todos otra vez.

El día de Nochevieja, la Tata, ayudada por las cocineras de la casa, además de por Ruth y Yanira, organizaron una estupenda cena uniendo la gastronomía de la isla con la española. Allí no faltó de nada y cuando a las doce de la noche tomaron las correspondientes uvas, tradición que Yanira y Ruth se empeñaron en seguir, y el reloj tocó la última campanada para entrar en el nuevo año Ruth sonrió. Miró a Tony, deseosa de besarlo, por lo mucho que lo quería y por todo lo que le estaba dando, pero antes de poder moverse, Jenny se tiró a sus brazos y le dio un beso.

—Mamita, tu primer beso del año siempre es para mí.

Tony sonrió y Ruth, tras ver que él le guiñaba un ojo, afirmó:

—Siempre será para ti, mi niña.

La cría asintió encantada. Tony entendía que Jenny aún era una niña y que siempre había tenido a Ruth para ella. No le resultaba fácil compartirla con los gemelos y con él, así que esperó su turno. Y, tras esta besar a los gemelos, abrazó a Ruth y murmuró:

—Feliz año, mi amor.

Ella lo besó, mientras los pequeños pelirrojos y la rubita se abrazaban a ellos, haciendo una piña.

Las vacaciones acabaron y el siete de enero se despidieron de Anselmo y de la Tata y todos regresaron con sus respectivas familias a Los Ángeles. Debían proseguir con sus trabajos.

46

Por qué llorar

Al segundo día de comenzar el colegio, Ruth tuvo una tutoría con la profesora de Jenny y una reunión con el logopeda de Adán y, al salir y ver quién estaba sentado sobre su coche, se quiso morir. Julio César.

Angustiada, caminó hacia el vehículo y, sin dejarse amilanar, preguntó:

—¿Qué quieres?

—Hola, pelirroja. ¿Me has echado de menos? —Ella no respondió y él continuó con sorna—: Quería darte la enhorabuena por tu próximo enlace.

—Gracias.

—Vaya... vaya... quién me iba a decir a mí que mi pelirroja llegaría tan lejos.

—No soy tu pelirroja, ya te lo he dicho y te lo repito.

Julio César sonrió y, acercándose a ella, le enseñó una foto y le preguntó:

—¿Con ese tal Ferrasa te haces fotos así?

Al ver la foto, Ruth sintió de todo menos alivio.

—Vete a la mierda —siseó.

Julio César volvió a reír. Se notaba que disfrutaba con aquello y, mientras se retiraba el oscuro pelo de la frente, dijo:

—Jenny está muy mayor y muy guapa; ¿cuántos años tiene ya?

—No te interesa. Olvídate de ella.

—Vale... vale —replicó él con acritud—. No te preguntaré por ella, pero ¿qué me dices de esos pelirrojos?

Ruth se alarmó ante la pregunta y, tras un más que tenso silencio que le puso el vello de punta, él le enseñó una pistola que llevaba en la cintura y le susurró:

—Si me entero de que son hijos míos y me lo has ocultado, despídete de ellos, de Jenny e incluso de tu vida.

Esa amenaza hizo que Ruth clavara los ojos en él, desafiante. Si se atrevía a tocar a sus niños, ella misma lo mataría con sus propias manos.

Entonces Julio César, olvidándose de los niños, alargó la mano para tocarla y cuchicheó:

—Siempre me ha gustado el trasero que te hacían los vaqueros.

Ruth le dio un manotazo para que se apartara y dijo:

—Eres un cerdo.

Él se levantó del coche, lo señaló y preguntó:

—¿Es un regalito de tu amor? —Ella no dijo nada y él, divertido, susurró—: Ten cuidado, no vayas a darte de nuevo contra un semáforo, como te ocurrió con la chatarra que llevabas.

Sin ganas de escucharlo más, Ruth le dio un empujón, se metió en el coche y arrancó. Cuando se alejó se sintió aliviada, hasta que de pronto lo vio con su coche a su lado, junto con otro hombre, gritándole.

—Para en la siguiente calle a la derecha. ¡Ya!

Angustiada, no sabía qué hacer. Miró la calle que le indicaba a la derecha, pero en lugar de hacer lo que le decía, dio un acelerón y salió despedida. Aquel coche contaba con una potencia que *Harry* no tenía y, rápidamente, se alejó de él. Julio César soltó una risotada al verla y, mirando al hombre que iba con él, exclamó:

—Ésa es mi pelirroja.

Sorteando el tráfico, Ruth aceleró su Volkswagen todo lo que pudo. Se saltó varios semáforos en ámbar y, horrorizada, vio que Julio César se los saltaba detrás de ella en rojo. No pensaba perderla y, dando gas como en sus mejores tiempos, salió a la autopista.

De pronto se vio conduciendo a toda mecha como llevaba años sin hacer y sin saber hacia adónde ir. Vio varios carteles y tiró por la carretera que iba hacia California. Las manos le temblaban, tenía la adrenalina a tope y, fijando la mirada en la autopista, corrió todo lo que pudo, pero Julio César no se despegó de ella.

Al llegar a un peaje, aminoró la marcha y tomó la salida de la derecha, desde la que comenzó a sortear varias calles hasta llegar a una playa vacía. Cuando las ruedas fueron a tocar la arena, dio un frenazo y se paró. Si metía el coche allí, difícilmente lo podría sacar.

De pronto, la golpearon flojito por detrás. Se trataba de Julio César y, sabiendo que no tenía escapatoria, bajó del coche, caminó hacia él y le gritó:

—¡¿Qué quieres? Maldita sea, ahora qué narices quieres de mí!

Él también bajó del coche y, cuando llegó a su altura, la cogió entre sus brazos, la aplastó contra la puerta del Volkswagen y la besó.

Ruth se resistió y él, comenzando a manosearla, le dijo al oído:

—Así me gusta, pelirroja, resístete. Será más divertido.

Ruth subió la rodilla con intención de golpearlo, pero al percatarse de ello, Julio César la paró y le dio un bofetón. El sabor metálico de la sangre la paralizó y más cuando vio bajar al otro hombre del coche. No lo conocía y quiso gritar en cuanto vio que les estaba haciendo fotos con el móvil. Pero cuando fue a protestar, Julio César le paseó la pistola que llevaba por la cara, mientras decía:

—Desde hace tiempo tengo tu teléfono y el de tu amorcito y...

—¡Suéltame! —gritó sin miedo, interrumpiéndolo.

Él la cogió del cuello, la inmovilizó y, sin importarle la sangre que tenía en los labios, la besó de nuevo.

Con las fuerzas que le quedaban, Ruth se resistió todo lo que pudo, hasta que, posándole las manos en las nalgas, Julio César se las apretó y murmuró en un tono que la asustó:

—Me has puesto cachondo, pelirroja. Verte conducir con la pasión de los viejos tiempos me ha puesto a cien y ahora estoy como loco por arrancarte los vaqueros y... Lo sabes, ¿verdad?

El otro hombre sonrió, mientras Julio César, pistola en mano, intentaba desabrocharle los pantalones a Ruth.

—¡No me toques! —chilló ella despavorida.

Pero él era más fuerte y, tras bajarle la cremallera, metió la mano libre en el interior de sus bragas y, tocando los pliegues de su sexo, murmuró:

—Cálida, como siempre me ha gustado.

Ella se resistió todo lo que pudo, muerta de asco por lo que le estaba haciendo y, cuando creía que todo estaba perdido y que acabaría desnuda sobre el capó a merced de aquel ser repugnante, oyó que se acercaba un coche de policía. Los radares de la carretera los debían de haber delatado.

Con un rápido movimiento, Julio César tiró la pistola, que cayó entre unos matorrales, la soltó, sacó la mano de sus bragas, le subió a toda mecha la cremallera del pantalón y dijo:

—Esto no se ha acabado aquí, pelirroja. Mi deseo se ha acrecentado más al tocarte.

Ruth se apartó rápidamente de su lado.

—Ten cuidado con lo que dices —le advirtió él—, o tu novio recibirá en décimas de segundo las fotos que nos acaban de hacer. Tengo su número de móvil y sé cómo localizarlo, no lo olvides.

Un coche de policía llegó hasta ellos con las luces encendidas. Se bajaron dos agentes y, al ver a Ruth con la respiración acelerada y sangre en la boca, encañonaron a Julio César y al otro hombre.

—Señorita, ¿está bien?

—Qué haces, tío, es mi novia —dijo Julio César.

El policía, sin bajar el arma, miró a Ruth y preguntó:

—¿Estos hombres la han agredido?

Durante unos segundos, Ruth reflexionó sobre qué hacer. ¿Debía dejar que la policía creyera lo que pensaba o debía mentir para que Tony no recibiera las fotografías? Finalmente, sacándose un pañuelo del bolsillo del pantalón, se limpió la sangre de la boca y dijo:

—Estoy bien, agentes.

—Tiene sangre en la boca —insistió uno de ellos.

Intentando sonreír, contestó:

—A veces, mi novio y yo somos muy apasionados.

Julio César sonrió al oír eso, le dio un azote en el trasero a Ruth que la hizo moverse un par de pasos hacia delante y, mirando a los polis, dijo:

—Mi pelirroja es muy fogosa.

Los policías bajaron las armas y les pidieron la documentación de los coches. Tras llamar por radio, a Ruth le devolvieron su documentación y, tendiéndole unos papeles, le dijeron:

—Puede marcharse, pero ha excedido el límite de velocidad en diferentes tramos de la autopista. Aquí tiene la multa. La puede pagar en efectivo o mediante transferencia cuando le llegue a su casa.

Asustada, Ruth se guardó los papeles de la multa junto con la documentación del coche y respondió:

—La... la pagaré cuando llegue a casa.

Acto seguido, los polis miraron a los otros dos y dijeron:

—Vosotros al coche. Venís a comisaría.

Julio César y el otro hombre se quejaron, se resistieron, pero al final no les quedó más remedio que ceder. Y Julio César, antes de meterse en el coche patrulla, miró a Ruth y murmuró:

—Te veré y terminaremos lo que hoy hemos dejado a medias, pelirroja.

Mientras uno de los agentes cerraba la puerta del coche con ellos dentro y luego aparcaba el vehículo de los detenidos en un lateral, el otro poli se acercó a Ruth y le preguntó:

—Señorita, ¿está segura de lo que nos ha contado?

Ruth, alterada por lo ocurrido, sonrió nerviosa y, montándose en su coche, respondió antes de marcharse:

—Muy segura, agente. Buenos días.

Mientras conducía por la autopista, grandes lagrimones corrían por sus mejillas. Al llegar a la casa, dejó el coche en el garaje y subió a la habitación. Por suerte, los niños estaban en el colegio y Tony en la discográfica, y Lola y Paola no la vieron entrar. Necesitaba ducharse y quitarse el olor de Julio César.

Durante un buen rato, se quedó bajo el chorro del agua, desesperada, pensando en lo ocurrido. Cuando por fin se vistió y salió de la habitación, se encontró de frente con Lola, quien al verla, preguntó:

—¿Qué le ocurre, señora?

—Nada —respondió ella, sonriendo.

Pero Lola se dio cuenta de que se había herido e insistió:

—¿Qué le ha ocurrido en el labio?

Lo tenía hinchado y con un corte imposible de disimular, de modo que dijo:

—Iba despistada y me he dado un golpe yo sola con el coche.

Dicho esto, se dio la vuelta y se alejó de la chica, que levantaba una ceja con escepticismo. Rauda se fue a la cocina para tomarse un café y se quedó de piedra al ver salir a Tony de su despacho.

Al verle el labio lastimado, frunció el cejo y, preocupado, preguntó:

—¿Qué te ha ocurrido?

—¿Y tú qué haces en casa? —preguntó ella, al ver cómo la miraba.

—No tenía nada importante que hacer en la discográfica y he decidido venir aquí para trabajar en la melodía de la película. Pero ¿qué te ha ocurrido, cielo?

Ruth intentó sonreír y, quitándole importancia, respondió:

—Iba despistada y al salir de la reunión en el colegio de los niños, he abierto la puerta del coche y me he dado con ella en la boca.

Tony la miró más de cerca, arrugó la frente y murmuró:

—Cariño, te ha tenido que doler. Ven, te lo curaré.

—Ya me lo he curado yo.

—De acuerdo, como quieras. ¿Qué te han dicho la profesora de Jenny y el logopeda?

—El logopeda dice que debemos seguir trabajando con Adán para que poco a poco vaya pronunciando la erre, pero que no nos preocupemos, que lo conseguirá. Y en cuanto a Jenny, su señorita ha comentado que va bien. Aunque me ha pedido que le diga que reprima sus comentarios de telenovela.

—Creo que deberías hablar muy seriamente con ella sobre eso —dijo Tony, asintiendo—. Si cuando termine los estudios quiere ser actriz de culebrones, que lo sea, pero ahora debería...

—Lo sé, Tony, lo sé —lo cortó Ruth angustiada.

Consciente de que no estaba del mejor humor, la miró y dijo:

—¿Qué te ocurre?

—Nada.

—¿Seguro?

—Sí.

—Vale, te creo, pero cuéntame, ¿qué has hecho en tu mañana libre, cuando has salido de la reunión?

Agobiada por aquella pregunta imprevista, pensó rápidamente y respondió:

—He ido al spa de Sunset Boulevard que me dijiste y me he dado un masaje.

—¿Y qué tal?

—Perfecto —mintió.

—¿Quién te ha dado el masaje, Theresa o Rihana?

De nuevo pillada por sorpresa, Ruth dijo:

—Ha sido un chico.

—Hay mujeres —gruñó él—, ¿por qué te lo ha dado un hombre?

Eso la hizo reír y, mirándolo, replicó:

—Pues por lo mismo que a ti te lo da una mujer. ¿O qué pasa, que a ti te pueden dar masajes las mujeres y a mí los hombres no? ¡Venga ya!

Divertido por esa contestación que ya esperaba, sonrió y, besándola, murmuró:

—Has caído, taponcete. Por supuesto que te lo puede dar un hombre. Pero ya sabes que soy muy posesivo y quiero ser sólo yo quien te toque.

Al recordar cómo la había tocado Julio César, se le revolvió el estómago. Si Tony se enteraba, lo mataría. Y, no dispuesta a dejarle ver lo que sentía, sonrió y dijo:

—Cuando sea yo sola quien te toque y no además una masajista, entonces me lo plantearé.

Mimoso, Tony la besó. Le encantaba que fuera tan posesiva como él y, mirándole el feo golpe del labio, dijo:

—Cariño, prométeme que vas a tener más cuidado.

—Te lo prometo.

En ese momento, a Ruth le sonó el móvil con un mensaje. Lo leyó con disimulo.

Pelirroja, mañana a las diez donde lo hemos dejado.

La angustia se apoderó de ella e, intentando alejarse de Tony, fue a moverse cuando éste sintió el roce del anillo y preguntó:

—¿Has pensado ya la fecha de la boda?

—No.

—¿Catorce de febrero? —bromeó él.

Ruth negó con la cabeza y Tony replicó:

—Pues decide o al final lo haré yo y no soy de esperar.

Sonrió nerviosa y Tony se alejó para volver a su despacho. Ella no lo detuvo.

47

Amanecer

Al día siguiente por la mañana, dudó si ir o no a la cita de Julio César. Durante horas, miró su reloj indecisa, sin saber qué hacer, pero al final decidió que no. Si iba, aquel animal acabaría violándola.

A las once y media le sonó el móvil. Al ver el número e intuir quién era, se alejó para que nadie la oyera y siseó:

—¿Qué quieres, maldita sea?

—Si me hablas así, ahora mismo le mando a tu novio la fotito que Raúl nos hizo ayer encima de tu bonito coche. Le encantará ver cómo tenía las manos dentro de tus pantalones.

Ruth se mordió la lengua y, cuando fue a decir algo, Julio César soltó:

—Tú lo has querido, pelirroja. No has acudido a nuestra cita, así que ahora atente a las consecuencias.

En cuanto el teléfono se quedó mudo, Ruth se asustó. Rápidamente lo llamó. Iría a donde él quisiera, pero no se lo cogió. Eso la dejó angustiada.

Por la tarde, le pidió a Tony que fuera con ella a buscar a los niños al colegio. Él la notó nerviosa y cuando le preguntó, ella le quitó importancia al asunto diciendo que estaba preocupada por Jenny. Esa tarde quería hablar con ella.

Tony no volvió a preguntar y regresaron a casa, pues él tenía que trabajar.

Una vez en su estudio, le sonó el teléfono. Era su amigo Jake.

—¿Qué pasa, tío? —lo saludó encantado.

—Mejor digamos qué pasa contigo —rio el otro—. Desde que te has echado novia ya no sales con los amigos.

Él soltó una carcajada. Jake tenía razón y, mirando la foto de Ruth que tenía sobre la mesa, respondió:

—Tienes razón. Pero ya quedaremos. Prometo llamarte la semana que viene y salimos un día, ¿te parece?

—Te tomo la palabra, colega.

Tras hablar durante un rato de cosas diversas, Jake le preguntó:

—Tu novia es pelirroja, ¿verdad?

—Sí. —Tony sonrió—. Una pelirroja preciosa.

Jake, cogió unos papeles que tenía desde el día anterior y siguió preguntando:

—¿Se llama Ruth Souza Martínez y conduce un Volkswagen Escarabajo rojo?

—Sí, ¿por qué?

Jake se incorporó en la silla y, acercándose más el teléfono a la boca, bajó la voz y dijo:

—Tío, no sé cómo decirte esto.

—Joder, Jake, ¿qué pasa? —preguntó Tony molesto.

Sin dar más rodeos, su amigo respondió:

—Dos de mis agentes la cazaron ayer por sobrepasar el límite de velocidad. Cuando recibí el aviso y vi tu nombre en los papeles del seguro, les pedí que no la arrestaran, pero...

—Mándame las multas, yo las pagaré —lo cortó Tony sonriendo—. Seguro que tenía prisa.

—Sí, prisa tendría, tío, pero no se puede conducir a cien y ciento veinte kilómetros en tramos de sesenta y...

—¡¿Cómo dices?!

Jake soltó una carcajada.

—Lo que oyes, amigo. Tu chica se excedió en varios tramos de la carretera de California ayer por la mañana y...

—¿Ayer por la mañana?

—Sí —dijo el otro, mirando los papeles—. Concretamente a las once y diez. Y cuando mis agentes llegaron a donde estaba parada, dicen que la vieron con dos tipos de pinta poco recomendable, en una actitud algo rara.

—¿Qué tipos y qué actitud? —masculló furioso.

—Acabo de hablar con mis hombres sobre ello. Dicen que ella tenía sangre en la boca y que se la veía alterada. Y aunque les dijo que uno de aquellos tipos era su novio, mis chicos no se lo creyeron, por eso te he llamado, principalmente.

Atónito por lo que estaba oyendo, dejó el bolígrafo que tenía en la mano sobre la mesa y, sin ganas de seguir hablando con Jake, dijo:

—Ahora mismo voy a hablar con ella. Ya te llamaré.

Colgó el teléfono con manos temblorosas. ¿Qué estaba ocurriendo allí?

Ofuscado, salió del despacho y fue hacia el salón. Allí la encontraría. Al entrar la vio en el suelo, sentada con Lola y los niños. La observó y, dando un paso atrás, cerró la puerta. ¿Qué ocultaba Ruth?

Molesto, caminó hacia el garaje, encendió la luz y miró el Volkswagen rojo con detenimiento. Se fijó en que el parachoques estaba algo hundido y tenía un resto de pintura azulona.

Salió del garaje furioso y volvió al salón. Al entrar, Ruth lo miró y él, cogiéndola del brazo sin miramientos, le dijo a Lola:

—Da de cenar a los niños y acuéstalos.

No entendía qué ocurría, pero Ruth se dejó guiar en silencio hacia el garaje y, al llegar allí, señalando la parte trasera del vehículo, Tony le espetó:

—Dime qué es eso.

Ella miró y vio el golpe en el parachoques y la pintura azulona.

—Supongo que al aparcar le daría a algún coche cuan...

—¡Mientes! —gritó él.

Ruth no entendía su enfado por algo tan nimio y se disponía a hablar, pero Tony dijo:

—Hoy te he notado nerviosa, ¿qué me ocultas?

Ella no supo qué responder.

—¿Me puedes decir por qué ayer mentiste y dijiste que habías estado en el spa toda la mañana, cuando lo que realmente hiciste fue conducir como una loca por la carretera de California? ¿Y quiénes eran los tipos con los que te encontraron?

—Tony...

—¿Y qué es eso de decir que uno era tu novio?

Eso sí que la dejó de piedra. No esperaba que Tony se enterara de aquello.

—¡¿Qué me ocultas?! —gritó. Y, mirándole el corte del labio partido, siseó—: Dime que esos desgraciados no te hicieron eso.

Acorralada, Ruth cerró los ojos. Lo peor que podía pasar ya había ocurrido. Sin entender cómo se había enterado Tony, murmuró:

—Julio César me ha encontrado.

Al oír ese nombre, él se quedó sin habla y ella prosiguió:

—Gracias a la prensa, a que mi cara sale en todas las revistas, a mi pelo rojo, me ha encontrado. Hace un tiempo fue a mi trabajo y... y... yo...

—¿Hace un tiempo? ¿Cuándo?

Ruth se apoyó en el coche e, intentando ordenar sus ideas, respondió:

—Tiene unas fotos mías de cuando estábamos juntos, practicando sexo, y me chantajeó. Me dijo que si no le daba seis mil dólares, las enviaría a la prensa y así tú las verías al mismo tiempo que todo el mundo.

Anonadado, él no supo qué decir.

—Te juro, Tony, que cuando apareció no supe qué hacer. Me asusté. Me bloqueé. Él me sugirió que te cogiera ese dinero a ti, pero no pude. No pude hacerlo y entonces llamé a Yanira...

—Ella te dejó el dinero, ¿verdad? —Ruth asintió y él, enfadado, gritó—: ¡Perfecto, Ruth! Ese delincuente te chantajea, pone en peligro tu vida y la de los niños y tú, en vez de acudir a mí, al hombre que ha prometido cuidarte y protegerte, consigues ese dinero y se lo entregas. ¡Genial!

—Tony, me asusté —dijo, acercándose a él—. No quería que entregara esas fotos a la prensa. No quería que tú vieras algo que...

—Mira, Ruth, todos tenemos un pasado. Tú, yo, ¡todos! Y aunque esas malditas fotos me hubieran enfadado, ten por seguro que saber que no acudiste a mí me enfada aún más. —Nervioso, caminó por el garaje y explotó—: Pero ¿cómo no me lo dijiste? ¿De verdad creías que pagándole a ese imbécil ibas a solucionar el problema?

—Lo siento, Tony... yo...

Sin querer escucharla, andaba arriba y abajo como un león enjaulado y de repente, al recordar algo, preguntó:

—¿El golpe con *Harry* también se lo debes a ese maleante?

Ruth asintió y, furioso, Tony dio un puñetazo al vehículo. Se tocó la mano dolorido y cuando Ruth fue a auxiliarle, la retiró gritando:

—¡¿Cuántas... cuántas veces más has estado en peligro y me lo has ocultado?! —Y enloquecido, voceó—: Has puesto tu vida y la de los niños en peligro, por no hablar conmigo, por no contármelo, por ocultármelo, ¿no te das cuenta? —Con las lágrimas corriéndole por las mejillas, ella asintió y Tony siseó—: Cuéntame lo que ocurrió ayer. ¡Cuéntamelo!

—Sa... salí de la reunión del colegio y Julio César estaba esperándome apoyado en el coche.

—Joder... joderrrr, Ruth.

—Comenzó a preguntarme por los niños, por ti, por mí. Me asusté y, como pude, me monté en el coche para huir de él, pero me persiguió. No sabía adónde ir y aceleré. Él aceleró también y cuando fui consciente de lo mucho que me estaba alejando, salí por un desvío, pero éste me llevó a una playa y tuve que parar.

Tony la miró con la respiración entrecortada, a la espera de que continuara, y ella susurró:

—Bajé del coche, Julio César bajó del suyo y... y...

—¿Y qué?

Lo que iba a decir sabía que lo enfadaría aún más, pero consciente de que ya no quería ocultarle nada, dijo:

—Me arrinconó contra la puerta del coche y, cuando me resistí, me dio un bofetón. Después me besó. Dijo que mi conducción lo había excitado y otras cosas horribles, mientras un hombre que lo acompañaba se bajaba del coche y comenzaba a hacernos fotos con su móvil. —Tony se llevó las manos a la cabeza—. Me apuntó con una pistola, metió la mano en mis pantalones y...

—¡Lo mataré! —gritó Tony, enloquecido—. Juro que lo mataré.

Secándose las lágrimas, Ruth lo agarró del brazo y dijo:

—No consiguió su propósito. La policía llegó a tiempo y Julio César tuvo que parar, pero me amenazó con enviarte las fotos a tu móvil si los delataba ante los policías. Por eso dije que era su novia. Y luego, cuando ya estaba en casa, me mandó un mensaje al móvil y...

—¿Qué? —Ruth asintió y Tony, reprimiendo las ganas que tenía de gritar, preguntó—: ¿Que decía ese mensaje?

—Quería verme esta mañana en el mismo sitio de ayer, pero yo... yo no he ido y hoy él me ha llamado y me ha dicho que me atenga a las consecuencias.

Tony resopló, la miró con intensidad y, alargando la mano, dijo:

—Dame tu móvil.

Ruth se lo sacó del bolsillo trasero del pantalón y a continuación se lo entregó.

—¿Qué vas a hacer? —preguntó.

Ofuscado, Tony buscó en los mensajes el número de teléfono de Julio César y contestó mientras marcaba desde su móvil:

—Decirle a ese tipo que si se acerca a ti lo mataré.

»Soy Tony Ferrasa. Si te acercas a Ruth o a los niños, ten por seguro que te las vas a ver conmigo.

Una vez dijo eso, colgó el teléfono con la respiración agitada.

La miró en silencio. Lo que le había contado lo hacía enloquecer. No sólo había tratado de propasarse con ella, sino que también la había golpeado. La rabia se apoderó de él y gritó. Dio patadas a la rueda del vehículo para desfogarse y, cuando acabó, la agarró del brazo y apretándola contra su cuerpo, murmuró, mientras notaba cómo ella temblaba:

—Te dije que me ocuparía de vuestra seguridad y así será. Si algo te ocurre a ti o a los niños nunca me lo podría perdonar. —Ella sollozó al escucharlo y él prosiguió—: No vuelvas a ocultarme nada, por favor. Eres mi mujer, mi responsabilidad, y te juro por mi vida que cuando pille a ese desgraciado va a pagar por todo el daño que te ha hecho.

Esa noche, Ruth lloró durante horas abrazada a él, mientras Tony le prometía una y otra vez que nadie le haría daño.

48

Te extraño

Al día siguiente, cuando Tony salió de la discográfica, al ir a coger su coche al parking se lo encontró rayado. Lo miró con disgusto, pero al leer en la puerta, pintado en negro «¡La pelirroja es mía!», se lo llevaron los demonios.

Sin duda había sido Julio César. Que le rayara el coche le daba igual, pero lo que ese individuo había escrito lo cabreó muchísimo. Llamó a la grúa e hizo que se llevaran el coche al taller para pintarlo. Ruth no podía ver aquello.

Una semana después, una noche en que salía de una cena de negocios con los de la discográfica, el guardacoches le llevó su vehículo, su R8 recién pintado y, tras darle una propina al hombre, Tony se metió en él y se dirigió a su casa.

Un par de calles más adelante, un obrero con un bastón de color naranja fosforito le indicó que girase a la derecha. y Tony recorrió aquella calle poco transitada. Al final de la misma había un semáforo en rojo, de modo que frenó. Estaba escuchando música tranquilamente, mientras esperaba que cambiase a verde, cuando un coche lo embistió no muy fuerte por detrás. Tony miró por el retrovisor y vio a una mujer apurada.

Se bajó y echó una ojeada a la parte trasera del vehículo, que estaba abollada. Maldijo para sus adentros, pero caminó hacia la mujer y al llegar a la altura de la ventanilla, preguntó:

—¿Se encuentra bien?

De pronto, alguien le dio un golpe tremendo por detrás, haciéndolo caer sobre el coche. Cuando se volvió aturdido, se encontró con tres hombres y supo que uno de ellos era Julio César.

No le dio tiempo a decir nada. Aquellas tres malas bestias se abalanzaron sobre él y, aunque Tony se defendió todo lo que pudo, se cebaron con él en aquella calle oscura y, al caer sobre el asfalto, Julio César le agarró la cabeza y masculló:

—Tony Ferrasa, ya me las he visto contigo. Ahora dile a la pelirroja que iré a por sus mocosos y a por ella.

Acto seguido, se montaron en el coche de la mujer, que los esperaba, y se alejaron a toda mecha.

Dolorido y ensangrentado, Tony se levantó del suelo, se apoyó en su coche, sacó su móvil y llamó a Dylan. Cuando llegó a casa de madrugada, después de que su hermano lo hubiera curado, Ruth se asustó al verlo. Sin necesidad de que él hablase, supo quién le había hecho aquello y Tony no le dijo nada del mensaje de Julio César, sólo la abrazó y murmuró para calmarla:

—Tranquila, taponcete, estoy bien. Estoy bien.

A partir de ese día, todo cambió en sus vidas.

Dylan y Omar le aconsejaron que contratara seguridad privada para la casa y los niños. Y, sin dudarlo, Tony llamó a Andrew. Nadie mejor que él podía conocer el entorno de Ruth.

Era tal su angustia que él mismo junto con Andrew llevaba y recogía a los niños del colegio y, mientras los pequeños estaban en clase, este último y varios agentes de seguridad vigilaban los alrededores del colegio. En cuanto a Ruth, tras mucho discutir, dejó de trabajar en el restaurante por las mañanas.

Una tarde, Tony recibió una llamada de su amigo Leroy Pitt, director de una famosa cadena de revistas. Citó a Tony en su despacho y, cuando éste llegó, tras saludarse y tomar ambos asiento, Leroy dijo:

—Quiero que sepas que hago esto por la buena amistad que nos une. Si tú no estuvieras implicado, te aseguro que lo publicaría, porque podría ser el bombazo del año. —Y, entregándole un sobre, añadió—: Esto me ha llegado esta mañana.

Cuando Tony lo abrió, se quiso morir. Ante él tenía las fotos que Ruth nunca habría querido que viera y que él nunca habría querido ver. Las de ella con Julio César en actitud íntima.

—Piden cincuenta mil dólares por ellas —explicó Leroy—. Tengo hasta mañana a las tres para aceptar, luego se las ofrecerán a la competencia.

Tony blasfemó. Aquello era una pesadilla.

—¿Te entregarán la tarjeta de memoria? —preguntó.

—Por supuesto.

—¿Quién te las ha hecho llegar?

—Uno de mis reporteros. Al parecer, una mujer se puso en contacto con él y se las dio. ¿Qué quieres que haga, Tony?

Sin dudarlo, él sacó su chequera, extendió el cheque por cincuenta mil dólares y, con gesto serio, dijo:

—Hazme llegar la tarjeta de memoria cuando la tengas, ¿de acuerdo?

Leroy asintió y él, con el sobre bajo el brazo, le estrechó la mano y murmuró:

—Gracias. Te debo una.

—Y muy grande. —Su amigo sonrió con complicidad.

Esa tarde, cuando Tony llegó a casa, entró en su despacho y guardó el sobre en un cajón. Estaba furioso. Haber visto a Ruth en actitud íntima con aquel imbécil lo había sacado de sus casillas, pero decidió no decirle nada a ella. Demasiada presión tenía ya.

Al día siguiente, recibió un sobre con la tarjeta de memoria de las fotos. Furioso, la partió en mil pedazos.

Le encargó a Andrew que pusieran cámaras también dentro de la casa. Tener controladas todas las estancias para que ningún intruso pudiera entrar se volvió vital para Tony, pero esto a la vez le restó intimidad. Ahora su casa era como un Gran Hermano, siempre había ojos observándolos. Y aunque quería a Ruth más que a nada en el mundo, una extraña frialdad se apoderó de él. Ya apenas la besaba o le hacía el amor.

A veces, mientras trabajaba en casa, veía a Lola hablar y tontear con varios de los vigilantes contratados, pero lo que más le disgustaba era ver hablar a Ruth y a Andrew. Tras la charla que tuvo con éste, Tony sabía que se podía fiar de él, pero sus celos al recordar aquella noche que Ruth le confesó que estuvieron juntos en un motel lo martirizaban. Andrew, consciente de que a veces lo observaba con recelo, temiendo ser despedido, habló con él. Quería que tuviese claro que nunca volvería a acercarse a Ruth en ese sentido, porque ella había elegido y lo había elegido a él.

Tony le agradeció el detalle, pero sus celos en ocasiones le seguían jugando malas pasadas, a pesar de que intentaba controlarlos.

Gracias a su amigo Jake, pudo acceder a la ficha policial de Julio César. Tenía antecedentes por robo, atraco y carreras ilegales.

Vivir con toda aquella presión comenzó a pasarles factura, y Ruth y Tony empezaron a discutir más de la cuenta.

Una tarde, mientras Tony trabajaba en su estudio, vio a través de las cámaras que Ruth estaba en la piscina cubierta con Lola y los niños y, durante un buen rato, se los quedó mirando sonriente, hasta que le sonó el teléfono, sobresaltándolo. Era la secretaria de la discográfica para contarle que Omar había tenido una trifulca con Rick en una reunión, y que Omar había golpeado al cantante.

—Maldito Rick —masculló Tony.

Luego, la secretaria le comentó que los productores de la película querían hablar con él y que, al margen de eso, tenía tres reuniones pendientes con unos productores musicales y debía entregar dos temas que no se podían retrasar más.

Cuando colgó el teléfono, el humor de Tony era sombrío. Parecía que todos los problemas llegasen de golpe. Decidió llamar a Omar.

—¿Estás bien? —le preguntó a su hermano en cuanto éste contestó al teléfono.

Omar se miró el puño hinchado, que tenía metido en hielo, y respondió:

—Todo lo bien que se puede estar cuando tu puño se ha estampado contra la cara de un gilipollas.

Tony sonrió y Omar preguntó:

—¿Todo en orden en tu casa?

Ahora fue Tony el que se miró el puño. Nada le gustaría más que le doliese por haber agredido al hombre que estaba aterrorizando a Ruth.

—Sí —dijo—. Aunque la situación cada vez es más difícil.

—Hicisteis bien en cambiar el número de móvil de Ruth. Si ese tipo quiere algo, mejor que se ponga en contacto contigo que con ella.

—Como siempre, fue una lucha conseguirlo. Ruth se negaba a hacerlo, pero finalmente se dio cuenta de que era lo mejor. Pero esto de que no puedan salir a la calle con normalidad, no es muy agradable, y aunque ella no se queja, sé que no lo está pasando bien.

—Es una chica dura, tranquilo.

Tras acabar de hablar con Omar, llamó a Jake. Quería saber si habían localizado a Julio César, pero por increíble que fuera, el tío parecía haber desaparecido de la faz de la Tierra.

A continuación llamó a los de la película. Estaban ansiosos por recibir algo más y Tony prometió hacerles un envío en una semana. Tras esa llamada hizo un par más también de trabajo. Cuando terminó, salió acalorado de su estudio y fue a la cocina.

Bebió agua fría de la nevera y, al salir, vio unas pisadas mojadas en el suelo y las siguió. Llegaban hasta su despacho, donde un pequeño pelirrojo tenía sus papeles en las manos.

—¡Maldita sea, suelta eso! —gritó.

Asustado por su vozarrón, el crío dejó caer los papeles al suelo. Rápidamente, Tony se acercó a él y, al ver que era Brian, lo regañó:

—Los papeles no se tocan, ¿entendido? ¡No se tocan! ¡Y en esta habitación no se entra! —Pero al coger los papeles y ver que estaban empapados, gritó de nuevo—: ¡Joder, Brian, ¿por qué narices los has tenido que coger?!

El niño, asustado, se echó a llorar y Ruth, al oír los gritos y los llantos, corrió a buscarlo. Justo cuando ella entraba en el estudio de Tony, éste dijo, mirándola:

—Llevo trabajando todo el jodido día para que ahora este mocoso me fastidie de esta manera. ¡Mira lo que ha hecho! —y le enseñó los papeles mojados—. Haz el favor de mantener a los niños alejados del estudio, es lo único que te pido. ¡Que aquí no entren nunca!

Ruth, consciente de la tensión que ambos estaban pasando esos días, se agachó ante Brian y murmuró para tranquilizarlo:

—Cariño, no pasa nada. Deja de llorar.

—Tony me ha gritado —gimió él, hipando.

Ruth le secó las lágrimas, lo besó y susurró con dulzura:

—Me has dicho que ibas al baño; ¿por qué has entrado aquí?

—Quería ver a... a... a Tony —sollozó.

Pero Tony, obcecado, contemplaba los folios empapados y siseó de malos modos:

—Joder...

Ruth lo miró con un reproche y, dirigiéndose luego al pequeño, insistió:

—Brian, sabes que en esta habitación no se entra y...

—Pero ¿cómo te van a hacer caso? —gruñó Tony, fuera de sí—. Les hablas en susurros, cuando deberías levantar la voz y regañarlos con contundencia. Son niños y han de aprender lo que está bien y lo que está mal. Y tal como tú lo haces nunca aprenderán.

Ruth lo fulminó con la mirada y después ordenó a su hijo que saliera de allí. Cuando se quedaron solos, cerró la puerta para que no los oyeran y, enfadada, le espetó:

—Que sea la última vez que tú me dices a mí cómo he de regañar a mis hijos, ¿entendido?

—Eso —respondió él—, tú sigue siendo tan permisiva con ellos y en unos años tendrás un grafitero y un delincuente, como su jodido padre.

Sin poder creerse lo que había oído, Ruth gritó:

—¡Eres un gilipollas!

Consciente de que lo que había dicho no estaba bien y de que era fruto de la tensión acumulada, Tony cerró los ojos mientras Ruth añadía:

—En tu vida, en tu puta vida, vuelvas a comparar a mi hijo con el desgraciado ese que has nombrado o te juro que...

Alterado por los gritos de ella, Tony apagó la cámara del estudio para que no los vieran y en lugar de suavizar la situación, levantó la voz más que ella y preguntó:

—¿Me amenazas?

—Tómatelo como quieras.

Furioso, abrió el cajón donde tenía el sobre con aquellas fotos que le quemaban y, tirándoselo, gritó:

—¡¿Me amenazas a mí, con todo lo que estoy haciendo por vosotros?!

Ruth cogió el sobre al vuelo, lo ahuecó y, al ver lo que había en su interior, tembló. Sin mirar a Tony, lo dejó sobre una de las mesitas y, tomando aire, respondió:

—Te agradezco todo lo que haces por nosotros, te agradezco que hayas obtenido estas fotos, a pesar del daño que te han podido ocasionar, pero no vuelvas a hablar así de mis hijos o directamente me quitaré el puto anillo y me iré de tu puta casa.

—Esa boquita, ¿o ahora también eres una madre malhablada? —siseó molesto.

—¡Vete a la mierda!

—¡Ruth!

—Hablo como me da la gana y si quiero decir «puto», lo digo y punto.

—Eso, muy bien —replicó Tony, irritado—, tú enfádate conmigo.

Tienes unos hijos que en el tiempo que llevamos viviendo juntos han pintado las paredes de la casa, atascado las cañerías, roto la puerta de entrada del garaje mil veces, grafiteado un piano de miles de dólares y...

—¡Son niños, joderrrrrrr! —gritó furiosa—. ¡Y tú encimas quieres tener más!

Sin escucharla, Tony prosiguió ofuscado:

—Mi perra cada semana lleva las uñas de un color y, por si fuera poco, cuando algo desaparece, hay que buscarlo en los calzoncillos de Brian, porque le gusta guardárselo todo en ese maravilloso lugar. Y eso por no hablar de la reina de la telenovela, que llama «pendeja» o «marrana» a cualquier mujer que se acerca a mí, o de Adán, que se tira pedos en los lugares menos oportunos. —Y, acalorado, concluyó—: Y a todo eso añadiré esas malditas fotos, que me ha vuelto loco verlas y más si pienso en nuestra jodida falta de intimidad. Ah... y, por supuesto, cada mañana nos despertamos cinco en la cama, cuando deberíamos ser sólo dos.

Ruth asintió. En realidad tenía razón, pero Tony continuó:

—Antes nunca los regañabas porque te sentías culpable por trabajar tanto, y no querías que el poco tiempo que estabas con ellos te vieran enfadada y protestando. Pero eso ha cambiado. Ahora estás con ellos a tiempo completo y en cambio todo sigue igual. Debes ponerles unas normas, regañarlos por lo que no hacen bien. Eso hacen los padres. Enseñarles.

—¡No me digas! —se mofó ella. Y molesta al ver cómo la miraba, añadió—: Para tu información, yo sí los regaño.

Tony dejó los papeles empapados sobre la mesa de un manotazo y replicó:

—Para tu información, no creo que sea suficiente.

—¡¿Acaso pretendes enseñarme a ser madre?! —gritó ella.

—¿Tan segura estás de que los educas bien?

Ruth sonrió con amargura y dijo:

—Si estás enfadado por todo lo que está pasando, por las malditas fotos o por el agobio de no poder salir a la calle con normalidad, lo entiendo, pero...

—¿Lo entiendes? Oh, qué bien... Pues si lo entiendes, haz el favor de dejar de confraternizar tanto con Andrew. Lo contraté para protegeros, no para que te pases el día hablando con él.

—Pero ¿con qué me sales ahora?

Molesto por haber soltado eso, cuando sabía que no tendría que haberlo hecho, respondió:

—Tengo ojos y hay cámaras por toda la casa.

Alucinada, bloqueada y malhumorada por el compendio de cosas que le había reprochado, dijo:

—Si tanto desconfías de mí y tan mala opinión te merezco como madre y mujer, ¿qué narices hago aquí?

Tony, no contestó. Aquello se le estaba yendo de las manos, por lo que decidió acabar con la conversación.

—Tengo trabajo, Ruth.

—Me importa una mierda que tengas trabajo —replicó ella—. Estoy hablando contigo. ¿Desde cuándo tienes esas fotos y por qué no me habías dicho nada? ¿Y desde cuándo desconfías de mí con respecto a Andrew?

Con gesto duro, Tony fue hasta la puerta y, abriéndola, insistió con voz ronca:

—He dicho que tengo trabajo.

Ruth lo miró con inquina y, maldiciendo colérica, salió del estudio. Nunca habían discutido con aquella ferocidad y se le encogió el corazón al oír el portazo que él dio.

Se paró en medio del pasillo y miró desesperada a su alrededor. Todo lo que estaba ocurriendo era por culpa del imbécil de Julio César, él era quien estaba acabando con su bonita relación.

Ella también deseaba gritar, gruñir, protestar. Necesitaba despejarse. Respirar aire puro. Dejar de ser madre las veinticuatro horas del día y novia de Tony durante las mismas veinticuatro. Necesitaba tiempo para ella. Para relajarse, para pensar, para buscar soluciones a su gran problema.

Al pasar por la habitación que quedaba junto al garaje, donde estaba ubicado el del guardia de seguridad que vigilaba las cámaras, chocó con él, y éste, al verla, la miró con apuro y dijo:

—Iba al baño.

Ruth asintió y preguntó:

—¿Ha llegado ya Andrew?

El vigilante negó con la cabeza y, marchándose a toda prisa, respondió:

—Llegará en una media hora. Y ahora, si me disculpa, creo que algo me ha sentado mal.

Ruth miró las cámaras y vio que Tony todavía tenía la del estudio apagada, mientras que los niños seguían con Lola en la piscina y supo que el momento de salir de la casa era aquél. No se le presentaría otro mejor.

Apresurada, fue a la piscina, llamó a Lola y le dijo:

—Voy a salir a hacer unas compras.

—¿Adónde va?

—Aún no lo tengo claro, pero...

—Debe decirme adónde va o el señor se enfadará —insistió la chica.

Con una candorosa sonrisa, ella contestó:

—Si el señor te pregunta, dile simplemente que he salido.

Luego se puso una camiseta, unos vaqueros, se escondió el pelo bajo una gorra, cogió su bolso apagó la cámara de la entrada y salió de la casa. Atravesó el jardín sin mirar atrás, acompañada de *Melodía* y *Luis Alfonso*, hasta llegar a la cancela. Una vez fuera, vio llegar un taxi y lo paró. Sabía que lo que estaba haciendo no estaba bien, que iba sin seguridad, pero no le importó. Necesitaba un rato para ella sola.

Cuando llegó a Hollywood Boulevard, al famoso paseo de la fama, le dijo al taxista que parara y se sumergió en la marea humana que había allí. Aquel sitio era un lugar muy turístico, donde las estrellas de cine tenían su propia estrella en el suelo, y sonrió al ver cómo la gente se hacía fotos con unas u otras con cara de felicidad.

Durante un buen rato, caminó por allí sin rumbo, hasta que, sedienta, entró en un bar para tomar una cerveza. Al sentarse, oyó que por los altavoces del local sonaba la canción *Happy*,* de Pharrell Williams, y le hizo gracia pensar que si la oyeran sus hijos ya la estarían bailando.

Una vez le sirvieron la cerveza, abrió su bolso y sacó una tarjeta. La estaba mirando cuando le sonó el móvil. ¿Sería Tony? No era él, el número le resultaba desconocido, pero aun así lo cogió.

—Hola, pelirroja.

Sin sorprenderse en exceso al oír aquella voz, preguntó:

—¿Cómo has conseguido este número?

Julio César soltó una risotada y, sin contestar a su pregunta, dijo:

—Tengo que verte, ¿dónde estás?

—Maldita sea, ¡déjame en paz de una vez! —siseó furiosa.

Pero él continuó sin inmutarse:

* Véase nota de la p. 321. *(N. de la E.)*

—No sé si sabes que saqué una buena tajada vendiendo nuestras fotos del pasado a la prensa, ¿qué te parece?

Horrorizada al pensar que Tony habría tenido que pasar un mal trago para que las fotos acabaran en su poder, masculló:

—Te odio. Te odio como nunca he odiado a nadie y...

—No, pelirroja —la cortó—. Todavía no me odias, pero lo harás.

Dicho esto, interrumpió la comunicación y Ruth, temblorosa, se guardó el móvil en el bolso y murmuró:

—Ya te odio, maldito gusano.

En la casa, cuando Tony recapacitó sobre lo ocurrido, cogió el sobre con las fotos y las quemó en la chimenea. No quería volver a verlas en su vida y se arrepentía de haberle hablado a Ruth de ese asunto de aquella manera. Ella tenía razón, ¡era un gilipollas!

Maldijo en silencio. Pero ¿cómo podía ser tan idiota?

Decidido a solucionar aquella trifulca, salió del estudio en su busca. Nada le importaba más que ella. No había sido justo con su comportamiento y debía pedirle perdón. Ni Ruth ni Brian se merecían el trato que les había dado.

La buscó por la casa, pero no la encontró. Entró en el salón, donde vio a Lola tras la cristalera, hablando por teléfono, mientras los pequeños estaban sentados en el suelo, jugando en silencio. Algo raro en ellos. Agachándose, llamó a Brian, pero el niño no se movió, ni siquiera lo miró. Y Jenny, clavando los ojillos en él, dijo molesta:

—Brian está muy enfadado contigo, y Adán y yo también. Ya no queremos que seas nuestro papá.

Al ver la mirada de reproche de la niña y oír sus palabras, el corazón se le encogió.

—Escucha, cielo...

—No, no quiero escucharte —lo cortó ella, sin moverse—. Has sido malo con Brian y con mamá. Y ella es muy muy buena. La mamá más buena del mundo. Tú me dijiste que la querías, pero no la quieres porque le has gritado. Te he oído y has dicho cosas muy... muy feas.

Tony cerró los ojos. Aquella recriminación tan cierta le dolía, así que abrió los ojos y dijo:

—Lo he hecho mal, cielo. Lo reconozco y por ello quiero pediros perdón a todos.

—¿Por qué le has dicho esas cosas feas a mamá? —insistió la pequeña, todavía enfadada.

Angustiado al comprender que los niños se enteraban de más de lo que él creía, respondió:

—Porque he sido un tonto y he pagado con ella muchas preocupaciones, pero en cuanto vosotros me perdonéis, iré a buscarla y le pediré perdón.

—¿De verdad?

—Te lo prometo.

—¿Y si ella no te perdona?

Tony no aceptaría esa posibilidad y contestó:

—Lo hará. Me quiere, yo la quiero y me va a perdonar.

Entonces, Jenny le cuchicheó algo a Brian y éste, levantándose, caminó hacia él. Tony lo abrazó y le susurró al oído:

—Siento haberte gritado, campeón. He sido un tonto.

El niño asintió con gesto serio y dijo:

—Yo sólo quería verte.

Conmovido, Tony murmuró:

—Lo sé, cariño, lo sé. Va, cariño, ¿me perdonas por haberte gritado?

La cara del niño cambió y, tras darle un beso en la mejilla, que a Tony le supo a gloria, volvió a sus juegos. Adán le sonrió y él le guiñó un ojo. Jenny, menos enfurruñada que segundos antes, dijo:

—Yo también te perdono porque te quiero y quiero que seas mi papá, pero no vuelvas a decirle cosas feas a mamá, ¿me lo prometes?

—Te lo prometo —dijo él—. Te prometo que nunca volveré a chillarle de esa manera.

La niña sonrió y él también. En ese momento, les habría prometido a los tres cualquier cosa que le hubieran pedido.

La grandeza de un niño al perdonar nunca sería comparable a la de un adulto. Ellos perdonaban de corazón. Ahora sólo necesitaba que Ruth también lo hiciera.

Más tranquilo, miró a Lola, que había asistido a la escena en un segundo plano, y le preguntó por Ruth. Al decirle la chica que se había marchado de compras, se fue a toda prisa hacia la habitación donde estaban los vigilantes y, cuando se encontró con Andrew, preguntó:

—¿Por qué no se me ha informado de que Ruth ha salido?

Andrew miró al vigilante que estaba a su lado y, al ver la cara de sorpresa de éste, dijo:

—No lo sabíamos.

—¿Ha salido sola? ¿Sin vigilancia?

—Pues me temo que sí —contestó Andrew preocupado.

—Joder —gruñó Tony aterrorizado.

El otro, al verlo tan nervioso, preguntó:

—¿Qué ha ocurrido?

—Hemos discutido y si le ocurre algo por mi culpa, no me lo perdonaré en la vida.

Se sacó el móvil del bolsillo del pantalón con premura y la llamó.

—¿Qué quieres? —contestó Ruth.

—¡¿Cómo que qué quiero?! —gritó él enfadado.

Sin alterarse, ella se retiró el pelo de la cara y, mirando su cerveza, murmuró:

—Si vuelves a gritarme, te cuelgo.

—No te atreverás —siseó Tony, consciente de que sí lo haría.

—Grítame y lo verás —lo desafió ella.

Tony resopló. Si algo sabía era que Ruth no hablaba por hablar y, procurando no levantar la voz, dijo:

—Maldita sea, Ruth, ¿dónde narices estás? ¿Cómo se te ocurre salir sola de casa?

Ella resopló y, tras mirar a su alrededor, respondió con paciencia:

—Dejé mi casa por ti, dejé mis trabajos por ti y ahora... ahora... me dices que tu vida es una mierda, que mis hijos te horripilan y que yo, además de ser una mala madre, soy una mala novia por hablar con Andrew. Y... y luego están esas horribles fotos.

—Ruth...

Acalorada y sin prestarle atención, prosiguió:

—Mira, Tony, la presión nos puede a los dos. Ambos estamos muy nerviosos por lo que ocurre. Quizá sea mejor que busque otro sitio donde vivir hasta que se solucione el problema de Julio César y luego quizá...

—De aquí no te vas a marchar —la cortó él tajante.

—Mi problema con ese hombre está matando nuestro amor, y odio que sea así cuando... cuando tú y yo teníamos una relación más que maravillosa.

Desesperado, y sabiendo que Andrew oía todo lo que decía, Tony bajó el tono de voz y dijo:

—Escucha, cariño, eso lo hablaremos cuando regreses a casa. Pero ahora dime dónde estás para que podamos ir a buscarte.

—Si seguimos así, me odiarás, Tony —insistió ella—. Y yo no quiero que me odies, porque eres una persona increíble. Eres el hombre más romántico, fascinante e ingenioso que he conocido. Estoy loca por ti y... y lo que había entre tú y yo siempre ha sido precioso. Creía que podría hacerte feliz, pero...

—Ruth, yo también estoy loco por ti, mi vida. Me haces feliz y lo que existe entre nosotros es precioso, maravilloso; ¿cómo puedes pensar que quizá ya no sea así?

—Pero ¿no lo ves? No paramos de discutir. ¿Acaso no te has dado cuenta de que en las últimas semanas apenas nos hemos besado o hecho el amor? Y encima, como colofón de la poca comunicación que existe entre los dos, me acusas de ser mala madre, de ligar con Andrew en tu casa y dices que mi hijo acabará siendo un delincuente. ¡Un delincuente! Y... eso no te lo voy a consentir. Brian sólo tiene cuatro años. Es un niño. Me has hecho sentir como u...

—Cariño, lo siento —la cortó él nervioso.

—Me has hecho sentir como una mierda. Me has dicho que no sé criar a mis hijos, pero si alguien ha luchado por sacar a esos tres niños adelante, ésa he sido yo. ¡Y lo he hecho sin ti! Y sí, tú ahora eres nuestro supermán, ¡viva Tony! Pero hoy te has pasado conmigo, me has hecho daño y por eso necesito un rato para pensar en ti, en mis hijos y en mí. Y que te quede claro: si antes dudaba si tener hijos contigo, tras lo ocurrido hoy ya no lo dudo. Búscate a otra para eso, porque conmigo nunca los tendrás.

Tony no pudo decir nada porque Ruth colgó y apagó el móvil.

La camarera, que estaba sirviendo en la barra y la había oído, intercambió una mirada con ella, asintió y dijo:

—Has hecho muy bien, hija. Si yo le hubiera hablado así a mi Ramón, otro gallo me habría cantado.

Ruth sonrió. En su caso, estaba segura de que lo había liado más.

Mientras, Tony se movía nervioso por el cuarto de los vigilantes, maldiciendo, fuera de sí.

¡Le había colgado! Había apagado el móvil.

Andrew intentó tranquilizarlo, pero él mismo estaba preocupado. No sabía dónde se encontraba Ruth y el peligro que podía correr. Aun así, aparentando calma, dijo:

—Tranquilo, ella sabe cuidarse.

Tony asintió y se fue a su estudio, donde lo que menos hizo fue trabajar.

Durante horas, Ruth, caminó por las calles de Los Ángeles, hasta que comenzó a anochecer. Pensó en los niños, en sus tres pequeños, que sin duda querrían saber dónde estaba, por lo que decidió coger un taxi y regresar a la casa.

Cuando el taxi la dejó en la puerta de la cancela, pagó y, al entrar en el jardín, vio que Tony bajaba con Andrew en su busca, con pasos agigantados. Al ver la cara furiosa de Tony, se paró, lo señaló con un dedo y siseó:

—Si no quieres que coja a los niños ahora mismo y me marche de aquí, haz el favor de no dirigirme la palabra, o juro por mi padre, que está bajo tierra, que lo vas a lamentar.

La furia con que lo dijo aconsejó a Tony que le hiciera caso y, sin decir nada ni intentar tocarla, la dejó pasar por su lado en dirección a la casa. Cuando Ruth se alejó, Andrew, que la conocía muy bien, murmuró con una media sonrisa:

—Te he dicho que sabe cuidarse y, como consejo, te sugeriría que le hicieras caso. Ya sabes que Ruth no amenaza en vano.

Tony asintió. La vio saludar a *Melodía* y *Luis Alfonso* y después desapareció en el interior de la casa.

Tras besar a los gemelos, que ya estaban dormidos, fue a la habitación de Jenny y ésta, mirándola con gesto asustado, preguntó:

—Mami, ¿estás enfadada?

Ruth sonrió y, negando con la cabeza, contestó:

—No, cariño. Sólo cansada.

Con una sonrisa encantadora, la niña la cogió del brazo y, haciendo que se tumbase a su lado, como en los viejos tiempos, explicó:

—Tony estaba preocupado. No lo ha dicho, pero yo se lo he visto en la cara. —Y antes de que Ruth pudiera contestar, añadió—: Mami, yo no quiero que discutas con él. Es feo discutir, además, Tony es un buen papá.

Al oír esa última palabra, a Ruth se le erizó el vello.

—Tony no es tu papá —murmuró.

—¿Y si yo quiero que lo sea?

—Jenny, escucha...

—Mami, él quiere serlo. Quiere ser nuestro papá. Se lo pregunté hace unos días y sonrió y me dijo que sí.

—¡Ay, Diosito! —exclamó Ruth.

—¿Sabes, mamita? Eso mismo dijo él cuando se lo pregunté. Tony es genial.

Sorprendida porque él no le hubiera comentado nada de esa conversación con Jenny, fue a decir algo más cuando la niña insistió:

—No me gusta que discutáis.

Ruth suspiró y, abrazándola, murmuró:

—A mí tampoco me gusta, cariño, pero a veces los mayores discutimos.

—¿Por qué?

—Porque hay momentos en que la vida se complica y, cuando eres mayor, ves las cosas de una manera y eso no quiere decir que la otra persona que te quiere las tenga que ver de la misma. Tú quieres a Brian y a Adán, ¿verdad?

—Mucho, mamita.

—Aunque a veces te enfadas con ellos.

—Sí.

—¿Y por eso dejas de quererlos?

Al entender lo que quería decir, Jenny sonrió y dijo:

—Yo quiero mucho a esas dos mofetas.

Ambas rieron y Ruth concluyó:

—Pues a los mayores nos pasa igual, cielo. Discutimos, nos gritamos, nos enfadamos, como a ti te pasa con ellos, pero el cariño que nos tenemos continúa siendo el mismo.

—¿Nos tendremos que ir de esta casa?

—¿Dónde has oído eso? —preguntó Ruth sorprendida.

—He oído que Tony le decía a Andrew que tú se lo habías dicho y parecía muy enfadado.

Ruth suspiró. Pero ¿cuántas cosas había oído aquella lianta? Y, besándola en la cabeza, dijo, para finalizar aquella conversación:

—Por eso no te preocupes. Ahora a dormir, señorita.

Cuando salió de la habitación, se encontró con Tony esperándola en la puerta. Ambos se miraron. Seguramente había oído lo que ellas habían hablado.

—Sigo sin querer hablar contigo.

—Ruth... escucha... yo...

—No, no voy a escucharte ni voy a permitir que me toques. ¿Y sabes por qué no voy a hacerlo? —Él no respondió y ella bajó la voz, para que no la oyera la niña—. Porque te quiero y en cuanto me rozas o me hablas de esa manera tuya, me convences. Has conseguido que ponga mi vida y la de mis hijos en tus manos, pero se acabó. Me da igual que te quiera o no, simplemente no tengo ganas de hablar contigo. Sólo voy a pensar en lo que tengo que hacer y nada más, ¿entendido?

Dolido por sus palabras, intentó cogerla del brazo.

—Ruth, cariño...

Ella se soltó de un tirón y, mirándolo con furia, siseó:

—He dicho que no quiero que me toques. Tampoco quiero que me hables, ni que me pongas musiquita, ni que me cantes baladas románticas. Estoy dolida... muy dolida.

Una vez dijo esto, se fue escaleras abajo, dejando a Tony desconcertado y sin saber qué hacer.

49

Cuando te beso

Ruth fue a la cocina, abrió la nevera y cogió una botella de agua fresca. Durante un rato, bebió a la espera de que Tony apareciera por la puerta, pero sorprendentemente no lo hizo. Y eso le gustó, aunque también le dolió.

Luego decidió darse un baño en la piscina interior. Entró en uno de los probadores, se puso su biquini azul y, sin encender las luces, se tiró al agua.

Nadó... Nadó... y nadó sin descanso. Se hizo varios largos y, cuando no pudo más, salió del agua, se envolvió en una toalla y se sentó en una de las hamacas, para pensar sobre lo ocurrido e intentar aclararse las ideas.

—Cara bonita, no debes desaparecer así de la casa —dijo Andrew detrás de ella.

Ella respondió sin mirar:

—Andrew, no estoy de humor.

Sentándose a su lado en la otra hamaca, él la observó y dijo:

—Te conozco y sé que no lo estás pasando bien. Pero déjame decirte que Tony tampoco, y menos si haces la tontería de desaparecer como lo has hecho hoy. —Ruth resopló, pero Andrew continuó—: Mira, sé que al principio de conocerlo, el primero que te habló mal de él fui yo, pero tengo que decirte que no está haciendo nada que yo no haría, yo o cualquier tipo que se enamorara de ti.

—Joder, Andrew...

—He mirado la cinta de vuestra discusión hasta que la conexión se detuvo y, aunque reconozco que se ha pasado en sus comentarios, es evidente que ha sido fruto de la tensión. Él no piensa que seas una mala madre, ni que Brian vaya a convertirse en un delincuente.

—¿Ahora vas de amiguito suyo ? —se mofó ella.

—Tony es un buen tío —contestó Andrew, sonriendo al escucharla—. Te adora y adora a los niños. Sólo hay que ver cómo se preocupa por vosotros y el estado en que se encontraba hasta que te ha visto aparecer, para darse uno cuenta de que ese tío te quiere y lo único que desea es hacerte inmensamente feliz.

—No dudo de lo que dices, pero creo que la situación nos está sobrepasando y que debería marcharme con los niños.

—Si lo hicieras, sería una de las mayores tonterías de tu vida —respondió Andrew.

—Si sigo aquí, al final Tony me odiará.

—Eso es imposible, cara bonita. Tony te quiere como estoy seguro de que nadie te querrá nunca. —Al ver que ella no respondía, añadió—: Anda, vete a descansar. Lo necesitas.

Ruth suspiró y, levantándose, dijo:

—Eres una de las mejores personas que he conocido. Eres un buen hombre y un buen amigo y espero no perderte nunca.

Luego le dio un beso en la mejilla y, todavía envuelta en la toalla, se marchó hacia la habitación.

Al entrar, Tony estaba apoyado en la ventana. Al verla, se quedó mirándola, pero no se movió. Quería darle el espacio que le pedía. Observó cómo entraba en el cuarto de baño, cómo salía, se ponía una camiseta, se metía en la cama y apagaba la lamparita de su lado.

Loco por solucionar aquella angustiosa situación, Tony también se metió en la cama, apagó la luz de su lado y, volviéndose hacia ella a oscuras, preguntó:

—¿Vamos a dormirnos enfadados?

Ruth no contestó y él insistió:

—He hecho mal. Me he equivocado. He pagado contigo y con Brian la frustración que tengo por todo lo que está ocurriendo y por esas malditas fotos. Pero...

Sin decir nada y de malos modos, Ruth se levantó de la cama y salió de la habitación. Tony fue tras ella. ¿Adónde iba? Pero al ver que se acostaba con Jenny, supo que debía dejarla. Como Andrew le había dicho, Ruth no amenazaba en vano.

Estuvieron así dos días, con una incomunicación total entre los dos.

Tony intentó por todos los medios que Ruth hablara con él, que lo mirara, pero ella se cerró en banda. Sonreía cuando los niños estaban delante, pero una vez se quedaban solos, no decía nada.

Ese silencio lo estaba volviendo loco. Prefería oírla gritar, quejarse o discutir a ese angustioso mutismo.

El segundo día por la noche, cuando Ruth entró en la habitación para dormir después de nadar un rato en la piscina, miró a Tony y dijo:

—Creo que lo mejor será que me marche cuando pase la boda de Tifany, para no amargarle a nadie la celebración.

—¡¿Cómo?!

—Mañana aceptaré el trabajo de instructora y también llamaré a Manuel y a David —continuó con voz firme—. Ellos me dejarán una habitación en su casa hasta que encuentre dónde instalarme con los niños cerca de Santa Clarita. No quiero que mis hijos ocasionen más desperfectos en tu bonita y ordenada casa.

Ese comentario le hizo saber a Tony lo dolida que estaba y, con el corazón encogido, pidió:

—Ruth, escúchame, por favor.

—No, no tengo nada que escuchar. Sólo quiero que me dejes marcharme para que tú vuelvas a ser feliz.

Pero Tony no estaba dispuesto a permitir que se fuera y, tomando la iniciativa, cosa que no había hecho en esos últimos días, empezó a explicar:

—He pagado contigo los problemas de la discográfica, el agobio de la situación que vivimos y...

—Sí, lo has hecho —lo cortó ella—. Y sí, tú me has ofrecido una protección que, sin ti, los niños y yo no habríamos tenido, pero hasta ahora siempre me he manejado sola en la vida y si tengo que seguir haciéndolo, lo haré. Si tengo que volver a cambiar de país o de ciudad o de color de pelo para seguir viviendo, lo haré. Y lo haré porque soy responsable de tres niños y quiero que allá donde estemos sean felices y se los quiera como son, con sus defectos y sus virtudes.

Tony suspiró. A veces era tan bocazas como su hermano Omar y, arrepentido, murmuró:

—Ruth...

—¡Ni Ruth ni leches! —siseó ella, explotando por fin—. ¿Acaso crees que no me doy cuenta de lo que te molesta que corran por el salón, o que, cuando llegas, sus juguetes estén dispersos por la casa? ¿O lo mucho que te desagradan sus trastadas? Y, lo más increíble: ¡quieres tener más hijos! Esto es de locos, por Dios, ¡de locos!

—Ruth...

—Por no hablar de tu cara cada vez que la reina de las telenovelas suelta alguna de las suyas delante de alguno de tus amigos o de tus amiguitas, como la zorra esa de Anaís Montenegro.

—Pero ¿de qué estás hablando ahora?

—Mira, Tony, mi vida es así. Tengo niños y los niños no son adultos. Los niños desparraman los juguetes por la casa, lo tocan todo y a veces rompen cosas o imitan a alguien de la tele. Te aseguro que intento educarlos como mejor sé, me paso media vida recogiendo trastos para que cuando tú llegues el caos sea menor, pero yo así no puedo vivir.

—Cariño...

Sin ganas de hablar más con él, se dio la vuelta, pero antes de que pudiera entrar en el baño para quitarse el biquini mojado, Tony ya estaba tras ella.

—Perdóname... perdóname, cariño —murmuró—. Soy un idiota.

—Eres un gilipollas, eso es lo que eres —afirmó, sin mirarlo, mientras la toalla se le caía al suelo.

Pasándole un brazo por la cintura, Tony la sujetó. Necesitaba tocarla y ella necesitaba sentirlo. Sólo eso calmaría la rabia que ambos llevaban dentro y, sin apartar su boca de su oreja, susurró:

—Sí, soy un gilipollas, un idiota, todo lo que tú quieras decirme. Me pasé al gritarte y con las cosas que dije o insinué y, por supuesto, no fue justo lo que dije del niño en referencia a su padre. Por favor, perdóname.

Ruth suspiró. Aquel tono de voz desesperado era desconocido para ella, pero sin querer mirarlo para no claudicar, como siempre, respondió:

—Estás perdonado, pero mañana recogeré las cosas de los niños y...

No pudo continuar. Tony le dio la vuelta y la besó. Devoró su boca dispuesto a convencerla de su error y, cuando se apartó para que ambos respiraran, suplicó:

—No te vayas, no me dejes. Sin ti y sin tu amor no sabría qué hacer.

—Tony... no empieces con tu palabrería, por favor.

Pero no se separó ni un milímetro de ella y prosiguió, dispuesto a convencerla.

—Cada segundo que hemos pasado juntos lo tengo grabado en mi corazón. Acepto que me equivoqué en mis palabras y no pararé de pedirte perdón una y mil veces más, hasta que lo olvides y me vuelvas a ver como al hombre que quieres y te hace feliz.

Estaba claro que pensaba utilizar todo su romanticismo Ferrasa para convencerla y, debido al efecto que le producían su cercanía y sus palabras, el enfado de Ruth comenzó a bajar de intensidad. Tony, tratando de convencerla de cuánto la quería, la besó en el cuello.

—Tony, odias el desorden. Sé que quieres a los niños pero...

Él le puso un dedo en la boca para que se callara y susurró:

—Me arrepiento de cada palabra que he dicho y que te ha hecho daño. Amo a mi reina de las telenovelas, que suelta esas cosas tan raras y que me llama al trabajo para decirme que me echa de menos, la misma que no quiere que les sonría a las pendejas, porque su mami es la mejor. —Ruth puso los ojos en blanco y Tony prosiguió, esperanzado—. Adoro que mi niña quiera que sea su papá. Ella me lo pidió, cuando tendría que haber sido yo quien le suplicara que me aceptara y no al revés. Y eso es porque me quiere, porque tú le has enseñado a que me quiera y me acepte.

—Tony, no continúes —susurró Ruth, al sentir su erección contra su muslo y notar cómo bajaba las manos hasta los cordones de la braguita del biquini.

—Quiero a Adán, porque cada mañana me da un beso cuando se despierta con una preciosa sonrisa, porque no pronuncia la erre y porque los domingos comparte conmigo las tostadas con mantequilla, aunque pinte la casa, el coche o el piano y se tire pedos en los momentos menos oportunos, porque le hace gracia hacerlo. —Ruth sonrió—. Adoro a Brian, porque me mira como si yo fuera Superman y le encanta sentarse conmigo a tocar el piano y, aunque me enfade porque se lo meta todo en los calzoncillos y sea un especialista en atrancar las tuberías de la casa, no importa, mi amor, entre los dos les enseñaremos a esos dos pelirrojos y a la rubita futura actriz de telenovelas lo que está bien o mal en la vida...

—No dudo que los adores —lo interrumpió ella, acalorada por lo que decía y le hacía sentir cuando la tocaba—, pero te sobrepasan y...

—No he terminado —dijo él, acallándola—. También quiero que sepas que adoro, quiero y amo locamente a la mujer que canta con los niños las canciones de los anuncios de televisión, que baila pegada a mi cuerpo en la cocina de madrugada, que ríe a carcajadas cuando le hago cosquillas, que conduce como los mejores pilotos y que tiene la sonrisa más bonita del mundo. Te conocí cuando menos lo esperaba y llegaste a mí cuando más te necesitaba. Eres la casualidad más bonita que ha sucedido en mi vida y me has dado unos hijos a los que quiero como míos, por mucho que me enfade a veces. Y si tú deseas trabajar de instructora, aunque yo me muera de preocupación, ¡lo harás! Y si prefieres no tener más hijos, porque crees que con los que tenemos ya son suficientes, ¡no los tendremos! Pero, cariño, eres el sueño de mi vida, mi amor y la dueña de mi corazón. ¿Cómo quieres que deje que te marches de mi lado?

—Puedes conmigo, Tony... —murmuró—, te juro que puedes conmigo.

Cogiéndola en brazos, Tony la llevó hasta la cama, la tumbó, apagó la cámara de la habitación y, posándose sobre ella con delicadeza, murmuró:

—Tus besos son los más dulces, apasionados y ardientes, sabrosos e inigualables. Son puro fuego. Y tú eres irreemplazable en mi vida. Te quiero, mi amor. Te quiero y te necesito a mi lado todos y cada uno de los días para saber que eres feliz.

—Tony, te odio cuando sacas toda la artillería y...

—Eres mi preciosa mujer —prosiguió él, incansable—. El aire que respiro cada día y el alimento que necesito para vivir. No quiero que por mi mal humor, por un maldito día desafortunado que se me ha ido de las manos, todo lo bonito que tenemos se acabe.

De dos tirones, le desanudó la braga del biquini, se desabrochó con urgencia el pantalón, sacó su duro pene, mientras Ruth abría las piernas, invitándolo.

—Siénteme dentro de ti —murmuró, penetrándola, sin dejar de mirarla a los ojos—. Siénteme y dime que no me vas a privar a mí de sentirte.

—Tony —jadeó ella, cerrando los ojos.

—Perdóname, por favor.

—Tony...

—Cariño, mírame, te lo suplico. Mírame y perdóname.

Ruth jadeó al sentir cómo temblaba dentro de ella. Sabía que aquella discusión se debía a la tensión con la que vivían por culpa de Julio César.

—Eres impresionante, Tony Ferrasa —susurró—. Nadie ha tenido nunca tu capacidad para volverme loca. Nadie me ha dicho las cosas tan bonitas que tú me dices, ni me ha hecho sentir lo que tú me haces sentir.

Acercando la boca a la de ella, Tony murmuró:

—Como decía mi madre, el arrepentimiento es el peor castigo posible tras haber actuado mal. Te acabo de hablar con el corazón en la mano, y ahora, por favor, dime que me perdonas.

—Ya te he dicho que estás perdonado, cariño... claro que sí —murmuró extasiada.

Feliz al oírla decir eso, Tony sonrió e insistió:

—Dime que me quieres.

—Te quiero —susurró Ruth.

—Ahora dime que no te marcharás de mi lado, por favor.

Lo amaba, lo quería, lo deseaba y cuando sintió que no se movía como ella anhelaba, lo miró a la espera de que continuara, pero él dijo:

—No me moveré ni saldremos de esta habitación hasta que se solucione lo que yo solito he provocado.

—Oh, Dios... —jadeó acalorada, deseosa de que se moviera.

Encantado al ver su deseo, movió las caderas y, cuando ella se arqueó de placer, insistió:

—Prométeme que no os vais a marchar.

—Te lo prometo, cariño —susurró—. Te lo prometo.

Tony sonrió aliviado y, moviéndose de nuevo, disfrutó de la suavidad de su piel. Prosiguió sin descanso haciéndola suya, hasta que se paró una vez más y Ruth, mirándolo, murmuró:

—Sigue... sigue...

Pero él no se movió.

—Aún queda por resolver una cosa.

Enloquecida porque continuara, Ruth levantó las caderas, apremiándolo.

—¿Qué cosa?

Tony, clavando en ella su felina mirada, sonrió y dijo:

—Quiero una fecha para la boda.

Al instante, Ruth abrió los ojos desmesuradamente y Tony, hundiéndose en ella para hacerla disfrutar, y consciente del loco momento que estaban viviendo, exigió:

—Tienes dos segundos o yo decidiré por ti.

—Esto es juego sucio.

—Muy sucio, taponcete. Terriblemente sucio —y sonrió.

Un nuevo empellón la hizo gemir y, con voz sibilante por los envites, Tony insistió:

—Espero tu respuesta.

Ella sonrió, le daba igual el día. Tony, con el vello de punta por aquella sonrisa y lo que en ella leía, moviendo las caderas a un ritmo infernal, dijo:

—Ya que te niegas al catorce de febrero, será el veintiuno de marzo. Ese día serás totalmente mi mujer.

50

Moon River

Tres días después, llegó la boda de Tifany.

Ruth, más tranquila después de los terribles días que habían pasado, volvió a sonreír y a sentir la seguridad de que lo que estaba haciendo era lo correcto. Para Tony, para los niños y para ella.

La boda era a las cinco y media de la tarde y la cena comenzaría a las ocho, con su posterior fiesta. Cuando las chicas ya estaban con la novia y los chicos por su lado, Ruth recibió una llamada de Tony, a la vez que Yanira recibía otra de Dylan. Querían saber que estaban bien. Una vez colgaron, Yanira la miró y murmuró:

—Son Ferrasa, hija, ¿qué esperabas?

Las dos sonrieron divertidas y, en ese momento, Coral dijo:

—Joaquín no viene a la boda. —Todas la miraron y ella aclaró—: Ya sabéis que es un poco rarito para esto de las fiestas y...

—Pero ¿está tonto o qué le pasa? —la cortó Yanira.

Últimamente Joaquín no asistía a nada junto a Coral y, cuando Yanira fue a decir algo más, su amiga añadió:

—Para qué vamos a negarlo. Yo lo quiero mucho, pero ¡el que es rarito es rarito!

Durante un rato estuvieron hablando de Joaquín, hasta que Ruth, al ver la cara de agobio de Coral, dijo:

—¡Tengo dos noticias que daros!

—Desembucha —contestó Coral, agradeciendo la interrupción.

—La primera es que una vez pase todo el problema, llamaré a Warren para trabajar con él en su circuito de Santa Clarita como instructora de pilotaje. ¿Qué os parece?

Todas la miraron. Nadie entendía esa afición, y Tifany dijo:

—Uisss, ¡qué horror! Te pringarás de grasa y olerás a aceite de motor.

—Y estarás rodeada de hombretones llenos de tetosterona; ¿me puedo apuntar? —bromeó Coral.

La carcajada fue general y Yanira, divertida, comentó:

—Madre mía, con lo protector que es Tony, tiene que estar dándose cabezazos contra la pared.

Ruth asintió. Aunque él no había dicho nada, no llevaba muy bien su decisión de trabajar con Warren en el circuito.

—¿Y la segunda noticia? —preguntó Valeria.

—¡Ya tengo fecha para la boda!

Las otras aplaudieron encantadas y, al saber que era dentro de dos meses, Coral exclamó:

—¡No me digas que estás embarazada!

—Ay, Diosito —soltó Valeria, haciéndolas reír a todas.

—Noooooooooo. Claro que no estoy embarazada.

—Estos Ferrasa son unos cagaprisas. Seguro que ha sido Tony quien ha puesto la fecha, ¿verdad? —se mofó Yanira y Ruth sonrió.

—Pero, cuqui, una boda necesita infinidad de preparativos, y te lo digo yo, que la he tenido que organizar en tan poco tiempo. El vestido, el cóctel, las invitaciones, la recepción, el convite, la fiesta. ¿Acaso no has visto la locura que está siendo esto?

Ruth asintió. Había sido testigo directo del agobio de Tifany, pero se encogió de hombros y, sin saber cómo iba a hacerlo todo, respondió:

—Tony ha propuesto esa fecha y yo he sido incapaz de decir que no. —Y mirando a Yanira, la imitó—: Es Ferrasa, hija, ¿qué quieres que haga?

En ese momento, llamaron a la puerta de la habitación. Una de las mujeres que servían en la casa de Tifany le entregó a ésta un paquetito que acababa de llegar. La novia miró el remitente y suspiró:

—Es de Omar.

Todas la miraron y Tifany, con una sonrisa esplendorosa, dijo:

—Ay, cuquis, no me miréis así, que estoy superbién y deseosa de ser la señora Ivanov.

—Oh, qué bien suena. ¡Señora Ivanov! —afirmó Valeria.

—Y lo bueno que está el señor Ivanov, ¿qué? —puntualizó Coral.

Tifany se quedó con el paquete en la mano, sin saber qué hacer con él y, finalmente, lo dejó sobre el tocador. Pero Coral, que era mucha Coral, preguntó mientras lo señalaba:

—¿No lo vas a abrir?

Mirándose al espejo, ella respondió:

—No.

—¿Por qué? Es un regalo —insistió Valeria.

Yanira y Ruth se miraron sin decir lo que pensaban y Coral insistió:

—Trae una notita. ¿No quieres saber lo que pone?

—Coral —la regañó Yanira—, no seas cotilla.

Ésta sonrió y, con su habitual desparpajo, replicó:

—Anda, la madre que me parió, ¡como si yo fuera la única que está deseosa de saber lo que el mandril le ha escrito!

Las cinco mujeres rieron y Tifany, dándose por vencida, cogió el sobrecito que había dejado encima del tocador, lo abrió y, tras leer la nota, se sentó mientras se daba aire con la mano y susurró:

—Necesito una copa.

—¡No te habrá insultado! —gruñó Valeria.

—¡Le corto los huevos si se atreve! —protestó Coral.

—¿Qué te ocurre? —le preguntó Ruth a Tifany.

—Necesito una copa —insistió ésta.

—No, cariño, ahora no —respondió Yanira, que había estado hablando con ella antes de que todas llegaran, intentando hacerle entender que aquella boda era un error.

—¡Quiero un whisky o un destornillador! —gritó Tifany.

—Si es que no lo tendría que haber leído. Pero claro, habéis insistido tanto —se mofó Coral.

—¡Qué perra eres, jodía! —rio Valeria al escucharla.

—Dadme un whisky, un ron, ¡algo! —exigió la novia.

—Tifany, ¡mírame! —le dijo Yanira—. No puedes beber antes de la boda. Lo que debes hacer es pensar en lo que hemos hablado de una vez.

—¿Y de qué habéis hablado? —se interesó Coral.

Ruth intuyó a qué se refería y Yanira respondió:

—Que lo diga ella si quiere.

Tifany se siguió dando aire con la mano y, al ver cómo la miraban todas, le entregó la nota de Omar a Ruth, que estaba a su lado, para que la leyera en voz alta:

Hubo tres hermosos lugares donde en un pasado siempre me tuviste: en tu mente, en tus brazos y en tu corazón. Pero por mi mala cabeza, por no ser el hombre que te merecía, dejé de existir para ti.

Recibe este presente como regalo de nuestra hija y mío por tu boda y ojalá que cuando lo mires, algún día te acuerdes de este tonto que no te supo valorar y sonrías pensando en mí.

Amor, con todo mi amor,

Omar Ferrasa

El silencio se hizo en la habitación y, finalmente, Coral murmuró:

—Se me acaba de caer el tanga al suelo.

Valeria, emocionada y con lágrimas en los ojos, susurró:

—Qué bonito... qué romántico lo que te ha puesto.

—Ferrasa en estado puro —asintió Ruth, suspirando.

—Ya te digo —afirmó Yanira, conmovida por aquellas palabras.

Tifany también suspiró. Sin duda, lo que Omar le había escrito era precioso y, tras beber de una botella de agua que Yanira le dio, con una sonrisa soñadora abrió la cajita de terciopelo azul que había llegado con la nota y, al ver la increíble pulsera, miró a Yanira boquiabierta.

—Zafiros azules, tus preferidos —dijo su excuñada.

Ella asintió y, tocando la pulsera con cariño, murmuró:

—Omar siempre ha sido un romanticón y un detallista.

—Hasta que dejó de serlo —puntualizó Coral.

Tifany colocó la pulsera sobre el tocador, se levantó y, mirando a sus amigas, dijo:

—Vamos, ladies, debéis ir a poneros vuestros vestidos.

Sin rechistar, todas se levantaron y el bullicio comenzó de nuevo. ¡Había una boda!

Media hora después, Lola y otras cuidadoras entraron con los niños. Estaban preciosos, con sus trajecitos azul celeste, y Tifany exclamó:

—¡Qué cucos! Parecen angelitos.

En ese momento, Adán se tiró un pedo que sonó hasta con eco.

—Toma angelito —se mofó Valeria.

—¡Adán, por el amor de Dios! —lo regañó Ruth, mirándolo.

—Joder, ¡qué peste! —se quejó Coral, y abrió la ventana.

Jenny, que estaba a su lado, apartándose de él, gruñó:

—Maldita mofeta viviente.

—Bian es un pedodo —rio Adán, señalando a su hermano, que, al oírlo, se lanzó contra él.

Tifany soltó una carcajada y dos segundos después todos reían sin poder parar. Ruth, avergonzada, se tapó los ojos. Como Tony decía, debería regañarlo, pero en un momento así le era imposible y menos cuando todos se carcajeaban a su alrededor.

Minutos después de que las cuidadoras se llevaran a los niños, Preciosa entró de nuevo y, acercándose a su madre, abrió la manita y dijo:

—Mami, se me acaba de caer un diente.

Al ver la sonrisa de su hija, sin un diente superior, Tifany abrió mucho los ojos.

—¡¿Cómo?! ¿Cómo se te ha podido caer un diente justamente hoy?

—Uisss, qué bien. —Yanira sonrió—. Esta noche te visitará en tu cama el Ratoncito Pérez.

Valeria, divertida, cuchicheó:

—Esta noche las dos recibirán una visita que las dejará sonrientes y satisfechas. A su madre se le meterá en la cama el ruso y a la niña el Ratoncito Pérez.

—¡Sin duda me quedo con los abdominales del ruso! —susurró Coral, mirando a la niña mellada.

—Mami, ¿te ha gustado el regalo de papi y mío? —preguntó entonces Preciosa, al ver la pulsera sobre el tocador.

Tifany asintió y, agachándose para besarla, dijo:

—Es maravillosa, cariño. La pulsera más bonita del mundo. Muchas gracias.

—Papi dijo que era tu color preferido.

—Lo es —asintió ella tras suspirar—. Papi tiene razón.

—Póntela —dijo la niña, cogiéndola del tocador.

Tifany miró la pulsera como si quemara y murmuró:

—No, ahora no.

—Pero, mami, si te ha gustado tanto, ¿por qué no te la pones?

—Me la pondré mañana, ¿te parece? —respondió Tifany sin tocar la joya.

—No.

—Cariño —contestó Tifany con paciencia—, te prometo que me la pondré mañana y el resto de mi vida, pero hoy no.

Yanira, al ver aquello y entender los motivos de Tifany, le quitó a la niña la pulsera de la mano y con cariño le dijo:

—Hoy no es buena idea, mi niña. Mamá se la pondrá en otro momento.

Pero Preciosa insistió:

—Quiero que se la ponga hoy.

Tifany miró extrañada a su hija. Era una niña que siempre estaba de acuerdo con todo y en absoluto era exigente ni caprichosa.

—Escucha, Preciosa —intervino Ruth—, esa pulsera es la más bonita del mundo y a mamá le encanta, pero se la pondrá en otro momento, ¿vale?

De pronto, la niña se echó a llorar desconsoladamente, otra cosa que a Tifany le extrañó. Preciosa apenas lloraba e, incapaz de verla tan desconsolada, le quitó la pulsera de las manos a Yanira y dijo:

—No llores, mi vida, mami la llevará puesta.

La cría dejó de llorar ipso facto y preguntó sonriendo, dejando ver su dentadura mellada:

—¿Y no te la quitarás? ¿Me lo prometes?

—Te lo prometo, mi amor. Claro que sí.

Una vez vio la pulsera en la muñeca de Tifany, la niña se fue saltando y Coral dijo:

—Joder con la Sindi, ¡cómo se ha puesto!

—¿Sindi? —repitió Ruth al escucharla.

Coral sonrió y, señalándose los dientes, explicó:

—Sindi, de sin dientes.

De nuevo volvieron a reír todas por aquella ocurrencia. Sin duda iba a ser un día lleno de emociones y de mucha risa.

Una hora después, llegaron a la iglesia, escoltadas por los hombres que Tony había contratado para que vigilaran a Ruth y a los niños. Una vez allí, pasaron a la vicaría para que Tifany pudiera darse los últimos retoques, mientras los invitados llegaban y se iban sentando.

—¿No tenéis calor? —preguntó Tifany.

Todas se miraron y Ruth respondió:

—No. Estamos en enero y más bien hace fresquito.

Tifany asintió y se sentó en una silla. Al bajar la vista, sus ojos fueron directos a la pulsera.

—¿Por qué he accedido a casarme con ella puesta? —susurró, mirando a Yanira.

Ésta le cogió la mano y respondió:

—Porque Preciosa lloraba y no querías verla llorar.

Tifany asintió y, tras sonreír nerviosa, insistió:

—¿De verdad no tenéis calor?

—No —contestó Coral.

Tifany se abanicó con la mano y, al cabo de unos instantes, dijo:

—Tengo sed, ¿tenéis algo de beber?

Rápidamente, Valeria se levantó y le dio una botellita de agua, que Tifany se bebió entera. Luego murmuró:

—Voy a vomitar.

—¡No jorobes! —exclamó Coral, levantándose rápidamente.

—Ven —dijo Valeria—. Abriré la ventana para que te dé un poco el aire.

Yanira suspiró. Aquello iba a acabar en desastre. Omar le regalaba una pulsera de zafiros y a Tifany se le estaba removiendo algo por dentro. No le cabía duda la menor duda de que el agobio que sentía se debía a Omar.

Así que miró a Ruth y le dijo:

—Acompáñame al baño.

Cuando las dos entraron en el aseo y cerraron, Yanira cuchicheó:

—Se avecina un cataclismo y debemos pararlo antes de que sea tarde.

Ruth la miró sorprendida y ella prosiguió:

—Tifany va a cometer el mayor error de su vida. Se va a casar con Alexei cuando todavía, por muy increíble que parezca, sigue queriendo a Omar. Me he pasado toda la mañana hablando con ella para hacerle ver que esto es una locura y...

—Te lo dije —la cortó Ruth—. Te lo dije la noche del cumpleaños de Anselmo en Miami, pero tú me dijiste que no, ¿lo recuerdas?

Yanira asintió y, agobiada, se dio aire con la mano, como Tifany minutos antes.

—¿Qué podemos hacer...? ¡¿Qué podemos hacer?!

Pensaron unos segundos y, finalmente, Ruth sonrió y dijo:

—Regresemos a la vicaría.

—¿Qué vas a hacer? —preguntó Yanira.

—Yo nada. Tifany lo va a hacer sola si realmente duda de este enlace. Pero tú sígueme la corriente y veamos lo que pasa, ¿vale?

—Ay, Dios mío —suspiró Yanira, preocupada—. Me siento culpable de boicotear su boda.

—Tranquila —dijo Ruth—. Tú no vas a boicotear nada. Ella y su corazón sabrán qué hacer.

Una vez llegaron a donde estaban las demás, Ruth sacó su iPhone del bolso.

—Como dice Tony, un poquito de música siempre viene bien. Ahora, Tifany, cierra los ojos y deja que esto te relaje.

Yanira la miró sin entender lo que hacía, pero cuando oyó la voz de Marc Anthony cantar *Da la vuelta*,* sonrió. Ruth estaba aprendiendo de los Ferrasa.

Valeria y Coral se miraron incrédulas al oír esa canción, pero Ruth, al ver sus gestos de reproche, dijo:

—Marc Anthony te gusta, ¿verdad, Tifany?

Ésta, con los ojos cerrados, susurró:

—Sí, cuqui, me gusta mucho. Y esta bonita canción más.

Yanira reprimió una sonrisa. Ruth había puesto la canción que Tifany había bailado con Omar en el cumpleaños de Anselmo, en Miami. Tras gemir y abrir los ojos, ésta dijo:

—Alexei es un buen hombre, una persona excelente, y por eso me voy a casar con él. Me quiere. ¡Me idolatra! Está dispuesto a tener hijos conmigo y adora a Preciosa.

—Y está increíblemente bueno, ¡no olvides ese GRAN detalle! —apostilló Coral.

—Cierto, cuqui.

Yanira miró a Coral y preguntó:

—Oye... ¿tú no estás últimamente excesivamente lobacienta?

Su amiga sonrió, pero no dijo nada, mientras la novia seguía abanicándose.

—¿De verdad no tenéis calor? —insistió.

Las demás negaron con la cabeza y ella prosiguió:

—Soy una mujer joven, estilosa e independiente, que ha conocido a un hombre guapo, joven, estiloso e independiente y ambos hemos decidido casarnos para disfrutar de una preciosa vida juntos.

—Y una estupenda luna de miel. ¿Adónde ibais al final? —preguntó Ruth con segundas.

* Véase nota de la p. 287. *(N. de la E.)*

—A Rusia —contestó Tifany, mientras Marc Anthony seguía con la canción.

—Ah, es verdad, y visitaréis el Kremlin —comentó Ruth.

—Y la catedral de San Basilio —la siguió Yanira, al intuir por dónde iba.

Tifany asintió y añadió sin emoción:

—Sí, esa que tiene las cúpulas que parecen cebollas.

—Qué emocionante —se mofó Yanira.

Al ver que se acababa la canción, Tifany dijo:

—Ponla otra vez y dame un cigarro. Lo necesito.

Ruth hizo lo que le pedía, mientras Valeria sacaba rápidamente un paquete de tabaco y un mechero.

Tifany dio una calada a su cigarrillo y, tras soltar el humo, murmuró:

—No se aún cómo he accedido a ir a Rusia de luna de miel.

—Es cierto —asintió Ruth—. Tú querías playa, calor, mojitos...

—Chichaítos y salsa como la de Marc Anthony —finalizó Yanira.

Su amiga volvió a asentir y Ruth bromeó:

—Pues allí, salsa, lo que se dice salsa, no creo que se baile mucho.

—Ni hay chichaítos. Te lo digo yo, que lo sé —afirmó Yanira.

Coral las miró con reproche. ¿Qué estaban haciendo aquellas dos?

De nuevo Tifany se acaloró y, mirándose la pulsera, dijo, mientras le entregaba el cigarrillo a Coral.

—¡He de ir al baño urgentemente!

Valeria la acompañó y Coral, al quedarse a solas con ellas, cuchicheó:

—¡Sois unas arruinabodas, por no decir unas perras! ¿Se puede saber qué estáis haciendo?

—Nada —respondió Ruth, levantando las cejas—. Sólo decimos lo que ella necesita escuchar.

Yanira sonrió y, mirando a Coral, que iba a protestar de nuevo, dijo:

—Si se casa con Alexei, la va a cagar. No me digas que tu sexto sentido de mujer no te lo está diciendo a gritos.

—Me lo lleva gritando semanas —contestó Coral, suspirando—, pero creo que es peor lo otro que me grita.

—Creo que no podemos hacer nada, excepto apoyarla decida lo que decida —concluyó Yanira.

—¡Pues estamos apañadas! —se mofó Coral—. Aunque desde ya te digo que con la notita que le ha mandado con la pulsera, el Omarcito, ese mandril al que habría estrangulado en mil ocasiones con mis propias manos, me ha ganado. ¡Dios, qué facilona soy!

En ese instante se abrió la puerta y el monaguillo entró para decirles que Tifany debía salir en cinco minutos.

Dos segundos después, la novia salió del aseo y Yanira, poniéndole el ramo de novia en las manos, dijo:

—Vamos, nos han dicho que la ceremonia debe comenzar.

—¡¿Ya?!

—¡Sí, Tifany, ya! —afirmó Coral.

—Dadme un segundo para que termine de escuchar la canción —dijo, recuperando el cigarrillo que le había entregado a Coral.

Las demás la miraron mientras se fumaba el pitillo y caminaba por la vicaría moviendo los hombros al ritmo de salsa. Esperaron y al final Yanira, apagando la música y quitándole el cigarrillo de las manos, insistió:

—Alexei te espera, ¡vamos!

Las cinco salieron al pasillo, donde las aguardaban los niños junto con Dylan y Tony, que estaban impresionantes con sus trajes.

Tifany, al verlos, soltó un gemido y murmuró:

—¡Qué guapos! Y tan morenitos.

Coral, que la había oído, miró a sus amigas con complicidad y dijo:

—Ya sabes, cuqui, los Ferrasa son así. Altos, guapos, morenos, puertorros. Vamos, unos pibones de sangre caliente, que nada tiene que ver con la rusa. —Y bajando la voz, cuchicheó—: Y por lo que vosotras decís, en la cama unas fieras.

Ese comentario hizo sonreír a Ruth, mientras Yanira le explicaba a Valeria lo que ocurría.

Tifany asintió. Sin duda los Ferrasa eran así, pero levantó el mentón y continuó caminando. Dylan, al ver que se acercaba a él, dijo:

—Estás preciosa.

Después le dio un beso y Tony, dándole otro beso, afirmó:

—Estás increíble, Tifany.

Ella los miró conmovida y contestó:

—Siempre tan galantes.

Luego tomó aire y continuó andando hasta llegar al lado de su remilgado padre. Éste le ofreció el brazo y, mirándola, murmuró:

—Cuando tu madre vea el vestido que llevas, se escandalizará.

Tifany asintió como una autómata, mientras se daba aire con la mano y, parándose, dijo:

—Creo... creo que estoy mareada.

Rápidamente la sentaron en una silla y la comenzaron a abanicar. El monaguillo salió en su busca y, al ver lo que ocurría, le llevó un vaso de agua.

—¿Estás mejor? —preguntó Yanira en un susurro.

Tifany, mirándola, cuchicheó:

—Yanira, ¿qué estoy haciendo?

Tony y Dylan se miraron sorprendidos.

—Estás a punto de casarte con Alexei —contestó Yanira y, clavando sus azules ojos en ella, añadió—: Cariño, piénsalo bien antes de que te metas en un buen lío. ¿Esto es lo que quieres?

Sin importarle el estado de su hija, el padre de Tifany las apremió. Debía comenzar el enlace, había muchísima gente esperando. Ella se levantó, de nuevo se cogió al brazo de su padre y, sin mirar atrás, prosiguió su camino.

Los niños se colocaron delante de ella y, al aparecer por la puerta de la iglesia, comenzó a sonar una bonita marcha rusa.

Mientras caminaban, los pequeños iban lanzando pétalos de rosas blancas y Tifany los siguió por el pasillo central de la iglesia, en dirección a Alexei, que estaba guapísimo. Tan rubio, tan alto, tan impresionantemente ruso. Tifany le sonrió. Él, al verla tan preciosa, le devolvió una tímida sonrisa.

Hubo un momento en que sujetó con fuerza el ramo de novia, entonces la pulsera que llevaba en la muñeca se movió y ella la miró. Inevitablemente, el recuerdo de su boda con Omar regresó a su mente. A su entrada a la iglesia, un violín y un piano habían interpretado la romántica canción *Moon River*,* nada que ver con la marcha rusa que sonaba ahora. Y el moreno, alto, guapo y latino Omar, la había mirado y guiñado un ojo al verla aparecer del brazo de su padre.

De pronto, Tifany se paró. Su padre intentó tirar de ella, pero se negó a moverse. Todo el mundo comenzó a cuchichear, y finalmente Tifany se

* Véase nota de la p. 136. *(N. de la E.)*

soltó del brazo del hombre, caminó hacia Alexei, se quitó el anillo de prometida que éste le había regalado y, entregándoselo, susurró:

—Lo siento. Perdóname, Alexei, pero no puedo hacerlo.

El revuelo que se organizó fue de órdago y Coral, al verla correr hacia la vicaría, miró a Yanira y dijo:

—Menudos ovarios tiene la cuqui.

—Ha hecho lo que tenía que hacer —afirmó aquélla, viendo que la fina madre de Tifany se desmayaba.

Ruth y Yanira chocaron la mano ante la mirada atónita de los Ferrasa y Valeria cuchicheó:

—Es increíble lo que hace la música. ¡No hay boda!

Dylan y Tony se les acercaron y Yanira le susurró a su marido:

—Diles a Lola y a Amelia que se lleven a todos los niños a casa de Tifany con los hombres de seguridad. No hay boda.

—¿Que no hay boda? —preguntaron Tony y Dylan al unísono.

—Ruth os lo explicará.

Boquiabierto, Dylan miró cómo su mujer se alejaba y Ruth le preguntó a Tony:

—¿Dónde está Omar?

—Se marchaba hoy de viaje a Nueva York.

—¡Ay, Diosito!

En ese instante, Alexei pasaba a toda mecha por el lado de ellos, en busca de la novia.

—Creo que Omar tiene la oportunidad de recuperar a Tifany —dijo Ruth.

—No jorobes —sonrió Tony.

—Sí, pero no le digáis nada, no sea que de nuevo los planes cambien.

—Wepaaaa —soltó Dylan, encantado, viendo cuchichear a la gente.

—Cariño, ¿a qué hora sale su avión? —insistió Ruth.

Sin tiempo que perder, Tony llamó a Omar por teléfono e, intentando mantener la calma, habló con él mientras observaba cómo la gente, inquieta, se movía de un lado a otro, y a Alexei salir de la vicaría con cara de pocos amigos. Una vez colgó, dijo:

—Su vuelo despega en dos horas. Lo he pillado saliendo de casa, pero no le he contado lo ocurrido.

Encantada por esa información, Ruth besó a Tony, pero al ver cómo algunos de los familiares de Tifany y amigos del ruso los miraban dijo:

—Me parece que es mejor que nos quitemos de en medio. La gente no nos mira con buenos ojos.

Los dos hermanos echaron un vistazo a su alrededor sonriendo, sin importarles lo que pudiesen estar diciendo de ellos, y Dylan respondió:

—Tranquila, no pasará nada.

Ruth miró a uno y otro lado y, antes de irse hacia la vicaría, les dijo:

—Una vez los niños estén en la casa, vosotros dos esperadnos en la puerta de atrás de la iglesia con la limusina.

—¿Con el motor encendido? —se mofó Tony.

Divertida, ella le guiñó un ojo y sonrió.

Dylan y Tony se miraron y este último chocó la mano con su hermano y susurró:

—Omar es un Ferrasa, ¿qué esperabas?

Cuando Ruth entró en la vicaría, encontró a Tifany llorando desconsoladamente, mientras sus amigas intentaban tranquilizarla y el sacerdote las avisaba de que la gente se estaba marchando de la iglesia.

—¿Qué he hecho, Dios mío?

—Plantar en el altar al hombre más sexy del mundo —rio Coral—. ¡Qué huevazos, nena... qué huevazos!

—¿Me he vuelto loca? ¡¿Qué he hecho?! —insistía ella, al darse cuenta de que la boda se había anulado.

—Has hecho lo que tenías que hacer. Ni más ni menos —afirmó Yanira.

Tifany cerró los ojos y dijo:

—No ha sonado *Moon River** y yo... yo cuando he oído esa marcha militar, yo necesitaba, quería, anhelaba, superdeseaba escuchar el maldito *Moon River*.** ¡Oh, Dios mío, deberían cristalizarme las venas por perra!

—Cuqui, no digas palabrotas, que no es tu estilo —se mofó Coral.

—Pero ¿qué pasa con *Moon River*?*** —preguntó Valeria sin entender.

Yanira, que conocía muy bien la historia y también a Tifany, respondió:

* Véase nota de la p. 136. *(N. de la E.)*

** Ídem.

*** Ídem.

—Es la canción de Omar y Tifany, y sonó el día de su boda, mientras ella recorría el pasillo de la iglesia.

—Vaya tela. —Coral sonrió.

Tifany, aún en estado de shock, murmuró:

—Alexei no se merece esto. Es un amor de hombre. Es encantador, es maravilloso.

—Pero no es el hombre por el que se muere tu corazón —contestó Ruth.

—Uiss... ¡qué romántica! —se mofó Yanira.

—Todo se pega —rio ella, haciéndola sonreír.

Mientras, la novia musitaba:

—Es para matarme...

—Sí, cuqui —dijo Coral acercándose a ella—. Es para matarte y cortarte en cachitos por haber dejado a ese pedazo de pibón plantado en el altar. Pero ¿sabes?, lo que has hecho delante de toda esa gente es porque eres una tía muy valiente. No como yo, que llevo separada de Joaquín desde hace varios meses y todavía no he sido capaz de contároslo.

El silencio tomó la vicaría y luego Valeria susurró:

—La madre que la parió.

—Después de nacer Candela, ya nada ha vuelto a ser igual —explicó Coral—. Creí haber encontrado al amor de mi vida, pero lo que encontré fue un amigo. Él ya no me desea, ya no me mira como me miraba, ya no me toca, y yo quiero un hombre a mi lado que me borre el pintalabios de la boca y no uno que me haga correr el rímel de infelicidad.

—Coral, pero ¿cómo no me has dicho nada? —murmuró Yanira apenada.

Aquella loca chica que siempre las hacía reír con sus ocurrencias, sonrió y contestó:

—Me daba miedo terminar la relación, hasta que conocí a Ruth. Ella me ha demostrado que con un par de narices, siendo una guerrera, se saca adelante a los hijos sin necesidad de tener un hombre al lado. Y si ella ha podido hacerlo con tres, ¿por qué no iba a ser yo capaz de sacar a mi niña?

—Yo también estoy sacando adelante sola a mi niña —puntualizó Tifany.

—Sí, cuqui —afirmó Coral—, pero mi nivel adquisitivo es más parecido al de Ruth que al tuyo y eso sin contar con que hay un Ferrasa que no va a permitir que a ti o a la niña os falte de nada. Y aunque Joaquín es muy bueno, no es lo mismo, créeme.

—Yo tampoco permitiría que a ti te faltara de nada —murmuró Yanira.

Coral miró a su amiga con cariño y murmuró sonriendo:

—Lo sé. Ya lo sé, tonta.

Boquiabiertas por aquella revelación, no supieron qué decir, hasta que Ruth bromeó:

—Vaya, resulta que ahora yo tengo la culpa de que te separes de tu novio.

—No, reina, no —dijo Coral sonriendo—. Gracias a ti he sido capaz de ser valiente. Digamos que me has dado fuerzas para saber lo que quiero y lo que no. Y aunque ahora no quiero nada fijo con un tío, excepto alguna que otra noche loca de polvazos calenturientos, en un futuro me gustaría encontrar a un hombre que se muera por mis huesecitos. No uno que me mire y me trate como a una amiga, y prefiera leer un libro de cocina a hacerme el amor.

Yanira susurró atónita:

—Pero ¿cómo puede ser? Joaquín y tú erais la pareja perfecta. Él era tu astronauta y...

—Tú lo has dicho, Yanira, éramos la pareja perfecta... ¡éramos!

—Pero ¿no decías que gritabas «¡Viva Perú!» cuando te hacía el amor? —insistió Tifany.

—Lo gritaba, pero ya no lo grito. Y quiero gritar de nuevo «¡Viva Perú!», «¡Viva Toronto!», «¡Viva México!», «¡Viva Italia!» o «¡Viva España!», porque me gusta el sexo, es sano y a mi cutis le sienta requetebién. —Y mirando a la desolada novia, que tenía todo el rímel corrido, afirmó—: Pero ahora lo que importa es Tifany y, por lo que acabo de ver, creo que se niega a dejar de gritar «¡Viva Puerto Rico!», ¿verdad?

Tifany dijo que sí con la cabeza, pero miró a su amiga y añadió:

—Estoy supermegadisgustada contigo, Coral. ¡Mucho! Y quiero que sepas que cuando se me pase el disgusto que llevo por mi no boda, me vas a tener que volver a explicar qué ha ocurrido con el buenazo de Joaquín.

—De acuerdo, cuqui, te lo explicaré con pelos y señales —afirmó la otra.

Ruth, al ver que ninguna decía nada, miró a Tifany y, consciente de que el tiempo se les agotaba, preguntó:

—¿Quieres volver a gritar «Viva Puerto Rico»?

La guapa novia suspiró y miró al techo. Luego cerró los ojos, asintió con la cabeza y, finalmente, abriéndolos para mirar la pulsera que llevaba puesta, murmuró:

—Sí, quiero gritar «¡Viva Puerto Rico!».

Las cuatro amigas aplaudieron y Ruth, mirándose el reloj, dijo:

—Pues entonces tenemos que salir de aquí a toda leche.

—¿Por qué? —preguntó Valeria.

—Porque Omar se marcha a Nueva York en un vuelo que sale en poco más de una hora.

—¡Ay, Diosito! —cuchicheó Tifany.

—Vamos —la apremió Ruth—. Tony y Dylan nos esperan en la puerta de atrás con la limusina en marcha.

Pero Tifany parecía incapaz de reaccionar y Yanira, tendiéndole una mano, dijo con una sonrisa cómplice:

—Vamos, cuqui, es ahora o nunca.

Eso hizo sonreír a la rubia, que, recogiéndose la falda del bonito vestido de novia, le cogió la mano y exclamó:

—¡Vamos a buscar a mi Ferrasa!

Entre risas y algarabía, llegaron a la puerta de atrás, donde los dos hermanos las esperaban apoyados en la limusina. Tony, al verlas aparecer a las cinco a toda prisa, murmuró:

—No me lo puedo creer.

—Omar es un tipo con suerte —afirmó Dylan.

Una vez los siete estuvieron dentro del coche, Dylan le dijo al conductor que tenían que llegar al aeropuerto a toda mecha. Tifany miró a sus dos excuñados y dijo:

—Si esta vez vuelve a salir mal, ¡os juro que lo mato y lo corto en pedacitos microscópicos!

—Y nosotros te ayudaremos —afirmó Tony, abrazándola.

Media hora después, llegaron al aeropuerto, se bajaron del coche y corrieron hacia donde suponían que estaba Omar. Pero no lo vieron. Desesperada, Tifany miró hacia todos los lados, hasta que de pronto lo distinguió en una cola para pasar el arco de seguridad, moreno y alto, con un caro traje gris marengo. Y, sin decir nada, corrió en su dirección.

La gente la miraba, pero a ella no le importó. Les llamaba la atención ver a una mujer vestida de novia corriendo a toda mecha por el aeropuerto. Cuando estaba a apenas dos metros de él, se paró y, tras tomar aire, le tiró el ramo de novia que llevaba en las manos. Omar, al notar un golpe en la espalda, se volvió y se quedó boquiabierto.

Allí estaba Tifany, vestida de novia, despeinada y con el rostro acalorado, pero más guapa que en toda su vida. y tras ella sus hermanos, sus mujeres y las amigas de éstas.

Sin entender nada, los miró atónito, aunque luego sólo tuvo ojos para ella, la mujer a la que un día había dejado escapar por su mala cabeza.

Tifany, con paso decidido y los brazos en jarras, se acercó a él y, sin previo aviso, le soltó un bofetón que sonó en todo Los Ángeles. Todo el mundo los observaba perplejo.

—Wepaaaa, mal empezamos —susurró Tony.

—Joder con la cuqui, qué a gustito se ha quedado —se mofó Coral, haciendo reír a los que la rodeaban.

—Si vuelves a engañarme —dijo Tifany, ante el gesto de incredulidad de Omar, mientras lo señalaba con el dedo—, si vuelves a dejarme de lado, a dejar de quererme, a mirar a otra que no sea yo o si vuelves a fallarme, te juro por lo más sagrado que nunca más te lo perdonaré y te ridiculizaré de tal forma que no va a haber cueva, casa o piedra donde te puedas esconder.

Con el carrillo marcado por el guantazo, Omar no se movió y al ver la pulsera de zafiros azules que llevaba puesta, murmuró:

—Preciosa lo ha conseguido. Ha logrado que te pusieras la pulsera. —Al comprender lo que él estaba diciendo, Tifany abrió la boca, pero Omar añadió con una candorosa sonrisa, antes de que ella dijera algo inapropiado—: Amor, era mi último cartucho para que no te olvidaras de mí.

Eso hizo que Tifany finalmente sonriera. Nunca se había olvidado de él.

—Omar Ferrasa, ¿a qué esperas para besarme?

Él no tardó en reaccionar y, agarrándola por la cintura, la acercó a él y la besó con auténtica pasión, mientras la gente comenzaba a aplaudir a su alrededor, felices al ver que, tras la bofetada de la rubia vestida de novia, todo acababa bien.

—Te quiero... bichito —susurró ella cuando se separaron.

Emocionado, Omar la miró a los ojos y dijo:

—Nunca más te volveré a fallar y te prometo que ahora vamos a hacer todas esas cosas que nunca hicimos juntos por mi egoísmo y mi falta de tiempo.

—¡Estoy más que dispuesta! —rio ella.

—Lo primero de todo, amor, te vas a casar conmigo hoy en Las Vegas. Cuando regresemos, organizaremos un bodorrio de esos que te gustan. El vestido ya lo tienes y estás preciosa con él. ¡Tifany, cásate conmigo!

Todos rieron y Omar, mirándolos, dijo:

—Comprad los billetes, nos vamos en el primer vuelo a Las Vegas.

Yanira soltó una carcajada y, recordando su boda, Dylan dijo:

—¿Copiando ideas, hermano?

Pero en ese momento, Tifany intervino.

—Que nadie compre un billete a Las Vegas —y, clavando sus ojazos claros en Omar, añadió—: No pienso permitir que vuelvas a mandar en nuestra relación. Y no, no me voy a casar hoy contigo, aunque lleve este increíble vestido de novia. Porque no te lo mereces.

—Olé... olé... y olé —aplaudió Yanira, ante el gesto de desconcierto de Omar.

—Pero, amor...

—He dicho que no, Omar —sentenció Tifany—. Si quieres que me case contigo, te lo tienes que trabajar y, por supuesto, te lo tendrás que ganar.

Omar, loco de amor por aquella mujer que había sido capaz de dejar plantado al hombre más sexy del planeta en el altar y correr vestida de novia al aeropuerto para buscarlo, dijo:

—Vamos a tener todos los hijos que tú quieras. El día que estuve en casa de Tony y Ruth y vi su hogar lleno de vida, supe lo tonto que había sido al privarnos a ti y a mí de esa bendición.

—¡Ay, Diosito! —susurró Tifany emocionada.

—¡Sin duda, se ha vuelto un copión! —se mofó esta vez Tony.

Ruth rio y, mirando a las chicas, dijo:

—Está visto que he llegado para revolucionar vuestras vidas.

—Por favor ¡qué románticoooooooooooooo! —aplaudió Valeria.

Coral lloraba a moco tendido y, cuando por fin consiguió parar, gritó:

—Eh... futura señora Ferrasa, pásame el teléfono del ruso, que creo que alguien lo tiene que consolar y yo estoy muy necesitada.

Ruth no pudo evitar reír ante el comentario de Coral. Al ver la cara de sorpresa de Tony aclaró:

—Se ha separado de Joaquín.

—¿En serio? —preguntó sorprendido Dylan al escuchar aquello.

Yanira, apenada porque la bonita historia de amor que un día existió entre aquéllos hubiera acabado, se encogió de hombros e indicó:

—El caso es que no deje de haber una lobacienta entre nosotras.

Omar, tras soltar a Tifany, abrazó feliz a sus hermanos y murmuró divertido:

—Al parecer, yo también voy a repetir boda con la misma mujer.

—La maldición de los Ferrasa —rio Tony, sin apartar los ojos de su futura esposa, que sonreía y abrazaba a Tifany.

De allí, se fueron todos a casa de Tifany, donde estaban los niños, para celebrar su fiesta particular. Preciosa, al ver a sus padres aparecer cogidos de la mano, corrió riendo hacia ellos y los abrazó. Tras disfrutar de una velada en familia, donde no faltaron las risas y las emociones, al llegar la noche, cada uno se marchó a su casa. Al quedarse a solas con Omar, Tifany, aún vestida de novia, lo miró y dijo:

—Tú también deberías marcharte.

—¿Estás segura? —preguntó él, remolón.

Tifany asintió con la cabeza y Omar suspiró. Le encantaría quedarse allí con ella, hacerle el amor sin parar durante horas, como deseaba, pero consciente de que debía hacer las cosas de otra manera, cogió su chaqueta gris marengo y, dándole un beso en los labios, murmuró:

—Buenas noches, amor.

Ella le devolvió el besó y, desde la puerta de su grandiosa casa, lo vio recorrer el jardín hasta su coche. Omar se volvió para decirle adiós y entonces Tifany, agarrándose el largo vestido de novia, corrió hacia él y, echándose en sus brazos, lo besó. Cuando finalizó su ardoroso beso, lo cogió de la mano y se encaminó hacia el garaje, donde se apoyó en el capó de uno de sus coches y, mirando a su exmarido, susurró:

—Bichito, ¡hazme volar!

Omar sonrió, la subió al capó del coche e hizo lo que ella le pedía. Esa noche Tifany voló y gritó «¡Viva Puerto Rico!».

51

Palabras del alma

En casa de Ruth y Tony, tras el agitado día, todos dormían cuando el teléfono de Ruth sonó.

Se despertó sobresaltada y, al mirar el reloj digital de la mesilla, vio que eran las tres y media de la madrugada.

Al tercer timbrazo, Tony también se despertó, y cuando Ruth cogió el teléfono oyó:

—Cachorra...

Al reconocer la voz de David, se despejó de golpe y más cuando lo escuchó llorar. Cuando éste le contó lo ocurrido, sólo pudo decir:

—En media hora estoy ahí.

—¿Qué ocurre? —preguntó Tony, saltando de la cama tras ella.

Con el rostro desencajado y los ojos llenos de lágrimas, Ruth susurró:

—Era David para decirme que Manuel está ingresado en el Memorial Hospital.

—Pero ¿qué ha ocurrido, cariño?

Ruth respondió mientras se vestía:

—Julio César lo ha visitado.

Sin preguntar nada más, Tony también comenzó a vestirse con semblante pétreo y, tras avisar a Lola y a los de seguridad de que se marchaban, montaron en el coche, desde donde Tony llamó a Andrew para explicarle lo que había pasado y decirle que reforzara la vigilancia en la casa. Antes de colgar, éste quedó con ellos en el hospital.

Al llegar allí, fueron a urgencias y encontraron a David sentado al fondo, con los ojos hinchados de tanto llorar. Al verlos, se vino abajo, y Ruth lo abrazó murmurando:

—Ya estoy aquí, cariño. Ya estoy aquí.

Tony los observaba con la mandíbula tensa y, acercándose, los abrazó a los dos. Durante un rato, David lloró, hasta que salió un médico preguntando por los familiares de Manuel Cabrera. Los tres se levantaron rápidamente y el hombre explicó:

—Sufre fuertes contusiones por todo el cuerpo y tiene un par de costillas fisuradas. La paliza que le han propinado ha sido considerable, pero está bien. Le hemos dado varios puntos en la cabeza y en la boca. Pero tranquilos, se recuperará. Está consciente y dentro de un ratito se podrá marchar a casa.

—Ay, mi Manuel, cachorra —lloró David, angustiado—. Ay, mi Manuel.

—Tranquilízate, lo importante es que está bien. Ya has oído al médico.

Minutos después, llegó Andrew, preocupado. Tras informarles de que había enviado a dos hombres más a la casa, intentó tranquilizar a David. Cuando lo consiguieron entre todos, Tony se acercó a la máquina de café con Andrew.

—He llamado a Jake. ¡Joder, no puedo creer lo ocurrido! —mascculló Tony.

Andrew asintió, le puso una mano en el hombro y a continuación contestó:

—No te preocupes, lo solucionaremos.

Cuando regresaron junto a David y Ruth, Tony, le entregó una tila a David y preguntó:

—¿Qué ha ocurrido exactamente?

Tras beber un sorbo de su infusión, David explicó:

—Manuel me ha llamado al trabajo a eso de las dos y cuarto de la mañana. Tenía la voz trémula y apenas entendía lo que decía, pero he sabido que algo no iba bien. Asustado, me he ido del trabajo y al llegar a casa y verlo casi me muero. Tenía la cara llena de sangre. De hecho había sangre por todos lados y... y...

—Tranquilo, David, tranquilo —susurró Ruth, abrazándolo.

Cuando su amigo se volvió a calmar, prosiguió:

—Al parecer, Manuel estaba viendo la televisión cuando han llamado a la puerta. Él ha abierto y dos armarios de tíos lo han empujado y se han metido dentro. Uno de ellos ha dicho que era Julio César y le ha pedido que te llamara para que fueras a nuestra casa. Manuel se ha negado y... y... entonces le han empezado a golpear.

Horrorizada, Ruth se tapó la boca con la mano, mientras Tony maldecía en silencio.

En ese instante, se abrió una de las puertas de urgencias y salió un enfermero empujando una silla de ruedas en la que iba un maltrecho y demacrado Manuel. Tenía la cara amoratada y la cabeza vendada.

Al verlo aparecer todos fueron hacia él y David, abrazándolo, murmuró:

—Te quiero... te quiero... te quiero...

—Lo sé mi amol —dijo él sonriendo—. Pero deja de apretarme o me asfixiarás.

Cuando David se apartó, Ruth susurró angustiada:

—Lo siento, Manuel. Todo esto es culpa mía y...

—No digas tonterías, mi amol —dijo su amigo sonriendo.

—Tú no tienes la culpa de nada —intervino Andrew.

Tony, que hasta el momento había permanecido en un segundo plano, se acercó a Manuel y preguntó:

—¿Cómo te encuentras?

El otro suspiró y dijo con gesto cansado:

—Ese hijo de mala madre va a por Ruth.

—No la va a tocar —afirmó Tony con seguridad.

Mirándola entonces a ella, Manuel explicó:

—Me ha pegado cuando me he negado a llamarte. Quería que vinieras a nuestra casa para... para... Ay, Dios, no quiero ni imaginar para qué. Y sabe que los niños son de él. Me lo ha dicho mientras me golpeaba.

—Dios santo —murmuró Ruth—. Estamos perdidos...

—Se ha vuelto loco, cachorra —prosiguió Manuel—. He creído que me iban a matar a golpes, pero de pronto han parado y, antes de irse, Julio César me ha pedido que te dijera que te vayas despidiendo de los niños.

Ruth soltó un gemido y Tony, abrazándola, dijo para tranquilizarla:

—Nadie se va a llevar a los niños ni os va a volver a hacer daño, ¡te lo prometo!

Cuando salieron del hospital, Tony se empeñó en seguir su coche hasta su casa. Andrew también iría en su moto. Manuel y David accedieron y, al entrar en la vivienda y ver el desastre de muebles rotos y cosas caídas por el suelo, Ruth murmuró con un hilo de voz:

—¡Ay, Diosito!

La bonita casa de David y Tony estaba destrozada. La tele nueva rota, la mesa partida en dos, el sillón rajado. Parecía que por allí hubiese pasado un tsunami y Ruth dijo desesperada:

—Lo siento... lo siento...

David la abrazó.

—Calma, cachorra, lo único que me importa es que Manuel esté bien y que los niños y tú también lo estéis. El resto es reemplazable. No te preocupes por nada.

Pero ella, llevándose las manos a la cabeza, musitó:

—Ahorrasteis durante meses para poder compraros ese televisor y... y... ahora...

—Mi amol —susurró Manuel, agotado—, al televisor que le den. Como te ha dicho David, lo importante somos nosotros. La familia. Y si estamos bien, el resto no importa.

Tony los escuchaba emocionado junto con Andrew. Era evidente cuánto se querían y, no dispuesto a que permanecieran allí ni un segundo más sin protección, dijo:

—David, coge lo que necesitéis para Manuel y para ti. Aquí no os podéis quedar, os venís a casa.

—Te lo agradecemos —contestó Manuel, sonriendo—, pero no quiero que los niños me vean así. Mi reina de la telenovela se angustiará y los pequeños se asustarán y no quiero darles miedo.

—Tiene razón —opinó Andrew—. Los niños se espantarán si lo ven así.

Tony lo pensó. Tenían razón, pero insistió:

—Entonces os llevaré a otro sitio donde podréis pasar la noche. Mañana ya regresaremos y veremos qué se puede hacer.

A Ruth le pareció buena idea y dijo:

—Manuel, tú quédate ahí tranquilo, nosotros cogeremos todo lo necesario. —Y, mirando a David, añadió—: Vamos, cariño, yo te ayudo.

David preparó una maleta con cuatro cosas indispensables para un par de días, hasta que él regresara a casa y ordenara aquel desastre. Cuando salió al destrozado salón con la maleta, Tony se la quitó de las manos y dijo:

—Todos al coche.

Sin rechistar, todos subieron en el coche de Tony, mientras Andrew los seguía de nuevo en su moto. Al cabo de un rato llegaron a una lujosa urbanización y David exclamó:

—¡Ay, Diosito! Esto es Melrose Hills, ¿verdad?

—Sí —afirmó Ruth—. Y os encantará la casa. Ya lo verás.

Cinco minutos después, cuando el ascensor llegó a la planta décima del lujoso edificio, Tony sacó las llaves y, abriendo la puerta de su apartamento, dijo:

—Entrad. Estáis en vuestra casa.

David y Manuel no daban crédito a lo que veían. Era una casa de ensueño. Amplia, moderna y decorada con un gusto exquisito.

Tras sentar a Manuel en un sillón, Tony le explicó a David el funcionamiento de algunas cosas, como las luces regulables, la música ambiental o la alarma y, cuando terminó, al ver la cara de agotamiento de sus amigos, añadió:

—Creo que ahora deberíais acostaros. Mañana vendremos para ver qué tal estáis.

Ambos asintieron y Ruth preguntó:

—¿Queréis que me quede con vosotros?

—No, mi amol —respondió Manuel—. Tú ve con los niños. Me quedo más tranquilo sabiendo que estás con ellos.

—Os acompañaré en la moto para estar seguro de que llegáis bien a casa y luego regresaré para quedarme aquí con ellos —dijo Andrew.

Tony asintió y Ruth, tras darles un beso a cada uno y quedar en que se verían al cabo de unas horas, se marchó con Tony y Andrew.

En el camino de regreso, Ruth estuvo muy callada y Tony, al imaginar lo que pensaba, puso música de Barry White, le tocó la rodilla con cariño y dijo:

—Cierra los ojos. La música te relajará. Y no te preocupes por nada, cariño, yo me ocuparé de todo.

Cuando llegaron a casa, se despidieron de Andrew y éste regresó junto a Manuel y David. Subieron a su habitación cogidos de la mano. Se desnudaron en silencio y se acostaron. Pero Tony, al ver la inquietud de ella, la abrazó para acercarla más a su cuerpo y le preguntó:

—¿No puedes dormir?

—No. No puedo dejar de pensar en lo ocurrido. Si a Manuel le hubiera ocurrido algo, nunca me lo habría perdonado y... y... —Se le escapó un sollozo.

Tony encendió la luz, se sentó en la cama y, haciendo que ella lo mirase, afirmó:

—Manuel está bien y yo me aseguraré de que lo siga estando.

—No me puedo creer que David y él estén pasando por esto. No se merecen que ese desgraciado les haga lo que les ha hecho. —Y, llorando, añadió—: Ellos son mi familia, las personas que me han querido y me han cuidado cuando no tenía a nadie en el mundo y... y ahora me veo atada de pies y manos, sin saber qué hacer ante ese idiota que se ha propuesto destrozarnos la vida a todos...

—Ahora también me tenéis a mí —la cortó Tony.

Ruth se retiró un mechón rojo de los ojos y murmuró desesperada:

—Pero Julio César sabe que Brian y Adán son sus hijos y...

—Solucionaremos también ese tema —sentenció Tony, intuyendo que no sería fácil.

Ya al amanecer, cuando consiguió que Ruth se durmiera, oyó que su móvil vibraba. Un mensaje.

Dile a la pelirroja que los siguientes serán ella y los niños.

Furioso, Tony se levantó de la cama, bajó a su despacho y, tras cerrar la puerta, marcó el teléfono de Julio César y siseó:

—Si te acercas a ellos o a cualquiera de los míos, lo vas a pagar muy caro.

Julio César, que en ese momento tenía una botella de whisky en la mano, soltó una carcajada y dijo:

—No sólo me robó, también me privó de mis hijos.

—No son tus hijos —bramó Tony fuera de sí—. Son de ella.

—Oh... oh... el nene se enfada al pensar que antes ella pasó por mi cama. —Tony no contestó y Julio César añadió—: Mmmmm... la pelirroja era ardiente, muy ardiente y le encantaba que...

—¡Cierra la bocaza! —masculló Tony furioso.

—Esa perra va a pagar por haberme ocultado a mis hijos.

Tony colgó el móvil, salió de su estudio angustiado y fue a la cocina. Mientras bebía agua le sonó de nuevo el móvil. Era otro mensaje. Blasfemó al ver la foto de Ruth y Julio César sobre el Volkswagen, con un mensaje que decía:

Te guste o no, sigue siendo mía.

Lo primero que tuvo ganas de hacer fue estrellar el móvil contra el suelo. No podía mirar aquella foto. Pero se contuvo y llamó a su amigo policía.

Cuando Ruth se levantó al día siguiente, Tony no le dijo nada de lo ocurrido y se fueron a visitar a David y a Manuel. Andrew les abrió la puerta y Ruth se tranquilizó al ver a Manuel un poco más espabilado que la noche anterior.

Al entrar, Tony y Andrew se apartaron un poco para hablar en privado, pero enseguida se unieron a los demás. David explicó que había dormido bien y que, cuando se había despertado, le había dado las medicinas que les habían prescrito en el hospital.

David puso unas cervezas y un zumo sobre una bandeja y cuchicheó:

—Ay, cachorra, qué susto, ayer, ¡qué susto!

—Siento mucho todo lo que está ocurriendo —dijo ella—. Yo nunca habría querido que...

—Como vuelvas a decir que tú tienes la culpa, te juro por mi vida que te retiro la palabra para siempre.

—Vale... no lo diré, pero entiende lo mal que me siento. Y encima ahora él sabe que los niños son suyos. ¿Qué voy a hacer?

—Ese tipo es un desgraciado que no tiene dónde caerse muerto, y que ha visto en ti un filón de dinero del que vivir. A él no le importan los niños ni le importa nada ni nadie. Quiere lo que quiere, aprovecharse de que tu novio es rico para sacar la mayor tajada posible.

Ruth suspiró acongojada y abrazó a su amigo.

—Tony va a intentar protegernos a todos—dijo.

—Aisss, qué mono es. —David sonrió y, consciente de la angustia que veía reflejada en su rostro, cambió de tema—. Menuda casa bonita es ésta. Esta mañana, Manuel y yo hemos ido habitación por habitación alucinando.

—Sí. Es preciosa —afirmó Ruth.

—Y tiene tanta luz..., no como nuestra casa. Y los baños, ¡oh, Dios, si hasta hay jacuzzi! La pena es que Manuel no lo va a poder disfrutar.

Cuando regresaron al salón, Tony, Andrew y Manuel estaban hablando y, tras un rato más en el que los cinco charlaron sobre lo ocurrido y sobre cómo proceder, Ruth miró a Manuel y, para relajar el ambiente, dijo:

—Así que te gusta la casa.

—Es maravillosa, mi amol. Es todo tan amplio y está decorada con tanto gusto, que da hasta miedo tocar nada.

—¡Es divina! —afirmó David, mirando a su alrededor.

—Y desde la terraza he visto que hay piscina comunitaria. ¡Qué lujazo! —susurró Manuel.

—¡Y gimnasio en la primera planta! —apostilló David.

Ruth sonrió ante sus comentarios y Tony, que ya lo había pensado durante las horas en que no había podido dormir, se levantó, le entregó una llave a Manuel y otra a David y dijo:

—Me alegra saber que os gusta tanto, porque a partir de ahora, éste será vuestro hogar.

—Creo que los golpes me afectaron al oído; ¿qué has dicho? —preguntó Manuel.

Ruth miró a Tony y al ver que le guiñaba un ojo, sonrió, llena de felicidad.

—He dicho que a partir de ahora, éste es vuestro hogar. Vuestra casa.

David, tan boquiabierto como Manuel, susurró:

—Pero nosotros nunca podríamos pagarte lo que debe de costar el alquiler de este piso. Ni con el dinero que los dos ganamos podríamos hacerlo.

—¿Y quién te ha pedido un alquiler? —contestó Tony.

Al entender lo que quería decir, David se llevó las manos a la boca.

—Sois la familia de Ruth y su familia es mi familia —prosiguió Tony—. Si algo me han enseñado mis padres, es que a los seres queridos hay que cuidarlos y ayudarlos cuando nos necesitan. Y me consta que vosotros siempre habéis ayudado a Ruth, desde el primer día en que la conocisteis. Me ha contado las noches en vela que pasasteis con los gemelos, cómo os habéis ocupado de los niños para que pudiera ir a trabajar, y cómo os habéis desvivido por cuidar a Jenny, y también a ella.

David, emocionado, balbució:

—Pero... pero... si sólo hicimos lo...

—Hicisteis algo que no todo el mundo hace —afirmó Tony, cortándolo—. Por norma, las personas no nos implicamos en las vidas de los desconocidos, pero vosotros lo hicisteis con Ruth, hasta el punto de que habéis formado una auténtica familia. Mucho más auténtica y genuina que muchas otras que se llaman así, y que, cuando sus miembros se necesitan, miran hacia otro lado.

—Es cierto y lo sabéis —afirmó ella.

—Ay, cachorra, que hoy no meo tampoco —se mofó David, al que le salían los lagrimones a borbotones—. Vivir aquí es mil veces mejor que el coche amarillo pollo que me prometiste.

—Os merecéis esto y mucho más —contestó ella emocionada. Entonces, Tony miró a Andrew, que los observaba callado, y dijo:

—Cuando te conocí, te consideré un rival, pero, tras estas últimas semanas, me he dado cuenta de lo buen amigo que eres. Y cuando esto acabe, prometo conseguirte un trabajo mil veces mejor que los que tienes.

Andrew sonrió por ese voto de confianza y le dio las gracias, emocionado.

—Los tres os habéis desvivido por la mujer a la que adoro y la habéis ayudado siempre, y ahora ella y yo os vamos a devolver toda la generosidad que habéis demostrado durante todos estos años —prosiguió Tony, y mirando a Manuel y a David explicó—: Andrew y yo lo hemos estado hablando y, hasta que se resuelva el tema de Julio César, vais a llevar siempre un guardaespaldas.

—¿Un guardaespaldas? —repitió Manuel.

—Exacto —confirmó Tony—. No me fío de ese hombre y prefiero que cuando salgáis de la casa vayáis protegidos.

—Uisss, me voy a sentir como Whitney Houston en aquella película —rio David, haciéndolos reír a todos.

—Por cierto, David —sonrió Tony—. Un buen amigo mío tiene un local de copas en Rodeo Drive y busca un buen coctelero con experiencia. Yo le he hablado de ti. Según Ruth, preparas unos cócteles estupendos.

—¡Los mejores! —afirmó ella.

Tony le dio una tarjeta y dijo:

—Se llama Héctor Rodríguez y espera tu llamada. Y te aseguro que con lo que vas a ganar en su local, no te va a hacer falta trabajar más en Harry Events.

—¡Ay, Diosito! —murmuró Manuel.

Emocionado, David cogió la tarjeta que le tendía y, mirándolo con seriedad, respondió:

—No te defraudaré. Gracias por esta oportunidad.

—Lo sé, David. Seguro que lo harás fenomenal. —Y luego añadió—: En cuanto a la casa, ahora es vuestra; por supuesto, podéis decorarla, pintarla o hacer todo lo que os venga en gana a vuestro gusto. Quiero que sepáis que me hace muy feliz saber que vosotros vais a vivir aquí y que vais a hacer de ella un hogar. Además —sonrió con picardía—, mirando la parte egoísta, tiene tres habitaciones, así podremos dejar a los niños con sus tíos David y Manuel cuando Ruth y yo nos vayamos de viaje.

—Aunque tuviera una sola habitación —afirmó Manuel emocionado—. Mis niños pueden venir siempre que quieran. Y vosotros igual.

David y él se miraron. En su vida se habían imaginado terminar viviendo en un sitio así.

—No sólo eres guapo, estiloso y rico, mi amol —le dijo Manuel a Tony—, sino que encima eres nuestro Superman.

52

¡Corre!

Una aparente calma llegó a sus vidas, pero sólo fue aparente. La policía buscaba a Julio César, pero cuando lo localizaron e intentaron echarle el guante, ya se había marchado.

Aquel sinvergüenza era muy escurridizo y aunque Jake tranquilizaba a Tony diciéndole que lo atraparían, a él no le parecía suficiente. La vida de reclusión que llevaban Ruth y los niños los agobiaba y asfixiaba cada día más.

Una tarde, Manuel y David fueron a visitarlos. Manuel ya estaba recuperado de la paliza, pero aunque las marcas de su cuerpo casi habían desaparecido, a Ruth se le había quedado una gran marca en el corazón. Entre risas, se estaban bañando en la piscina cuando entró Andrew para despedirse.

—Me voy —dijo—. Ya han llegado George y Santos. Ellos se quedarán esta noche.

Ruth asintió y David dijo:

—¿Por qué tanta prisa? Métete en la piscina con nosotros, ahora que has terminado tu turno.

Andrew sonrió y dijo con picardía:

—Lo siento, colega, pero tengo una cita.

Cuando Andrew salía por la puerta, se cruzó con Tony, que llegaba con Omar y Tifany, que acudían a cenar. Preciosa se había quedado en casa, pues tenía colegio al día siguiente.

Aunque se lo pidieron, Tifany se negó a meterse en la piscina. Había ido a la peluquería aquella mañana y no quería estropearse el peinado. Pero tras un empujón de Adán, acabó vestida y dentro del agua, riendo y jugando. Poco después, Omar y Tony se pusieron unos bañadores y se unieron a ellos.

Aquello era lo que Tony quería para Ruth y los niños. Risas y diversión, y sonrió aliviado.

Adán se acercó a él nadando con sus manguitos y, agarrándose a su cuello, dijo:

—Tengo fío, papi.

Desde que Ruth y Tony se habían reconciliado tras la terrible discusión, los niños habían decidido cambiar el nombre de Tony por papi y él aceptó encantado. Nada podía hacerlo más feliz.

Tony salió del agua rápidamente, cogió una toalla, sacó al niño y lo envolvió en ella.

—¿Ahora estás mejor? —preguntó.

Adán le dedicó una de sus bonitas sonrisas.

Una hora después, agotados tras jugar a la pelota dentro de la piscina, los demás también salieron y, una vez duchados, Paola los avisó de que ya estaba la cena.

Después de cenar, Lola se encargó diligentemente de los niños y, como siempre, Jenny protestó porque no se quería ir a la cama. Pero lograron convencerla. Los mayores entraron en el salón para tomar algo mientras charlaban.

—Ah, no... —declaró Tifany—, no me casaré el catorce de febrero. No soy tan romántica.

—Todavía estamos a tiempo, cariño —bromeó Omar. Pero Tifany exclamó escandalizada:

—¡Por el amor de Dios, pero si sólo quedan dieciocho días! ¿Cómo quieres organizar una boda en tan poco tiempo?

Omar, tras mirar a su hermano con guasa, dijo:

—Amor... si tú me dejas, yo te organizo la boda en veinticuatro horas.

—¡Que no! —replicó Tifany—. Yo quiero una boda preciosa, con un vestido espectacular, y para eso necesito tiempo.

—Pero si tú estás guapa con cualquier cosa —afirmó Omar, besándola en el cuello.

—Ay, bichito... qué galante eres —murmuró ella encantada.

Desde que le había dado aquella nueva oportunidad, Omar no paraba de demostrarle que había cambiado. El de ahora era mil veces mejor que el que había conocido añós atrás, y eso la hacía feliz. Y cada noche, antes de dormir, rezaba para que continuara siendo así.

Manuel y David estaban encantados con la felicidad que se respiraba en el ambiente.

—Bueno, ¿y vosotros habéis pensado en tener niños tras la boda? —preguntó David a Ruth.

—Aisss, sí —aplaudió Manuel—. Mi amol, te salen tan bonitos que no tenerlos sería un pecado.

Ruth casi se atraganta con su bebida, pero Tony respondió:

—Creo que con los que tenemos vamos sobrados.

—Pues me parece fatal —intervino Tifany—. Un hijo es la culminación del amor.

—Por eso nosotros ya estamos en ello —bromeó Omar.

De nuevo, todos miraron a Ruth, que finalmente dijo:

—Lo siento, pero no. Tras los gemelos, la fábrica se cerró. Llevo toda mi vida cuidando niños y ahora que empiezan a ser más independientes, no quiero más.

—Pero, cuqui —insistió Tifany—, tienes una rubia y dos pelirrojos, ¿no te gustaría tener uno morenito?

Todos rieron por esa observación y Omar le preguntó a su hermano:

—¿Tú tampoco lo quieres?

Él bebió un sorbo de su cerveza. Claro que lo quería, pero mirando a su preciosa Ruth, respondió:

—Con dos pelirrojos y una rubia creo que me doy por satisfecho.

Y pronto se abrió un debate sobre los niños. Ruth, sentada junto a Tony, observó que callaba y no decía nada. Sin duda no estaba de acuerdo con ella, pero respetaba que no quisiera tener más hijos y se lo agradeció. Una vez más, Tony le demostraba lo generoso que era.

Un buen rato después, Manuel y David contaron sus anécdotas de su viaje a Italia y todos se divirtieron de lo lindo. Eran la pareja perfecta.

Ruth les preguntó a todos si querían más bebida y se fue a la cocina a buscarla. Tifany la acompañó.

—Ya ves, cuqui. Omar está muy pesadito con lo del catorce de febrero.

—Tony está igual —respondió Ruth.

Tifany se retiró un mechón de la frente y cuchicheó:

—Me apena que no quieras tener al menos un hijo con Tony. Estoy segura de que a él le encantaría, aunque, bueno, está muy contento con los tres que tenéis. Es un amor, ¿verdad?

Ruth sonrió.

—Sí, Tony es un amor. —Y, para cambiar de tema, la miró y dijo—: ¿Y tú por qué no le das ese gusto a Omar y os casáis el catorce de febrero? Ya tienes el vestido de novia, ¿no?

—Dale tú el gusto a Tony y ten un hijo con él, ¡so lista! —replicó Tifany sonriendo. Ruth se rio y la otra añadió divertida—: Boda nueva, vestido nuevo. Me voy a casar con Omar, pero no voy a llevar el vestido que me compré para la boda con Alexei. Repetir da mala suerte y con Omar no me quiero arriesgar.

Mientras ella hablaba, Ruth se fijó en lo que llevaba colgado al cuello y Tifany, al darse cuenta, se lo tocó y dijo feliz:

—El bichito la encargó para mí y me la dio el otro día. ¡Es tan romántico!

Tifany llevaba aquella llave tan significativa para los Ferrasa, con el «Para siempre» grabado.

—Lo veo tan pendiente de mí, de mis necesidades y de mis deseos, que a veces me da hasta miedo —continuó Tifany enamorada—. Sólo espero que esto sea realmente para siempre...

—Lo será —afirmó Ruth con una sonrisa—. No hay más que ver cómo te mira para saberlo. Sin duda, durante el tiempo que ha estado solo, Omar se ha dado cuenta de muchas cosas, y una de ellas es de lo mucho que te quiere y te necesita.

Ruth se acercó a la nevera, sacó varias cervezas y cogió el abridor. Pero al hacerlo, un destello a través de la puerta que daba al jardín le llamó la atención.

Eran las once de la noche y la oscuridad reinaba en el exterior. Mientras Tifany continuaba hablando, Ruth abrió la puerta corredera y miró fuera. Todo parecía en orden y silbó para llamar a *Melodía* y *Luis Alfonso*, pero ninguno de los perros acudió.

—¿Qué ocurre? —preguntó Tifany, saliendo con ella al jardín.

—Es raro que no vengan los perros —dijo ella y volvió a silbar. Esperó, pero nada.

De pronto, le pareció oír la voz de Jenny. Con rapidez, se dirigió hacia donde le parecía haberla oído y su voz le llegó de nuevo. Era ella, que la llamaba, y Ruth se alteró.

Sin dudarlo, corrió, seguida por Tifany y, horrorizada, vio a Jenny ir hacia ellas en pijama y medio asfixiada, gritando:

—¡Mamá... mamá...!

—¿Qué pasa, cariño?

Tras tomar aire, Jenny consiguió decir:

—Lola... Lola se lleva a Adán y a Brian. Te lo dije... te dije que era mala.

A Ruth se le paró el corazón.

—¿Que se los lleva? ¿Adónde se los lleva? —preguntó Tifany desconcertada.

Ruth miró hacia donde señalaba la niña y vio a Lola sacar a los niños por la cancela del fondo del jardín y meterlos a toda prisa en un coche oscuro.

—No... no... no... —susurró horrorizada.

Al ver aquello se sintió morir. Se llevaban a sus hijos y tenía muy claro quién conducía aquel coche oscuro.

—¡Ve adentro! —le gritó a Jenny—. Corre a avisar a Tony...

—Pero...

—¡Corre! —gritó ella desesperada.

Sin tiempo que perder, Ruth se dirigió al garaje a toda velocidad y Tifany fue con ella. Al hacerlo se tropezaron con Santos, uno de los vigilantes, tirado en el suelo. Tifany gritó asustada, pero al ver que Ruth lo saltaba para continuar hacia el garaje, ella hizo lo mismo.

Con manos temblorosas, Ruth marcó la clave de acceso para abrir la puerta del garaje, mientras se oía ladrar a los perros. Allí estaban, encerrados dentro.

Cuando la puerta se abrió, ambos perros salieron escopeteados. Ruth vio entonces a George, el otro vigilante, tirado en el suelo del garaje, sin sentido. Pero no podía perder un minuto. Cogió las llaves del R8 de Tony, que estaban colgadas en una pared, y corrió hacia el vehículo.

Al entrar en el coche, Tifany también lo hizo y Ruth, acelerada, dijo:

—Quédate aquí. Será lo mejor.

—Ni hablar, cuqui —replicó Tifany—. Yo voy contigo.

—Entonces, ponte el cinturón.

El acelerón que dio para salir del garaje fue brutal. Le dio al botón del mando que abría la cancela, mientras se acercaban a ella a toda velocidad.

Tifany, al verlo, se tapó los ojos. ¡Se iban a estrellar! Gritó asustada, pero cuando el coche dio una especie de salto por topar con algo y salió a la carretera derrapando, se quitó la mano de los ojos y susurró:

—Creo... creo que debería haberme quedado.

—Ahora es tarde. Lo siento, Tifany —respondió Ruth, acelerando para pillar al coche que se había llevado a sus hijos.

Tony, que estaba en el salón de la casa, charlando tranquilamente con Omar, David y Manuel, se levantó al oír el estruendo, justo cuando Jenny aparecía hecha un mar de lágrimas, gritando asustada:

—Papáaaaaa, Lola se ha llevado a Adán y a Brian a un coche y mamá y la tía Tifany han ido tras ellos.

Horrorizados, los hombres corrieron hacia la puerta de entrada de la casa, pero al abrirla sólo vieron la cancela abierta al fondo del jardín, con una de las puertas arrancada de cuajo.

—¡Ay, Diosito! —murmuró David asustado, tapándose la boca con las manos.

Tony corrió hacia el garaje, donde maldijo al ver a George en el suelo y al darse cuenta de que Ruth se había llevado su potente vehículo. Sin dudarlo, corrió hacia el todoterreno y Omar lo siguió. David iba detrás, gritando:

—¡Manuel, llama a la policía! ¡Entra en la casa y quédate con Jenny!

Con la niña hecha un mar de lágrimas por el susto, Manuel se metió dentro, mientras Tony, David y Omar subían al todoterreno de Tony y se iban a toda mecha.

Tony condujo como un loco hasta que, a lo lejos, vio un caos de coches y dedujo que por allí había pasado Ruth. Aceleró y aceleró hasta distinguir dos coches a lo lejos, uno de ellos su R8.

—David, llama a Andrew y dile lo que ocurre. Lo necesito en casa con Jenny. ¡Y tú, Omar, llama a Jake! —gritó Tony.

Mientras, en el R8, Tifany chillaba horrorizada cada vez que al derrapar se golpeaban con algún vehículo o se saltaban un semáforo en rojo. Ruth no pensaba perder de vista el coche donde iban los niños, no lo iba a consentir. Con el corazón encogido, aceleró todo lo que pudo y cuando consiguió ponerse justo detrás, vio que Julio César la miraba por el retrovisor y frenaba de golpe. Sin poder evitarlo, Ruth se empotró contra la parte trasera del coche y, colérica, gritó:

—¡Eres un desgraciado! ¡Desgraciado!

—Cuqui... cuqui... cuqui... ¡el coche de la derecha! —chilló Tifany.

Ruth lo sorteó con maestría y la otra murmuró casi sin voz, dándose aire con la mano:

—Gracias a Dios sabes conducir.

Con la vista fija en el coche al que perseguía, Ruth contestó:

—Otra cosa no, pero eso, tranquila que lo sé hacer.

El sonido de una llamada entrante sonó en el interior del vehículo. Ruth vio que era Tony y, tocando el botón, Tifany descolgó.

—¡Cariño...! —gritó Tony angustiado, al ver cómo se saltaba los semáforos en rojo y se golpeaba contra el vehículo de delante—. Para el coche. Os vais a matar.

—Se ha llevado a los niños —dijo ella descompuesta—. Ese desgraciado me ha quitado a mis niños y los tengo que recuperar, Tony... ¡los tengo que recuperar!

Un volantazo a la izquierda cortó la comunicación y Tifany gritó de pronto al ver a los gemelos asomando sus cabecitas por el cristal de atrás, mientras lloraban.

—¡Ay, mis niños! —gimoteó la joven.

Ruth, al ver llorar a sus hijos, se puso aún más tensa de lo que estaba, maldijo y juró que mataría a Julio César por lo que les estaba haciendo pasar. De pronto, sonó el móvil de Tifany. Era Omar.

—Amor... amor, ¿estáis bien?

Alterada por la velocidad, por la tensión y por ver a los niños asomar a la ventana trasera y llorando, Tifany perdió toda la delicadeza que la caracterizaba y gritó:

—Ese desgraciado tiene a Brian y a Adán. Y juro que cuando lo cojamos, le voy a cortar el cuello, lo voy a despedazar y luego lo voy a triturar, por desgraciado, hijo de puta y mala persona. ¡Acelera, Ruth!

—Tranquilízate, nena... tranquilízate —dijo él, a pesar de lo nervioso que estaba.

—¡¿Cómo me voy a tranquilizar?! —gritó Tifany furiosa—. Adán y Brian están asustados y ese hijo de mala madre no piensa en ellos.

—Cielo, escúchame y pon el manos libres para que Ruth también lo oiga —pidió Omar. Tifany hizo lo que le pedía y él explicó—: Vamos varios coches por detrás de vosotras y la policía ya está en camino. Ruth, aminora la marcha. La policía interceptará el coche de ese delincuente varias calles más adelante.

Tifany la miró, pero Ruth gritó, con la mirada puesta al frente:

—¡No, no voy a aminorar hasta que Julio César lo haga!

Al oír su contestación, Tony, que sorteaba el tráfico como podía, gritó a su vez:

—¡Ruth, aminora la marcha ahora mismo!

—No.

David, al ver que el semáforo que ella iba a pasar ya estaba en rojo, chilló:

—¡Cachorra! Os vais a matar. Por el amor de Dios, ¡para!

Pero Ruth, dispuesta a no perder de vista el coche en el que sus hijos lloraban desconsoladamente, se olvidó de la seguridad, de la sensatez y de todo, y se saltó el semáforo en rojo. Tifany gritó cuando un coche las embistió por el costado y la comunicación se cortó al salir el móvil despedido por la ventana.

Tras el golpe, Ruth consiguió hacerse de nuevo con el control del vehículo y después de hacer un par de trompos, aceleró de nuevo y siguió con la persecución.

—Dios santo, ¡está loca! —murmuró Omar angustiado.

—No, Omar. Es una madre en busca de sus hijos —contestó Tony.

—¡Cuidado! —gritó David, al ver que un coche se acercaba a ellos.

Tony lo sorteó como pudo, y maldijo frustrado cuando se vio atrapado entre varios automóviles y no pudo seguir.

Mientras, Ruth, que tenía sangre en la cabeza tras haberse golpeado contra el cristal, miró a su compañera, que estaba muy callada, y preguntó:

—Tifany, ¿estás bien?

Ésta, con un enorme chichón en la frente por haberse golpeado también con el cristal de su lado, apretó la mandíbula y respondió:

—Sinceramente, cuqui, ¡estoy fatal! Pero acelera y cojamos a ese sinvergüenza.

Ver que estaba bien, su energía y su empuje le dio fuerzas a Ruth y aceleró de nuevo. Los niños volvían a asomar las cabecitas por el cristal trasero, ahora roto, todavía llorando.

—Ese desgraciado me las va a pagar muy caras —murmuró ella furiosa.

El sonido estridente de las sirenas de la policía llegó a sus oídos y Tifany, al mirar hacia atrás y ver que las perseguían, dijo esperanzada:

—Ya viene la caballería.

Ruth sorteó un par de coches con maestría y gritó de frustración cuando vio que Julio César embestía a dos coches patrulla para continuar su fuga.

Las manos le temblaban. Sus hijos estaban dentro de aquel vehículo sin sujeción, sin defensas, y podían salir despedidos en cualquier momeno por el cristal. Quería gritar y llorar, pero no podía hacerlo. Debía seguir a sus pequeños fueran a donde fueran. Si iban al infierno, ella iría con ellos.

El vehículo de Julio César logró alcanzar la autopista en dirección a Las Vegas y Tifany, hecha un manojo de nervios al ver que salían de la ciudad, susurró:

—Los nenes estarán bien. Ya verás como sí.

Sin apenas poder respirar, Ruth asintió y continuó, mientras dejaban atrás las luces de la ciudad y acortaban distancias.

No tenía miedo a nada, así que apretó el acelerador hasta donde el potente motor del R8 la dejó y consiguió ponerse al lado del coche de Julio César. Miró a éste con enfado y le pidió a gritos que parara. Pero él se rio e hizo amago de golpearla y, con su gesto, ambos coches estuvieron a punto de colisionar. Ruth lo esquivó con habilidad, salvando el peligro.

La oscuridad de la noche y la amplitud de la autopista les permitían ver que no estaban solas. Cientos de luces de coches de policía se distinguían por todos lados y Ruth vio que en el siguiente desvío iban a intentar frenar a Julio César.

Asustada, supo que aquel salvaje volvería a embestir a los vehículos policiales sin pensar en la seguridad de los niños y, de pronto, se le ocurrió una locura. Ella debía pararlo fuera como fuera y, mirando a su copiloto, dijo:

—Lo siento, Tifany.

—¿Por qué? —preguntó ésta asustada.

Con lágrimas en los ojos, Ruth miró a la joven de cabellos rubios y explicó:

—Tengo que parar ese coche antes de que se estrelle contra los de la policía y mate a mis hijos.

Con el corazón en la boca, Tifany asintió. Ruth tenía razón. Y, convencida de que no se podía hacer nada salvo lo que ella decía, se agarró con fuerza al asiento y dijo:

—Lo que sea por Brian y Adán. ¡Páralo!

Con su habilidad y la potencia del vehículo, Ruth aceleró hasta ponerse delante de Julio César para obligarlo a aminorar la marcha. Sin embargo, éste, no dispuesto a permitirlo, las golpeó en diversas ocasiones, haciéndolas chillar cuando el coche se sacudía con brusquedad.

Pero esos golpes, le gustaran o no, iban frenando su velocidad. Ruth miró por el retrovisor y murmuró:

—Eso es, desgraciado. Dame todos los golpes que quieras, pero conmigo delante no podrás saltarte el control de seguridad.

De pronto, Ruth se fijó en que un poco más adelante, a la derecha, un cartel indicaba una salida y, al ver el movimiento de Julio César con el coche, supo que la iba a tomar en el último momento. Ella lo imitó. Al girar el volante bruscamente, Ruth perdió el control y, tras un brusco golpe que hizo que los parachoques de ambos vehículos quedaran enganchados, llegaron derrapando a una cuneta, donde, estruendosamente, ellas volcaron.

Silencio, quietud. Eso fue lo primero que sintió Ruth cuando abrió los ojos y se vio tumbada de lado, mientras el polvo la hacía toser. Se movió rápidamente. Estaba bien; entonces miró a su acompañante, que gemía, y preguntó:

—Tifany, ¿estás bien?

Ésta asintió lentamente y, tocándose el cuello, murmuró:

—Sí, tranquila. Vayamos a por los niños.

Ruth se desabrochó el cinturón y salió trepando del vehículo a toda velocidad, y al ver que el coche donde iban sus hijos no había volcado, corrió hacia él aliviada.

Según se iba acercando, dejó de oír los fuertes latidos de su corazón para percibir unos llantos, y una especie de tranquilidad se apoderó de ella. Sus hijos estaban vivos. Eso era lo único que importaba.

Al pasar junto al vehículo, vio moverse a Lola y a Julio César. Y, sin preocuparse de ellos, abrió la puerta trasera del coche y sacó a los pequeños, que lloraban desconsoladamente. Los dos se abrazaron a ella, terriblemente asustados.

Ruth estaba dándoles mil besos para tranquilizarlos cuando alguien la agarró del pelo, tiró de ella y gritó:

—¡Puta! ¡Me las vas a pagar!

Ruth soltó a los pequeños y miró al hombre que estaba dispuesto a arruinarle la vida. Tenía una pistola en la mano. Sin miedo, sin pensar en su vida, sin pensar en nada más que no fuera matarlo y alejarlo de sus hijos, Ruth se abalanzó sobre él. Lo arañó, lo golpeó, lo insultó, pero él tenía más fuerza, así que pronto la redujo y volvió a controlar la situación.

Tifany, que también había conseguido salir del coche, al ver que Lola intentaba coger a uno de los niños, se quitó uno de sus caros zapatos de tacón y lanzándose contra la joven con toda su rabia, la golpeó gritando:

—¡No los toques, zorra asquerosa!

Lola cayó redonda al suelo y ella, tras soltar un grito, miró a los niños.

—Adán, Brian, venid con la tía Tifany —dijo.

Brian obedeció, pero Adán al ver a su madre luchando en el suelo con su captor, corrió hacia ella. Julio César vio que los coches de policía se acercaban, agarró al niño, soltó a Ruth y, poniéndole la pistola en la sien, masculló:

—Primero verás morir a tu hijo y luego morirás tú.

—¡No! —gritó Ruth enloquecida.

Tifany, horrorizada, cogió a Brian en brazos y le tapó los ojos. Varios coches de policía aparcaron a pocos metros de ella y los agentes salieron encañonando al hombre que tenía retenido al niño.

—Le habla la policía de Los Ángeles; ¡baje el arma! —dijeron.

Tifany no podía moverse de donde estaba, y acunó a Brian sin apartar la vista de lo que ocurría.

Ruth, al ver que Tifany tenía a Brian, sin importarle su vida, se acercó a Julio César y suplicó:

—Suéltalo, por favor... suéltalo. No le hagas daño a mi hijo.

—¡Es mío también, ¿no?! —gritó descompuesto, viendo cómo los rodeaba la policía—. ¡Tengo el mismo derecho que tú a él!

—Sí... sí..., pero, por favor, no le hagas daño.

Tony, que llegaba en ese instante a donde los coches habían parado, se quedó paralizado al ver su vehículo volcado en la cuneta. ¿Qué le había ocurrido a Ruth?

—Dios Santo —murmuró Omar, al observar lo mismo que él.

David no supo qué decir y sólo gimió horrorizado.

Con el corazón latiéndole con fuerza, Tony corrió hacia los coches de policía y vio la escena. Sobrecogido y aterrorizado, intentó llegar hasta Ruth, pero los policías no lo dejaron pasar, a pesar de que estaba hecho una fiera.

Adán, al ver a Tony gritar asustado, comenzó a llamarlo entre sollozos:

—Papi... papi...

Julio César lo zarandeó al oírlo y siseó:

—¡Tu padre soy yo, no él!

Tony gritó al ver que el niño lo llamaba y, frustrado, empezó a dar puñetazos a los policías. Y tras él Omar y David. Tenían que llegar hasta Ruth y Adán como fuera. Al final, el nerviosismo les pudo y, después de reducirlos entre varios agentes, los tuvieron que esposar.

—Tony, Omar, tranquilizaos —dijo Jake, acercándose a ellos tras el revuelo—. Dejadnos hacer nuestro trabajo.

—Son mi mujer y mi hijo, ¿cómo quieres que me tranquilice? ¡Suéltame ahora mismo Jake! —gritó Tony, mientras Omar lo secundaba y David insultaba a todo el que se le acercaba.

Jake entendía cómo se sentían, pero respondió:

—Lo siento, amigo, pero no te voy a soltar. No puedo dejarte llegar hasta donde ellos están. Lo creas o no, eso no ayudaría. Probablemente lo empeoraría.

—¡Jake, por favor! —gritó Tony desesperado.

—Si quieres que ella y el niño salven la vida, déjanos trabajar —insistió su amigo con seriedad.

En ese instante, Tifany llegó corriendo con Brian entre sus brazos, acompañada por dos policías. Tony suspiró al verlos y Omar dio gracias al cielo aliviado.

—Jake, te prometo por mi vida que si me quitas las esposas, no te daré problemas y os dejaré trabajar —dijo Tony—. Por favor, suéltame —suplicó desesperado.

Jake lo pensó. Miró a Omar, que, tras haber sido liberado, abrazaba a su mujer, y, finalmente acercándose a él, le quitó las esposas y susurró:

—Tony, no me la juegues ni se la juegues a ellos. Una tontería los puede matar.

Desesperado, pero consciente de que lo que su amigo decía era verdad, asintió y, volviéndose para mirar al desconsolado Brian, dijo, mientras le tendía los brazos:

—Brian, ven con papá.

El niño se tiró hacia él en busca de consuelo, protección y amor, y Tony, emocionado al ver cómo aquel cuerpecito temblaba, lo abrazó y lo tapó con una manta que le dio uno de los médicos de las ambulancias.

La angustia del niño era palpable y lloraba sin parar. Como pudo, Tony intentó tranquilizarlo y evitar que viera a su madre y a su hermano, mientras el médico de la ambulancia le curaba las magulladuras.

—Menudo golpe tienes en la frente, cariño —dijo Omar, mirando a Tifany.

—Estoy bien... —respondió ella, sólo pendiente de lo que ocurría con Ruth.

Los médicos que los atendían a Brian y a ella decidieron llevárselos al hospital para hacerles un reconocimiento, pero Tifany se negó. De allí no se movía sin Ruth y Adán. Finalmente, Tony, tras mirar a Omar y éste asentir, propuso:

—Iremos todos juntos al hospital cuando esto se solucione.

—Llamaré a Dylan —dijo Omar.

De pronto sonó un disparo y todos gritaron. Tony, con el pulso acelerado y casi sin respiración, tras dejar presuroso a Brian en brazos de David, corrió hacia Jake, que al verlo explicó:

—Tranquilo, están bien. Lo que has oído ha sido un tiro que ese imbécil ha disparado para achantarnos.

Tony vio a Ruth y a Adán en la lejanía, pero su intranquilidad aumentaba por momentos y, con la angustia reflejada en el rostro, masculló:

—Mataré a ese hijo de perra con mis propias manos si les ocurre algo.

Ruth, terriblemente asustada tras el disparo de Julio César al aire, y sin saber qué ocurría al otro lado del cordón policial, suplicaba:

—Por favor... por favor... aleja la pistola del niño.

Pero Julio César la pasó por la barriga del pequeño y siseó:

—Temes que el siguiente tiro sea justo aquí...

—¡No! —gritó horrorizada.

Él soltó una risotada y, al ver el miedo en sus ojos, le tapó la boca al niño, para no oírlo llorar y susurró:

—Lo hiciste muy mal, pelirroja. Muy mal. Y lo vas a pagar.

—Cógeme a mí y suéltalo a él —insistió por enésima vez—. Haz conmigo lo que quieras. Mátame o despelléjame si eso te hace feliz. Pero Adán es un niño, es muy pequeño y está muy asustado, ¿no lo ves?

Sin mirar al pequeño, Julio César preguntó:

—¿Por qué no me dijiste lo de los críos?

Intentando calmarse pese a la tensión del momento, Ruth respondió:

—Porque... porque cuando me marché no sabía que estaba embarazada y luego, cuando lo descubrí, tenía miedo de regresar.

Él asintió y, con los ojos casi fuera de las órbitas, gritó:

—¡Te busqué durante meses! Había decidido matarte si te encontraba y cuando casi me había olvidado de ti, me topé con tu rostro sonriente en las revistas. De pronto, mi pelirroja se había convertido en la novia de un ricachón, y decidí alcanzar mi objetivo. Había dado contigo y te iba a matar por zorra. Lola —dijo, señalando a la joven que aún continuaba inconsciente en el suelo— buscó a la niñera de los niños. Se hizo su amiga y luego sólo hubo que tirar por la escalera a la madre de esa imbécil para que tuviera que regresar a su casa para cuidarla. Y una vez con Lola dentro de vuestro caro nidito de amor, todo fue fácil para mí.

Ruth lloraba mientras lo escuchaba. Ahora entendía cómo era posible que supiera sus movimientos y cómo tenía al día sus números de teléfono en todo momento.

—Pero cuando aquella mañana en el restaurante te tuve frente a mí, no pude matarte como había planeado. Tus ojos, tus bonitos ojos me volvieron loco de nuevo. Sin embargo, en cuanto descubrí que los dos mocosos eran mis hijos, supe que debía retomar mi plan y mi venganza. No obstante, decidí hacer un cambio. Los niños morirían primero.

—No, por favor. No... no lo hagas —rogó Ruth, consciente de su crueldad—. Adán no tiene la culpa de nada. Sólo es un niño —insistió.

—Le habla la policía de Los Ángeles; ¡baje el arma! —se oyó de nuevo.

Haciendo caso omiso, Julio César, siseó:

—No vivirás, pelirroja. No sonreirás nunca más al saber que por tu culpa este pequeño dejó de respirar. ¿A que es una buena venganza?

—Dios mío... no... no... no... ¡No, por favor! —gritó Ruth llena de angustia.

—Vamos, dile adiós a tu niñito.

Aquel sinvergüenza había ideado la peor venganza que se le podía hacer a una madre. Sólo buscaba su dolor, y sin piedad, colocó la pistola sobre la garganta de Adán y tiró de su pequeña cabecita hacia arriba.

—¡No lo hagas! ¡No! —suplicó, mirando los ojos asustados de Adán.

—Pelirroja, ¡prepárate para ver morir a tu mocoso! —gritó.

Y, dispuesta a morir con él, dio un paso adelante cuando se oyó un seco disparo.

Ruth gritó horrorizada. No podía ser. No podía ser verdad. No podía haber matado a su hijo.

De pronto, Julio César, aquel maleante de mala vida, puso los ojos en blanco y cayó al suelo. Ruth corrió hacia su pequeño, que gritaba asustado.

Sin saber si Julio César estaba vivo o muerto, incluso si los podía matar en un segundo a los dos, Ruth se sentó en el suelo y abrazó a su hijo, lo besó y lo acunó para calmarlo, hasta que segundos después sintió unas fuertes manos en los hombros y oyó:

—Todo ha terminado, mi vida. Todo ha terminado.

Era Tony. Su Tony estaba allí junto a ella; apoyó la cabeza en él y lloró desconsoladamente, mientras los policías se acercaban al cuerpo sin vida de Julio César y unos médicos les echaban a ella y al niño unas mantas encima.

Angustiada y sin aliento, Ruth no pudo responder y Tony, sin soltarlos, añadió:

—Vámonos a casa, cariño.

Como pudo, se levantó del suelo temblando y entonces gimió asustada:

—¿Dónde está Brian?

—Está bien. Con Tifany, Omar y David. Tranquila.

Ruth intentó dejar de llorar, pero las lágrimas salían por sí solas, mientras agarrada a Tony y a su hijo caminaba hacia el cordón policial. Lo ocurrido había sido terrible, ¡horroroso! Ni en la peor de sus pesadillas habría podido imaginar que Julio César pudiera ser tan despiadado.

Tony, al notar sus escasas fuerzas, le quitó al niño de los brazos. El crío se agarró a él con desesperación y, besándole la cabeza, Tony murmuró:

—Tranquilo, Adán, papá está contigo y no permitirá que te pase nada.

Al llegar junto al cordón policial, Brian llamó a su madre y los tres fueron hacia donde él estaba. Ruth, con lágrimas de felicidad corriéndole por las mejillas, lo abrazó con fuerza.

Jake y Tony se miraron y éste estrechó la mano de su amigo y dijo con sentimiento:

—Gracias, Jake. Gracias por haber hecho lo que has hecho.

El otro asintió sereno, porque en aquella ocasión todo había acabado bien.

—De nada, colega, de nada. Era mi deber.

Durante varios minutos, Ruth estuvo abrazada a sus dos niños, acunándolos, sintiendo su olor, su tacto. Cuando por fin los tres dejaron de llorar y los médicos comprobaron que ella y el pequeño Adán estaban bien, Ruth vio a Tifany y las dos se fundieron en un cálido abrazo que lo dijo todo.

—Siempre me has tenido a tu lado, pero ahora me tendrás para el resto de tu vida, para todo lo que necesites —susurró Ruth emocionada—. Gracias. Gracias por haber estado ahí.

Tifany, tan aliviada como ella de que todo hubiera acabado bien, asintió y, dándose aire con la mano, dijo:

—Pues te voy a necesitar dentro de un par de días, porque acabo de decirle a Omar que sí al catorce de febrero y necesito comprarme urgentemente un glamuroso vestido de novia.

Eso las hizo sonreír a ambas. Sin duda, la vida continuaba y debían volver a la normalidad. Omar, feliz y conmovido, las abrazó aliviado. En su vida había estado más asustado.

David, que había permanecido en un segundo plano, al ver que Ruth lo miraba, se acercó a ella y exclamó:

—Se acabó, cachorra. Se acabó vivir con miedo. Eres libre, mi niña. Libre para ser feliz, para reír, para viajar, para lo que quieras. Y, por lo que veo, los cachorritos saben perfectamente quién es su papá —comentó, al ver a los dos niños agarrados al cuello de Tony y llamándolo papi.

Emocionada por lo que esas palabras significaban, Ruth se fundió en un fuerte abrazo con su amigo. Y cuando el móvil de éste empezó a sonar, David se secó las lágrimas y explicó:

—Es Manuel. Está con la reina de las telenovelas y con Andrew en casa y creo que nuestra niña se alegrará mucho si habla con su mamita linda.

Ruth habló con ellos y los tranquilizó. Jenny lloró emocionada al escuchar la voz de su madre. Cuando colgó el teléfono y se lo devolvió a David, sus ojos buscaron los de Tony y ambos sonrieron. Tony le pasó los niños a Omar, el cual mirando a Tifany, a David y a Jake, les guiñó un ojo para que lo siguieran.

Rodeados de policías, sirenas y luces centelleantes, Tony y Ruth se miraron.

Tony le tendió una mano y ella se la cogió, antes de abrazarse con fuerza.

—Siento cómo he dejado tu coche —dijo Ruth.

Tony sonrió y murmuró:

—Eso da igual. Un coche se cambia por otro, pero tú o los niños sois irreemplazables.

Como siempre, Tony acertaba en su respuesta y ella sonrió mientras él la abrazaba y murmuraba:

—No sabes el miedo que he pasado. Pensar que os podía perder a ti o a los niños me volvía loco, cariño. Pero por suerte todo ha acabado bien y os tengo a los tres de nuevo conmigo.

—Llegué a tu vida y a tu hogar para desbaratártelo —dijo ella suspirando—, para sumirte en el caos y hacerte de golpe padre de tres niños. Pero tú has estado a mi lado en todos los momentos que te he necesitado, para cuidarme, para apoyarme y protegerme y... —No pudo acabar.

Tony, al ver que se le quebraba la voz y se echaba a llorar, fue a decir algo, pero Ruth susurró:

—No... no... déjame que acabe, ¿de acuerdo?

—De acuerdo, taponcete —asintió él enternecido.

Ruth tras secarse las lágrimas continuó:

—Sé que este momento es especial, y que lo recordarás el resto de tu vida. Tú lo hiciste el día de mi cumpleaños. Estabas guapísimo pidiéndome que me casara contigo y...

—Tú siempre estás preciosa, mi vida —matizó él, y ella sonrió, pues sabía que no era cierto.

—Tony, te quiero como no creo que pueda querer nunca a otro hombre, pero llegados a este punto, me encuentro en la obligación moral de decirte: corre y aléjate de mí. Hazlo antes de que te diga ¡sígueme la corriente y cásate conmigo el catorce de febrero porque te quiero, porque no puedo vivir sin ti, porque eres el hombre de mi vida y porque quiero tener hijos contigo y, si sale morenito, genial, porque ya tenemos una rubia y dos pelirrojos!

—Ay, Diosito —murmuró él al escucharla y, sonriendo, continuó, al ver que todos los observaban—: No me tientes.

—¿A salir corriendo o a casarte conmigo el catorce de febrero y tener hijos?

Tony, que había pasado la peor noche de su vida, al ver que todo lo que quería y adoraba se podría haber esfumado en un segundo, esbozó una de sus increíbles sonrisas y, abrazándola, respondió:

—Por supuesto a salir corriendo, ¿acaso lo dudas?

Ambos rieron y él, loco de amor por aquella pelirroja, añadió:

—Como nunca me cansaré de decirte, eres, has sido y siempre serás la casualidad más bonita que ha sucedido en mi vida. Te quiero, taponcete, y por supuesto que digo que sí a esa proposición del catorce de febrero y sí también a lo de los niños.

Emocionados y enamorados, se besaron felices sin pensar en nadie más, mientras sus familiares y amigos aplaudían y los vitoreaban.

Jake, conmovido por lo oído, miró a Omar, que contemplaba a su hermano sonriente, y preguntó:

—Pero ¿no me acabas de decir que tú te casas el catorce de febrero?

—Los Ferrasa siempre nos casamos el catorce de febrero —respondió Omar, sin soltar la mano de Tifany.

Esa madrugada, tras pasar por el hospital para ser atendidos por un preocupado Dylan y otros médicos, una vez comprobaron que estaban bien a pesar de los golpes, pequeños cortes y magulladuras, todos regresaron a sus casas.

Una vez en la suya, Tony se ocupó personalmente de todos y, cuando se fue con Ruth a la cama, la besó con delicadeza en los labios y murmuró:

—Ahora me encargaré de ti.

Agotada, se dejó desnudar por él.

Cuando Tony se tumbó por fin en la enorme cama, acarició con delicadeza aquel rostro que tanto amaba. Ella lo miró a los ojos y susurró:

—Gracias por querernos y haber estado a mi lado en todo momento.

Tony sonrió y posó los labios en los de ella.

—Si no os quisiera estaría loco. Tú y los niños sois lo más importante que tengo y lo que pienso proteger celosamente el resto de mi vida.

Ruth sonrió. Sabía que él decía la verdad, y al ver su sonrisa, Tony pidió:

—Repítela.

Ella lo hizo y él señaló con mimo:

—Nunca me cansaré de decir que tienes la sonrisa más bonita del planeta, pero ahora debes descansar, cielo. Ha sido un día muy largo.

—No puedo —dijo ella.

Tony la miró preocupado y Ruth, acercando la boca a la de él, con una maravillosa sonrisa llena de felicidad murmuró:

—Únicamente podré hacerlo si antes me haces el amor como sólo tú sabes.

Él, feliz al verla sonreír de aquella manera, asintió y, estrechándola con dulzura y posesión, dijo:

—Tus deseos para mí son órdenes.

53

Tú me acostumbraste

Apenas quedaban doce días para la boda y en una bonita tienda de Beverly Hills, las chicas, junto a Manuel y a David, buscaban desesperadamente sus vestidos de novia. Los hermanos Ferrasa se ocupaban del resto de los preparativos de la boda. Ellas sólo se tenían que preocupar de estar preciosas ese día.

Tras rechazar un nuevo vestido que no le gustaba y mientras se metía en el probador con otro, Tifany dijo:

—De aquí no salimos sin los vestidos de novia.

—Pero, cuqui... si tú ya tienes un vestido de novia maravilloso —insistió Valeria.

Ruth soltó una carcajada y, echándole un cable, dijo desde dentro de otro probador:

—Usar un vestido destinado a otra boda le daría mala suerte y con Omar no se la quiere jugar.

—¡Ni loca! —asintió Tifany—. Bastante me la juego ya casándome con el bichito otra vez.

Mirando hacia el exterior de la tienda, Coral preguntó:

—¿Ese tal Andrew tiene novia?

Manuel negó con la cabeza y David cuchicheó:

—Solterito... solterito. Es un bombón, ¿verdad?

Coral asintió y, mirando a Yanira, dijo:

—¿Te he dicho ya que me encantan los bombones? —Su amiga se rio y Coral añadió—: Es ver uno y no parar hasta comérmelo.

—¡Qué ofrecida! —se mofó David.

—Y lo mejor de todo, David —murmuró Coral—, es que ese bombón con pantalones de cuero y pinta de macarra ¡no engorda!

Se estaban riendo divertidos cuando Ruth salió del probador con lo que parecía un incómodo vestido de novia.

—¿Qué os parece? —preguntó.

Todos la miraron y Yanira, arrugando la nariz, dijo:

—Va a ser que no.

—No me gusta —opinó Valeria.

David, tras mirar a su marido, exclamó:

—Uiss, cachorra, pareces una coliflor, con tanto tul.

Coral negó con la cabeza y ella, sentándose, murmuró:

—Por el amor de Dios, ¿tan difícil es encontrar un puñetero vestido de novia?

—Pues no lo entiendo —comentó Coral—. Yo veo preciosidades a nuestro alrededor.

—Y yo también —dijo Yanira—. Pero una cosa es tu boda, en la que quieres llevar el vestido que te enamore y te haga sentir especial y otra cosa es la boda de otra. Hay una gran diferencia.

Sin decir nada, Ruth le quitó a Coral la copa de champán que tenía en la mano y, tras beber un sorbo, comentó, mirando a la dependienta:

—Me he probado media tienda y todavía no hay un solo vestido que diga ¡éste es! No dudo que todas las colecciones que tenéis aquí sean preciosas, pero yo no busco algo terriblemente sofisticado con una larga cola, como quiere Tifany. Yo soy más desenfadada que ella vistiendo y no quiero disfrazarme de alta costura en mi boda. Me gustaría algo con lo que me sienta cómoda y guapa. Algo con lo que cuando Tony me mire, se quede embobado y ratifique que soy la mujer de su vida.

La dependienta le guiñó un ojo y dijo:

—Dame unos minutos. Creo que tengo algo que te puede gustar.

Ruth asintió desanimada y, mirando a Coral, le advirtió:

—Andrew es un tipo encantador que se merece encontrar a alguien especial y que no lo haga sufrir. Por lo tanto, no lo utilices como un kleenex.

Valeria soltó una carcajada y Coral respondió:

—Uiss, cuqui, tranquila. Conmigo, cero sufrimiento y todo placer.

En ese momento, Tifany abrió el probador y gritó emocionada:

—¡Lo superencontré!

Todos los ojos se clavaron en ella y Yanira murmuró:

—¡Es ideal, Tifany!

Ruth, Coral y Valeria asintieron encantadas y Manuel dijo:

—Mi amol, si no quisiera tanto a mi marido te pedía matrimonio.

Todos rieron por aquello y la dependienta que la estaba ayudando, dijo:

—Es un vestido de Rosa Clará. Está confeccionado en fino encaje chantilly bordado con pedrería natural y nacarada. Su línea es de corte sirena, lo que te favorece muchísimo, pues tienes una buena figura y unos bonitos hombros para lucirlos, y por detrás lleva una cola ultralarga, como tú querías, de fino encaje bordado con motivos florales, que luego puedes quitarte para bailar, por ejemplo.

—¡Es divino! —afirmó David.

Tifany asintió y, mirándose en el espejo, cuchicheó:

—Me superencantaaaaaaaaaaa. Cuando me vea el bichito, ¡se muere!

—Uiss, nena, no digas eso... lagarto... lagarto —se mofó Manuel, haciéndolas reír.

Mientras admiraban lo bonita que estaba Tifany con aquel maravilloso traje, la otra dependienta llegó con un vestido bajo el brazo y, mirando a Ruth, dijo:

—Vamos, acompáñame.

Al entrar en el probador, ya sólo ver que aquel vestido ocupaba la mitad que los otros que se había probado, a Ruth le gustó.

—Hagamos una cosa —dijo la dependienta—. No te mires al espejo hasta que yo termine de colocarte todo lo que he traído, ¿de acuerdo?

—De acuerdo —contestó ella.

Sin tiempo que perder, la mujer se puso manos a la obra y, mientras la ayudaba a meterse en ese traje de novia, Ruth sonrió. Le gustaba el tacto, le gustaba lo que sentía con él puesto y estaba deseando ver el resultado. Cuando oyó que la dependienta subía la cremallera y que la prenda se ajustaba a su cuerpo increíblemente bien, fue a darse la vuelta, pero la mujer dijo:

—No, recuerda que tienes que esperar a que yo acabe. —Y luego le pidió—: Ahora, suéltate el pelo.

Ruth se soltó la coleta y su cabello pelirrojo y ondulado cayó sobre sus hombros. La dependienta asintió sonriendo. Después, sacó una banda plateada de una cajita y un velo de otra caja, y, mientras le ponía la banda alrededor de la cabeza y le sujetaba el velo detrás, la dependienta explicó:

—El velo de novia pirata se lleva muchísimo, en especial para las más modernas. Y en tu caso creo que te va que ni pintado. Además, tienes una cara preciosa.

Una vez terminó de colocarle el velo, dijo:

—Ya puedes darte la vuelta.

Ruth se volvió, impaciente, y al mirarse en el espejo, susurró:

—¡Ay, Diosito!

Se miró incrédula. Aquello era exactamente lo que buscaba. El vestido era increíble y, tocándose la banda plateada en forma de infinito que llevaba alrededor de la cabeza, se emocionó.

—¿Qué te parece? ¿Crees que tu novio cuando te vea se reafirmará en que eres la mujer de su vida?

—Creo que sí —susurró Ruth, imaginándose a Tony.

Tras mirarse un par de minutos más al espejo, convencida de que aquél era su vestido, abrió la puerta del probador. Todos estaban alrededor de Tifany, hablando de su precioso vestido de novia, y nadie la vio.

De repente gritó:

—¡Lo encontré!

Todos se volvieron y por la expresión de sus caras, supo que estaban de acuerdo con ella. Encantada, miró a Manuel y rio al ver que susurraba: «¡Ay, Diosito!».

—Dios santo, ¡estás guapísima! —dijo Yanira emocionada.

—¡Me superencanta! —afirmó Tifany, acercándose.

—Madre mía, Ruth —exclamó Coral—, con ese vestido estás que lo crujes.

La dependienta, al escuchar los comentarios, explicó sonriente:

—Es un vestido ibicenco de la colección Yolan Cris, modelo Togo, hecho de tejidos orgánicos. Está realizado en tul de bordar y tul de algodón, con un bonito escote en uve. La espalda, como veis, queda al descubierto, y a lo largo del vestido, diferentes volantes terminados en finos encajes y puntillas le dan un toque muy hippie, desenfadado y especial. A ello le hemos sumado el velo pirata con una banda plateada.

—Cachorra —afirmó David—, cuando Tony te vea se va a reenamorar.

—Ya te digo. Estás despampanante —afirmó Valeria.

Ruth sonrió feliz y, cogiendo a Tifany de la mano, dijo:

—Vamos a comernos a esos Ferrasa.

Esa noche, tras un esplendoroso día de compras, decidieron ir a tomarse unas copas al local donde habían trabajado Ruth y David, El Mono Rojo. Andrew los acompañó y, con disimulo, sonrió al sentirse observado continuamente por la alocada mujer llamada Coral. Sus ojos y sus miraditas le indicaban lo que quería.

A las doce de la noche, cuando las luces se apagaron y los camareros y las camareras se subieron a la barra para ofrecer tequila gratis, mientras sonaba la canción *Bailando*,* de Enrique Iglesias, Andrew cogió a Coral de la mano y, acercándose a ella, le dijo al oído:

—Cuando quieras y como quieras, guapita. Pero una vez acabemos, olvídate de mí. Yo nunca repito.

Ella lo miró con descaro y respondió:

—Esta noche cuando todos se vayan. Y tranquilo, guapito, que yo tampoco repito.

Dicho eso, ambos se separaron y no se volvieron a mirar, aunque los dos sabían que esa noche tenían una cita y que no era precisamente para hablar.

Yanira, con su peluca puesta para que nadie la reconociera, al ver el show de los camareros le susurró a Ruth divertida:

—Con lo celosos que son estos Ferrasa, habría matado por ver la cara de Tony mientras tú hacías eso.

Ruth sonrió. Viéndolo ahora desde el otro lado, entendía los celos de Tony.

—Digna de ver, Yanira... digna de ver.

Esa noche, cuando Ruth se despidió de Andrew y entró en la casa, se encontró a Tony leyendo en la quietud del salón. Éste, al verla, abrió los brazos y ella, encantada, se cobijó en ellos. Qué maravilloso era regresar al hogar.

Dos días antes de la boda, en cuanto Tony llegó de trabajar, saludó a los pequeños, que estaban en la piscina con Rosa, la cual había vuelto con ellos tras la recuperación de su madre, y subió a la habitación, donde sabía que se encontraba Ruth.

* Véase nota de la p. 19. *(N. de la E.)*

Al entrar, la oyó hablar por teléfono en el cuarto de baño y supuso que se trataba de David o de Manuel, por las cosas que decía.

Había sido un día largo y productivo y, contento, Tony se quitó la chaqueta y se encaminó hacia el baño.

—Hola, preciosa —la saludó, abriendo la puerta.

Ruth sonrió al verlo y, con un gesto con los dedos, le pidió un segundo.

—Vale, Manuel, que sí, la noche antes de la boda nos iremos todos a dormir a vuestra casa. No me lo repitas más.

—Haremos acampada en el salón, ¡como en los viejos tiempos! —dijo Manuel.

—Los niños se volverán locos cuando lo sepan, pero a Tony no sé si le gustará tanto que me vaya.

—Mi amol —replicó él—, es una manera de que ese hombretón tuyo tan guapo, moreno y varonil te añore un poco y así, cuando te vea tan guapa, tan preciosa, tan angelical con tu vestido de novia al día siguiente, sólo desee raptarte y llevarte a un rincón oscuro.

Ruth rio al oírlo y añadió:

—Te dejo. El hombretón guapo, moreno y varonil ha llegado.

Tras colocar el teléfono sobre el mármol del lavabo, se tiró a los brazos de su amor y murmuró:

—Hola, Ferrasa. Te echaba de menos.

Él la besó encantado y luego preguntó:

—¿Qué es eso de que la noche antes de la boda os iréis a dormir a casa de Manuel y David?

—Linda viene desde Minnesota y se alojará con ellos. Y aprovechando la ocasión, han pensado hacer una acampada en el salón.

—¿Qué es eso?

Ruth soltó una carcajada y explicó:

—Era un juego que Manuel, David y yo hacíamos con los niños. La noche que todos librábamos, veíamos películas hasta el amanecer, nos hinchábamos a chuches y patatas fritas y dormíamos en el suelo del salón todos juntos. —Y, mimosa, añadió—: Ya sabes, cariño, que cuando no hay dinero hay que aguzar el ingenio para pasarlo bien.

Él, tras besarla en el cuello, murmuró:

—Cuando quieras, inauguramos en casa la noche de la acampada en el salón.

Ruth rio y Tony preguntó:

—¿Seguro que tienes que ir?

—Sí, cariño. Quiero y tengo que ir.

Tony frunció el cejo. Dormir sin ella ya no le gustaba y musitó:

—No me hace gracia.

—Pues lo siento, Ferrasa, pero así va a ser, lo quieras tú o no.

Su voz tajante le hizo saber que no la haría cambiar de opinión y, quitándose la corbata, dijo:

—De acuerdo, cabezota.

—¿Qué tal tu reunión de hoy? —preguntó ella.

—Unanimidad total. La canción *Bonita casualidad* será el tema principal de la película.

Ruth palmoteó de alegría. Sabía lo importante que era aquello para Tony y lo mucho que había trabajado para conseguirlo. Lo siguió fuera del cuarto de baño, se lanzó a su espalda y él la cogió a caballito.

—Lo has conseguido, Tony Ferrasa, ¡eres un crack!

—Gracias a ti, cariño. Tú has sido mi musa.

—Me encanta ser tu musa.

Él la soltó, se dio la vuelta para agarrarla de nuevo y dijo:

—Ahora sólo falta que le guste al público.

—Gustará, enamorará y encantará —afirmó convencida—. Es una maravilla de canción.

—¿Me has echado de menos? —susurró contento.

Ella asintió mimosa y, acercando la boca a la de él, respondió:

—Cada microsegundo del día.

Tony se rio y, al ver que ella le metía la mano por debajo de la camisa, murmuró:

—Estás juguetona.

—Terriblemente juguetona.

—¿Y los niños? —murmuró él.

Sin decir nada, Ruth corrió el pestillo de la habitación y subió el volumen de la música.

—Están con Rosa en la piscina y no creo que nos necesiten.

Tony le devoró la boca con auténtica pasión mientras ambos, ansiosos, se desnudaban dispuestos a hacerse el amor.

Una vez desnudos, Ruth le enredó los dedos en el oscuro cabello y él, sucumbiendo a sus encantos, se arrodilló ante ella. Sin hablar, ella supo lo que él quería. Sin dudarlo abrió las piernas para él y éste introdujo la cabeza entre los muslos, sacó la lengua y lentamente se la pasó por la vagina, mientras ella se agarraba a sus hombros.

—Adoro cuando estás terriblemente juguetona.

Ruth, extasiada por lo que ese hombre le hacía sentir, cerró los ojos y se dejó saborear. Quería disfrutar de aquel ataque tan maravilloso al que la iba a someter cuando, de pronto, Tony la cogió en brazos y la llevó hasta la cama.

—Túmbate y ábrete de piernas para mí.

Sin dudarlo, se tumbó con lujuria, y dispuesta a volverlo loco se abrió de piernas sin dejar de mirarlo. Se entregó a él. La sensualidad con que la contemplaba la hizo jadear aun cuando no la tocaba. Y en cuanto él abrió un cajón de la mesilla y sacó el vibrador que tiempo atrás le había regalado, ella simplemente sonrió.

Con mimo, Tony llevó de nuevo la boca hasta la vagina. Le buscó el clítoris con la lengua y tras endurecérselo, se lo cogió con suavidad entre los dientes y lo tocó con la lengua, y eso hizo que ella jadeara y se arqueara para introducir el cuerpo más y más en su boca.

Cuando la tuvo tan caliente y entregada como él ansiaba, posó el cabezal del vibrador sobre el clítoris y en cuanto éste comenzó a vibrar ella se movió.

Ruth tenía el clítoris tan hinchado que tuvo que reprimir su primer grito de placer. El placer que aquello le ocasionaba era extremo.

—¿Te gusta, mi vida? —preguntó Tony sin dejar de moverlo.

—Sí —asintió ella arqueándose todo el tiempo.

Ambos jadeaban. Ruth por lo que sentía y él por ver cómo ella disfrutaba con lo que le hacía. Contemplar cómo se deshacía entre sus manos lo volvía loco y cuando ella gimió de nuevo con tanta pasión, dejó a un lado el vibrador, cogió la corbata que instantes antes se había quitado y le sujetó las manos al cabecero de la cama.

—Me vuelves loco —murmuró.

Maniatada y expuesta a sus caprichos, Ruth se revolvió y Tony, con deleite, la sujetó. Sin penetrarla dejó que su duro pene le golpeara en la cara interna de los muslos y, dándole un sensual azotito en el trasero, preguntó:

—¿Me deseas?

—Locamente —respondió ella con la boca seca por el deseo.

Se movió para restregarse contra él, mientras Tony, con dulzura, pasión y entrega, le repartía cientos de besos por la frente, las mejillas, y la comisura de los labios, calentándola con sus palabras y volviéndola loca.

Ella se arqueó con ganas de que la poseyera, pero Tony estaba dispuesto a hacerla rabiar. Tocó sus pechos, los masajeó, los chupó, los lamió y una vez acabó dijo:

—Mañana por la noche estarás en casa de Manuel y David y ya no volveré a hacerte el amor hasta que seas la señora Ferrasa; ¿has pensado en ello?

Ardiente y fogosa, Ruth fue a responder cuando, de pronto, él le introdujo un dedo en el interior de la vagina y susurró mientras lo movía:

—Mañana estaré solo en esta cama echándote de menos—. Tony reptó por el cuerpo de Ruth, y cuando llegó a la cicatriz de la tripa, la besó con mimo, para hacerle saber que adoraba absolutamente todo de ella.

Febril, vehemente y ardorosa le pidió que la penetrara. Hizo oídos sordos a sus jadeos y peticiones constantes, y prosiguió repartiendo besos por su Monte de Venus y por la cara interna de los muslos.

El deleite que ella sentía era el mismo que el de él, y cuando Tony no pudo más le colocó la punta del duro y latente pene en la vagina húmeda y temblorosa y de una sola y certera estocada la penetró.

La profundidad de la embestida hizo que ambos se arquearan y jadearan. Se deseaban. Se querían. Se anhelaban. Tony la agarró por las caderas, enloquecido por su entrega y su pasión, y entró y salió de ella mientras aceleraba sus movimientos a cada segundo.

Finalmente, él tiró de la corbata y le desató las manos. Al sentirse liberada, ella lo abrazó y juntos unificaron su ritmo hasta que un orgasmo increíble y abrasador los invadió y llegaron al paraíso del placer.

Acabado aquel asalto loco, pasional e inesperado, se besaron con mimo durante un largo rato hasta que los niños comenzaron a aporrear la puerta y entre risas se vistieron a toda velocidad para atenderlos. Ellos eran su prioridad.

Al día siguiente, tras darle la noche libre a Rosa, Ruth se marchó con los niños a casa de sus amigos. Tony salió a cenar con sus hermanos y su padre, que había acudido de Puerto Rico con la Tata para asistir a los enlaces.

Al regresar y entrar en su casa, seguido de los perros, Tony se quitó la chaqueta, la dejó sobre una silla y se desabrochó la camisa. Después fue directo a la cocina, donde cogió una cerveza y se sentó mirando a su alrededor. La casa estaba vacía, en silencio, como antes de que Ruth apareciera en su vida.

Ese mutismo que ahora lo incomodaba era algo que antes apreciaba sobremanera.

Dio un trago a su cerveza y en ese momento le sonó el móvil. Era un mensaje de Ruth, que abrió rápidamente. Le había mandado una foto de ella y los niños, tirados en pijama en el suelo, riendo, rodeados de aquellas tres personas que tanto los querían.

Durante un buen rato, Tony miró aquella imagen llena de felicidad y risas, acompañado solamente por *Melodía* y *Luis Alfonso*, que dormían plácidamente a sus pies.

Con su cerveza Sierra Nevada Porter en la mano, fue hasta el salón. El silencio y el orden que allí había lo sobrecogió, casi lo abrumó; se sentó ante el piano, levantó la tapa y, pensando en Ruth, cantó la canción que un día ella le había pedido. *All of Me*,* de John Legend.

Cada vez que decía «Porque todo de mí ama todo de ti» Tony sonreía. Nunca había escuchado nada más cierto en lo que se refería a lo que sentía por Ruth.

Imágenes de ella jugando con los niños, tirándose en bomba en la piscina, bailando con él a oscuras en la cocina, escuchando música en el jacuzzi, bailando salsa con él en Miami, haciéndole el amor con ternura o sonriéndole llenaron su mente mientras cantaba y el corazón inevitablemente se le aceleraba.

Como él siempre decía, ella era su mejor casualidad y la mujer de su vida, a la que le había entregado la llave de su corazón. Y por ella, por tenerla junto a él, por verla feliz y dichosa, pasaría una y mil veces por los momentos duros que había pasado.

* Véase nota de la p. 70. *(N. de la E.)*

Una vez acabó de cantar, Tony cerró la tapa del piano y dando un trago a su cerveza, miró a su alrededor y echó de menos el bullicio y la vida que ella y los niños le daban a aquel hogar, y finalmente decidió irse a dormir. Al día siguiente se casaba.

Cuando llegó a su habitación, se quitó la camisa, la dejó sobre la cama y al entrar en el baño para darse una ducha, sonrió al ver escrito sobre el cristal con un pintalabios rojo:

H_ _ _ _ E_ I_ _ _ _ _ _ _ Y M_ _ A_ _ _. T_ Q_ _ _ _ _.

Asintió con la cabeza, cogió el pintalabios que ella había dejado sobre la encimera y murmuró mientras rellenaba las letras:

—Sí cariño, contigo ¡HASTA EL INFINITO Y MÁS ALLÁ! Y también te quiero.

54

All of Me

La mañana de la boda fue un caos en la preciosa casa de Manuel y David en Melrose Hills. Ambas novias, Ruth y Tifany, estaban allí para vestirse, peinarse y arreglarse, y pronto llegaron también Coral y Yanira.

Como si de una gran producción de Hollywood se tratara, la casa se comenzó a llenar de los periodistas enviados por Leroy, el amigo de Tony, y Tifany y Ruth los atendieron amablemente, dejando que les hicieran fotografías mientras se maquillaban, peinaban o vestían.

Cuando acabaron su trabajo y se marcharon, Coral dijo divertida:

—¡Voy a salir en el *Vogue* del mes que viene!

—Sí y también en *Hello*, *People*, *Elle*, *Prestige* y *Cosmopolitan* —aplaudió David encantado.

—¿Sabeis algo de Valeria? —preguntó Yanira—. Es raro que no haya llegado. Anda que no le va a jorobar haberse perdido esta sesión de fotos.

Todas negaron con la cabeza y Tifany explicó:

—Ayer la llamé por teléfono y no me lo cogió. Eso sí, luego me envió un mensaje diciéndome que estaba bien y que hoy me contaría.

Las demás se miraron sorprendidas, pero en ese momento se abrió la puerta y aparecieron los críos. Los niños de azul y las niñas de rosa estaban guapísimos y Jenny, al ver a Ruth ya con su bonito vestido de novia y unos mechones de color en el pelo, exclamó:

—¡Mamita linda, estás redivinaaaaaaaaaaaaaaa!

Ruth sonrió, abrió los brazos y la estrechó con cariño. De repente, un extraño olorcillo invadió la estancia y Coral abrió las ventanas. Ruth miró al pelirrojo que reía a mandíbula batiente y dijo:

—Adán, como se te ocurra tirarte un pedo en la iglesia o en el banquete, te prometo que te castigaré el resto de tu vida, ¿entendido?

—Sedé bueno, mami. Te lo pometo —contestó él, asintiendo.

En ese momento, un remolino de color azul turquesa entró en la habitación y Valeria las miró con una sonrisa radiante.

—Bueno... bueno... bueno... Qué cutis más terso tiene ésta hoy —comentó Coral.

Tifany, al intuir de lo que se iba a hablar allí, le dio un beso a su hija, que ya se había asegurado de que llevara puesta la pulsera de zafiros, y ordenó a Rosa y a Amelia que sacaran a los niños de allí.

Cuando se hubieron marchado, Valeria dijo:

—Alain llegó ayer de Francia. ¡Ha pedido el traslado aquí! ¡Ha hecho una locura de amor por mí!

Todos aplaudieron encantados, abrazando a la felicísima Valeria.

Una hora después, toda la comitiva salió hacia la iglesia en una impresionante limusina blanca. Ruth se abanicaba nerviosa y Linda, al verla, la cogió de la mano y dijo:

—George estará muy orgulloso de ti; lo sabes, ¿verdad?

Ruth asintió emocionada. Ese día habían pasado por su cabeza su padre, su madre, su hermano y, por supuesto, George.

—Sin duda, estará sentado en primera fila para no perdérselo —susurró conmovida.

Al llegar a la iglesia, Yanira cuchicheó:

—Madre mía, Valeria, qué guapo está Alain con ese traje gris oscuro.

Su amiga miró por la ventanilla y, al ver a su chico hablando con Dylan y Anselmo replicó:

—Pues sin traje, ¡ni te cuento!

Bajaron de la limusina entre risas. Valeria y Linda, junto a la Tata, se ocuparon de los niños, y Andrew se acercó a Coral, que le daba un beso a su pequeñita, y dijo:

—Si no le importa, señorita, Omar Ferrasa la espera en el interior de la iglesia.

Coral lo miró. Estaba impresionante con aquel traje oscuro y su cara de perdonavidas y, levantando el mentón, respondió:

—Me parece genial. Ahora mismo iré.

Dicho eso, Andrew se dio la vuelta y se marchó. Era el encargado de la seguridad en la boda y, con un pinganillo en la oreja, controlaba que todo marchara a la perfección.

Yanira, al ver cómo lo miraba Coral, fue junto a ella y cuchicheó:

—No me digas, gordicienta, que ya te has comido ese bombón.

—Hasta hartarme —contestó su amiga, suspirando. Y luego añadió y al ver que Andrew le volvía a mirar con intensidad—: Te dejo, que tengo que ir a coger del brazo al nenaza de Omar antes de que se desmaye. Manda narices que justamente yo sea su madrina —mascullló.

Yanira la vio marcharse corriendo y en ese momento Dylan se acercó a ella y dijo:

—Tony te espera dentro de la iglesia. No para de preguntar dónde está su madrina y que cuándo llega Ruth.

—Qué impaciente —rio ella.

—Es un Ferrasa, ¿qué esperabas? —se mofó Dylan, besándola.

Cuando desaparecieron en el interior de la iglesia, Tifany, que estaba en la escalinata junto con Ruth, la miró y dijo:

—Aiss, cuqui, parezco novata. Estoy supersupernerviosa y eso que es la segunda vez que me voy a casar con el mismo Ferrasa.

—Pues ni te digo cómo estoy yo, que es la primera —contestó Ruth, intentando templar los nervios.

—¿Quién entraba primero en la iglesia, tú o yo? —preguntó Tifany.

—Tú —respondió Ruth—. Eso nos dijeron los chicos ayer, que son quienes lo han organizado todo.

Tifany la abrazó y dijo:

—Ha llegado el día. Que seas muy... muy feliz.

—Lo mismo digo —contestó Ruth emocionada, abrazándola también.

Tras separarse, Tifany dijo:

—Yo ya he caído dos veces en La maldición de los Ferrasa. Espero que tú caigas sólo una. —Y, tocándose la llave que llevaba al cuello, añadió—: Y como dice aquí, que sea para siempre.

En ese instante, Anselmo se acercó a ellas y, tras mirarlas con un gesto más que aprobatorio y orgulloso, dijo:

—Sois los bellezones más impresionantes que he visto en mi vida y no sabéis lo que me gusta que ambas llevéis las llaves colgadas al cuello, al igual que Yanira. —Luego, mirando a Ruth, al ver unos mechones de colores en su pelo rojo, comentó divertido—: Chica arco iris, te esperamos dentro.

Ella asintió guiñándole un ojo y él, sonriente, le ofreció el brazo a Tifany.

—Vamos, preciosa. La ceremonia ha de comenzar o a mi hijo le da un infarto.

Cuando Tifany comenzó a subir la escalinata de la iglesia con su suegro, Manuel y David, que estaban junto a Ruth y eran sus padrinos, la miraron con emoción y David, tendiéndole su bonito ramo de rosas rojas, dijo:

—Cachorra, será un placer entregarte a ese morenazo.

—Estoy atacada —murmuró ella, dándose aire.

—Lo sé, mi amol, pero tranquila, todo va a salir bien —la animó Manuel.

Andrew hizo un gesto para que entraran Tifany y Anselmo y de pronto se oyeron unos violines.

—*Moon River*,* ¡qué maravilla! —exclamó David al oír la melodía.

Ruth sonrió imaginando la cara de felicidad de Tifany. Omar era muy detallista. Aún recordaba cómo el día de la «no boda», Tifany repetía una y otra vez que la marcha rusa no era *Moon River*.**

Andrew bajó los escalones y se acercó a ellos.

—Estás preciosa, cara bonita. Que seas muy feliz —le dijo a Ruth.

—Gracias.

Durante unos segundos, ambos se miraron, y supieron que entre ellos todo estaba bien y que siempre serían amigos.

—Sé por Tony que te vas como jefe de seguridad de los Rolling Stones en su gira europea.

—¡No me digas! Con lo que te gustan los Rolling —aplaudió David.

Andrew sonrió y dijo:

—Sí, siempre me han gustado y no sabéis lo feliz que me hace acompañarlos en esta gira. —En ese momento, a Andrew le dijeron algo por el pinganillo, abrazó a Ruth y, subiendo la escalinata, añadió—: Vamos, cara bonita, te toca entrar. Por lo visto, el novio te espera ansioso.

Cogida del brazo de sus padrinos Manuel y David, Ruth comenzó a subir la escalinata y, cuando entraron en la iglesia y oyó los primeros acordes del piano de *All of Me*,*** de John Legend, sonrió emocionada. Tony era otro gran detallista. Pero instantes después, se quedó de piedra al ver que John Legend en persona comenzaba a cantar la canción.

* Véase nota de la p. 136. *(N. de la E.)*

** Ídem.

*** Véase nota de la p. 70. *(N. de la E.)*

Tony había querido sorprenderla y lo había conseguido. Cuando lo vio, ya no pudo pensar en nada más. Su moreno, aquel Ferrasa que la amaba con locura, estaba guapísimo con su traje oscuro y su camisa blanca y sonrió cuando leyó en su boda aquello de ¡Ay, Diosito!

Sin apartar los ojos de él, con sus hijos delante de ella, echando pétalos de rosa, caminó sonriente directa hacia el altar, donde la esperaba su amado, mientras John Legend cantaba para ellos aquella increíble canción.

Tony, por su parte, apenas podía respirar. Ver a Ruth tan preciosa, con aquel vestido, con aquella sonrisa, con sus mechas de colores entre su pelo rojo, lo dejó sin habla. Ella lo era todo para él, como decía la canción.

Cuando Manuel y David, la soltaron, Tony le tendió la mano, como cientos de veces había hecho, y Ruth se la cogió. Mirándolo a los ojos se puso a su lado y él, sin importarle el gesto del cura, le dio un rápido beso en los labios y dijo:

—Estás preciosa, cariño... preciosa.

Cuando terminó la ceremonia, tras haber sido sepultados en arroz y pétalos de rosas blancas y rojas y haber recibido cientos de besos de felicitación, Tony tenía en brazos a los gemelos, y en ese momento Jenny, acercándose hasta ellos, cuchicheó:

—¡Ay, papacitos, me acabo de enamorar locamente!

Ambos sonrieron al oírla y Ruth preguntó:

—¿De quién, cariño?

Jenny señaló con disimulo a un joven rubio que hablaba con los invitados y cuchicheó:

—Ay, Diosito, mamita. Ese galán al que he visto mil veces enamorar y besar a otras en las telenovelas, me ha mirado, me ha sonreído y me ha dicho que estoy muy... muy guapa con este vestido.

Tony, sorprendido por la reacción de la niña ante ese halago, respondió:

—Cielo, eso mismo te dije yo cuando te vi.

—Sí, pero tú eres mi papito y no cuenta, en cambio, ¡Michael Brown es un dios! Y el hombre de mis sueños.

Y cuando la cría se marchó tras Preciosa, que la llamaba, Ruth, al ver el gesto de sorpresa de Tony, dijo riendo:

—Mentalízate, cariño. Jenny es una preadolescente. Ahora eres su papito y ha dejado de ver en ti al chico guapo de la sonrisa bonita, el cochazo impresionante y los ojos como los amaneceres de Acapulco.

Al oírla, Tony sonrió; a continuación soltó a los gemelos, que corrieron tras Jenny y dijo, acercándose a su mujer:

—Habrá que controlar a esa preadolescente muy de cerca, pero mientas tanto, para quitarme el disgusto que me acaba de dar, ¿qué tal si me besas, señora Ferrasa?

—Será un placer.

Ruth lo hizo, mientras los flashes de los periodistas no paraban de centellear.

Tras cientos de fotos y de saludar a todo el mundo, Anselmo, la Tata y Linda metieron a todos los niños en la limusina y se marcharon hacia el lugar donde se iba a celebrar el festejo. Ruth, al ver aquello, miró a Tony y preguntó sorprendida:

—¿Y nosotros cómo vamos?

En ese instante, él dio un silbido y un mozo apareció con el bonito Volkswagen rojo de Ruth. Miró a Tony encantada y enamorada. Ir en aquel coche era como tener a su padre, a su hermano y a su madre cerca, y sonrió emocionada cuando vio también un cartel trasero que ponía las iniciales de «Hasta el infinito y más allá», HEIYMA.

—Estás en todo, Tony Ferrasa.

Él sonrió y, guiñándole un ojo, dijo:

—Por ti lo que sea, mi vida.

Ella lo besó y, cuando se montó en el vehículo, Valeria gritó:

—¡Ruth!

Ella miró, asomada a la ventanilla, y vio a Valeria, a Coral y a otras chicas amigas de Tifany, y Valeria dijo:

—Tienes que tirar el ramo. Tifany ya lo ha hecho.

Ruth arrancó una rosa roja, que dejó sobre el salpicadero del coche para guardarla eternamente en el interior de su libro preferido y, mirando a Tony, ordenó:

—Arranca.

Entonces, Ruth, sacando la mano por la ventanilla, lanzó el precioso ramo de rosas rojas hacia las chicas. Con curiosidad, se dio la vuelta para ver quién lo había cogido y rio al ver que Coral lo tenía en las manos y saltaba junto a Valeria, mientras gesticulaba y sonreía.

Al llegar al lugar de la celebración, Tony aparcó y ayudó a la que ya era su mujer a salir del coche. Caminaron de la mano hacia los niños, que al verlos corrieron a abrazarlos. Segundos después, la Tata y Linda se llevaron a los pequeños y Anselmo hizo pasar a una salita a sus tres hijos y a sus tres nueras. Una vez los tuvo a los seis ante él, dijo emocionado:

—Quiero que sepáis que en este instante soy el hombre más feliz del universo, pero también es un momento en el que echo mucho de menos a vuestra madre. Aunque conociéndola —sonrió—, estoy seguro de que estará organizando en el cielo una buena fiesta para celebrar lo mismo que nosotros en la Tierra.

Las tres parejas sonrieron y Anselmo, sacándose un sobre del bolsillo, miró a Tifany y dijo:

—Tú ya sabes lo que pone, pero por favor, hija, léelo de nuevo.

Emocionada, Tifany lo cogió y, mirando a su flamante marido, murmuró abriendo el sobre:

—Espero que esta vez sepamos aprovechar los consejos de tu madre con más cabeza.

—Te aseguro y te prometo que sí, amor —afirmó Omar con seguridad.

—*«Mi querida hija:*

»Sin duda hoy es un día maravilloso para contraer matrimonio con el hombre de tu vida. Y, sin duda, si estás leyendo esta carta, Omar lo es.

»Mi hijo Omar es un ser lleno de alegría, luz propia y ambición. Es el que más se divierte en una fiesta, el hombre al que todas quieren acercarse en esa fiesta, pero al mismo tiempo es el que más trabaja para conseguir los propósitos que se marca en la vida.

»Amor es una palabra corta, que te llena el corazón y el alma de infinitos sentimientos y Omar es un hombre de infinitos sentimientos. Sé fuerte y sorpréndelo. No dejes, no permitas, que él abra siempre el camino. Adelántate y abre esos caminos tú para que nunca dejes de sorprenderlo y mi hijo tenga claro la clase de mujer con la que comparte su vida.

»Mi querida hija, me habría encantado conocerte para abrazarte y decirte entre muchas cosas, tres que son especiales.

»La primera, el amor no es de quien lo rompe, sino de quien lo repara.

»La segunda, el amor no es amor si no has cometido alguna locura por él.

»Y la tercera, el verdadero amor no tiene un final feliz, porque, simplemente, no tiene final.

»Os deseo una maravillosa y próspera vida juntos y, por favor, cuida a todos los Ferrasa, como estoy segura de que ellos van a cuidar de ti.

»Os quiere

»Mamá Luisa.

»P. D. Dile de mi parte al ogro de Anselmo que sonría y nunca deje de quereros, o cuando lo vuelva a tener delante de mí, lo lamentará.»

Tifany terminó la carta con los ojos llenos de lágrimas y, mirando a su emocionado marido, dijo:

—Puedes estar seguro, Omar Ferrasa, de que en esta ocasión la carta que escribió tu madre ha significado para mí mucho más que la primera vez que la leí y...

Pero no pudo decir nada más, porque Omar la abrazó conmovido y murmuró:

—Te quiero, amor, y te aseguro que nuestra vida será tal como ambos deseamos.

Yanira, que junto a Dylan y el resto había escuchado primero la carta y después lo que ellos se decían, miró a su marido y sonrió. Aún recordaba los consejos que Luisa le había dado en su carta y, tras entregarle a Anselmo un pañuelo para que se limpiara los ojos, preguntó mirándolo:

—¿Tienes que entregar alguna carta más?

Anselmo sonrió y, sacándose otro sobre del bolsillo, dijo, dirigiéndose a Tony:

—Siempre has querido saber lo que tu madre había escrito para ti y para tu mujer. Pues bien, hijo, el momento ha llegado.

Tony asintió emocionado y, mirando a Ruth, que no sabía de qué iba, explicó:

—Mamá le dejó tres cartas a mi padre. Una para cada uno de nosotros, que sólo se podrían leer el día de nuestras bodas, especialmente porque son para vosotras, nuestras mujeres.

Ruth lo miró cohibida y cogiendo la carta que Anselmo le tendía, murmuró al tiempo que la abría:

—Se me va a salir el corazón por la boca.

Todos rieron y ella, sacando el papel del sobre, leyó:

—«Mi querida hija:

»En un día tan bonito como lo está siendo éste para ti y mi hijo Tony, yo tampoco me lo quería perder.

»Cuando mi niño Tony me dijo "Te quiero" por primera vez, mi vida, mi universo y todo mi ser cambió radicalmente y sólo espero que la primera vez que te lo dijera a ti, tu vida cambiase tanto como para que ya no pudieras vivir sin él.

»Tony es un ser lleno de amor, sentimientos y dulzura. Adora la música, como yo, y en sus composiciones hablará sin duda de vuestro amor eterno.

»Cuídalo como estoy segura de que él te va a cuidar a ti y no olvides que sólo el que te quiere de verdad comprenderá estas tres cosas de ti.

»La primera, el dolor detrás de una sonrisa.

»La segunda, el amor detrás de tu rabia.

»Y la tercera, las razones detrás de tu silencio.

»Espero que seas muy muy feliz con Tony. Que lo ames tanto o más como sé que él te va a amar a ti. Estoy segura de que entre Tony, tú, su padre y mis otros dos hijos, Omar y Dylan, vais a crear una sólida familia como la que yo tuve con mis cuatro hombres Ferrasa.

»Os quiere y os querrá eternamente,

»Mamá Luisa.

»P. D. Dile a Anselmo que cualquier catorce de febrero nos volveremos a casar y que sonría. Por favor, que sonría y yo seré feliz.»

Una vez Ruth acabó de leer la carta, los cuatro Ferrasa estaban hechos un mar de lágrimas.

Ver a aquellos cuatro puertorros tan grandes, tan morenos, tan hombretones, emocionados, atenazó el corazón a las tres jóvenes y Yanira murmuró:

—Sin duda Luisa era una gran mujer.

Ellos asintieron, pero ninguno pudo hablar. El amor que seguían sintiendo por aquella mujer que había desaparecido de sus vidas era tan grande, que a pesar de los esfuerzos que hacían por mostrarse fuertes, les resultaba imposible.

Durante varios minutos, Yanira, Tifany y Ruth se encargaron de consolar a aquellos cuatro titanes, y cuando los Ferrasa al completo volvieron a sonreír y sus lágrimas se secaron, las chicas suspiraron de felicidad y todos juntos se unieron a la fiesta, conscientes de que, en el cielo, Luisa la Leona estaría celebrando los enlaces cantando salsa.

Aquella noche, tras un banquete colosal y una fiesta sin igual en la que bailaron merengue, rumba, salsa y todo lo que se terció, los cuatro Ferrasa subieron al escenario con sus tíos y compañía.

Yanira, que estaba hablando con Ruth y las chicas en ese instante, al ver a su marido y al de ella en el escenario se quedó en silencio y Tifany, acercándose, dijo:

—Cuquis... cuquis... que Anselmo ha convencido a los chicos para que canten.

Ruth sonrió. Sin duda Tony estaría disfrutando, porque le gustaba muchísimo cantar. Pero Yanira, que conocía a Dylan, cuchicheó:

—Pobrecito mío, se tiene que estar muriendo de vergüenza.

Los invitados, al verlos en el escenario rodeados de su familia, aplaudieron, y Anselmo, como patriarca, cogió el micrófono y dijo:

—Ya os he dado las gracias mil veces por estar esta noche aquí y, aun a riesgo de que alguno de mis hijos me mate —comentó mirando a Dylan, que sonrió con complicidad—, he querido subirlos al escenario para que canten conmigo, como habrían hecho con su madre. Mi Luisa siempre decía que lo mejor de la salsa lo tenía en casa y por eso os vamos a cantar *Represento*.* Una canción muy nuestra que siempre nos gustó a todos.

Ruth aplaudió divertida y Tony, encantado, le guiñó un ojo. Uno de sus tíos comenzó a tocar la trompeta y acto seguido, su otro tío Tito los bongos, uno más las maracas y segundos después, Anselmo empezó a cantar. Entre risas, Tony, Dylan y Omar se miraban haciéndole los coros, hasta que Anselmo le entregó el micrófono a Tony y éste cantó con seguridad la canción.

—Por el amor de Dios, la virgen y todos los santos habidos y por haber —rio David, mirando a su amiga Ruth—. ¡Este chico vale para todo!

Ruth asintió enamorada y respondió:

—Sí, David. Absolutamente para todo.

—Ay, cómo baila, mi amol. Pero ¡si parece cubano! —aplaudió Manuel.

Ruth no pudo evitar reír ante el comentario. Sin duda Tony bailaba in-

* Véase nota de la p. 360. *(N. de la E.)*

creíblemente bien. Además era una delicia de hombre, guapo, cariñoso, romántico, triunfador, con una bonita voz. Tony Ferrasa lo tenía todo.

—Cachorra, te voy a preguntar una indiscreción tremenda. ¿Tu marido se mueve igual de bien en la cama que en el escenario? —murmuró David, encantado con el espectáculo.

Ruth y Yanira soltaron una carcajada y ella, mirando a su maravilloso marido, que sin duda era el capricho de muchas de las mujeres que estaban observando su movimiento de cadera, afirmó:

—Mejor. Se mueve todavía mejor.

—Ay, Diosito, ¡qué calor! —se abanicó David.

Yanira, divertida, miró a Tifany y ambas dijeron al unísono:

—Es un Ferrasa, ¿qué esperabas?

Encantadas, Tifany, Ruth y Yanira bailaban y aplaudían a sus chicos, quienes llevaban la salsa en la voz y en sus cuerpos. Nadie podía negar que aquellos puertorros eran los dignos hijos de ¡La Leona!

Tras aquella primera canción, subieron al escenario Gloria Estefan, Marc Anthony, Yanira, Luis Miguel, Alejandro Sanz, Luis Fonsi, Ricky Martin... absolutamente todos los amigos de los Ferrasa que estaban allí. Deseaban regalarles a los recién casados una canción.

Después de varias horas donde bailaron hasta los periodistas que estaban cubriendo el evento, de madrugada, Ruth y Tony danzaban acaramelados en la pista.

—«Te morderé los labios, me llenaré de ti, y por eso voy a apagar la luz para pensar en ti» —canturreó Tony en su oído el bolero que Luis Miguel estaba cantando en el escenario.

Ruth, con el vello erizado, sonreía mientras lo escuchaba. Nunca, nunca en toda su vida hubiera esperado conocer a alguien como él.

Sin duda, el día que le mojó los pantalones de bebida en aquel catering fue el mejor día de su vida, y lo miró enamorada. Quiso retener en su mente aquellos ojos, aquella mirada, la intensidad del momento. Aquella pasión, aquel delirio.

—¿Eres feliz? —preguntó Tony.

—Como nunca en mi vida —susurró ella.

Acercándola más a su cuerpo, Tony cuchicheó:

—No veo el momento de llegar a la habitación para quitarte tu precioso vestido de novia y comenzar a encargar un bebé.

A ella nada le apetecía más que eso y, con voz mimosa, susurró:

—¿Sabes?

—¿Qué, taponcete?

—Linda, tu padre y la Tata se ocupan de los niños esta noche.

—Mmmm... Qué maravilla. Una noche entera para nosotros.

—Sí —susurró, acercándose a su oído—. Y hoy te ataré yo al cabecero de la cama para hacerte mil veces mío.

—Wepaaa... —exclamó Tony embelesado, mientras le rozaba los labios—. Eso que dices suena muy... muy tentador.

Y sin ganas de compartir ni un segundo más a su moreno de los ojos como los amaneceres de Acapulco con el resto de los invitados, sonrió y, tirando de él, dijo:

—Vamos, ven.

—¿Adónde? —rio divertido, caminando tras ella.

Feliz por su sonrisa y por cómo la miraba, Ruth le guiñó un ojo y murmuró, mientras salían en dirección a su coche:

—Ferrasa, no preguntes y ¡sígueme la corriente!

Epílogo

Puerto Rico, un año y medio después

Villa Melodía, la casona de Anselmo Ferrasa en la isla, estaba a reventar. Aquel verano todos los Ferrasa habían decidido pasar juntos las vacaciones y en agosto se reunieron en aquel lugar tan importante para ellos, haciendo que Anselmo se sintiera especial, rodeado de risas, música, niños y bullicio.

Todos los pequeños Ferrasa jugaban en la playa bajo la atenta mirada de la Tata, de Amelia y de Rosa, mientras Ruth, Yanira y Tifany disfrutaban bajo una sombrilla, para no quemarse, del maravilloso sol de la isla.

Ruth, feliz, oía reír a sus niños. Tras la boda, Tony quiso adoptarlos y darles su apellido, y ahora a ellos les encantaba decir que eran Ferrasa. Algo que los llenaba de orgullo y hacía que a Tony se le cayera aún más la baba con ellos.

En ese momento, le llegó un mensaje al móvil.

—Es Valeria, que os manda besos. Ya está con Alain en Canadá. Dice que cuando vuelva llamará para quedar.

—Qué mono es el francés —murmuró Tifany—. Se lo ve tan pendiente de ella y tan enamorado, que éstos cualquier día se nos casan.

—¿Alguna habló ayer con Coral? —preguntó Yanira.

—Yo. —Y, bajando la voz, Tifany cuchicheó—: Ya está en Hawaii con su lobociento hawaiano. Al parecer, la fue a buscar al aeropuerto y están en un hotel precioso.

Todas sonrieron al pensar en la loca de su amiga. Su relación con Joaquín, su ex, era magnífica, y entre los dos se turnaban para que a Candela, su hija, no le faltara de nada, y también para que ambos pudieran vivir y viajar.

—¿A que no sabéis lo que me dijo que os contara? —rio Tifany.

—Viniendo de ella, me espero cualquier cosa —se mofó Ruth.

Colocándose con gracia su pamela en la cabeza, Tifany contestó:

—Sus palabras literales fueron «Diles a las chicas "¡Viva Hawaii!"».

Las tres soltaron una carcajada al entender lo que quería decir con aquello, y a continuación Yanira, mirando al frente, murmuró, mientras se bajaba las gafas de sol:

—¿Qué os parecen las vistas de la playa?

—Uiss, cuqui... me superencantaaaaaaaaaan —contestó Tifany.

Ruth, que estaba tumbada, se incorporó y vio a los tres hermanos Ferrasa, Dylan, Omar y Tony, caminar por la orilla de la playa, hablando, con sus bebés en brazos. Ver a Tony tan atontado con la pequeña Zaida, una morenita algo llorona, la hizo reír y respondió:

—Impresionante es quedarse corto.

Durante varios minutos, las tres observaron a sus fantásticos maridos a unos metros de ellas. Eran un placer para la vista.

Tifany, que por fin tenía con Omar la vida que ella quería, miró con amor al grandullón de su marido con el pequeño Diego en los brazos y sonriendo cuchicheó:

—Es tan mono y se desvive tanto por hacerme feliz, que a veces aún creo que estoy viviendo un sueño.

Ruth y Yanira se miraron. Omar sin duda había cambiado y que Tifany fuera feliz con él tras todo lo ocurrido, era maravilloso. Yanira, tras guiñarle un ojo a Ruth, contestó:

—Es un Ferrasa, ¿qué esperabas?

Las tres soltaron la carcajada, pero entonces Tifany murmuró:

—Esas lagartas de allí deben de pensar lo mismo que nosotras. Sólo hay que ver cómo los miran y parpadean coquetas.

Y era cierto. Aquellos tres puertorros morenazos, con sus bebés en brazos, eran una auténtica tentación para cualquiera y, divertida, Ruth replicó:

—Tranquila. Jenny ya las está mirando y como se pasen un pelo, ya sabéis que no se cortará y les soltará cuatro frescas.

De nuevo rieron y Yanira, que había sido la última en tener a su pequeño Gabriel, se tocó el vientre, aún algo hinchado, y dijo:

—Tengo un hambre horrible. Esto del régimen me mata. Pero comienzo gira latina dentro de cuatro meses y tengo que estar en forma.

—Calla, cuqui, calla —suspiró Tifany—. A mí todavía me quedan por perder un par de kilos que me traen por la calle de la amargura.

Ruth sonrió al escucharlas y rio con ganas cuando vio a las chicas que anteriormente había comentado Tifany levantarse y caminar hacia sus maridos. No había nada más tierno que ver a un bebé en brazos de un padre. Y, si esos padres eran los puertorros de los Ferrasa, aparte de tierno era muy tentador.

—Como diría David, ¡qué ofrecidas! —se mofó Yanira.

Apoyadas en sus hamacas, no quitaban ojo a lo que veían, cuando Ruth, segura de lo que decía, murmuró.

—Tranquilas, chicas. No olvidéis que ellas los desean a ellos, pero ellos nos desean a nosotras.

En ese momento, sus maridos se alejaron de la orilla y caminaron hacia ellas y, al llegar a su lado, las besaron. Tony se sentó junto a Ruth, y tras meter a la pequeña Zaida dormida en su capazo, dijo:

—¿Cómo está mi chica preferida?

Ella sonrió y respondió con malicia:

—Muy... acalorada.

Al entenderla, le guiñó un ojo y, sin darle tiempo a reaccionar, con un rápido movimiento se la echó al hombro. Ruth gritó sobresaltada y Tony se levantó y comenzó a correr con ella hacia la orilla de la playa.

Ruth levantó la cabeza y vio que todos reían y que Yanira gritaba diciendo que ya le echaría un ojo a Zaida. Eso la hizo reír y decidió disfrutar de aquel divertido momento con su marido.

Cuando a Tony el agua le llegaba por las caderas, la bajó con cuidado y, besándola, dijo:

—Tan bella como perversa.

—¿Imitando a la reina de las telenovelas? —preguntó ella.

Tony sonrió y soltó:

—Enfríate, preciosa, o me harás cometer una locura en un sitio público.

—Estás demasiado bueno, cariño, entiéndelo —contestó Ruth—. Estos abdominales no los tiene cualquiera.

Tony soltó una carcajada y, acercándola más a su cuerpo para que sintiera la excitación que le provocaba, susurró:

—Deja de provocarme, taponcete.

Entre risas, se acariciaron bajo el agua, anhelando llegar a su habitación. No había mayor deleite para ellos que sus ratos íntimos, que no eran muchos. Cuatro niños les robaban mucho tiempo. Pero esos ratos suyos los disfrutaban al mil por mil y seguían bailando canciones románticas en la cocina, con la luz apagada, mientras se besaban con auténtica adoración.

Como decía la romántica canción de Luis Miguel, lo suyo era pasión y delirio. Nada sería igual sin Tony. Ruth ya no podría vivir sin los besos y las sonrisas de aquel maravilloso Ferrasa.

Estaban absortos en su íntima locura cuando de pronto oyeron las voces de los niños, que se acercaban. Al mirar, vieron que todos los pequeños Ferrasa gritaban divertidos, mientras intentaban huir de Dylan y de Omar.

Tras darle un beso rápido, Tony se unió al juego de sus hermanos con los niños y Ruth los observó emocionada.

Ver la felicidad en los ojos y en las sonrisas de sus hijos le llenó de alegría.

Tony Ferrasa había llegado a sus vidas y a sus corazones en el momento oportuno, dispuesto a quedarse, como decía la llave que descansaba sobre su pecho, para siempre.